D1752157

Geschenk vom Landrat
Herr Wölfle
zum Kuraufenthalt am Hopfensee
vom 17.10.12 - 21.11.2012

Leben am See
Band 30

MIX
Papier aus verantwor-
tungsvollen Quellen
FSC® C017195

Leben am See
Band 30

Das Jahrbuch
des Bodenseekreises
Band 30
2013

Herausgegeben
vom Bodenseekreis,
der Stadt Friedrichshafen und
der Stadt Überlingen

Verlag Senn, Tettnang

Vorwort der Herausgeber

Liebe Leserinnen und Leser,

das Jahrbuch „Leben am See" feiert mit der Herausgabe des aktuellen Bandes ein Jubiläum. Seither sind 30 Jahrbücher mit spannenden, bewegenden und informativen Berichten erschienen. Auch wenn sich die Aufmachung des Buches sowie die Schwerpunkte der Inhalte immer wieder verändert haben, so ist nach 30 Jahren noch immer ein Kontinuum zu erkennen. Das lässt sich auch in diesem Jubiläumsband, der die Zahl „30" in den Mittelpunkt rückt, gut feststellen.

Was brachte der Wandel der Zeit an Veränderungen mit sich? Es gibt kein geteiltes Deutschland mehr – stattdessen leben wir in einem vereinten Europa mit einheitlicher Währung. Die digitale Revolution hat uns in die Informationsgesellschaft katapultiert und zur Globalisierung geführt. Mit dem Mobiltelefon am Ohr und dem Laptop auf dem Schreibtisch setzen wir uns selbst einer ständigen Erreichbarkeit aus und nutzen die Möglichkeit, mit der ganzen Welt zu kommunizieren. Die Komplexität in allen Lebensbereichen nimmt ständig zu und löst damit bei vielen Menschen auch Verunsicherung aus. Gerade deshalb ist eine Verankerung der Menschen und das Fördern eines Heimat – und Kreisbewusstseins wichtiger denn je. Das Jahrbuch „Leben am See" trägt dazu bei, ein lebendiges Bild unseres Lebensraumes zu entwerfen und die Vielfalt und Schönheit unserer Landschaft aufzuzeigen. Es informiert und erzählt – aktuell und historisch – und hilft dabei, dass vieles nicht in Vergessenheit gerät. Das Jahrbuch schlägt Brücken von der Vergangenheit in die Gegenwart.

In der 30. Ausgabe schauen wir aber auch in die Zukunft. Der demographische Wandel und die Themen Energie, Verkehr, Gesundheit und Bildung sind nur einige wichtige Aspekte, die in den nächsten Jahrzehnten auch für uns Menschen hier im Bodenseekreis eine große Herausforderung darstellen werden. Fragen nach Energieressourcen der Zukunft, nach der Entwicklung der medizinischen Versorgung und unserer Straßen oder der immer größer werdenden Angebotsvielfalt im Bereich der Bildung sind nur einige der Themen, die im Buch aufgegriffen und diskutiert werden. Schon fast traditionell wird es aber auch ein Potpourri unterschiedlichster Beiträge und Themen geben: Wie verlief der Alltag während des Zweiten Weltkrieges in Meersburg und welche Informationen gibt es über die Seegfrörne vor 50 Jahren? Sportlich wird es mit der Geschichte der Leichtathletik im Bodenseekreis, wobei aber auch Kunst und Kultur sowie soziale Themen nicht zu kurz kommen. Einen besonderen Augenschmaus geben die Zifferblätter und Uhren der Kirchen im Bodenseekreis ab, welche der Fotograf Dusan Jež abgelichtet hat.

Wir wünschen Ihnen viel Vergnügen beim Stöbern, Lesen und Schauen.

Lothar Wölfle
Landrat
Bodenseekreis

Sabine Becker
Oberbürgermeisterin
Überlingen

Andreas Brand
Oberbürgermeister
Friedrichshafen

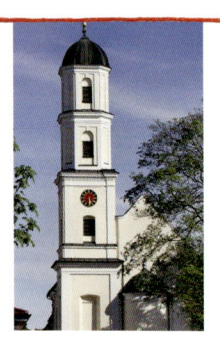

Bild 1, Seite 18    Bild 2, Seite 35    Bild 3, Seite 92    Bild 4, Seite 123

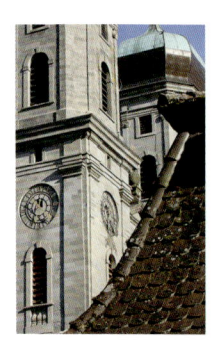

Bild 5, Seite 179    Bild 6, Seite 207 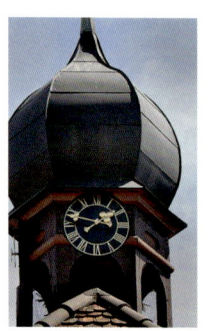   Bild 7, Seite 240    Bild 8, Seite 259

Bild 9, Seite 301    Bild 10, Seite 328    Bild 11, Seite 350    Bild 12, Seite 405

Preisrätsel

Dreißig Jahre sind vergangen, seit der erste Band des Jahrbuches „Leben am See" herausgekommen ist. Die Zeit vergeht wie im Flug und verrinnt unaufhaltsam weiter. Angesichts dieses Oberthemas haben wir uns als Fotoserie in diesem Buch Abbildungen von Zifferblättern und Uhren, die auf Kirchen und Türmen an verschiedenen Orten im Bodenseekreis zu finden sind, ausgesucht. Der slowenische Fotograf Dusan Jež hat sie für uns wunderbar in Szene gesetzt. Jetzt sind Sie als Leser aufgerufen, diesen Zifferblättern und Uhren Orte zuzuordnen und sich an einem Preisrätsel zu beteiligen. Sie finden gegenüber in kleinerer Form die Uhren und Zifferblätter, die jeweils über eine Seite im Buch verteilt sind. Begeben Sie sich auf Entdeckungsreise im Bodenseekreis und finden Sie heraus, welche Uhren zu welchen Orten gehören und schicken Sie uns dann die beigelegte Antwortkarte mit den richtigen Zuordnungen zurück. Benennen Sie die Orte und geben Sie die Seitenzahlen an, auf denen die Uhren zu sehen sind. Weitere Teilnahmebedingungen finden Sie auf der Karte. Aus den eingesandten, richtigen Antworten, werden wir dann die Gewinner ziehen. Als Preise gibt es Buchgutscheine. Wir würden uns über eine rege Teilnahme freuen und hoffen, dass Sie ein wenig Spaß an diesem Rätselraten haben werden.

Inhaltsverzeichnis

Vorwort der Herausgeber	4
Preisrätsel „Zeit"	6
Ulrike Niederhofer Editorial	16

RÜCKBLICK

Siegfried Tann Erinnerungen werden wach... Rückblick auf 22 Jahre Herausgeberschaft des Jahrbuchs „Leben am See".	19
Joachim Senn Zweifel der Anfangsjahre sind gewichen Band 30 der Erfolgsgeschichte „Leben am See".	21
Brigitta Ritter-Kuhn Meine sechs Jahrbücher – was gibt's da zu sagen?	24
Helmut und Christel Voith Die Arbeit am Jahrbuch hat uns immer Freude gemacht. Erinnerungen an die Redaktionsarbeit für Band 14 bis 26.	32

AUSBLICK

Helmut Schnell Verkehr am Bodensee. Einige nichtamtliche Notizen.	36
Ralf Schäfer Bildung am See. Momentaufnahmen, Ansichten und offene Fragen.	46

Hans Dreher und Peter Neisecke	56
Technischer Umweltschutz.	
Wie aus Erfahrungen Normen werden.	
Hanspeter Walter	68
Engagierter Anwalt der Natur.	
Seit 25 Jahren ist Thomas Hepperle als	
Ehrenamtlicher Naturschutzbeauftragter im	
westlichen Bodenseekreis tätig.	
Brigitte Göppel	77
Energieagentur Bodenseekreis.	
Wie die Energiewende eine	
praktische Umsetzung erfährt.	
Katy Cuko	87
Unter dem Diktat der knappen Kassen.	
Über den Strukturwandel in der	
Krankenhauslandschaft im Bodenseekreis.	
Maike Daub	91
In 30 Jahren.	
Ist es denn wirklich wichtig zu wissen,	
was in 30 Jahren ist?	

GESCHICHTE

Martin Baur	93
„Zur Ruhe kommen möchte ich gar nicht".	
Ein Interview mit Bernhard Prinz von Baden.	
Arnulf Moser	108
Alltag im Zweiten Weltkrieg.	
Die Meersburger Gemeindenachrichten	
in den Jahren 1940-1943.	

Oswald Burger — 113
Die letzte Seegfrörne 1963.
Geschichten rund um den zugeforenen See.

WIRTSCHAFT

Hildegard Nagler — 124
Aufbruch zu den Sternen.
Vor 50 Jahren wurde die heutige
Astrium GmbH gegründet.

MENSCHEN

Ilse Klauke und Eija Klein — 135
Martl.
Eine nicht immer einfache Lebensgeschichte.

Reinhard Ebersbach — 144
Thomas Vogler.
Beharrlicher Kämpfer für ein „Grünes Überlingen".

Angelika Banzhaf — 153
Tobias Frasch hat das Unglück auf der
Costa Concordia überlebt.
Dieses Jahr wurde der Tettnanger 30 Jahre alt.

KUNST UND ARCHITEKTUR

Franz Hoben — 158
Die Wahrheit hinter den Bildern.
Ein Porträt des Fotografen Michael Trippel.

Stefan Feucht — 170
Salem2Salem.
Ein interdisziplinärer Künstleraustausch
am Bodensee und in den USA.

Monika Spiller — 180
Auf Augenhöhe!
Die Bildhauerin und Zeichnerin Elsa Gürtner (1918 – 2006).

Heike Frommer — 186
Ein Werk des Owinger Malers Bernhard Endres.
Neuerwerbung der Sammlung Bodenseekreis 2012.

Sabine Hagmann — 189
UNESCO-Welterbe.
„Prähistorische Pfahlbauten um die Alpen".

Brigitte Rieger-Benkel und Carla Mueller — 198
Die Stadt Meersburg und das Neue Schloss.
Der 300. Geburtstag des Schloss Meersburg.

THEATER

Claudia Engemann — 208
Wo die Kartoffel zum Smartphone wird.
Das theaterpädagogische Angebot im Häfler Kiesel.

Nicole Pengler und Jürgen Mack — 214
Die Theaterpädagogische Ausbildung.
Seminar für Didaktik und Lehrerbildung.

Sharon Hainer und Beate Mohr — 222
Die Bodensee Players e.V.
Eine Englischsprachige Laientheatergruppe.

MUSIK

Ludmilla Reznikova — 226
Der Internationale Bodensee Musikwettbewerb.
30 junge Bratschisten aus aller Welt spielten auf Top Niveau.

Markus Schweizer — 229
„Tastenspiele"
– heißt das Thema des kommenden Bodenseefestivals.

Jens Poggenpohl — 236
Atakan will aufsteigen.
So stellt sich der Beatboxer aus Friedrichshafen sein Glück vor.

SPORT

Susann Ganzert — 241
Mannschaftsportart für Ausdauernde.
100 Jahre Ruderverein Friedrichshafen.

Günter Kram — 249
60 Medaillen in sechs Jahrzehnten.
Die Erfolge der VfB-Leichtathleten bei Deutschen Meisterschaften.

Jan Georg Plavec — 260
Der MTU-Hallencup in Friedrichshafen.
Die Fußball-Elite von morgen kickt in der Bodenseesporthalle.

Uwe Petersen — 264
Die Hagnauerin Leoni Stiem ist „Puma-Lilly".
30 Jahre und wild auf Rallyesport.

SOZIALES

Angela Schneider — 269
Von der Freiheit, etwas zu tun.
Die Bürgerstiftung „Menschen für Tettnang"
startet nach langer Vorbereitungszeit in ihr erstes Jahr.

Claudia Wörner — 276
Menschen mit Behinderung machen
das Stadtbild bunter. Ambulant betreutes
Wohnen der St. Gallus-Hilfe in Tettnang.

Brigitte Geiselhart — 284
Alles total normal – Behindert oder nicht behindert?
Das spielt im CAP-Rotach keine Rolle –
weder bei Angestellten noch bei Gästen.

Otto Saur — 287
Von der Vormundschaft zur Betreuung.
20 Jahre Rechtliche Betreuung – aus der Arbeit des
Betreuungsvereins Bodenseekreis.

Hansjörg Straub — 293
Kleine Dinge für den Frieden.
Jugendliche aus Überlingen pflegen seit 1993 Kriegsgräber.

FRAUEN AM SEE

Susann Ganzert — 302
„30" – Frauen am See.

Susann Ganzert — 303
In eine solch alte Dame steckt frau gerne
viel Liebe und Arbeit. Regine Frey aus
Langenargen steuert ihren 30er Schärenkreuzer
seit mehr als 30 Jahren.

Katy Cuko — 308
„Du kannst es niemals Allen recht machen".
30 Jahre Kommunalpolitik: Was die einstige SPD-Frontfrau
im Bodenseekreis Rotraut Binder zu erzählen weiß.

Rotraut Binder — 314
„Das kann ich auch!"
Petra Mayer arbeitet seit 30 Jahren in einem Männerberuf.

Sarah Fesca — 318
So sind Frauen…
20 Jahre am See Leben, wiedergefunden
in 30 Büchern über Frauen.

Karlotta Fesca — 323
To-do-list for Life.
Oder: 30 Dinge, die erledigt werden sollten, bevor's rum ist.

NATUR UND TIERE

Franz Spannenkrebs — 329
Die Rückkehr des Bibers.
Ein alter Bekannter kehrt zurück in den Bodenseekreis.

Harald Lenski — 338
Auf der Obstwiese. Ansichten eines Kleinbrenners.

Brigitte Geiselhart — 346
Spaß an Garten und Gemeinschaft.
Die Schrebergartenanlage in Friedrichshafen-Manzell
ist seit mehr als drei Jahrzehnten Refugium und Schmuckstück.

JUBILÄEN

Roland Weiß — 351
125 Jahre Feuerwehr Meckenbeuren.
Mit 109 Löschkübeln, doch ohne Anstellleiter
startet 1887 die Pflichtfeuerwehr.

Eugen Benninger und Gerald Kratzert — 356
DAV Sektion Friedrichshafen.
100 Jahre, 1911-2011.

ALLGEMEINES

Robert Schwarz — 361
Chronik des Landkreises für 2011.

Eveline Dargel — 370
Jahreschronik 2011.
Ereignisse aus den Städten und Gemeinden des Bodenseekreises.

Ingrid Hanisch — 394
Neue Veröffentlichungen über den Bodenseekreis.

Bildnachweis	406
Autorenverzeichnis	408
Sponsoren	413
Impressum	414

Rückblick und Ausblick
Das Leben am See wird 30 Jahre alt!

ULRIKE NIEDERHOFER

Das Leben am See wird dreißig! Eine Generation Jahrbuch, eine Generation Geschichten und Berichte, Dokumentationen, Analysen, Bilder und Gedichte. Wenn man diese 30 Bücher so durchblättert, ihre Inhalte durchgeht und ihre Fotos anschaut, dann rezipiert man fast unfreiwillig ein Stück Heimatgeschichte, eine Art Chronik eines Landstriches. Man merkt dann, dass man sich trotz dem Status einer Zugezogenen in dieser Region, in dieser wunderschönen Landschaft zwischen Bodensee und Schwäbischer Alp, schon verwurzelt hat. Vieles ist seit der ersten Ausgabe vom Leben am See im Jahre 1983 gleich geblieben: so hat das Buch immer noch die Aufgabe Ost und West dieses Landkreises enger zusammenzuführen, Heimatgeschichte anschaulich zu machen, ein lebendiges Bild dieses Lebensraumes zu entwerfen und die Menschen in dieser Region sprechen zu lassen.

Dennoch hat es über die Jahre immer wieder individuelle Handschriften der Redakteure gegeben. Sie haben dem Jahrbuch ihre eigene Note gegeben, ihm einen neuen Stempel aufgedrückt, Text und Bild, Gestaltung und Inhalt immer wieder neu kreiert und neu aufeinander bezogen. Wie sie das getan haben und was das Jahrbuch ihnen gegeben hat, das erzählen sehr anschaulich Brigitta Ritter-Kuhn und das Ehepaar Voith selber in diesem Buch. Auch der ehemalige Landrat Siegfried Tann sowie der Verleger Joachim Senn blicken zurück auf die Jahre, die sie das Jahrbuch mit begleitet haben. Beim Lesen dieser Rückblicke wurde mir bewusst, wie sehr das Jahrbuch eben doch nicht nur eine Chronik ist, eine reine Berichterstattung und ein Informationsorgan, sondern wie Kreativität und Gestaltung das Image und das Wesen dieses Buches mitgeformt haben.

Aber jetzt genug mit dem Blick zurück, richten wir unser Augenmerk lieber nach vorne. Natürlich ist es immer gut, sich am Gewesenen zu erfreuen und etwas, was 30 Jahre Bestand hat und erfolgreich war, einmal zu feiern. Dennoch wollen wir auch in die Zukunft schauen und uns fragen, was kommen wird, wie sich unsere Region, unsere Landschaft verändern wird und was getan werden muss, damit wir weiterhin zufrieden, friedlich und glücklich hier leben können. Mit diesen Fragen beschäftigen sich in diesem Buch mal mehr sachlich, mal mehr humoristisch, aber immer informativ mehrere Autoren. Sie schauen auf Verkehr, auf Bildung, auf das Gesundheitswesen, auf Umwelt und Natur und versuchen den Ist-Stand mit dem Soll-Stand zu verknüpfen. Wo stehen wir heute und wo müssen wir morgen stehen? Wie hat sich das Gestern verändert und was gilt es zu erhalten bzw. voranzutreiben? Dabei wird für mich mehr oder weniger deutlich, dass wir in einer sehr zukunftsträchtigen Region leben, dass wir schon vieles, insbesondere im Bereich der Umwelttechnik und des Naturschutzes getan haben und in manchem Bereich besser dastehen als früher. Dennoch gilt es Entwicklungen zu antizipieren und somit schon früh die richtigen Weichen zu stellen, so dass wir auch in dreißig Jahren noch optimistisch in die Zukunft blicken können.

Neben dem Blick zurück und dem nach vorne, neben dem Hauptaugenmerk auf Gestern und Morgen, hat das Jahrbuch aber natürlich auch wieder einen allgemeinen Teil, in dem viele unterschiedliche Menschen zu Wort kommen, in dem Jubiläen gefeiert, ein Blick auf die Geschichte geworfen und Künstler gewürdigt werden. Wir erfahren unter anderem, dass der Biber in den Bodenseekreis zurückgekehrt ist, wie ein Campingplatz sich auf Menschen mit Behinderungen eingestellt hat oder wie sich ein Stadtgärtner mehr als 30 Jahre für die Verschönerung seiner Stadt einsetzte. Die Firma Astrium feiert ein Jubiläum und beschreibt die 50 Jahre ihres Werdegangs und in einem Interview mit Bernhard Prinz von Baden bekommen wir Einblick in 900 Jahre Geschichte des Hauses Baden. Die „Frauen am See" widmen sich starken Frauen, für die auch die Zahl 30 eine Bedeutung hat sowie Büchern und To-Do-Listen. Außerdem wird eine alte Tradition wiederbelebt, in dem eine Neuerwerbung der Sammlung des Bodenseekreises vorgestellt wird.

Der slowenische Fotograf Dusan Jež hat dem Vergehen der Zeit eine Visualisierung gegeben und für uns viele verschiedene Zifferblätter von Uhren im Bodenseekreis wunderschön in Szene gesetzt.

Bei all dieser Vielfalt in diesem Jubiläumsband kommt keine Langeweile auf und deshalb wünsche ich Ihnen viel Spaß und viel Freude beim Lesen.

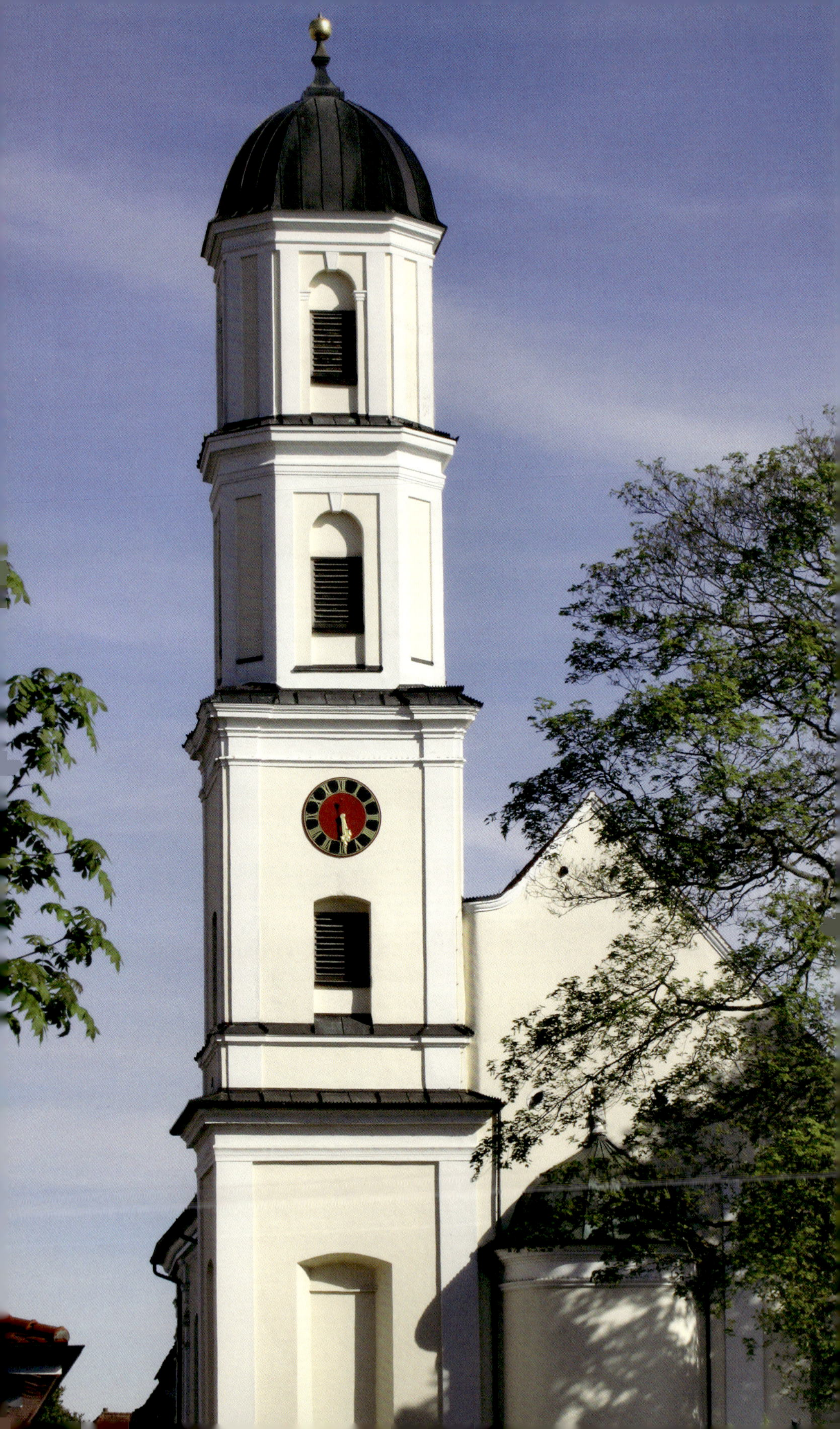

Erinnerungen werden wach…
Rückblick auf 22 Jahre Herausgeberschaft
des Jahrbuchs „Leben am See"

SIEGFRIED TANN

Vor 30 Jahren hatte mein Vorgänger im Amt, Dr. Bernd Wiedmann die Idee ein Jahrbuch für den gerade 10 Jahre alten Bodenseekreis herauszugeben. Er wollte damit das *„Heimatbewußtsein weiter fördern und damit auch zur Festigung des Kreisbewußtseins im Bodenseekreis beitragen"*. Das Jahrbuch sollte *„ein lebendiges Bild dieses Lebensraumes entwerfen, seine Vielfalt, die Schönheit seiner Landschaft, die soziale und kulturelle Struktur sowie die Lebensbedingungen und ihre Entstehung, aber auch manche Besonderheiten aufzeigen"*. Diese damals formulierten Ziele sind auch heute noch gültig.

Als sein Nachfolger hatte ich dann die Freude das Jahrbuch während 22 Jahren als Herausgeber zu begleiten. Seiner Vielfalt tat es gut, dass es von Anfang an gelang Redakteure zu gewinnen, die in der Landschaft gut vernetzt waren. Trotz aller Schnelllebigkeit im Journalismus waren es in den 30 Jahren nur 3 Personen und ein Ehepaar. Ich denke an die unvergessene Erika Dillmann, Frau Dr. Brigitta Ritter-Kuhn, die Eheleute Christel und Helmut Voith und neuerdings Frau Dr. Ulrike Niederhofer. Ihnen und einem Beirat der von Anfang an beratend tätig war, verdankt das Buch seine Vielfalt, ja ich glaube man kann sagen seine „Buntheit". Während wir in den ersten Jahren nicht sicher waren, wie lange sich ausreichend Themen finden lassen können, wurde es mit den zunehmenden Jahren zur Gewissheit, dass unser Leben am See so vielfältig ist und immer war, dass die Herausgabe des Jahrbuchs nie gefährdet war. Mit zu dieser Vielfalt beigetragen hat auch der Beitritt der Städte Friedrichshafen und Überlingen in den Herausgeberkreis.

Weit über das übliche Maß hinaus hat sich auch immer der Verlag Senn in Tettnang für die Herausgabe eingesetzt und dies nicht in erster Linie aus finanziellen Interessen heraus. Dabei erinnere ich mich noch an manche Diskussion über die Inhalte und die Gestaltung des Jahrbuchs. Welches Format ist das richtige, ist ein harter oder weicher Einband besser und noch vieles andere. All diese Diskussionen haben sicher zur Langlebigkeit des Projekts „Jahrbuch über das Leben am See" beigetragen.

Nicht vergessen will ich auch, dass es jedes Jahr erneut gelang viele Bürgerinnen und Bürger zu animieren ihre ganz persönliche Geschichte, ihre ganz persönliche Sicht der Dinge und ihr Wissen über Land und Leute niederzuschreiben. Dies war, denke ich, mit ein Grundstein für den nachhaltigen Erfolg unseres Jahrbuchs.

Dass von Anfang an das Jahrbuch an einem speziellen Abend, zunächst in Friedrichshafen, heute auch in Überlingen vorgestellt wurde und sich daraus ein „eigenständiges Event" entwickelte, trug zum Bekanntheitsgrad sicher entscheidend bei. So erinnere ich mich noch gut an einen Besucher, der jedes Jahr bei der Vorstellung des Jahrbuchs gleich deren sieben Exemplare kaufte, um seine ganze Verwandtschaft damit zu versorgen.

Zum Schluss möchte ich noch eine Geschichte erzählen, die mir vor wenigen Wochen bei der Einweihung der Bahnunterführung in Neufrach passierte. Dort traf ich einen alten Bekannten und dieser erzählte mir freudestrahlend, dass er das erste Jahrbuch vom Jahr 1983 kürzlich auf einem Flohmarkt erstehen konnte. Damit hätte er jetzt zwei komplette Jahrgänge vom „Leben am See". Auf meine erstaunte Frage: *„Warum zwei Jahrgänge?"*, antwortete er wörtlich: *„Ich habe zwei Kinder und jeder soll einmal die komplette Sammlung bekommen"*.

Ich denke, das ist ein schöner Beweis für die Wertschätzung, die unser Jahrbuch sich in 30 Jahren „verdient" hat. Nachdem ich mir sicher bin, dass uns auch in Zukunft die Themen nicht ausgehen werden, wünsche ich für die nächsten 30 Jahre weiterhin viel Erfolg und eine treue Leserschaft.

Zweifel der Anfangsjahre sind gewichen

Band 30 der Erfolgsgeschichte „Leben am See"

JOACHIM SENN

Als im Jahre 1983 der erste Band „Leben am See" vorgestellt wurde, war wohl die häufigste Frage an den damaligen Landrat und Initiator des Projektes, Dr. Bernd Wiedmann und an Erika Dillmann, die die Redaktionsleitung übernahm, ob man sich mit einem „Jahrbuch" und einem geplanten Umfang von über 250 Seiten nicht zu viel zugemutet habe. Weiter fragte man sich nach wie vielen Jahren wohl der Stoff dafür ausgehen werde.

Dr. Wiedmann wollte damals zum zehnjährigen Jubiläum des Bodenseekreises die Einheit dieses aus zwei Altkreisen zusammengeführten Gebildes fördern und die Kenntnisse über Wirtschaft und Kultur, Natur und Umwelt, Geschichte und Gegenwart der Menschen dieser Region vertiefen.

Dr. Wiedmann und Erika Dillmann gaben sich damals recht optimistisch und verwiesen auf die Reichhaltigkeit der Region. Dass der Stoff 30 Bände mit zum Teil über 400 Seiten Umfang füllen könnte, haben sich die damaligen Initiatoren bei aller Zuversicht wohl kaum vorstellen können.

Wir, der Verlag Senn, haben damals den Auftrag erhalten, dieses Buch zu produzieren und sehr bald, ab dem dritten Band, haben wir auch die verlegerische Betreuung übernommen. Verlegerische Betreuung insofern, als dass wir den Verkauf über den Buchhandel abgewickelt und gefördert haben, während das Landratsamt den Vertrieb über öffentliche Einrichtungen, Städte, Gemeinden und Bildungseinrichtungen der Region übernahm. Damit waren und sind wir Bindeglied zwischen Leser, Redaktion und Herausgeber. Bei dieser Aufgabenteilung ist es bis heute geblieben, und ich denke, dass die Zusammenarbeit in den vielen Jahren ausgezeichnet war.

In den vielen Jahren ist „Leben am See" gewachsen

Die gedruckte Auflage lag bei den ersten Exemplaren bei rund 2 000 und steigerte sich bei den Bänden 7 bis 10 auf bis zu 6 000 Exemplare, wobei wir uns damals in großer Euphorie etwas zu viel zugemutet haben. Seit Band 17 liegt die gedruckte Auflage bei 3 000 bis 4 000 Exemplaren und ist bis heute konstant geblieben. Insgesamt wurden in den drei Jahrzehnten 125 000 „Leben am See" produziert.

Die Umfänge: Während der erste Band sich noch mit 256 Seiten begnügen musste, liegen die Umfänge seit dem fünften Band zwischen 350 und 430 Seiten. Insgesamt waren es über 11 000 Seiten, ein weiteres Indiz für die Vielfalt der Region und die wachsende Anzahl der Autoren, die darüber berichteten.

Es ist gelungen eine wachsende Stammleserschaft zu gewinnen, die „Leben am See" von Jahr zu Jahr die Treue hält und gespannt auf die Herausgabe des neuen Bandes wartet. Die Aufgabe, diese Stammleserschaft zu halten und zu erweitern, wird uns auch in Zukunft beschäftigen.

Die Redaktionsleiter und Herausgeber

Geprägt haben das Buch in den letzten 30 Jahren natürlich an erster Stelle die Redaktionsleiter:

Erika Dillmann, die bis zum Band 5 die Verantwortung übernommen hat und mit ihrer profunden Kenntnis der Region und ihrer Bewohner die Grundlage für den Erfolg gelegt hat. Dr. Elmar Kuhn, der Band 6 weiter entwickelt und Dr. Brigitta Ritter-Kuhn die den Bänden 7 bis 13 ein neues Gesicht gegeben hat. Helmut und Christel Voith, die ab Band 14 bis 26 die Redaktionsleitung mit sehr viel Engagement übernahmen. Und seit Band 27 Dr. Ulrike Niederhofer, welche ihre eigene Handschrift einbrachte mit neuem Schwung und neuen Schwerpunkten.

Alle Redaktionsleiter haben sich nicht nur als Texter verstanden, sondern das „Bücher machen" in seiner wahren Bedeutung als ihre Aufgabe gesehen. Und gerade dies hat uns in den vielen Jahren herausgefordert und Freude bereitet. Das Gestalten mit Text und Bild, das Verändern ohne Bewährtes zu verlassen. Das Modernisieren ohne dem Zeitgeist all zu sehr zu befördern. Insofern war für unser Haus die Arbeit an „Leben am See" immer mehr als nur die Herstellung eines Buches.

Aber neben dem Einsatz der Redaktionsleitung und der vielen Mitarbeiter der 30 Bände „Leben am See" war entscheidend für den Erfolg dieses Buches, dass die Herausgeber, die Landräte Dr. Wiedmann, Tann und Wölfle sowie die Oberbürgermeister der Städte Friedrichshafen und Überlingen als Co-Herausgeber stets hinter diesem Buch gestanden sind, nicht nur aus Pflicht, sondern aus Begeisterung und Freude für dieses Projekt.

Die Vision eines einheitlichen Lebensraumes ist gerade in den letzten Jahren immer deutlicher zu Tage getreten. Die Heimat hier am See hat an Wert gewonnen, wird inzwischen bei allen Rankings weit über die Region hinaus geschätzt und herausragend beurteilt. Auch wenn „Leben am See" vielleicht nur einen kleinen Beitrag zu dieser Entwicklung geleistet hat, die ursprüngliche Vision eines einheitlichen Kreises ist inzwischen ein Stück weit Realität geworden und dies ist sicherlich ein gutes Zeichen für die Zukunft von „Leben am See".

Meine sechs Jahrbücher – was gibt's da zu sagen?

BRIGITTA RITTER-KUHN

Als ich spontan einen Teil des Jahrbuchs übernahm, wohnte ich noch keine drei Jahre im Bodenseekreis. Ein Jahr später, 1989, wurde mir die Federführung des gesamten Jahrbuches übertragen. Heute würde ich sagen: unmöglich. Und dann hinzufügen: mutig, der Herr Landrat Tann als Herausgeber. Sicher, Texte schreiben, Texte redigieren, das kannte ich aus vorherigen Berufen. Aber die Region, die kannte ich nicht. Natürlich, ohne Elmar Kuhn im Hintergrund wäre alles, alles nicht so gekommen. Das braucht keine Erklärung.

In welchen Fußstapfen ich indes weiter gehen sollte, war mir zunächst nicht klar. Erika Dillmann, der Name sagte mir damals nichts. Dabei kannte sie jeder. Und das nicht nur, weil sie über sechs Jahre lang dem Jahrbuch sein Gesicht gegeben hatte, ja, es zusammen mit dem damaligen Landrat Wiedmann überhaupt erst konzipiert hatte. Ich suchte sie auf und fand in „ed" eine Persönlichkeit, die ihren Platz im Leben und in der Region sehr genau kannte und mir keine Erklärung schuldig blieb. Gerne ließ sie mich ihre Versionen der Geschichte und der Geschichten wissen, durch sie konnte ich meine finden. Erika war immer die zuerst Dagewesene, in jedem Jahrbuch gebührte ihr ein guter Platz, auch mal der erste. Das war selbstverständlich.

Anders als „ed" war ich sehr auf einen Beirat angewiesen und auf Menschen, die bereit waren, mit ihrem Wissen Themen für die Bereiche Geschichte, Kunst und Literatur, für die Gegenwart in Ost und West vorzuschlagen und auch mögliche Autoren dafür zu nennen bzw. die Chroniken zu übernehmen. Wie aufregend war für mich die gemeinsame Sitzung vor dem jeweils nächsten Jahrbuch. Keiner der Anwesenden war in der Region so fremd und unbekannt wie ich, und ausgerechnet ich hatte mir vorbehalten, das Thema des Jahres – denn das sollte jedes Buch für mich unbedingt haben – allein zu bestimmen und erst bei dieser Gelegenheit, nicht vorher, „aus dem Sack" zu lassen. So viel Unbefangenheit auf der einen Seite – so viel Wohlwollen auf der anderen! Überhaupt das Wohlwollen!

Mit „Fremdenverkehr" und „Landwirtschaft" für Band 8 und 9 fand ich naheliegende Themen, die längst und seit jeher zur Region und deren „Heimatjahrbuch", wie es ursprünglich hieß, passten. Mit ihnen konnte ich mir den Kreis bis in die entlegensten Winkel rein geographisch erarbeiten, die Unterschiede von Ost nach West, vom See bis ins Hinterland, die Gehöfte, die schönen Ausblicke, die

▼ „ed" erläutert Brigitta Ritter ihr Jahrbuch
bei einem Winterspaziergang 1989.

Täler und die Zuflüsse, und lernte natürlich viele Menschen kennen, die Autoren oder die, die mich zu ihnen führten.

„ed" hat in ihrem Beitrag „Sechs Jahre Leben am See" (Jahrbuch Band 7) einen Werkstattbericht über ihr Selbstverständnis als Macherin des Buches geschrieben. Abgesehen davon, dass die Schritte der technischen Abläufe ein weiteres Beispiel dafür liefern, welch unglaubliche Veränderungen das Buchmachen seither erfahren hat, legt „ed" ihre „gedanklichen Vorstellungen" zum Jahrbuch dar. Es ist so – und warum soll es nicht so sein? –, dass der Redakteur dem Jahrbuch seine sehr eigene Handschrift gibt, dass jeder Redakteur „seine" Leser sieht, dass er seine Anhänger hat; so gesehen tut ein Wechsel in der Redaktion alle paar Jahre dem Buch nur gut, ja, er gehört geradezu zum Konzept eines solchen Jahrbuches, das doch möglichst viele Menschen irgendwie ansprechen möchte.

Mit Band 10, dem ersten Jubiläumsband, kam die Zeit des Umbruchs, der grundlegenden Änderungen. Ich musste vor allem aus dem „Heimatjahrbuch" des Bodenseekreises das „Jahrbuch" des Bodenseekreises machen, gerade als die hier immer noch „Neue", die viele solcher ebenfalls „Neuen" getroffen hatte. Zu ambivalent, zu ausgrenzend stellte sich mir damals das Wort Heimat dar.

Die Arbeit in der Setzerei an der Seite von Herrn Hauser, dem unvergleichlichen Lehrmeister dessen, was „normal" ist, diese Arbeit zeigte mir, dass in einem

▼ *Herr Hauser in der Jahrbuchwerkstatt der 90er Jahre.*

Buch Inhalt und Form zusammen gehören, dass es nicht, wie ich dachte, damit getan ist, Texte zu sammeln, zu redigieren und sie mit Bildern zu versehen, die das Geschriebene beweisen. Ich lernte, den Stellenwert von Bildern anders zu sehen und zu verstehen. Ein Bild ist für mich dann gut, wenn es den Betrachter in seine eigene Emotionalität führen kann, ob es für sich steht oder aber in einem Text. Dann allerdings beeinflusst es den Text, umgekehrt geschieht dasselbe. Da das Bild in der Regel zuerst wirkt, ist seine Rolle von großer Bedeutung. Wie geeignet ein Bild ist, ob es die Intention des Textes hebt oder ihm eine andere Richtung gibt, wie es eine Beziehung zwischen dem Text und dem Leser herstellt, das sind Überlegungen des Bildredakteurs. Ich begriff, dass der Bildredaktion ebenso viel Beachtung geschenkt werden musste wie der Textredaktion, und fand damit für mich neben dem Schatz, der in jedem Autor steckt, einen zweiten, den der Bildermacher, der Fotografen, Maler und Zeichner. Eher intuitiv legte ich die fotografische Seite des jeweiligen Themas in eine Hand. Eine gute Entscheidung, wie sich heute noch zeigt, bietet doch jeder Band mit der Bildsprache eben des einen Lichtbildners dem Betrachter eine eigene Stimmigkeit, eine Ruhe und Innigkeit: Siegfried Lauterwasser in Band 8 und zusammen mit Michael Trippel in Band 9, Franzis von Stechov in Band 10, Rupert Leser in Band 11, Barbara Zoch Michel in Band 12. In Band 13 dann die Aquarelle von Ursula Wentzlaff.

Der Jubiläumsband wartete also mit einigen Neuigkeiten auf. Aus dem Schulheftformat wurde ein ungewöhnliches Hochformat, aus dem festen ein flexibler achtseitiger Umschlag, auch das „normale" Layout wurde grundlegend verändert.

Jetzt hatte ich eine Idee davon, wie mein Jahrbuch sein sollte: schön auf jeden Fall, großzügig natürlich, allein das Anschauen sollte Freude bereiten, es sollte rund sein, aber nicht glatt, es sollte für alle Leser sein und gerade deswegen anspruchsvoll, es sollte keine Sammlung von Ereignissen sein, die im Laufe eines Jahres stattgefunden hatten, es hatte nichts mit einer Tages-, Wochen- und auch Monatszeitung zu tun, auch sollte es möglichst sparsam die Sprache der Journalisten sprechen.

Mit Band 10 war „Leben am See" endgültig zu meinem Jahrbuch geworden. Auch die Themen: Frauen – Religiosität – Architektur – Arbeit. Das war die Reihenfolge der folgenden vier Bücher. Zu Männern kam es nicht mehr.

Schöne Frauen, berühmte Frauen, Frauen, an die das „Jahrbuch" erinnerte, weil sie unvergessen bleiben müssen, Frauen in der Mitte und am Ende ihres Lebens. Der Weg führt über die Gegenwart in die Vergangenheit, auch dort die Schönen, die Berühmten, die Vergessenen und die ohne Bild. Franzis von Stechovs magische schwarz-weiß Fotografien schienen mir ohne Alternative für das Jahrbuch „Frauen" zu sein. Auch zwanzig Jahre später in einer sich überbietenden Welt der Bilder entfalten ihre Fotografien noch einen Sog in das Buch hinein; die Texte dann zu lesen geschieht wie von selbst. Hinzu kam die spontane Sympathie füreinander, und dann erzählte mir meine Mutter, dass sie zu Beginn der Siebziger Portraitaufnahmen bei einer jungen Frau in Konstanz machen ließ, deren zwei kleine Kinder während der Sitzung um sie herum spielten – für die Generation meiner Mutter eine ungewöhnliche Situation. Das war Franzis.

Dann der Umschlag dieses „neuen" Buches: ein echter Hingucker, so sehr, dass der Landrat, der vom Jahrbuch als seiner Bettlektüre sprach, das demzufolge auf dem Nachttisch lag, mir erzählte, seine Frau habe gesagt, es sähe jetzt aus wie ein Quelle-Katalog. Darüber hätte ich in die Hände klatschen können vor Vergnügen. Der Quelle-Katalog! Millionenfache Auflage! Weg von den Seeidyllen, den Burg-, Schloss- und Bergansichten, den zeitlosen Sanftheiten, hin zu dem, wonach ich gegriffen hätte, zugegriffen, was neugierig macht, undsoweiter. Es war dann aber doch anders. Aber wir, Ursula Wentzlaff und ich, hatten viel Spaß dabei, uns einen

▼ Band 10, Frauen

Umschlag auszudenken für die Leser, die wir im Auge hatten, – darf ich erwähnen, dass es viele bestätigende Rückmeldungen gab? – und uns Reaktionen auszumalen, wenn das „unverzichtbare" Idyll ausblieb.

Überhaupt Ursula Wentzlaff: Sie war fortan die Gestalterin des Umschlags, sie war meine Mutmacherin, meine Lehrerin in Sachen Grafikdesign, mit ihr konnte ich den Schritt machen, der mir wichtig war: den nach vorn, wohin das auch sei. Ursula stellte mir ihr Atelier, das „Blechhaus" in Kressbronn, für das Zusammenkommen der Autoren und Impulsgeber, die dem nächsten Thema, Religiosität, ein sicheres Fundament geben sollten, zur Verfügung. Ein spannender Samstagnachmittag!

Ich sehe Ursel noch vor mir, wie sie das geschwungene S für den See mit einer kleinen Schere aus feinem Papier ausschnitt – es war die Zeit vor der digitalen Buchmacherei – und es sacht auf den rosa Umschlag legte, dann den musizierenden Engel darauf Platz nehmen ließ, die anderen Buchstaben, ebenfalls handgefertigt, lagen schon parat, wurden mit einem Finger in die richtigste Position geschoben. Das ist doch schön! Ja, wir waren dem Idyll doch keineswegs verschlossen.

Den Engeln auch nicht. Ich war erstaunt, in Gesprächen zu diesem Thema auf so viele Engel zu treffen. Dann sah ich recht hin: Natürlich, in dieser Region, hier ist das Zuhause vieler Engel. In einem Gespräch mit Pfarrer Heinrich Spaemann

▼ Band 11, Religiosität

▼ Band 12, Bauen – Wohnen – Lebenstile

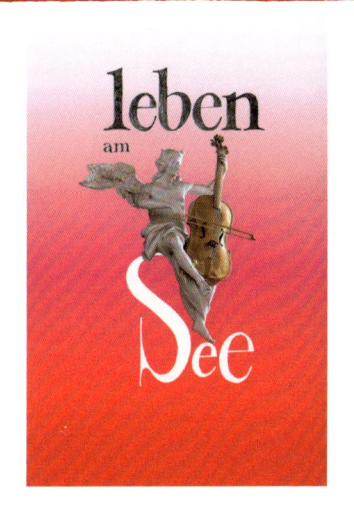

wollte ich wissen, was er von Engeln hielte. „Haben Sie sich noch nie mit Engeln beschäftigt?" Er hielt es für nahezu unmöglich. Ein Gespräch über Engel wurde notwendig, und viele weitere Gespräche folgten, kostbar bis zum heutigen Tag.

Zu verdanken habe ich die Bekanntschaft und dann die über die wenigen Jahre bis zu seinem Tod unergründlich tiefe Verbundenheit mit Pfarrer Heinrich Spaemann Oswald Burger, ehemals Nachbar, Überlinger, aber SPD-Mitglied und bekennender Religionsloser, ein immerwährend Helfender, Interessierter und Mittragender, im Zentrum der Information Stehender, wie überhaupt „Ossi" immer Freund war, und immer noch ist. Zu jeder Frage gab er zumindest einen Hinweis, der weiterführen könnte. Über Heinrich Spaemann konnte ich dann auch seinen Freund Emil Wachter, den bedeutenden Maler und Bildhauer, für einen Beitrag gewinnen. Otto Seydel, evangelischer Theologe, vielbeschäftigt an der Schule Schloss Salem, war sofort dabei, und Veronika Kubina, katholische Theologin, welche Bereicherung! Ich war beflügelt von so vielen Jas, als käme das Thema zur rechten Zeit, wenn sie nicht immer wäre.

Vernachlässigte ich die Geschichte? Unmöglich. Mit Elmar Kuhn im Hintergrund. Dazu Namen wie Manfred Bosch, Petra Sachs-Gleich, Oswald Burger, Christa Tholander... Religiosität ohne Geschichte ist nicht denkbar – Kapellen, Wallfahrten, Pieten, Klosterleben, die sakrale Kunst, das gelebte Kirchenjahr... Nur: Die Geschichte hat immer etwas zu sagen, besonders in unserer Region, in der jeder

▼ *Band 13, Arbeit*

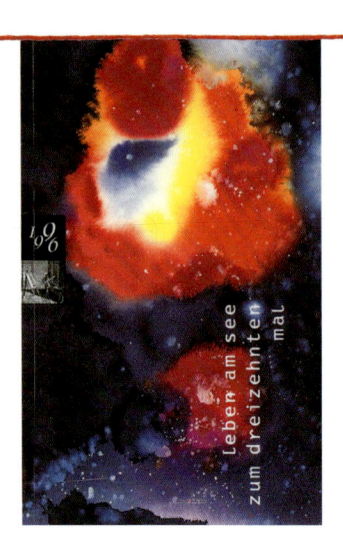

Blick auf Geschichte fällt. Die Gegenwart aber ist laut und sagt dennoch nichts, verweigert Antworten, das finde ich spannend. Sie wartet darauf, Geschichte zu werden, bevor sie sich äußert, das ist meine Erfahrung. Ein anderer mag finden, ich interessierte mich eben mehr für die Gegenwart. Vielleicht. Mag sein.

Nach Band 11 war ich in der Region angekommen und fühlte mich „sattelfest" in diesem Metier. Spürbar spielerischer und damit auch offener wird nun der Umgang mit den Themen „Bauen – Wohnen – Lebensstile" (Band 12) und „Arbeit" (Band 13).

Wieder treffen sich, diesmal in einer Baracke, neun Menschen aus der Region mit unterschiedlichstem Blick auf das „Wohnen", das Tonband läuft, und am Schluss steht der Satz: Wer hätte vorher sagen können, er habe mit diesem Ergebnis gerechnet? Dann beginnt die Umsetzung des Gefundenen in Texte, der Geist dieser Barackensitzung muss zünden, muss helfen, Autoren zu gewinnen, Autoren für Themen der Gegenwart – Familie, Stadt- und Landschaftsplanung, Architektur – für die Geschichte, Autoren aus der Kunst, aus der Literatur… wie in jedem Jahrbuch: Das Thema lieferte den Fokus für alle Bereiche und regte zu übergreifenden Betrachtungsweisen an.

Dass sich eins ins andere fügt, dass am Ende ein Buch wie von langer Hand geplant entsteht, geht auf diese erste kreative Begegnung zurück, in der jeweils eine vorgetragene Perspektive drei weitere generiert und ein Bild entsteht, wie es plastischer und bunter nicht sein könnte. Gleichwohl bleibt die Rückbindung an „Bauen – Wohnen – Lebensstile" erhalten, Bezüge können vom Leser hergestellt werden, es entsteht ein lebendiges Lesebuch, wie es gedacht war: Grenzen bekommen nur den Stellenwert einer möglichen Sichtweise, nicht mehr.

Die Bilderwelt legte ich Barbara Zoch Michel ans Herz. Das war ihr Blick: farbig, detailverliebt, besinnlich, suggestiv, schön.

Auch der Band „Arbeit" folgte dieser Vorgehensweise. Ich wollte, ich hätte die Programme all der Veranstaltungen aufgehoben, bei denen das neue Jahrbuch vorgestellt wurde. Das sind alles eigene Geschichten. Besonders die letzte ist mir noch so lebendig: ein Ausschnitt von West Side Story wurde auf die Bühne gebracht, eine Oberstufenarbeit der Waldorfschule Überlingen, hinreißend, beseelt und in der Vorbereitung sehr aufregend.

So viel Wohlwollen, immer so viel Engagement aller Beteiligten! Bezahlen hätte ich vieles nicht können, es war denn wohl einfach die Freude an dieser Arbeit.

Um die zwanzig Jahre sind vergangen. Wenn ich die Bücher aufschlage, werden nicht nur Erinnerungen wach, sondern ich hinterfrage die Beziehung zu heute, die weitere Entwicklung zu dem, was ist. Was wurde eigentlich aus dem Projekt von?… Würde mich interessieren, was der zu seinem Text heute sagt… Wie ist die damalige Zukunft in der heutigen Vergangenheit angekommen? An Faszination hat die Idee eines Jahrbuches bis heute nichts verloren. Und interessant sind die alten Bücher immer noch.

Wenn es am schönsten ist, soll man aufhören. Einer dieser Sprüche. Ob es so ist? Aber auf jeden Fall dann, wenn der immer wohlwollende Herr Landrat sagt, dieses Buch sei nicht mehr sein Jahrbuch. Ja, der Herr Landrat hat so manches gesagt, so grad heraus, so knapp daneben, so immer noch liebenswert. Für mich oft zum Staunen.

Es war Zeit zu gehen, nach sechs Jahrbüchern, wie „ed". Es stimmte so. Ich hatte viel gelernt, über die Region, über die Zusammenarbeit mit vielen Autoren, über das Machen von schönen Büchern. Daraus wurde eine Liebe bis heute.

Die Arbeit am Jahrbuch hat uns immer Freude gemacht
Erinnerungen an die Redaktionsarbeit für Band 14 bis 26

HELMUT UND CHRISTEL VOITH

13. Februar 1995: Wir waren dabei, für die Zeitschrift „Schönes Schwaben" ein umfangreiches Porträt über die Stadt Friedrichshafen zusammenzustellen. Neben Beiträgen über das Kulturleben, über das im Umbau begriffene Zeppelin Museum, das 1996 eröffnet werden sollte, und über Friedrichshafens Industriebetriebe machten wir auch ein ergänzendes Interview mit Oberbürgermeister Dr. Bernd Wiedmann. Mitten im Gespräch hielt OB Dr. Wiedmann inne: *„Die Redaktionsleitung vom ‚Leben am See' wird frei, wäre das nichts für euch?"*

Wir waren freudig überrascht und hatten natürlich große Lust, da wir das Jahrbuch von Anfang an mitverfolgt hatten, erbaten uns aber eine Woche Bedenkzeit, um uns zu fragen, wie wir diese reizvolle Aufgabe neben unserem Beruf als Gymnasiallehrer zeitlich schaffen könnten. Im März schrieb uns Landrat Siegfried Tann an, dem Wiedmann seinen Vorschlag mitgeteilt hatte, und es kam zum ausgiebigen Vorstellungsgespräch mit OB, Landrat und Verleger Dr. Joachim Senn. Für uns Beamte eine gänzlich neue Erfahrung.

Im Mai kam die Zusage und Anfang Juli die endgültige Bestätigung, dass die Wahl auf uns gefallen war. Wir nahmen an, auch wenn wir noch nicht recht wussten, was da alles auf uns zukommen würde, und haben es nie bereut, sondern die Arbeit am Jahrbuch immer als große Bereicherung empfunden.

Zum Glück gab es eine Vorlaufzeit von einem Jahr. Doch schon am 12. September 1995 sollten wir im Beirat unser Programm, unser Leitthema vorstellen. Gerade von dem Leitthema wollten wir aber weg, weil wir in Gesprächen mit Buchhändlern und Lesern erfahren hatten, dass die zu starke Fokussierung auf ein Thema die potentiellen Käufer eher abgehalten und die Auflage darunter gelitten hatte. Breit gestreut wollten wir den Landkreis erfassen, neben Geschichte und Kultur sollten in ähnlichem Umfang Themen aus den Bereichen Industrie und Gewerbe, Forschung, Natur und Umwelt, Jugend, Soziales, Sport oder Städtepartnerschaften zur Sprache kommen. Erschwerend war, dass wir nur eine dürre Adressenliste von bisherigen Autoren und Fotografen hatten. Also hieß es, aufmerksam nach Themen von allgemeinem Interesse zu suchen. Als es dann so weit war, hatten wir wesentlich mehr Material für unseren ersten Band beisammen als hineinpasste. Auch später blieb da immer bei den nicht so zeitgebundenen Themen ein Überlauf fürs nächste Jahr.

▼ *Das Ehepaar Voith mit Landrat Lothar Wölfle bei der Buchvorstellung im Graf Zeppelin Haus im Jahre 2008.*

Panik kam auf, als eine ungenaue Angabe, wie viele Zeichen pro Seite wir veranschlagen durften, beim ersten Band zu einem Überlauf von gut 50 Seiten führte. Doch der Verleger, Dr. Joachim Senn, Derartiges wohl gewohnt, konnte uns beruhigen. Der Umfang wurde um gut zwanzig Seiten ausgedehnt, andere Beiträge blieben als Polster fürs nächste Jahr.

Der Termin der Buchvorstellung rückte immer näher, und noch gab es keine Zeile für die Rede. Sie entstand dann recht kurzfristig an einem warmen Herbsttag im Allgäu oben am Tisch vor dem Berglokal am Hündle. Ohne Unterlagen, das Wesentliche erfassend, zu Hause konnte ausgefeilt werden.

In den Folgejahren lief es weit weniger aufregend, alles hatte sich eingespielt. Natürlich kam es vor, dass ein Autor zwei Wochen, bevor im Verlag mit dem Einfügen der Bilder das Layout abgeschlossen wurde, mit der alten Dame, die er porträtieren wollte, übers Kreuz kam und seinen Beitrag zurückzog. Jetzt mussten wir den Beitrag, der auf keinen Fall fehlen durfte, auf die Schnelle selber schreiben. Es kam auch vor, dass wir den Urlaub im Schwarzwald unterbrechen mussten, weil eine Dame noch neue Fotos von sich im Buch haben wollte und wir mit Mühe einen Fototermin mit ihr bekamen. Nachdem sie jetzt erst die ursprünglich vorgesehenen Bilder in Augenschein genommen hatte, war sie doch damit einverstanden. Kleine Pannen, die unsere Freude am Projekt keineswegs trüben konnten.

Es mag pauschal klingen, aber die Arbeit an diesem Buch, das im Kreis immer noch viel zu wenig bekannt ist, hat uns viele interessante Begegnungen geschenkt, viele Einblicke in Bereiche, die uns sonst fremd geblieben wären, ob es um die Renaturierung von Kiesgruben oder um den Kunstverein, um die wiedererstandene Fähre Meersburg ex Konstanz oder den Krimiautor Ulrich Ritzel, um einen weltweit agierenden Elektronikbetrieb oder eine Likörmanufaktur, um Aliens im Bodensee oder einen Jugendaustausch mit Peoria ging. Stress? Wie oft wurden wir danach gefragt, doch den hatten wir nie mehr, alle dreizehn Bände, für die wir die Redaktion machen durften, sind immer rechtzeitig voll und fertig geworden. Nur gut, dass wir nicht wussten, dass einmal, wie wir erst hinterher erfuhren, der Buchbinder sich einen falschen Erscheinungstermin notiert hatte und das Buch aus diesem Grund fast doch noch zu spät gekommen wäre.

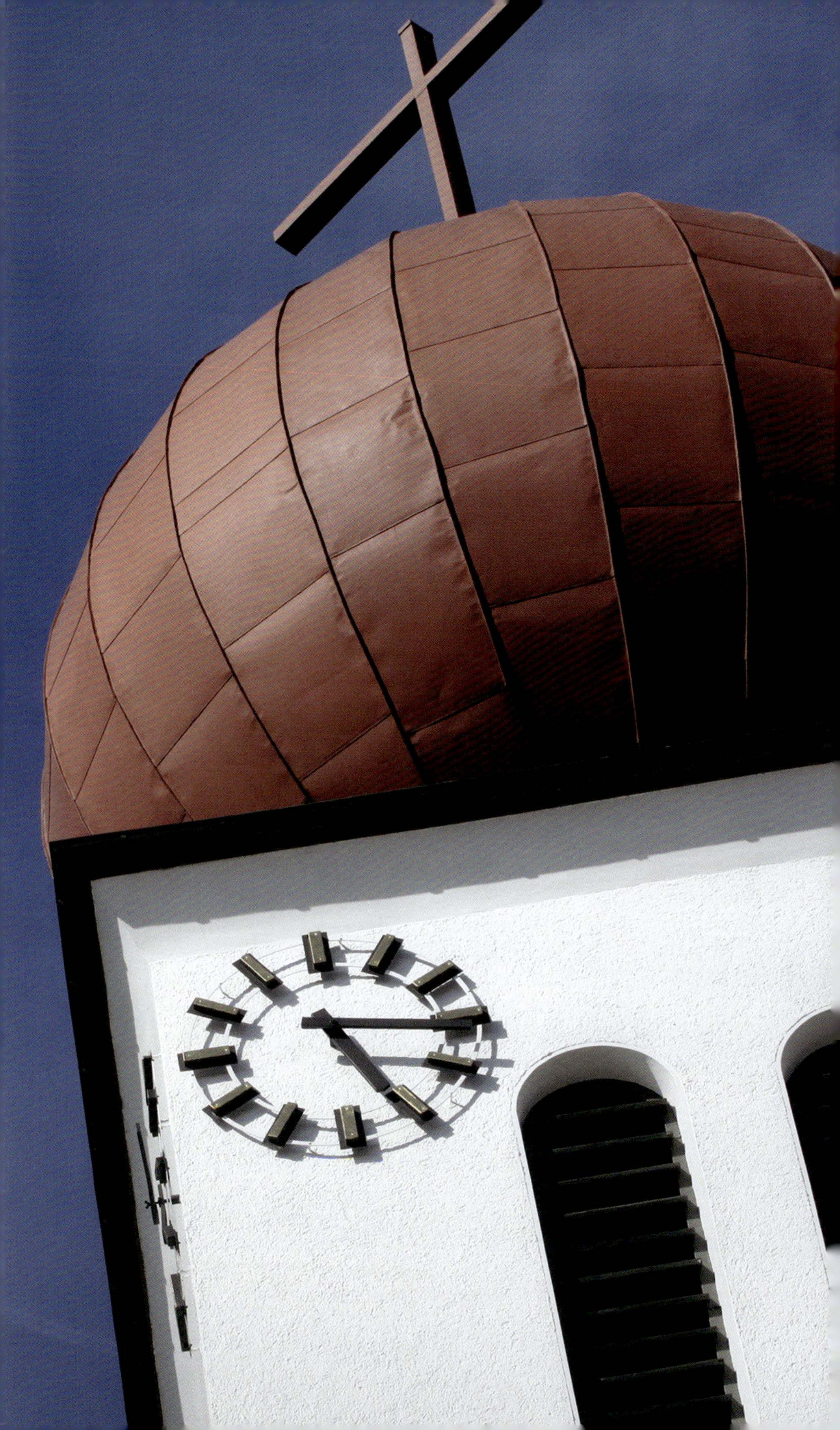

Verkehr am Bodensee
Einige nichtamtliche Notizen

HELMUT SCHNELL

Wer, wie ich als Ruheständler, häufig an den vielen – schönsten – Plätzen des Bodenseekreises einfach nur sitzt und in die Landschaft schaut, hört und sieht neben den Ausblicken auf Obstplantagen, Hopfenfelder, den See und die Berge auch Lehrreiches über den Verkehr im ganzen Bodenseeraum. Gerne betrachte ich bei geeigneter Sicht am Himmel die Kondensstreifen der den Bodenseeraum überfliegenden Flugzeuge. Oft ergeben sie wunderschöne grafische Raster und wenn der Wind sie verweht und die Sonne rot wird, entstehen reizvolle Bilder. Sie zeigen dabei auch die Richtungen der großen Hauptverkehrsströme in Mitteleuropa. Sie haben sich seit Jahrhunderten nicht grundsätzlich verändert – zumindest, solange alle Anrainer des Bodensees zum selben Staatsgebiet gehörten. Erst gegen Ende des Hochmittelalters begannen sich politische Veränderungen auch auf die traditionellen Reiserouten auszuwirken. Aber die großen Kaufmannsgesellschaften des Bodenseeraumes profitierten noch bis ins 16. Jahrhundert hinein zum Beispiel von den kürzesten Wegen über die Alpen zwischen Bodensee und Comer See über die Bündner Pässe am Septimer und am Splügen. Und dann hatten alle Anrainer bis zu Beginn des vorigen Jahrhunderts den Vorteil, dass das Wasser für Waren und Personen ein viel benutzter und sehr geschätzter Verkehrsweg war. Erst die Eisenbahn und der motorisierte Straßenverkehr haben den See dann zu einem gemeinen Verkehrshindernis gemacht. Und deswegen muss ich immer wieder „nichtamtliche" Anmerkungen zum Verkehr am Bodensee schreiben.

Die Pflicht

Es sind erst circa 30-40 Jahre her, als man die Theorie *„jeder Gemeinde nicht mehr als 20 Kilometer zur nächsten Autobahnauffahrt"* zuzumuten schon in vorbereitende Pläne für die offizielle Bundesverkehrswege-Planung übertrug. Auf dem Höhepunkt dieser Autobahneuphorie stand im so genannten „Lebert Plan" dass bei Herbertingen an der Donau ein Kreuzungspunkt aus fünf Autobahnen in alle möglichen Richtungen entstehen werde.

Für den Bodenseekreis ist schon bald darauf der Plan übrig geblieben, die Bundesstraße B31 zu „ertüchtigen". Da ist in den vergangenen Jahren auch einiges passiert, ohne dass man der Straße das Prädikat „tüchtig" bereits verleihen könnte. Zwischen Überlingen West und Friedrichshafen Innenstadt ist nichts auffällig

▼ *Kondensstreifen am Himmel zeigen die Verkehrswege auf.*

besser und was dann von Friedrichshafen bis nach Lindau gebaut wurde, ist schon wieder unzureichend. Ausgerechnet im wirtschaftlichen Kern des Kreises – in Friedrichshafen – fehlt das Verbindungsstück entlang des Bodensees und ebenso für die B30 die Verknüpfung mit der leistungsfähig ausgebauten Umgehung Ravensburg/Weingarten, die den genervten Häflern auf ihrer Fahrt nach Norden wenigstens für 20 Kilometer eine nützliche Erleichterung bringen würde. Aber seit Mitte Juni diesen Jahres kommt Hoffnung auf: In einer „Prioritätenliste" des Landes werden drei Projekte im Dreieck Überlingen, Friedrichshafen und Ravensburg zum baldigen Baubeginn benannt. Dies ist ein weiteres Papier, aber die Argumente für die Realisierung sind überzeugend!.

Ähnlich ging es in den vergangenen 30 Jahren mit dem Versuch, durch die Elektrifizierung der Bahnstrecke Ulm-Friedrichshafen-Lindau die Eisenbahnanbindung des Bodensees an das nationale und internationale Bahnnetz zu verbessern. Wie oft habe ich mir in meinem Berufsleben bei regelmäßig stattfindenden großen Fahrplanbesprechungen anhören dürfen, dass die Elektrifizierung der Strecke Grundvoraussetzung für alle weiteren Wünsche nach einer leistungsfähigen, modernen Bahn als Alternative zum immer mehr wachsenden Individualverkehr sei. Jetzt kommen spannende Wochen der zunehmenden Euphorie, dass auch das gelingt…

▼ *Neue Hoffnung für die Bundesstraßen B 31 und B 30:
Die Umsetzung ist überfällig!*

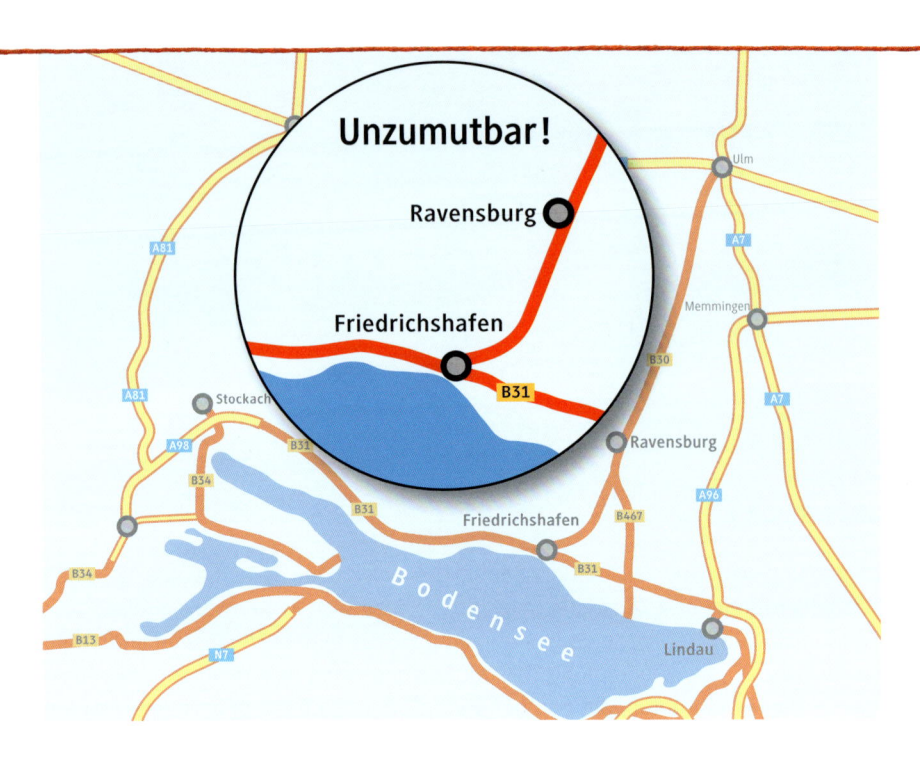

… Und daher lautet die Pflicht eines jeden einsichtigen Menschen am Bodensee und in den zuständigen Behörden, alles dafür zu tun, dass

- Die Bundesstraßen B31 entlang des Bodensees zu einer, dem zu erwartenden Verkehr gewachsenen und mit entsprechender Qualität ausgestatteten Bundesfernstraße und die B30 Friedrichshafen bis zur Anschlussstelle Umgehung Ravensburg ausgebaut werden.
- Die Bahnstrecke Ulm-Friedrichshafen-Lindau nun wirklich auch elektrifiziert wird und damit ein wenig mehr ein Bindeglied zwischen dem Deutschen Bahnnetz und den Nachbarbahnen in der Schweiz und Österreich werden kann.

Das Lob

Wenn man bei allem Ärger über die schlechte Verkehrssituation am Bodensee den Kopf frei macht für das, was sich in den vergangenen 30 Jahren im Verkehrsgeschehen für die Bürger der Region positiv entwickelt hat, fällt einem zunächst vor lauter aktuellem Ärger wenig ein. Im Gegenteil: Wenn man sich nach einem Besuch bei lieben Freunden in Überlingen auf der Bundesstraße B31 in den Stau vor der Abzweigung zur Birnau eingeordnet hat und am späteren Nachmittag in Hagnau im 30 km/h–Zwangsstau einige Zeit verbraucht hat, so dass man in Friedrichshafen schon in die nächtliche 30 km/h Zone gerät, kräuselt sich das Hirn doch gewaltig: Man fährt also auf einer Bundesstraße (B 31), welche die Aufgabe hat, eine nach wie vor im Wachsen befindliche Region zu versorgen, und gleichzeitig die Autobahnen im Westen und im Osten miteinander zu verbinden. Man weiß, dass schon vor Jahrzehnten ein vierspuriger Aus- und Neubau vorgesehen war und landet in 30 km/h-Zonen, ausgestattet mit martialisch drohenden automatischen Blitzgeräten. Erst die Tatsache, dass man gar keine 30 km/h- Geschwindigkeit erreichen kann, bringt eine gewisse Heiterkeit zurück und Positives zur Geltung:

Da ist an erster Stelle die Fertigstellung der Autobahn A 96 von Bregenz bis München zu nennen. Weil auch der Autobahnring in München/Nord weitgehend fertig ist, ist der Flughafen München und die Regionen Oberpfalz und Niederbayern auch besser zu erreichen. Aber auch nach Westen in Richtung Breisgau und Frankreich ist die B31 erheblich verbessert worden. Allein der Tunnel östlich der Innenstadt Freiburgs hat die oft ellenlangen Staus in Ebnet/Kappel beseitigt.

Die alte Verbindung des Bodenseeraumes nach Tirol wurde über die Arlbergstrecke mit enormem Aufwand für die Schneesicherheit durch lange Tunnels erheblich verbessert. Und durch die Fertigstellung des Anschlusses der Autobahn A7 bei Füssen an die Fernpassstrecke gibt es nach Zeit und Geld zusätzlich eine interessante Alternative zur Arlberg-Strecke. Mit Fertigstellung der zweiten Röhre des Pfändertunnels bei Bregenz werden in einem Jahr die regelmäßigen Staus am Pfänder der Vergangenheit angehören.

Respekt und Skepsis

Ein Jahrhundertprojekt der Schweizer Bahn wird im Jahr 2016 fertig: Die neue Eisenbahn Alpen Transversale mit dem 57 Kilometer langen Gotthard-Basistunnel

▼ *Die Schweiz baut die beste Bahnstrecke der Welt!
Wollen wir da nicht mitfahren?*

Anschlüsse aus Deutschland

Jahrhundert-Investition: Modernste Bahnstrecke der Welt

57 km Gotthard-Basistunnel

15 km Ceneri-Basistunnel

Zürich — Mailand

und dem circa 15 Kilometer langen Ceneri- Basistunnel als Kernstück der Gesamtstrecke zwischen Zürich und der italienischen Grenze. Sie erlaubt erheblich kürzere Reisezeiten und eine Verlagerung des in der Schweiz bisher schon hohen Bahnanteils von der Straße auf die Schiene im nationalen und internationalen Güterverkehr. Parallel dazu hat die Schweiz im Juni 2007 auf der Lötschberg-Simplon-Achse den knapp 35 Kilometer langen Lötschbergbasistunnel fertig gestellt.

Diese Rieseninvestitionen der Schweiz (alleine der Gotthardbasistunnel mit circa 17 Mrd. SFR) ist mit der EU zur Verbesserung des alpenüberschreitenden Eisenbahngüterverkehrs auf der Bahn bei gleichzeitiger Umsetzung ehrgeiziger Umweltziele zu Ungunsten des Güterverkehrs auf der Straße und mit breiter Zustimmung der betroffenen Staaten abgestimmt.

Mit großer Präzision setzt die Schweiz das Projekt um. Im Vergleich dazu ist die Planung, beziehungsweise Errichtung von Zulaufstrecken oder zumindest die Vorbereitung von Verbesserungsmaßnahmen großen Stils bei uns in Süddeutschland noch nicht so richtig in Schwung gekommen. Es wäre für eine erfolgreiche Planung und Inangriffnahme der Zu- und Ablaufstrecken – mit womöglich ähnlich hohen Kosten wie in der Schweiz – schwierig.

Wir am Bodensee hatten vor Jahren das Projekt eines Splügen Basistunnels zwischen Thusis und Chiavenna unterstützt. Es war aber politisch nicht durchsetzbar, so dass jetzt geklärt werden muss, ob der Bodenseeraum eigentlich von dem sehr aufwendigen Gotthard-Projekt profitieren kann. Solange aber keine Konzepte für die Verbesserung von Anschlüssen an das Bahnprojekt mit klaren Zeitvorgaben mit den betroffenen Unternehmen abgestimmt werden, bleibt vorerst die Bedrohung des Straßengüterverkehrs zwischen dem Bodensee und den wichtigen Partnern in Norditalien erhalten.

Die Schweiz kann gegen den Güterkraftverkehr über die Alpen hinweg weitere und schärfere Restriktionen ausüben – wie es ausdrücklich in der Bundesverfassung der schweizerischen Eidgenossenschaft – Art. 84 – niedergeschrieben ist, ohne dass bei uns als Nachbarn absehbar ist, wie und wo und zu welchen Preisen die Verlagerungen wirklich mit der Bahn erfolgen könnten.

Unabhängig von diesen sehr ernsten und schwerwiegenden verkehrspolitischen Problemen des Alpen Güterverkehrs ist die Fertigstellung des Gotthard Basistunnels für den Bodenseeraum von großer Bedeutung für den Personenverkehr. Aber auch dafür bedarf es neuer Konzepte und sicher auch erheblicher Investitionen!

Zurück zum Splügen: Der historische Weg von Thusis durch die Via Mala und über den Splügen nach Chiavenna – den auch die süddeutschen Handelsgesellschaften im Mittelalter gegangen sind, ist vor einigen Jahren wiederhergestellt worden und hat sich zu einer sehr schönen Wanderroute mit zahlreichen Übernachtungsmöglichkeiten entwickelt.

Die Botschaft des SUV

Gegen was wappnet sich der moderne PKW-Käufer? Das fragt man sich, wenn man in den Schaufenstern und zunehmend auch auf den Straßen Autos sieht, die als gemeinsame optische Kennzeichen eine, gelinde gesagt, gewisse Unförmig- und Breitreifigkeit sowie Allradpotenz ausstrahlen. Das klingt jetzt ein bisschen gemein, aber weil ich nicht mehr skifahren kann, komme ich ja nicht in Versuchung mir auch ein solches Fahrzeug zu kaufen. Und man muss auf Signale frühzeitig achten, vor allem auch als Verkehrspolitiker! Hier am Bodensee macht es – zumindest an den nicht ausgebauten Bundesstraßen – Sinn, dem Stau über den Acker zu entweichen oder im regelmäßigen Stau hinter den schwarzen Scheiben einfach ein Nickerchen zu machen. Auch in der engen Tiefgarage macht es sich gut, wenn der Breitreifen den weißen Strich zur nächsten Parknische bedeckt und sich niemand traut, sich daneben zu stellen, was wiederum das Besteigen des SUV bequemer macht.

Können Sie sich, liebe Leser, noch an den Borgward Isabella erinnern? Oder an den ersten Innocenti aus Italien oder an mein erstes Auto nach der Schule – den gebrauchten silbergrauen Lloyd Alexander Kombi mit einer Blumenvase am Cockpit? Das ging doch auch!

Das Schild als Fürsorge

Neulich bin ich im Altdorfer Wald an einer prächtigen alten Buche vorbeigekommen, die mit einer ganzen Serie von älteren – aber auch neuen Wanderer-Infos umgeben war. Es gab – auf einem alten Blech – eine Nr. 1 und einen Gemeindenamen, der hier nicht von Interesse ist. Direkt neben dem Blech war ein handgeschnitztes, nur noch halb vorhandenes Häschen – das hatte etwas Rührendes. Ein modernes gelbes Schild wies in die gleiche Richtung und nannte unter fünf weiteren Gemeindenamen in derselben Richtung auch den Namen vom Blechschild. Zusammen mit Schildern für Fahrradfahrer in Weiß/Grün gehalten, die die Entfernungsangaben auf den gelben Schildern im Wesentlichen bestätigten, waren es insgesamt 28 nützliche Informationen. Gut gelaunt ging ich geradeaus. Nach etwa 200 Meter war ein nächstes Schild (gelb) aufgestellt, was mir freundlich bestätigte, dass ich seit der letzten Nachricht tatsächlich 200 Meter weiter gegangen bin. Diesen Komfort gab es vor circa 10 Jahren, als ich mit meiner Frau gemeinsam zu Fuß von Friedrichshafen nach Flensburg gelaufen bin noch nicht. Aber ich kann mich erinnern, dass wir auf den ersten 400 Kilometer einem Weg des schwäbischen Albvereins nach gelaufen sind, der – allerdings sehr spärlich – mit einem kleinen roten Kreuz ausgezeichnet war.

Ich weiß nicht, warum ich diese Wandergeschichte erzähle. Sie fiel mir wieder ein, als ich heute morgen, als ich nach Salem gefahren bin, um ein Manuskript

◄ *Die nächtliche 30 km/h Zone. Für Anwohner eine Lärmerleichterung, für Autofahrer ein eher zweifelhaftes Vergnügen.*

abzugeben, auf 17 Kilometer Strecke 480 Verkehrszeichen (Warnbarken nicht gerechnet) gezählt habe und zahllose Ampeln und Aufforderungen – unterstützt von mehreren Starenkästen – intellektuell verkraften musste. Und neulich, als ich von Leutkirch nach Lindau auf der Autobahn A 96 im letzten Moment das Schild „Allgäu" zur Kenntnis genommen habe – im Radio kam gerade der alte italienische Gassenhauer „Roberta ascolta mi" – überkam mich ein schlechtes Gewissen, weil ich dachte, ich hätte nicht rechtzeitig die „Allgäutaste" gedrückt.

Ein kurioser Verkehrsweg!

Wer zu Fuß, mit dem Fahrrad, dem Motorrad oder im offenen Cabriolet bei immer herrlichem Wetter vom Bodensee Hinterland über kleine, beschauliche Sträßchen und Wanderwege zum See herunter kommt, freut sich, dass die Weinreben und das Ufergebüsch am See nicht so überdimensional wachsen, wie der Mais. Diese Pflanzen haben ihre große Aufgabe beim Gelingen der Energiewende erkannt und so sind die Ackerflächen des Oberlandes für den Aussichtsfreund zur Fortsetzung des Waldes mit anderen Mitteln geworden. Und während die Pkw Fahrer am See angelangt sind und bei guter, normaler Staulage auf der B 31 die Aussicht auf den See und das Säntismassiv genießen, freuen sich alle Verkehrsteilnehmer auf ihren Bodensee Rundwanderweg: Fahrradfahrer unterschiedlichster Interessenlagen, Rollerskater, Inliner, Rolatorschieber, Eltern mit drei Enkeln je auf einem großen Plastiktraktor, Bodensee Rundwanderer mit strammem Schritt und Rucksack, Nordic- und Canadien Walker und ein einzelner Spaziergänger ohne jedes Gerät.

Doch bei den immer schönen Tagen am See sind auf den Wegstrecken, die alle gleichzeitig nutzen dürfen, nur die (profanen) Fußgänger in der Lage mit großer Sprungkraft zur Seite – rechts in die Wiese oder links in Wasser – zu springen. Hilfreich ist auch eine gewisse psychologische Feinfühligkeit, den Grimm im Blick eines jeden Fahrradfahrers richtig zu deuten. Das heutige Fahrrad hat für den Besitzer die Anmutung einer ewigen Vorfahrtsberechtigung. Aber weil dies von den anderen Benutzern nicht unbedingt berücksichtigt wird, kommt es zu dem Phänomen des permanent Unmut ausstrahlenden, sonst doch so hübschen Fahrradfahrgesichts. Der sensible, profane Fußgänger sollte die wichtigsten Unmutgründe verstehen – zum Beispiel: Unmut über den Fußgänger, aber auch Unmut

Bildung am See

Momentaufnahmen, Ansichten und offene Fragen

RALF SCHÄFER

Wir reden von Bildung, Bildungsstandort und Bildungsqualität, kaum jemand aber weiß, was sich alles dahinter verbergen kann. Ist Bildung in unserer Region dann ein wertvolles Gut, wenn möglichst viele Schulen mit möglichst vielen Abschlussmöglichkeiten vorhanden sind? Gibt Bildung eine Standortqualität wieder, wenn es mindestens eine Universität im Umkreis gibt, oder dürfen wir von Bildungsstandorten sprechen, wenn Allensbach einen gewissen Bildungsgrad bei der Bevölkerung festgestellt und repräsentativ ermittelt hat?

Was ist eigentlich Bildung?

In Friedrichshafen steht die Zeppelin Universität, und deren Präsident Prof. Stephan A. Jansen beruft sich auf Wilhelm von Humboldt. Wilhelm von Humboldt, nicht zu verwechseln mit seinem Bruder Alexander, hat 1809 einen Bericht an den preußischen König geschrieben, nachdem er von Freiherr von Stein zum „Geheimen Staatsrat und Direktor der Sektion für Kultus und Unterricht im Ministerium des Inneren", ernannt worden war. Darin steht geschrieben: *„Es gibt schlechterdings gewisse Kenntnisse, die allgemein sein müssen, und noch mehr eine gewisse Bildung der Gesinnungen und des Charakters, die keinem fehlen darf. Jeder ist offenbar nur dann ein guter Handwerker, Kaufmann, Soldat und Geschäftsmann, wenn er an sich und ohne Hinsicht auf seinen besonderen Beruf ein guter, anständiger, seinem Stande nach aufgeklärter Mensch und Bürger ist. Gibt ihm der Schulunterricht, was hierzu erforderlich ist, so erwirbt er die besondere Fähigkeit seines Berufs nachher sehr leicht und behält immer die Freiheit, wie im Leben so oft geschieht, von einem zum andern überzugehen."* Eine gewisse Flexibilität und die Bereitschaft nicht lebenslang ein und denselben Beruf zu besitzen, setzte Humboldt damals wohl schon voraus. Was ihn jedoch besonders auszeichnet, ist die Forderung nach lebenslangem Lernen und der Ermöglichung dessen.

Ist Bildung messbar, möglicherweise in Einheiten von Wissen?

Der Augsburger Professor Wolfgang Frühwald hat bei einer Tagung der Bundeszentrale für politische Bildung den Enzensbergschen Vergleich Bildung und Wissen am Beispiel des Melanchton, des Weggefährten Martin Luthers, und Zizi, einer heutigen Friseurin angestellt. Könnte man das Wissen des Melanchton in Einheiten messen, so läge die Friseurin heute bei ebenso vielen „Wissenseinheiten". Melanchton galt als hoher Gelehrter, gebildeter Mensch und „Lehrer Deutschlands", der zusammen mit Luther die Reformation vorangetrieben hat. Er galt als hoch gebildet, was man von Zizi nicht sagen konnte. Insofern ist Bildung nicht in Wissenseinheiten messbar und deswegen muss sich die Bildungspolitik auch stets fragen, ob ein Regulativ in Einheiten, Zeiteinheiten, Punktesysteme oder sonstigen politischen Ideen bei der Bewertung von Bildungsabschlüssen Sinn macht. Enzensberger hat 1982 diesen Vergleich in dem Aufsatz „Über die Ignoranz" beschrieben und Frühwald folgert daraus, dass nicht die Menge des Wissens maßgeblich ist, sondern deren Organisation.

Wenn nun Bildung nicht messbar ist, nach Humboldt jedoch die Fähigkeit des Menschen bezeichnet, die ihn umgebende Umwelt und Wirklichkeit, wie auch sich selbst reflektierend zu erkennen und mit dem Gelernten kritisch umgehen zu können, wie dies in Ansätzen als Grundforderung der Didaktik für den Unterricht an Schulen festgeschrieben ist, so handelt es sich dabei um einen sehr beweglichen, relativen und nicht eindeutig zu definierenden Begriff.

Wozu brauchen wir Bildung?

Diese Frage stellt sich an sich gar nicht, ihre Antwort ist bereits im Bewusstsein eines jeden heranwachsenden Menschen verankert, bildet die Inhalte langer Diskussionen und beschäftigt Bildungspolitiker in Stadt, Land und Bund. Bildung braucht, wer beruflich Erfolg haben will. Bildung ermöglicht, Wissen zu organisieren. Bildungsqualität zu definieren, würde hingegen einen Schritt weiter führen und folgerichtig die Frage nach sich ziehen, welche Bildungsqualität die Menschen brauchen. Bleiben wir dazu am See, betrachten wir die jüngste Vergangenheit und schauen denen auf den Mund, die dazu fachlich kompetent Auskunft geben können.

2,7 Prozent Arbeitslosigkeit in der Region, das ist gleichsam Vollbeschäftigung. 50 Prozent aller Betriebe der Elektro-Innung würden umgehend jemanden einstellen, aber die Fachkräfte für diese Jobs gibt es nicht. 2015 werden in Baden-Württemberg rund 218 000 Arbeitskräfte fehlen. Hierzulande nutzen 15 Prozent aller Arbeitnehmer die Werkzeuge Weiterbildung und Qualifizierung, in der benachbarten Schweiz sind es über 50 Prozent. Diese Zahlen haben anlässlich der IBO 2012

Vertreter der IHK, der Kreishandwerkerschaft, des Regionalbüros Netzwerk für Fortbildung und der Arbeitsagentur im März vorgelegt.

Volker Frede, Geschäftsführer des operativen Bereiches der Agentur für Arbeit, sieht viele Berufsfelder, denen die Fachleute fehlen. *„Das sind naturwissenschaftliche Fachkräfte, Ingenieure, Ärzte, aber auch Handwerker, Fachleute und qualifizierte Arbeitnehmer bei den Hotel- und Gaststättenbetrieben."* Die Agentur für Arbeit will die Problematik mit unterschiedlichen Wegen zumindest mildern. So müsse über Zuwanderung nachgedacht werden und die Themen Weiterbildung und Beratung sollten in den Unternehmen direkt angesiedelt werden. Angesprochen werden sollen für eine Sensibilisierung zu mehr Weiterbildung sowohl ältere wie auch die ganz jungen, respektive die Eltern der Kinder, die heute noch in die Schule gehen. Frede hält eine Analyse notwendiger Berufsfelder für die Region für sehr wichtig und will ferner auf die Arbeitgeber einwirken, sich dem Thema Arbeitsplatzumbau zu widmen, damit auch Menschen mit Behinderung ihren Möglichkeiten entsprechend in die Besetzung der Arbeitsplätze einbezogen werden könnten.

Georg Beetz, Geschäftsführer der Kreishandwerkerschaft, setzt bei der Ausbildung an und vertritt die Position, dass ein guter Hauptschulabschluss einen jungen Menschen heute und in dieser Region sehr wohl in die Lage versetze, sich beruflich zu qualifizieren. *„Nach einer handwerklichen Lehre und der Nutzung von Weiterbildungsangeboten, stehen einer Meisterprüfung einem Studium und der Gründung eines eigenen Betriebes keinerlei Hindernisse im Weg."* Wichtig sei, dass das Handwerk seine Position in dem großen Portfolio beruflicher Entwicklungsmöglichkeiten behaupte.

Auch Karl Hagen, Leiter des Geschäftsbereiches Weiterbildung der IHK Bodensee-Oberschwaben, relativiert die immer wieder geforderte Schulausbildung bis zum Abitur für alle. Das sei ganz und gar nicht sinnvoll und führe zu nur noch mehr Problemen. Er unterstützt die Aussage von Georg Beetz *„Wir brauchen auch die Menschen, die es machen."*

◄ *Wenn die Bildungsvielfalt so wäre,
wie die Schulranzen...*

Ohne das Handwerk wäre Deutschland ein Tisch voller Pläne. Wir sollten aufhören, hinter möglichst hohen Schulabschlüssen hinterherzurennen, sollten den Jugendlichen nicht zumuten, sich solange in den Schulen aufzuhalten, bis sie überfordert das Handtuch werfen, sondern vielmehr den umgekehrten Weg dualer Ausbildung gehen, meint Hagen.

Informationen und Beratungen zu Fort- und Weiterbildung, auch für ältere Menschen und vornehmlich für Frauen, die in den Beruf wieder einsteigen wollen, bietet das Regionalbüro Netzwerk für berufliche Fortbildung, deren Leiterin Rita Hafner-Degen den Standpunkt vertritt, den Mehrwert von Bildung für die Menschen sichtbar machen zu müssen. *„Bildung ist nicht so leicht zu verkaufen wie eine Colaflasche."* Das Kernthema einer Strategie gegen Fachkräftemangel und Besetzung aller vorhandenen Stellen in Handwerk, Industrie und Dienstleistung sieht Hafner-Degen in einer Orientierung auf die Anforderungen der Region.

Und diese Orientierungsmöglichkeit ist bei der IHK auf der Internetseite in einem Fachkräfte-Monitor abgebildet. Dort ist nach Berufsgruppe und Jahr aufgeschlüsselt die Prognose, welche Fachkräfte wann, wo und wie gebraucht werden. Diese Seite ist für jedermann zugänglich. Karl Hagen empfiehlt den Monitor vor allem auch kleineren Unternehmen, die von sich aus organisatorisch nicht das Potenzial eines Personalentwicklers hätten und die oft zu spät auf Anforderungen reagieren würden. Bildungsqualität also als Konsequenz einer Bildungsstrategie?

Unter dem Strich und als Fazit stellen alle Vertreter der Verbände klar, dass erste Priorität bei der beruflichen Bildung das eigene Engagement der Menschen ist. Menschen, die beruflich Erfolg haben wollen, sollten sich beraten lassen, sollten sich weiterbilden und sollten gleich welchen Alters die Angebote, die der Markt biete, annehmen.

Schauen wir noch einmal kurz auf Humboldt zurück. Der hat zunächst gefordert, dass es Angebote für die Menschen geben müsse, dass die Menschen in die Lage versetzt werden sollten, lernen zu können.

▼ *Bildung für alle, so z.B.
in der Grundschule Kluftern.*

Heute jedoch werden die Menschen als Individuen angesprochen und aufgefordert, die ihnen zur Verfügung stehenden Angebote auch anzunehmen. Warum sie das in weit geringerem Ausmaß als beispielsweise in der Schweiz tun, erschließt sich an dieser Stelle nicht, könnte aber einen Rückschluss auf die folgenden Überlegungen bieten.

Wenn wir Bildung in Schulsystemen anbieten, deren Funktionalität durch PISA-Ergebnisse und Vergleiche zu anderen Bildungssystemen in Frage steht, wenn die Politik dann, um das System zu retten, das aus sich heraus bereits Reformvorschläge parat hat, wie seinerzeit die Briefe der Hauptschulrektoren gezeigt haben, lediglich kosmetische Veränderungen vornimmt, muss daraus zwangsläufig ein Bildungsstreit werden, der wie im Falle Baden-Württembergs zu einer erneuten Systemveränderung namens Gemeinschaftsschule führt.

Wir sprechen, so es um Bildung im Leben am See geht, von einer wirtschaftlich sehr guten Grundvoraussetzung auf dem Arbeits- und Ausbildungsmarkt. Interessant erscheint mir die von Georg Beetz aufgestellte Behauptung, jeder Hauptschüler mit einem vernünftigen Abschluss bekäme in unserer Region auch eine Ausbildungsstelle – was zu überprüfen bliebe. Ebenso spannend in der ge-

genwärtigen Diskussion finde ich die Aussage von Karl Hagen, der das Abitur nicht als das Allheilmittel, damit den höchsten schulischen Bildungsabschluss also nicht als unbedingt erstrebenswert betrachtet.

Heißt das, dass die Forderung, möglichst vielen Jugendlichen ein Abitur zu ermöglichen, keinen Sinn macht? Bedeutet das im Umkehrschluss, dass Betriebe, die als Zugangsvoraussetzung für einen Ausbildungsplatz das Abitur festschreiben, an der Realität vorbei planen und es deswegen schwer ist, Auszubildende in bestimmten Branchen zu finden? Was sagen die Ausbildungsleiter in den Unternehmen, wenn ein Bewerber beim Vorstellungsgespräch nicht in der Lage ist, einen einfachen Dreisatz zu rechnen?

Welche Probleme hat Bildung?

Die Debatte läuft immer wieder auf die Suche nach der Verantwortung für die Probleme im Schulsystem und bei den Auszubildenden hinaus. Mal sind es die Jugendlichen, denen vorgeworfen wird, sie würden sich für nichts interessieren und seien lern- und beratungsresistent. Mal sind es die Lehrer, denen eine Routine im Job unterstellt wird, die kreativen Unterricht im Sinne der Schüler verhindere und damit keinen Lehrerfolg zeitige. Dann sind es wieder die Bildungspolitiker, die ein populistisches Schulsystem aufbauen und weit weg von der schulischen Realität agieren würden. Und schließlich haben wir noch die Eltern, die sich angeblich erst mal gegen alles Neue stellen und auf die Barrikaden gehen würden, wenn wie im Beispiel der Werkrealschulen oder später der Gemeinschaftsschulen, Systemwechsel oder -veränderungen vollzogen werden sollen.

Friedrichshafens Oberbürgermeister Andreas Brand hatte in einer Diskussion im Gemeinderat um die Gemeinschaftsschule im Februar betont, dass die Stadt nicht die Aufgabe habe, Bildungspolitik des Landes zu machen, wohl jedoch die Verantwortung habe, für ein durchgängiges und optimales Schulsystem für die Kinder zu sorgen. Wie dieses aussehe, ließ er offen, warb aber für die Möglichkeit, eine Gemeinschaftsschule zu prüfen.

Dr. Achim Brotzer (Fraktionsvorsitzender der CDU) meinte in seiner Erklärung, dass die Idee, die hinter der Gemeinschaftsschule stehe, nicht von Grund auf abzulehnen sei. Nur die Zeit, in der diese Idee umgesetzt werden solle, reiche nicht aus. Brotzer forderte langfristige Untersuchungen und Prüfungen – ein Argument, das ihm später Gerd Magino (Grüne) vornehm um die Ohren fliegen ließ, weil der auf die Hatz und Ungeduld der CDU bei der Einführung der Werkrealschule hinwies, die an vielen Orten gegen den Willen der Eltern, Lehrer und Schulkonferenz stattgefunden habe.

Die Politik mischt sich in die Bildungsdebatte ein, bringt Fraktionspositionen in Stellung und geht unbeirrbar über die Äußerung der Fachleute hinweg: *„Ich finde die Gemeinschaftsschule ist eine interessante und neue Schulform, die unseren Kindern gerechter wird, als das dreigliedrige System. Diese Schulform wird der Heterogenität der Kinder gerecht. Dazu braucht es einen anderen Lehrertyp, der den Lernprozess begleitet und unterstützt. Man muss eine individuelle Lernform finden. Das wird in verschiedenen Schulen schon praktiziert."* Das hat Josef Brugger, geschäftsführender Schulleiter Friedrichshafens, vor kurzem festgestellt. Seit 40 Jahren arbeitet die private Bodensee-Schule St. Martin im Prinzip wie eine Gemeinschaftsschule, zumindest sind viele Aspekte der neuen Schulidee hier vorgelebt und das mit großem Erfolg.

Die Gemeinschaftsschule und ein gesamtstädtisches Schulkonzept in Friedrichshafen sollen zum Schuljahr 2013/2014 umgesetzt werden, meint die Stadt. Treibende Kraft vor Ort für die Einrichtung einer Gemeinschaftsschule ist die Schulkommission, bestehend aus Gemeinderäten, Vertretern der Schulen, der Eltern und Schüler, des Schulamtes, der Arbeitswelt und der PH Weingarten. Diese Fachkommission macht eine Entscheidung über die Einführung der Schule allerdings vom Elternwillen und einer gleichsam basisdemokratischen Abstimmung abhängig.

Ist Bildung nicht ein viel zu hohes Gut, um das ihr zugrunde liegende System von der Meinung derer abhängig zu machen, deren Kinder zu eben dieser Zeit die Schule besuchen und deren Argumente sich vielfach darauf beziehen, dass eine

◄ *Heterogenes Lernen in der Bodenseeschule.*

Ausblick

Änderung des Systems bitte nicht in der Schulzeit ihrer Kinder vollzogen werden solle – ein sicher nachvollziehbarer Gedanke? Das meist gebrauchte Argument der widersprechenden Eltern ist: *„Die Einführung der Schule geht zu schnell"*.

Seit die Erarbeitung einer Konzeption zur möglichen Einrichtung von Gemeinschaftsschulen in den Städten und Gemeinden der Region auf den Weg gebracht wurde, werden teils heftige Diskussionen geführt. Norbert Zeller, Leiter der Stabsstelle Gemeinschaftsschule beim Kultusministerium in Stuttgart, fragt sich angesichts der Argumente, wovor die Gegner der Gemeinschaftsschule Angst hätten.

Cord Santelmann, Vorsitzender des Philologenverbandes Baden-Württemberg hält die Gemeinschaftsschule für eine Revolution und die sei „grob fahrlässig". Mit 1,4 Prozent „Sitzenbleibern" etwa habe Baden-Württemberg „beste Werte", ebenso bei den „Schulversagern". *„Wir produzieren Bildungsgewinner"*, so Santelmann, der sich wundert, dass es *„einfach so hingenommen wird, dass Hochbegabte und geistig Behinderte in einer Klasse unterrichtet werden"*.

Professor Dr. Bernd Reinhoffer, Grundschuldidaktiker an der PH Weingarten, begleitet den Entwicklungsprozess der Gemeinschaftsschule in Friedrichshafen wissenschaftlich. Seine Aussage dazu: *„Integrierte Schulsysteme schneiden bei internationalen Leistungsvergleichen tendenziell besser ab, sofern sie kompetent mit Heterogenität umgehen."*

Dass sich die Gemeinschaftsschulen in das Schulsystem integrieren und auf kurz oder lang ohnehin selbst viele Elemente dieser Schulform umsetzen müssen, sieht Norbert Zeller in dem Umstand begründet, dass schon heute die weiterführenden Schulen viel breiter aufgestellt sein müssten. Durch den Wegfall der Schulempfehlung würden die Eltern ihre Kinder an allen Schulformen anmelden. Da seien dann auch Kinder in der Realschule angemeldet, die an sich auf ein Gymnasium gehören und umgekehrt.

„Wer Pädagogik ernst nimmt, muss sich überlegen, was zu tun ist, um allen Schülern gerecht zu werden", sagt Zeller. Es könne nicht sein, dass jemand, der sehr gute Leistungen bringe, nicht ausreichend gefördert werde, nur weil er auf eine Realschule gehe. Das Zauberwort künftiger Schullandschaft scheint daher

▼ *Schule und Lernen war schon immer ein diskussionswürdiges Thema.*

Heterogenität zu sein. Von den Lehrern fordert Norbert Zeller, dass sie die besten Angebote für die Kinder machen müssten, dass eine neue Gestaltung des Lernens neue Lernprozesse der Lehrer erforderlich machen würden und dass diese Lehrer für diese neue Entwicklung bereit sein müssten. *„Die Gemeinschaftsschule ist nicht zu verordnen, sie wird ansteckend sein."* Warten wir es ab.

Als Randbemerkung zum Thema Bereitschaft der Lehrer zu Veränderungen sei ein Seitenblick auf die soeben veröffentlichte Studie zum Prestige des Lehrerberufes und zur Situation der Schulen in Deutschland, herausgegeben von der Vodafone-Stiftung, geworfen. Darin geben immerhin sieben Prozent der befragten Lehrer an, bei der Berufswahl nicht gewusst zu haben, was sie sonst werden sollten, für 12 Prozent war der gute Verdienst ausschlaggebend und 20 Prozent fanden, dass „es viele Wochen im Jahr gibt, über die man frei verfügen kann". Verbreitet wird Kritik an der Lehrerausbildung laut. 50 Prozent der Lehrer fanden sich durch ihre Ausbildung unzureichend auf den Berufsalltag vorbereitet. Unter den Junglehrern waren es sogar 62 Prozent. Größtes Manko und Ursache vieler Probleme in der Schullandschaft sind nach dieser Studie zu volle Klassen und die Disziplinlosigkeit von Gesellschaft, Lehrkraft, Klasse und Schüler.

Und wie geht es weiter?

Bildung ist Ländersache, folgt parteipolitischen Interessen jedweder Couleur und bleibt solange ein beliebiges Wertebündel, solange als Argumente für die Nichtveränderbarkeit des Systems das eigene Kind, die Bezugshöhe der Lehrer und deren Arbeitszeiten, die Statistiken der Sitzenbleiber oder eben jene unglaubliche Infragestellung, ob ein Hochbegabter mit einem Menschen mit Behinderung zusammen unterrichtet werden dürfe, im Raum stehen. Das alles lässt sich nicht über einen Kamm scheren, insofern müssen die hierzulande an Bildung interessierten Menschen sich gemäß der eingangs zitierten Vertreter von IHK, Kreishandwerkerschaft und Arbeitsagentur selbst und eigenverantwortlich auf den Weg machen, ihr Bildungsangebot zu suchen. Die Humboldtsche Forderung nach der Ermöglichung des Lernens ist zu großen Teilen umgesetzt. Wir befinden uns in einer Zeit, in der die Verantwortung des Einzelnen den Mehrwert eines Systems zu erkennen vermag, den das System selbst zwar in sich birgt, ihn aber als solchen nicht vermittelt. Bildung erreicht, wer sich darum kümmert. Auch in diesem Fall geht es um das individuelle Engagement des Einzelnen und nicht um institutionalisierte Bildungsangebote, die wir zwar brauchen, sie jedoch nur als stabilisierende Statik innerhalb des Systems verstehen sollten.

Technischer Umweltschutz

Wie aus Erfahrungen Normen werden

HANS DREHER UND PETER NEISECKE

Die Qualität der Umwelt in der Bodenseeregion ist gut. Wir leben in einer wertvollen Kulturlandschaft und vermeintlich weit entfernt von den großen Umweltproblemen. Die Arbeit unseres Umweltschutzamtes zeigt jedoch täglich, z.B. durch die Anwendung von Gesetzen, Verordnungen und technischen Regeln, den Bezug zum nationalen, europäischen und globalen Umweltschutz. Umweltschutz geht tatsächlich alle an. Erinnern wir uns, wie sich einzelne Aspekte unseres Umgangs mit der Umwelt in den letzten Jahrzehnten geändert haben, die heute Selbstverständlichkeiten sind!

Die Maßnahmen zur Erhaltung der natürlichen Lebensgrundlagen aller Lebewesen bezeichnet man erst etwa seit den 70er Jahren des letzten Jahrhunderts mit dem Oberbegriff „Umweltschutz".

Im besten Sinne des lateinischen Verbs „conservare – bewahren, retten, erhalten" ist der Umweltschutz von Berufs wegen konservativ. Im eingangs bewusst gewählten Wort „Kulturlandschaft" schwingt aber auch die Anerkennung mit, dass vieles in unserer Umwelt nicht natürlich ist, sondern das Ergebnis jahrhundertlanger menschlicher Gestaltung und menschlichen Wirtschaftens, was leider, aus im menschlichen Maßstab kurzfristigen Blickwinkel, nicht immer sofort erkennbar ist. Im Sinne eines positiven Freiheitsbegriffs und in Verantwortung gegenüber der Umwelt geht es auch darum verschiedene, aus dem jeweiligen Blickwinkel durchaus berechtigte, Interessen abzuwägen und nötigenfalls auch unbequeme Entscheidungen durchzusetzen.

War der Umweltschutz der ersten Jahre eine Reaktion auf konkret sichtbare und oft lokale Probleme und sorgten sich vor allem die Anwohner in der Nähe zu Industrieansiedlungen, wurde zunehmend der Blick auf die durchaus weiträumigen Zusammenhänge im Naturhaushalt und dessen natürlichen Gleichgewichte gelenkt. Heute hat der Umweltschutz nicht zuletzt durch den Klimaschutz und den Umgang mit begrenzten Ressourcen eine globale Dimension.

▼ *Ländliches Idyll zur Heuernte. Heiter und Licht durchflutet flimmern die warmen Farben.
„Sommer 93" Aquarell auf Karton, 1993 (30 x 40 cm).*

Luftreinhaltung

Vor 30 Jahren, d.h. zu Anfang der 1980er Jahre war eines der zentralen Umweltthemen das Waldsterben und der sogenannte saure Regen. Durch Medienberichte war einer breiten Öffentlichkeit erstmalig bewusst geworden, dass viele Wälder, und zwar auch solche in industriefernen Regionen, in erheblichem Maße geschädigt waren und dass viele Bäume bereits irreversible Schäden aufwiesen. Unstrittig war, dass die zunehmende Luftverschmutzung, die man an Messstationen, wie z.B. in Friedrichshafen (seit 1987) oder Konstanz (seit 1990) registriert hatte, dafür ursächlich war.

So wurden z.B. 1995 im Bodenseekreis noch 571 t Schwefeldioxid emittiert. Die Emissionen konnten bis 2007 auf 167 t gesenkt werden. Die Stickstoffoxidemissionen waren 1995 bei 3 023 t und sanken bis 2007 auf 2 323 t. Wie kam es zu diesen Verbesserungen für die Luftqualität?

Es gab am Anfang nur spärliche Erkenntnisse über die Wirkung und den Verbleib der einzelnen Schadstoffe. Insbesondere die chemischen und physikalischen Reaktionen und Wechselwirkungen in der Atmosphäre waren noch weitgehend unbekannt.

Man musste erst lernen, dass sich nach dem Ausstoß der Abgase aus den Industriekaminen in die Atmosphäre, die einzelnen Stoffe, unter dem Einfluss von Feuchtigkeit, Temperatur, Sonnenlicht und dem Luftsauerstoff umwandeln und diese in der Atmosphäre durch die meteorologischen Bedingungen weit verfrachtet werden. Danach sind die Stoffe dann entweder unschädlich abgebaut oder sie gelangen als Deposition in Form von z.B. Regeninhaltsstoffen oder Staubpartikeln in Boden und Gewässer.

Das Ziel „Nachbarschaftsschutz" führte dazu, dass immer noch höhere Schornsteine gebaut wurden. Bauhöhen von über 300 Metern ermöglichten, dass die Forderung von Willy Brandt im Wahlkampf 1961, „der Himmel über der Ruhr muss wieder blau werden", Realität wurde, aber auch die Schadstoffe europaweit verteilt wurden. Rechtlich gestützt war diese „Hochschornsteinpolitik" auf die Technische Anleitung zur Reinhaltung der Luft (TA Luft) von 1964. Spötter meinten damals, man solle die TA Luft ehrlicherweise als eine „Technische Anleitung zur gleichmäßigen Verteilung des Drecks" betiteln.

Die erste Reaktion des Gesetzgebers war die Verabschiedung der Großfeuerungsanlagen-Verordnung, in der für große Kraft- und Heizwerke Rauchgasentschwefelungsanlagen verbindlich vorgeschrieben wurden. Man ging also zunächst den mengenmäßig größten Luftschadstoff, das Schwefeldioxid, an. So ließ sich auch am besten der „saure Regen" bekämpfen, der zur Versauerung von Waldböden und Bächen z.B. im Schwarzwald geführt hatte.

Erst im Laufe dieses Gesetzgebungsprozesses war erkannt worden, dass auch die in den Feuerungen im Wesentlichen aus dem Stickstoff der Verbrennungsluft gebildeten Stickstoffoxide zur Schädigung der Vegetation beitragen, so dass auch noch Vorschriften zur Begrenzung der Stickstoffoxidemissionen aufgenommen wurden.

▼ Steigende Nutzungsansprüche beeinträchtigen die Natur. Die Landschaft wird zur Verbrauchsressource. Kontrastierende Gegensätze verschmelzen zu einem neuen „Ganzen". „Landschaft im Quadrat 2" Pigment auf Leinwand, 2002 (40 x 40 cm).

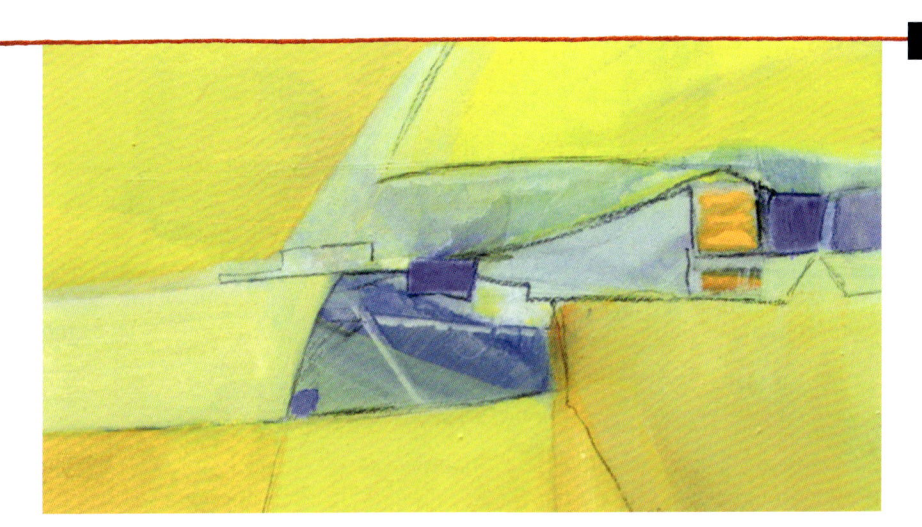

Stickstoffeinträge verursachen eine Nährstoffanreicherung (Eutrophierung). Bei empfindlichen Ökosystemen können solche Schadstoffeinträge eine Veränderung des Artenspektrums bewirken. So kommt es zur Verdrängung bestimmter Pflanzen, die nähstoffarme Standorte benötigen und indirekt dann auch wieder zu Veränderungen der Tierwelt, wenn diese auf die entsprechenden Pflanzen angewiesen ist.

Leider kam hinzu, dass die bei den Industriefeuerungen aufwendig und mühsam erzielten Minderungen an Stickstoffoxiden durch das Anwachsen der Verkehrsemissionen, die ebenfalls Stickstoffoxide enthalten, mehr als negiert wurden. Allein im Bodenseekreis hat der Bestand an Kraftfahrzeugen in den letzten 30 Jahren um mehr als 70 Prozent zugenommen. Auch die Jahresfahrleistung hat sich im Bodenseekreis deutlich erhöht und liegt zum Beispiel heute 30 Prozent höher als noch 1990. Mit dem Hauptverursacher änderte sich auch die Emissionshöhe. Nun wurden die Stickstoffoxide nicht mehr nur in hohe Luftschichten emittiert, sondern in Bodennähe, so dass auch deren Wirkung lokaler auftrat. Die Probleme der Luftreinhaltung hatten endgültig die industriellen Ballungsräume verlassen.

Trotz der Einführung des Abgaskatalysators stammten im Bodenseekreis 1995 z.B. noch 86 Prozent der Stickstoffoxidemissionen aus dem Straßenverkehr. Heute liegt der Anteil bei etwa 70 Prozent.

Mit der Großfeuerungsanlagen-Verordnung sind insgesamt etwa 1 500 Anlagen nachgerüstet worden, bald war aber klar, dass dies für eine nachhaltige Wende in der Luftreinhaltung nicht ausreicht. So erfolgte im Jahre 1986 eine grundlegende Novellierung der TA Luft, mit der eine Sanierung aller relevanten immissionsschutzrechtlich genehmigungsbedürftigen Anlagen eingeleitet wurde. Damit wurden beispielsweise weitere 35 000 Feuerungsanlagen erfasst, für die fortan einschneidende Emissionsbegrenzungen galten.

Eine weitere wichtige Maßnahme zur Luftreinhaltung war die Absenkung des Schwefelgehaltes im leichten Heizöl und im Dieselkraftstoff von ursprünglich 0,8 Prozent im Jahre 1975 stufenweise auf heute 0,1 Prozent oder als Heizöl EL schwefelarm sogar auf 0,005 Prozent, bzw. 0,001 Prozent im Dieselkraftstoff.

Selbst die kleinen Feuerungen im privaten Bereich und im Gewerbe sind vom Gesetzgeber nicht verschont worden, auch hier sind die Standards, zuletzt die Anforderungen an Holzöfen, mehrmals verschärft worden.
Die Daten für solche Ursachenanalysen und Maßnahmenpläne wurde in aufwändigen Untersuchungsprogrammen in ganz Deutschland erhoben. So wurde z.B. 1998 auch ein Luftschadstoff-Emissionskataster Friedrichshafen/Ravensburg erstellt.

Ein weiteres großes Problem der Luftreinhaltung stellte dann der Luftschadstoff Ozon dar. Ozon reizt die Atemwege, schädigt Materialien und Pflanzen und wird als Leitsubstanz für reizende Fotooxidantien – den so genannten Fotosmog – angesehen. Im Gegensatz zu anderen Luftverunreinigungen gibt es kaum direkte Emissionen von Ozon. In der bodennahen Atmosphäre ist Ozon eine sekundäre Luftverunreinigung, die aus anderen Luftschadstoffen, den Vorläuferstoffen, gebildet wird. Voraussetzung hierfür ist eine intensive Sonneneinstrahlung, welche zu photochemischen Reaktionen zwischen den vorhandenen Luftverunreinigungen führt. Dabei entsteht eine ganze Reihe neuer, zum Teil sehr kurzlebiger Luftverunreinigungen, von denen aber Ozon die wichtigste Einzelkomponente ist. Die Vorläuferstoffe für die Ozonbildung sind unter anderem Stickstoffoxide und flüchtige organische Verbindungen. Im Bodenseekreis wurde 1990 allein vom

◀ Der Fortschritt hinterlässt seine Spuren.
Das Schutzgut „Wasser" ist bedroht. „See-Stücke"
Pigment auf Leinwand, 2003 (100 x 120 cm).

Straßenverkehr 2556 t solcher flüchtiger organischer Verbindungen emittiert, eine Emission die 2007 aufgrund technischer Maßnahmen nur noch bei 424 t lag.

Chemikalien in der Umwelt

Neben dem Waldsterben sorgte das Thema „Dioxine" in den 1980er und 1990er Jahren für große Aufregung in der Bevölkerung. Auslöser der Debatten war ein Unfall in einer kleinen Chemiefabrik in der italienischen Stadt Seveso, nördlich von Mailand im Jahre 1976. Bei der Herstellung eines Desinfektionsmittels war es zu einer unerwünschten Nebenreaktion gekommen, welche schließlich dazu führte, dass über das Sicherheitsventil eines Reaktors eine große Menge des hochgiftigen 2,3,7,8-Tetrachlordibenzodioxin (TCDD) in die ziemlich dicht bebaute Umgebung abgeblasen wurde. Die Folge waren zunächst Schäden an der Vegetation, dann verendeten viele Tiere, vor allem Schafe, die dort gefressen hatten und schließlich sind viele Menschen, vor allem Kinder an Chlorakne erkrankt. Das Seveso-Unglück hat auch in Deutschland hohe Wellen geschlagen und dazu geführt, dass der gesamte Umgang mit chlorhaltigen organischen Stoffen auf den Prüfstand gestellt wurde. Die Sicherheitsvorschriften in der Chemieindustrie wurden erheblich verschärft und für Störfälle wurden u. a. auch Meldepflichten eingeführt. Die Probleme beschränkten sich aber nicht auf die chemische Produktion, denn es zeigte sich, dass Dioxine bei fast jedem Verbrennungs- oder Verschwelungsprozess entstehen können, wenn dabei auch chlorhaltige Stoffe der Hitze ausgesetzt sind. Vor allem die Müllverbrennugsanlagen gelangten so ins Fadenkreuz des Umweltschutzes.

Erst mit umfangreichen Forschungen zu den Entstehungsmechanismen der Dioxine und mit neuen Feuerungs- und Abscheidetechniken gelang es, die Probleme der Müllverbrennung zu lösen. In der Industrie wurde infolge der Dioxin-Dobatte in vielen Fällen auf die Anwendung von Chlor und chlorhaltigen Stoffen verzichtet und so ist auch die Chlorchemie selbst geschrumpft. Im privaten und gewerblichen Sektor soll mit Verbrennungsbeschränkungen und -verboten für beschichtetes Holz, für Papier, Kunststoffe usw. verhindert werden, dass Dioxine entstehen und in die Umwelt gelangen. Für Feststofffeuerungen ist z.B. im privaten Bereich neben Kohle nur naturbelassenes Holz als Brennstoff zulässig.

Ein Dauerthema der vergangenen 30 Jahre waren giftige und gefährliche Chemikalien, die in vielen Bereichen verwendet wurden und später aber wieder vom Markt genommen werden mussten. Die Medien haben viel über derartige tatsächliche, manchmal auch vermeintliche, Skandale berichtet und zeitweilig konnte man fast von einem Schadstoff des Monats sprechen. Als Beispiele seien genannt: Blei als Antiklopfmittel im Benzin, Pentachlorphenol bzw. Lindan (Hexachlorcyclohexan) als Holzschutzmittel in Innenräumen, polychlorierte Biphenyle als Transformatorenöle, Frigene als Kältemittel, Weichmacher in Kunststoffen, Schwermetalle in Farben und in Spielzeug, Quecksilber in Thermometern und Zahnfüllungen, Chlorkohlenwasserstoffe – CKW, vor allem Trichlorethen (Tri) und Tetrachlorethen (Per) als Lösungsmittel für Fette und als Reinigungsmittel in den Chemischreinigungen.

Stellvertretend für solche Vorgänge soll der Stoff Asbest näher beleuchtet werden. Asbest galt über viele Jahre hinweg als nahezu unverzichtbares Material, da seine Eigenschaften für viele industrielle Zwecke geradezu ideal waren. Am weitesten und praktisch überall verbreitet ist Asbest bis zum heutigen Tag in Form von Asbestzementplatten auf Dächern und an Fassaden. Glücklicherweise ist Asbest in den Platten verhältnismäßig fest gebunden, die Abtragungen sind also gering. Doch Vorsicht ist bei der Gebäudesanierung geboten. Die Platten dürfen beim Abnehmen nicht gesägt, angebohrt, geworfen oder in Stücke zerhackt werden, um Faserfreisetzungen zu vermeiden. Da die Lebensdauer der Platten begrenzt ist, kann davon ausgegangen werden, dass in etwa 20 Jahren die meisten Platten wieder eingesammelt und entsorgt sein werden.

Neben der Festigkeit, die er Zementplatten verleiht, schätzte man Asbest vor allem wegen seiner Unbrennbarkeit, der Hitzbeständigkeit, der chemischen Stabilität, der guten thermischen und elektrischen Isolationswirkung und wegen der Verspinnbarkeit. Aus Asbest wurden deshalb die verschiedensten Produkte gefertigt, z.B. feuerfestes Dämmmaterial für Stahlbauteile, feuerfeste Platten, Rohre, Dichtungen, Isolierungen, Bremsbeläge, Schnüre für Ofenabdichtungen, feuerfeste Handschuhe oder feuerfeste Kleidung. Der gravierende Mangel, nämlich dass freigesetzte Asbestfasern Krebserkrankungen der Lunge und Pleura auslösen können, wurde schon bald erkannt. Am ehesten waren die Arbeitnehmer betroffen, die das Material ungeschützt unter starker Staubentwicklung mit Sägen, Winkelschleifern oder Bohrern bearbeitet hatten. 1970 wurde Asbest als karzinogen eingestuft, trotzdem wurde Asbest wegen seiner „Unverzichtbarkeit" bis in die 1980er Jahre als Baumaterial verwendet. Erst danach begann der Verbrauch zu sinken und zwar in dem Maße, wie Schritt für Schritt die verschiedenen Anwendungen vom Gesetzgeber verboten wurden. Ein absolutes Verbot galt in Deutschland ab dem Jahr 1993. Das Umweltschutzamt im Bodenseekreis beschäftigt sich noch heute mit dem Thema Asbest vor allem bei der Sanierung und Entsorgung.

An Hand dieses und noch vieler anderer Beispiele drängt sich unwillkürlich die Erkenntnis auf, dass Chemikalien, bevor sie auf den Markt kommen, auf ihre Umweltverträglichkeit hin untersucht und bewertet werden müssen. Nach langen Debatten mit der chemischen Industrie hat die EU im Jahre 2006 die REACH-Verordnung erlassen, in der geregelt ist, dass nicht nur neue, sondern auch bisher schon auf dem Markt befindliche Chemikalien einer entsprechenden Zulassung bedürfen.

Lärmschutz

Ein Umweltbereich, der nach Auffassung weiter Teile der Bevölkerung seit jeher stark vernachlässigt wurde, ist der Schutz vor Lärm. Umfragen zeigen, dass sich circa 60 Prozent der Bürger durch Verkehrslärm gestört fühlen. Beim Fluglärm und beim gewerblichen Lärm ist es jeweils etwa ein Drittel und dazu kommen noch die Belästigungen durch Nachbarschafts- und Schienenlärm. Festzustellen ist, dass die Unzufriedenheit seit langem nicht sinkt sondern anwächst.

Fortschritte sind in der Vergangenheit im Lärmschutz noch am ehesten bei der Bekämpfung von Industrie- und Gewerbelärm erzielt worden. Hier gelten auch die schärfsten Grenzwerte, festgelegt in der Technischen Anleitung zum Schutz gegen Lärm -TA Lärm. Bei der Genehmigung neuer Anlagen muss nachgewiesen werden, dass die in der TA Lärm vorgegebenen Standards eingehalten werden können. Die bestehenden Anlagen wurden in manchmal langwierigen Prozessen

▼ *Neue Gesetze sollen helfen, die Landschaft zu bewahren. Ein Licht am Horizont? „Licht im Kulturland 2" Pigment auf Leinwand, 2004 (60 x 60 cm).*

und mit oft hohen finanziellen Aufwendungen den Anforderungen der TA Lärm angepasst.

Wenn sich trotz dieser Anstrengungen viele Bürger von Industrie- und Gewerbelärm belästigt fühlen, so liegt dies daran, dass die nach der baurechtlichen Gebietszuordnung gestaffelten Richtwerte der TA Lärm als zu hoch empfunden werden. Vor allem der nächtliche Richtwert für Mischgebiete (45 Dezibel) wird von vielen Betroffenen als unzumutbar angesehen. Die Behörden können den Beschwerden nicht abhelfen, wenn die vorgegebenen Richtwerte eingehalten werden. Diese gelten im Übrigen seit über 40 Jahren unverändert.

Noch schlechter sieht es beim Verkehrslärm aus. Bis zur Verabschiedung der Verkehrlärmschutzverordnung im Jahre 1990 gab es überhaupt keine gesetzliche Regelung. Der Gesetzgeber hat diese Verordnung nur unter Zwang erlassen, da die Gerichte in Einzelfallentscheidungen zu Straßenneubauten zunehmend die Richtwerte der TA Lärm für verbindlich erklärten; diese galten zwar nur für Gewerbelärm, da es aber spezielle Begrenzungen für Verkehrsemissionen nicht gab, haben die Gerichte auf die TA Lärm zurückgegriffen. Die Richtwerte der TA Lärm wollte der Gesetzgeber aber auf keinen Fall für Verkehrslärm gelten lassen. Sie waren ihm viel zu streng. Es wurde argumentiert, die Kosten für den Lärmschutz an Straßen würden dann viel zu hoch und Straßenneubauten seien nicht mehr zu finanzieren. Die Grenzwerte der Verkehrslärmschutzverordnung liegen auch tatsächlich erheblich über denen der TA Lärm, für Mischgebiete liegt der Nachtwert bei 54 Dezibel. Außerdem sind diese Grenzwerte nur verbindlich beim Neubau oder der wesentlichen Änderung einer Straße. Für bestehende Straßen gibt es weiterhin keine gesetzliche Regelung zur Lärmbegrenzung, sondern lediglich eine Sanierungsrichtlinie des Bundesverkehrsministeriums. Danach können Straßen mit Lärmschutz ausgestattet werden, wenn „die Haushaltsmittel es zulassen".

Einen zumindest kleinen Fortschritt hat die EU-Umgebungslärmrichtlinie aus dem Jahre 2002 gebracht, welche u. a. fordert, dass an sehr stark befahrenen Straßen Lärmschutz für die Anwohner geschaffen werden muss. Sie hat nach langem Zaudern der Verantwortlichen jetzt immerhin dazu geführt, dass in vielen Orten die Lärmbelastung wieder diskutiert und auch Maßnahmen ergriffen wurden. Die Tempo 30-Zonen an der B31 in Friedrichshafen und Hagnau gehen auf diese Richtlinie zurück. Zu wünschen wäre, dass die Autofahrer diese Beschränkungen nicht als Schikane betrachten, sondern auch Verständnis für das Ruhebedürfnis der wirklich geplagten Anwohner aufbringen.

Realistisch gesehen ist beim Verkehrslärm auf absehbare Zeit durch gesetzgeberische Initiativen keine Besserung zu erwarten. Gefordert sind deshalb die Kommunen, welche mit lärmoptimierter Bauleitplanung, mit der Schaffung verkehrsberuhigter Zonen, notfalls auch mit dem Bau innerörtlicher Umgehungsstraßen, wie z.B. der geplanten Südumfahrung Markdorf, viel bewirken können.

Zukunft

Welche neuen Herausforderungen auf den technischen Umweltschutz zukommen, ist aus den Erfahrungen der Vergangenheit heraus nur schwer einzuschätzen. Wer hätte vor 30 Jahren die derzeit wichtigen Themengebiete und die Entwicklung voraussagen können? Bis jetzt scheint sicher, dass die weitere Verknappung an Rohstoffen und der zunehmend schwierigere Zugang zu kostengünstigen, sicher verfügbaren und umweltfreundlichen Energieträgern unser zukünftiges Leben prägen wird. Wie wird die heute eingeleitete Energiewende und deren Konsequenzen für Umwelt und Landschaft in der Zukunft beurteilt werden? Wie wird sich die Mobilität, gerade im ländlichen Raum, entwickeln? Welche Werte werden uns in 30 Jahren wichtig sein und unsere Anschauung über den Umgang mit der Umwelt, der Natur und der Landschaft prägen? Wie werden die Bürger und Fachleute die heutigen Entscheidungen, Eingriffe in die Landschaft und die eingeleiteten Maßnahmen zukünftig beurteilen?

Demographische Faktoren, wie der Bevölkerungsrückgang, die starke Alterung der Bevölkerung und die Verminderung der Zahl der zur Verfügung stehenden Arbeitskräfte werden gerade im ländlichen Raum ihre Wirkung zeigen. Anpassungen an diese neuen Rahmenbedingungen werden sowohl bei der Infrastruktur als auch bei der Erreichbarkeit von Dienstleistungen nötig sein. Die Verfügbarkeit und der Zugang zu öffentlichen Verkehrsmitteln, die Anbindung an überregionale Verkehrssysteme und die Verfügbarkeit von moderner Informations- und Kommunikationstechnologien werden wichtige Bausteine der subjektiv wahrgenommenen Lebensqualität darstellen.

Sind die jetzt vorgestellten Modelle für unsere zukünftige Energieversorgung und Mobilität noch oft von dem Wunsch geprägt, unser bisheriges Leben in gleicher Form, nur mit alternativen Quellen fortzuführen, scheint es wahrscheinlicher, dass auch eine Anpassung unserer jetzigen Lebensgewohnheiten erfolgen muss. Vielleicht rechnet es sich bald wieder im ländlichen Raum einen Dorfladen zu betreiben und der leicht erreichbare Dorfgasthof wird als soziales Zentrum wieder so attraktiv wie die angesagte Szenegastronomie in der entfernten Stadt. Möglicherweise entstehen wieder mehr wohnortnahe Arbeitsplätze, die ein Pendeln unnötig machen. Vielleicht wird auch der Trend zur immer weiteren Individualisierung umgekehrt. Vielleicht schätzt der Kunde bald den Wert der regionalen und saisonalen Produkte wieder höher, als die ganzjährige Verfügbarkeit von z.B. Erdbeeren oder Spargel aus fernen Ländern.

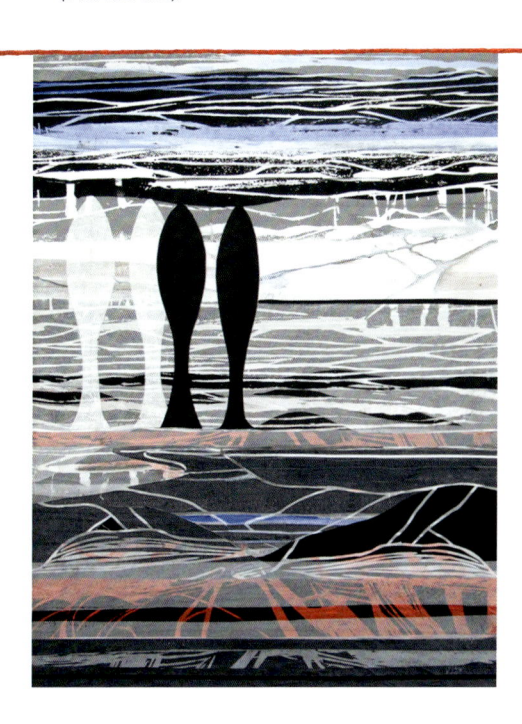

▼ Vielfältige Nutzungsansprüche prägen auch heute das Landschaftsbild. Der Strukturwandel ist für Baum und Strauch nicht immer verheißungsvoll.
„Ebene 3" Linol-/Holzschnitt-Malerei auf Karton, 2011 (70x100 cm).

Wie eingangs erwähnt, ist der Umweltschutz von Berufs wegen konservativ, dadurch wird der Umweltschutz jedoch nicht zum Verhinderer, sondern eher zum vorausschauenden Begleiter einer nachhaltigen gesellschaftlichen Entwicklung. Lernen wir also auch aus der Vergangenheit und lassen uns von der Zukunft ziehen.

Malerei:
Wolfgang Schmidberger, Kreisamtmann beim Umweltschutzamt und Maler.

Engagierter Anwalt der Natur

Seit 25 Jahren ist Thomas Hepperle als Ehrenamtlicher Naturschutzbeauftragter im westlichen Bodenseekreis tätig.

HANSPETER WALTER

Ich bin von der Erde

Ich bin von der Erde.
Sie ist meine Mutter.
Sie trug mich mit Stolz.
Sie zog mich mit Liebe auf.
Sie hat mich jeden Abend in den Schlaf gewiegt.
Sie treibt den Wind an, damit er singt.
Sie nährte mich mit den Früchten ihrer Felder.
Sie belohnte mich mit den Erinnerungen an ihr Lächeln.
Sie bestrafte mich mit dem Vergehen der Zeit.
Und zuletzt, wenn es mich zu gehen verlangt,
wird sie mich auf ewig umarmen.

Anna Walters, Pawnee-Indianerin

Nicht alle Menschen sind auf den Mann so gut zu sprechen wie Landrat Lothar Wölfle, der Thomas Hepperle im Mai 2012 für seine 25-jährige Tätigkeit als Ehrenamtlicher Naturschutzbeauftragter des Bodenseekreises auszeichnete, dessen engagierter Arbeit Respekt zollte und den Überlinger für eine weitere Periode von fünf Jahren für diese Aufgabe verpflichtete. Für manch anderen war der engagierte Anwalt der Natur, der seit 2004 das Landwirtschaftsamt des Kreises Konstanz leitet und daher auch den Nutzungsgedanken bestens kennt, ein rotes Tuch. „Naturschutzarbeit ist für mich immer Überzeugungsarbeit gewesen" betont Hepperle. Er sei auch ein Mensch „mit Ecken und Kanten" das räumt er offen ein. Doch leider habe es immer wieder Menschen gegeben, „die eine Ablehnung eines nicht natur- und landwirtschaftsverträglichen Vorhabens persönlich nehmen" Dabei habe er stets versucht die Menschen zu überzeugen. Geradlinigkeit und der Gleichheitsgrundsatz auf der gesetzlichen Grundlage seien Maßstab seines Handelns. Hepperle: „Das ist doch der wichtigste Grundpfeiler unserer Demokratie."

▼ *Seit 25 Jahren ist Thomas Hepperle als Ehrenamtlicher Naturschutzbeauftragter tätig. Im Rathaus von Lippertsreute hat er ein kleines Büro.*

Der Hödinger kennt die Bedürfnisse und Interessen der Landwirtschaft in Zeiten des Strukturwandels ebenso gut wie den Wert der biologischen Artenvielfalt und die Einzigartigkeit und Schutzbedürftigkeit eines über Jahrtausende entstandenen Landschaftsbildes. Auch die Bedürfnisse von Gewerbebetrieben, die Notwendigkeit von Arbeitsplätzen sind ihm nicht fremd. Diesen gerecht zu werden und gleichzeitig Natur und Landschaftsbild zu bewahren, ist sein Anliegen. Dass er Humor hat, bewies Thomas Hepperle bei Kabarett und Theater immer wieder. Wenn es um den Schutz von Landschaft und Natur geht, meint er es allerdings Ernst.

Beispiel Lippertsreute

Zu den Beispielen, die ihm besonders am Herzen liegen, zählt das Landschaftsschutzgebiet rund um Lippertsreute. Nicht bei jedem Grundstücksbesitzer war die Ausweisung auf Wohlgefallen gestoßen, es dräute Widerstand. Doch der damalige Ortsvorsteher Fridolin Keller sei schnell auf den Kurs eingeschwenkt und habe betont: „Wir machen mit!" Unterstützt worden sei das Anliegen auch von der großen Mehrheit des Ortschaftsrats und der Lippertsreuter Bevölkerung. Voraus gegangen waren die Ambitionen der Stadt Überlingen, direkt an der Landesstraße unterhalb des Dorfkerns ein Gewerbegebiet auszuweisen. Damals ging es insbesondere um eine Fläche zur Erweiterung der Kramer-Werke. Bei Hepperle hatten sofort die Alarmglocken geschrillt.

Der Naturschutzbeauftragte kennt die Besonderheiten und geologischen Bedingungen, unter denen das heutige Landschaftsbild entstanden ist. Manches dieser Elemente ist gut ablesbar. Der Frickinger Ursee, die Endmoräne bei Taisersdorf, die kleineren Drumlins und der spektakuläre Aachtobel, der heute viele Raritäten aus der Tier- und Pflanzenwelt birgt. Man muss bisweilen etwas genauer hinschauen und es bedarf eines gewissen Hintergrundwissens, um den Wert und die Bedeutung dieser Schätze erkennen zu können.

Thomas Hepperle wusste, was in Lippertsreute auf dem Spiel steht: Nicht mehr und nicht weniger als der Charakter und die Einbettung eines Linzgaudorfes in die idyllische Landschaft, die zusammen gerade seine Qualität ausmachen. Heute kann Lippertsreute mit diesem Pfund wuchern, nennt sich stolz Erholungsort und ist eine echte Perle im nahen Bodenseehinterland. Beliebt bei Feriengästen, die zu schätzen wissen, dass „der See ganz nah" ist – wie das Dorf für sich wirbt.

Inzwischen hat Thomas Hepperle sogar seinen „Stützpunkt" hier, seit zehn Jahren nutzt er mit seinem Büro einen Teil des alten Rathauses im Überlinger Teilort. Zwei Schränke sind dicht mit Ordnern gefüllt. 25 Jahre im Dienste des Natur-, Biotop- und Artenschutzes haben ihre Spuren auf Akten und Dokumenten hinterlassen. Ein Stichwort zu einem kontroversen Thema der vergangenen Jahrzehnte reicht und Thomas Hepperle hat die archivierten Materialien griffbereit – bis hin zu Medienberichten.

Was Hepperle auszeichnet, ist insbesondere der Weitblick und seine Hartnäckigkeit, wenn es darum geht, engagierter Anwalt der Natur zu sein. Was Millionen Jahre zu seiner Entstehung gebraucht hat, soll nicht binnen Jahrzehnten von wenigen Generationen aufgezehrt werden. Das heißt noch lange nicht, dass der Naturschutzbeauftragte mit den Betroffenen dann nicht nach Kompromissen und vertretbaren Alternativen sucht. Doch dies im Einzelfall zu vermitteln, kann sehr schwer sein.

Ein Brief, den er einmal von einem Gewerbebetrieb in einem Teilort des westlichen Bodenseekreises bekam, spricht Bände. Nachdem der Naturschutzbeauftragte eine Neuansiedlung in der freien Landschaft abgelehnt hatte, bekam er zu lesen:

◄ *Für Hepperle ein Musterbeispiel für gelungenen Landschaftsschutz. Statt von Gewerbebetrieben umgeben zu sein, ist Lippertsreute idyllisch eingebettet in die grüne Umgebung.*

„Sehr geehrter Herr Hepperle" heißt es da im Jahr 1989, „Sie haben es endlich geschafft, dass ich nun mein Bauvorhaben aufgegeben habe. Sie müssten doch jetzt überglücklich sein, die Akte... als erledigt abschließen zu können.
... Möge mir in Zukunft jeder Kontakt und jede Zusammenarbeit mit Ihnen erspart bleiben."

Nach der Umsiedlung in das Gewerbegebiet einer benachbarten Gemeinde erhielt der Betrieb ausreichend Flächen und Entwicklungsmöglichkeiten und floriert seither bestens. Für Hepperle eine „Win-Win-Situation" bei der es am Ende nur Gewinner gab – das Gewerbe und die Natur.

Der Hödinger Berg vor der eigenen Haustür liegt ihm nicht minder am Herzen. Ein wichtiges Anliegen Hepperles war es daher, ein Ausufern der Bebauung von Schloss Spetzgart in die Fläche zu verhindern. Als Ausgleichsmaßnahmen für Erweiterungen innerhalb des Baubestands und für die großzügige Neuansiedlung am Ortsrand von Überlingen konnte er gemeinsam mit der Schule Schloss Salem große neue Streuobstflächen anlegen. Der Naturschutzbeauftragte träumt schon jetzt von dem Lebensraum, der hier in einigen Jahrzehnten entstanden sein wird.

Mühsame Überzeugungsarbeit musste Hepperle bei der Umsiedlung eines Bauernhofs leisten. Wollte der Eigentümer seine Neubauten ursprünglich auf einen exponierten Hügel setzen, wo sie nicht nur beim Blick vom See das Landschaftsbild dominiert hätten, so liegt der Hof nun harmonisch eingebettet in einer Senke. Die Bauherren sind heute froh, an einem für den landwirtschaftlichen Betrieb entwicklungsfähigen Standort leben und wirtschaften zu können.

Die Historie

Die Ehrenamtlichen Naturschutzbeauftragten in Baden-Württemberg haben eine ganz besondere Stellung. Schon als die Aufgabe in den 1930er Jahren erstmals gesetzlich verankert worden war, wurde ihnen ein „Devolutivrecht" eingeräumt, das zwischenzeitlich von einem so genannten „Vorlagerecht" abgelöst worden war. Bis heute verleiht es den Naturschutzbeauftragten eine recht starke Position gegenüber der Verwaltung des Landratsamts. Gibt es nach kontroversen

Bewertungen keine Einigung, können sie Konfliktfälle an die nächsthöhere Behörde weitergeben.

Da in den Anfangsjahren das Thema Naturschutz noch beim Kultusministerium angesiedelt gewesen war, wurden zunächst vor allem Lehrer mit dieser Aufgabe betraut. Erst als die Zuständigkeit Ende der 1960er Jahre zum damaligen Landwirtschaftsministerium wechselte, kamen immer mehr Mitarbeiter aus der Forstwirtschaft und der Landwirtschaftsverwaltung zum Zuge.

Ein Vorstoß der Landesregierung Baden-Württembergs im Jahr 1974, aufgrund der wachsenden Aufgabenbereichs die Naturschutzbeauftragten als hauptamtlich Beschäftigte zu installieren, scheiterte letztlich an den Personalkosten. Die Aufgabe blieb in ehrenamtlichen Händen und wird lediglich mit einer Aufwandsentschädigung honoriert.

Heutige Aufgaben

Auf der anderen Seite wurde die Tätigkeit in den letzten beiden Jahrzehnten immer komplexer und der Fokus der Aufgaben verschob sich merklich. Die Leitbilder für den Naturschutz, sagt Thomas Hepperle, veränderten sich *„vom Bewahren über das Pflegen hin zum Entwickeln"* Die Schutzgüter Landschaftsbild und Biodiversität gewinnen dabei immer mehr an Bedeutung. Beispielsweise seien im Rahmen der Bauleitplanung umfangreiche Gutachten erforderlich, um Biotop- und Artenschutzbelangen Gewicht zu verleihen. Dafür wiederum bedarf es einer fachlichen Kompetenz.

Gefordert ist und gehört wird der Naturschutzbeauftragte als Berater der Unteren Naturschutzbehörde im Landratsamt bei der Beurteilung aller Planungen und Vorhaben, die mit Eingriffen in die Natur und Landschaft verbunden sind. Darunter fallen insbesondere sämtliche Baumaßnahmen im Außenbereich, Stellungnahmen in der Bauleitplanung oder zu Landschafts- und Grünordnungsplänen, Beurteilungen von anderen Eingriffen in die Natur – von Aufschüttungen über Freileitungen bis zu Sendeanlagen – sowie die Bewertung von Aufforstungen oder wasserrechtlichen Maßnahmen. Daneben werden Naturschutzbeauftragte bei vorhandenen oder geplanten Eingriffen auch in die Beurteilung der vorgeschriebenen Ausgleichsmaßnahmen einbezogen.

◀ Die Bewahrung des Landschaftsbilds am Hödinger Berg rund um Schloss Spetzgart ist Hepperles besonderes Anliegen.

Blick in die Zukunft

Das neue Denken im Naturschutz spiegelt sich unter anderem im Konzept zu einem „Biotopverbund Bodensee" der Heinz Sielmann Stiftung wider, für das 2003 die Weichen gestellt wurden (siehe auch „Leben am See" 2008). Mit den Kommunen und den Menschen vor Ort, nicht gegen sie, soll ein Netzwerk für die Natur geschaffen werden, das sich parallel zu den vorhandenen Siedlungsstrukturen behaupten kann. Hepperle gehört nicht nur von Anfang an dem Lenkungsausschuss der Stiftung für den Biotopverbund Bodensee an. Gemeinsam mit Professor Peter Berthold gehört er auch zu den Initiatoren des ersten Weiherprojekts in Billafingen und begleitete seitdem auch alle anderen Vorhaben mit.

Als Landwirtschaftsprofi und passionierter Naturliebhaber kann Hepperle die verschiedenen Perspektiven auf einen Punkt bringen, in dem sie sich wechselseitig befruchten können. Ein Beispiel ist die gewachsene Kulturlandschaft von Streuobstbeständen, die über einige Jahrhunderte hinweg die Region prägte und einzigartige Lebensräume schuf. Grundlage dafür waren einstmals die Sortenvielfalt und die laufende Pflanzung und fachgerechte Pflege der Bäume. Beides hat mit der Intensivierung des Obstbaus einen neuen Fokus erhalten. Thomas Hepperle hat es sich daher zur Aufgabe gemacht, zum einen alte Sorten als genetisches Potenzial für die Zukunft zu erhalten und zum anderen wenigstens einen kleinen Teil der heimischen Baumbestände und damit auch ein Stück Biodiversität im Streuobstbau zu bewahren. Der Fachmann hat in der Feldflur noch die eine oder andere alte Rarität ausfindig gemacht und der Birnenvielfalt im Landessortengarten beim „Unteren Frickhof" eine neue Heimat gegeben (siehe auch „Leben am See" 2009). Mit dem Engagement der Sielmann Stiftung konnten dort 2011 ein Sortiment mit alten Tafelbirnensorten angelegt werden.

Wie wichtig Pflegemaßnahmen sind, um die gewachsene Kulturlandschaft bei veränderten Nutzungsbedingungen zu erhalten, weiß Hepperle nur zu gut. Beste Beispiele sind die Steileuferlandschaft bei Sipplingen mit ihren nahezu mediterranen Halbtrockenrasen und deren botanischer Vielfalt. Ohne pflegende Eingriffe hätte sie der Mischwald längst überwuchert. Oder die Salbei/Glatthafer-Wiesen am Hödinger Berg, deren bunte Blumenvielfalt sich im Zuge der frühen Landbe-

▼ *Harmonisch und unauffällig duckt sich diese neue Hofstelle eines landwirtschaftlichen Betriebs bei Überlingen.*

wirtschaftung entwickelt hat, heute aber nur durch eine extensive Bewirtschaftung und Pflege bewahrt werden kann. Beide Gebiete sind wichtige Naherholungsgebiete von hoher Qualität, die Thomas Hepperle keineswegs vernachlässigt sehen will. Im Gegenteil: In Hödingen hat der Naturschutzbeauftragte jetzt einen Verein mit aus der Taufe gehoben, der sich den Erhalt dieser Kulturlandschaft zum Ziel gesetzt hat.

Natur und Landschaftspflege gehören in vielen Bereichen durchaus zusammen. Mit einem chinesischen Sprichwort formulierte Thomas Hepperle im Mai 2012 vor dem Kreistag sein Credo:

„Wer einen Tag glücklich sein will,
der trinke.
Wer eine Woche glücklich sein will,
der schlachte ein Schwein.
Wer ein Jahr glücklich sein will,
der heirate.
Wer ein Leben lang glücklich sein will,
der pflege die Natur."

Wo sieht er in Zukunft die größten Gefährdungen für Natur- und Landschaft? *„Die Begehrlichkeiten sind gigantisch"* sagt Hepperle: *„Jeder möchte aus dem Garten der Natur etwas herausschneiden."* Seien es Mountainbiker oder Motocrossfahrer, die eine Herausforderung suchen, seien es Reiter, Jogger oder wuchernde Baugebilde. Verständnis für die Bewahrung der Natur zu finden sei oft schwierig.

Eine stetige Aufgabe wird aus Sicht von Hepperle das Vermitteln zwischen Naturschutz und Landwirtschaft bleiben. Beide sieht er als „Schicksalsgemeinschaft" deren Entwicklung es mit wachsamen Augen zu verfolgen gilt. Insbesondere mit Blick auf den Biogasboom angesichts knapper Flächen, auf die Probleme von Milchviehbetrieben oder die finanzielle Honorierung von Pflegemaßnahmen.

Als große Herausforderung für die Naturschutzbeauftragten sieht er die Umsetzung des europäischen ökologischen Netzwerks „Natura 2000" in konkreten Managementplänen. Dies tangiert für Hepperle eine Kernaufgabe des Naturschutzes, nämlich die Biodiversität mit der Vielfalt der Lebensräume und Arten für kommende Generationen zu erhalten. *„Das ist eine Herkulesaufgabe, die viel Geld und Personal benötigen wird."*

Vor allem beim Ausbau der regenerativen Energienutzung rechnet Thomas Hepperle mit weiteren Eingriffen in die Schutzgüter Landschaftsbild, Naturhaushalt und Erholungsvorsorge, die nicht zu vermeiden seien, die es allerdings nach Möglichkeit zu minimieren gelte. Sorge macht dem Naturschutzbeauftragten der Boom beim Biogas. Was ursprünglich zur energetischen Verwertung tierischer Exkremente gedacht war, habe längst zu Maismonokulturen geführt. Zudem haben es Milchviehbetriebe in Regionen mit hoher Biogasdichte schwer, an Pachtflächen zu gelangen. Gerade aber die Milchviehbetriebe bewirtschaften in unserer Region die absoluten Grünlandflächen, die ein wichtiger Bestandteil in unserem Landschaftsbild sind. Konstruktiv-kritisch begleitet werden müsse auch der Ausbau der Windkraft. Neben der reinen Inanspruchnahme von Flächen seien hier erhebliche Eingriffe in die Natur und das Landschaftsbild zu erwarten. Auf sensible Biotope und windkraftempfindliche Tierarten, wie beispielsweise der Rotmilan oder verschiedene Fledermausarten, müsse hier ebenso geachtet werden wie auf die Situation in Erholungs- und Landschaftsschutzgebieten.

Mit viel Skepsis beobachtet Thomas Hepperle den Bau großer Photovoltaikanlagen auf Freiflächen. Der hohe Flächenbedarf stehe in Konkurrenz zur Landwirtschaft. Um den Flächenverbrauch einzudämmen, sollten sich die Solaranlagen möglichst auf bereits versiegelte Bereiche wie große Dächer und Parkflächen konzentrieren. Ein wachsames Auge fordert der Naturschutzbeauftragte gegenüber den vielfältigen Freizeitnutzungen in der freien Landschaft. Eine „Möblierung" der Landschaft mit Hütten und Zäunen beeinträchtige nicht nur das landschaftliche Bild, auch wichtige Vernetzungswege der Lebensräume für Tiere würden unterbrochen.

Thomas Hepperle fühlt sich als Teil seiner Heimat. Mit seinen Kenntnissen von „Land und Leuten" seinen naturschutzfachlichen und rechtlichen Erfahrungen, gepaart mit Geradlinigkeit und Zähigkeit, war es ihm möglich, vieles im Sinne von Natur und Landschaft zu gestalten. *„Unsere Natur und Landschaft haben unendliche Schönheiten und Geheimnisse, aber auch eine sehr lange Entstehungsgeschichte"* formuliert er sein Bekenntnis. *„Sie sind deshalb für mich ein wesentlicher Bestandteil des Lebens. Begegnen wir ihnen also mit Verantwortungsgefühl, Achtung und Sympathie!"*

Energieagentur Bodenseekreis
Wie die Energiewende eine praktische Umsetzung erfährt

BRIGITTE GÖPPEL

Beratungsanfragen sind explodiert. Die beschlossene Energiewende, steigende Energiekosten und neue politische Klimaschutzziele stellen die Energieagentur Bodenseekreis vor große Herausforderungen. Was vor circa sechs Jahren vom Kreistag Bodenseekreis initiiert wurde, ist bereits jetzt eine Erfolgsgeschichte. Vor sieben Jahren stellte der Geschäftsführer der gemeinnützigen Energieagentur Ravensburg, Walter Göppel, dem Kreistag die Energieagentur und ihre Aufgaben vor. Dieser reagierte sofort und stellte die Weichen für eine unabhängige, neutrale und handwerksübergreifende Energieberatungseinrichtung. So wurde im Jahr 2006 einstimmig die Gründung beschlossen und am 13. Juni 2007 die Energieagentur Bodenseekreis eröffnet.

5 Jahre Energieagentur Bodenseekreis

Der Sitz der Energieagentur Bodenseekreis ist in den Räumen der Kreishandwerkerschaft Bodenseekreis in Friedrichshafen. Hier bekommen Bürgerinnen und Bürger, Kommunen und Gewerbebetriebe eine kostenlose und unabhängige Beratung zu den Themen Energieeinsparungen, effiziente Energieverwendung, Förderprogramme, Finanzierungsmöglichkeiten, Energie- und CO_2- Einsparung, Erneuerbare Energien, Klimaschutzkonzepte, Seminare und Schulungen sowie die Vermittlung von Ansprechpartnern für detaillierte Berechnungen und Projektierungen. Das Ziel der Energieagentur ist es, Hauseigentümern, Kommunen und Gewerbetreibenden zu zeigen, wie der Energieverbrauch deutlich gesenkt und somit der Geldbeutel und die Umwelt erheblich entlastet werden können. Die Energieagentur Bodenseekreis ist eine eigenständige Niederlassung der bereits seit zwölf Jahren bestehenden Energieagentur Ravensburg GmbH. Leiter der Niederlassung ist Energieexperte Frank Jehle. Er ist nicht nur Energieberater sondern auch Bauingenieur und Bausachverständiger. Bei diesen vielfältigen Aufgaben wird er von der Energieagentur Ravensburg unterstützt.

In den vergangenen drei Jahren wurden im Landkreis neun Außenstellen: Eriskirch, Immenstaad, Kressbronn, Langenargen, Markdorf, Meckenbeuren, Meersburg, Tettnang und Überlingen eröffnet. So kann nun eine flächendeckende und unabhängige Energieberatung im gesamten Bodenseekreis den Bürgern, Gewerbetreibenden und Kommunen angeboten werden. Jährlich werden etwa 600 persönliche Beratungsgespräche geführt. Zudem wurde eine Potentialanalyse zum Stand des Ausbaus erneuerbarer Energien sowie zum vorhandenen Potential erstellt. Vorsitzender der Energieagentur Bodenseekreis ist Landrat Lothar Wölfle.

Die Gesellschafter sind:
- Landkreis Bodenseekreis
- Kreishandwerkerschaft Bodenseekreis
- EnBW Regional AG
- Stadtwerke Überlingen GmbH
- Thüga AG Allgäu-Oberschwaben
- NABU-Regionalgeschäftsstelle Bodensee-Oberschwaben
- Technische Werke Friedrichshafen
- Regionalwerk Bodensee

Die Gesellschafter der Energieagentur Bodenseekreis tragen zum Klimaschutz und einer regionalen Wirtschaftsförderung bei. Allein durch die persönlichen Beratungsgespräche kann bei einer teilwesen Umsetzung der Energieeinsparvorschläge davon ausgegangen werden, dass im Bodenseekreis jährlich über 1 500 Tonnen CO_2 eingespart und rund 7 Millionen Euro investiert werden.

Der European Energy Award (eea)

Was für die Fußball-Europameisterschaft gilt, gilt auch für die derzeitige und zukünftige kommunale Energiearbeit. Hier lässt sich die Stadt Friedrichshafen von der Energieagentur seit 2006 in das europäische „Energieeffizienz Finale" trainieren (European Energy Award) und wurde im Jahr 2008 als europäische Energie- und Klimaschutzkommune erfolgreich ausgezeichnet. Mittlerweile nehmen auch die Städte und Gemeinden Meckenbeuren, Tettnang, Oberteuringen und Neukirch sowie seit 2011 der Landkreis selbst am europäischen Energiewettbewerb teil. *„Der eea für Gemeinden und Landkreise ist das richtige Instrument für die zukünftige energiepolitische Ausrichtung von Kommunen. Sie können gegenseitig voneinander lernen. Energie und Klimaschutz dürfen keine Kreisgrenzen kennen"*, so Walter Göppel, Geschäftsführer der Energieagentur. Der eea umfasst sechs Handlungsfelder: Entwicklungsplanung/Raumordnung, Kommunale Gebäude und

◄ Im Juni 2007 wurde die Energieagentur Bodenseekreis gegründet. Die Gründungsväter sind: Landrat Lothar Wölfle, Wilfried Franke (damals Vorsitzender der Energieagentur Bodenseekreis), Dieter Hornung 1. Bürgermeister der Stadt Friedrichshafen und Walter Göppel, Geschäftsführer der Energieagentur.

Anlagen, Versorgung/Entsorgung, Mobilität, Interne Organisation sowie Kommunikation/Kooperation. Ziel des eea ist die konkrete Umsetzung von Projekten und die Steigerung der Energie- und Kosteneffizienz in Landkreisen und Kommunen. Die Ist-Analyse zeigt dabei die Stärken und Schwächen der Gemeinden und Landkreise auf. Erst wenn man diese kennt, kann entsprechend gehandelt werden, dann werden die Stärken noch weiter ausgebaut und die Schwächen abgebaut.

Bodenseekreis stark im Umwelt- und Klimaschutz

Bereits seit vielen Jahren leistet der Bodenseekreis große Anstrengungen im Umwelt- und Klimaschutz sowie bei der Energieeffizienz. Für Politik und Wirtschaft ist dies eine Selbstverständlichkeit, denn er nimmt seine große Verantwortung im Bereich Umwelt- und Naturschutz sehr ernst. Schließlich sind Wasser und Boden die Lebensgrundlagen für Menschen, Tiere und Pflanzen und deshalb ein unverzichtbarer Bestandteil der Natur. Sie verdienen daher einen besonderen Schutz vor Verschmutzung und übermäßigem Gebrauch beziehungsweise Verbrauch. Deshalb wird der Schutz der Gewässer und des Bodens von einem eigenen Amt innerhalb des Landratsamtes, dem Amt für Wasser- und Bodenschutz, wahrgenommen.

Im Umweltschutzamt sind die Bereiche Naturschutz, Immissionsschutz, Abfallrecht, Arbeitsschutz/Gewerbeaufsicht und Agenda 21 zusammengefasst. Das Umweltschutzamt ist in drei Sachgebiete unterteilt:

– Sachgebiet 1 – Naturschutz
– Sachgebiet 2 – Arbeits- und Immissionsschutz
– Sachgebiet 3 – Abfallrecht

Ohne Energie läuft auch im Bodenseekreis nichts

Auch der effiziente und sparsame Umgang mit Energie spielt im Bodenseekreis nicht erst seit gestern eine wesentliche Rolle. Bereits seit Jahren werden im Kreis Pilotprojekte, wie zum Beispiel die Bioabfall-Verstromung, die Solarsiedlung Wiggenhausen und ökologische Heizsysteme in Schulen unterstützt und vorangebracht. Die kreisweite Elektronikschule Tettnang gehört ebenfalls zu den Leuchttürmen in Sachen Schule und Umweltschutz, sie wurde mehrfach in diesem Bereich ausgezeichnet. Diese Projekte haben Vorbildcharakter und zeigen deutlich, dass der Bodenseekreis ein echter Vorbild-Landkreis ist. Durch die Gründung der Energieagentur Bodenseekreis im Jahr 2007 wird diese Arbeit zusätzlich unterstrichen und verstärkt. Bürger, Gewerbebetriebe und Kommunen sollen hier eine unabhängige Fachberatung in allen Fragen rund um Energie und Energieeinsparung erhalten.

Herausragende Beispiele für Energieeffizienz und Klimaschutz im Bodenseekreis

Holzhackschnitzel-Heizung im Berufsschulzentrum

Einen wichtigen Baustein für den Klimaschutz im Bodenseekreis ist die Holzhackschnitzel-Heizung im Berufsschulzentrum, die die TWF (Technische Werke Friedrichshafen) im Auftrag des Landkreises gebaut hat. Die neue Holzhackschnitzel-Heizung im Berufsschulzentrum sorgt mit nachwachsenden Rohstoffen aus der Region für umweltschonende Wärme. Die Hackschnitzel-Anlage erzeugt rund 90 Prozent des gesamten Wärmebedarfs im Berufsschulzentrum. Die restlichen 10 Prozent decken ein Blockheizkraftwerk für den Sommerbetrieb und eine moderne Gas-/Ölheizung für Spitzenlasten im Winter ab. Zudem soll ein Nahwärmenetz, das noch weitere Gebäude mit Wärme versorgt, entstehen. Holzhackschnitzel-Heizanlagen gelten allgemein als klimaneutral, da bei der Verbrennung nur so viel CO_2 frei wird, wie die Bäume beim Wachstum aufgenommen haben. Zum umweltgerechten Umgang gehört auch, dass nur Holz aus der Region verwendet wird.

Technische Daten

Wirkungsgrad:	80 Prozent
Wärmeleistung:	circa 950 kW Wärme (entspricht der Wärmeaufnahme von rund 100 Einfamilienhäusern)
Spitzenlastabdeckung:	bereits bestehender kombinierter Gas-Ölkessel (2 000 kW) und Blockheizkraftwerk (30 kW Wärme, 15 kW Strom) für den Sommerbetrieb

Biogasanlage Amtzell

▼ In der Biogasanlage Amtzell erzeugen rund
18 000 Tonnen Biomüll aus dem Bodenseekreis pro Jahr
rund 4,5 Kilowattstunden Strom (entspricht dem
Stromverbrauch von rund 12 000 Haushalten).

Rund 18 000 Tonnen Biomüll fallen pro Jahr im gesamten Bodenseekreis an. Der gesamte Biomüll wird jetzt vom See ins Allgäu, nach Amtzell, transportiert und hier zu elektrischem Strom aufbereitet. Das Restmaterial wird als Kompost und Flüssigdünger wieder dem Naturkreislauf zugeführt. Was sich auf den ersten Blick nach unnötigem Mülltourismus anhört, entpuppt sich beim genaueren Betrachten als zukunftsweisendes Projekt mit Leuchtturmcharakter. Statt in Deponien zu verrotten, wird aus Biomüll Elektrizität. Da im Bodenseekreis kein Platz für ein Biokraftwerk zu finden war, sei man im angrenzenden Landkreis auf die Suche nach einem geeigneten Standort gegangen und in Amtzell fündig geworden. 18 000 Tonnen Biomüll pro Jahr stammen aus dem Bodenseekreis. Die maximale Kapazität der Anlage beträgt 40 000 Tonnen. Erzeugt worden 4,5 Mio KWh Strom, das entspricht dem Stromverbrauch von 1 200 Haushalten. An Kohlendioxid spart das Bio-Kraftwerk derzeit jährlich rund 2 700 Tonnen ein, dabei ist die Abwärmenutzung noch nicht berücksichtigt.

Windel-Willi der Stiftung Liebenau

Wie aus gebrauchten Windeln umweltschonend Strom und Wärme erzeugt wird, kann man bei der Stiftung Liebenau erfahren. Der „Windel-Willi", so wird der Verbrennungsofen der Stiftung Liebenau im Volksmund genannt, ist seit 2007 im Einsatz. Er wurde von der Stiftung entwickelt und wird als weltweit einmalige Anlage zur Verwertung von Inkontinenz-Systemabfällen aus Einrichtungen der Altenpflege und Behindertenhilfe betrieben. Im Windel-Willi können im Jahr bis zu 5 000 Tonnen Inkontinenz-Systemabfälle verheizt werden, dazu zählen zum Beispiel Windeln, Wattepads, Einmalhandschuhe, Verbandsmaterial, Krankenunterlagen und Zellstofftücher.

Die Verbrennungsenergie erhitzt einen Heißwasserkessel. Dabei wird Strom gewonnen, Wasser erwärmt und Dampf für die Wäscherei erzeugt. Auch gart der heiße Dampf die 2 800 Essensportionen der Großküche der Behinderten-Einrichtung. Nachts und sonntags, wenn die Wäscherei ruht und die Küche kalt bleibt, speist die aus Inkontinenzabfällen gewonnene Energie ein Nahwärmenetz, an dem auch die Gewächshäuser der Stiftung angeschlossen sind. Mittlerweile haben auch Städte und Gemeinden aus dem angrenzenden Landkreis den Windel-Willi entdeckt. Zum Beispiel bieten die Städte Wangen und Ravensburg sowie die Gemeinde Vogt ihren Bürgern die Möglichkeit, Kinderwindeln und Inkontinenzabfälle zu sammeln, um daraus im Windel-Willi Energie zu erzeugen.

Solarsiedlung Wiggenhausen

Im südlichen Neubaugebiet Wiggenhausen in Friedrichshafen entstand in den Jahren 1995 und 1996 eine der ersten Pilotanlagen zur Nahwärmeversorgung mit einem Langzeit-Wärmespeicher. Die Stadt hatte sich 1994 bei der Realisierung des Neubaugebietes für eine solarunterstützte Nahwärmeversorgung mit Langzeitspeicher entschieden und einen ökologisch orientierten Leitfaden für die Planung erstellt. Für die ersten beiden Bauabschnitte wurden auf den Dächern der Geschosswohnbauten 4 056 Quadratmeter Solarkollektoren installiert. Die in den Kollektoren vor allem im Sommer produzierte Wärme wird über ein Sammelnetz mit einem Wasser-Glykolgemisch zur Heizzentrale transportiert. Dort wird sie über einen Wärmetauscher in den Speicherkreis übertragen. In der Heizsaison wird das

◀ *Die Solarsiedlung Wiggenhausen entstand im Jahr 1995 und zählt zu den ersten Pilotanlagen.*

Wasser für das Nahwärmeverteilnetz mit Hilfe der eingespeicherten Solarenergie über einen Wärmetauscher erwärmt. Reicht die Temperatur im Speicher nicht aus, wird mit zwei Gasbrennwertkesseln nachgeheizt. Das Speicherwasser bildet ein geschlossenes System und wird von den Solarkollektoren auf Temperaturen zwischen 40 bis 90 Grad erwärmt. Der Speicher wurde als Erdbeckenwärmespeicher mit einem Volumen von 12 000 Kubikmeter ausgeführt. Die Anlage deckt etwa 30 Prozent des Gesamtwärmebedarfs der Gebäude. Die jährliche Energieeinsparung liegt bei 1,6 Millionen Kilowattstunden, was einer Kohlendioxid-Einsparung von 366 Tonnen im Jahr entspricht.

Anzahl Wohnungen: 382
Gesamte Wohnfläche: 34 945 Quadratmeter
Solarkollektoren: 4 056 Quadratmeter
Langzeit-Heißwasserwärmespeicher: 12 000 Kubikmeter

Bioenergiedorf Lippertsreute

Biogas, moderne Holzenergie, Nahwärmenetz, Photovoltaik: Lippertsreute wurde nach Mauenheim der zweite Ort in Baden-Württemberg, welcher sich strom- und wärmeseitig weitgehend aus heimischen erneuerbaren Energien versorgt. Biogas-Abwärme und moderne Holzenergie werden in ein Nahwärmenetz eingespeist und im Ort verteilt. Die Stromerzeugung aus dem BHKW (Blockheizkraftwerk) der Biogasanlage sowie aus mehreren Solarkraftwerken wird ins öffentliche Netz eingespeist. Neben den ökologischen Vorteilen hat das Projekt auch einen hohen regionalwirtschaftlichen Wert: Die Energiekosten fliessen nicht mehr ab, sondern bleiben als Kaufkraft vor Ort. Lippertsreute hat rund 650 Einwohner und 120 Gebäude.

Potentialstudie „Industrielle Abwärme" der Stadt Friedrichshafen und der TWF

Die Energieagentur Ravensburg führt mit der Stadt Friedrichshafen und den Technischen Werken Friedrichshafen eine Erhebung der industriellen Abwärmepotenziale in Friedrichshafen durch. In über 100 Seiten werden mögliche Nahwärme-Cluster auf das Gesamtstadtgebiet dargestellt.

Blick in die Zukunft. Das Leben am See in 30 Jahren – gesehen durch die „Energie- und Klimabrille". Wir schreiben das Jahr 2042:

Es ist still rund um den Bodensee – zumindest wenn man dabei an den heutigen Lärm, der durch Autos, Lastwagen, Schiffe und Flugzeuge verursacht wird, denkt – denn: Die Elektromobilität in Verbindung mit der Brennstoffzellentechnik hat sich durchgesetzt. Die lauten und stinkenden Fahrzeuge sind gänzlich von den Straßen, am Himmel und auch auf dem Bodensee verschwunden. Vorfahrt haben überall die Fußgänger und Radfahrer, die Segelschiffe und die Elektro-Boote. In den Innenstädten bewegen sich vorwiegend Fußgänger und Radfahrer. Zugelassen sind nur noch der Öffentliche Nahverkehr und der Anliegerverkehr. Dies war möglich, da die Bundesstraßen verlegt wurden.

Ruhe und Beschaulichkeit sind wieder eingekehrt. Man genießt die Natur und weiß wieder zu schätzen, wie wichtig sie ist. Kinder spielen im Wasser und erläutern den Erwachsenen, dass man sorgsam mit dem Trinkwasser umgehen muss und keine Abfälle wegwerfen darf. Allgemein wissen die Kinder wieder woher Nahrungsmittel kommen und welche Bedeutung sie haben. In jedem Kindergarten gibt es eigene Gemüse- und Kräutergärten die ökologisch gepflegt werden. Regenwasser wird gesammelt und der Müll penibel getrennt und wiederverwertet. Umweltbewusstsein und gesunde Ernährung werden schon im Kleinkindalter eine zentrale Rolle spielen. In den Kindergärten und Schulen werden die Kinder zu Junior-Klimaschutzmanagern ausgebildet.

Auch jede Gemeinde, jede Stadt und der Landkreis beschäftigen entsprechend Mitarbeiter, die sich um den Energie-, Klima- und Ressourcenschutz bemühen. Private Häuser, kommunale Gebäude und Gewerbebetriebe überwachen ihren Energieverbrauch laufend und werden per Handy über „Ausrutscher" (Herdplatte vergessen, Licht zu lange an, Fenster nicht verschlossen, PC vergessen abzuschalten, Wasserleck) schnellstmöglich benachrichtigt.

Auf dem Flughafen Friedrichshafen starten und landen überwiegend Elektroflugzeuge, die mit Brennstellentechnik betrieben werden. Jeder Bürger legt Wert auf seinen ganz persönlichen CO_2-Fußabdruck und bemüht sich, diesen so klein wie möglich zu halten.

Neubauten sind ausschließlich Energie-Plus-Häuser, sie erzeugen mehr Energie als die Bewohner zum Leben benötigen. Die überschüssige Energie aus PV-Anlagen, Blockheizkraftwerken sowie von Gas-, Biomasse-, Wind- und Wasserkraftanlagen wird durch ein intelligentes Netz bestmöglich koordiniert. Bei Überschuss werden die Pumpspeicherkraftwerke und die hocheffizienten Stromspeicher gespeist und bei Spitzenlast wieder abgerufen.

Abnehmer Nummer Eins ist aber der Erzeuger selbst. Dies führt auch dazu, dass nur kleinere Netze zusätzlich gebaut werden mussten, denn die Energie wird meist dort erzeugt, wo sie gebraucht wird. Zur Versorgungssicherheit tragen mehrere Hybridkraftwerke bei, die aus erneuerbarer Energie (Wind, Biogas und Biomasse) Wasserstoff oder Erdgas erzeugen und diesen zur Spitzenlastabdeckung verwenden. Auch die Abwärme der Hybridkraftwerke wird zur Versorgung von Gebäuden genutzt.

Kleinere Ortschaften und Gemeinden sind bis zum Jahr 2042 meist energieautark und werden überwiegend durch eigene Nahwärmenetze versorgt. In den größeren Städten werden Industriegebiete ihre überschüssige Wärme den angrenzenden Wohn- und Gewerbegebieten zur Verfügung stellen.

Allerdings wird sich in 30 Jahren nicht alles nur zum Guten gewendet haben, denn wir und unsere Nachkommen werden leider auch mit den negativen Folgen der Klimaerwärmung zu kämpfen haben.

Das Ansteigen der Jahrestemperatur hat bewirkt, dass die Wetterextreme am Bodensee zugenommen haben. Die Stürme und Gewitterfronten sind heftiger und Hagelschlag, ausgeprägte Trockenzeiten und Regenperioden mit Überschwemmungen sind häufiger geworden. Zwar werden die Winter insgesamt gesehen milder und schneeärmer sein, doch Spätfröste bis weit ins Frühjahr hinein und empfindliche Kälteeinbrüche im Herbst mit Schnee und Frost werden trotz der weltweiten Erwärmung immer wieder einmal den Ernteertrag der Landwirte schmälern. Das hat Auswirkungen auf die Landwirtschaft. Sie müssen neben den Wetterkapriolen auch mit immer neuen Schädlingen kämpfen. Auch die Fichten werden mehr und mehr aus unserer Region verschwunden sein, was das Landschaftsbild verändert hat.

Und nicht zuletzt werden wir öfters als früher mit schwül-heißen Witterungsabschnitten und teils enormen Temperatursprüngen innerhalb weniger Tage leben müssen, was nicht nur ältere und kranke Menschen belasten dürfte.

Auswirkungen werden die Wetterextreme auch auf Kommunen haben, denn sie kümmern sich um die Sicherheit der Menschen. Hochwasserschutz spielt bei der Städteplanung eine immer wichtigere Rolle. Nach und nach werden dort wo es möglich ist, Verdohlungen wieder rückgängig gemacht.

Das dient nicht nur dem Hochwasserschutz, sondern hat auch auf die Gewässerökologie positive Auswirkungen und ganz nebenbei sind so im Laufe der vergangenen 30 Jahren viele kleine grüne Oasen in den Innenstädten und Gemeinden entstanden.

Unter dem Diktat der knappen Kassen
Über den Strukturwandel in der Krankenhauslandschaft im Bodenseekreis

KATY CUKO

Kein anderer Sektor hierzulande wurde in der jüngeren Vergangenheit durch die Politik so oft reguliert wie das Gesundheitssystem. Seit 1996 beschloss der Bundestag fast jährlich eine neue Reform – mit teils einschneidenden Folgen. So krempelte beispielsweise die Gesundheitsreform 2004 mit Einführung der Fallpauschalen (DRG's) das gesamte Finanzierungssystem der Krankenhäuser um. Statt eines festen Betrages pro Pflegetag eines Patienten zahlen die Kassen seither einen fixen Betrag je Diagnose – egal, wie lange der Patient in der Klinik bleibt und egal, wie aufwändig seine Versorgung ist. Damit stieg – politisch gewollt – der Druck auf die Träger und Betreiber, wirtschaftlicher zu arbeiten. Dadurch ging vielen Kliniken die Luft aus. Laut Statistischem Bundesamt machten seit 1991 binnen 20 Jahren 347 von 2 411 Häusern dicht, fast ein Viertel der Klinikbetten wurde in diesem Zeitraum abgebaut. Immer mehr Kommunen sahen und sehen sich gezwungen, ihre Kliniken, die Dauerzuschussbetriebe geworden sind, abzustoßen. Wo die Schließung politisch nicht durchsetzbar ist, scheint den meisten Gemeinderäten der Verkauf die bessere Option. Und so hat sich der Anteil der Allgemein-Krankenhäuser in privater Hand fast verdoppelt, während sich die Zahl der Kliniken in öffentlicher Trägerschaft nahezu halbiert hat. Gab es 1991 noch 996 öffentliche Krankenhäuser, waren es 2010 nur noch 539.

Nur noch ein Krankenhaus ist in öffentlicher Hand

Im „Mikrokosmos" Bodensee kann man diese Entwicklung fast punktgenau nachvollziehen. Bei dessen Gründung 1983 gab es noch drei Krankenhäuser der Grund- und Regelversorgung – in Überlingen, Tettnang und Markdorf, sowie ein Krankenhaus der Zerntralversorgung in Friedrichshafen. Alle vier waren damals in öffentlicher Hand. Das Tettnanger Krankenhaus „gehörte" dem Landkreis, die drei anderen der jeweiligen Stadt. Fast 30 Jahre später ist nur noch eines in kommunaler Verantwortung – das Klinikum Friedrichshafen. Die Krankenhäuser in Überlingen und Tettnang wurden verkauft, ergo privatisiert, das Markdorfer Spital 2002 mangels Perspektive gleich ganz geschlossen. Damals hatte ein Gutachter bescheinigt, das traditionsreiche, aber in die Jahre gekommene St.-Josef-Spital habe „keine medizinische und ökonomische Zukunft", woraufhin der Gemeinderat nur Wochen später beschloss, den Betrieb des Krankenhaus einzustellen. In finanzielle Schieflage geriet ein Jahr später auch das Kreiskrankenhaus in Tettnang. 2004 stand bereits ein Defizit von rund drei Millionen Euro zu Buche, das Kreisverwaltung und Kreisräte zwang, über die Zukunft der Tettnanger Klinik nachzudenken. Kurz nach der Umwandlung in einen GmbH-Betrieb im März 2004 war selbst die Schließung des Krankenhauses nun kein Tabu mehr. Doch zunächst sollte ergebnisoffen nach einer Lösung gesucht werden. Bis zum Verkauf der Klinik ließ man sich jede Option offen.

Schon 2003 gab es Gespräche, ob die kaum 20 Kilometer voneinander entfernten kommunalen Kliniken in Tettnang und Friedrichshafen nicht kooperieren und damit eine gemeinsame Zukunftsperspektive aufbauen sollten, doch man kam auf keinen gemeinsamen Nenner. Dabei stand zu diesem Zeitpunkt auch in der Bilanz beim Städtischen Krankenhaus ein Minus von rund 700 000 Euro. Ende 2004 legte Friedrichshafen ein Beteiligungsangebot für die Klinik Tettnang GmbH auf den Tisch. Nach mehreren Verhandlungsrunden und dreifacher Nachbesserung machte der Friedrichshafener Gemeinderat im März 2005 jedoch einen Rückzieher: In der Zeppelinstadt war man nunmehr der Überzeugung, mit einem modernen Management sein Krankenhaus eigenständig halten zu können. Der Weg für eine kommunale Krankenhaus-Lösung zumindest im Ostteil des Kreises war versperrt. So blieb dem Kreistag, der das Tettnanger Krankenhaus erhalten wollte, nur die Privatisierung. Im Bieterwettbewerb setzten sich die Waldburg-Zeil-Kliniken durch, die zum 1. Juli 2005 den Betrieb des Krankenhauses für einen symbolischen Preis übernahmen. Der Kreis sicherte sich mit 5,1 Prozent der Anteile aber ein Mitspracherecht am Klinikbetrieb.

Auf der Suche nach einem starken Partner

Auch am Überlinger Krankenhaus gingen die Strukturreformen der Gesundheitspolitik nicht spurlos vorüber. Selbst wenn die finanziellen Engpässe hier nicht so drastisch deutlich wurden wie in Tettnang und Friedrichshafen, wurde zunächst der städtische Eigenbetrieb in einen GmbH-Betrieb umgewandelt und mit der Neustrukturierung kräftig gespart – bis man doch auf Partnersuche ging. Ein Fusionsangebot gen Stockach 2003 stieß auf taube Ohren. Ende 2004 stimmte der Überlinger Gemeinderat für eine Kooperation mit den Hegau-Bodensee-Hochrhein-Kliniken GmbH mit Sitz in Singen. Der Vertrag sah vor, dass das Überlinger Krankenhaus später Teil des HBH-Gesundheitsverbundes wird. Doch dazu kam

◄ Binnen sechs Jahren ist auf dem Gelände des Klinikums Friedrichshafen ein Medizin-Campus entstanden. Neben dem Bau des neuen Mutter-Kind-Zentrums siedelten sich eine Strahlentherapeutische Praxis, eine psychiatrische Klinik und ein Ärztehaus an.

es nicht. Am 13. Dezember 2006 beschloss der Gemeinderat mit dem Verkauf an die Helios Klinik GmbH die Privatisierung des Hauses. Eine Entscheidung, die kommunalpolitisch Wellen schlug, denn nicht nur der HBH-Verbund bekam damit eine Abfuhr, sondern auch die Stadt Friedrichshafen. Die hatte sich ihrerseits für eine Fusion der beiden (letzten) kommunalen Kliniken im Bodenseekreis stark gemacht und Überlingen ein Kooperationsangebot unterbreitet.

Friedrichshafen entscheidet sich für einen anderen Weg

Damit ist das Klinikum Friedrichshafen heute das einzige kommunale Krankenhaus im Bodenseekreis. Obgleich auch in der Zeppelinstadt eine Privatisierung zur Debatte stand, entschied sich der Gemeinderat 2005 für einen anderen Weg. Aus dem städtischen Eigenbetrieb wurde die Klinikum Friedrichshafen GmbH. Und Geschäftsführer Johannes Weindel trat 2006 mit einem Strategieplan an, der das Haus binnen sechs Jahren nicht nur aus den tiefroten Zahlen führen sollte, sondern den Ausbau zu einem modernen Medizin-Campus vorsah – unter kommunaler Trägerschaft.

Die Erfolgsbilanz kann sich sehen lassen. Der damals übernommene Schuldenberg von über zwei Millionen Euro wurde komplett abgetragen. Das Klinikum schreibt seit 2007 kontinuierlich schwarze Zahlen, in den vergangenen drei Jahren sogar im siebenstelligen Bereich. Die Zahl der stationär behandelten Patienten wuchs mit dem jedem Jahr, was für den guten Ruf des Hauses und die qualitativ gute Arbeit spreche, so Weindel. Und das sei ein Grund, warum wieder neue Arbeitsplätze geschaffen und Personal eingestellt werden konnten.

Einfach war dieser Weg keineswegs. Der Betrieb wurde organisatorisch komplett umgekrempelt, jahrelang immer begleitet von Baumaßnahmen – ein Kraftakt vor allem für das Klinikpersonal. Nach der Bildung der Zentren für Innere Medizin und Operative Medizin wurde ein Mutter-Kind-Zentrum gebaut, in der Kinder- und Frauenklinik, Geburtshilfe und Pädiatrie eine Einheit bilden und durch den neuen Bereich pädiatrische Psychosomatik sinnvoll ergänzt wurde. Ein Modell, das erstmalig in Süddeutschland umgesetzt und vom Land mit zehn Millionen Euro gefördert wurde. Parallel dazu siedelten sich im Verlauf der letzten Jahre weitere Spezialisten auf dem Klinikgelände an. Mit dem Strahlentherapeutischen Zentrum und einer weiteren Dependance des ZfP Südwürttemberg sowie der

SINOVA Klinik können seit 2011 Patienten aus Friedrichshafen und der Umgebung wohnortnah versorgt werden. Im neuen Ärztehaus wurde auf dem Campus nicht nur ein modernes Dialysezentrum mit 50 Patientenplätzen angesiedelt, sondern haben viele niedergelassene Ärzte eine neue Heimstatt in unmittelbarer Nähe des Krankenhauses gefunden – zu beiderseitigem Vorteil, aber vor allem im Interesse der Patienten. Das Friedrichshafener Klinikum ist heute mehr denn je ein Krankenhaus der Zentralversorgung.

Der nächste Strukturwandel steht schon ins Haus

Trotz dieser Bilanz und aller Anstrengungen kann Johannes Weindel nicht zufrieden sein, denn das Wirtschaften wird immer schwieriger. Die Prognosen verheißen sinkende Gewinne und sogar wieder rote Zahlen, wenn Klinikleitung und Gesellschafter nicht aktiv gegensteuern. Das liegt zum einen an den Rahmenbedingungen, die die Politik vorgibt. Zum anderen treibt ihn die Sorge um, dass sich durch den verschärften Wettbewerb mit den privaten Kliniken in der Region ein „Wettrüsten" entwickelt. Deutlicher wird Petra Selg, die einst Personalratsvorsitzende im St.-Josef-Krankenhaus Markdorf und für die Grünen die erste pflegepolitische Sprecherin im Bundestag war. *„Die drei Krankenhäuser im Kreis nehmen sich gegenseitig die Patienten weg"*, sagt die Kreisrätin, die bis heute die Ansicht vertritt, dass es eine kreisweite Krankenhaus-Lösung hätte geben können, wenn die politischen Entscheidungsträger damals über den eigenen Tellerrand geschaut hätten. *„Für die kommunale Daseinsvorsorge wäre ein Krankenhaus genug, wenn es ringsum andere Strukturen gäbe."*

Auch Johannes Weindel konstatiert eine Überversorgung. *„Es gibt immer noch zu viele Krankenhäuser und zu viele Krankenhausbetten."* Notwendig – und politisch forciert – wird die Bildung von Kompetenzzentren, um den medizinischen Fortschritt auch umsetzen zu können. *„Dann reicht das Geld im Gesundheitssystem auch für die Topmedizin"*, so Weindel. Er glaubt, dass sich Krankenhäuser vermehrt zu Verbünden zusammenschließen, größere Netzwerke und Gemeinschaften bilden werden, um wirtschaftlicher agieren zu können. Johannes Weindel sucht seit Jahren nach kommunalen Partnern, bisher aber ohne Erfolg. *„Sich überregional zu vernetzen wird eine schlichte Notwendigkeit"*, sagt der Klinikums-Geschäftsführer vorausschauend.

In 30 Jahren

Ist es denn wirklich wichtig zu wissen, was in 30 Jahren ist?

MAIKE DAUB (9. KLASSE, KARL-MAYBACH-GYMNASIUM, FRIEDRICHSHAFEN)

Wenn jemand Kinder fragt: *„Was machst du in 30 Jahren?"*, dann antworten viele: *„Ich werde Tierarzt"*, *„Rockstar"* oder auch *„Ich werde Prinzessin."* Fragt man einen Jugendlichen, bekommt man vermutlich die Antwort: *„Keine Ahnung."* Und wenn man einen Erwachsenen fragt, lautet die Antwort womöglich: *„In Rente gehen."* Und so, wie die Antworten hier auseinander gehen, so hat auch jeder eine andere Antwort auf die Frage: *„Was ist in 30 Jahren mit deiner Heimat?"* Um diese Frage ausführlicher beantworten zu können, muss man sich vor Augen führen, was Heimat für einen selbst bedeutet. Ist es dort, wo ich geboren wurde? Bin ich in meiner Heimat aufgewachsen? Oder ist Heimat für mich dort, wo ich gerade wohne? Man könnte aber auch behaupten, Heimat sei kein Ort, sondern ein Gefühl. Ein Gefühl, das mit Sicherheit jeder kennt, das er hat, wenn er mit Menschen zusammen ist, die er liebt, die ihm wichtig sind. Ist nicht Heimat dort, wo meine Familie und meine Freunde sind? Das würde bedeuten, man muss sich erst einmal die Frage beantworten: *„Wo wird meine Heimat in 30 Jahren sein?"* Gehen wir davon aus, kommt man zu dem Ergebnis: Friedrichshafen, Lindau, Kressbronn, Bodensee.

Jeder wird sich etwas anderes vorstellen. Manche könnten sagen: *„Wir werden keine Schiffe mehr brauchen, wir fliegen über den See."* Andere werden sagen: *„Wir sind hier so traditionsreich, da reichen 30 Jahre nicht, um etwas zu ändern."* Da fragt man sich, haben die Menschen das vor 30 Jahren auch gesagt? Was hat sich denn alles verändert, hier bei uns? Handys, Fernsehgeräte, Computer, Laptops und so viel mehr im Bereich der Technik, auch hier. An Gebäuden? Ach herrje, wo fängt man an? Stellen sie sich doch einmal die Frage, wie weit ist es von meinem Haus, von meiner Wohnung zum nächsten Neubaugebiet?

Aber was kommt dann in 30 Jahren? Headsets statt Handys, kleine Knöpfe im Ohr die Musik spielen, telefonieren und Memo aufnehmen können? Mit denen Schüler in Klassenarbeiten sich die Lösungen einflüstern lassen? Wird es keine Hefte mehr geben, sondern nur noch Tablet PCs? Stellt man bis 2040 einen Wolkenkratzer in Friedrichshafen auf und besteht die Altstadt von Meersburg dann nur noch aus Chrom und Glas? Niemand weiß das und man stellt sich die Frage: Ist es denn überhaupt wichtig zu wissen was in 30 Jahren sein wird? Ist es nicht viel interessanter, es *nicht* zu wissen? Ja, besteht der Sinn des Lebens nicht darin, nie zu wissen, was das Morgen bringt?

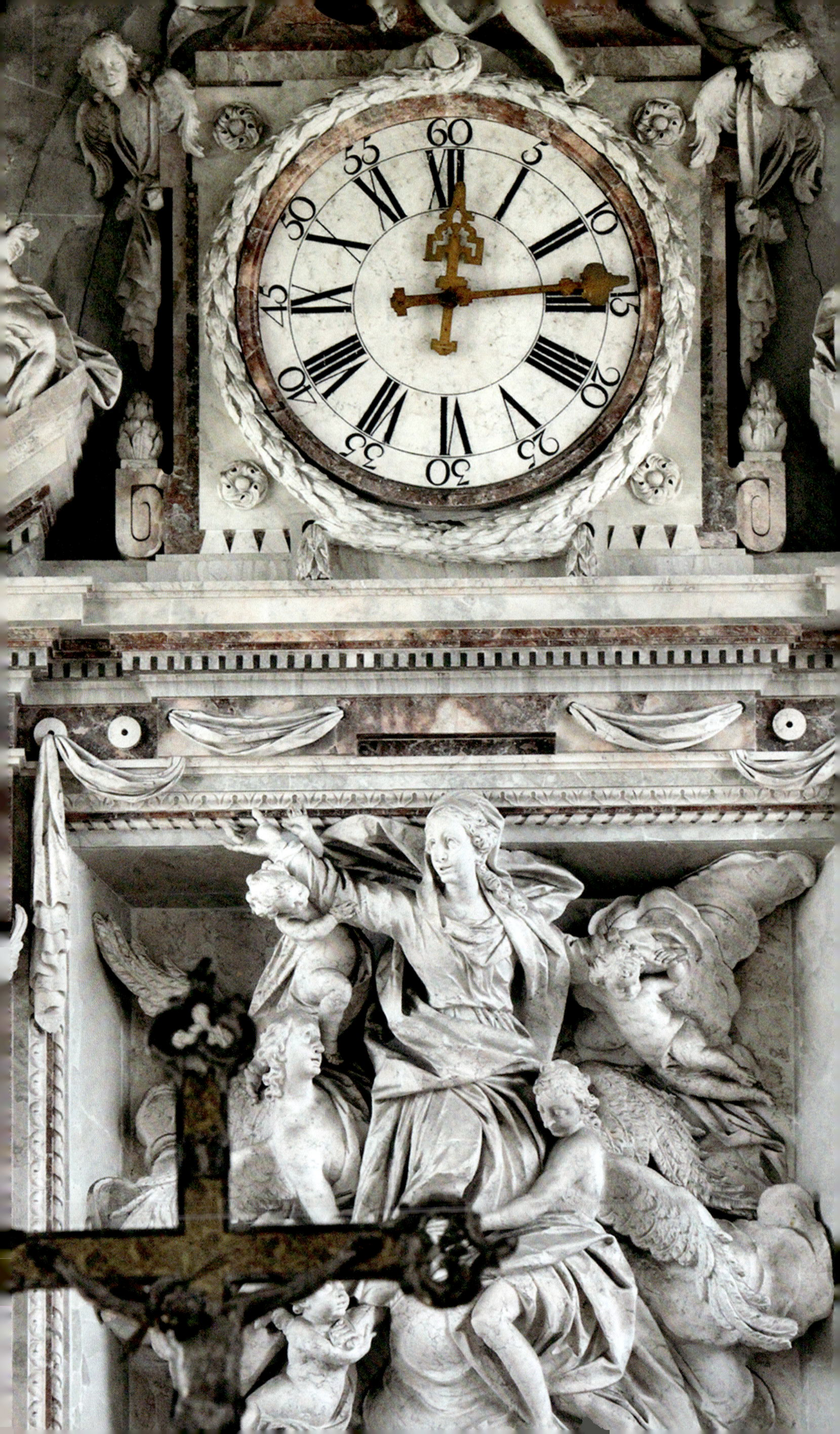

„Zur Ruhe kommen möchte ich gar nicht"

Ein Interview mit Bernhard Prinz von Baden

MARTIN BAUR

Seit 900 Jahren trägt ein schwäbisch-alemannisches Adelsgeschlecht den Namen Baden. Drei Jahre nachdem das Land Baden-Württemberg der Familie die schwere Last des Denkmals Schloss Salem abnahm, schaut Bernhard Prinz von Baden, der Generalbevollmächtigte des Familienunternehmens, optimistisch nach vorne. Im Interview mit Martin Baur spricht der Unternehmer über das Jubiläum, vermittelt seine Sicht auf die Vergangenheit und schaut auf eine Zukunft, in der er in den Unternehmen, insbesondere im erfolgreichen Weinbau, endlich wieder gestalten kann.

Ein großer Geburtstag: 900 Jahre Baden. In einer Schenkungsurkunde des Salier-Kaisers Heinrich V., die auf den 27. April 1112 datiert, nach Gregorianischem Kalender ist es der 8. Mai, wird der bisherige Markgraf von Verona, Hermann II., erstmals Markgraf von Baden genannt. Was bedeutet diese erste urkundliche Erwähnung für Sie?

Dieser Tag ist nicht mehr als das Datum einer Urkunde, in der ein Bischof mit einer Burg belehnt wurde. Mit Baden hat das zunächst nichts zu tun. Das Dokument liegt noch heute in Bamberg; es ging um Themen von dort. Der Markgraf wird als einer der Zeugen dieses Vorganges genannt. Es ist aber die Urkunde, in der Hermann II. das erste Mal Baden genannt wird. Er hat auch davor schon gelebt und beurkundet. Wir kennen einige seiner Lebensdaten. Sein Vater, sein Großvater und seine Vorfahren sind auch bekannt. Insofern ist das Ereignis für meine Familiengeschichte kein zentrales Datum.

Deshalb legen Sie auch Wert darauf, dass wir 2012 „900 Jahre Markgrafen von Baden" feiern und nicht, wie immer wieder zu hören war „900 Jahre Haus Baden"?

Meine Familie ist ein uraltes schwäbisch-alemannisches Adelsgeschlecht, das hier schon vor der ersten Jahrtausendwende in der Region ansässig war.

▼ Bernhard Prinz von Baden an
seinem Schreibtisch im April 2012.

In dieser Zeit vor dem Jahr 1000 wird die Ahnenforschung schwierig, weil noch keine Nachnamen gebräuchlich waren. Es gab nur Vornamen als Leitnamen: Mit anderen Worten: Meine Vorfahren hießen meist Berthold. Meine Familie sieht im Sohn Bezelins (Berthold) von Villingen († 1024) ihren Ahnherrn, er wird als Berthold I. († 1078) geführt. Markgraf Hermann II. ist sein Enkel. Der Titel Markgraf stammt aus der italienischen Mark Verona, Hermann II. übertrug ihn ab 1112 auf Baden im Oberrheingebiet, nachdem sich meine Familie in Oberitalien nicht etablieren konnte.

...es ist also die erste Erwähnung eines Territorium mit dem Namen Baden

Richtig, bei diesem Stichtag geht es um die namentliche Verknüpfung zwischen meiner Familie und unserer Region in Südwestdeutschland. Seitdem gibt es diese Verbindung des Landes Baden mit meiner Familie, die bis heute im Namen des Landes Baden-Württemberg fortbesteht. Ich spreche daher gerne von einem wichtigen Namenstag, der es Wert ist, gefeiert zu werden.

In diesem Jahr 2012 begehen wir gleichzeitig 900 Jahre Baden und 60 Jahre Baden-Württemberg. Eine alte territoriale Tradition verbindet sich mit der jungen Territorial- und Staatstradition unseres föderalen Bundeslandes.

Das eine baut auf dem anderen auf. Es ist mir wichtig, dass dieses Bundesland Baden-Württemberg keine gesichts- und geschichtslose Gebietskörperschaft ist, sondern auf historischen Kontinuitäten aufbaut und seine Wurzeln pflegt. Das tut das Land mit verschiedenen Ausstellungen in diesem Jahr, was meine Familie sehr freut. Das zeigt, dass die badische Tradition in Baden-Württemberg lebendig ist.

Kann Baden-Württemberg im Jahre 2012 aus diesen 900 Jahren Geschichte Badens etwas lernen?

Ich bin weder berechtigt, noch in der Lage, da irgendwelche Tipps zu geben. Aber was ich beim Blick in die Geschichte Badens erkenne, ist, dass Baden nie eine so starke Macht war, wie man sie aus anderen Regionen kennt, die ihren Willen anderen aufdrängen konnten. Dadurch entwickelte sich eine Qualität der Offenheit, der Liberalität, der Beweglichkeit, die es ermöglichte, auch andere Gebiete und andere Traditionen aufzunehmen. Das Bodenseegebiet, Vorderösterreich sowie die Kurpfalz sind Territorien, die eine ganz andere Tradition haben als die evangelisch-unterländische Tradition meiner Familie. Trotzdem ist die Integration gelungen, indem man die Eigenarten der Menschen in den Regionen bestehen ließ und ihnen ebenso wie den Zugezogenen die Chance gegeben hat, ihr Leben weiterzuführen. Das war ein gutes Modell in der Vergangenheit und ist es, glaube ich, auch heute für Baden-Württemberg, für Deutschland, für ganz Europa. Ohne dies überbewerten zu wollen, vielleicht sogar eigentlich ein Musterfall für die Herausforderungen der Globalisierung.

Von der langen Geschichte Ihrer Familie und ihrer Bedeutung zeugt auch der Titel „Herzog von Zähringen", den Ihr Vater der Markgraf, Sie und Ihre Brüder bis heute im Namen führen. Was bedeutet es Ihnen, wenn Sie durch dieses Land Baden fahren und durch die Schweiz? Durch Zähringerstädte wie Villingen oder Freiburg im Breisgau, durch Thun, Murten oder Freiburg im Üechtland?

Das ist beeindruckend, da muss ich auch immer wieder staunen. Meine Zähringer Ahnen haben einen gewaltigen Beitrag zur Entwicklung Südwestdeutschlands und der Schweiz geleistet. Selbst die Hauptstadt der Eidgenossenschaft, Bern, ist eine Zähringergründung und auch Zürich war zeitweise im Besitz meiner Familie. Dass wir diesen Namen bis heute tragen, empfinden wir als lebendige Geschichte: Es besteht bis heute ein Austausch mit den Zähringerstädten; wir fühlen uns mit ihnen verbunden. Ihre Vertreter waren zu unserem Festakt in Baden-Baden geladen. Die Geschichte der Zähringerstädte wird grenzüberschreitend empfunden – das ist ein Stück Europa über die deutsch-schweizer EU-Außengrenze hinweg. Das freut mich.

Wenige Jahre nachdem das Großherzogtum Baden 1806 als aufgeklärte Monarchie entstanden war, wurde es 1818 zur konstitutionellen Monarchie mit Zwei-Stände-Parlament und gab sich eine Verfassung, die damals die liberalste im

Deutschen Bund war. Im Vormärz, der Zeit zwischen Wiener Kongress und 1848-er Revolution hatte Baden zudem das liberalste Pressegesetz im Bund. War Baden immer ein bisschen liberaler als andere?

Ich hoffe es. Was man aber mit Sicherheit sagen kann: Wir haben keinen Tyrannen hervorgebracht. Keinen, den die heutige Geschichtsschreibung als einen Tyrannen, als einen Kriminellen sieht. Die einen Vorfahren waren erfolgreicher, die anderen weniger. Im Laufe der Geschichte gab es keinen groben Schurken und das ist eigentlich mehr, als man erwarten kann über so viele Generationen. Das ist rückblickend ein sehr glücklicher Umstand. Meine Ahnen mussten immer wieder Antworten auf die Fragen ihrer Zeit finden und sie haben dabei Verantwortung für die Menschen in ihrem Herrschaftsgebiet empfunden. Natürlich gab es auch schwierige Abschnitte in der von unserer Familie mitgeprägten Geschichte. Es gab Rückschläge und Revolutionen. Im großen Ganzen kann man rückblickend sagen, dass es doch einigermaßen gut ging.

Die 1848-er Revolution: Beim Blick in den Werbeflyer der Ausstellungen und Aktionen des Landes in diesem Jahr, schaut einem Friedrich Hecker entgegen. Die Badische Revolution, während der der Badische Staat gegen seine mehr Freiheit fordernden Bürger vorging, gehört sicher zu den „schwierigen Episoden". Wie sehen Sie diesen Teil der Geschichte Ihres Hauses heute?

Das ist eine tragische Entwicklung gewesen, die einem eigentlich umso mehr leid tut, wenn man sich die Geschichte genau anschaut. Denn Großherzog Leopold (1790 bis 1852) war überhaupt kein Tyrann. Er war ein bürgerlicher Monarch, der mit der Sache überhaupt nicht klar kam. Er hat das Blutvergießen im eigenen Volk nicht verwunden.

War er überfordert?

Vollständig. Er ist dann auch bald gestorben. Die Revolution war eine traumatische Erfahrung für ihn persönlich. Baden war damals ja eines der liberalsten Länder im Deutschen Bund. Wir sprechen hier über eine revolutionäre Phase, die von Paris bis Budapest ganz Europa erfasst hatte. Es ist besonders tragisch, dass ausgerechnet in dem recht fortschrittlichen Land sich die Bewegung derart vehement radikalisiert hat. Dass man dann mit preußischer Hilfe wieder die Verhältnisse herstellen musste, war sehr problematisch und schwierig. Was mich aber rückblickend freut, ist, dass im Grunde selbst diese schlimme Erfahrung – und das ist ein Paradox – der Staatsbildung Badens geholfen hat. Leopolds Sohn Großherzog Friedrich I. (1826 bis 1907) ist es in kurzer Zeit gelungen, diese traumatische Erfahrung in positive Energie umzuwandeln und ein badisches Staatsempfinden zu entwickeln, das bis heute fortlebt. Es ist ihm gelungen, dass mit Baden bis heute etwas Positives assoziiert wird. Großherzog Friedrich I. war beliebt und wurde sehr verehrt.

Immer wenn die europäische oder deutsche Geschichte an Wendepunkten stand, dann war irgendwo ein Badener dabei. Als die Türken sich aufmachten, das Abendland zu erobern, spielte Markgraf Ludwig Wilhelm von Baden (1655 bis 1707) eine zentrale Rolle. Der „Türkenlouis", Oberbefehlshaber des Heiligen Römischen Reiches Deutscher Nation, wurde zur Legende, nachdem er Zeit seines Lebens in 57 Schlachten, Gefechten und Belagerungen nie besiegt wurde. Oder als Großherzog Friedrich I. bei der Kaiserproklamation 1871 im Spiegelsaal von Versailles einen Eklat zwischen Bismarck und Kaiser wegen des richtigen Titels („Kaiser von Deutschland" oder „Deutscher Kaiser") verhinderte, indem er das erste Hoch auf „Kaiser Wilhelm" ausbrachte. Und dann die Abdankung von Kaiser Wilhelm II. 1918, die Ihr Urgroßvater Prinz Max von Baden, für wenige Wochen der letzte Reichskanzler des Deutschen Kaiserreiches, eigenmächtig verkündete, 19 Tage bevor der Kaiser endlich selbst offiziell abdankte. War es Zufall, dass immer wieder Ihre Ahnen dabei waren?

Es war kein Zufall, es war die Lebenswelt meiner Familie. Meine Familie war als regierendes Herrscherhaus in Südwestdeutschland seit dem Mittelalter und bis ins 20. Jahrhundert an vielen wesentlichen politischen Entscheidungen beteiligt. Großherzog Friedrich I. spielte bei der Reichsgründung in Versailles nicht die zentrale Rolle, aber durch seinen Rang und durch seine familiäre Nähe zum Kaiser und dadurch, dass er so respektiert war, war er dann im entscheidenden Moment derjenige, der das Kaiserreich proklamiert hat. Ähnlich im 1. Weltkrieg am Ende der Monarchie: Als Thronprätendent in Baden war mein Urgroßvater natürlich involviert. Prinz Max war damals ja nur etwa vier Wochen Reichskanzler. Er konnte den Lauf der Dinge nicht aufhalten. Das war nicht möglich und das war ihm auch bewusst. Man hat ihn gerufen, weil er eine integere Persönlichkeit war. Prinz Max hatte große Anerkennung gewonnen, weil er sich im Ersten Weltkrieg für den Gefangenenaustausch eingesetzt hatte, für die Verwundeten und für das Rote Kreuz. Deshalb wurde er sogar von den Kriegsgegnern respektiert. Seine Integrität hat ihn dafür prädestiniert, in dieser Übergangsphase Reichskanzler zu werden. Auch wenn er am Ende nicht mehr machen konnte, als die Abdankung des Kaisers zu proklamieren, um weiteres Blutvergießen zu verhindern.

Es gehörte ja schon ziemlich viel Mut dazu, bevor der Kaiser unterschrieben hat, dessen Abdankung zu verkünden und dann noch das eigene Amt des Reichskanzlers an den Führer der Sozialdemokraten, Friedrich Ebert, zu übergeben. Das waren ja weitreichende Entscheidungen.

Und bestimmt nicht einfach. Aber ich glaube, dass mein Urgroßvater auch jemand war, der die Zeichen der Stunde erkannt hatte und dann Prioritäten zu setzen wusste. Es war für ihn eine grauenvolle Situation: Ohne die Abdankung des Kaisers wäre der Bürgerkrieg unweigerlich ausgebrochen. Damit hätte man zusätzlich zum Krieg an der Front auch noch einen im eigenen Land gehabt. Ich glaube, dass Prinz Max sich seiner Verantwortung bewusst war.

War Prinz Max in diesem Moment bewusst, dass er damit auch das Ende der Adelsherrschaft einläutet?

Ich glaube, dass man in so einem Moment nicht primär die ganze Konsequenz abschätzen kann, wie wir es aus dem Blick von heute tun können. Aber ihm war sicher bewusst, dass sein Handeln gewaltige Umwälzungen zur Folge haben würde. Tiefgreifende Veränderungen, die aber vielleicht auch ohnehin gekommen wären. Mein Urgroßvater Prinz Max hat sich danach hier in Salem hingesetzt und

▼ Familienbild am 3. Juli 2003, dem 70. Geburtstag von Max Markgraf von Baden mit Ehefrau Valerie, seinem ältesten Sohn Erbprinz Bernhard und dessen Ehefrau Stephanie (von links). Vorne Erbprinz Bernhards Jagdhund Caspar, ein Magyar Vizla.

versucht zu verstehen, was passiert war und hat in sehr wissenschaftlicher Art Zeitzeugen eingeladen, Politiker aller Art und Journalisten, hat mit ihnen gesprochen, hat sie interviewt und hat Dokumente gesammelt. Daraus wurde ein Buch, das er zusammen mit seinem Sekretär Kurt Hahn geschrieben hat. Das Buch heißt „Erinnerungen und Dokumente". Eine wissenschaftliche, interessante Arbeit.

Die Gründung der Schule Schloss Salem hängt ja unmittelbar mit dieser Biografie von Prinz Max zusammen.

Er wollte verstehen, was in Deutschland, in Europa passiert war und hat das sehr ernst genommen. Als Konsequenz aus seiner Analyse hat er die Schule gegründet. Er war zur Überzeugung gekommen, man müsse in die Jugend investieren, man musse helfen, dieses Land aufzubauen und sich nicht nach dieser Niederlage zurückziehen. Prinz Max steht für die Überzeugung, dass von jedem Engagement für das Gemeinwesen verlangt ist, unabhängig von der Regierungsform und unabhängig von der Herkunft.

Verantwortung für das Gemeinwesen zu übernehmen ist ja bis heute zentraler Teil der Hahn'schen Pädagogik…

Ja, auch Sozialverantwortung. Bei der Gründung der Schule dachte mein Urgroßvater an die Kinder hier aus dem Salemer Tal und an die Kinder von gefallenen Soldaten und Offizieren, aber natürlich auch an die eigenen Kinder.

Und die Schule wurde Eliteinternat.

Ja, das ging sehr schnell. Mein Urgroßvater hat zunächst mehr an die Menschen hier vor Ort gedacht und Kurt Hahn hat gleich an die große, weite Welt gedacht. Thomas Mann schickte sein Kind bald hierher. Die Idee war klar: Wichtig war, dass eine Jugend herangebildet wird mit Zivilcourage, die vorbereitet ist, um in einer demokratisch-republikanischen Gesellschaft zu agieren. Eine Jugend, die mit demokratischen Hierarchiestrukturen vertraut ist. Dies war nach den Wilhelminischen Zeiten und dem Weltkrieg nicht selbstverständlich. Auch wenn man an das folgende Dritte Reich denkt, sieht man, wie weitsichtig die Konzepte meines Urgroßvaters und Kurt Hahns waren.

Der Jude Kurt Hahn war im Dritten Reich inhaftiert und ihr Großvater Berthold Markgraf von Baden hat sich bei Hitler für ihn verwendet.

Ja, Mein Großvater ist nach Berlin gefahren und intervenierte bei Hitler. Hahn kam frei, musste dann aber das Land verlassen. Er ging nach Schottland und gründete Gordonstoun.

Das Haus Baden hat sich, im Gegensatz zu anderen Fürstenhäusern und Adelshäusern in Deutschland, auch im deutschen Südwesten, nicht mit den Nazis eingelassen.

Darüber kann man nicht nur rückblickend froh sein. Ich bin dankbar, dass meine Familie diese schreckliche Zeit auf diese Weise überdauert hat.

▼ Gemeinsam stellten Prinz Bernhard und sein jüngerer Bruder Prinz Michael im April 2012 in Baden-Baden die Aktivitäten im Jubiläumsjahr vor – und verkündeten mit Stolz die Aufnahme ihres Weigutes in den exklusiven Verband der deutschen Prädikatsweingüter (VDP).

Das Dritte Reich war mit Blick auf die 900-jährige Geschichte meiner Familie eine sehr schwierige Zeit, die, wie ich denke, mein Großvater mit Rückgrat durchgestanden hat.

Sie haben turbulente Zeiten erlebt. Angefangen 1995 mit der großen – und erfolgreichen Versteigerung in Baden-Baden, die Chronisten seither immer als Ihr „Gesellenstück" bezeichnen. An seinem 65. Geburtstag 1998 hat Ihnen Ihr Vater dann die Leitung des Familienunternehmens übertragen.

Ich glaube, es war meine Aufgabe, eine Bereinigung dessen herbeizuführen, was uns im Grunde seit dem Ende des Ersten Weltkriegs, nämlich seit 90 Jahren beschäftigt. Die strukturelle Umwandlung vom Regentendasein zu einem Familienunternehmen. Dies ist nicht leicht, wenn man eine große Anzahl von Schlössern, Museen, Sammlungen, Kirchen unterhalten muss, die einen wirtschaftlich überfordern. Es war meine Aufgabe auf der betrieblichen Seite, aber auch in Verhandlungen mit dem Land, endlich Strukturen zu schaffen, die zukunftsfähig sind und die die Realitäten widerspiegeln. Das ist dann glücklicherweise nach langen Jahren gelungen.

Mit dem Verkauf großer Teile von Schloss Salem an das Land konnten Sie als Generalbevollmächtigter der markgräflichen Unternehmen die wirtschaftliche Konsolidierung erfolgreich abschließen. Aber es war ein schwieriger Handel, der mehrfach zu scheitern drohte.

Wir hatten das Problem, dass wir Vermögensfragen klären mussten, die seit über 90 Jahren ungeklärt waren. Ab 1918, nach dem Ende der Monarchie wurde die Aufteilung zwischen dem Eigentum meiner Familie und dem Staat unter revolutionären Bedingungen mit heißer Nadel gestrickt, dabei kam es zu großen Versäumnissen. Heute, 90 Jahre später, lebt keiner mehr, der die Bedingungen und Zusammenhänge von damals kennt. Es darf also nicht verwundern, wenn man in so einer Situation in Teilen der Politik und der Öffentlichkeit auf Unverständnis trifft. Viele Kritiker haben aber nur die großen kulturellen Werte der Kunst und

▼ *Gemeinsam schauten sich Max Markgraf von Baden und Erbprinz Bernhard die Ausstellung „Das Haus Baden am Bodensee" im Schloss Salem am Eröffnungstag (18. Mai 2012) an.*

Schlösser gesehen, sich aber wenig Gedanken gemacht, über die Finanzierung des Erhalts dieser Schätze und Denkmale.

Sie spielen auf die vom Land Baden-Württemberg 2006 mit veranstalteten Ausstellung „Adel im Wandel" in Sigmaringen an, die deutlich machte, dass durch die Mediatisierung 1806 jene Adelshäuser, die ihren Herrschaftsanspruch verloren, ihren ganzen Besitz als Privateigentum behalten konnten. Das Eigentum jener Adelshäuser indes, die an der Regierung blieben, ging 1918 quasi in Staatseigentum über, zumindest teilweise…

Und genau diese Aufteilung ist leider 1918 und in den darauf folgenden Jahren nicht konsequent und sauber gelöst worden. Aus vielerlei Gründen. Und alle paar Jahre hat das Land und meine Familie dieses Problem wieder eingeholt. Es gab Verkäufe in den 1920er-Jahren, dann kam das Dritte Reich und der Krieg. Mein Großvater hat sich mit diesem Thema beschäftigt, mein Vater musste sich damit beschäftigen. Schließlich ist es der Landesregierung unter Ministerpräsident Günther Oettinger und mir erstmals gelungen, dieses Thema gegen großen Widerstand zu klären. So zu klären, dass wir jetzt in die Zukunft schauen können. Inzwischen hat sich die Vereinbarung mit dem Land auch als richtig herausgestellt.

Die Sammlungen in Karlsruhe sind für Karlsruhe erhalten. Salem ist für die Region gesichert und meine Familie hat sich ihr Zuhause erhalten. Der Name Markgraf von Baden steht darüber hinaus für ein zukunftsorientiertes Unternehmen, das ein solider Arbeitgeber ist.

Welche Rolle spielt der Herr des Hauses Baden heute, Ihr Vater Max Markgraf von Baden?

Mein Vater ist Haupt unserer Familie. Er ist sehr aktiv, man sieht ihn oft: Der Markgraf ist im Lande unterwegs und engagiert sich fürs Rote Kreuz und ist bei vielen Veranstaltungen im Lande präsent. Als Chef des Hauses hat er den offiziellen Festakt am 11. Mai in Baden-Baden ausgerichtet. Er begleitet so an vorderster Front die Entwicklung in der Familie und im Unternehmen.

Ihr Vater ist Mitglied in Dutzenden Vereinen und Verbänden, bei Veranstaltungen des Roten Kreuzes sieht man ihn auch in der Region regelmäßig.

Baden gehörte ja zu den zwölf europäischen Ländern, die 1864 als erste die Genfer Konvention unterschrieben. Und Großherzogin Luise (1838 bis 1923) hat über die Frauenvereine das Rote Kreuz im Badischen ins Leben gerufen. Mein Urgroßvater hat sich im Ersten Weltkrieg für den Gefangenenaustausch und Verwundete eingesetzt, die zentralen Aufgaben des Roten Kreuzes. Auch der Bruder des Markgrafen, Prinz Ludwig von Baden, engagierte sich ja sehr fürs Rote Kreuz, er ist Ehrenpräsident des Landesverbandes. Meine Familie hat eine starke Verbindung zu dieser Institution.

Mit seiner Hilfsorganisation „Germanaid Baden" hat der Markgraf auch bei der Tsunami-Katastrophe geholfen.

„Germanaid Baden" ist ein ganz großes Anliegen des Markgrafen. Mein Vater hat die Organisation vor Jahren ins Leben gerufen, um sich für Äthiopien einzusetzen. Mein Vater hatte früher enge Beziehungen zu Äthiopien, auch zu Kaiser Haile Selassie, seine Enkel waren hier in Salem in seiner Obhut in der Schule. Als dann die Revolution in Äthiopien begann, hat er sich eingesetzt für äthiopische Flüchtlinge zunächst im Sudan. Das hat sich aber inzwischen erweitert. Er hat nicht nur bei der Tsunami-Katastrophe geholfen, sondern auch in Pakistan bei Erdbeben, er hilft regelmäßig bei Flüchtlingsproblemen und versorgt in Jordanien Kinder mit Milchpulver und Hilfsgütern.

Als Sie im April 2007 zu einem Tag der offenen Tür ins Schloss einluden, kamen über 8 000 Besucher, Menschen, Vereine und Verbände aus der ganzen Region solidarisierten sich und traten für den Erhalt von Schloss Salem ein – zur Verwunderung der Beobachter aus der Ferne. Mit dem Abstand scheinen auch die Vorurteile gegenüber der Adelsfamilie Baden zu wachsen.

Das ist normal und nachvollziehbar. Vorurteile sind natürlich einfacher aufrecht zu erhalten, wenn man sich nicht kennt.

Ärgern Sie diese Vorurteile?

Ja, aber ich muss damit leben. Wir konnten sie auch immer wieder überwinden. Am Ende zählt das Ergebnis, und das war positiv. Schauen Sie, alle stehen zu Salem. Die aktuelle Landesregierung bekennt sich genauso zu Salem wie die Vorgängerregierung. Zum 900-jährigen Jubiläum gibt es eine große Landesausstellung in Karlsruhe und es gibt eine Ausstellung zum Haus Baden am Bodensee hier in Salem. Das sind doch alles Zeichen, dass es hier ein Miteinander gibt. Meine Familie ist bei all diesen Veranstaltungen ein wichtiger Leihgeber. Badische Geschichte lebt. Wenn ich mir nur anschaue, was fast täglich an Büchern, an Veröffentlichungen über Baden-Württemberg, über badische Geschichte und meine Familie auf meinen Tisch kommt. Das Interesse an Baden ist sehr groß.

Zum Jubiläum haben Sie zusammen mit dem Kunsthistoriker Christoph Graf Douglas ein Buch herausgegeben...

Jubiläumsfeiern sind eines, aber man muss so einen Anlass auch nutzen und etwas Produktives damit verbinden. Wir versuchen, einige Aspekte Badens vor-

◀ *Gutes Ende: Die Vertragsunterzeichnung am 6. April 2009 im Salemer Rathaus besiegelte den Verkauf großer Teile von Schloss Salem an das Land Baden-Württemberg. Im Bild neben Bernhard Prinz von Baden Notar Christoph Häfner und die beiden Minister Willi Stächele und Peter Frankenberg (von links).*

zustellen, die vielleicht nicht täglich behandelt werden. Wir wollen Fragen stellen zu den Herausforderungen, denen sich dieses Land in der heutigen Zeit zu stellen hat. Fragen auch zur Entwicklung, zur Besiedlung und zum Landverbrauch.

Eine Mahnung, dass wir alle dem Land und seiner Natur verpflichtet sind?

Das ist ein wichtiger Punkt. Was macht denn Heimat aus? Die Landschaft, in der man lebt, die Natur, das kulturelle Erbe und die Geschichten, die damit verbunden sind. Das macht die Identifikation mit einer Region aus. Es gibt natürlich einen immensen Druck auf unsere wunderbare Heimat, auch durch die Industrialisierung, durch den Energiebedarf, durch den Straßenbau, durch den Zuzug, durch die Architektur, mit der wir konfrontiert sind. Das alles bringt große Herausforderungen in den nächsten Jahren. Wir müssen diese Region hegen und pflegen in einer Form, dass auch unsere Enkel und Urenkel noch Freude daran haben. Darum geht es uns als Herausgeber dieses Buches.

Prinz Bernhard, vielen Dank für das Gespräch.

Alltag im Zweiten Weltkrieg
Die Meersburger Gemeindenachrichten in den Jahren 1940-1943

ARNULF MOSER

Mit den Meersburger Gemeindenachrichten, erschienen in den Jahren zwischen 1940 – 1943 ließen sich viele Aspekte des Alltags im Nationalsozialismus und des Weltkrieges erarbeiten. Gerade für den Geschichtsunterricht in Meersburg auf allen Schulstufen stellen sie eine interessante und informative Quelle dar. Einige dieser Aspekte möchte dieser Beitrag kurz vorstellen.

Wenige Wochen nach Kriegsausbruch verließ der Meersburger Bürgermeister Dr. Fritz Vogt im November 1939 die Stadt, da er sich freiwillig zur Wehrmacht gemeldet hatte. Der Verwaltungsjurist war nach dem plötzlichen Tod von Bürgermeister Dr. Karl Moll im Dezember 1936 nach der neuen Gemeindeordnung von Gauleiter Robert Wagner auf 12 Jahre ernannt worden. Er war ein sogenannter „Alter Kämpfer", der 1930 in die Partei eingetreten war und als Student in Weil am Rhein eine Ortsgruppe der NSDAP gegründet hatte. Er wurde am 3. April 1937 in SS-Uniform in sein Amt eingeführt.

Nach dem Weggang von Vogt übernahm der 1. Beigeordnete der Stadt und Leiter des Internats der Bodenseeschule Dr. Kurt Krauth als Bürgermeisterstellvertreter ehrenamtlich die Leitung der Stadtverwaltung. In Anlehnung an die von Bürgermeister Moll begründete Tradition eines örtlichen Mitteilungsblattes gab er ab Juli 1940 in hektografierter Form wieder ein solches Blatt heraus, was für die Kriegszeit eher ungewöhnlich ist und uns dafür einen Einblick in den Alltag einer Kleinstadt fern von Kriegsgeschehen ermöglicht. Die „Meersburger Gemeindenachrichten" erschienen in unregelmäßiger Folge alle paar Wochen zunächst bis März 1942 und wurden von der Hitlerjugend oder den Schülern des Internats an alle Haushalte verteilt. Für jede Ausgabe formulierte Krauth eine besondere Losung, z.B.: „Die Heimat hilft dem Führer – wir arbeiten für den Sieg" oder „Front und Heimat – Hand in Hand" oder „Handeln, nicht reden und jammern" oder Mithelfen, zusammenhalten" oder „Wir arbeiten für den Sieg" oder „Bereit sein ist alles", aber auch „Jedes Ei zur Sammelstelle! Kein Ei dem Hamsterer!"

Vom Krieg spürten die Meersburger bald etwas. Da man bei Kriegsausbruch mit einem französischen Angriff rechnen musste, wurde die Bevölkerung im Oberrheintal teilweise vorsorglich evakuiert. Nach Meersburg kamen bis zum

◄ *Karl Moll.*

Ende des Frankreich-Feldzuges Einwohner von Breisach. Ein ständiges Thema war die Einhaltung der nächtlichen Verdunkelung: „Wer sich leichtsinnig über alle Warnungen hinwegsetzt, gefährdet deutsches Blut und deutsche Werte und sabotiert den Verteidigungskampf des Führers." Genauso häufig waren Hinweise und Übungen zum Luftschutz.

Die Schüler sammelten Rosskastanien, Altstoffe und sonstiger Arbeitsmaterial, Kartoffelkäfer, dann Kleider und Hausrat für rücksiedelnde Volksgenossen aus dem Osten und Obst für Lazarette. Jugendschutz hieß, dass Jugendliche unter 18 Jahren nach Einbruch der Dunkelheit sich nicht auf den Straßen herumtreiben, nicht in der Öffentlichkeit rauchen und abends nicht ins Kino gehen durften. Im Jahre 1943, in den Zeiten der Kinderlandverschickung, wurde die Jugend ermahnt, nicht auf den Molassefelsen zu klettern, den Mühlbach nicht zu stören und keine Fensterscheiben ein zu schmeißen. Die Deutsche Arbeitsfront suchte in Meersburg Lehrstellen für Mädchen in Umsiedlungslagern von Bessarabien-Deutschen, wobei man davon ausgehen musste, dass diese Mädchen noch vor Beendigung der Lehre im Warthegau angesiedelt würden. Dass nach dem Frankreich-Feldzug auch in Meersburg Kriegsgefangene eingesetzt wurden, ergibt sich aus der Mahnung, dass diese kein deutsches Geld in die Hand bekommen durften, sondern nur Lagergeld für bestimmte Geschäfte.

Die Umstellung der Versorgung mit Lebensmitteln und Konsumgütern auf Rationierung und staatliche Bewirtschaftung lief nicht ohne Schwierigkeiten ab. Hühnerhalter waren verpflichtet, pro Huhn und Jahr mindestens 60 Eier an die Eiersammelstelle abzuliefern. Eier durften nicht verschenkt oder getauscht werden, nur für den Eigenverbrauch gab es eine Quote. Obst durfte nicht vom Baum an Ortsfremde verkauft werden, sondern musste abgeliefert werden. Nur Kirschen und Beeren konnten direkt an Einheimische und hiesige Geschäfte verkauft werden. Sogar der Trester von der Traubenkelterung musste an die Entkernungsstelle abgeführt werden, weil man daraus Öl gewinnen wollte. Bei der Gemüsezuteilung appellierte man an die Händler, Stammkunden zu bevorzugen, aber neu Zugezogene nicht abzuweisen. Koppelungsgeschäfte waren verboten. Andererseits bekamen Baden und Württemberg besonders viel Weizen zugeteilt, weil helles

◀ *Fritz Vogt.*

Brot dort Tradition war. An Weihnachten 1940 funktionierte die Anlieferung von Weihnachtsbäumen nicht, sodass die Stadt „aus ungeeigneten Wäldern" bescheidenen Ersatz schaffen musste. Immerhin verschickte die Stadt an Weihnachten 200 Pakete für Soldaten, die örtliche Parteidienststelle ebenfalls 200. Gestiftet wurden sie von den Geschäftsleuten, verpackt von der NS-Volkswohlfahrt und der Bodenseeschule. Im Herbst 1941 gab es Probleme mit der Kartoffelzuteilung für den Winter. Die NS-Volkswohlfahrt organisierte auch Schuhtausch und Mütterberatung. Krauth appellierte an die Bevölkerung, Wohnungen für kinderreiche Familien bereitzustellen für den „biologischen Neuaufbau des deutschen Volkes." Und pathetisch rief er an den Opfersonntagen im Herbst 1940 die Meersburger zu Spenden für das Winterhilfswerk auf. Im Jahre 1942 wurde die Bevölkerung aufgerufen, jedes Fleckchen Erde als Kriegsgärten für Gemüse und Kartoffel zu nutzen und Leseholz im Wald zu sammeln. Das kulturelle Leben lief weiter, wobei nun vor allem die Organisation „Kraft durch Freude" (KdF) in der Deutschen Arbeitsfront beteiligt war. Allerdings gab es kein abendliches Theaterschiff von Konstanz mehr, dafür einen Bus zu Veranstaltungen in Überlingen. In Meersburg wurden vor allem im Sommer Konzerte veranstaltet, entweder im Neuen Schloss oder aber häufiger im Rittersaal des alten Schlosses. Mehrmals trat das Konstanzer Streichquartett auf, bei einem KdF-Konzert spielte der Berliner Flötist Gustav Scheck, nach dem Krieg Direktor der Freiburger Musikhochschule. Zu den Konzerten schrieb Krauth im Sommer 1940: „Die Musen sollen nicht schweigen in dieser Kriegszeit – so will es der ausdrückliche Wunsch des Führers... Denn dieser Krieg, den wir da durchleben und durchkämpfen, ist ja nicht nur ein Krieg der Blockaden, der Panzerwaffe und der Bomben, sondern auch ein Nervenkrieg, ein Krieg der Geister und Seelen."

Im Juni 1941 führte die Bodenseeschule auf der Schlossterrasse ein heldisches Freilichtspiel auf. „Glum" von Gerhard Heine, das den Kampf der friesischen Bauern um ihre Freiheit vor 1 000 Jahren zeigte: „Es ist gegenwärtig durch seine zeitnahe Erlebniswelt und zeitlos durch die ewige Gültigkeit seiner Lehre, dass die Träumer verspielen, aber den Tätern der Sieg gegeben wird und dass die Gewalt verlieren muss vor dem Königsrecht des geborenen Führertums."

Im Mai 1941 übernahm die Stadt die Patenschaft für ein neues U-Boot. Krauth, der NSDAP-Ortgruppenleiter H. und ein Stadtrat reisten nach Hamburg und nahmen an einer Probefahrt auf der Elbe teil. Außerdem wurde von der Reederei Hapag angefragt, ob die Stadt noch für einen Frachter die Patenschaft übernehmen könnte. Und schließlich wurde noch ein Minensuchboot auf den Namen „Meersburg" getauft. Die Besatzung wollte vor allem Briefe von Meersburger Mädchen, die auch in großer Zahl antworteten.

Unter Bürgermeister Moll war Meersburg in den 20er Jahren endgültig zur Touristenstadt geworden, und im Dritten Reich setzte sich dieser Trend fort. Zum einen verhinderten die Devisenbestimmungen Reisen ins Ausland, zum anderen sorgte die Organisation „KdF" für neue Formen des Gruppentourismus. Die Übernachtungszahlen stiegen von 31 000 im Jahre 1931 auf 100 000 im Jahre 1936 einschließlich der KdF-Gruppen. Im Krieg veränderte sich der Tourismus zwangsläufig. Nach einem massiven Rückgang 1940 kamen nun viele Anfragen aus luftgefährdeten Gebieten, vor allem aus Norddeutschland, und von der Wehrmacht wie auch der Rüstungsindustrie. Die Gäste kamen jetzt nicht nur im Sommer, und viele blieben länger. Unter den Tagesgästen waren Lazarette und Garnisonen stark vertreten. Außer Kurgästen kamen auch einzelne Kinder im Rahmen der Kinderlandverschickung (KLV), und es kamen Mütter mit Kindern, darunter auch Ausgebombte. Diese so genannten „Alleinkinder" und Mütter konnten ihren Aufenthalt gar nicht selbst bezahlen. In diesem Fall erhielten die Vermieter eine Aufwandsentschädigung vom Staat. Die Gäste konnten die Volksbücherei benutzen, in der zeitweise eine Bücherausstellung über den „Deutschen Schicksalskampf" organisiert war. Von April 1940 bis März 1941 gab es bei 262 Lesern 2 061 Ausleihen. Auffallend ist, dass die männliche Jugend in dieser Zeit 821 Bücher auslieh, die weibliche aber nur 387, während man heute davon ausgeht, dass Mädchen mehr lesen als Jungen. Immerhin konnten 1941 in der Hauptsaison von Mitte Mai bis Mitte Oktober wieder 70 000 Übernachtungen verbucht werden. Der Rekord des jetzt auf drei Wochen begrenzten, gelenkten Tourismus wurde 1942 mit 99 000 Übernachtungen erreicht. Im Sommer 1943 brach der Tourismus ein, als 500 Betten für die Unterbringung von behördlich Umquartierten und für fliegergeschädigte Personen beschlagnahmt wurden, die von der NS-Volkswohlfahrt betreut wurden. Im Text für die nicht mehr gedruckte Ausgabe vom Dezember 1943 ist von „starkem Menschenzuwachs" die Rede.

Zum Jahresende gab Krauth jeweils einen Rückblick und Ausblick. Ende 1940 konnte er noch wohlgemut den Endsieg für 1941 prophezeien, weil nur noch England niedergeworfen werden musste. Ende 1941 sprach er natürlich immer noch vom Endsieg, aber der Ernst der Lage wurde schon deutlicher. Alte müssen Junge ersetzen, Frauen die abwesenden Männer, Gefallene werden gewürdigt. Und mit dem ersten Russlandwinter wird der Krieg zu einem „Weltkampf des Lichts gegen die Finsternis, der Wahrheit gegen die Lüge, des jungen Lebensglaubens gegen die todesstarre Stofflichkeit einer überalterten Zeit".

Es gab ab April 1942 eine Unterbrechung bei den Gemeindenachrichten, weil Krauth ab Ende März 1942 für ein Jahr in das besetzte Elsaß abgeordnet wurde, um dort in Schulungslagern elsässischen Lehrern die nationalsozialistische Geschichtsauffassung beizubringen. In dieser Zeit erschienen nur wenige knappe und sachliche Mitteilungen. Bürgermeister Vogt war an einer Rückkehr nach Meersburg gar nicht mehr interessiert. Er hatte sich beim Minister für die besetzten Ostgebiete, Alfred Rosenberg, der im Frühjahr 1938 Meersburg besucht hatte, für eine Stelle in der Kommunalverwaltung in den besetzten Ostgebieten beworben, weil ihm die „Burgenstadt Meersburg mit ihren Droste-Erinnerungen" inzwischen zu kleinkariert erschien: „Dieses Bodensee-Idyll verblasst vor der Größe der neuen Aufgabe und erscheint mir heutzutage irgendwie unzeitgemäß, so dass es einer härteren Wirklichkeit Raum geben muss." Doch die Luftwaffe gab ihn nicht frei, sondern schickte ihn als Regierungsrat nach Rom zur Verbindungsstelle zur italienischen Luftwaffe. Krauth musste also bis zum Kriegsende weiter amtieren. Das Mitteilungsblatt erschien in gedruckter Form nur noch bis September 1943.

Quellen: Stadtarchiv Meersburg, Bd. 274 und Bd. 2918. Bundesarchiv Berlin, Kartei der NSDAP und ZD I, 4112.

Die letzte Seegfrörne 1963

Geschichten rund um den zugeforenen See

OSWALD BURGER

Als Zwölfjähriger kam der Verfasser in die Quarta nach Konstanz. Nachdem er die ersten vier Schuljahre an der Volksschule in Bermatingen war, besuchte er von Ostern 1960 bis Ostern 1962 als Fahrschüler das Graf-Zeppelin-Gymnasium in Friedrichshafen. Weil die Noten dort nicht gut genug waren, weil der Bermatinger Pfarrer meinte, dass der kleine Oswald vielleicht zum Priester taugen könnte, und weil sein Vater sich von einer Internatserziehung eine größere Strenge erwartete, wurde er aufs Konradihaus geschickt. Das Konradihaus in Konstanz war eine Einrichtung des Erzbistums, das fromme katholische Buben vom Land auf den Priesterberuf hinführen sollte. Die Konradihäusler waren in einem strengen Wohnheim interniert und besuchten das humanistische Heinrich-Suso-Gymnasium in Konstanz. Sie durften nur während der Schulferien das Konradihaus verlassen und in ihren Heimatort fahren, das war in den Pfingstferien, den großen Sommerferien, den Herbstferien um Allerheiligen und den Weihnachtsferien 1962 der Fall. Der Zwölf- dann Dreizehnjährige trug seinen Koffer und den Wäschekorb vom Konradihaus über den Hockgraben und Allmannsdorf nach Staad. Die Fähre brachte ihn von Staad nach Meersburg. Und von Meersburg aus fuhr ein Bus über Riedetsweiler, Baitenhausen und Ahausen bis Bermatingen.

Am Dreikönigstag, Sonntag, den 6. Januar 1963, endeten die Weihnachtsferien, und er fuhr wieder mit dem Bus und der Fähre nach Konstanz. Damals war einer der kältesten Winter am Bodensee. Die legendäre letzte Seegfrörne begann. Während der Hohlstunden oder größerer Pausen an der Konstanzer Seestraße beobachteten die Buben, wie das Eisgeschiebe an der Wasseroberfläche des Konstanzer Trichters zusammen fror. Einmal brach der Verfasser zwischen Eisschollen ins kalte Wasser ein. Als er mit den nassen Schnürstiefeln und den gefrorenen Hosenbeinen ins Konradihaus kam, durften Rektor Helmut Ehrler oder Präfekt Emil Spath ihn nicht entdecken, denn das Betreten der Eisfläche im Konstanzer Trichter war noch streng verboten.

Am 21. Februar 1963 war der Schmotzige Dunschtig mit Schülerbefreiung im Heinrich-Suso-Gymnasium, Narrentreiben tagsüber und abendlichem Hemdglonkerumzug in Konstanz. Am Freitagabend gab es in der Aula des Konradihauses närrische Aufführungen aller Klassen, am Samstag begannen die kurzen Fasnetsferien. Aber die Heimfahrt mit der Fähre war nicht möglich. Es hatte zwar schon Tauwetter eingesetzt, aber seit dem Dienstag war es wieder kälter geworden und es hatte geschneit. Also ging der kleine Oswald Burger tapfer zu Fuß über den See, etwas westlich von der Fähreroute, etwa vom Strand des Konradihauses vor der Brauerei Ruppaner hinüber zum Gehauweg westlich von Meersburg. Er stellte den Wäschekorb auf die Eisfläche und kickte ihn vorwärts bis zum anderen Ufer. Auch bei der Rückkehr am Aschermittwoch, dem 27. Februar 1963, überquerte er die Eisfläche noch einmal zu Fuß. Als das Schuljahr am 6. April 1963 zu Ende ging, konnte er wieder mit der Fähre nach Meersburg fahren, im Koffer das Versetzungszeugnis in die Untertertia.

Die Bedingungen für die gänzliche Überfrierung des Bodensees sind eine anhaltende Kälte bereits im Herbst, ein tiefer Wasserstand, eine geringe Luftbewegung und Sonneneinstrahlung. Dadurch kann die Oberfläche des Sees abkühlen. Die Abkühlung reicht aber nur bis 50 Meter unter die Oberfläche. Von da ab hat das Wasser eine konstante Temperatur von 4 Grad Celsius. Wo diese Tiefe nicht erreicht wird, kühlt das Wasser so tief ab, dass es an der Oberfläche frieren kann, das geschieht zuerst in flachen Buchten und Uferstreifen, dann im Gnadensee (maximal 22 Meter tief), Zellersee (26 Meter) und im Seerhein (46 Meter), später im Überlinger See (147 Meter) und schließlich im Obersee (252 Meter). Die Eistiefe kann in den Teilen des Untersees einen Meter erreichen, im Überlinger See 30 cm und im Obersee 20 cm. Nach einem kühlen Oktober hatte schon der November 1962 Kältegrade bis -7,5° gebracht. In der letzten Dezemberwoche sank das Thermometer auf -13°. Anfang Januar 1963 kamen neue Kälteeinbrüche, am 14. Januar wurden -22° gemessen. Am 19. Januar war der Untersee ganz zugefroren, am 23. Januar wurden -20° gemessen, am 31. Januar waren es -11°, am 5. Februar -19° und am 6. Februar -21°.

Werner Dobras erwähnt in seiner „Geschichte der Seegfrörnen ab 875" insgesamt 33 Seegfrörnen. Von den ersten in den Jahren 875, 895, 1074, 1076, 1108, 1217 und 1227 lässt sich nur sagen, dass sie wahrscheinlich stattfanden. Ein schriftliches Zeugnis gibt es erst über eine Seegfrörne im Jahr 1277, es stammt aus dem 18. Jahrhundert. Für das 14. Jahrhundert werden die Termine 1323,

1325, 1378, 1379 und 1383 genannt, im 15. und 16. Jahrhundert sind es jeweils sieben Termine: 1409, 1431, 1435, 1460, 1465, 1470, 1479 und 1512, 1553, 1560, 1564, 1565, 1571, 1573 – für die letzten sechs Termine hat man sogar gelegentlich den Begriff einer „kleinen Eiszeit" verwendet.

Für das Jahr 1573 ist der Ritt jenes Mannes verbürgt, der das Vorbild für Gustav Schwabs Ballade „Der Reiter und der Bodensee" wurde. Der Überlinger Chronist Georg Han (Ratsherr von 1574 bis 1596, † 14. Mai 1597) berichtete: „Den fünften Tag januarii anno 1573 bin ich Georg Han samt einem burger allhie genannt Schinbain auch über see gangen und solchs ist beschehen um 10 uhren, um Mittag sehe ich einen von Dingelsdorff am Land herabreiten, in ansehung, dass das eis anfing von wegen wärme und lösche knallen, sagt ich zu Schinbain, dass ein reissiger knecht dort hervor rütte, wir lassen ihn warnen er solle mit dem pferd nitt herüberziehen, der geantwurt, er habe den klepper über den Rhin zwaymalen und über den Zellersee ainmal gezogen, allda sey ihme ni nits widerfahren. Weil nun vielgedachter reiter anfing ganz nahe zu uns kommen, fingen wir an den gstad zu rucken, da nun viel Leut stunden, da es mit dem pferd ein wunder war. Nit gar lang wo einer ein ey halb geessen war diese reuter auch am Landt vorm spital Uiberlingen und kehrt sich um und sah über den see, schwitzt heftig wie auch das pferd, dass er vor nässe tropft auf den boden, und als er sich selbst von den angsten widerumb erholet, sagt er: o wohl ist das eis so heiss! Zog also mit dem roß in die ‚cron' und aß da zum ombiß. Dieser ist gewesen meines gnädigen herrn graf Carolus von Hohenzollern landvogt im elsass und hat geheissen Andreas Egglisperger von Enisheim, so vorgemeltem grafen postvogt und diener gewesen. Als geessen ging ich wieder an das gstad, da ging ein lauter luft und inmitten des sees brach das eis voneinander."

Der erwähnte Johann Georg Schienbain, genannt Tibian, (* 1541, † 1611) war Überlinger Lateinschulmeister. Die Begegnung mit dem Bodenseereiter fand vor dem Überlinger Spital statt, das sich auf dem heutigen Landungsplatz befand. Offenbar herrschte bereits Tauwetter, das sich durch Knallen und Auseinanderbrechen des Eises äußerte. Der Schluss mit dem Imbiss in der Krone war dem

Balladendichter Gustav Schwab offenbar zu trivial, und er ließ den Reiter in seiner Ballade von 1827 melodramatisch an nachgeholtem Schrecken sterben.
Werner Dobras vermutet, dass die Seegfrörnen bis ins 16. Jahrhundert nicht als erwiesen gelten dürfen und möglicherweise auch nur Teilgfrörnen waren. Einen vollkommenen Überblick darüber, dass der ganze See zugefroren war, gibt es im Grunde nur für die Seegfrörne von 1963. In den letzten vierhundert Jahren gab es nur noch sechs Seegfrörnen, und zwar in den Jahren 1684, 1695, 1788, 1830, 1880 und 1963.

Als der Überlinger See Anfang Februar 1963 zufror, litten zunächst vor allem die Seevögel, man fütterte sie ab Mitte Januar, am 28. Januar wurden die Schwäne vor Überlingen an Land gebracht. Am 31. Januar führte Kapitän Karl Schwarz zum letzten Mal das Kursschiff „Habicht" von Dingelsdorf nach Überlingen, am 1. Februar wurde der Schiffsverkehr eingestellt. Nach einem Zeitungsbericht überquerten am 1. Februar als erster der zwanzigjährige Roland Wenzler und sein gleichaltriger Begleiter Siegfried Spitznagel von Überlingen aus den See. *„Es hat mächtig geknackt"* berichteten sie, in Dingelsdorf seien sie in der „Seeschau" eingekehrt. Siegfried Spitznagel war damals Bauzeichner im Stadtbauamt. Er berichtet heute, sie beide seien vom Osten der Stadt, etwa auf Höhe des Bodenseewerks, losgegangen, ungesichert und unvernünftig. Vor Dingelsdorf sei das Eis immer dünner geworden. Sie hätten sich etwa eine Stunde in Dingelsdorf aufgehalten und seien den gleichen Weg am Abend wieder zurück gelaufen. Siegfried Lauterwasser habe sie beide fotografiert. Roland Wenzler sei schon mit 36 Jahren gestorben. Siegfried Spitznagel sagt heute über das waghalsige Unternehmen, es sei ein „unvernünftiger Lausbubenstreich" gewesen.

Kurz danach kamen als erste vom Bodanrück der zwölfjährige Bruno Aichem und der elfjährige Fritz Straub zu Fuß nach Überlingen. Der Ältere von den beiden dachte, wenn zuvor zwei Männer von Überlingen aus über den See kommen konnten, würden die Buben auf jeden Fall hinüber kommen. Sie orientierten sich an den vom Schiff „Habicht" aufgeworfenen Schollen am Rand der letzten Fahrrinne. Fritz Straub, aufgewachsen auf einem Bauernhof im Dingelsdorfer Oberdorf, erzählt heute, sie seien zunächst 20 Leute gewesen, seien aber immer weniger

▼ Fritz Straub (links) und Bruno Aichem am Überlinger Ufer.

geworden. „In Überlingen war großer Bahnhof, wir wurden fotografiert und bekamen in einer Metzgerei etwas zu essen." Sie seien hirnlos losgelaufen, „Es war ein Bubenstreich. Ich kann das nicht verstehen: Wieso haben die Überlinger uns damals wieder zurück laufen lassen?", sagt Fritz Straub heute. Vom Vater habe er abends dafür „den Ranzen vollgekriegt".

Fritz Straub, der einen Kunstschmiedebetrieb in Allensbach aufbaute, erinnert sich an die große Kälte in jenem Winter: „Die Handwerker arbeiteten nicht wegen der großen Kälte, auch mein Vater konnte nicht mehr im Wald arbeiten." Und es habe jeden Tag Fisch gegeben, man habe am Fließhorn Löcher ins Eis gehackt und dort gefischt.

Offiziell wird der Beginn der Seegfrörne mit dem 6. Februar 1963 datiert, dem Tag, an dem sechs Hagnauer Bürger den Obersee zwischen Hagnau und Güttingen überquerten. Ein Seil verband die Männer miteinander, eine Leiter diente zum Überbrücken von Wunnen, der siebzehnjährige Manfred Maier übernahm die Spitze der Expedition, weil er der Leichteste war, zur besseren Gewichtsverteilung hatte er Skier umgeschnallt. Mit ihm unterwegs waren sein Bruder Konrad Maier (24), Klaus Winder (22) und Berthold Arnold (25), der Gruppe schlossen sich außerdem Josef Ritter (17) und Hermann Urnauer (32) an. Hermann Urnauer war bereits verheiratet und hatte schon zwei Kinder. Er hatte gerade seinen zweijährigen Buben in die Kinderschule gebracht, und als er die vier Abmarschbereiten sah, packte ihn die Lust mitzumachen. Er holte seinen Personalausweis und die Schlittschuhe und ging mit. Heute sagt der 81-Jährige, das sei verantwortungslos gewesen, seine Frau hielt ihn für „einen frechen Siech". Um 9.45 Uhr brachen die sechs Abenteurer auf, gegen 11.30 Uhr waren sie vor dem Schweizer Ufer, kurz vor 12 Uhr betraten sie das Wirtshaus zum Schiff in Güttingen, wo man ihnen Gulasch und Kartoffelstock servierte. Eine Stunde später folgte ihnen der dreizehnjährige Gustel Knoblauch, der sich an den Schlittschuhspuren Hermann Urnauers orientierte.

Später kam eine zweite Gruppe aus Hagnau mit 8 Personen in Altnau an. Nach und nach trafen am Schweizer Ufer 57 Hagnauer ein. Der Thurgauer Statthalter

▼ Foto des BLICK-Reporters Sigi Maurer
vor dem Güttinger Ufer aus dem
Fotoalbum von Hermann Urnauer.

Klaus Winder   Hermann Urnauer   Konrad Maier   Berthold Arnold
                Manfred Maier   Josef Ritter
Ankunft in Güttingen am 6.2.63 um 11⁵⁰ Uhr

Otto Raggenbass ließ die Ankömmlinge nicht mehr zurück aufs Eis, er habe die Verantwortung für ihre Sicherheit. Bei seiner Frau meldete sich Hermann Urnauer telefonisch aus der Schweiz, erzählt er heute, auch bei der Zahnradfabrik Friedrichshafen teilte er telefonisch mit, dass er heute nicht zur Spätschicht kommen könne, die um 13 Uhr anfangen sollte. Heute ist der 81-jährige Mesner von Hagnau nicht mehr so leichtsinnig wie damals.

Während der Seegfrörne fand die Fasnet statt: Noch bevor der Überlinger See ganz zugefroren war, am Wochenende vom 26 auf den 27. Januar, war der Narrentag der Zünfte Rottweil, Elzach, Oberndorf und Überlingen in Überlingen. Anfang Februar fanden die Narrenkonzerte statt, unter anderen mit Egon Pfau, Siegfried Lauterwasser, H. Bommer, G. Bernhard und H. Löhle. Das Narrentreiben vom Schmotzigen Dunschtig bis zum Fasnetdinschtig bezog natürlich die Eisfläche vor der Stadt mit ein.

▲ *„Prozession über den zugefrorenen Bodensee"*
von Ernst Graf * 1909 Bern, † 1988 Ermatingen;
im Restaurant von Bad Reuthe.

Eine besondere Geschichte rankt sich um eine Büste des Evangelisten Johannes, die während vier Jahrhunderten vier Mal ihren Standort diesseits und jenseits des Bodensees wechselte. Auf dem Fuß der Büste ist vermerkt, das Bildnis sei *„Anno 1573, den 17. Feb. als der Bodensee überfroren war, von Münsterlingen nacher Hagnau übertragen"* worden. Es kann vermutet werden, dass die erwähnte erste Übertragung der Büste eine Rettung des frommen Bildes vor der „häretischen Schlechtigkeit" der offenbar protestantischen Bilderstürmer im Thurgau war, jedenfalls vermerkte dies der Hagnauer Pfarrer 52 Jahre später. Die Tradition einer Prozession entstand frühestens 1695, und sie fand erst drei Mal statt, 1830 wurde die Büste wieder nach Hagnau herüber gebracht und 1963 wieder hinüber nach Münsterlingen, wo freilich in der Klosterkirche nur eine Kopie steht.

Heinrich Hansjakob, der spätere Hagnauer Pfarrer, erzählte später anschaulich, wie die Hagnauer sich am 6. Februar 1830 aufmachten, um den heiligen Johannes im Kloster Münsterlingen abzuholen. Die Nonnen des Münsterlinger Klosters hätten sich von ihrem Johannes nicht trennen wollen. Die Hagnauer beriefen sich aber auf das alte Herkommen und versprachen ein anderes Andenken dafür zu schicken, worauf endlich die Herausgabe erfolgte: *„Freudig machte sich nun die Prozession wieder auf ihren Eisweg der Heimat zu – der große Kübele voran (der größte Bursche im Dorf, der die Fahne trug). Es war Nacht, als sie dem Dorf sich näherten. Da die Leute am Lande an den vielen Kinderstimmen hörten, dass die Wallfahrer mit dem heiligen Bilde kämen, wurden alle Glocken geläutet, und unter dem Jubel des ganzen Dorfes zog man mit dem alten Gast in die Pfarrkirche ein. Gleich am folgenden Morgen mussten zwei Gerichtspersonen (Gemeinderäte) ein Bild des Heilandes nach Münsterlingen tragen als versprochenes Andenken."*

Im Jahr 1880 war der See nicht fest genug zugefroren, um die Eisprozession ohne Gefahr für die zahlreichen Teilnehmer durchführen zu können. Die letzte Eisprozession vom 12. Februar 1963 war dann ein modernes Medienspektakel.

▼ Hänselejuck auf dem Eis vor dem
Überlinger Landungsplatz.

Von Münsterlingen aus machten sich am Morgen bereits rund 3000 Menschen übers Eis auf den Weg, darunter 40 Geistliche, aber auch Behördenvertreter. Die Berichte vermerken penibel, welche Bezirksstatthalter, Bundestagsabgeordnete, Landräte, Bürgermeister, Ortsvorsteher, Dekane, Pfarrer und welcher „Markgraf" am Mittagessen im „Hagnauer Hof" teilnahmen. Dazu kamen unzählige Zeitungs-, Rundfunk- und Fernsehberichterstatter. Beim Abschied der Prozession, die die Büste des heiligen Johannes wieder in die Schweiz brachte, mögen 25 000 Zuschauer anwesend gewesen sein. In seiner Predigt während der Schlussandacht vor der Herausgabe der Figur nannte der Münsterlinger Pfarrer den heiligen

Johannes einen „Brückenbauer der Liebe". Bei der letzten Eisprozession wurde eine Tafel mitgetragen, die den Wunsch der Menschen von damals nach Frieden, Wiedervereinigung und Ökumene ausdrückte.

Am 13. Februar 1963 stiegen die Temperaturen, am 18. Februar setzte sogar Tauwetter mit Temperaturen von 15° bis 20° Wärme ein. Aber bereits einen Tag später, am 19. Februar, fielen 30 cm Schnee und die Temperaturen sanken wieder unter den Gefrierpunkt. Man richtete sich auf ein Ende der Seegfrörne ein, aber es wurde noch einmal kälter und das Eis wurde wieder tragfähig. Am 1. März gab es einen Kälteeinbruch bis -19°. Am 8. März zeichnete sich ein Ende der Seegfrörne ab. Am 15. März nahm die Fähre Staad-Meersburg nach einer Unterbrechung seit dem 7. Februar und einem Einnahmenausfall von 170 000 DM wieder ihren Betrieb auf, am 17. März begann die Bodenseeschifffahrt der Deutschen Bundesbahn wieder zu fahren. Nach 59tägiger Unterbrechung wurde der Schiffsverkehr auf dem Überlinger See am 1. April 1963 wieder aufgenommen.

Ob die letzte Seegfrörne 1963 tatsächlich die letzte überhaupt war, kann niemand mit Sicherheit behaupten. Der Versuch eines Mathematikers, mit wahrscheinlichkeitstheoretischen Berechnungen aus den bisherigen Abständen von durchschnittlich 70 Jahren die Wahrscheinlichkeit künftiger Seegfrörnen vorherzusagen, erbrachte 1977 eine Wahrscheinlichkeit von 28 Prozent des Eintreffens einer Seegfrörne noch im 20. Jahrhundert. Inzwischen blieb sie schon 50 Jahre aus. Die globale Erwärmung in den letzten hundert Jahren um durchschnittlich 0,74° Lufttemperatur in Bodennähe und die Umstände, dass das letzte Jahrzehnt das mit Abstand wärmste je gemessene war, gefolgt von den 1990er Jahren, die wiederum wärmer als die 80er Jahre waren, machen eine Seegfrörne immer unwahrscheinlicher. Wissenschaftler befürchten eine weitere Erwärmung, da die Menschheit zunimmt und ihre Lebensgewohnheiten beibehält. Extreme Kälteereignisse werden seltener vorkommen. Mit großer Wahrscheinlichkeit war die Seegfrörne 1963 das letzte derartige Ereignis.

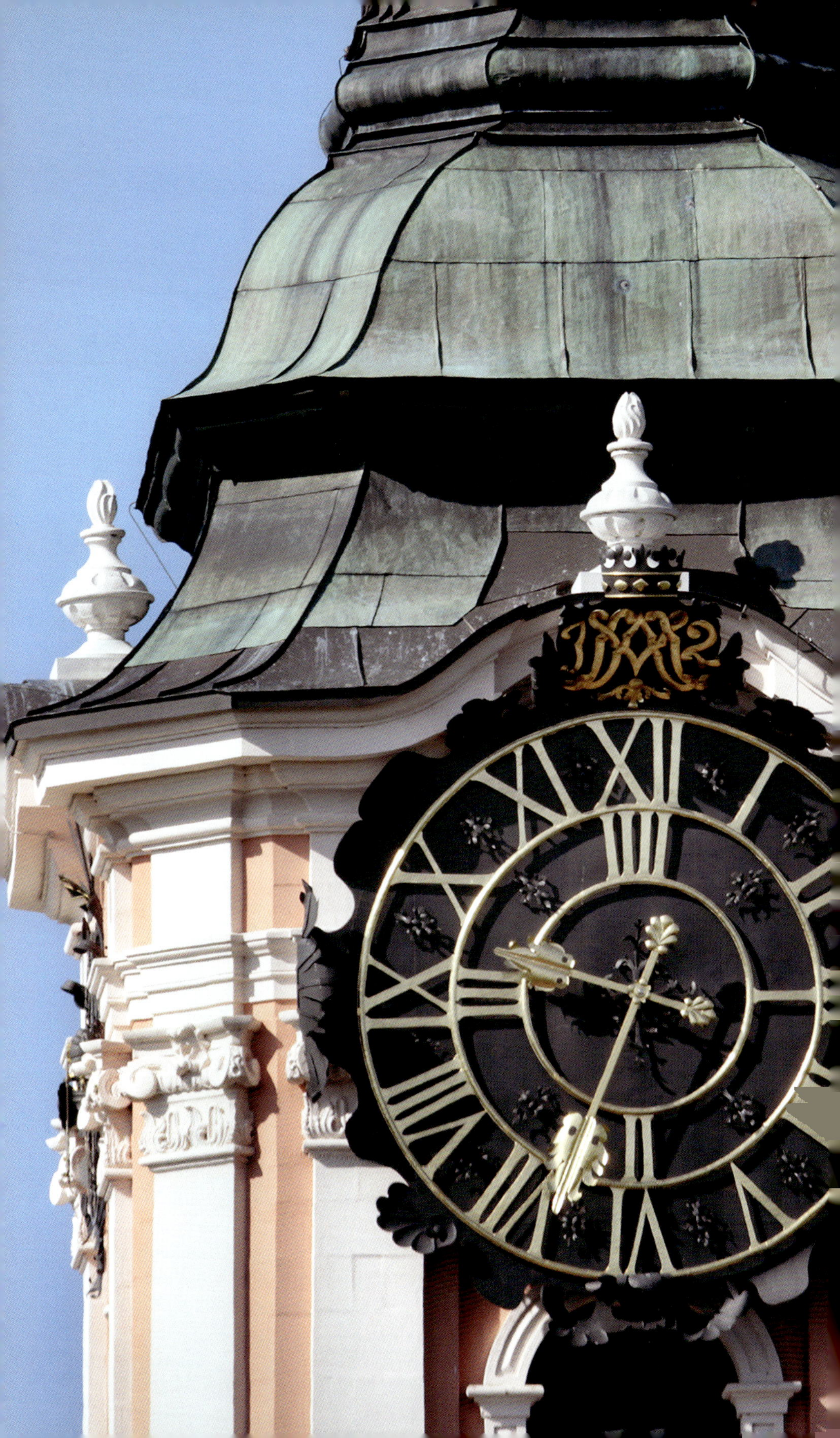

Aufbruch zu den Sternen
Vor 50 Jahren wurde die heutige Astrium GmbH gegründet

HILDEGARD NAGLER

Dabei sein wollen bei dieser Mission ins Ungewisse, hinauf zu den Sternen, bei der Erfolg nicht garantiert war. Den Druck auszuhalten, ständig Höchstleistungen bringen zu müssen. Und trotz alledem die Zuversicht zu haben, es zu schaffen: Die Mitarbeiter der vor 50 Jahren gegründeten Dornier System GmbH, seit 2000 Astrium GmbH, waren Pioniere. Heutzutage ist die Raumfahrt aus dem alltäglichen Leben nicht mehr wegzudenken – eine Wettervorhersage beispielsweise wäre ohne Satelliten nicht mehr möglich. In immer neue Forschungsbereiche wagen sich die Astrium-Mitarbeiter mit der von ihnen entwickelten Hightech vor. *„Bei jeder Wissenschafts-Mission war es bisher so, dass sie viele Antworten, aber noch viel mehr Fragen gebracht hat. Auch die wollen natürlich beantwortet werden"*, sagt Mathias Pikelj, Unternehmenssprecher der Astrium GmbH.

Doch zurück ins Gründungsjahr der Dornier System GmbH, das auch das Geburtsjahr der europäischen und der deutschen Raumfahrt war. Widmen sollte sich die neue Dornier-Tochter, deren Keimzelle die Abteilung Sonderkonstruktion war, laut Eintrag im Handelsregister des Amtsgerichts Tettnang der *„Entwicklung, Herstellung, Wartung, Betreuung, Operation von Flugkörpern und Flugkörpersystemen, ähnlichem Fluggerät, Geräten, die der Raumfahrt dienen, sowie der dafür erforderlichen Einrichtungen"*. Vorgeschlagen hatte die Unternehmensgründung der Physiker Dr. Heinz Busch, später wurde er Geschäftsführer der Dornier-Tochter. Manfred Kübler, ehemals Geschäftsführer und Arbeitsdirektor der Dornier System GmbH, hatte sich im September 1962 bei Dornier beworben, nachdem er aus den USA zurückgekehrt war – und darauf beharrt, dass er keine Flugzeuge bauen, sondern Raumfahrt machen wolle. Wenn dem unbedingt so sei, solle er nach Kirchberg fahren, wurde ihm empfohlen. *„Dort ist so ein Spinner, der heißt Dr. Busch, der will Raumfahrt machen."*

Weder Dr. Busch noch Manfred Kübler noch die anderen anfangs 28 Mitarbeiter ließen sich abschrecken – auch wenn die erste Rechnung über rund 80 000 Mark für Büromöbel dem jungen Unternehmen ins Haus flatterte, noch bevor es den ersten Auftrag hatte. Für die Entwicklung beispielsweise gab es eine Pausmaschine, ein Papierrollengerät und zwei Stahlschränke im Wert von insgesamt 1 978 Mark. Das gesamte Anfangskapital für das junge Unternehmen betrug 300 000 Mark.

▼ Bescheidene Anfänge: Rund 30 Mitarbeiter nahmen nach der Gründung der Dornier System in einem Holzbau in der Schmidstraße in Friedrichshafen die Arbeit auf.

Erstes Projekt der Raumfahrer, die bald von Friedrichshafen ins Schloss Kirchberg umzogen, war das Projekt 621, eine rückführbare und damit wieder verwertbare Höhenforschungsrakete, wobei die 62 für das Jahr, die eins für Projekt Nummer eins steht. Einschließlich Nutzlast sollte die Rakete nach dem Abschuss an Drachenflügeln auf ein vorher ausgewähltes Gebiet zurückgeleitet werden. Obwohl die Entfaltung der Drachenflügel bei Abwürfen aus großer Höhe funktionierte, schlief das Projekt ein – die Bergung einer Nutzlast mit einem Fallschirm war einfacher.

Weitere Projekte: Die Eldo-Rakete, die Ariane-Rakete, Studien zu bemannten Raumtransportern, Technologieaufgaben, der nationale Forschungssatellit A1 (Azur), gestartet am 8. November 1968, und ein 3-Achsen-stabilisierter Nachrichtensatellit. Den Durchbruch brachte Aeros, ein nationaler Forschungssatellit: Das Friedrichshafener Unternehmen fungierte dafür zum ersten Mal als Hauptauftragnehmer. Ein Meilenstein war gesetzt, weiter ging es mit Geos, der ersten geostationären Mission, bei der Teilchenströme und ihre erdatmosphärischen Wechselwirkungen gemessen wurden. Als die Europäische Raumfahrtorganisation ESA an die Dornier System GmbH den ersten Hauptauftrag vergab, ISEE, den internationalen Sonnenerforschungssatelliten zu bauen, bedeutete dies für die Friedrichshafener einen weiteren Meilenstein. Kurt Gluitz, früher Leiter der Raumfahrt

▼ Der deutsche Forschungssatellit Aeros war der erste Satellit, der unter der industriellen Führung der heutigen Astrium entstanden ist.

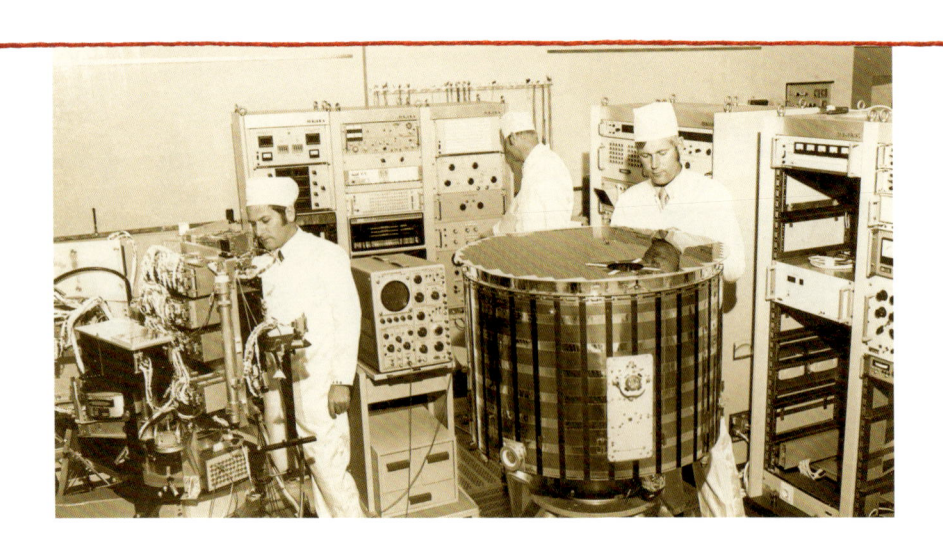

Satelliten Programme bei der Dornier System GmbH, ist überzeugt: *„Ohne Aeros und ISEE wären wir nie groß geworden, sondern Zulieferer geblieben."*

Fortan realisierte die Dornier System GmbH auch internationale wissenschaftliche Projekte: Für das Hubble Space Telescope der NASA entwickelten die Dornianer die Faint Object Camera, für das Space Shuttle Transportsystem das Instrument Pointing System – beides ist heute im Dornier Museum in Friedrichshafen zu sehen. Weitere Projekte waren die Mitarbeit an der Kometensonde Giotto, Entwicklung und Bau des nationalen Röntgensatelliten Rosat sowie der Hauptauftrag für die International Solar Polar Mission, später in Ulysses umbenannt, die erste und bis heute einzige Mission zu den Polkappen unserer Sonne. Die vier Cluster-Satelliten untersuchen seit 2000 die Wechselwirkung Sonne-Erde und deren Einfluss auf unseren Planeten.

Und: In Friedrichshafen wurde das hoch komplexe Lebenserhaltungssystem (ECLS) für das Spacelab-Raumlabor entwickelt – für die Astronauten überlebensnotwendig. Zudem hat Dornier europaweit eine Schlüsselposition auf dem Gebiet der Forschung unter Schwerelosigkeit im Spacelab. Schwerpunktmäßig wurden in den Versuchsanlagen, die im Spacelab geflogen sind, Themen wie Materialforschung, Fluid Physics sowie Life Science untersucht.

Ende der 80er-Jahre wurde die Dornier in den deutschen Luft- und Raumfahrtkonzern DASA integriert. Seit 2000 gehört der Standort zum EADS-Konzern, die Raumfahrt firmiert seither unter Astrium. Die unter Dornier begonnene Erfolgsgeschichte wurde und wird weitergeschrieben: So waren die europäischen Satelliten ERS 1 und ERS 2 – sie dienten der Fernerkundung der Erdoberfläche – Aushängeschilder. Mit den Sentinel-Erdbeobachtungs-Satelliten (Sentinel = Wächter) setzt die Europäische Raumfahrtorganisation ESA weiter auf den Astrium-Standort Friedrichshafen, weltweit Spitze auf dem Gebiet der Radartechnologie, mit der die Erde unabhängig von Tageslicht und Wetter beobachtet werden kann. So entwickelt und baut das Unternehmen am Bodensee für Sentinel-1A, Start 2013, und Sentinel-1B, Start 2015, das C-Band-Radarinstrument. Sentinel-2A und -2B, die optischen Satelliten der „Wächter"-Reihe, entstehen unter der industriellen Führung des Standortes.

Ebenfalls im Auftrag der ESA baut Astrium Friedrichshafen den zwei Tonnen schweren Erdbeobachtungssatelliten EarthCARE. Im November 2015 soll er ins All starten und helfen, unser Klima besser zu verstehen. Auch bei Envisat, Europas größtem Erdbeobachtungssatelliten, hatte die Satellitenschmiede vom Bodensee eine wichtige Rolle: Sie war Hauptauftragnehmerin an der Spitze eines mehr als 100 Firmen umfassenden internationalen Industriekonsortiums und für die Envisat-Entwicklung verantwortlich. Zudem hat Astrium fünf der zehn Messinstrumente an Bord sowie das „Rückgrat" des Satelliten, die so genannte Polare Plattform, entwickelt und gebaut. Gestartet wurde Envisat im März 2002.

Der Auftrag, die Grace-Satellitenzwillinge zu bauen, kam wiederum von der NASA. Sie sind Nachfolger des ebenfalls aus Friedrichshafen stammenden Satelliten Champ und vermessen seit März 2002 das Gravitationsfeld der Erde.

Eine ganz besondere Mission steht noch in diesem Jahr an: Gleich drei Swarm-Satelliten (Swarm = Schwarm) sollen im Auftrag der ESA gestartet werden und das Magnetfeld der Erde, das uns beispielsweise gegen die Strahlung aus dem Weltall schützt, vermessen. Die Einheit für die Messungen ist Tesla, die Feldstärke im Swarm-Orbit beträgt etwa 50 000 nanoTesla. Das spezielle

Design des Satelliten erlaubt es, den Messfehler auf 0,3 nanoTesla zu begrenzen. „Das ist höchst anspruchsvoll und erfordert nicht nur ein gutes Design und saubere Arbeit beim Zusammenbau, sondern insbesondere auch ein tiefes Verständnis der physikalischen Zusammenhänge und die Anwendung anspruchsvoller mathematischer Methoden", sagt Swarm-Projektleiter Albert Zaglauer. Die industrielle Führung für die Mini-Satellitenflotte hat der Astrium-Standort Friedrichshafen.

Auch an der Erstellung eines Höhenmodells, das 2014 für die gesamte Landmasse der Erde – insgesamt 150 Millionen Quadratkilometer – verfügbar sein wird, sind die Experten vom Bodensee maßgeblich beteiligt: Sie haben die Technologie entwickelt und gebaut, mit der die beiden nahezu baugleichen Radarsatelliten TanDEM-X und TerraSAR-X seit Januar 2011 im so genannten StripMapModus (drei Meter Auflösung) synchron Daten von allen Kontinenten aufnehmen. Die 2001 am Standort Friedrichshafen neu gegründete Astrium-Tochtergesellschaft Infoterra ist Alleininhaberin der kommerziellen Nutzungsrechte der beiden Radarsatelliten – Informationen sind der Rohstoff des 21. Jahrhunderts.

Zudem hilft der Astrium-Standort Friedrichshafen mit, dass die Genauigkeit von 3-Tage-Wettervorhersagen heute bei 98 Prozent liegt: Seit Sommer 2002 schicken die MSG-Satelliten (Meteosat Second Generation), an denen die Experten vom Bodensee mitgebaut haben, Daten für die Wettervorhersage. Seit 19. Oktober 2006 ergänzt Metop-A das europäische Satellitensystem. Der Satellit, für den Astrium Hauptauftragnehmer war, liefert ein Viertel aller weltweit erhobenen Wetterdaten. Metop-B soll 2012 starten, Metop-C sechs Jahre später.

Mit Cryosat, gestartet am 28. April 2010, erforscht ein weiterer Satellit im Auftrag der Europäischen Raumfahrtorganisation ESA die Erde: Er misst die Dicke von Meer- und Landeis. Astrium Friedrichshafen hatte die industrielle Führung.

Auf einer langen und spannenden Reise ist der von Astrium als Hauptauftragnehmer gebaute Kometenjäger Rosetta seit 2. März 2004: Die Raumsonde wird ihren Zielkometen Churyumov-Gerasimenko 2014 erreichen und soll dort den

▼ Alle reden vom Wetter – auch die Raumfahrer in Immenstaad: Dank der Wettersatelliten Metop sind Drei-Tage-Wettervorhersagen zu 98 Prozent zutreffend.

Lander Philae, der Weltraumtechnologie vom Bodensee an Bord hat, absetzen. Es wird die erste Landung überhaupt auf einem Kometen sein.

Spitzentechnologie von Astrium Friedrichshafen steckt auch in der Weltraumsonde Mars Express: Die hochauflösende stereoskopische Kamera HRSC (High Resolution Stereo Camera) überrascht seit 2004 immer wieder mit fantastischen Bildern vom Mars.

Auch an Herschel, dem größten jemals ins All gebrachte Spiegelteleskop, hat Astrium Friedrichshafen mitgearbeitet – Herschel soll die Geburt von Sternen und Planeten verfolgen. Zudem wurden am Bodensee die Teleskopspiegel des Satelliten Planck, nach dem Physiker Max Planck benannt und gestartet am 14. Mai 2009, entwickelt. Sie sollen das „erste Licht" des Universums einfangen.

Für das James-Webb-Weltraumteleskop (JWST) verantworten die Astrium-Ingenieure in Friedrichshafen und Ottobrunn das Infrarot-Spektrometer NIRSpec, das auch schwächste Infrarotstrahlung erkennen kann. Das JWST, das 2018 starten soll, erlaubt einen unvorstellbaren Blick zurück: Die Forscher werden mit seiner Hilfe sehen, was rund 300 Millionen Jahre nach dem Urknall geschehen ist.

Der optische Astronomiesatellit Gaia wiederum soll helfen, die Struktur und die Entwicklung unserer Galaxie zu verstehen. Um eine hochpräzise dreidimensionale Karte unserer Galaxie erstellen zu können, werden innerhalb von fünf Jahren die Positionen von mehr als einer Milliarde Sterne vermessen. Der Start des Satelliten, für den Astrium Friedrichshafen Hauptauftragnehmer ist, soll 2013 sein. Das Unternehmen am Bodensee ist für das Mechanik- und Thermalsystem sowie die Lieferung von wesentlichen Subsystemen des Gaia-Satelliten verantwortlich. Teil des Thermalsystems ist ein rund 100 Quadratmeter großes entfaltbares Sonnenschutzschild, das erstmalig in Europa gebaut wurde. Durch seinen Einsatz soll die Temperatur auf der hochsensiblen Optik um weniger als ein Hunderttausendstel Grad schwanken.

Eine höchst anspruchsvolle Herausforderung stellt BepiColombo dar. Die Raumsonde ist zu Ehren des 1984 verstorbenen italienischen Mathematikers Guiseppe BepiColombo benannt, von dem der größte Teil unseres Wissens über den Merkur stammt. 2015 soll sie gestartet werden, sieben Jahre wird sie brauchen, bis sie den Merkur erreicht. Im Februar 2007 vergab die Europäische Raumfahrtorganisation ESA den Industrieauftrag für BepiColombo an Astrium – er beläuft sich auf rund 505 Millionen Euro, am Standort Friedrichshafen arbeitet dafür ein 110-köpfiges Team.

Schwierig ist die insgesamt 970 Millionen Euro teure ESA-Mission, weil beim Merkur die zehnfache Sonnenintensität verglichen mit der Erde herrscht und zudem der Merkur selbst durch seine hohe Oberflächentemperatur von 450 Grad Celsius mit bis zu vierfacher Sonnenintensität strahlt. Weil es bisher keine Solarzelle gibt, die eine derart hohe Strahlungsintensität aushält, haben die Ingenieure die bestehende Technik verfeinert. Das aber ist noch immer nicht für die direkte Sonnenbestrahlung in Merkurnähe ausreichend. Deshalb muss der Solargenerator relativ flach zur Sonne angestellt werden, damit 230 Grad Hitze, die Maximal-

▼ *Außenposten der Menschheit: die Internationale Raumstation ISS. Die gute Luft an Bord des europäischen Moduls „Columbus" kommt vom Bodensee – dank des Lebenserhaltungssystems ECLS, das bei Astrium entstanden ist.*

temperatur der „aufgepeppten" Solarzelle, nicht überschritten wird. Maximal 45 Sekunden Reaktionszeit hat der Extra-Computer, der dafür sorgt, dass im Fehlerfall der Solargenerator rechtzeitig aus der Sonne gedreht wird – nur eine weitere Sekunde würde das Aus für BepiColombo bedeuten. Um die Raumsonde vor der extremen Hitze zu schützen, setzen die Ingenieure zum ersten Mal eine Thermalisolationsfolie ein, die mit bis zu 39 Lagen unterfüttert ist. 52 000 Euro kostet ein Quadratmeter, 60 Quadratmeter brauchen die Ingenieure für BepiColombo, weitere 60 für das Testmodell.

„Man muss sich den Hitzeschutz wie ein Ritterhemd vorstellen", erklärt Projektleiter Markus Schelkle. Nicht nur die Hitze wird durch die vielen Lagen, die Näherinnen von Hand im Reinraum zusammengenäht haben, abgehalten – die Außentemperatur von 400 Grad Celsius wird durch den Hitzeschutz auf 50 Grad Celsius im Innern der Sonde reduziert. *„Das sind die Maximaltemperaturen, bei denen die Elektronik noch problemlos funktioniert"*, sagt Projektleiter Schelkle. Insgesamt 4,2 Tonnen wird der ganze Stack wiegen, davon entfallen 1,4 Tonnen auf den Treibstoff. Von diesen 1,4 Tonnen Treibstoff sind 580 Kilogramm Xenon für das Ionantriebssystem. Nochmals 580 Kilogramm Xenon müssen als Reserve am Boden bereitgehalten werden, so dass im Notfall nach- oder neu aufgetankt werden kann. Dies entspricht ungefähr zehn Prozent der Xenon-Weltjahresproduktion (von 2007).

Ganz in der Spacelab-Tradition hat Astrium, seit Jahren weltweit führend als Kompetenzzentrum für die Entwicklung von Experimentieranlagen zur Forschung unter Schwerelosigkeit, das Lebenserhaltungs-System für das Europäische Weltraumlabor Columbus entwickelt. Seit Anfang 2008 ist es als Teil der Internationalen Raumstation ISS im Einsatz. Zudem haben die Ingenieure aus Friedrichshafen für die ISS einen großen Teil der Experimentieranlagen sowohl für den amerikanischen als auch den japanischen Teil der Station entwickelt.

Auch mit den Chinesen gab es eine Kooperation: Astrium Friedrichshafen hat die „SIMBOX"-Experimentieranlage entwickelt und gebaut, die an Bord des am 31. Oktober 2011 gestarteten chinesischen Raumschiffs „Shenzhou-8" knapp

▼ *Der Standort in Immenstaad heute – rund 1250 Astrium-Mitarbeiter sind dort beschäftigt.*

zwei Wochen im All war. Die deutschen und chinesischen Wissenschaftler haben 17 Experimente aus den Bereichen Biologie und Medizin gemacht.

Alt-Dornianer sind erstaunt, welche Lasten mittlerweile ins Weltall transportiert werden können. *„Wir waren um jedes Kilogramm froh, das wir hochgebracht haben"*, sagt Manfred Kübler, ehemals Geschäftsführer und Arbeitsdirektor der Dornier System GmbH. *„Da ist es schon erstaunlich, dass beispielsweise mit Envisat 8,2 Tonnen in eine Satellitenumlaufbahn abheben konnten."*

Zählte die Dornier System GmbH, die erfolgreich auf neue Technologien setzte, bei ihrer Gründung 30 Mitarbeiter, so arbeiten heute am Standort Friedrichshafen rund 1 250 Menschen in einigen der am besten ausgestatteten und fortschrittlichsten Entwicklungs-, Test- und Produktionsanlagen der Raumfahrtindustrie. Herzstück ist der 1 300 Quadratmeter große Reinraumbereich zur Endmontage von Satelliten.

„Raumfahrttechnik ist mit seinen verschiedenen Aspekten heute fast zu einer nicht mehr wegzudenkenden Voraussetzung für das moderne gesellschaftliche Leben geworden – man denke etwa an die modernen Navigationsverfahren", sagt Silvius Dornier, Gründer der Dornier System GmbH und ältester noch lebender

Sohn von Flugzeugpionier Claude Dornier. *„Ähnlich wie bei der Flugzeugtechnik bietet die Raumfahrttechnik interessanteste zivile, wissenschaftliche, politische und militärische Möglichkeiten und Anwendungen. Der Stellenwert der Raumfahrttechnik ist heute schon sehr groß und seine Bedeutung wird wahrscheinlich weiter zunehmen – vielleicht in Gebieten, die wir uns momentan noch gar nicht vorstellen können. Sie wird international und interdisziplinär eine große Zukunft haben und sicher auch als Impulsgeber für den Fortschritt wirken."*

Standortleiter Eckard Settelmeyer antwortet auf die Frage, was er sich wünscht, wenn er für jedes Jahrzehnt des Bestehens einen Wunsch frei hätte: *„Mein wichtigster Wunsch ist, dass wir in der Kundenwahrnehmung einen exquisiten Platz einnehmen. Als zweites wünsche ich mir, dass sich Astrium Friedrichshafen mit der gleichen Aufbruchstimmung wie vor 50 Jahren neuen Bedingungen stellt und am Markt erfolgreich bleibt. Mein dritter Wunsch ist, dass Astrium als Arbeitgeber attraktiv für junge Nachwuchskräfte bleibt und wir unseren Mitarbeitern weiterhin interessante Entwicklungsmöglichkeiten auch im europäischen Umfeld bieten können. Mein vierter Wunsch betrifft den Ausbau unserer Infrastruktur und Einrichtungen am Standort – wir wollen und müssen auch in dieser Hinsicht ein attraktives und modernes Unternehmen bleiben. Mein fünfter und letzter Wunsch betrifft einen wichtigen Begleiter auf unserem Weg in die Zukunft: Ich wünsche mir für den Astrium-Standort Friedrichshafen das Glück, das bei allem Schaffen und aller Professionalität immer notwendig ist, um erfolgreich zu sein."*

Martl

Eine nicht immer einfache Lebensgeschichte

ILSE KLAUKE UND EIJA KLEIN

Ilse Klauke und Eija Klein, beide wohnhaft in Eriskirch, sammeln seit mehr als zwei Jahren Biographien von Menschen der Vorkriegs- und Kriegsgeneration und schreiben diese auf. Ziel ist es diese Biographien in einer Zusammenfassung zu veröffentlichen, damit die in den Lebensgeschichten eingefangene Zeitgeschichte lebendig bleibt. Bislang sind 15 Biographien, hauptsächlich von Frauen, zusammen getragen worden. Jede der Geschichten, so auch diese hier von Martl, wird im Ich-Stil und in der gesprochenen Sprache erzählt, so dass sie zwar nicht immer grammatikalisch korrekt, aber dafür umso authentischer wieder gegeben wird. So entsteht ein individuelles, nicht austauschbares und lebendiges Zeitbild.

Ich bin 1922 in Friedrichshafen geboren, dort hatten meine Eltern ein Lebensmittelgeschäft in der Riedleparkstraße, zwei Häuser entfernt vom Gasthaus „Hirsch". Es war kein großer Laden, aber mein Vater war Käsermeister, und dadurch hatten wir vielleicht eine etwas größere Auswahl an Käse als andere Geschäfte. Als meine Mutter später krank geworden ist, haben wir das Geschäft verpachtet. Beim Fliegerangriff auf Friedrichshafen ist alles kaputt gegangen.

Ich bin die Jüngste von fünf Geschwistern gewesen. Ich hatte eine Schwester und drei Brüder. Der mittlere Bruder ist Jesuit gewesen. Er ist vor siebzig Jahren nach Indien gegangen. Alle vier Jahre hat er meine Eltern besucht. Vor vier Jahren ist er gestorben. Er ist 90 Jahre alt geworden, ohne einmal richtig krank zu sein. Ich war ein bissle ein Nachzügler in der Familie und dadurch auch etwas verwöhnt. Ich bin zu den Schwestern in Sankt Antonius zur Schule gegangen. Anschließend hab ich in einem Handarbeitsgeschäft eine Lehre gemacht und vor der Handelskammer meine Prüfung abgelegt. Als ich siebzehn war, ist der Krieg ausgebrochen. Im Kurgartenhotel hab ich noch den letzten Tanzkurs vor dem Krieg gemacht, da ist heute das Graf-Zeppelin Haus. Es war damals das erste Hotel in Friedrichshafen.

1941 bin ich zum Arbeitsdienst eingezogen worden. So bin ich in ein Arbeitsdienstlager in der Nähe von Ellwangen gekommen, ganz im Hinterland. Es war Winter, und es lag ziemlich viel Schnee, also mussten wir die Baracken über die Nacht heizen. Zwei Mädchen mussten auf bleiben und von Baracke zu Baracke gehen und heizen. Das war keine einfache Sache. Wir mussten auch zu den Bauern, denen mussten wir zur Hand gehen. Aber es war ja Winter. Anfangs habe ich geholfen, Obst ernten; dort gibt es aber nicht so viel Obst wie bei uns hier. Vor allem Rüben haben wir eingebracht. Alle drei Wochen kam ich in eine andere Familie, das war wirklich interessant. Eine Zeit lang war ich beim Bürgermeister. Die waren alle so hinterwäldlerisch, das kann man sich gar nicht vorstellen, wenn man die Bauern am Bodensee kannte. Die Leute von Walxheim waren noch nie weiter gekommen als bis Stuttgart. Am tollsten war der Bürgermeister. Ich glaube, er war froh, dass er eine Arbeitsmaid hatte, ich konnte wenigstens eine Adresse richtig schreiben. Er hatte sein Büro im ersten Stock, und wenn das Telefon geläutet hat, ist er hinauf gestiegen, stand dann richtig stramm am Telefon und hat gesagt: *„Hier spricht der Bürgermeister von Walxheim"*.

Danach kam ich zum Ortsbauernführer, da war es viel besser. Seiner Frau musste ich im Winter helfen flicken, was sie über den Sommer hat liegen lassen; irgendwann hat sie rausgekriegt, dass ich gut stricken kann, danach habe ich nur noch gestrickt, jeden Tag einen Strumpf. Es war meine schönste Zeit im Arbeitsdienst.

Zu Weihnachten durften wir nach Hause, da hat die Frau mir eine Gans mitgegeben. Meine Mutter hat sich wahnsinnig gefreut darüber, es war einfach die Zeit, wo man sich so was nicht leisten konnte. Es war der Winter 1941 auf 1942.

Bei einem der Bauern ist etwas ganz Tragisches passiert. Da ist der einzige Sohn im Krieg gefallen. Ich kam morgens dorthin, das Vieh hat gebrüllt, hat kein Futter gehabt und nichts war gemacht, und der alte Mann saß mit seiner Tochter da und sie haben nur noch geweint. Es war furchtbar. Wer den Hof später bewirtschaftet hat, weiß ich nicht. Es war einfach tragisch. Das kam ja oft vor in dieser Zeit.

Nach meiner Arbeitsdienstzeit kam ich zum Kriegshilfsdienst, zuvor war ich zur Schulung auf der Kapfenburg, wir waren dreißig junge Frauen. Zehn davon gingen zur Straßenbahn nach Ulm. So wurde ich für ein halbes Jahr Straßenbahnschaffnerin in Ulm. Normalerweise waren die Schaffnerinnen ältere Frauen. Wir aber waren jung und sehr beliebt. Die Straßenbahnen waren immer ziemlich überfüllt,

◀ *Das elterliche Geschäft in der Riedleparkstraße in Friedrichshafen.*

man kam nie ganz durch während der Fahrt. Daher sind natürlich viele schwarz gefahren. An der Endstation musste man die Straßenbahnen noch umkoppeln, das hat keine von uns gern gemacht. Das waren oft junge Männer, die mitgefahren sind, die haben uns geholfen beim Umkoppeln. Bevor wir wieder weggegangen sind, wurden die Straßenbahnen tatsächlich mit Blumen bekränzt, so beliebt waren wir!

Danach habe ich noch den Stellungsbefehl zur Flak nach Nürnberg gekriegt. Als ich nach dem Kriegshilfsdienst nach Friedrichshafen zurück kam, durfte ich nicht mehr in das Handarbeitsgeschäft, das war ja nicht kriegswichtig. Ich bin dann verpflichtet worden von Maybach-Motorenbau, einem Rüstungsbetrieb. Bei Maybach war ich, obwohl ich nicht für Büroarbeiten ausgebildet war, im Lohnbüro, musste Löhne auszahlen. Später sind wir verlagert worden ins Kloster Weingarten wegen der Fliegerangriffe.

Ich habe alle Fliegerangriffe in Friedrichshafen miterlebt. Der schlimmste Angriff war am 28. April 1944, dabei ist mein Bruder mit seiner Frau ums Leben gekommen. Und wir anderen haben nur überlebt, weil mein Vater gesagt hatte: *„Gehen wir doch zu Schneider Fesslers rüber"*. Sie haben immer so Angst im Luftschutzkeller gehabt. In unserem Haus waren zwölf Personen verschüttet und ums Leben gekommen. Der Bruder, der bei dem Angriff umkam, kam aus dem Krieg mit einem Beinstumpf zurück, hat mühselig laufen lernen müssen und ist dann zu Hause so ums Leben gekommen.

Ich war damals Melderin beim Luftschutz. Man musste es schriftlich melden bei der Polizei. Ich bin durch die „Hirsch-Unterführung" gegangen zur Friedrichsstraße hinauf, und dort hat alles gebrannt. Die Leute sind alle in Richtung Uferstraße runter gegangen, in der Nähe des Sees war die Hitze noch am Besten auszuhalten. Ich bin glücklich zur Polizei gekommen, die war noch im alten Polizeigebäude in der Friedrichstraße. Ich konnte aber nicht mehr heim, weil es überall gebrannt hat. Als ich von zu Hause wegging, war nur unser Vorderhaus kaputt, das Hinterhaus stand noch. Und als ich zurück kam nach zwei Stunden Warten, war das auch weg, abgebrannt. Mein Vater hat noch eine alte Nähmaschine rausschaffen können.

Wir standen da vor den Trümmern und am Nachmittage sagte mein Vater: *„Wo schlafen wir denn heute Nacht?"* Mein Vater war ja bekannt in Friedrichshafen und irgendwann kam er mit einem kleinen Lastwagen und wir sind nach Bregenz rüber gefahren zu unseren Verwandten, die haben uns aufgenommen. In Friedrichshafen war nichts mehr zu machen. Natürlich hat es uns dort nicht lange gehalten, wir mussten ja wissen, wie es zu Hause weiter ging. Wir waren am anderen Tag schon wieder da. Meiner Schwester, die damals Nachrichtenhelferin in Frankreich war, durften wir ein Telegramm schicken. Sie kam dann zur Beerdigung nach Hause.

Eigentlich wollte man die Verschütteten in einem Massengrab begraben. Mein Vater hat jedoch gesagt *„Und wenn ich das Grab selber graben muss, aber sie kommen mir nicht in ein Massengrab"*. Er hat einem Ostarbeiter Geld gegeben, damit er ein Grab schaufelt. Da standen wir dann, ich im rosa Dirndl, weil ich nichts anderes mehr hatte, und meine Schwester, die aus Frankreich gekommen war, hielt einen großen Strauß Baccararosen in der Hand, die hatte das noch kriegen können. Vom Haus hat niemand geredet, es war viel schlimmer, dass mein Bruder tot war. Es wird mir erst heute klar, was meine Eltern damals verloren haben, das Geschäft und das Haus waren ihr Lebenswerk, jetzt hatten sie nichts mehr.

Als ich jung war, waren wir natürlich alle im BDM, dem Bund deutscher Mädchen. Wir waren da sehr gern sogar, denn samstags mussten wir nicht in die Schule, da hatten wir dann „Dienst" im Riedlewald. Wir machten Spiele, es war auf alle Fälle schöner, als in der Schule. Später hat einmal eine von den Führerinnen – es war schon Krieg – gesagt: *„Heute schreibt jede von Euch einen Brief an einen unbekannte Soldaten"*. Sie hat uns eine Feldpostnummer gegeben und ich bekam die Nummer 2442, das weiß ich noch bis heute. Die Briefe gingen an ein Regiment aus Cannstatt bei Stuttgart. Daraufhin bekam ich einen Brief, ich war so begeistert davon, wie dieser Soldat geschrieben hat, ich dachte, diesen Mann möchte ich einmal kennen lernen. Während des Krieges haben wir uns nicht gesehen, das war erst nach dem Krieg, aber das war auch schwierig. Er war in der amerikanischen Zone, und ich in der französischen. Die Leute, die in der amerikanischen Zone waren, konnten nicht in die französische Zone, der Franzose hat sie gleich geschnappt, die vom Krieg kamen und nach Hause wollten. Mein

▼ Martls Familie, Martl 3. von links.

Mann war von Anfang bis Ende im Krieg. Er war in Russland bis vor Stalingrad; er war bei den Funkern, also nicht direkt an vorderster Front. Aus dem Kessel sind sie vorher noch raus gekommen, bevor der zu war. Wenn man die Fotos von den Männern vor dem Krieg anguckt und sie danach wieder sieht, weiß man, was der Krieg aus den Menschen gemacht hat. Mein Mann war nie dick gewesen, aber als ich ihn 1947 geheiratet habe, sah er aus wie einer aus dem KZ. Kennen gelernt haben wir uns 1946 in Stuttgart.

Mein Mann Karl hat dann bei Fränkels geschafft, er war von Beruf Kaufmann. Aber zunächst hat er erst mal Steine geklopft, danach war er bei der Schuttaufbereitungsanlage an der Uferstraße tätig, das war eine schlimme Arbeit. Da wurden aus dem Schutt große Hohlblocksteine gemacht. Zum Essen hab ich meinem Mann Kartoffeln und Gelbe Rüben oder Kartoffeln und Lauch mitgegeben. Ich muss sagen, wir haben nie gehungert, aber wir haben auch nie das gehabt, was uns geschmeckt hätte.

Wir haben 1947 geheiratet an meinem Geburtstag, dem 10. Juni; es war natürlich eine ganz kleine Hochzeitsfeier. Unsere neue Wohnung war im Zeppelindorf

▼ *Martl als Straßenbahnschaffnerin in Ulm.*

bei den Eltern meines verstorbenen Freundes, dort haben wir zwei Zimmer gekriegt. Die Vorhänge im Schlafzimmer stammten von einem Fallschirm, den wir im Seewald gefunden haben. Fallschirmseide war ja was ganz besonderes. Die Sofakissen hab ich aus roten Fahnen gemacht, die ich bestickt habe.

Eines Tages kam mein Mann heim und sagte: *„Ich weiß, was man tun muss, dass man in Friedrichshafen eine Arbeit kriegt. Man muss Fußball spielen"*. Nachdem er schon in Stuttgart gespielt hatte, hat er dann auch hier damit angefangen und hatte nach drei Wochen eine Stelle in der Zahnradfabrik, nur als Werkschreiber, aber er war drin. Und von da an ging's bergauf. Eine Kollegin und ich haben eine Handarbeitsstube gehabt. In demselben Raum haben wir auch geschlafen in einem Stockbett und nachts haben wir bei den Franzosen Kohlen geklaut, damals wäre ich beinah im Kriegsgefangenenlager gelandet. Zum Glück hat mich aber ein guter Franzose erwischt. Er kam zu uns herein und hat gesagt: *„Warum klauen Sie Kohlen?"* Ich hab gesagt: *„Weil wir frieren"*. Er hat gesagt: *„Warum haben Sie nie etwas gesagt?"* Ich hatte vorher noch nie ein Wort mit ihm gesprochen. Er war gnädig mit uns. Von da an durften wir jeden Tag einen Eimer Briketts holen. So was gab's auch in der Zeit.

Als wir im Zeppelindorf gewohnt haben, ist Brigitte geboren, das war 1949. dann sind wir in die Möttelistraße gezogen. 1957 ist Rainer geboren und der Martin ist 1964 geboren. Ich hab zwei wirklich intelligente Kinder und ein behindertes Kind. Martin hat Trisomie 21, das Down Syndrom. So ist es eben. Brigitte hat zu ihrer Ausbildung als Lehrerin noch die Zusatzausbildung zur Sonderschullehrerin gemacht, weil sie einen behinderten Bruder hat, sonst wär sie sicher nicht auf die Idee gekommen. Ich wundere mich manchmal, was der Martin sich alles merken kann, aber er kann zum Beispiel überhaupt nicht mit Geld umgehen. Das können sie, glaub ich, alle nicht. Kürzlich war Martin eine Woche in der Türkei. Dort waren sie schon letztes Jahr gewesen, und es hatte ihm so gut gefallen. Ich hab ihn gefragt: *„War es denn noch warm dort?"* Er hat geantwortet: *„Was glaubst denn du? Es hat sechzig Grad gehabt"*. Ich hab geantwortet: *„Das glaubst da aber selber nicht"*. Nach langem hin und her kamen wir dann auf sechsundzwanzig Grad, der Sechser hat dabei sein müssen. Sonst kann Martin eigentlich alles. Er kann schreiben und lesen, das können wiederum nur wenige dieser Behinderten. Als Martin geboren ist, hat man mir nicht gesagt, dass etwas nicht stimmt mit ihm. Die Ärztin hat mir auch nichts gesagt. Später sagte sie: *„Ich habe mir das lang überlegt. Aber ich war selbst im Zweifel. Ich hab gedacht, Herr Soyka hat auch etwas schräg stehende Augen"*.

Als ich den Bub an die Brust anlegen wollte, hat er einfach nicht getrunken. Ich bin mit ihm nach Ravensburg, dort haben sie mir auch nichts gesagt, was er hat. Als wir einmal in die Klinik gingen, kam eine Ordensschwester auf uns zu, und ich sagte zu ihr: *„Sagen Sie mir, was hat unser Kind eigentlich?"*. Sie sagte zu mir: *„Es ist ja ein nettes Büble, aber es wird halt ein Sorgenkindle bleiben"*. Ich hab gesagt: *„Ich will sofort den Arzt sprechen"*. Es kam eine junge Ärztin und sagte: *„Wissen Sie, was Mongoloismus ist?"* Ich sagte: *„Ja, das weiß ich"*. Mein Mann ist gleich umgekippt. Diese Ärztin hat mir den Rat gegeben: *„Hören Sie, sie werden auch ihre Freude mit dem Kind haben. Aber erzählen Sie nicht gleich der ganzen Verwandtschaft, was mit dem Kind los ist. Lassen sie es erst ein bisschen in die Familie hineinwachsen. Das können Sie später immer noch sagen"*. Und so haben wir es gemacht. Irgendwann musste ich es der Brigitte, der Ältesten, sagen, aber es hat bei den Geschwistern keine Rolle gespielt, die haben ihn so akzeptiert, das war kein Problem.

Die Brigitte war Familienministerin in Baden-Württemberg in Erwin Teufels Kabinett, sie war ja in der SPD. Als die Große Koalition zu Ende war, war sie natürlich weg als Ministerin. 1965 sind wir nach Eriskirch gezogen; da waren wir in der Familie noch alle beieinander. Ich war damals der Meinung, der Martin muss unbedingt unter die Kinder, dabei lernt er auch was. Ich bin dann zur Schwester im Kindergarten gegangen, aber die war nicht gerade begeistert. Ich hab zu ihr gesagt: *„Sagen Sie doch einfach zu den Kindern, da kommt jetzt einer, der kann noch nicht so gut reden und manches nicht so wie ihr, aber ihr könnt ihm ja ein bisschen helfen, dann geht das schon".* Es war toll, wie die Kinder reagiert haben, sie haben ihn manchmal direkt bemuttert. Der Martin ist sehr gern dorthin gegangen und hat keine Probleme gemacht. Ein kleines Mädchen hat einmal zu mir gesagt: *„Gell, seit der Martin bei uns ist, ist er viel gesünder".*

Heute will man Mongoloide sogar in die ganz normale Schule tun, aber ich glaube nicht, dass das so einfach geht. Es soll jetzt der erste Mongoloide studieren, hab ich gehört. Aber das ist wohl eher ein Grenzfall. Die Leute, die heute solche Kinder kriegen, die haben es viel einfacher, es ist alles schon da.

Mein Mann war bis zum Schluss bei der ZF in Friedrichshafen. Mit dreiundsechzig hat er aufgehört zu arbeiten. Das war unsere schönste Zeit. Wir waren beide noch fit und haben große Wanderungen gemacht. Mein Mann wollte in die Berge, Bergwandern war seine große Liebe. Wir sind einundzwanzig Jahre lang nach Südtirol in den Urlaub gefahren, immer ins gleiche Haus; dort haben wir die ganze Gegend abgegrast. Wenn andere erzählt haben, wo sie überall waren, hab ich gesagt: *„Wir waren nirgendwo, bloß in Südtirol."*

Martin haben wir mit der Lebenshilfe Ravensburg in den Urlaub geschickt, dort muss man Mitglied sein. Der Martin ist schon viel mehr in der Welt rumgekommen als ich. Er war in Korsika und in der Türkei. Das letzte Mal war er wieder ganz begeistert; er hat im Meer gebadet, es war sehr warm und schön. Martin kann gut schwimmen, das hab ich mit ihm in Langenargen gelernt; und im Hallenbad in Friedrichshafen machen sie jedes Jahr einen Schwimmwettbewerb, danach kriegt jeder eine Urkunde. Zuerst hat er Angst vor dem Wasser gehabt, aber jetzt hat er nicht einmal mehr Angst vor dem Meer.

An Weihnachten 2000 ist mein Mann gestorben. Ja, das waren früher schon auch schlimme Zeiten, aber ich denke auch, heute haben die Leute andere Ängste. Manches kann ich heut gar nicht mehr verstehen; zum Beispiel wenn es heißt, die sind arm. Also arm, das ist was ganz anderes. Wenn man nichts zu essen hat oder nicht zum Anziehen. Wenn ich ehrlich bin, möchte ich heute keine Kinder mehr aufziehen müssen, es ist bestimmt schwieriger, als es einmal war. Zu meiner Zeit ist man abends zusammen gesessen, die Familie war beieinander. Man hat sich sogar manchmal vorgelesen, und mein Bruder hat Gitarre gespielt. Ich glaub, wir passen nicht mehr richtig in diese Welt rein. Ich muss mir dann sagen, es ist halt alles anders heut.

Thomas Vogler
Beharrlicher Kämpfer für ein „Grünes Überlingen"

REINHARD EBERSBACH

Am 26. März 2012 wurde der „Leiter Grünflächen, Umwelt & Forst", Thomas Vogler, wie es im Programm hieß, in einer Feierstunde im historischen Rathaussaal verabschiedet. Obwohl er eigentlich in aller Stille aus dem Amt scheiden wollte, sah er, wie er bei diesem Festakt selbst ausführte, die Richtigkeit der Entscheidung von Frau OB Sabine Becker ein, ihm im Rathaussaal in Anwesenheit einer großen Anzahl geladener Gäste Dank und Anerkennung für seine langjährige Tätigkeit auszusprechen.

Nicht jedem Abteilungsleiter wird diese Ehrung zuteil, aber Thomas Vogler hat über einen Zeitraum von über 35 Jahren das Bild der Stadt geprägt und sich damit in die Reihe seiner großen Vorgänger Hermann und Baptist Hoch eingereiht und deren Wirken aus den früheren Jahren fortgeführt und den heutigen Ansichten und Anforderungen angepasst.

Am 1. Oktober 1976 begann er seine Tätigkeit als Leiter der Stadtgärtnerei in Überlingen, nachdem er vom Gemeinderat mit großer Mehrheit gewählt worden war. In der vom Gemeinderat bestellten Auswahlkommission war der damalige Gartenbaudirektor der Blumeninsel Mainau, Josef Raff, ein überzeugender Befürworter seiner Kandidatur. Nach seiner Vorstellungsrede wurde Vogler kritisch auf sein junges Alter von 27 Jahren angesprochen und er antwortete, wie üblich, nach kurzer Überlegung: „Ich habe die Chance und das Risiko, am Ende meiner Dienstzeit die Ergebnisse meiner Arbeit bewertet zu bekommen."

Gleich zu Beginn seiner Tätigkeit war die Gestaltung der neu geschaffenen, erweiterten Promenade vom Mantelhafen bis zum Badgarten im Zuge des Ufersammlerbaus eine große Herausforderung, bei der er „als Frischling von der Schule" gefordert war: Dann kam die Erweiterung der Promenade nach Westen bis zum Strandbad West und anschließend die Erweiterung der Promenade nach Osten von der Liebesinsel bis zum Ostbad und dem neu angelegten Hafen Ost.

Die planerische Vorstellung Voglers, die neue Promenade im Osten zum See hin mit hoch wachsenden Bäumen zu bepflanzen und damit das wieder anzulegen, was die Natur in früheren Jahrhunderten als „Seehag" geschaffen hatte, kollidierte allerdings mit dem Wunsch und Verlangen von Bewohnern einiger Grundstücke nach uneingeschränkter Seesicht. Nachdem mehrere gepflanzte

◀ *Nichts ist zu hoch oder zu steil: Thomas Vogler im Tobel an einer Felswand.*

Bäume beschädigt und sogar ganz entfernt worden waren, gab Vogler – freilich im Inneren deprimiert – seine Konzeption auf.

1980 erfolgte der Neubau der Stadtgärtnerei in der Breitlestrasse, wobei diesem eine ausführliche Standortdiskussion im Gemeinderat voranging, bei der auch der Mainauer Gartenbaudirektor Josef Raff eine entscheidende Rolle spielte. Die Bauzeit betrug 2 Jahre, die Kosten beliefen sich auf circa DM 700 000. Mitte 1984 wurde das Parkhaus „Stadtmitte" errichtet, und für Vogler stellte sich die Aufgabe, dieses große und neben Wiestorschule, Stadtmauer und Rosenobelturm stadtbildprägende Bauwerk harmonisch auch an den auslaufenden Stadtgraben anzupassen. 1986 begann Vogler, der sich hierfür Anregungen in Villingen – Schwenningen geholt hatte, mit der Anlegung einer Kompostierungsanlage, bei der Grünabfälle, die in der Stadt anfielen, nicht mehr auf den Müllplatz gebracht und dort vergraben, sondern in einem speziellen Verfahren zu Kompost umgearbeitet wurden. Das Vorhaben entwickelte sich zu einem echten „Renner". Die Anlage wurde später vom Landkreis übernommen und ist heute noch in Funktion.

Viele Gedanken brachte Vogler auch in die ab 1980 vom damaligen Bürgermeister Ebersbach betriebene Planung eines neuen Kurhauses im Stadtgarten vor dem Amtsgericht ein. Hier ging es ihm darum, die behaupteten, und von ihm auch akzeptierten Vorteile eines neuen Gebäudes mit einem größeren Raumangebot gegen die Eingriffe in den bestehenden Park direkt am See mit seinem dominanten Baumbestand abzuwägen. Seine Überlegungen und Vorschläge brachte er insbesondere in zahlreichen Gesprächen mit dem damals mit der Planung beauftragten Architekten Jauss ein. Das Vorhaben wurde in einem Bürgerentscheid klar abgelehnt.

Einige Jahre später kreierte OB Patzel den Plan des Baus einer Therme am Rand des Westbads und den Abriss des Kurmittelhauses mit dem Neubau eines Verwaltungsgebäudes und eines Parkhauses. Dies waren planerische Herausforderungen an Vogler, denen er sich mit Freude und ungebremsten Eifer stellte – die gelungene Einpassung des Bürgeramtes mit dem Parkhaus in der Bahnhofstrasse und der Therme in die Strandlandschaft unter Einbeziehung des bestehenden

◀ *Thomas Vogler bei einer Rede im Stadtgarten*

alten Baumbestandes sind heute weitestgehend unbestritten. Ähnliches gilt für die Anlegung des Bahnhofes „Stadtmitte" und der Neugestaltung des Grabens in diesem Bereich. Auch hier hat Vogler in enger Zusammenarbeit mit dem Architekturbüro Petran Mustergültiges erreicht.

Ein neues Gestaltungsfeld ergab sich für Vogler mit der unter OB Patzel begonnenen neuen Verkehrsführung, bei der statt Ampeln und Vorfahrtrechts regelnden Verkehrsschildern Kreisel angelegt wurden, was am Anfang einigen Missmut hervorrief, heute aber allgemein anerkannt ist. Die in Überlingen angelegten Kreisverkehrsinseln heben sich von gleichen Anlagen in anderen Städten durch ihre geradezu üppige Bepflanzung in wechselnden Farben entsprechend der Jahreszeit ab. Hier hat Vogler mit der farbenfüllenden Blütenpracht das – von Überlingern selbst kreierte – Prädikat „Nizza am Bodensee" auf den Einfallstrassen und an den Verkehrsknoten in der Stadt für alle Beschauer sichtbar gemacht.

Spannend und aufregend war 2005 die Bewerbung zur Entente florale und die zahlreichen Gespräche mit den Bürgerinnen und Bürgern auch und insbesondere in den Stadtteilen, wobei besonders die Initiativen und Anregungen in Deisendorf und Lippertsreute zu erwähnen ist. Krönend war die Verleihung der Goldmedaille beim Zweiten Deutschen Fernsehen im Mainz, bei dem vom Vorsitzenden der Verleihungskommission das Engagement von Deisendorf und Lippertsreute besonders hervorgehoben wurde.

2009 wurde von der Stadt Überlingen in enger Zusammenarbeit mit dem Büro „Planstatt Senner" ein Antrag zur Durchführung der Landesgartenschau im Jahr 2020 beim zuständigen Ministerium gestellt. Im gleichen Jahr besuchte eine Kommission die Stadt und führte umfangreiche Gespräche und Besichtigungen durch, und im Jahr 2010 erhielt die Stadt den Zuschlag. Jetzt liegt noch ein langer und schwieriger Weg der Vorplanung, der Überzeugung der Bürgerschaft von der Richtigkeit und von den lang andauernden Vorteilen dieses Vorhabens und der Realisierung vor allen in der Stadt Überlingen, den Einwohnerinnen und Einwohnern und den Mitarbeiterinnen und Mitarbeitern der Verwaltung; Vogler sieht die Realisierung als eine große Chance für die Stadt und wird, wenn es ihm vergönnt ist, seine volle Tatkraft und seine langjährige Erfahrung einsetzen.

Wichtig war Vogler immer der Schutz des Stadtbild-prägenden Baumbestandes und seine sinnvolle Ergänzung und Erweiterung. Freilich blieben hier Auseinandersetzungen mit Privatleuten nicht aus, die der vergrößerten oder gar uneingeschränkten Aussicht auf den Bodensee größeres Gewicht gaben als den planerischen Vorstellungen des Leiters der Stadtgärtnerei. Hier versuchte es Vogler immer wieder, in Gesprächen mit Grundstückseigentümern, Planern und Bauherren Verständnis für seine Vorstellungen zu bekommen; oftmals aber musste er Kompromisse eingehen, die für ihn unbefriedigend waren, und immer wieder musste er auch feststellen, dass dann im Zuge der Bauarbeiten oder noch später beim Bezug der Neubauten Bäume entfernt oder unwiederbringlich geschädigt wurden, deren Bestand und Erhaltung im Zug der Baugenehmigung zugesagt worden war.

Der erste Versuch, eine Satzung zum Schutz des Baumbestandes aufzustellen, scheiterte in einem ersten Anlauf in den 80er Jahren unter dem damaligen Bürgermeister Ebersbach, denn dieser hatte öffentlich die Absicht bekannt gegeben, eine derartige Satzung dem Gemeinderat zur Beschlussfassung vorzulegen. Vogler stürmte einige Tage später ins Dienstzimmer des Bürgermeisters mit den Worten: *„Ziehen Sie bitte die Absicht sofort öffentlich zurück, denn in einigen Stadtteilen kreischen bereits die Motorsägen, und es werden die Sichtschneissen zum Bodensee freigeschnitten!"*

Jetzt ist es auch dank des ruhigen und beharrlichen Einsatzes und der Überzeugungskraft von Vogler gelungen, eine Baumschutzsatzung zur Rechtskraft zu bringen. Der Vorteil der Satzung ist, dass die Stadt mit ihr größere Einwirkungsmöglichkeiten hat: Während es früher häufiger vorkam, dass insbesondere Bauträger ein Grundstück erwarben und wertvolle und markante Bäume beseitigten, bevor sie einen Bauantrag stellten, mit dem natürlich eine wirtschaftlich optimale Ausnutzung des Grundstücks erreicht werden sollte (das sogenannte „Ausmosten"), dürfen die Bäume jetzt nicht mehr ohne Genehmigung beseitigt werden, und im Baugenehmigungsverfahren können weitere Festlegungen getroffen werden.

Aktuell zeigt die neue Baumschutzsatzung ihre Wirkung auch im Rauensteinpark, wo es um die Erhaltung oder um die Beseitigung von älteren Kastanienbäumen geht, was zwischen dem Landkreis Bodenseekreis als Grundstückseigentümer und der Stadt als Gesetzgeber gelöst werden muss. Überlingen nimmt mit der Satzung eine Sonderstellung ein, denn im allgemeinen haben nur Städte über 50 000 Einwohner eine derartige Satzung, und im Bodenseekreis ist Überlingen die einzige Gemeinde!

Thomas Vogler zeigte, was bei seinem jugendlichen Alter nicht verwunderlich war, viel Verständnis für die Anliegen von Kindern und Jugendlichen. So gab er sich viel Mühe bei der Gestaltung von Kinderspielplätzen, auf die er – im Gegensatz zu früher – auch zahlreiche bewegliche Geräte installieren ließ, die zwar pflegeintensiver und leider bei zu großer Kraftanwendung auch störanfälliger als nur eine Rutsche oder eine Schaukel waren, die aber größeren Zuspruch bei den Kindern fanden. Großen Wert legte Vogler dabei auf eine Absprache mit beteiligten und interessierten Eltern.

Für die Jugendlichen, die dem Kinderspielplatzalter entwachsen waren, ließ er schon 1986 eine erste Skater-Anlage im Schättlisberg anlegen, die sehr rasch regen Zuspruch fand. Diese musste allerdings der näher rückenden Bebauung weichen, und zusammen mit OB Patzel wurde der Bau der Skateranlage in Altbirnau durchgeführt. Der OB hatte damals versprochen, zur Einweihung auf Skatern zu kommen, was er zur Begeisterung der Jugendlichen auch tat.

Für die Fußball begeisterten Jugendlichen setzte sich Vogler zusammen mit den Verantwortlichen des FC Überlingen dafür ein, auf dem Spielfeld in Altbirnau eine Anlage mit Kunstrasen auszulegen, was zunächst insbesondere wegen der Kosten auf Widerstände stieß, die Vogler aber überzeugen konnte.

Als Abteilungsleiter hatte er mit seinem ausgeglichenen Wesen ein gutes Verhältnis zu den anderen Kollegen. Mit der 2001 neugebildeten Abteilung „Grünflächen, Umwelt, Forsten" ist eine Gleichstellung mit anderen Abteilungen der Stadt „Auf gleicher Augenhöhe" erreicht worden. Zur Spitze der Verwaltung, also zum Gemeinderat und den Oberbürgermeistern Ebersbach, Patzel und Weber und im letzten Teil seiner Amtszeit zur Oberbürgermeisterin Becker hatte er immer ein gutes Verhältnis. Seine Arbeit wurde stets anerkannt, weil alle, die mit ihm zu tun hatten, merkten, dass zu seiner Arbeit Leidenschaft gehörte und er diese nicht nur selbst hatte, sondern auch auf andere ausstrahlen und übertragen konnte.

Im Gemeinderat, auch wenn dieser während der langen Amtszeit von Vogler personell häufiger wechselte, hatte er durchweg viel Rückhalt und Unterstützung. Stadträte in allen Fraktionen und Gruppierungen schätzten sein ruhiges und zurückhaltendes Auftreten, und wussten, dass er Bedenkenswertes vorzutragen hatte, wenn er um seine Meinung gefragt wurde.

Gegenüber der Planung des früheren OB Weber, die Gärtnerei mit dem Werkhof zusammen zu legen, zeigte sich Vogler ausdauernd störrisch. Erst bei der jetzigen Oberbürgermeisterin Sabine Becker und nach einem langen Gespräch mit dem Finanzdezernenten Sauter hat er zum Ende seiner Amtszeit nachgegeben, aber nicht aus Überzeugung, sondern nur, weil er die dafür angeführten finanziellen Argumente hinnahm. Die bereits 2001 unter OB Weber geschaffene neue Organisation der Verwaltung mit dem Amt „Grünflächen, Umwelt, Forst (GUF), zu dem auch die Friedhöfe gehören, und zu dessen Leiter er sofort bestellt wurde, sieht er als gelungen an, da sich vielfältige Synergieeffekte ergeben.

Über viele Jahrzehnte bestehen fachliche, ja freundschaftliche Beziehungen zwischen der Insel Mainau und der Stadt Überlingen. Über 40 Jahre wurde das von Graf Lennart Bernadotte ins Leben gerufene" Ferienseminar für Gartenfreunde" gemeinsam mit Mitarbeitern der Insel Mainau jährlich durchgeführt und ist ein Beweis für eine enge Verbundenheit, die übrigens bis in die Anfänge des Überlinger Stadtgartens um 1875 zurückgeht, stammen doch die ältesten Riesenlebensbäume des Überlinger Stadtgartens von der Mainau. Thomas Vogler waren diese guten Beziehungen und der rege fachliche Austausch mit seinen Kollegen auf der Insel immer wichtig. Die Mainauer Gärtner waren für ihn in vielfacher Hinsicht Vorbild. Ihr gestalterisches Können, ihre Ideen und ihr Wissen haben ihn immer wieder von neuem fasziniert.

Freilich blieben bei seiner Arbeit auch Enttäuschungen nicht aus. Getroffen war Vogler immer zutiefst über Ausbrüche von Vandalismus, wenn Sukkulenten im

Stadtgarten zertrampelt, Pflanzungen herausgerissen oder Blumenkübel umgekippt und zerstört wurden. In Erinnerung bleibt ihm immer noch die Schändung des KZ – Friedhof bei Birnau, wo in einer Nacht alle 95 Kreuze umgeworfen wurden. Hier aber ist Vogler auch zutiefst berührt durch das große Engagement zahlreicher Bürgerinnen und Bürger, die auf einen sofort nach der Tat veröffentlichten Aufruf durch Geldspenden den raschen Wiederaufbau der Gedenkstätte ermöglicht haben.

Begeistert war Vogler über die Zusammenarbeit mit Prof. Dr. Peter Berthold, dem Vertreter der Sielmann Stiftung. Diese entwickelte im Raum Überlingen das Projekt „Biotopverbund Bodensee". Für Vogler war es geradezu faszinierend, wie unbürokratisch und rasch in dieser Stiftung entschieden wird, und in welcher Größenordnung investiert werden kann. Hervorzuheben sind die Projekte an der Konstantinhalde im Stadtteil Nussdorf und im Stadtteil Hödingen mit der Sicherung der Hochstämme und das jetzt laufende Projekt in Walpertsweiler im Stadtteil Bonndorf, bei dem ein seit vielen Jahrhunderten nicht mehr befüllter früherer Weiher des Kloster Salem wieder aktiviert und als „Trittstein" für Tiere ausgebaut wird.

Mit viel Engagement belebte Vogler die Partnerschaft zwischen den Städten Chantilly nördlich von Paris und Überlingen. Unvergesslich bleibt für die damals Beteiligten 1987 die Pflanzung einer Linde an der markanten Hauptstrasse Rue du Connetable: Ein schon sehr groß gewachsener Baum wurde – vorsichtig eingehüllt, um vom Fahrtwind nicht zerzaust zu werden – auf einem Tieflader von Überlingen nach Chantilly transportiert. In das vom Werkhof der Stadt Chantilly vorbereitete Pflanzloch wurde aus Überlingen mitgebrachte Erde geschüttet, die Linde eingepflanzt und mit Bodenseewasser angegossen aus einer Kanne, die die Wappen der beiden Partnerstädte trug: Alles Ideen und Ausführung von Thomas Vogler!

Noch größeren Einsatz zeigte Vogler bei der Partnerschaft zwischen Bad Schandau in Sachsen und Überlingen. Anlässlich der feierlichen Unterzeichnung der Partnerschaftsurkunde im Juli 1990 legte Vogler im Stadtpark von Bad Schandau ein Rondell an, das noch viele Jahre darauf mit Pflanzgut der Stadt-

◀ *Thomas Vogler, 3. v. rechts, im Kreise des Ausschusses der Sielmann Stiftung.*

gärtnerei Überlingen bestückt wurde. Viele Male fuhr Vogler an Wochenenden mit neuem Pflanzgut die über 700 Kilometer lange Strecke von Überlingen nach Bad Schandau und zurück, um dem Rondell ein neues und blühendes Aussehen zu geben.

Neben seiner beruflichen Tätigkeit engagierte sich Vogler auch ehrenamtlich im Verschönerungsverein Überlingen e.V. (VVÜ). 1977 wurde er unter dem damalige Vorsitzenden Ernst Booz in den Verwaltungsrat dieses Vereins gewählt, dessen hauptsächliche Tätigkeitsschwerpunkte die Aufstellung und die Wartung und Pflege der – traditionell rot gestrichenen – Ruhebänke an den Wanderwegen rund um die Stadt und die Durchführung eines jährlichen Blumenschmuckwettbewerbs insbesondere in der Altstadt waren. Im Jahr 2000 folgte Vogler dann der bisherigen Vorsitzende, Frau Charlotte Waldschütz, die aus Altersgründen nicht mehr kandidierte, und die 1999 noch das 100-jährige Jubiläum des Vereins vorbereitet und in großem und würdigen Stil gefeiert hatte.

Vogler war die Erweiterung des Aufgabenbereichs des Vereins wichtig, und zusammen insbesondere mit dem früheren Stadtbaumeister Wolfgang Woerner förderte er die Sanierung der Feldkreuze, was zu einer breiten Spendenbereitschaft der Bürgerschaft führte, die mehr als DM 42 000 sammelten.

Zu erwähnen ist auch die Sanierung des Neustadtbrunnens, wofür mehr fast 50 000 Euro als Spenden eingingen. 2011 erfolgte die Neugestaltung der „Liebeslauben" im Stadtgarten, die mit einer von der Stadtkapelle und den Trachtenfrauen umrahmten und von einer großen Besucherschar besuchten sonntäglichen Feierstunde der Öffentlichkeit übergeben wurden.

Ein besonderes Anliegen war Thomas Vogler die gemeinsame Wanderwegkonzeption im Bodenseekreis und den angrenzenden Landkreisen. Zusammen mit dem Landratsamt Bodenseekreis und der Stadt Friedrichshafen arbeitete er ab dem Jahr 2001 beinahe sieben Jahre lang kontinuierlich an diesem Projekt. Die einheitliche Beschilderung der Wanderwege im westlichen Kreisgebiet von Sipplingen bis Meersburg und im Umland des Salemer Tals bis hinauf auf die Höhen des Heiligenberges und ins Deggenhauser Tal wurden von ihm erarbeitet und trägt damit seine Handschrift.

▲ *Thomas Vogler bei der Präsentation der Wanderkarte für den westlichen Bodenseekreis.*

Heute bestätigen die Touristikfachleute rund um den See, dass das Wandern am Bodensee enorm an Bedeutung gewonnen hat. Die vorbildliche Infrastruktur an den Wanderwegen, die gemeinsamen Wanderkarten und das vielfältige Angebot der Bodenseegemeinden sowie in den seeabgewandten Landschaftsräumen wie z.B. im Billafinger Tal, im Salemer Tal oder in Heiligenberg und auf dem Bodanrück machen diese Region zu einem Wandergebiet „par excellence".

In über 35 Jahren seiner Tätigkeit war es für Thomas Vogler Verpflichtung und Verantwortung, das Erbe der Vorfahren, die öffentlichen Gärten und Parkanlagen, zu hegen, zu pflegen und zu bewahren. Aber in seinem Verständnis gehörte mehr dazu: Die Verpflichtung umfasste für ihn auch die vorausschauende und konsequente Weiterentwicklung der Stadt, ihrer Park- und Uferlandschaft, so wie es Generationen vor uns gemacht haben. Das bedeutete für ihn auch: Mit gesellschaftlichen Entwicklungen Schritt halten und sich bietende Chancen nutzen. Sein Werk lebt unaufdringlich, aber sichtbar fort in Parks und Grünflächen, Bäumen, Blumen und in unserer schönen Bodenseelandschaft.

So ist er dem bei seiner Einstellung 1976 selbst gesteckten Ziel gerecht geworden, dass die Ergebnisse seiner Arbeit von der breiten Mehrheit der Öffentlichkeit lobend und zustimmend bewertet werden. In seiner Schlussansprache versprach er in Abwandlung eines Gebetes der Theresia von Avila:, zukünftig nicht mehr zu allem etwas sagen zu müssen, und vor allem, keine Leserbriefe zu schreiben, womit er Heiterkeit erntete. Mit großem Beifall wurde seine Geste aufgenommen, seinem Nachfolger, dem aus Villingen-Schwenningen kommenden Roland Leitner, seinen Arbeitsspaten zu überreichen. Damit war für alle Anwesenden der Wunsch verbunden, dass das Werk von Thomas Vogler zeitgemäss fortgesetzt wird.

Tobias Frasch hat das Unglück auf der Costa Concordia überlebt

Dieses Jahr wurde der Tettnanger 30 Jahre alt.
Es war ein besonderer Festtag

ANGELIKA BANZHAF

Im Mai ist Tobias Frasch 30 Jahre alt geworden. Es war ein besonderer, ein für den jungen Mann sehr wichtiger Geburtstag. Denn im Januar hat er Schreckliches erlebt. Tobias Frasch war Passagier auf der Costa Concordia, dem Kreuzfahrtschiff, das am 13. Januar 2012 mit über 4 200 Menschen an Bord vor der toskanischen Insel Giglio gekentert ist und bei dem 32 Menschen ums Leben gekommen sind. Kapitän Francesco Schettino hatte die Havarie mit einem leichtsinnigen Manöver verschuldet und danach sein Schiff und die ihm anvertrauten Menschen im Stich gelassen. Der gelernte Bankkaufmann Tobias Frasch hat das Drama überlebt. Dennoch: Das einschneidende Erlebnis hat ihn geformt. Er wird es niemals vergessen.

Noch frisch sind die Erinnerungen an jene Nacht, die sein Leben geprägt haben, auch wenn bereits einige Monate seit jener Nacht vergangen sind. Aus diesem Grund war Tobias Frasch auch nicht nach einer großen Geburtstagfete zumute. *„Ich habe nur mit meiner Familie und im engsten Freundeskreis gefeiert"*, gibt Frasch preis. *„Das war mir wichtig."* Der junge Mann ist in Tettnang geboren und lebt seit zwei Jahren wieder in der Montfortstadt. Zuvor war Oberteuringen seine Heimat und die Region um den See. Nachdenklich schaut Tobias Frasch aus dem Fenster, als er weiter erzählt.

„Ja, ich habe unsagbares Glück gehabt", ist sich Tobias Frasch sicher. Seine Liebe zur Costa Concordia hätte ihn zum einen fast sterben lassen. Zum anderen hat sie dazu beigetragen, dass er überlebt hat. *„Ich war schon mehrere Male mit meinem Eltern auf Kreuzfahrt"*, bestätigt Tobias Frasch, der in seiner Freizeit gerne tanzt, Tennis spielt und Rad fährt oder auf Inlinern stundenlang Touren macht. *„Mein Glück war, dass ich bereits vor fünf Jahren auf der Costa Concordia mitgefahren bin. Somit wusste ich fast auswendig, welche Wege ich auch bei Dunkelheit gehen muss"*, betont der junge Mann mit einem Lächeln auf den Lippen. *„Das hat mir und meiner Freundin wahrscheinlich das Leben gerettet."*

Als das Unglück am Freitag, 13. Januar, um 21.50 Uhr geschah und das Kreuzfahrtschiff in Landnähe einen Felsen rammte, war Tobias Frasch mit seiner Freundin Carola Beck und vier Freunden auf Deck vier, also weit entfernt von seiner Kabine, die auf Deck zwei lag. *„Wir wussten zuerst gar nicht, was eigentlich los*

▼ *Endlich gerettet und in Sicherheit. Tobias Frasch und seine Freundin Carola Beck sowie Mitreisende Tina Schaaf sind nach dem Unglück sicher wieder auf dem Festland.*

war. Eigenartig war allerdings, dass nach der Havarie, die wir nur als leichten Rüttler mitbekommen haben, das Schiff sofort eine leichte Schlagseite bekommen hat. Noch mehr gewundert hat es mich dann, dass es nur eine Minute später einen kompletten Stromausfall gegeben hat." Die panischen Schreie der Mitreisenden hat er noch im Ohr, so, als wäre alles soeben geschehen. Die Bilder lassen ihn auch nach so vielen Wochen nicht los. *„Es war wie in einem Thriller."*

Wenn der Tettnanger über diese Kreuzfahrt redet, die so fröhlich angefangen hat, spürt man, dass ihn die Erinnerung an diese schrecklichen Stunden immer noch gefangen hält. *„Dennoch kann ich behaupten, dass ich alles gut verarbeitet habe"*, bestätigt Frasch. Er ist froh, dass das Schicksal es einigermaßen gut mit ihm gemeint hat. *„Ich bin Realist und habe die Gabe, auch in Stresssituationen einen kühlen Kopf zu bewahren."* Einen kühlen Kopf bewahrt Frasch gleich zu Beginn des Unglücks. Um sich einen Überblick über die Situation zu verschaffen, macht er sich um 21.55 Uhr auf den Weg zu Deck zehn. Die Notbeleuchtung ist inzwischen angegangen, die normale Beleuchtung ist ausgefallen.

„Ich weiß die Szenarien noch alle auf die Minute genau", blickt Frasch zurück und ergänzt: *„Da ich, wie viele andere auch, nach unserer geglückten Rettung von Fernseh- und Rundfunksendern sowie von Zeitungen überrannt worden bin und alle dieselben Fragen stellten, habe ich relativ schnell einen Zeitplan des*

Unglücks aufgestellt. Auf diesem habe ich alle Fakten aufgelistet." Für den sympathischen jungen Mann mit den strahlend blauen Augen dürften diese Notizen wohl auch unbewusst dazu beigetragen haben, sich mit dem schier Unfassbaren zu arrangieren.

Rückblick: Im Minutentakt geht es mit Horrorszenarien auf dem Unglücksschiff weiter. Frasch sieht, es ist kurz nach 22 Uhr, dass die Menschen in panischer Angst Richtung Deck vier zu den Rettungsbooten rennen. Auch der Tettnanger will sich und seine Freundin in Sicherheit bringen. Um die Rettungswesten und den Geldbeutel zu holen, machen sie sich auf den Weg zur Kabine. Auf Deck vier werden die Beiden jedoch gestoppt, ein Mitarbeiter verbietet ihnen das Weitergehen. *„Gehen Sie zu den Rettungsbooten"*, lautete kurz und bestimmt der Befehl. Das Paar muss gehorchen.

Nachdem die Costa Concordia nun eine Schlagseite von fast zwanzig Prozent hat und es keine Rettungswesten mehr gibt, gibt es für Tobias Frasch kein Halten mehr: *„Ich machte mich noch einmal auf, um in unsere Kabine zu gehen."* Dieses Mal kommt er durch, obwohl er wegen der Schräglage des Schiffes große Mühe hat den Weg zu gehen. Als er vor der Kabine ankommt, liegen seine Nerven blank. *„Ich wusste nicht, ob die Kabinen-Karte bei Notstrom funktioniert und ich die Türe öffnen kann."* Frasch hat Glück. Die Tür geht einen Spaltbreit auf, im Innern bleibt es jedoch Dunkel. Mehr als Rettungswesten und seinen Geldbeutel findet er nicht. Das fehlende Licht nimmt ihm die Sicht, um nach seinen persönlichen Dingen zu suchen.

Sein Weg führt ihn zurück zu seiner Freundin, die auf Deck vier auf ihn wartet. Beide ziehen die rettenden Westen an und hoffen, dass sie bald in ein Boot steigen können, damit dieses sie ans nahe Ufer bringt. Jetzt schreibt Frasch zum ersten Mal eine SMS an seinen Vater: *„Wir sind in Seenot. Unser Schiff hat einen technischen Defekt."*

Einige Passagiere werden in Rettungsboote verfrachtet. Doch die Rettung muss auf sich warten lassen, denn die Boote werden kurz darauf wieder entladen. *„Die*

▼ *Gerettet hat Tobias Frasch von der Costa Concordia nur sein Handy, seinen Geldbeutel und seine Türkarte.*

Techniker arbeiten am Problem", ist jetzt zu hören. Es war eine Lüge. Endlich, nachdem die Schlagseite des Schiffes fast 40 Prozent beträgt und die Situation kritisch wird, dürfen die Menschen nun doch in die Rettungsboote klettern. Es ist bereits 23.35 Uhr. Zuerst besteigen Familien mit Kindern und ältere Passagiere die Boote. Auch das Paar macht sich auf eine baldige Rettung Hoffnung. Doch dieser Wunsch wird schnell zunichtegemacht. Um 23.42 Uhr fährt ihnen das letzte Rettungsboot vor der Nase weg. Mit ihnen warten jetzt weitere 150 Passagiere auf Rettung. Die Verzweiflung wächst.

Doch das Paar hat Glück. Nach zwei Minuten nähern sich zwei Rettungsboote der Costa Concordia. *„Wir finden auf den Rettungsbooten Platz und sind überaus dankbar"*, erzählt der Tettnanger. Zu diesem Zeitpunkt hat das Schiff bereits eine Schlagseite von 45 Prozent. Bevor Tobias Frasch und seine Freundin jedoch am rettenden Ufer sind, müssen sie noch einmal um ihr Leben bangen: *„Ich merkte, dass der Steuermann einen recht verwirrten Eindruck macht"*, berichtet Frasch über seine Beobachtung *„In diesem Moment kollidiert schon das Rettungsboot mit einem Felsen unter Wasser"*. Doch es geht alles noch einmal gut aus, es gibt keine nennenswerten Schäden. Die Fahrt kann fortgesetzt werden. Jetzt ist die größte Hürde genommen.

Nur mit dem, was die Beiden auf dem Leib tragen, steigen sie an Land aus. Dort werden ihre Namen registriert. Sämtliche persönlichen Erinnerungs- sowie Kleidungsstücke und Wertsachen liegen auch heute noch auf der Costa Concordia. *„Doch das ist zweitrangig"*, sagt Frasch und winkt mit der Hand beschwichtigend ab.

„In den Zeitungen ist viel über das Unglück geschrieben worden", blickt Frasch heute zurück. Obwohl stets zu hören war, dass das Personal auf der Costa Concordia sehr chaotisch gewesen sei, kann Frasch dies nicht bestätigen. *„Die Leute waren alle sehr freundlich und bemüht, uns zu helfen."* Sehr fürsorglich waren auch die Einheimischen am Festland. *„Die Menschen haben uns Passagieren teilweise sogar ihre privaten Übernachtungsmöglichkeiten angeboten."* Doch dieses Angebot musste Frasch nicht in Anspruch nehmen. Denn ein Bus hat die Reisenden, die bei Holdenried Reisen aus Heimenkirch gebucht hatten und zu denen auch Tobias Frasch und seine Freundin gehörten, noch in derselben Nacht wieder nach Hause gebracht.

Nun endlich kehrt seit dem 13. Januar wieder ein Stück Normalität in das Leben von Tobias Frasch ein. Das Einzige, das ihn an diese Reise erinnert, sind sein Geldbeutel, seine Kabinentürkarte und sein altes Handy. Mit Letzterem hat er die ganze Zeit Kontakt zu seinem Vater gehalten und auch mit Günther Holdenried gesprochen. *„Diese Dinge, und vor allem das Handy, haben nun einen speziellen Wert für mich"*, betont Tobias Frasch dankbar.

Auch heute noch denkt der Tettnanger viel an diesen Urlaub zurück, *„auch an die schönen Tage mit meinen Freunden."* Vorstellen kann sich der 30-Jährige jedoch, dass er bereits dieses Jahr wieder eine Kreuzfahrt unternimmt. *„Der See und das Wasser sind wie ein Magnet für mich. Im Moment ziehe ich jedoch die nähere Umgebung, auch die Region rund um den Bodensee, vor"*, sagt Frasch in sich gekehrt. Ein Lächeln liegt auf seinen Lippen: Die Zeit heilt Wunden.

Die Wahrheit hinter den Bildern

Ein Porträt des Fotografen Michael Trippel

FRANZ HOBEN

Zur abgebrühten Sorte der Bildjournalisten gehört er nicht. Die sich vordrängen, die Ellenbogen ausfahren, ein Blitzlichtgewitter abschießen und, wenn die Bilder im Kasten sind, wieder verschwinden. Manchmal ist er immer noch aufgeregt, wenn er einen Fototermin im Ministerium hat und den Repräsentanten der Macht gegenübersteht. Oder wenn er den „entscheidenden Augenblick" (Henry Cartier-Bresson) erwischt hat, der das aussagekräftige Bild für die Titelseite eines Magazins liefert. Das Geheimnis von Michael Trippels Bildern ist sein Gespür für das Menschliche.

„Ich möchte das Leben fotografieren"

Fotograf zu werden war für Michael Trippel nicht der Beruf, von dem er als Teenager geträumt und den er strategisch erobert hat. Eine Portion Zufall war da mit im Spiel. 1964 ist er in Friedrichshafen geboren, in Ailingen absolvierte er die Realschule und sein Abitur machte er am Technischen Gymnasium. *„Da war ich eine totale Fehlbesetzung"*, sagt Michael Trippel. *„Mit Technik hatte ich gar nichts am Hut."* Bis dahin hat er nicht mehr geknipst als irgendein anderer. Das war nicht viel in Zeiten von Rollfilm und Papierabzügen. Nach dem Abitur hatte er eigentlich keinen Plan, was er machen sollte. Er bewarb sich bei mehreren Friedrichshafener Fotostudios um eine Lehrstelle, landete bei Peter J. Pejot in Lindau, einem Fotografen, der auf Modekatalog-Fotografie spezialisiert war. *„Für uns 18-Jährige war die Unterwäsche das Highlight"*, sagt er schmunzelnd. Er fing Feuer und nach einem Jahr arbeitete er eine Bewerbungsmappe aus, die er an die Fachhochschule Dortmund schickte. Er wurde für den Studiengang Fotografie angenommen. Die Euphorie war groß, denn Michael Trippels künstlerisch-gestalterische Eignung, wie es im Zulassungsverfahren heißt, brachte ihm den begehrten Platz vor Hunderten anderer Bewerber ein. Der Studienalltag ernüchterte aber auch. Da hießen Seminarthemen „Illusion der Grauwerte" oder „Handlungsabläufe in fünf Bildern". *„Ich wollte aber nicht einen halben Tag über die Illusion von Grauwerten diskutieren oder darüber, ob diese fünf Bilder das Aussteigen aus dem Auto treffend darstellen. Das hat mich schier umgebracht. Ich wollte das Leben fotografieren."* Prof. Ullrich Mack erlöste ihn von der akademischen Richtung und öffnete die Tür zum prallen Leben. Seine Lehre war: *„Machen, machen, machen. Ins Leben raus gehen."* Von Woche zu Woche stellte er ein Thema: Handwerker, Fußballprofi,

◀ *Der Fotograf Michael Trippel.*

Akt. *"Wir waren alle unerfahren"*, sagt Michael Trippel, *"und wussten oft nicht, wo wir die Personen für die Fotoreportage herbekommen sollten. Wenn man zwei Mal das Thema nicht bearbeitet hatte, flog man raus."* Prof. Mack war ein Bildjournalist durch und durch und sein erstes Gebot lautete: *"Entschuldigungen kann man nicht drucken."* Sein Seminar war ein ausgesprochen gutes Training. Aber für einen jungen, ehrgeizigen Fotografen, der den Maßstab an sich selbst hoch ansetzt, gibt es über die Darstellung von Ereignissen und das Bemühen um Authentizität hinaus noch eine weitere Dimension der Fotografie. Wenn man begreift, dass das Medium Bild wie eine Sprache funktioniert, dass Bilder Assoziationen und Haltungen hervorrufen, Symbolwirkungen haben, Gefühle und Spannung erzeugen, lügen können, verschiedene Wahrheiten aussprechen, auf das Unterbewusstsein des Betrachters wirken, dann erschöpft sich die eher oberflächliche Bildsprache des rasenden Reporters bald. Michael Trippel liebt diese Sprache der Bilder und das Spiel mit ihren Möglichkeiten. *"Ich hatte das Glück, Gisela Scheidler als Lehrerin zu bekommen"*, bilanziert er. Neben ihren Bildreportagen fotografierte sie im Theater für Peter Zadek, Ingmar Bergmann und George Tabori. Bei ihr lernte er den Blick, der in die Tiefe geht. Etwas zu sehen und zu zeigen, was andere nicht sehen. *"Das Auge macht das Bild und nicht die Kamera"*, hatte die berühmte Fotografin Gisèle Freund einst postuliert und damit die Bedeutung des subjektiven Sehens beschrieben. 1991 schloss Michael Trippel sein Studium mit einer Diplomarbeit über „Nationalismus in Deutschland" ab. Sie wurde mit dem BFF-Preis, dem wichtigsten Förderpreis für Hochschulabsolventen, ausgezeichnet. Der Bund Freischaffender Foto-Designer kürt jedes Jahr die beste Hochschulabschlussarbeit im Bereich Fotografie. Gleichzeitig erhielt Michael Trippel den Kunstförderpreis der Stadt Friedrichshafen. Mehrere Jahre hatte er, noch als Student, in Friedrichshafen Kulturveranstaltungen im Graf-Zeppelin-Haus sowie beim Kulturufer fotografiert.

„Hofberichterstattung ist nicht meine Sache"

Ein Donnerstagabend vor einigen Jahren: Der Anruf einer Sekretärin aus dem Kanzleramt. *„Morgen um 9 Uhr können Sie zum Fototermin kommen."* Eine halbe Stunde vorher steht Michael Trippel vor dem Regierungshauptquartier, der „Berliner Waschmaschine". Er hat einen besonderen Ausweis für die ganze

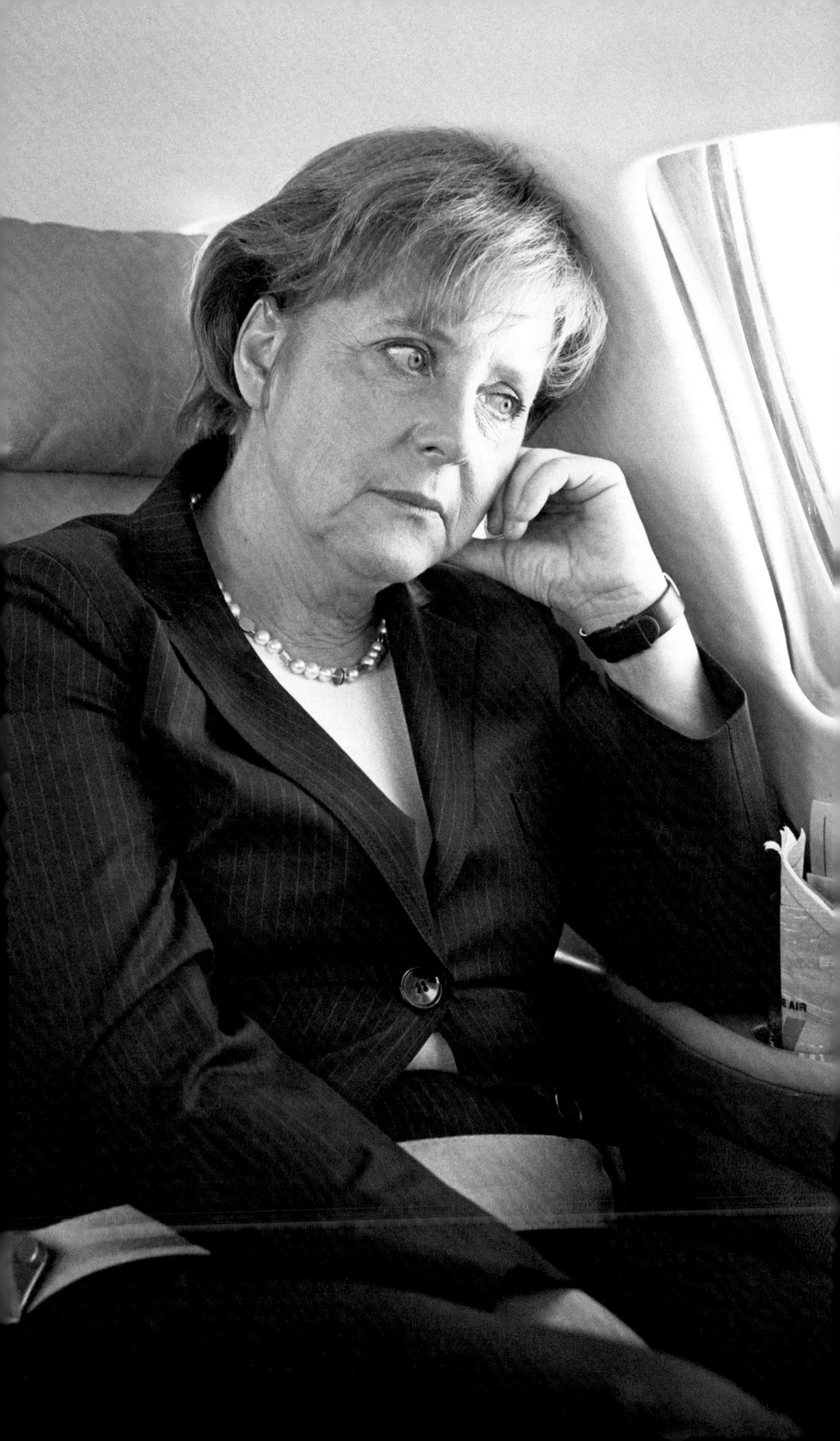

◄ *So in sich gekehrt sieht man
Angela Merkel selten.*

Legislaturperiode, der ihn dem Sicherheitspersonal als gründlich geprüft und durchleuchtet kenntlich macht. Die Kontrolle beschränkt sich dann nur noch auf den an internationalen Flughäfen üblichen Check. Man bringt ihn in das siebte Stockwerk ins Arbeitszimmer der Kanzlerin. *„Guten Tag, Herr Trippel"*, grüßt die Bundeskanzlerin und schüttelt die Hand des Fotografen. *„Was machen wir?"* Michael Trippel schlägt vor: Ein Bild auf dem Gang, gehend, mit Akte unterm Arm. Dann stehen bleiben, die Akte öffnen und lesen. Ein Bild auf dem Balkon. Die Bundeskanzlerin: *„Doch, das mach' ich."* Aber nach 30 Fotos, 10 Minuten später, wird Frau Merkel etwas ungeduldig. Ende des Termins. *„Als ich mit dem Fahrstuhl hinunter fuhr, habe ich mich gar nicht getraut, auf dem Display zu schauen, ob technisch alles o.k. ist und die Bilder auf dem Chip sind. Ich war einfach zu aufgeregt"*, erzählt Michael Trippel, obwohl er längst routinierter Profifotograf ist und auch weiß, wie Politiker ticken.

Dass er einmal für die größten deutschen Magazine Stern und Spiegel, für die ZEIT, für das Time Magazine, Newsweek und National Geographic fotografieren würde, hätte Michael Trippel nicht einmal zu träumen gewagt. Bildjournalismus ist ein harter Markt und die Konkurrenz gnadenlos. Er war nach dem Studium in die neue Bundeshauptstadt Berlin gezogen und hatte mit seiner preisgekrönten Diplomarbeit einen Türöffner bei den großen Zeitungen und Magazinen. Wieder war es ein Zufall, der ihn zur Politikreportage brachte. Er sprang für eine erkrankte Kollegin ein. Danach riefen ihn die Redaktionen an und schickten ihn zu Politikerauftritten und Bundespressekonferenzen. Die Politikfotografie steht in einem enormen Spannungsfeld von Inszenierung, öffentlichem Interesse, Verbergen von Privatheit, Ritualisierung und Werbung für politische Ziele, erklärt Michael Trippel. Eine spannende und hoch sensible Aufgabe und eine große Herausforderung, von der Situation und den agierenden Menschen mehr zu zeigen als die gestellte Pose und das oberflächliche Abbild. Bilder von Parteitagen können ein ödes fotografisches Ereignis sein oder aber einen Erkenntnis gewinnenden politischen Moment zeigen. Dafür ist es wichtig, top informiert zu sein. Michael Trippel liest die großen Zeitungen und Magazine, schaut Nachrichtensendungen und Diskussionen im Fernsehen an. Aber auch ein Gespür für die Feinheiten der politischen Interaktion ist wichtig. *„Bei mir geht ganz viel über den Bauch"*, sagt Michael Trippel. *„Ich*

Der ehemalige Minister der Verteidigung ▶
Karl-Theodor zu Guttenberg.

---

konstruiere das Bild nicht. Ich will immer verschiedene Facetten einer Person zeigen. Sonst langweilt mich eine Fotoreportage. Ein gutes Politikerfoto ist immer auch ein Bild von einem Menschen und nicht nur von einem Repräsentanten." Als Beispiel zeigt er ein Foto von Angela Merkel, als er sie im Flugzeug begleitete und porträtierte. Die Bundeskanzlerin sollte aus dem Fenster sehen: Sie schaut in sich und wirkt ganz bei sich, ohne politische Maskerade. Die ZEIT druckte es am 10. Mai 2012 auf der Titelseite, beschnitt das Bild allerdings und löste es so aus seinem Kontext heraus. Es veränderte dadurch seinen Charakter und war nun geeignet für die Bildunterschrift: „Wie lange noch?" Auch das ist ein Umgang mit Bildern, den der Fotograf allerdings nicht in der Hand hat. Michael Trippel ist sich seiner Macht und seiner Verantwortung als Fotograf bewusst. Der dargestellten Person gerecht zu werden, nicht zu manipulieren, zu diffamieren, aber sich auch nicht durch die Nähe zur Macht korrumpieren zu lassen, das ist sein Stil im Umgang mit Politikern. Ein Stil, der geschätzt wird und ihm Vertrauenskredit bringt. Dies ist besonders wichtig, wenn man nicht nur hinter der Absperrung fotografiert, sondern bei einer begleitenden Reportage in der Entourage der Spitzenpolitiker mit dabei ist und sie auch in sehr persönlichen Situationen erlebt. Michael Trippel reiste mit Edmund Stoiber, Gerhard Schröder oder Angela Merkel. Im letzten Bundestagswahlkampf 2009 war er der einzige Fotograf, der die Bundeskanzlerin begleiten und stets fotografieren durfte. Dabei ist er noch nicht mal ein Anhänger ihrer Partei. „Hofberichterstattung oder Staatstheater ist nicht meine Sache", erklärt Michael Trippel. *„Die Gefahr besteht schon, unkritisch zu werden durch die Nähe zur berühmten Person. Ein Politikjournalist ist ja auch Politiker in eigener Sache. Und manchem fehlt die Distanz um der eigenen Sache wegen. Manche würden alles tun, um im Flieger von Frau Merkel dabei sein zu können."*

Wenn Michael Trippel ein großes Magazin als Auftraggeber hat, ist jeder Politiker, ob Lafontaine, Kretschmann, von der Leyen, zu Guttenberg, Westerwelle, für ein Fotoshooting bereit. Das Argument heißt Leserkontakt. Beim Stern sind das 7,6 Millionen. Mit zwei Textredakteuren ist Michael Trippel unterwegs ins Finanzministerium zu Wolfgang Schäuble. Zwei Stunden sind für das Gespräch angesetzt, danach 15 Minuten für die Fotos. Michael Trippel hört zunächst dem Interview zu, um ein Gefühl für das Temperament des Ministers zu bekommen. Danach verlässt er das Büro und schaut sich im Ministerium um, sucht die Schau-

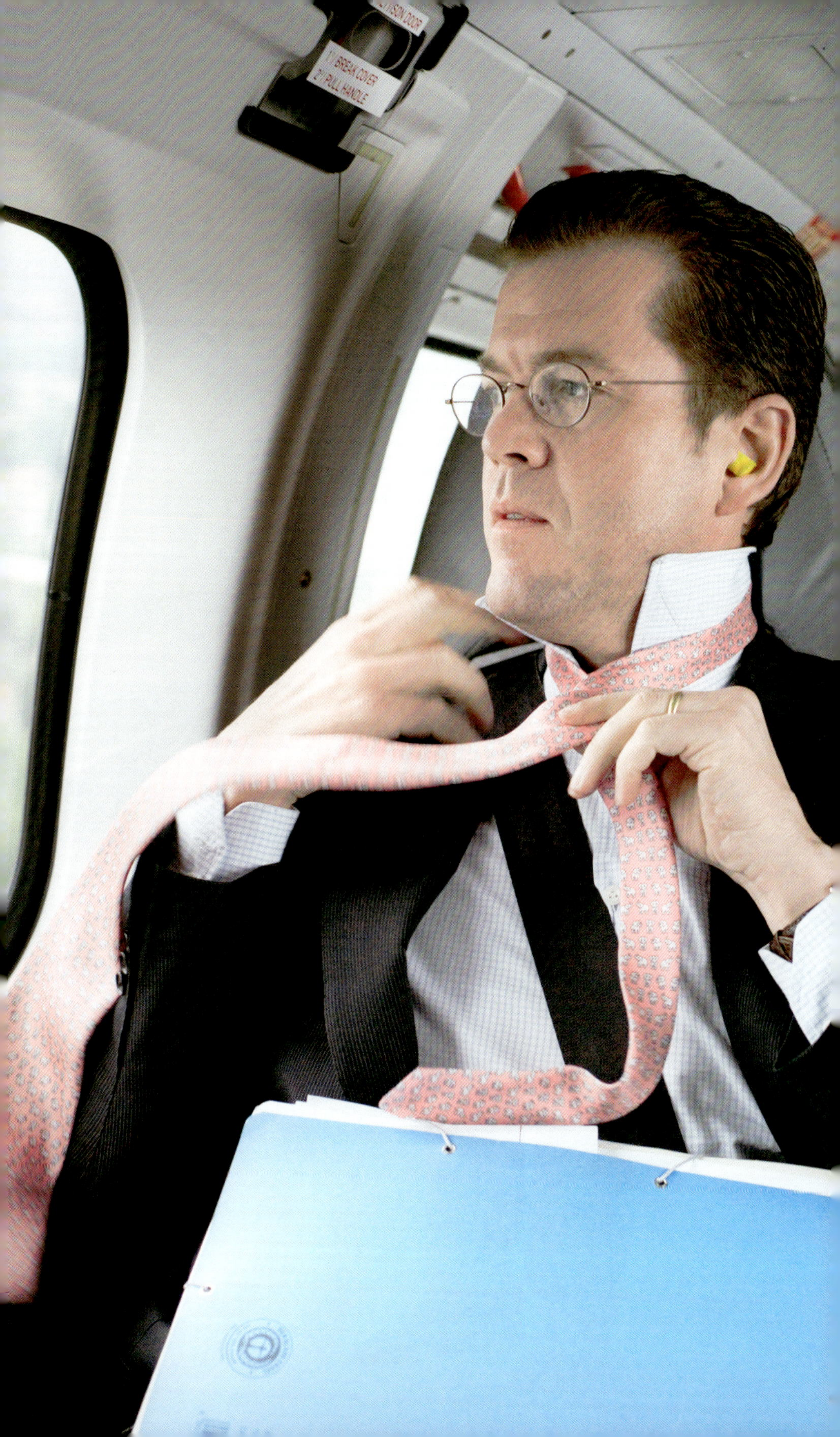
1) BREAK COVER
2) PULL HANDLE

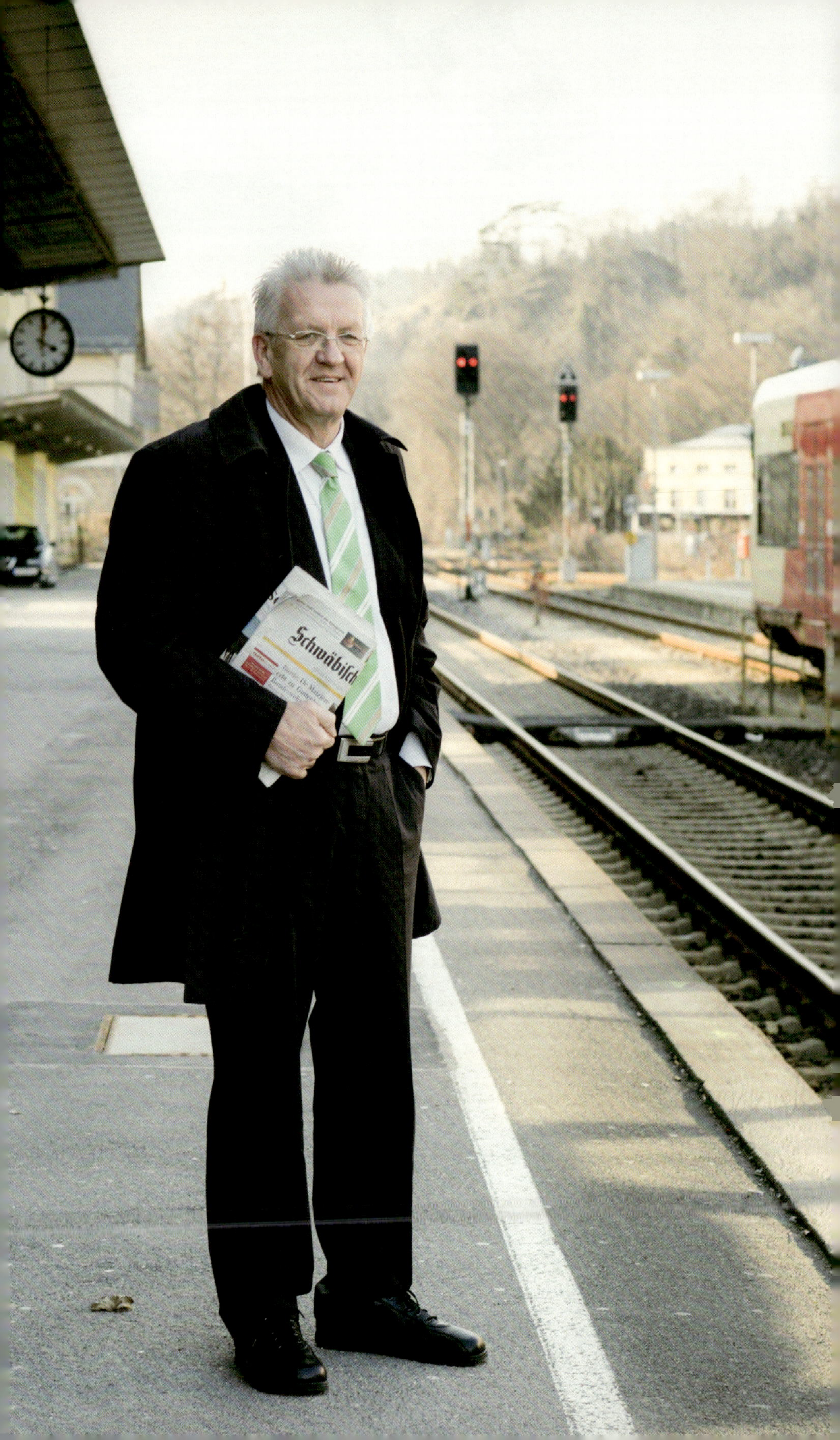
Schwäbisch

◄ Der Ministerpräsident Winfried Kretschmann
bewegt sich gerne mit dem Zug fort.

plätze für die Aufnahmen. Schäuble hat mit hochgekrempelten Ärmeln Rede und Antwort gestanden. „Soll ich mein Jackett anziehen?" fragt er den Fotografen. „Aber natürlich werden Sie Ihr Jackett anziehen", bestimmt Schäubles Pressesprecher. Es hätte das ungewöhnlichere Bild geben können. Michael Trippel sucht Situationen, in denen der Mensch Teil seiner Umgebung oder seiner Arbeit ist und einen Kontext hat. Das Bild bekommt dadurch einen erzählenden Charakter und lässt dem Betrachter Raum für seine Vorstellung. „Die deutschen Politiker haben Angst davor, dass Allzumenschliches in die Presse kommt. Sie haben Angst davor, dass es nicht verstanden wird", ist die Erfahrung von Michael Trippel. Ganz anders sei es in den USA, wo der Präsident durchaus mit den Füßen auf dem Schreibtisch nachdenkend gezeigt werden könne.

„Ich fotografiere das, was mich berührt"
Michael Trippel sieht sich selbst aber nicht als Politikfotograf, obwohl seine Arbeitsaufträge in diesem Genre derzeit 50 Prozent seiner Tätigkeiten ausmachen. Dafür sind seine Interessen zu vielfältig. Und außerdem verändere der „Politikzirkus", wie er es nennt, die Wahrnehmung. „Man hat das Gefühl, die Straßen seien immer frei und man verliert den Kontakt zur Realität."
Seine Themenvielfalt zeigt sich auch an den Auftraggebern, die nicht nur aus dem Medienbereich kommen. Da ist der Outdoor-Ausstatter Jack Wolfskin ebenso vertreten wie die Berliner Philharmoniker, für die er das Education-Projekt „Feuervogel" als Fotograf begleitet hat. Da steht die Staatsoper Unter den Linden neben Bayer Schering Pharma. Er fotografiert alles gerne, was ihn in der Politik, Kultur oder im Zeitgeschehen berührt: Banker in Frankfurt, die Hintergründe eines G8-Gipfels, eine Reportage zur Energiewende, die „Finisher" des Berlin-Marathons oder das „Kommen und Gehen"-Schauspiel zum Friedrichshafener Stadtjubiläum. Mit einem Stipendium der Kunststiftung Baden-Württemberg machte er die Landschaft und die Landjugend zu seinem Thema. Im Frankfurter Kunstverein beteiligte er sich 2009 an der Ausstellung „Gemeinsam in die Zukunft". Der Preis für die beste politische Fotografie (2003) gehört ebenso zu seiner beruflichen Biographie wie die zweimalige Auszeichnung mit dem renommierten Hansel-Mieth-Preis (2001, 2005) für engagierten Journalismus.

Sahra Wagenknecht, stellvertretende Fraktions- ▶
vorsitzende der Partei „Die Linke".

Vor zwei Jahren suchte Michael Trippel mit seiner Familie den Abstand zur Bundeshauptstadt. Sie hatten genug vom Leben zwischen Regierungsviertel und Prenzlauer Berg und mieteten in Obereisenbach im Hinterland des Bodenseekreises ein Bauernhaus. Mit Gemüsegarten, einem riesigen Hof, Wiesen und Bäumen gleich hinterm Haus. Mit Buschnelken, Kakteen, Rosmarin in Töpfen auf der Treppe, die ins Haus führt. Seine Frau Nicole Maskus ist ebenfalls eine sehr erfolgreiche Fotografin und mit Preisen ausgezeichnet worden. Sie genießt die oberschwäbische Idylle ebenso wie die beiden Kinder, für die die natürliche Umgebung ein einziger Abenteuerspielplatz ist. Der Umzug an den Bodensee war mit dem Hauptarbeitgeber „Stern", mit dem er seit 2008 einen festen Vertrag als Fotoreporter „Politik und Wirtschaft" hat, abgesprochen. Der Flughafen Friedrichshafen ermöglicht ihm, auch aus der Provinz heraus seine Arbeit zu machen.

Michael Trippel erzählt von seinem letzten Auftrag, den er gerade abgeschlossen hat. Für den „Spiegel" sollte er zur Titelreportage „Ein gutes Ende – Wege zu einem würdevollen Sterben" (26. Mai 2012) die Fotos machen. Es war das erste Mal, dass er eine Tote fotografierte. *„Mit Kloß im Bauch"*, erzählt er, saß er im Aufbahrungsraum des Schweizer Altenheims, nachdem er den Anruf vom „Spiegel" erhalten hatte, dass die Angehörigen der Fotografie zustimmten. In dieser Situation seien ihm viele Gedanken durch den Kopf gegangen: Ist das Voyeurismus? Wo hat der Tod seinen Platz? Macht er Angst? Was bedeutet das Lebensende? Michael Trippel hat sich Zeit genommen, bis er das Gefühl hatte: Jetzt kannst Du anfangen. Herausgekommen ist ein Bild von enormer ästhetischer Kraft, in dem der Tod jeden Schrecken verliert. Auf dem Bild nimmt der Raum fast den gesamten Bildinhalt ein. Der Sarg verschmilzt im Dämmerlicht mit der Umgebung. Eine Lichtkuppel in der Raumdecke zeigt ein kleines blaues Quadrat des Himmels und beleuchtet die Verstorbene. Es ist wieder dieser besondere Blick des Fotografen, der der Wahrheit hinter dem Bild näher kommt.

„Ich bin ein Traditionalist"

Er holt seine Kameras und baut sie auf dem Tisch auf. Seine Arbeitsgeräte: Eine digitale Kleinbildkamera und eine digitale Mittelformatkamera. Und dann hat er sich gerade eine alte Nikon FM3 für analoge Fotografie auf Celluloidfilm gekauft.

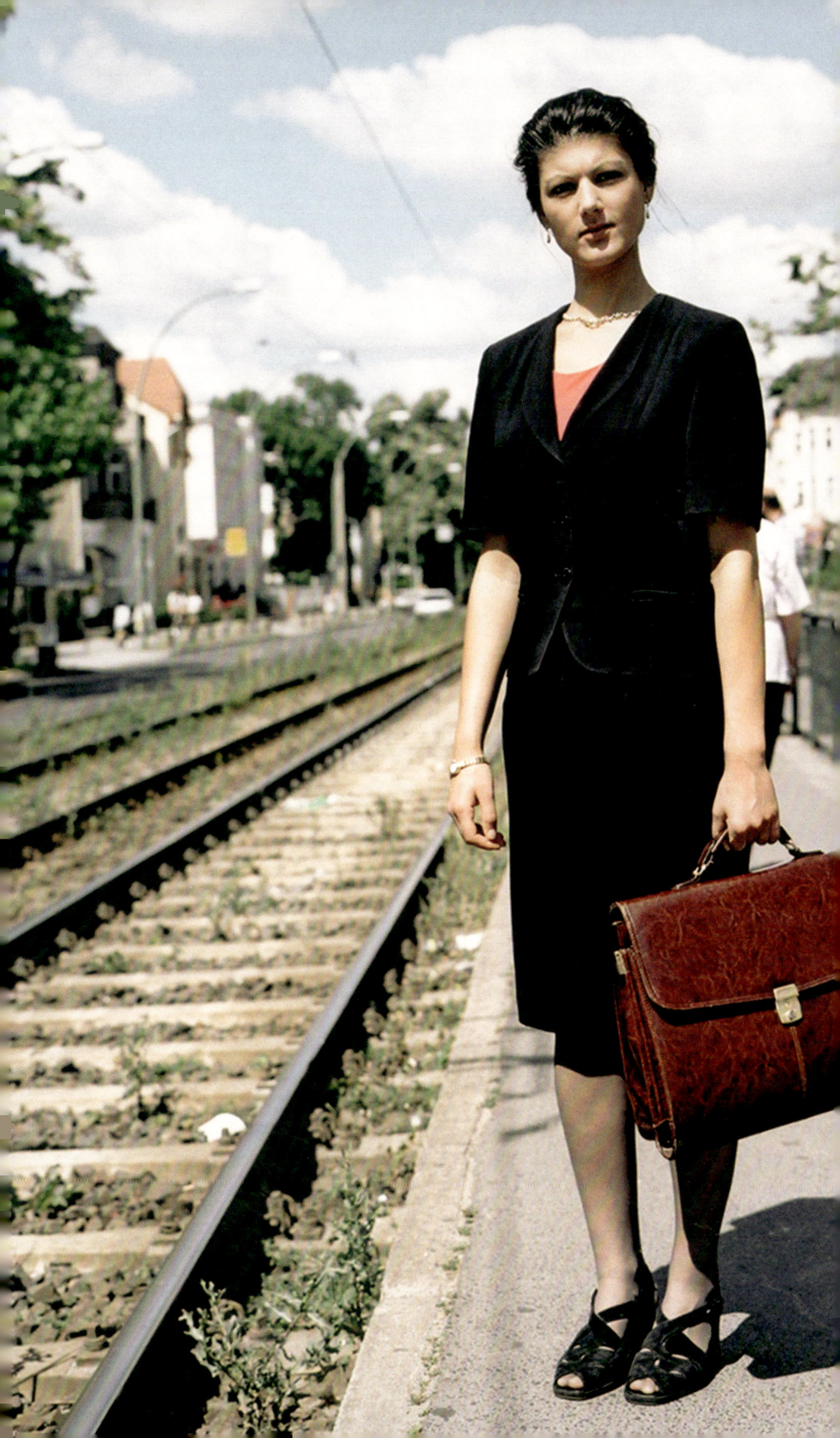

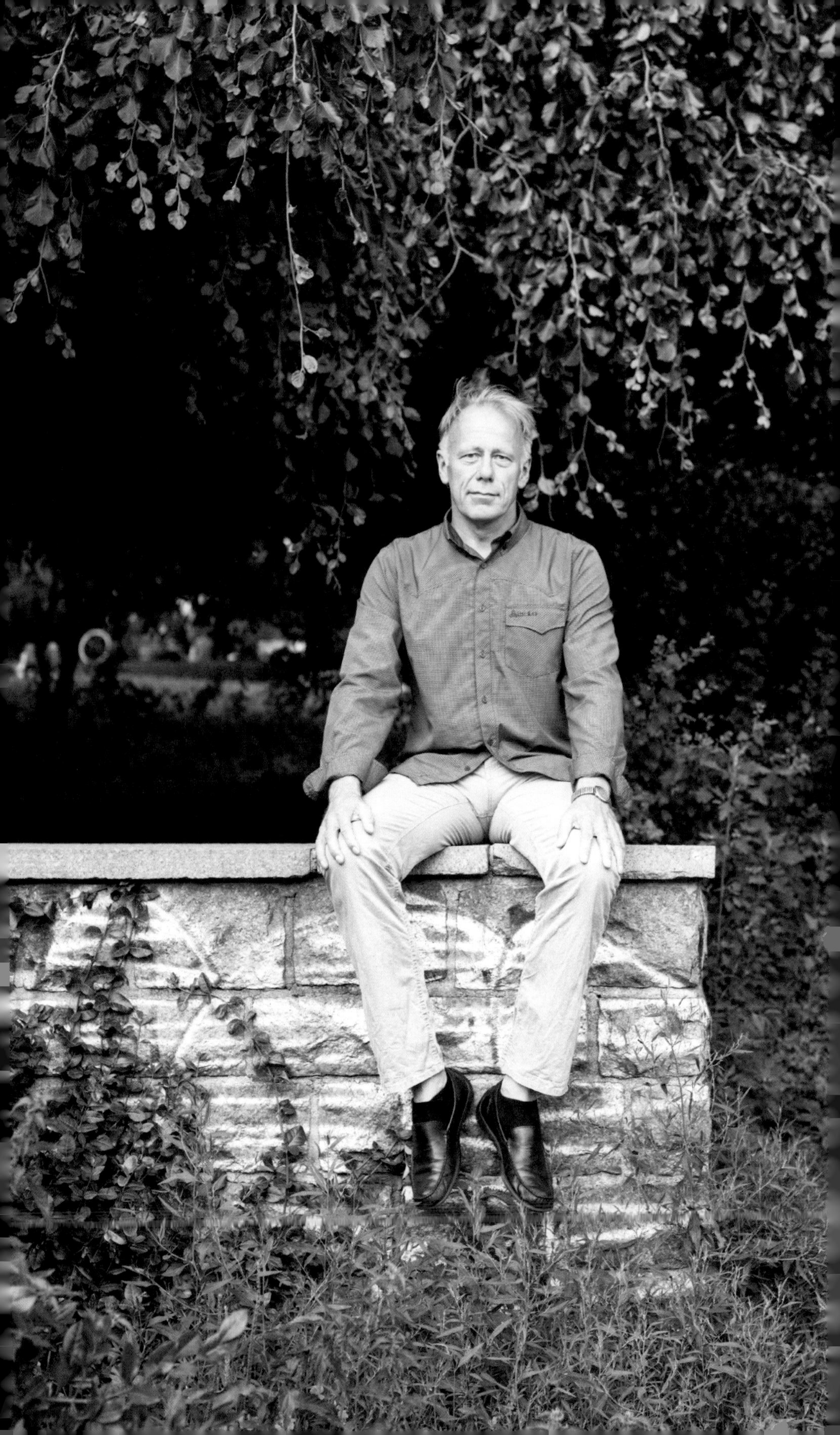

◀ *Der Grünen-Politiker Jürgen Trittin
ganz relaxed auf einer Mauer sitzend.*

Und eine Dunkelkammer eingerichtet. Er ist ein Fan der traditionellen Fotografie, bei der Licht auf einen Film fällt, der Film entwickelt wird und Abzüge gemacht werden. *„Die digitale Fotografie ist unsinnig. Man hat Daten, aber keine Bilder mehr in der Hand. Mir gefällt der Prozess der digitalen Fotografie nicht, er macht mir nicht so viel Freude."* Als wollte er dies unterstreichen, packt Michael Trippel seine 15 000 Euro teure und ziegelsteinschwere Digitalkamera weg. Wenn früher ein Fotoauftrag erledigt war, dann war er nach dem letzten Knipser abgeschlossen. *„Heute hat man den Rechner dabei, sitzt im Hotelzimmer und schaut alle Bilder nochmals an, bearbeitet sie, man kommt nicht zur Ruhe."*

Michael Trippel skizziert seine Pläne für die Zukunft. Die Reportagefotografie mit längeren Reisen möchte er etwas zurückfahren. Dafür ist ihm die Arbeit mit jungen Nachwuchsfotografen und die Lehre an Hochschulen wichtiger. Drei Jahre lang hatte er schon einmal Studenten im Hauptstudium an der Fachhochschule Potsdam unterrichtet. Und vor allem möchte er als Fotograf in der Bodenseeregion, die ihm nach langer Abwesenheit sehr ans Herz gewachsen ist, Fuß fassen. Die regionale Arbeit hat für ihn eine Bedeutung bekommen, die sich erst nach zwei Jahrzehnten im nationalen Wirtschafts- und Politikgeschehen entwickeln konnte. Sie ist für Michael Trippel eine alte Sehnsucht und eine Wiederentdeckung.

Salem2Salem

Ein interdisziplinärer Künstleraustausch
am Bodensee und in den USA

STEFAN FEUCHT

Insgesamt 42 Künstler aus den USA, der Region Bodensee-Oberschwaben, der Schweiz und Polen trafen sich 2010 im Schloss Salem am Bodensee sowie 2011 in Salem, New York für jeweils drei Wochen, um gemeinsam zu arbeiten, zu leben und vor allem, um sich auszutauschen. Offenheit und Austausch standen von vornherein im Mittelpunkt des Projekts „Salem2Salem". Es handelte sich um Künstler aus fünf verschiedenen Disziplinen: Malerei, Skulptur, Musik, Literatur und Medienkunst, junge wie auch ältere, Nachwuchs und etablierte Künstler, wie die Medienkünstlerin Eve Sussmann oder die PEN/Faulkner-Preisträgerin Kate Christensen. Das Hauptkriterium für die Teilnahme war die Bereitschaft zur Offenheit, Neugier und der Wille, Neuem Raum zu geben.

Dazu gehörte auch Sensibilität für den Ort. Sich einlassen auf das Anderswosein, sei es im ehemaligen Kloster und heutigen Schloss Salem und der Kulturlandschaft am Bodensee oder auf der ehemaligen Farm und dem jetzigen Kunstzentrum „Salem Art Works" inmitten der großzügigen Natur von Up-State New York. Hier eine viele Jahrhunderte alte europäische Kulturlandschaft und dort unberührte Natur und ein Gefühl von Freiheit. Beide Orte verbindet das kulturelle und künstlerische Schaffen. Was lag also näher, als durch die Kunst eine Brücke zwischen beiden Orten zu schlagen.

Die Idee entstand 2009 bei einem Besuch einer Delegation von Salem Art Works am Bodensee. Mit dabei waren Senator Bill Carris aus Vermont und seine Frau Barbara, damals Präsidentin von Salem Art Works (SAW), Anthony Cafritz, der Gründer und Direktor von SAW, der US-amerikanische Bildhauer Peter Lundberg, der Düsseldorfer Fotograf Marcus Schwier sowie der spanische Bildhauer Tom Carr und dessen Ehefrau. Peter Lundberg und Bernd Stieghorst, Kurator des Vereins „BodenseeKulturraum", brachte die Namensgleichheit von Salem, Bodensee und Salem, New York auf die Idee zu einem gemeinsamen Projekt. Im Kreiskulturamt in Schloss Salem wurde schließlich bei Kaffee und Kuchen in der historischen Bibliothek die Idee zu einem alternierenden Künstleraustausch geboren. Als wenig später die Familie Carris 20 000 $ für das Projekt zur Verfügung stellte, wurden rasch weitere Sponsoren gefunden: Die Oberschwäbischen Elektrizitätswerke (OEW), die Staatlichen Schlösser und Gärten Baden-Württemberg,

▼ Die Teilnehmer von Salem2Salem 2010 ließen sich vom Geist des Ortes inspirieren.

in deren Besitz sich Schloss Salem befindet, die Kunst- und Kulturstiftung des Bodenseekreises sowie der Verein BodenseeKulturraum e.V. Entsprechend dem Wunsch des Hauptsponsors OEW wurden im Frühjahr 2010 die Kreiskulturämter der an der OEW beteiligten Landkreise angeschrieben und um Vorschläge für Künstler gebeten. Zudem wurden auch eine Schweizer sowie eine polnische Künstlerin eingeladen. In Zusammenarbeit mit Anthony Cafritz und Salem Art Works übernahm Peter Lundberg auf amerikanischer Seite die Zusammenstellung der Teilnehmer.

Die Staatlichen Schlösser und Gärten Baden-Württemberg brachten das Neue Museum in Schloss Salem als Arbeits- und Ausstellungsraum in das Projekt ein. In der Schule Schloss Salem konnten Wohn- und Arbeitsräume angemietet werden. Zudem stellte die Salemer Künstlerin Johanna Knöpfle, die ebenfalls am Projekt teilnahm, ihr direkt neben dem Schlossgelände gelegenes Atelier zur Verfügung.

2010: Ein Sommer in Schloss Salem

Der erste Teil des Projekts fand vom 3. bis 21. August 2010 im Schloss Salem statt. 36 Künstler trafen sich für drei Wochen am Bodensee. Zur feierlichen Eröffnung am 5. August in der historischen Bibliothek des Schlosses durch den amerikanischen Generalkonsul Edward M. Alford und Landrat Lothar Wölfle waren

▼ *Die Installation „Ad Fontes" von Olga Titus und Käthe Schönle ließ die historische Bibliothek von Schloss Salem in neuem Licht erscheinen.*

eine stattliche Anzahl interessierter Gäste aus der Region und darüber hinaus gekommen.

Vom ersten Tag an, fingen Künstler an die Kooperationen zu suchen. Renata Jaworska aus Polen und die in Berlin lebende Eva Raeder machten den Anfang: Gemeinsam erschufen sie an einer Wand des Neuen Museums ein Gemälde, das ein Schattenspiel der Museumstreppe festhielt. Ebenso die Musiker um Dorle Ferber, Uli Kieckbusch, Brendan Fitzgerald, Max Sharam, Christian von der Goltz, Alain Wozniak und Bernhard Klein. Sie gestalteten die Eröffnung mit zahlreichen Beiträgen. Es folgten weitere drei Konzerte und viele spontane Darbietungen an den unmöglichsten Orten und mit den ungewöhnlichsten „Instrumenten".

Die Schriftsteller trafen sich zu regelmäßigen Textkritiken. Daraus entstand eine öffentliche Lesung in der historischen Bibliothek, bei der Kate Christensen, Andrea Scrima, Brendan Fitzgerald, Gabriele Danchick, Karin Nowak und Jürgen Weing aus ihren aktuellen Arbeiten lasen. Einiges davon war in Salem entstanden. Die Musiker nahmen sich einiger Texte an und vertonten diese zu Stücken wie „bells of Salem" oder „laundry song".

Die Künstler setzten sich intensiv mit dem Ort auseinander. Das Schloss Salem und seine Umgebung tauchten immer wieder in ihren Arbeiten auf. So etwa in den Motiven der Maler Dina Günther, Renata Jaworska, Franziska Schemel und Rémy Trévisan oder in der Installation von Davor Ljubicic, der sich in seiner Arbeit „ora et labora" intensiv und überzeugend mit dem Erbe der christlichen Religion auseinandersetzte. Ebenfalls einen Bezug zum Kloster Salem hatte die Arbeit „his words were sweet like honey" von Felicia Glidden. Beeindruckt von der Statue Bernhard von Clairveauxs im Salemer Münster transformierte sie dessen legendäre Wortgewalt in eine gegenwärtige Sprache. In Chris Parks Skulptur „roofio" finden sich Salems Ziegeldächer wieder.

Olga Titus aus der Schweiz und die aus Riedlingen stammende und in Wien lebende Künstlerin Käthe Schönle schufen in der Schlossbibliothek eine Installation mit dem Titel „Ad Fontes", eine „Explosion im Schloss", die auf die Sprengkraft des Wissens und der Bücher anspielt. Kazumi Tanaka wählte für ihre Arbeit den Apfel, Symbol der Fruchtbarkeit, aber auch der Vergänglichkeit, passend zur Apfelregion Bodensee.

Im Zeppelin-Museum in Friedrichshafen drehten Eve Sussmann und Simon Lee einen Film über eine nostalgische Reise mit dem Zeppelin. Als Kulisse diente der Nachbau des Salons der LZ-129 Hindenburg. Rund 20 Künstler von Salem2Salem und der Kurator des Zeppelin-Museums Frank Thorsten Moll wirkten als Statisten mit. Patricia Thornley, Jack Holden und Rob Swainston ließen sich für ihre jeweiligen Videoarbeiten ebenfalls von der Region inspirieren.

Auf dem Programm stand aber nicht nur Arbeit. Es fand auch eine Reihe von Exkursionen statt. So wurden Stationen des „Oberschwaben Kunstwegs" in Oberteuringen und Kluftern besucht, die Galerie Wohlhüter in Thalheim, das Zeppelin-Museum und die Kartause Ittingen in der Schweiz. Die Schlösser Meßkirch und Sigmaringen standen ebenso auf dem Programm wie das Kloster Beuron oder – als Kontrast – der Stollen in Überlingen-Goldbach, eine KZ-Gedenkstätte. Eine Schifffahrt auf dem Bodensee durfte ebenfalls nicht fehlen. Hervor zu heben ist auch die vorzügliche Bewirtung durch die Gemeinde Salem, anlässlich eines

▼ Ein Höhepunkt des Aufenthaltes in den USA war das Eisengießen.

Besuchs des dortigen Feuchtmayer-Museums. Die Ausflüge haben sicherlich erheblich zum gegenseitigen Kennenlernen beigetragen.

Die Schloss-Schmiede von Michael Denker wurde für viele zu einem gefragten Arbeitsort und beliebten Treffpunkt, besonders für die Bildhauer wie Glen Campbell, Coral Lambert und Paul Higham. Einige der besten Fotos von Ronnie Farley, die das Projekt mit ihrer Kamera begleitete, entstanden hier.

Einige Arbeiten schlugen eine Brücke zwischen der „alten Welt" und den USA. Die Objets Trouvés in den Bildern von Susan Farrow, die sie in ihrer Heimat in Vermont und in Salem am Bodensee sammelte, verbanden die beiden Salems. Das Vlies, das Jackie Kirkman Campbell aus Haaren der teilnehmenden Künstler entstehen ließ, kann als Symbol für die neu geschaffenen Verbindungen verstanden werden.

Ernster ging es beim Diskussionsabend im Neuen Museum zur Situation der Kunst in Europa und den USA zur Sache. Hier wurden die Unterschiede deutlich: Viel staatliche Kunstförderung in Europa, „Durchkämpfen" und private Mäzene auf der anderen Seite des Atlantiks. Mit einer Ausstellung der Arbeiten, die während der drei Wochen in Salem entstanden, endete die erste Etappe von Salem2Salem. Die Schau im Neuen Museum war sechs Wochen lang zu sehen. Über 6 000 Besucher kamen und zeigten das große Interesse an diesem Projekt in der Region.

2011: New York ganz anders

Als sich vom 1. bis 21. August 2011 25 Künstler aus Deutschland und Amerika in Salem, New York trafen fanden sie eine ganz andere Situation vor: Ein kleiner Ort mit etwa 1 000 Einwohnern, knappe vier Autostunden nördlich von New York City. Also nirgendwo Wolkenkratzer und Weltstadt Flair, sondern viel Natur und Farmland. So verwunderte die Weitläufigkeit des Geländes von Salem Art Works nicht. Eine alte Farm bildet das Zentrum, rundherum ein großzügiger Skulpturenpark mit meterhohen Arbeiten von u.a. Mark di Suvero, Bernar Venet und Peter Lundberg.

Hier ging es weniger komfortabel zu. Die Künstler wohnten in den Häusern der Farm, in Wohnwagen oder in Zelten. Der Mittelpunkt von SAW ist ein überdachter Platz mit Tischen, Bänken und einer komplett ausgestatteten Freiluftküche. Hier wurden Verabredungen getroffen, Pläne geschmiedet und Ideen für neue gemeinsame Arbeiten gesponnen. Ateliers und Arbeitsräume waren hauptsächlich auf die drei renovierten Scheunen der Farm verteilt. Sie waren Tag und Nacht zugänglich und boten viel Platz für alle möglichen Ideen und Materialien.

Bereits in den ersten Tagen entstand unter Anleitung von Dorle Ferber ein Chor (Salem Choir), der sich jeden Morgen zum Warm-Up für Atem und Stimme traf. Wie schon im Vorjahr fanden die Musiker Uli Kieckbusch, Bernhard Thomas Klein, Gottfried Rimmele, Dorle Ferber und Alain Wozniak schnell zusammen. Bei den Mitarbeitern und Freunden von Salem Art Works fanden sich auch weitere gleichgesinnte Musiker, mit denen sie Jam Sessions oder auch öffentlichen Konzerte veranstalteten. Die Orte hierfür waren oft ungewöhnlich. Sie spielten nicht nur in Salem Art Works, sondern auch in der Taverne von Salem oder im Gerichtsgebäude, das im Keller ein Gefängnis beherbergt.

Ebenfalls am Anfang wurden die Vorbereitungen für das geplante Eisengießen getroffen, an dem sich eine ganze Reihe der Künstler beteiligten. Anthony Cafritz fuhr hierfür mit einer Gruppe Künstler auf den Schrottplatz von Rutland, Vermont. Uli Johannes Kickbusch fand dort das Material für seine Installation „It's got to have rhythm". Karin Nowak fertigte eine Eisenreplik eines Seilknotens, der im Rahmen ihrer konzeptionellen Arbeit „Wegwerk" entstand und der die Wasserwegeverbindung zwischen Schloss Salem, Bodenseekreis nach Salem, New York symbolisiert. Bernhard Thomas Klein kopierte sein Bontempi-Keyboard in Eisen. Die verschiedenen Stadien der Metamorphose dokumentierte er auf Video.

Am intensivsten wurde in Barn 2, der größten der drei Scheunen gearbeitet. Die Malerin und Bildhauerin Christina You-Sun Park und beschäftigte sich hier mit Text- und Buchstaben-Codes. Olga Titus ließ sich von der erdigen Scheunenatmosphäre des Ateliers inspirieren und erschuf aus der Verbindung von Papier, Erde und Holz neue Arbeiten zu ihrem Leitthema Heimat. Blumen und organisches

◀ Einige Teilnehmerinnen und Teilnehmer des Salem2Salem Programm auf dem weitläufigen Gelände von Salem Art Works.

Material aus der Umgebung finden sich in den hauchzarten Arbeiten von Maria Siskind wieder. Papier, Holz und bedruckte Textilbahnen sind die Materialien aus denen Rob Swainston seine dreidimensionalen Installationen entstehen ließ.

In Barn 2 entstanden auch die Collagen von Susan Farrow mit dem Titel „Farrow Museum of Perplexing Thought". Die Malerin Dinah Günther arbeitete hier mit Ölfarbe und Bleistift an ihren Werken „No place to hide" und der aus Frankreich stammende Maler Remy Trévisan zeichnete mit Acryl und Tusche kontemplative Bilder mit dem Titel „In the Flow of Life". Bemaltes Altholz war der Ausgangspunkt für die Kompositionen des Bildhauers und Malers Steven Fowlkes. Das Bildhauerpaar Glenn Campbell und Jackie Kirkmann-Campbell hat die Zeit in SAW dazu genutzt, erstmals ein gemeinsames Werk mit dem Titel „A Network of Friends" zu fertigen.

In den kleineren Ateliers von Barn 1 entstanden die Zeichnungen der polnischen Künstlerin Renata Jaworska. Die Schmiedewerkstatt von Salem Art Works nutzte der Bildhauer Chris Duncan für seine Linien und Volumen verbindenden Skulpturen. Davor Ljubicic hatte sich ein eigenes Atelier in einem der Wohnhäuser eingerichtet. Dort malte er nicht nur seine Ölbilder, sondern er entwickelte auch hier die unterschiedlichen Elemente seiner Installationen, die er in einer beeindruckenden Performance unter dem Titel „At-me" präsentierte. Im ehemaligen Farmhouse stellten die Videokünstlerin Felicia Glidden und der Musiker Alain Woszniak ihren poetischen Film „En Route" fertig. Hier schrieb auch der Lyriker und Zeichner Jürgen Weing – wie schon im Vorjahr – an seinem täglichen Wetterbericht in einer neuen Klangsprache.

Neben intensiver Arbeit gab es auch willkommene Abwechslungen: Ein Abend im Sommerhaus von Senator Bill Carris und seiner Frau Barbara am Lake Saint Katrina, mit Barbecue und Bootsfahrt oder Exkursionen in die Museen in der Umgebung, darunter das Massachusetts Museum of Contemporary Art, das Clark Museum in Williamstown und das Tang Museum in Saratoga.

▼ Davor Ljubicic vor seiner Installation
„At-me" und einigen seiner Ölgemälde.

Abschluss und Höhepunkt war ein Gala Dinner und die Ausstellungseröffnung am 20. August. Den Anfang machte Justin Randolph Thompson mit einer Performance „Swing Hart", es folgten weitere Performances u.a. von Davor Ljubicic „At-Me" und Johanna Knöpfle in einem Kanu zusammen mit Jazz Improvisationen von Alain Woszniak. Stündlich gab es eine Lesung des „Weather Reports" von Jürgen Weing, bei der sich von Mal zu Mal mehr Künstler und Gäste beteiligten. Karin Nowak präsentierte zudem ein Bühnenstück mit dem Titel „page one". Die Musiker spielten und improvisierten die ganze Nacht hindurch.

2012 geht Salem2Salem weiter. Vom 30. Juli bis zum 19. August werden sich wieder Künstler in Schloss Salem am Bodensee treffen. Inzwischen ist ein Netzwerk entstanden, das nicht nur freundschaftliche Beziehungen, sondern auch konkrete Projekte zur Folge hatte, so. z.B. Ausstellungen von Salem2Salem-Künstlern in Konstanz, Friedrichshafen, Tettnang oder Berlin. Das Projekt hat zudem frischen Wind gebracht. Es hat einigen Künstlern aus der Region die Möglichkeit zu neuen Kontakten, Ideen und Erfahrungen eröffnet.

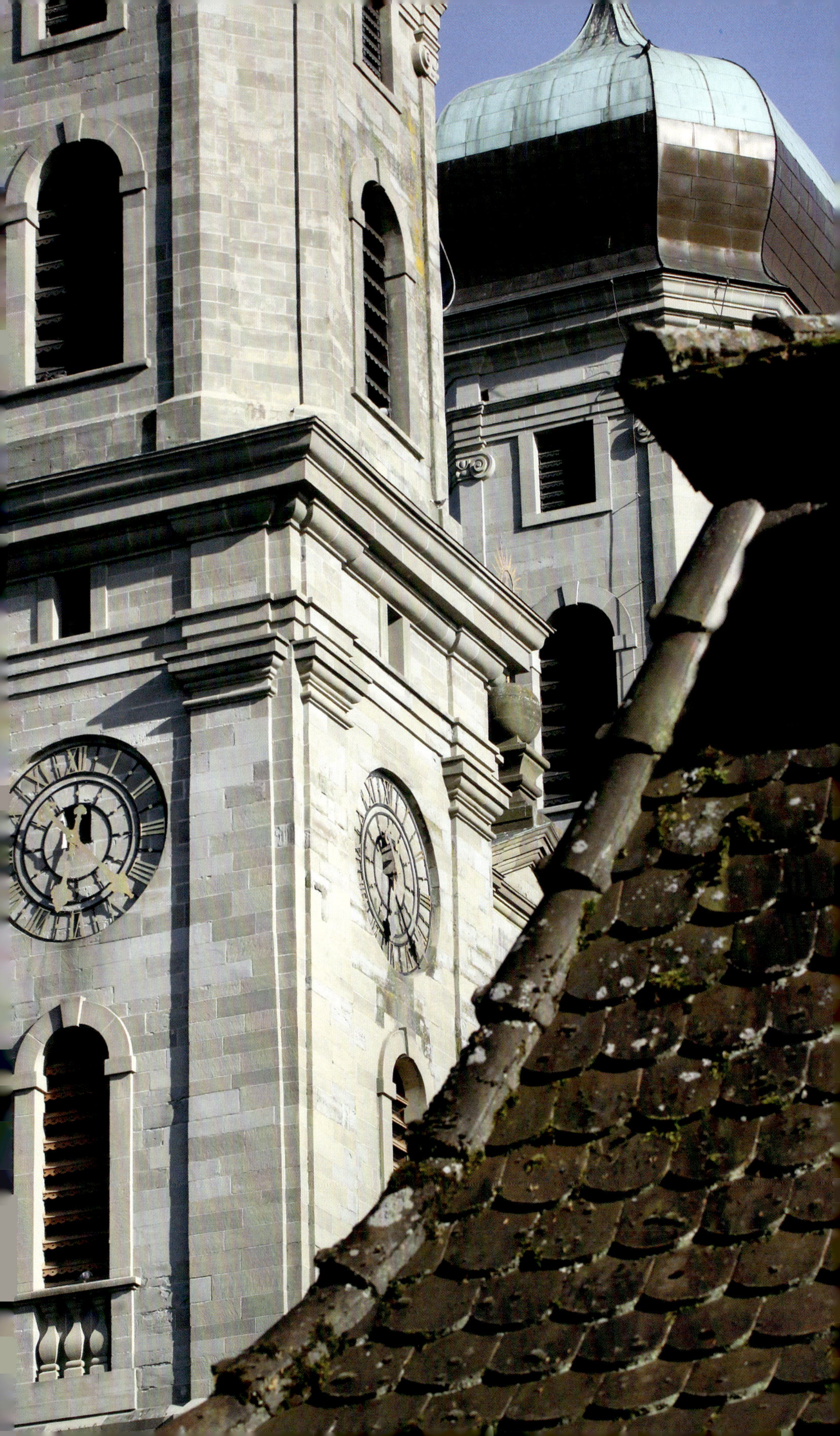

Auf Augenhöhe!
Die Bildhauerin und Zeichnerin Elsa Gürtner (1918 – 2006)

MONIKA SPILLER

Eine Frau im Schatten ihres Künstler-Gatten? Oh nein, das Klischee trifft auf diese Frau ganz gewiß nicht zu. Was die beiden Bildhauer Elsa und Werner Gürtner ein Leben lang verband, war eine gleichberechtigte Künstlerehe, oder, wie sie selbst es einmal ausgedrückt hat: *„Durch die Ehe, den Krieg, die Geburt der beiden Kinder und die künstlerische Zusammenarbeit des Paares waren alle Höhen und Tiefen einer freischaffenden Künstlerexistenz zu bewältigen."*

Elsa Gürtner (geb. Götting) wurde 1918 in Sonderborg/Alsen, das heute zu Dänemark gehört, geboren. Als 18-jähriges junges Mädchen kam sie nach Überlingen, wo eine Tante lebte. Hier lernte sie auf einer der berühmten Fasnachtsveranstaltungen im Gasthaus „Hecht" den elf Jahre älteren Bildhauer und aktiven Fasnachter Werner Gürtner kennen, der für seine humorvoll-geistreichen Beiträge und Sketche bekannt und beliebt war. Wenig später wurde sie seine Schülerin.

In Werner Gürtners Werkstatt versuchte sich die junge Frau an Portraits, auch an freien Entwürfen in Ton und Gips, die heute allerdings nur noch als Photographie dokumentiert sind, beispielsweise weibliche Akte, „Junger Inder", „Frau mit Krug" oder auch an einer Nachbildung der bekannten Christus-Johannes-Gruppe. So entfernte sie sich alsbald von ihrem ursprünglichen Berufsziel, dem einer Modezeichnerin (die ältere Schwester war Schneiderin) und wurde ermutigt, sich für sich selbst eine andere berufliche Laufbahn vorzustellen; sie bereitete sich nun auf ein Kunststudium vor.

Man muss sich vergegenwärtigen, dass in den ersten Jahrzehnten des 20. Jahrhunderts die berufstätige Frau aus der Mittelschicht in der Regel auf wenige, dem weiblichen Rollenverständnis angemessen erscheinende Berufsfelder beschränkt war. Es war zeittypisch, dass Frauen, die einen künstlerischen Beruf anstrebten, sich Bereichen der angewandten Kunst zu wandten – Zeichenlehrerin, Kunstgewerblerin, Textilkünstlerin oder eben auch Modezeichnerin. Das freie Künstlertum gehörte nach allgemeinem gesellschaftlichem Verständnis nicht dazu.

Elsa Götting jedoch bewarb sich mit Erfolg an den Vereinigten Staatsschulen für freie und angewandte Kunst in Berlin, wo sie 1937-1939 in der Bildhauerklasse von Prof. Franz Blazek (1887-1941) studierte. Bedenkt man, welche Kunstdoktrin in jenen Jahren herrschte – 1937 fand in München die berüchtigte Ausstellung „Entar-

▼ Elsa Gürtner, Ziege, Gips patiniert, um 1950, 13 cm x 16 cm (H x B).

tete Kunst" statt – dann kann man sich vorstellen, daß das Studium der Bildhauerei nicht frei von Anfechtungen und Restriktionen war. Ab Mitte der dreißiger Jahre triumphierte in der deutschen Bildhauerei das faschistische Menschenbild, wie es sich in Arbeiten der Staatskünstler Arno Breker und Ludwig Thorak manifestierte. Die klassische Moderne war geächtet, ihre Vertreter wurden mit Ausstellungs- und Berufsverbot belegt, was sie in die innere oder auch äußere Emigration trieb. Nun wurde ein „allgemeinverbindlicher Stil" propagiert, der das „neue Menschenbild" verkörpert sehen wollte durch eine „formgewordene Weltanschauung", die des Nationalsozialismus; lebendige Modellierung wie auch „impressionistische Relikte" wurden strikt abgelehnt und statt dessen eine Glättung der Oberflächen und eine Monumentalisierung der Formen angestrebt.

Franz Blazek, in dessen Klasse Elsa Götting eingetreten war, hatte sich vor allem durch seine vom Jugendstil beeinflussten Tierdarstellungen einen Namen gemacht; vielleicht regte gerade auch sein Beispiel die Studentin dazu an, sich verstärkt diesem Sujet zuzuwenden, das sie während ihrer gesamten Künstlerlaufbahn immer wieder aufgriff und meisterlich zu beherrschen lernte.

Aber auch dem Bildnis wandte sie sich immer wieder zu; so ist überliefert, dass sie ihre jüdische Kommilitonin Inge Neufeldt portraitiert hatte und dafür von einem Studienkollegen in SS-Uniform mit den Worten „Ich hoffe, daß du dich bald arischen Modellen zuwendest!" scharf angegriffen wurde.

Im Februar des Kriegsjahres 1941 schlossen Elsa Götting und Werner Gürtner, der bereits seit 1940 Soldat war, den Bund der Ehe. Entschlossen ihre künstlerische Ausbildung zu vervollkommnen, ergänzte die junge Frau 1943 ihr Studium der Bildhauerei an der Kunstakademie in München bei Prof. Toni Schneider; im Dezember des gleichen Jahres brachte sie die Tochter Katrin zur Welt. Während der Kriegszeit lebte Elsa Gürtner nun auf dem sogenannten „Hungerhügel" im Gartenhäuschen auf dem Grundstück von Robert und Margarete Binswanger, das ihrem Ehemann bisher als Werkstatt gedient hatte. „Hungerhügel" wurde damals im Volksmund die Überlinger Rehmenhalde genannt, wo sich in den Jahren zwischen dem ersten und dem zweiten Weltkrieg, argwöhnisch von den Einheimischen beobachtet, eine Anzahl von mehr oder weniger „brotlosen" Künstlern und Literaten angesiedelt hatte.

Kunst und Alltag als untrennbare Einheit

Phantasie war also immer gefragt, nicht nur in den schwierigen Kriegs- und Nachkriegsjahren. Dass die Quelle schöpferischer Energie angesichts der Alltagssorgen und -nöte nicht versiegte, das zeigt die Vielzahl der entstandenen künstlerischen Arbeiten. Damals schuf Elsa Gürtner besonders viele Tierplastiken, beispielsweise Große Ziege, Kleine Ziege, Säugende Sau und Katze mit Jungen. Manche dieser Arbeiten wurden später auch in Bronze gegossen.

Es entstanden aber auch zahlreiche Portraits, darunter das des Dichters Bruno Goetz, der mit seiner Gattin, der Malerin Elisabeth (Liso) Goetz von Ruckteschell zu den unmittelbaren Nachbarn gehörte. Elsa Gürtner portraitierte auch einige Kinder der Nachbarn, so den Sohn des Flötisten Prof. Gustav Scheck und den Sohn von Carl Rotho.

Bekanntlich gehört das Bildnis von jeher zu den „Brotarbeiten" aller Gattungen der bildenden Kunst – für das Ehepaar Gürtner war es nicht anders. Werner Gürtners sarkastische Aussage, daß er mit seiner Familie hier in Überlingen überlebt

◀ *Elsa Gürtner, Gesichter, Zeichnung, Tusche.*

habe, das sei von allen seinen Kunstwerken und Kunststücken vielleicht das größte gewesen, spricht Bände (so überliefert im Beitrag von Guntram Brummer zum Ausstellungskatalog „100 Jahre Kunst in Überlingen", 1996). Die 1943 geborene Tochter Katrin wie auch der drei Jahre jüngere Sohn Martin erinnern sich an die rätselhafte, so unglaublich wohlschmeckende „Lebenssuppe", die der Vater, der 1945 unversehrt aus dem Krieg zu seiner Familie heimkehrte, so trefflich zu kochen verstand. Nie hat man wirklich erfahren können, aus welchen Zutaten diese köstliche Suppe bestand, Moos und Gras, vermutet die Tochter, wohl auch mancherlei Kräuter… aber der Vater gab das Geheimnis nie preis und wer wollte auch den Zauber der Erinnerung an diese in Zeiten der Not erfundene Speise denn wirklich zerstören, indem er ein Rezept mit exakt bemessenen Zutaten dafür vorweisen könnte?

Naturgemäß stand Elsa Gürtner lange Jahre nicht in dem Maße wie ihr Mann mit seiner bildhauerischen Arbeit in der Öffentlichkeit, aber sie blieb allezeit künst-

◀ *Elsa Gürtner, Katze, Bronze, um 1975, 59cm x 15cm (H x B).*

▼ Elsa und Werner Gürtner,
Antoniusbrunnen in Wangen,
Bronze, 1985/86.

lerisch aktiv. Die Fülle der Zeichnungen, oft genug auf einfachstem Papier ausgeführt, belegt das höchst eindrucksvoll.

Gerade auch die Zeichnungen zeigen, wie souverän sie ihr Handwerk beherrschte; mit sicherem Strich vermochte sie charakteristische Züge ihrer Modelle – Menschen wie Tiere gleichermaßen – zu erfassen. Sie arbeitete vor der Natur und gestaltete lebensvoll Portrait, Akt wie auch immer wieder und wohl mit ganz besonderer Vorliebe Tiere. Es fällt auf, daß für sie ländliche Haus- und Nutztiere wie Ziege, Schwein, Rinder, Hund oder Katze, ja selbst die Maus, weit eher als bildwürdig gelten, als jene Tiere, die gemeinhin auch als Symbole für Macht und Herrschaft angesehen werden.

So verwundert es nicht, daß ihr in bereits vorgerücktem Alter, 1985, ein ehrenvoller Auftrag zuteil wurde. Gemeinsam mit Werner Gürtner gestaltete sie die reizvolle Antoniusgruppe, die in der Altstadt von Wangen am ehemaligen Saumarkt, die Betrachter und vor allen auch immer wieder zahlreiche Kinder in ihren Bann zieht. Der damalige Oberbürgermeister von Wangen, Dr. Jörg Leist, hat diesen Auftrag ausdrücklich an die beiden Bildhauer vergeben, denn er wusste wohl um die besonderen Fähigkeiten von Elsa Gürtner vor allem bei der Darstellung von Tieren. Sie schuf die imposante Muttersau mit ihrer munteren Ferkelschar, die sich nun um den Heiligen Antonius Eremita tummeln. Er wird als Patron der Haustiere, insbesondere auch der Schweine, angesehen. Daß sie in ihrer Vitalität in jeder Hinsicht höchst anziehend wirken, lässt sich an deren blankgewetzten Ohren und Ringelschwänzen deutlich ablesen. Das Publikum hat sie im wortwörtlichen Sinne in Besitz genommen – nicht selten reiten die Kinder fröhlich auf dem Rücken der Tiere. Wenngleich die Bildhauerin anders als Werner Gürtner, der vor allem seit den 50er Jahren zahlreiche Arbeiten im öffentlichen Raum realisierte, sich überwiegend auf kleinplastische Arbeiten und die Zeichnung beschränkte, so beweist gerade ihre Arbeit für die Antoniusgruppe in Wangen, daß sie sich großen Aufträgen absolut gewachsen zeigte.

Neben der Darstellung von Tieren reizte sie immer wieder auch die menschliche Figur; mal umfängt die Zeichnerin sie mit weich fließendem, doch energischem Strich, wie es beispielsweise die Skizzen „Zwei Arbeitende", „Rückenakt" oder auch „Zigarrenraucher" zeigen, oder sie verdichtet feine Linien zu einem volumenbildenden Geflecht. Sie entnimmt ihre Themen dem ganz realen, unspektakulären Alltag. Schließlich gestaltete die Bildhauerin, psychologisch fein die unterschiedlichen Charaktere herausarbeitend, mit „Die kluge und die törichte Jungfrau" ein biblisches Thema, das sie auf reizvolle Weise ins Allgemeinmenschliche transferiert. Diese kleine, intime Figurengruppe schuf sie nach Werner Gürtners Tod. Sie mag in ihrer Ausdruckskraft und Lebendigkeit entfernt an die Tanagra-Figuren erinnern, die im 3. und 4. Jh. v. Chr. im antiken Böotien als Grabbeigaben dienten. Unter Elsa Gürtners Hand gewinnen sie etwas wie Zeitlosigkeit.

Ein Werk des Owinger Malers Bernhard Endres

Neuerwerbung der Sammlung Bodenseekreis 2012: „Maria mit Kind", 1855, von Bernhard Endres (1805-1874)

HEIKE FROMMER

Ganz im Sinne des Zeitgeistes pilgerte der Maler Bernhard Endres aus Owingen 1838 nach Rom und lebte dort für zwei Jahre. Bereits 1810 waren die „Deutschrömer", die Nazarener, nach Rom gegangen mit dem Ziel, die christliche Kunst zu erneuern. Sie beriefen sich dabei u.a. auf die Malerei der italienischen Renaissance. Auch Endres setzte sich mit den alten Meistern des „rinascimento" auseinander, er brachte Kopien von Raffaels Madonna Connestabile und von dessen Porträt Papst Julius II. mit nach Hause[1]. Dass die Malerei Raffaels für Endres Vorbild blieb, lässt sich an seinem Gemälde „Maria mit Kind", das 15 Jahre nach der Romreise entstand, unschwer ablesen – in der harmonischen Dreieckskomposition etwa, in den sanften Gesichtern oder in der kräftigen Farbwahl der Gewänder und ihrem malerischen Fluss.

Während sich jedoch hinter den Madonnen der italienischen Renaissance – und auch hinter denen der Nazarener – meist eine Tiefenlandschaft öffnet, die in der Ferne mithilfe der Sfumato-Technik verschwimmt, wählt Endres als Hintergrund für seine Maria eine goldene Gloriole mit einem Reigen stilisierter Engel. Dies lässt Einflüsse der Neogotik erkennen und erinnert an den mittelalterlichen Goldgrund, wie wir ihn beispielsweise – ebenfalls in der Kombination mit Engeln – um 1450 bei der „Madonna im Rosenhag" des gebürtigen Meersburger Malers Stefan Lochner finden.

Bernhard Endres widmete sich in seiner Malerei zunächst Historien- und Genreszenen, erst später griff er religiöse Themen auf. Er studierte an den Kunstakademien in Karlsruhe und München, zuvor aber fand er seine erste Lehrmeisterin in Marie Ellenrieder in Konstanz, die in ihrer Malerei dem nazarenischen Stilwollen zugewandt war[2]. Endres' Gemälde „Maria mit Kind" spiegelt in seiner mehrschichtigen, fein lasierenden Maltechnik die Malweise der Badischen Hofmalerin Ellenrieder wider und zeigt sich ebenso bei seinen Gemälden „Immaculata" und

---

1   Zu den biografischen Angaben zu Endres vgl. Thieme/Becker, Bd. 9/10, 1992 und Saur, Bd. 33, 2002

2   Vgl. dazu: Karin Stober, Marie Ellenrieder und die nazarenische Programmkunst, in Ausst.-Kat. Angelika Kauffmann und Marie Ellenrieder, Rosgarten Museum, Konstanz 1992

▼ Bernhard Endres, Maria mit Kind, 1855,
Öl/Lwd., 172,5 x 97,3 cm, Sammlung Bodenseekreis.

„Geißelheiland", die sich in der Pfarrkirche St. Peter und Paul in Owingen befinden[3]. Endres' Gottesmutter von 1855 thront auf einer Wolkenbank, auf ihrem linken Schenkel steht das Jesuskind, welches sie zärtlich an den Hüften umfasst hält. Das Kind steht frontal zum Betrachter und breitet in der segnenden Geste des Erlösers die Arme aus.

Über den beiden spannt sich ein Rundbogen mit dem Engelsreigen. Die oberen Eckzwickel sind dunkler gefasst, was darauf hindeutet, dass sie ursprünglich gar nicht sichtbar, sondern durch eine Rahmung bedeckt waren. Die Eckzwickel lassen, zusammen mit dem großen Bildformat (Höhe 172,5 cm) und dem religiösen Sujet vermuten, dass es sich um das ehemalige Blatt eines Seiten- oder Kapellenaltares handelt[4].

Diese Annahme wird bestätigt durch die Tatsache, dass sich in der Pfarrkirche von Reichenbach im Schwarzwald ein Altargemälde von Bernhard Endres befindet, das 1846 entstand und sich nur in Details von der späteren „Maria mit Kind" unterscheidet. So ist etwa die Reichenbacher Maria nicht bekrönt und der Engelsreigen ist dort ausladender. Doch die beiden Gemälde gleichen sich in Komposition, Farbigkeit und Figuren so stark, dass man von der Verwendung derselben Vorlage oder Pause ausgehen darf[5].

In zeittypischer Manier hat Endres die spätere Maria in der rechten unteren Ecke signiert: „B. Endres p(inxi)t 1855". Das Gemälde ist in seiner originalen Aufspannung mit handgeschmiedeten Nägeln auf dem ursprünglichen Keilrahmen erhalten[6]. Die „Maria mit Kind" stellt so auch in ihrer historischen Authentizität als Neuerwerbung eine wertvolle Bereicherung für die Kunstsammlung des Bodenseekreises dar. Neu gerahmt geht sie als Dauerleihgabe an den Geburtsort des Malers, an die Gemeinde Owingen, und findet dort in der St. Nikolauskapelle ihren neuen Platz.

---

3   Michaela Vogel, Restauratorische Dokumentation, 2012
4   ebd.
5   ebd.
6   ebd.

UNESCO-Welterbe

„Prähistorische Pfahlbauten um die Alpen" in Baden-Württemberg

SABINE HAGMANN

Auf seiner 35. Sitzung im Juni 2011 hat das Welterbekomitee die „Prähistorischen Pfahlbauten um die Alpen" als Welterbe anerkannt. Unter Federführung des Schweizerischen Bundesamtes für Kultur wurde der Antrag ab 2004 erarbeitet und im Februar 2010 bei der UNESCO in Paris eingereicht. Beteiligt sind die sechs Alpenanrainerstaaten Schweiz, Frankreich, Deutschland (Baden-Württemberg und Bayern), Österreich, Slowenien und Italien. In Baden-Württemberg liegt die Verantwortung für die nationalen Welterbestätten beim Ministerium für Finanzen und Wirtschaft als Oberster Denkmalschutzbehörde des Landes. Die fachliche Ausarbeitung des umfangreichen Antragswerkes war Aufgabe des Landesamtes für Denkmalpflege im Regierungspräsidium Stuttgart mit seiner Arbeitsstelle für Feuchtbodenarchäologie in Hemmenhofen.

Pfahlbauten und Moorsiedlungen aus urgeschichtlicher Zeit sind in zahlreichen Seen und Feuchtgebieten des Alpenvorlandes erhalten geblieben. Ausgezeichnete Erhaltungsbedingungen für organische Materialien bieten Möglichkeiten für vielfältige naturwissenschaftliche Untersuchungsmethoden, mit deren Hilfe Kultur, Wirtschaft und Umwelt vom 5. bis 1. Jahrtausend v. Chr. nachvollziehbar wird. Sie sind Denkmäler von einzigartiger Bedeutung und wissenschaftlicher Aussagekraft. An keinem anderen Ort der Welt wird die Entwicklung jungsteinzeitlicher und metallzeitlicher Siedlungsgemeinschaften so deutlich sichtbar.

Rund 1 000 Pfahlbaustationen sind rund um die Alpen bekannt. Stellvertretend für die gesamte Serie der Feuchtbodensiedlungen sind 111 Seeufer- und Moorsiedlungen zum universellen Erbe der Menschheit erklärt worden. In Deutschland liegen insgesamt 18 der neuen Welterbestätten, drei Fundstellen befinden sich in Bayern, 15 in Baden-Württemberg.

Enteckung der Pfahlbauten

Siedlungen in Seen und Mooren gehören zweifellos zu den bedeutendsten Entdeckungen in der Geschichte der Archäologie. Bei extremem Niedrigwasser im Winter 1854/55 am Zürichsee erkannte Ferdinand Keller (1800-1881), Vorsitzender der Antiquarischen Gesellschaft Zürich in den trocken liegenden Pfahlfeldern erstmals Reste von Pfahlbausiedlungen, die auf Plattformen errichtet worden waren.

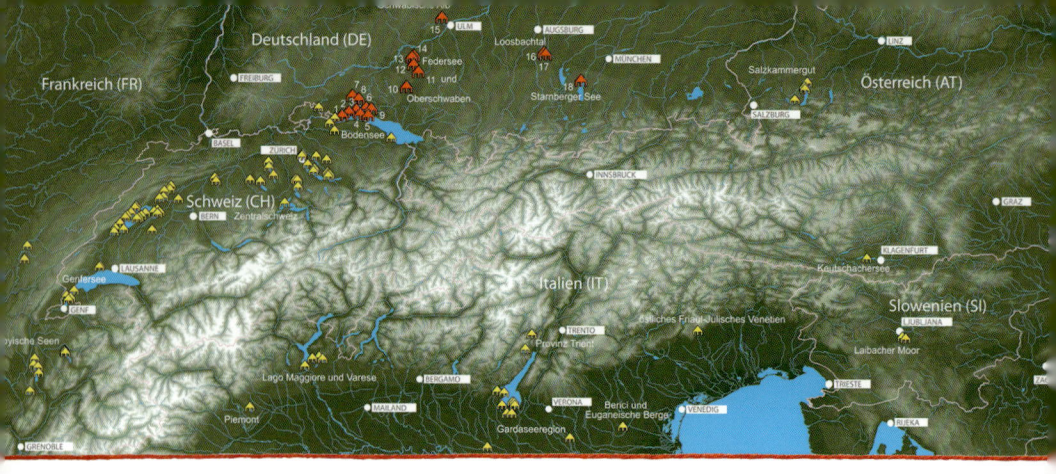

Widmete sich die archäologische Forschung bis dahin hauptsächlich dem griechischen und römischen Altertum, stand bei der Erforschung der Vorgeschichte im Raum nördlich der Alpen die Welt der Toten – Grabhügel und Megalithgräber – im Vordergrund. Mit der Entdeckung der Pfahlbauten wurden plötzlich Einblicke in eine „reale" prähistorische Lebenswelt möglich. Zahlreiche Gegenstände des Alltags waren unter Luftabschluss in erstaunlicher Frische erhalten: Geräte zur Holzbearbeitung und Landwirtschaft, Waffen, Jagd- und Fischfanggeräte, Schmuck, Textilien, Halbfabrikate, Produktionsabfälle, Kultur- und Sammelpflanzen wurden geborgen. In der Folge setzte in zahlreichen Seen und Feuchtgebieten des Alpenvorlandes geradezu ein „Pfahlbaufieber" ein, das auf ganz Europa übergriff. In offenen und verlandeten Gewässern wurden Fundstätten entdeckt. Die zeitliche Einordnung und Gemeinsamkeiten im Fundgut führten schließlich zu einem „Pfahlbaukreis", der rund um die Alpen zu erkennen war.

Dieses „Pfahlbaufieber" verebbte um 1900. Bei der unkontrollierten „Ausbeute" der Fundstätten und dem ebenso üblichen Handel mit den Funden, die in in alle großen Museen Europas gelangten, stellte man einen deutlichen Verlust an Erkenntnismöglichkeiten fest. Es folgten behördliche Verordnungen, die unsachgemäße Ausgrabungen verboten. Allen voran wurde bereits 1905 für das badische Bodenseeufer ein Grabungsverbot verhängt. Allerdings waren zu diesem Zeitpunkt zahlreiche der heute bekannten Seeufer- und Moorsiedlungen bereits entdeckt.

Frühe Forschungen

In den 1920er Jahren wurden die Untersuchungen der Feuchtbodensiedlungen mit modernen Grabungsmethoden durch universitäre Forschungsinstitute wieder aufgenommen. Im Federseegebiet arbeiteten Robert Rudolf Schmidt und Hans Reinerth vom neu gegründeten Urgeschichtlichen Forschungsinstitut der Universität Tübingen und deckten ganze Siedlungen auf und dokumentierten diese maßstabsgetreu. Ausgrabungen unter Wasser wurden erstmalig von Hans Reinerth 1929/30 in Sipplingen in Form einer Caissongrabung durchgeführt. Die ideologische Vereinnahmung der Pfahlbauforschung während des Nationalsozialismus führte zum Erliegen der Pfahlbauarchäologie nach dem Ende des Dritten

◄ *Pfahlbauten rund um die Alpen:*
Die neuen Welterbestätten liegen in den Seen
und Mooren nördlich wie südlich der Alpen.

Reiches. Nur in Ehrenstein, Gemeinde Blaustein wurden 1952 und 1960 archäologische Ausgrabungen durchgeführt.

Erst 1979 wurde in Baden-Württemberg ein Programm zur systematischen Erfassung und Erforschung der Feuchtbodensiedlungen begonnen. Hieraus hat sich am Landesamt für Denkmalpflege eine ständige Einrichtung entwickelt: Die Arbeitsstelle für Feuchtbodenarchäologie mit Sitz in Hemmenhofen. Die baden-württembergischen Fundstätten werden in dieser Arbeitsstelle betreut und mit den Mitteln moderner Feuchtbodenarchäologie untersucht und erforscht. Die Arbeitsstelle dient auch als Basis für die taucharchäologischen und moorarchäologischen Untersuchungen, die besondere technische und wissenschaftliche Anforderungen mit sich bringen. Hier sind die für Feuchtbodenbefunde unerlässlichen Laboratorien für naturwissenschaftliche Untersuchungen, wie Dendrochronologie, Archäobotanik, Sedimentologie/Pedologie untergebracht.

Verborgene Welterbestätten in Baden-Württemberg

Gegenwärtig sind in Baden-Württemberg über 100 Seeufer- und Moorsiedlungen der Jungsteinzeit und der Metallzeiten bekannt. Stellvertretend für alle Fundstellen sind 15 Stationen auf der Liste des universellen Erbes der Menschheit verzeichnet. Neun Fundstellen liegen in der Flachwasserzone am Bodenseeufer, fünf befinden sich im Bereich des Federsees und der oberschwäbischen Kleinseen. Die nördlichste Fundstelle ist Blaustein-Ehrenstein auf der Schwäbischen Alb.

Die Fundstätten am Bodensee

Alle heute bekannten Fundstellen am Bodensee wurden ab 1856 im Zuge des „Pfahlbaufiebers" entdeckt. 1856 wurde die Station Wangen-Hinterhorn als erste prähistorische Seeufersiedlung in der Flachwasserzone des Bodensees von dem Wangener Rebbauern und Ratsschreiber Kaspar Löhle entdeckt. Funde gelangten damals in britische, französische und natürlich auch deutsche Museen außerhalb von Baden-Württemberg. Umfangreiche Sondagen führte das Landesdenkmalamt von 1972-1988 durch. Die gut erhaltene Siedlung weist drei Besiedlungsphasen mit wichtigen Referenzkomplexen der frühen und mittleren Pfyner Kultur (3860-3500 v. Chr.) und Elementen der Michelsberger Kultur auf. Außerdem liegen mehrere Schichten der spätneolithischen Horgener Kultur (um 3500 v. Chr.) gut erhalten im Boden. Grosse Teile der Kulturschichten mit Resten verbrannter Häuser und außerordentlich gut erhaltenen Textilien liegen gut geschützt unter Sedimentbedeckung.

An der Spitze der Halbinsel Höri liegt die Station Hornstaad-Hörnle, eine der am besten untersuchten Pfahlbausiedlungen am Bodensee. Von besonderer Bedeutung sind der Fundreichtum und die exzellente Erhaltung von Textilien und organischem Material. Hier wird die älteste jungsteinzeitliche Besiedlung am Bodensee ab 3918 v. Chr. fassbar; sie wird nach dem Fundort als „Hornstaader Gruppe" bezeichnet. Einzigartig ist die spezialisierte Produktion von Röhrenperlen aus Kalkstein, die durch eine große Zahl von Perlen und dem zugehörigen Handwerkszeug zur Herstellung gut belegt ist. Die Funde zeigen weiträumige Tauschbeziehungen nach Nordwesteuropa, Bayern und Italien.

Im Bereich des heutigen Camping- und Badeplatzes liegt die 1861 von Zollinspektor K. Dehoff entdeckte Fundstelle Allensbach-Strandbad. Archäologische Untersuchungen wurden vom Landesdenkmalamt Baden-Württemberg von 1983-1988 und 2002-2003 durchgeführt. Dabei wurden herausragende Funde, insbesondere der mittleren und späten Horgener Kultur, wie der bekannte Dolch von Allensbach und Schuhe aus Lindenbast geborgen.

Auf der Gemarkung der Stadt Konstanz liegen drei neue Welterbestätten. Wollmatingen-Langenrain ist eine der wenigen spätbronzezeitlichen Siedlungen des Bodensees mit großräumiger Erhaltung eines Fundhorizontes. Die Fundstelle liegt in einer verkehrsgeographisch besonderen Lage: Sie kontrolliert die Mündung des Rheins in den Untersee und scheint im Zusammenhang mit Kommunikation und Transport wichtig gewesen zu sein. Am Nordufer des Konstanzer Trichters befindet sich die Station Konstanz-Hinterhausen. Das ausgedehnte Pfahlfeld und ein reiches Fundspektrum weisen auf eine umfassende Siedlungsgeschichte. Die am Bodensee nur selten vertretenen Funde der Goldberg III-Gruppe deuten auf Kontakte nach Oberschwaben. Auf Luftbildern sind zahlreiche Pfahlstrukturen und Hausgrundrisse sichtbar. Die Fundstelle befindet sich in einer speziellen topographischen Lage nahe der Rheinfurt bei Konstanz und gehört zu einer ganzen

◀ Sipplingen-Osthafen: Archäologische Forschungstaucher bei der Arbeit; im Vordergrund sind Pfahlstümpfe sichtbar. Im Hintergrund zeigen die hellen und dunklen Schichten den Wechsel zwischen Kulturschichten (dunkle Schichten) und natürlichen Ablagerungen (helle Schichten) an.

Gruppe von Siedlungen die den Rheinübergang kontrollieren. Die dritte Station ist Litzelstetten-Krähenhorn am südlichen Ufer des Überlinger Sees gegenüber der Ortschaft Unteruhldingen. Sie repräsentiert eine spezielle Siedlungslage am Nordufer des Bodanrück: Die Siedlung liegt auf einer kleinen vorspringenden Landzunge. Ein ausgedehntes Pfahlfeld, zwei durch Seekreide getrennte Kulturschichtpakete und verschiedene Funde repräsentieren eine längere Besiedlungsdauer des Platzes. Es sind mehrere Siedlungsschichten des Jung- und Endneolithikums vertreten (vor allem der frühen und späten Pfyner Kultur).

Die zwischen 1854 und 1866 bekannt gewordenen reichen Pfahlbaufunde aus der Station Bodman-Schachen/Löchle am Ende des Überlinger Sees veranlassten den Karlsruher Altertumsverein um die Jahrhundertwende, in Bodman wissenschaftliche Ausgrabungen durch K. Schumacher durchführen zu lassen. Diesen Unternehmungen verdankt die Pfahlbauforschung am Bodensee die ersten – wenn auch schematisch – zeichnerisch aufgenommenen Profile. Moderne taucharchäo-

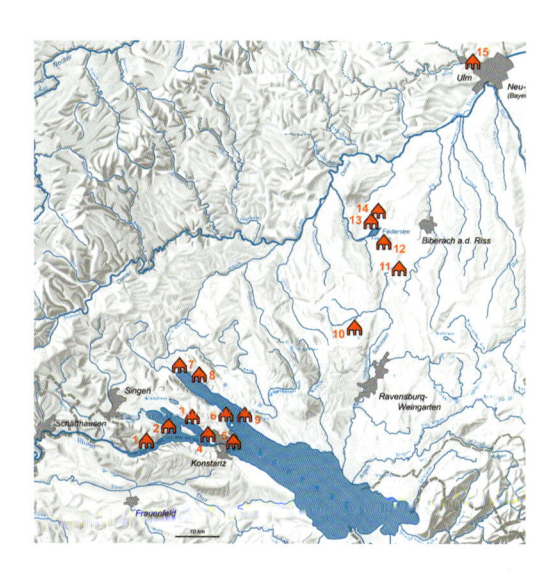

◀ UNESCO-Weltkulturerbe Prähistorische Pfahlbauten um die Alpen.

logische Untersuchungen führte das Landesdenkmalamt Baden-Württemberg in den 1980er Jahren und 1996 durch. Die Fundstelle liegt in einem Verlandungsdelta der Stockacher Aach. Die gut erhaltene dreiphasige Stratigraphie der Frühbronzezeit ist nicht nur in Süddeutschland einzigartig und von großer wissenschaftlicher Bedeutung für die Chronologie der Bronzezeit. Besondere Architekturelemente belegen Kontakte zu den frühbronzezeitlichen Pfahlbauten in Norditalien.

Die Station Sipplingen-Osthafen im Bodenseekreis wurde 1864/65 sofort als eine der größten Ufersiedlungen am Bodensee erkannt. Nach einer ersten Forschungsgrabung in einem Caisson 1929/30 wurden moderne taucharchäologische Untersuchungen von Tauchern der Stadtarchäologie Zürich in den späten 1970er Jahren unternommen. Seit 1982 werden vom Landesamt für Denkmalpflege kontinuierlich archäologische Untersuchungen durchgeführt. Die Station Sipplingen-Osthafen liegt in einer einzigartigen vom Hinterland abgeschirmten Siedlungskammer, dem Sipplinger Dreieck. Sie ist der am besten erhaltene prähistorische Siedlungskomplex am Bodensee. Bis zu zwei Meter mächtige Kulturschichtabfolgen weisen hervorragend erhaltene Hausbefunde, Textilien, Nahrungsreste und Knochen auf. Besondere Bedeutung hat die Station aufgrund der spätneolithischen Schichtfolge.

Die um 1864 entdeckte Station Unteruhldingen-Stollenwiesen erstreckt sich unmittelbar vor der Ortslage von Unteruhldingen; der intensiven Sammeltätigkeit der Familie Sulger folgten erste Tauchgänge durch H. Reinerth in den 1950er Jahren. Das Landesdenkmalamt Baden-Württemberg führte nach einer Bestandsaufnahme in den 1980er Jahren und 1998 Tauchsondagen durch. Kartierungen und Probenentnahmen im Pfahlfeld erfolgten 2004, zuletzt 2011 durch das Landesamt für Denkmalpflege. Die Fundstelle Unteruhldingen-Stollenwiesen liegt auf einem Schwemmkegel der Seefelder Aach. Sie stellt das bedeutendste Pfahlfeld einer ehemals stark befestigten spätbronzezeitlichen Siedlung am Bodensee dar. Die spezielle topographische Lage ermöglichte eine Transport- und Kommunikationsroute über den See.

◄ *Unteruhldingen-Stollenwiesen: Frei gespültes Pfahlfeld in der Flachwasserzone vor Unteruhldingen.*

Die Fundstätten in Oberschwaben und auf der Schwäbischen Alb

Im Federseegebiet liegen drei der neuen Welterbestätten. Nördlich von Bad Buchau liegt die Station Ödenahlen (Gemeinden Alleshausen und Seekirch); sie ist eine wichtige und repräsentative Fundstelle für die „Pfyn-Altheimer-Gruppe Oberschwabens" (Dendrodaten 3700-3688 v. Chr.) mit ausgezeichneten Erhaltungsbedingungen. Eine auf Flachsanbau und Viehwirtschaft spezialisierte Siedlung der „Goldberg III-Gruppe" (um 3020-2700 v. Chr., 14C-Datum) ist die Fundstelle Alleshausen-Grundwiesen. Sie ist das beste Beispiel in Oberschwaben für das Aufkommen von neuen sozialen Strukturen, Wirtschaftsstrategien und technischen Innovationen im Endneolithikum. Besonders hervorzuheben ist hier der Fund einer Radscheibe. Die Siedlung Forschner liegt inmitten des südlichen Federseeriedes. Die älteste Besiedlung datiert in die Frühbronzezeit (Dendrodaten 1767-1730 v. Chr.), der Schwerpunkt liegt jedoch in der Mittelbronzezeit (Dendrodaten 1519-1480 v. Chr.). Nördlich der Alpen ist die Siedlung Forschner die einzige, feucht konservierte, befestigte Anlage der Mittelbronzezeit. Die Fundstelle repräsentiert eine einzigartige Siedlungsstruktur mit Parallelen im Donauraum.

Olzreute-Enzisholz (Stadt Bad Schussenried) ist ein typisches Beispiel für eine Siedlung in einem kleineren, oberschwäbischen Verlandungsmoor mit außerordentlich gut erhaltenen Siedlungsschichten der Goldberg III-Gruppe (Dendrodatum 2897 v. Chr.). Vier Scheibenräder zeigen verschiedene Herstellungstechniken auf und sind damit wichtige Zeugen für die Entwicklungsgeschichte von Fahrzeugen. Auf einer Halbinsel im Schreckensee (Gemeinde Wolpertswende) liegt die Fundstelle mit der einzigen umfassenden Stratigraphie Oberschwabens vom Jungneolithikum bis in die Frühbronzezeit (Pfyn-Altheimer-Gruppe Oberschwabens, Horgener Kultur, Goldberg III-Gruppe und Frühbronzezeit), sowie wichtigen Nachweisen für frühe Kupfermetallurgie.

Die Station Ehrenstein (Gemeinde Blaustein) gehört zu den am besten erhaltenen Feuchtbodensiedlungen in Südwestdeutschland. Die Fundstelle spielt eine Schlüsselrolle zum Verständnis der „Schussenrieder Kultur" 8 Dendrodatum (3955 v. Chr.) und ist zudem eines der wenigen Beispiele für Pfahlbauten in einem Flusstal.

Monitoring und Management der Fundstätten

Die vorgestellten 15 Fundstellen stehen repräsentativ für alle Pfahlbaustationen in Baden-Württemberg auf der Welterbeliste. Die empfindlichen Fundstätten in feuchtem Milieu und unter Wasser bedürfen einer intensiven fachkundigen Betreuung. Hier bringt die internationale Zusammenarbeit im Rahmen des neuen Welterbes zusätzliche Impulse und neue Möglichkeiten des Erfahrungsaustausches.

Das UNESCO-Prädikat ist nicht allein Auszeichnung, sondern Verpflichtung zum Erhalt der Fundstätten für die nachfolgenden Generationen. Schutzmassnahmen sind deshalb besonders wichtig. Im Rahmen des Interreg IV-Projektes „Erosion und Denkmalschutz am Bodensee und Zürichsee" wurden grenzüberschreitend Schutzmassnahmen für die empfindlichen Kulturgüter unter Wasser erprobt, die in den Flachwasserzonen der Seen durch Erosionsvorgänge und Schifffahrt gefährdet sind. In Zusammenarbeit mit dem Seenforschungsinstitut in Langenargen und dem Limnologischen Institut der Universität Konstanz werden die Ursachen der Erosionsvorgänge erkundet und geeignete Konzepte für den Schutz der Unterwasserfundstellen erarbeitet. Regelmäßige Kontrollen der Fundstätten sind notwendig und für die Bemessung der Erosionsvorgänge sind „Erosionsmarker" in der Flachwasserzone des Bodensees eingerichtet.

In den Mooren bedrohen die Absenkung der Grundwasserpegel sowie Land- und Forstwirtschaft den Bestand der feucht konservierten Fundstellen. Im Federseemoor sind in Zusammenarbeit mit dem Naturschutz Wiedervernässungsmaßnahmen eingeleitet und ein Netz von Pegelmessstellen eingerichtet.

Vermittlung der Welterbestätten

Neben einem langfristigen Managementplan zum Erhalt und Schutz der Fundstellen beinhaltet er auch Konzepte zur Vermittlung der Welterbestätten. Als Koordinierungsstelle wurde das Pfahlbauten-Informationszentrum begründet und ist in der Arbeitsstelle für Feuchtbodenarchäologie in Hemmenhofen untergebracht. Das im Gelände unsichtbare, im Moor und unter Wasser verborgene Kulturgut ist auf die Vermittlung durch Medien und Museen angewiesen. Die Pfahlbauten sind seit dem 19. Jahrhundert ein populäres Thema. Mehrere Museen zeigen umfangreiche Fundbestände oder Nachbauten von Pfahlbau- und Moorsiedlungen. Das neue Welterbe-Prädikat ist ein Ansporn, die Forschungsergebnisse der letzten Jahrzehnte verstärkt in der Öffentlichkeit darzustellen.

Literatur
1.) H. Schlichtherle (Hrsg.), Pfahlbauten rund um die Alpen (Stuttgart 1997).
2.) Pfahlbauten. Verborgene Schätze in Seen und Mooren (Stuttgart 2011).
3.) Pfahlbauten. UNESCO Welterbe – Kandidatur „Prähistorische Pfahlbauten rund um die Alpen" (Biel 2009).
4.) A. Hafner/H. Schlichtherle, Bedrohte Pfahlbauten. Gefährdete neolithische und bronzezeitliche Siedlungsreste in Seen und Mooren rund um die Alpen. Archäologie Bern/Archéologie bernoise 2008, 107-116.

Informationen
Pfahlbauten – Informationszentrum Baden-Württemberg
Landesamt für Denkmalpflege
Arbeitsstelle für Feuchtbodenarchäologie
Fischersteig 9
78343 G.-Hemmenhofen
Tel.: 07735/937771 18
www.UNESCO-Welterbe-Pfahlbauten.de
Palafittes Guide

Die Stadt Meersburg und das Neue Schloss

Zum 300. Geburtstag erscheint das
Neue Schloss Meersburg in neuem Glanz

BRIGITTE RIEGER-BENKEL UND CARLA MUELLER

Wie vor dreihundert Jahren so ist das Neue Schloss auch heute noch ein bedeutendes Bauwerk in Meersburg. Das Gebäude wurde 1712, damals noch ohne Treppenhaus, ohne die stadtseitigen Räume und ohne die Schlosskirche, fertig gestellt und war Teil einer größeren Stadtplanung. Mit der Errichtung dieses „newen Baws" unter Fürstbischof Johann Franz Schenk von Stauffenberg (reg. 1704 – 1740) setzte ein Bauboom ein, der die Errichtung der fürstbischöflichen Vorstadt, des Sentenharts, nach sich zog. Diese Bautätigkeit wirkte sich auf Meersburg wirtschaftlich und demographisch sehr positiv aus. Das Bürgerbuch (StaM Bü 11) verzeichnet ab 1720 eine dreifache Menge an Neubürgern im Vergleich zu

▲ *Der sogenannte Waldmannplan von 1810 hält den Zustand des fürstbischöflichen Meersburg am Übergang ins 19. Jahrhundert fest.*

▲ *Eine Luftaufnahme des
Neuen Schlosses Meersburg.*

den ersten beiden Dekaden des 18. Jahrhunderts. Handwerker, Hofbedienstete, Beamte und einige Kaufmannsfamilien bestimmten das Leben in der Residenzstadt der Fürstbischöfe von Konstanz.

Heutzutage ist die barocke Schlossanlage mit der grandiosen Sicht auf den Bodensee eine Zierde für das touristisch geprägte Meersburg. Daher ist es umso erfreulicher, dass das Land Baden-Württemberg das Kulturdenkmal mit der Sanierung und den Renovierungsarbeiten aufgewertet hat. Ab 2012 ist das Neue Schloss durch den Einbau eines Personenaufzugs und den ebenerdigen Zugang vom Gartensaal in den Garten barrierefrei zu besuchen, und das neue Schlosscafé lädt zum Verweilen ein. Auch das Schlossmuseum in der Belétage, das vor 50 Jahren im Jahr 1962 erstmals eingerichtet und in den 90er Jahren umgestaltet worden war, konnte im Zuge der jetzigen baulichen Instandsetzung erweitert werden. Die wieder hergestellten Raumzusammenhänge im östlichen Appartement lassen den Besucher die Wohn- und Repräsentationskultur der Schlossherren in der einstigen Meersburger Residenz neu erleben. Erläuterungen in den Räumen des ehemaligen westlichen Appartements und in den Fluren führen in verschiedene Themenschwerpunkte des Schlosses und seiner Bewohner ein. Die zeitgemäße Gestaltung der musealen Vermittlung mit seinen reduzierten Einbauten und einem neuen Farbkonzept sowie mit knappen deutschen und englischen Texten lassen die historischen Räume weiterhin zur Geltung kommen. Für junge Besucher gibt es einige Überraschungen. Sie werden von Ridibunda, der Bodenseelachmöwe als der am häufigsten vertretenen Möwe am Bodensee, kurzweilig durch die Ausstellung geführt.

Ein großer Glücksfall ist, dass die Raumschalen im Neuen Schloss bis heute zum großen Teil erhalten geblieben sind. Die 1997 eingerichteten Räumlichkeiten im östlichen Appartement können nun mit weiteren Werken aus fürstbischöflichem Besitz und Möbeln im Stil der Zeit ergänzt und die Lebenswirklichkeit der einstigen

Das Naturalienkabinett, ▶
Neues Schloss Meersburg.

Schlossherren neu erfahren werden. Sie bieten jetzt eine sichtbar zusammenhängende Raumfolge in der Art, wie sie im 18. Jahrhundert eingerichtet worden war. Die wieder aufgefundenen originalen Supraporten, so die Bezeichnung für die Gemälde über den Türen der Gemächer, mit ihren alttestamentlichen Szenen gehören zu den wichtigsten Bestandteilen des wieder hergestellten Staatsappartements, der beiden repräsentativen Gemächer im Anschluss an den Festsaal, die als offizielle Besucher- und Empfangsräume des Regenten fungierten. Darüber hinaus vervollständigen Reproduktionen von der ersten Serie der Chasses de Maximilien (Jagden Maximilians) die Wandausstattung in diesen beiden Räumen, dem Vor- und Audienzzimmer. Die Fürstbischöfe erwarben im 18. Jahrhundert eine Auflage dieser Jagdtapisserien aus dem 17. Jahrhundert. Farbenprächtige Bilder zeigen eindrücklich die Repräsentationsweise der Fürstbischöfe, in der vor allem Jagdthemen aufgegriffen werden. Motive der Jagd sind im Neuen Schloss keine Ausnahme, der Besucher findet solche außerdem in der Malerei des Giuseppe Appiani im Gewölbe des Festsaals und in der Stuckausstattung des Carlo Luca Pozzi. Im Gegensatz dazu weisen die Wandbespannungen in den anschließenden privaten Räumlichkeiten des östlichen Appartements unterschiedliche Stoffe mit Blumenmotiven auf. In der 11 qm kleinen Retirade, dem ganz persönlichen Rückzugsort des Regenten neben dem Schlafzimmer liegend, ist neben allerlei Möbel u.a. ein Toilettenmöbel und ein historisches Himmelbett zu sehen, so wie es in einem historischen Inventar festgehalten ist. Auch das auf einer Zeichnung abgebildete herrschaftliche Bett mit Baldachin, das Meersburg zugeschrieben wird, soll im grünen Schlafzimmer des Regenten noch ergänzt werden. In dem etwas größeren „Cabinetlein des Fürsten", dem sogenannten Porzellankabinett in der Südostecke des fürstbischöflichen Appartements, sind zahlreiche Porzellane, Ton- und Elfenbeinfiguren aufgestellt, darunter die vier Chinesischen Weisen, die vermutlich als Geschenk an den fürstbischöflichen Hof kamen. Nur auserwählte Gäste wurden einst in diesen Privatraum am Ende des Appartements geladen. Er ist nun wieder mit einem Trumeau, einem Wandpfeilerelement, über dem Kamin, drei Spiegeln und zwei originalen, aus Meersburg stammenden Kerzenleuchtern hergestellt.

In jedem Raum weist die hervorragende Stuckausstattung, eine der originellsten im Land, einen engen Bezug zu den ehemaligen Funktionen der Gemächer auf. Sie führt sowohl im östlichen als auch im westlichen Appartement die einstige Nutzung der Zimmer in der Belétage recht deutlich vor Augen. Aus den szenenreichen Darstellungen im westlichen Appartement wurden mehrere relevante Themenkomplexe entwickelt, die das Leben der Fürstbischöfe und ihre Freizeitinteressen in den Vordergrund stellen. Dank der Leihgaben aus dem Badischen Landesmuseum Karlsruhe können im so neu gewidmeten Jagdzimmer auch originale Jagdgewehre aus Meersburg präsentiert werden. Die Geige des

◄ Audienzzimmer im östlichen Staatsappartment, Neues Schloss Meersburg.

Sebastian Wagner von 1770, die für den Meersburger Hof gefertigt worden ist, eine private Leihgabe aus Meersburg, und das Elfenbeinprunkgefäß bilden die beiden Pole im Musik- und Weinzimmer. Und auch das einstige fürstbischöfliche Naturalienkabinett, das nach einer Publikation von 1787 am Meersburger Hof neben vielen anderen faszinierenden Fundstücken auch Muscheln und Schnecken von den Seereisen James Cook beinhaltete, kann mit Leihgaben des Staatlichen Naturkundemuseums Karlsruhe auch eine Auswahl der schon damals berühmten Öhninger Fossilien zeigen. Zu diesen 13 Millionen alten Versteinerungen aus Öhningen am Seerhein gesellen sich auch naturwissenschaftliche Studien des Malers Hamilton, von denen eine große Anzahl im Schloss vorhanden gewesen war. Die vier Leihgaben der Staatlichen Kunsthalle Karlsruhe können bis zum Herbst 2012 im Schloss präsentiert werden.

Welche Gebiete das Hochstift Meersburg umfasste und wer die Nachbarn des weltlichen Territoriums der Fürstbischöfe waren, wird auf dem interaktiven Bodenseemodell sichtbar. Darüber hinaus kann die weitere historische Grenzentwicklung der Region abgerufen werden. Mit einem Alpenpanorama aus dem 19. Jahrhundert wird sodann deutlich, dass der Blick auf die Alpenkette und den Bodensee auch von Meersburg aus mehr und mehr an Interesse gewonnen hat.

In dem stadtseitigen Raum mit den beiden Ansichten des Neuen und des Alten Schlosses werden ein paar Schlaglichter auf die Stadt Meersburg vor und nach der Säkularisierung des Hochstifts gerichtet. Hier werden das Verhältnis der regierenden Fürstbischöfe zu ihrer Residenzstadt und Etappen der Stadtentwicklung im 19. Jahrhundert mit Leihgaben der Städtischen Sammlung Meersburg veranschaulicht. Das sprichwörtlich „glänzende" Meersburg – die Stadt bekam übrigens dieses Attribut, weil sich für die Betrachter auf den Schiffen die Sonne in den zahlreichen Fenstern der Barockbauten in der Oberstadt spiegelte – war im 18. Jahrhundert auch mit einer Wirtschaftsblüte verbunden. Dies lässt sich mit zahlreichen historischen Dokumenten belegen: Der fürstbischöfliche Hofstaat wuchs im gleichen Maße wie die Einwohnerzahl, und hochwertiges Handwerk wie ein Geigenbauer, zwei Herrenschneider, Verleger und mehrere Buchbinder sowie Kupferschmiede etc. ließen sich in Meersburg nieder. Darunter ist Bartholomä

▼ Das romantische Meersburg, festgehalten auf einer Postkarte um 1900 – historische Gebäude und Landwirtschaft bestimmen das Ortsbild.

Meersburg am Bodensee
Vorburggasse im Herbstbetrieb, Weinkelterei

Herder (1774 – 1839) hervorzuheben, da er 1801 in der Meersburger Unterstadt einen Verlag gründete und als Hofbuchhändler und Hofbuchdrucker für den letzten Bischof Karl Theodor von Dalberg (reg. 1802 – 1817) tätig war. Herder zog 1808 nach Freiburg um. Auch für ihn war der zunächst aussichtsreiche Standort nicht mehr von Interesse. Die Zeiten hatten sich gewandelt.

Wie sich ein Ort verändern kann, wenn der Hauptwirtschaftsfaktor wegfällt, zeigt sich in Meersburg besonders eindrücklich, als im Zuge der Säkularisation die Stadt den Residenzstatus verlor. Der badische Staat, der die bischöflichen Gebäude und Behörden übernahm, musste zunächst sein neues Land mit den verschiedenen Besonderheiten und den Bürgern kennenlernen. Ein Meersburger Bürger, Johann Baptist Kolb (1774 – 1816), machte sich als Verfasser einer mehrbändigen Landesbeschreibung mit dem Namen „Historisch-statistisch-topographisches Lexikon von dem Großherzogthum Baden enthaltend in alphabetischer Ordnung" (Karlsruhe 1813 – 1816) verdient. Der Sohn des Archivars Christoph L. Kolb trat 1795 als Gehilfe seinen Vaters in fürstbischöfliche Dienste und wurde nach der Säkularisation des Hochstifts vom Kurfürst von Baden übernommen. Seine detailreiche Beschreibung der Ortschaften und Weiler im neuen Staatsgebilde „Baden" war bei Beamten und Behörden sehr begehrt. Es wurden auch viele Spezialkarten hergestellt und in zahlreichen Erfassungslisten die Familien in ihren Häusern aufgenommen, gelegentlich sogar mit Viehbestand, Lehrlingen und Dienstboten, aufgenommen. Diese Listen (StaM A 557, 1019, 1024, 6401), die teilweise bis in die Jahrhundertmitte geführt und ergänzt wurden, zeigen deutlich, wie innerhalb einer Generation die Sozialstruktur der Meersburger Bürger sich änderte. Äußere Umstände taten ein Übriges dazu: Baden konnte die übernommenen Ämter nicht halten und ihnen in diversen Verwaltungsreformen keine neue Funktion geben. So wurden zwischen 1807 und 1857 die meisten Institutionen abgezogen: Als erste Behörde die badische Regierung des oberen Fürstentums am See, 1836 das Hofgericht des Seekreises, 1842 die Bezirksprobstei und zum Schluss das Bezirksamt. Außerdem folgte in den 1830er Jahren eine tiefgreifende Rezession. Die beiden großen Schulinstitute, das Badische Lehrerseminar, das ein paar Jahre nach der Verlegung des Priesterseminars – zunächst nach Freiburg und dann nach St. Peter – in das große Barockgebäude auf dem Sentenhart einzog, und die

Taubstummenanstalt, die 1865 von Pforzheim ins Neue Schloss verlegt wurde, konnten die Wirtschaftskraft der abgezogenen Verwaltungsbehörden nicht ersetzen. Alle drei Faktoren führten zur Reduzierung des Gewerbes auf die Grundbedürfnisse, also alles was man für den Erwerb von Kost, Kleidung und Logis – sowie für den Rebbau – benötigte. Statt Hofschneider sind nur noch Flickschuster zu finden; Verleger, Buchbinder und Instrumentenbauer sucht man nun vergebens. Bei der Durchsicht der Stadtakten fällt auf, dass um 1810 bis 1825 eine geballte Anzahl von Liquidationen und Pfandverschreibungen angemeldet worden sind, die mit einer sich ausbreitenden Armut einher gingen.

In der zweiten Jahrhunderthälfte beschäftigten sich die Meersburger mit der Suche nach einer neuen Identität und dem Anschluss an die Moderne. Zwar wollte auch Meersburg durch den Abriss so manchen Tores und Turmes für neue Innovationen und Fabriken Platz bieten, doch so recht gelang den Meersburgern die Modernisierung nicht. Einerseits fehlte der Stadtverwaltung das Geld, Erneuerungen konsequent umzusetzen; anderseits konnte sich in dem topographisch schwierigen, eng bebauten Terrain mit Ober- und Unterstadt kaum Industrie ansiedeln. Einzig die Buntweberei, die 1846 Johann Jacob Honegger und seinen Söhnen Gottlieb und Kaspar am Standort zweier Mühlen in der heutigen Burgweganlage gegründet worden war, brachte einen Hauch von Industrialisierung in die Stadt. Doch die Geschäfte liefen immer wieder schlecht und die Fabrik wechselte mehrmals den Besitzer. Seit eine Dampfmaschine die Webstühle antrieb, war die Weberei außerdem eine stete Feuergefahr für die Altstadt. In einer Septembernacht im Jahre 1902 entging die Stadt nur knapp einer Katastrophe als die Fabrik in Brand geriet.

Für das Bezirksamt Überlingen, das als übergeordnete Behörde in den sogenannten Ortsbereisungsprotokollen den politischen, wirtschaftlichen und sozialen Zustand der Gemeinden kontrollierte, verschwand mit dem Brand ein Schandfleck im Stadtzentrum, der die zarten Anfänge des Fremdenverkehrs behinderte. Die Meersburger Bürgerschaft dagegen befürchtete den Wegzug des größten Arbeitgebers. Immerhin arbeiteten jahrzehntelang zwischen 80 bis 100 Menschen in dem Betrieb. Zum Glück einigte sich die Stadtverwaltung – unter großen Subventionen in Form eines großen Grundstückes mit Wasseranschluss und einer Einmalzahlung von 8 000 Mark (Gemeinderatsprotokoll vom 01. Februar 1903) – mit den damaligen Besitzern Jakob Koblenzer und seinem Neffen Adolf Erlanger, die Fabrik am Stadtrand in der Uferstraße nach Hagnau neu zu errichten.

Seit Freiherr Joseph von Laßberg (1770 – 1855) 1838 die Meersburg, die mittelalterliche Burg, erwarb und die frühen Germanisten auf seine Burg einlud, wurde das pittoreske Stadtbild über die Grenzen der Region hinaus bekannt. Nach dem Tod Laßbergs und seiner Schwägerin, der Dichterin Annette von Droste-Hülshoff (1797- 1848), zog die historische Bebauung die ersten Individualreisenden an, die nicht nur auf den Spuren dieser bedeutenden Persönlichkeiten wandelten. Zunächst wurde allerdings der Blick hauptsächlich auf die mittelalterlichen Gebäude gerichtet, von denen Meersburg immer noch eine stattliche Anzahl besonders an Toren und Türmen besaß. Jahrzehnte später ist die barocke Erweiterung in der Oberstadt als prägender und attraktiver Bestandteil des Ortskerns in der Denkschrift von Franz Sales Meyer festgehalten worden. Auch wenn die Meersburger Bürger damals lieber eine moderne, von Industrie geprägte Stadt begehrten, zu der selbstverständlich auch ein Eisenbahnanschluss gehören sollte, scheint schon Ende des 19. Jahrhunderts Meersburgs Weg als Fremdenverkehrsort vorgezeichnet zu sein. Doch erst Bürgermeister Dr. Karl Moll (1884 – 1936) setzte nach dem Ersten Weltkrieg auf den Tourismus als Haupterwerbsquelle der Stadt und schuf konsequent die Infrastruktur und das Marketing für einen modernen Fremdenverkehr. Dies begründete den guten Ruf Meersburgs als die Tourismusstadt am Bodensee, den die Stadt bis heute pflegt. Mit dem erneuerten barocken Schloss ist Meersburg wieder um eine Attraktion reicher.

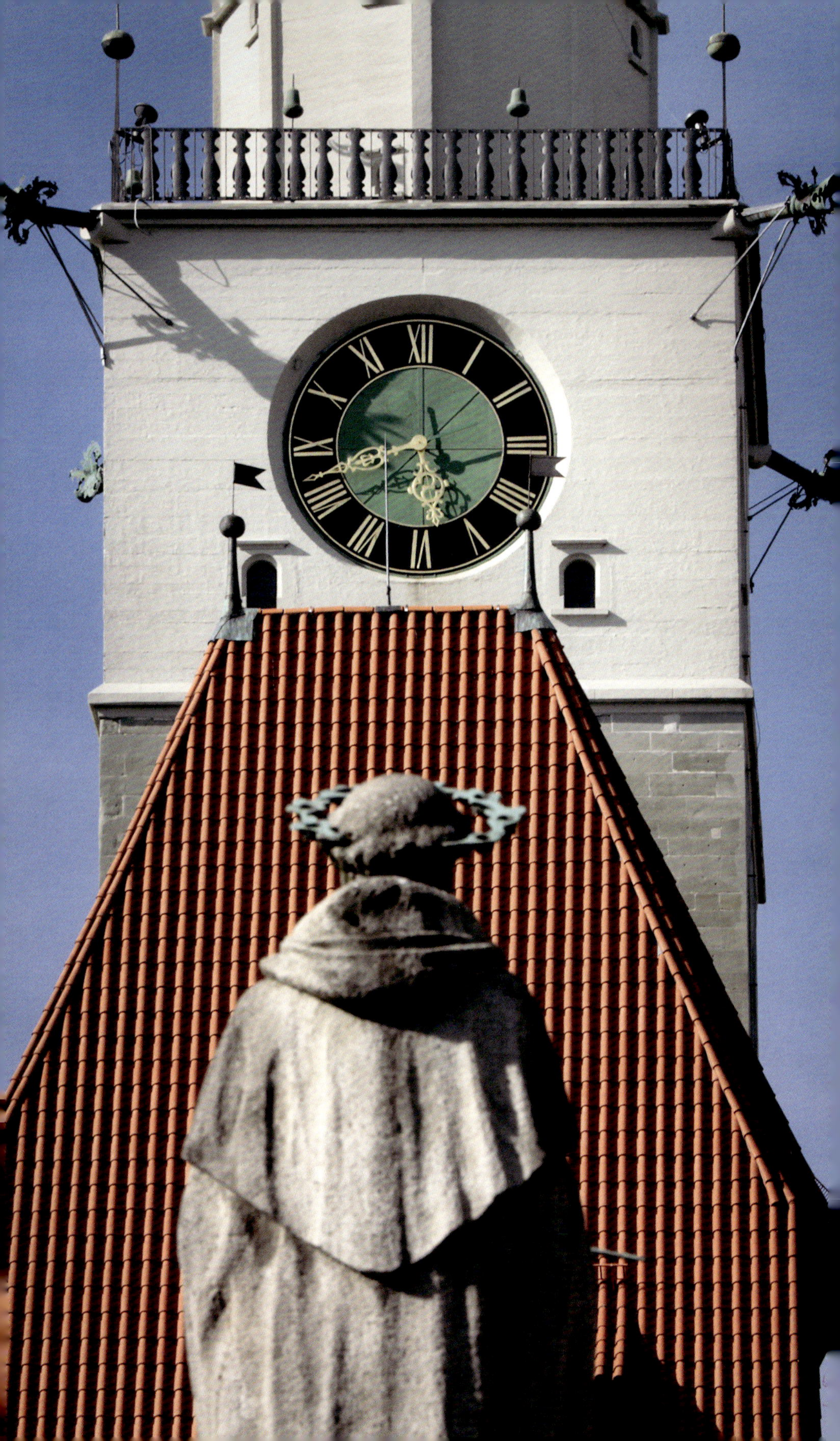

Wo die Kartoffel zum Smartphone wird

Das theaterpädagogische Angebot im Häfler Kiesel

CLAUDIA ENGEMANN

„EN GARDE!" Laut schreiend und wild gestikulierend gingen im September 2008 14 Jugendliche und Erwachsene mit dem Degen aufeinander los, mitten in der Fußgängerzone Friedrichshafens und beäugt von zahlreichen – teils überraschten, teils amüsierten – Schaulustigen. Kein Fecht-Wettkampf wurde hier ausgetragen, ja, die Kämpfenden folgten nicht einmal den offiziellen Regeln des Fechtens, sondern tänzelten, sprangen und schrien, dass einem schon beim Zusehen Angst und Bange werden konnte. Tatsächlich handelte es sich – um einen Schauspielworkshop.

„En garde! oder Einmal kämpfen wie Johnny Depp", so war er vom Kulturbüro angekündigt und von Schauspielerin und Fechtmeisterin Saskia Leder durchgeführt worden. Und er sollte zur Geburtsstunde der theaterpädagogischen Arbeit des Kulturbüros in Friedrichshafen werden, denn der Zuspruch war so groß, dass das Kulturbüro daraufhin gleich weitere Workshops anbot. „Wir suchen nicht den Superstar", ein siebenstündiges Angebot, lockte Jugendliche ab 13 Jahren, die Lust hatten, einmal selber auf der Bühne zu stehen, ohne den Druck, perfekt sein zu müssen. Seither ist viel passiert, es gibt zahlreiche unterschiedliche Workshops, von Stimmbildung über Theatertechnik bis zu Improvisation und Fortbildungen für Lehrer und Erzieher. Der Theaterpädagoge Felix Strasser bietet darüber hinaus theaterpädagogische Einführungen zu bestimmten Inszenierungen in den Schulen an, die stark nachgefragt sind. Und vor allem: Es haben sich drei feste Spielclubs etabliert, für Jugendliche ab 13 Jahren, für Jugendliche ab 16 Jahren und seit neuestem auch für Erwachsene. Alle Clubs treffen sich über mehrere Monate im Kiesel im k42, der Studiobühne des Kulturbüros im Medienhaus am See, um schließlich eine eigene Theateraufführung auf der Bühne zu präsentieren.

Am Anfang läuft es ungefähr so, wissen die Theaterpädagoginnen Alexandra de Jong und Geli Wagner zu berichten, die diese Clubs leiten: Noch etwas schüchtern betreten die Jugendlichen den Raum – manchmal einzeln, manchmal zu zweit – verteilen sich mit etwas Abstand auf den Zuschauerstühlen des Kiesels, ein zaghaftes „Hallo" auf den Lippen und unsicher, was sie in den nächsten Stunden (und Monaten) erwarten wird. Um auf der Bühne vor anderen etwas vorzuführen und aus sich selbst herauszugehen, braucht es eine gehörige Portion Mut. Ob sie dem

▼ Szene aus der Inszenierung „Die letzte Fahrt der MS Agatha" des Jugendclubs 1.

gewachsen sein werden? Doch die erfahrenen Theaterpädagoginnen wissen, wie man das Eis brechen und alle Bedenken zerstreuen kann. Nach einer kurzen Vorstellungsrunde geht es los mit Atem-, Bewegungs- und Gesangsübungen, und kurz darauf schallt es lautstark durch den Kiesel: *„Hier, in diesem Haus: Ist man erst drinnen, kommt man gar nicht wieder raus. Hier muss man tanzen und singen und auch noch springen, erst dann kommt man hier wieder raus!"*, begleitet von lautem Fußstampfen – bis sich der Chor in großes Gekicher auflöst. Spätestens bei den witzigen Improvisationsspielen sind die Teilnehmer bereits nicht mehr zu bremsen. Da unterhält sich ein 15-Jähriger mit einem Schaukelstuhl, eine 13-Jährige verwendet eine Gießkanne als Handtasche und eine schrumpelige Kartoffel als Smartphone und schließlich singen drei Leute gemeinsam aus dem Stegreif eine Lobeshymne auf den tapferen Gürtel Günter.

Ein vorherrschendes Prinzip in den Clubs, das bereits ganz zu Anfang eingeführt wird, ist das „Ja, gerne!", das grundsätzliche Annehmen von Situationen. *„Wenn ein Teilnehmer im Probenprozess plötzlich einer neuen Idee folgt und statt wie verabredet mit dem Messer auf den anderen losgeht, ihm freudestrahlend um den Hals* fällt, steigt der Spielpartner nicht aus und sagt: ‚Hei, du Blödmann, so ist das falsch', sondern nimmt das neue Spielangebot an und reagiert entsprechend darauf", erzählen Alexandra de Jong und Geli Wagner. „Zumindest sollte das so sein." Damit das funktionieren kann, ist es den beiden ganz wichtig, dass die „Clubber" im Laufe der folgenden Wochen und Monate zu einer Gruppe zusammenwachsen, die sich akzeptiert und in der jeder sich wohl fühlt. Teamgeist und Respekt vor den anderen spielen eine große Rolle. Daher geht es bei den gemeinsamen Proben nicht nur ums Theaterspielen, sondern es wird viel privat erzählt, gelacht, und natürlich wird sich auch über Kunst und Kultur ausgetauscht: Welche Musik hörst du und warum, welches Bild oder Buch spricht dich derzeit an, etc.? Und ohne, dass die Jugendlichen gemeinsam an Texten und Szenen arbeiten, über Themen reden und sich auf bestimmte Verabredungen einigen, kann eben auch kein Stück entstehen. Das läuft selten ganz ohne Konflikte ab. „Wenn einer meint, eine großartige Idee zu haben, die unbedingt umgesetzt werden muss, bedeutet das noch lange nicht, dass die anderen das auch so sehen. Viel häufiger heißt es: ‚Deine Idee ist toll? Meine ist aber noch viel besser!'" weiß Geli Wagner. Heiße Diskussionen sind die Folge, in deren Verlauf man sich irgendwie einigen muss. Für die Teilnehmer liegt der Reiz am Jugendclub zum einen natürlich in der Möglichkeit, Theater zu spielen. Jeder kann hier nach Herzenslust verschiedene Charaktere ausprobieren, ob fieser Verbrecher, kleines Dummchen oder cooler Macho, er kann ins andere Geschlecht schlüpfen, sich einen Sprachfehler oder einen fremdländischen Akzent zulegen (Der Atem-, Sprech- und Stimmlehrer Josef de Jong unterstützt viele der Proben und arbeitet mit den Teilnehmern unter anderem intensiv an ihrer Sprache). Er kann auch Verhaltensweisen ausprobieren, ohne reale Konsequenzen zu tragen. Zum anderen lernen die Jugendlichen sehr viel über sich selber und über neue Situationen, und sie haben die Möglichkeit, in einem geschützten Raum mit Gleichgesinnten über Themen zu reden, die ihnen wichtig sind. „Toll ist auch, dass es Selbstvertrauen bringt, vor anderen etwas darzustellen – und Zuspruch dafür zu finden. Eine anfangs sehr schüchterne Teilnehmerin sagte nach dem zweiten Stück auf einmal ganz selbstbewusst: ‚Ich bin halt ein bißchen dicker – ja und!?'", freut sich Geli Wagner. Die Bühne bietet auch die Möglichkeit, reale Gefühle und Energien auszuleben. Trotzdem dienen die Treffen nicht der Therapie, sondern es geht immer um Kunst, betonen die Theaterpädagoginnen. Es wird versucht, für

▼ Aufführungsfoto der Inszenierung „ROSA oder Ohne in große Träume ausbrechen zu müssen" des Jugendclubs 2.

alles eine theatrale Ausdrucksform zu finden. „Wenn einer wütend ist, weil er sich das teure Paar Designerschuhe nicht kaufen kann, kann er das nicht einfach auf der Bühne von sich geben, das wäre ja für den Zuschauer völlig uninteressant. Wenn er aber stattdessen einen Sack kaputter Billigschuhe über die Bühne ergießt, ist das schon ein spannenderes Bild."

Reiner Spaß ist die Teilnahme an einem der Theaterclubs nicht – sie bedeutet auch Arbeit! Über die ersten freien Improvisationsspiele kommen die Gruppen im Verlaufe der Wochen verstärkt zu gezielten Improvisationsübungen, in denen zunächst Figuren erfunden werden und über diese schließlich ein eigenes Stück, das die Gruppen jeweils selber schreiben. Das Bühnenbild wird konzipiert und gebaut, Kostüme müssen gefunden und Musik oder Töne ausgesucht werden. Und spätestens, wenn es auf die Aufführung zugeht, wird es ernst, denn dann muss der Text sitzen. Jeder „Hänger" von einem der Teilnehmer bremst den Spielfluss der ganzen Gruppe. Es wird nicht mehr nur einmal pro Woche, sondern verstärkt auch am Wochenende und ganz zum Schluss sogar täglich geprobt. Das bedeutet Disziplin und Verzicht auf andere Freizeitaktivitäten. Was dann am Ende auf der Bühne zu sehen ist, ist nicht Perfektion – das kann es gar nicht sein in einer Amateurgruppe mit verhältnismäßig wenig Probenzeit – sondern Spielfreude und ein sehr hohes Maß an Authentizität.

Und die Anstrengung lohnt sich, da sind sich die Teilnehmer der Clubs sicher. Der Applaus der Zuschauer einer ausverkauften Premiere, vor der die Nerven gewöhnlich blank liegen, und die Aufmerksamkeit der wohlwollenden Presse machen den Einsatz mehr als wett. Und natürlich der schon erwähnte Zusammenhalt innerhalb der Clubs, denn so eine lange Probenzeit schweißt zusammen! Höhepunkt dessen war sicherlich die Teilnahme an dem Projekt „Kommen und Gehen" vom Theater Lindenhof aus Melchingen, das im Auftrag des Kulturbüros anlässlich des Friedrichshafener Stadtjubiläums ein eigenes mehrteiliges und an verschiedenen Orten stattfindendes Theaterstück schrieb und in dem der Teil der „Schwabenkinder" sehr souverän und mit großem Erfolg von den Jugendclubs gespielt wurde – an zehn Abenden, vor jeweils über 200 Zuschauern. Von dieser zwar anstrengenden, aber auch außergewöhnlich intensiven Erfahrung zehren die Jugendlichen noch immer und reden viel darüber. Spätestens seitdem ist die Gruppe unzertrennlich.

Doch auch in anderen Konstellationen spielt der soziale Zusammenhalt eine große Rolle: In keinem der Clubs waren die Unterschiede zwischen den Teilnehmern so groß wie im Erwachsenenclub, und zwar sowohl hinsichtlich des Alters als auch der Spielerfahrung und des Temperaments. Keine leichte Aufgabe für Theaterpädagogin Alexandra de Jong, die Interessen und Bedürfnisse der Teilnehmer im Alter zwischen 24 und 72 Jahren unter einen Hut zu bringen. Doch auch das gelang nach einigen Differenzen – und in der nächsten Spielzeit meldeten sich nicht nur fast alle Spieler wieder an, sondern brachten zum Teil sogar neue Interessenten mit.

Neu ist ein theaterpädagogisches Angebot in Friedrichshafen freilich nicht. Bereits seit 1984 existieren die „Theatertage am See", ein großes Festival des Amateurtheaters, das europaweit Beachtung findet und seit der Gründung eines Fördervereins auch Schultheaterprojekte und Fortbildungen für Lehrer und Sozialarbeiter anbietet. Es gibt Laientheatergruppen für Erwachsene und natürlich das Seehasentheater, wo Kinder und Jugendliche pünktlich zum Seehasenfest in ausverkauften Räumen auf der Bühne stehen und jedes Jahr beachtliche schauspie-

▼ *Szene aus der Inszenierung „Die letzte Fahrt der MS Agatha" des Jugendclubs 1.*

lerische Leistungen erbringen. Das Interesse an Theater und daran, sich selber darstellerisch auszudrücken, ist in Friedrichshafen groß. Neu ist seit 2008 aber das kontinuierliche Angebot für Jugendliche unterschiedlicher Altersgruppen, die unter Anleitung verschiedener Theaterpädagogen über eine ganze Spielzeit (Herbst bis Frühsommer) ein eigenes Stück erarbeiten und es schließlich – auf der technisch hervorragend ausgestatteten Kiesel-Bühne – unter nahezu professionellen Bedingungen zur Aufführung bringen.

Dem Kulturbüro war es mit der Einführung seines theaterpädagogischen Angebots wichtig, Jugendlichen Kunst und Kultur, speziell Theater, nahe zu bringen, ihren Blick dafür zu öffnen und zu schärfen, sie dafür zu begeistern. Die Teilnehmer der Clubs besuchen während einer Spielzeit zwei Theateraufführungen gemeinsam und reden hinterher über das Gesehene; viele sieht man zusätzlich alleine oder mit Freunden bzw. Eltern in kulturellen Veranstaltungen. Der Kiesel als Ort, an dem viele professionelle Schauspiel-Aufführungen auch für ein junges Publikum stattfinden, sollte seine Hemmschwelle verlieren, indem die Teilnehmer der Clubs diesen Raum als den „ihren" annehmen. Ein Wunsch, der sich erfüllt hat. *„Hoffentlich wischen die den Blutfleck auf unserem Boden ordentlich weg!"*, empört sich ein 15-Jähriger nach dem Besuch eines Gastspiels vom Schauspiel Frankfurt im Kiesel. *„Das gucke ich mir morgen ganz genau an!"*

Die Theaterpädagogische Ausbildung

Seminar für Didaktik und Lehrerbildung (GWHS) Meckenbeuren
THEATERTAGE AM SEE e. V. Friedrichshafen

NICOLE PENGLER UND JÜRGEN MACK

Seit dem Schuljahr 1999/2000 bietet das Seminar für Didaktik und Lehrerbildung Meckenbeuren in Kooperation mit dem Förderverein Theatertage am See Friedrichshafen e.V. eine theaterpädagogische Ausbildung in mehreren Stufen an. Dass eine solch umfangreiche Ausbildung fakultativ parallel zum Referendariat angeboten wird, gibt es sonst nirgendwo in der Bundesrepublik Deutschland. Die Ausbildung ist offen für Lehrerinnen und Lehrer aus allen Schularten und für Personen, die in anderen pädagogischen Feldern tätig sind. Einige Fakten belegen eindrucksvoll den Erfolg dieses Meckenbeurer Modells:

- Mit insgesamt mehr als 800 Teilnehmern hat knapp die Hälfte aller Referendare jedes Kurses am Seminar Meckenbeuren das seit 1997 jährlich stattfindende Angebot wahrgenommen, für dreieinhalb Tage an einem Einführungskurs in die Arbeitsweisen und Methoden der Theaterpädagogik teilzunehmen. Unterricht ist eine tägliche Inszenierung und deshalb eine, wenn auch besondere Form, von Theater! Methoden der Theaterpädagogik können nicht nur helfen unterrichtliche Prozesse und zwischenmenschliche Beziehungen zu analysieren, sondern auch diese bewusst zu gestalten und zu strukturieren. Der Fokus liegt bei diesem Einführungskurs auf dem Thema „Umgang mit Wut und Aggression im Schulalltag" – ein Thema, das zum Menschsein im selben Maß gehört wie Freude und Liebe, wodurch ein wichtiger Beitrag zur Gewaltprävention geleistet wird.

- Bislang absolvierten circa 300 Teilnehmer die einjährige Stufe I der Theaterpädagogischen Ausbildung, in welcher eine Gruppe kontinuierlich einmal die Woche und an acht Wochenenden zusammenarbeitet. Insgesamt absolvieren die Teilnehmer 500 Stunden in diese Phase der Ausbildung. Das entspricht in etwa noch einmal der Anwesenheitszeit am Seminar während ihrer kompletten zweiten Phase der Lehrerausbildung. Wenn der Vorhang in diesem Jahr für den 11. Ausbildungskurs mit dem großen Abschlussprojekt „Ein Sommernachtstraum" nach Shakespeare fällt, werden 32 weitere Teilnehmer ihr Zertifikat „Theaterpädagogischer Spielleiter im pädagogischen Bereich" in den Händen halten und voraussichtlich etwa 10 000 Besucher,

▲ Szenenfoto aus „Medea und die Reise der Argonauten".

   eine oder mehrere der Abschlussinszenierungen in den vergangenen elf Jahren gesehen haben.

－ Seit dem Schuljahr 2005/2006 gibt es die Möglichkeit – ebenfalls berufsbegleitend – an einer ebenfalls 500 Stunden umfassenden Stufe II der Theaterpädagogischen Ausbildung teilzunehmen. Am Ende der zweiten Stufe schließen die Absolventen mit der Zertifizierung „Theaterpädagoge Grundausbildung (BuT)" ab, das ist neben dem Lehrerberuf ein zweites berufliches Standbein.

－ Das geographische Einzugsgebiet der teilnehmenden Personen an der Ausbildung reicht von Ulm über Memmingen nach Kempten, die ganze Bodenseeregion hinweg bis Tuttlingen.

－ Absolventen der Ausbildungsstufen gründeten ein eigenes Theater, das sich innerhalb kürzester Zeit als „Theater Oberschwaben-Bodensee (TOB)" nicht nur in der Region einen Namen geschaffen hat, sondern für seine diesjährige Produktion „Hommage an Loriot" den Deutschen Amateurtheaterpreis erhielt.

－ Durch die Kooperation mit THEATERTAGE AM SEE sind Kontakte zur internationalen Theaterpädagogik geschaffen und die Ausbildung ist in einem internationalen Netzwerk verortet.

Warum Theaterpädagogik ? Und das an einem Lehrerseminar ?

„Der Mensch spielt nur, wo er in voller Bedeutung des Wortes Mensch ist, und er ist nur da ganz Mensch, wo er spielt." (Friedrich Schiller)

Theater ist eine „Disziplin", die es dem Menschen ermöglicht, sich selbst in seiner Ganzheit zu erfahren und zu spüren. – Und dies sowohl beim Spielen als auch beim Schauen, begibt man sich doch im Theater in einen rekursiven Prozess zwischen der eigenen Innen- und Außenwelt. Hierdurch wird nicht nur das Weltwissen, sondern auch die Selbst- und Fremdwahrnehmung geschult; es findet also Persönlichkeitsbildung statt. Theater ermöglicht sich selbst im Tun zu beobachten. Ist es nicht genau das, was den Menschen als solchen ausmacht? Er nimmt sich wahr, kann über sich nachdenken, sich mit anderen austauschen und er findet mit den Mitteln des Theaters ästhetische Formen dieser Auseinandersetzung mit sich und seinen Lebenswelten.

Theater(pädagogik) leistet einen großen Beitrag in den Bereichen der Selbst- und Sozialkompetenzen. Sowohl auf der Ebene der Professionalisierung der Lehrer, als auch auf der Ebene der Entwicklung der Schüler greift dieser Punkt. Schule und Unterricht ist Inszenierung. Menschliches Handeln und Kommunikation sind geprägt von zwischenmenschlichen Beziehungen und Statusfragen. Diese im Spiel zu hinterfragen, auszuleuchten, zu analysieren und auch bewusst zu gestalten und umzugestalten, trägt zu einem bewussteren Handeln bei. Nicht ohne Grund haben theaterpädagogische Methoden in der Zwischenzeit in verschiedensten Fort- und Ausbildungen ihren Platz gefunden; sei es für Führungskräfte, Personen im Dienstleistungsgewerbe oder in der Jugendarbeit. Die Ansprüche an unsere Gesellschaft wachsen immer mehr und somit auch an unsere Kinder und Jugendlichen. Wir leben in einer multikulturellen Zeit, in der die Heterogenitätsfrage, die Frage nach der „Funktion" jedes einzelnen und dessen Einzigartigkeit wieder an Bedeutung gewinnt. Hierin liegen viele Chancen, doch bringt dies auch Unsicherheiten mit sich. Wie kann differenziert werden? Wie kann jedem Einzelnen in seiner Einzigartigkeit gerecht werden? Wie können Menschen mit verschiedensten Stärken von- und miteinander lernen und profitieren? Für all diese Fragen können die Methoden des Theaters Antworten finden. – Ohne dass sie ein Allheilmittel sind, wie es nun vielleicht klingen mag. Ein Lehrer, der theaterpädagogische Methoden gezielt und professionell einsetzen kann, hat Handwerkszeug in seinem Rucksack, das ihm ermöglicht, Unterricht noch effektiver und bewusster zu gestalten, andere Prozesse in Gang zu bringen und tiefere Bewusstseinsebenen anzusprechen. Lernende werden zu Mitgestaltern von Unterrichts- und Lernprozessen und sind nicht nur Konsumenten von zu erlernendem Wissen, für welches oft schon alle Antworten gegeben sind. Lernen und auch Theater heißt

◄ *Szenenfoto aus „Krabat".*

in erster Linie Fragen aufwerfen und nicht Antworten geben. Wenn ich schon alle Antworten weiß, muss ich nicht mehr fragen. Erst wenn ich wieder beginne zu fragen – auch mich zu hinterfragen – ist Wachstum und Neu(er)finden möglich.

„Ja, ich behaupte darum, dass das Theaterspiel eines der machtvollsten Bildungsmittel ist, die wir haben: Ein Mittel, die eigene Person zu überschreiten, ein Mittel der Erkundung von Menschen und Schicksalen und ein Mittel der Gestaltung der so gewonnenen Einsicht." (Hartmut v. Hentig)

Theater(pädagogik) leistet einen großen Beitrag zur Entwicklung der Sprech- und Lesekompetenzen. Ist doch nichts so sehr mit unserem Mensch- und Ichsein verbunden wie unsere Sprache; Sprache in ihrer ganzen Komplexität und Weite (von der verbalen Sprache über das Feld der Paralinguistik bis hin zu rein körpersprachlichen Aspekten) sind Teil des Theaters, finden gezielte Modulation und bewussten Einsatz. Sprachliche Ausdrucksfähigkeit und Präsentationsfähigkeit sind mehr als nur ein Abfallprodukt theaterpädagogischen Arbeitens.

„Die Grenzen meiner Sprache bedeuten die Grenzen meiner Welt." (Ludwig Wittgenstein). Theater drängt förmlich auf die Überschreitung oder Überwindung der eigenen Grenzen. Eines der Hauptanliegen von Theater ist es, ästhetische Formen für einen anderen Blick auf das Menschliche zu finden und dabei entweder zu unterhalten oder Denkanstöße zu liefern. In der Regel schließt das eine das andere nicht aus. Beides ist aber eine Frage der ästhetischen Mittel.

Deshalb leistet Theater(pädagogik) auch einen wichtigen Beitrag zur Entwicklung ästhetischer Kompetenzen und damit zur kulturellen Bildung. Das hat eine sehr konkrete Ebene: Welche Geschichte erzählen wir mit welchen Mitteln und welche Bilder finden wir dafür? Wie wirken diese Bilder, was lösen sie aus? Wie stimmig sind die gewählten Formen in Bezug auf unsere Geschichte und in Bezug auf unsere eigenen darstellerischen Mittel und Möglichkeiten? Kunst kommt von Können, Darstellen, Inszenieren und auch Verstehenkönnen. Das ist die andere Seite der kulturellen Bildung durch Theater, es erweitert die Kompetenzen der Verstehensprozesse und der Urteilskraft. Theater verändert Schulkultur, nimmt weit über die Schule hinaus Einfluss auf die Gestaltung und Begegnung der Kulturen in einer Gesellschaft und bewirkt zum Teil ihre Entwicklung. Theater ist ästhe-

Szenenfoto aus „Hommage an Loriot". ▶

tischer Ausdruck der realen Existenz des Menschen und der Auseinandersetzung mit sich selbst. Es leistet deshalb auch einen wichtigen Beitrag zur Entwicklung von Medienkompetenzen. In einer durchinszenierten Welt, die gerade den Heranwachsenden vielfältigste Möglichkeiten und Verlockungen bietet, in virtuellen Welten das Leben zu verbringen, schafft Theater reale Gegenwelten, stärkt die Urteilskraft und damit ein „sich selbst bewussteres" Zurechtfinden im ästhetischen Dauerbombardement, dem wir heute ausgesetzt sind.

Die Theaterpädagogische Ausbildung in Meckenbeuren unterscheidet sich in einem Punkt von allen anderen inhaltlich vergleichbaren Ausbildungsgängen in Deutschland. Wir schließen bereits das erste Jahr mit einem großen Theaterprojekt ab. Wir wollen unseren Teilnehmern damit das Erlebnis bieten, ein solches Projekt selbst miterleben zu können und sie damit sehr konkret auf die Realisierung eigener Projekte vorbereiten. Wir wollen auch sehr konkret erlebbar machen, dass Theater nicht nur eine pädagogische, sondern auch eine ästhetische Dimension hat, die manchmal im Widerstreit zueinander liegen. Wir stehen immer vor der Herausforderung, beide Seiten so zusammenzubringen, dass eine Balance zwischen ihnen entstehen kann. Der Kreis schließt sich dann wieder zu den pädagogischen Kompetenzen. – Wer sich erfolgreich auf der Bühne erlebt, wird dadurch sehr viel für sich selbst mitnehmen können.

Evaluation der Ausbildung im Mai 2011

Auf Anraten des Regierungspräsidiums Tübingen haben wir im Frühjahr 2011 die Theaterausbildung evaluiert. Wir wollten sehen wie dauerhaft und wirksam sich diese Ausbildung langfristig auswirkt. Alle Absolventen der Kurse 1 bis 9 wurden angeschrieben, ebenso alle Teilnehmer der Aufbaustufe. Es gab dabei einen erstaunlich hohen Rücklauf. 67 Prozent gaben an, dass Theaterarbeit in ihrem schulischen Alltag eine große Rolle spielt, im Aufbaukurs sind es 83 Prozent. (Hier ist anzumerken, dass ein nicht geringer Teil der Teilnehmer einige Jahre nach Eintritt in das Berufsleben, Familien gründen und in Elternzeit gehen.) Viele leiten Theater-AGs oder arbeiten mit ihren Klassen aufführungsbezogen. Bei fast allen spielen Theatermethoden im täglichen Unterricht eine zentrale Rolle. Einige leiten Theatergruppen im Amateurtheaterbereich bzw. sind in einer solchen engagiert.

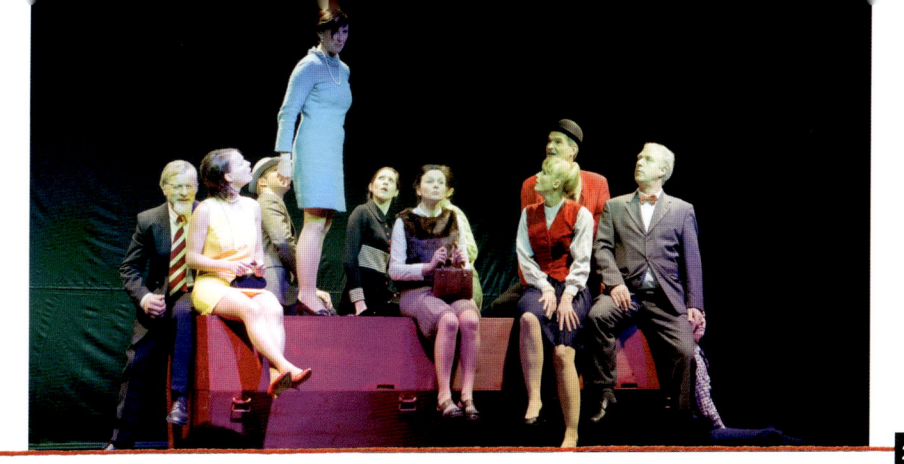

Bei 25 Prozent hat Theater einen wichtigen Platz im Schulcurriculum und ist ein wichtiger Baustein im Ganztagesangebot. An knapp 33 Prozent der Schulen an denen Absolventen der Meckenbeurer Theaterausbildung tätig sind, ist Theater ein wichtiger Teil der Schulkultur. Allein in den letzten beiden Jahren führten die Teilnehmer der Ausbildung mehr als 100 Theaterprojekte durch.

Wobei hier die Teilnehmer der Aufbaukurse zu 100 Prozent aktiv und wirksam sind. Beeindruckend ist auch die aufgezählte Liste der Kompetenzen der Absolventen, die sie unter anderem in ihrem eigenen Werdegang durch die theaterpädagogische Ausbildung in Meckenbeuren erlebt haben und die sie in ihrer konkreten Schularbeit mit ihren Schülern anstreben. Unverzichtbar nennen alle Absolventen die Erfahrungen, die sie mit ihrem Abschlussprojekt in der theaterpädagogischen Ausbildung in Meckenbeuren machen konnten.

Die bisherigen Abschlussprojekte

Jahr	Autor	Titel
2002	Eigenproduktion	nichts passiert – ein Stück Schule
2003	Eigenproduktion	Schule – oder die Kunst der Komödie
2004	Luigi Pirandello	Die Riesen vom Berge
2005	Michael Ende	Momo
2006	Eigenproduktion	Veronika beschließt zu sterben nach dem Roman von Paulo Coelho
2007	Thornton Wilder	Wir sind noch einmal davongekommen
2008	Eigenproduktion	malZeit nach Arno Wesker Die Küche
2009	Eigenproduktion	Medea und die Reise der Argonauten
2010	Ottfried Preußler	Krabat
2011	Eigenproduktion	Oliver Twist nach dem Roman von Charles Dickens
2012	William Shakespeare	Ein Sommernachtstraum

Die Ausbildungsstruktur

- Einführungsveranstaltung: Szenisches Interpretieren
  Die Einführungsveranstaltung in die Ausbildung bewegt sich sehr an unterrichtlichen Aspekten über verschiedene Fächer hinweg. Am exemplarischen, fächerverbindenden Thema „Francisco di Goya – eine Biographie zwischen Opportunismus und Zivilcourage" werden szenariodidaktische Zugänge

und Methoden vermittelt, die ohne weiteres auf andere Inhalte übertragen werden und direkt im Unterricht umgesetzt werden können. Die szenische Auseinandersetzung mit biographischen Aspekten, historischen Sachtexten, Erzählungen, Jugendbüchern, Kunst und Musik schafft nicht nur einen empathischen Zugang zu historischen Quellen, sie vermittelt durch die Authentizität der Beschäftigung auch hochaktuelle Gegenwartsbezüge. Gleichzeitig bietet der insgesamt zwölfstündige Kurs an insgesamt drei Abenden einen Einblick in die Arbeitsweise der Ausbildung.
Die Einführungsveranstaltung ist kostenfrei und ermöglicht ein gegenseitiges „Beschnuppern". Erst im Anschluss daran findet eine verbindliche Anmeldung statt.

- Theaterausbildung Stufe I
Ab Ende September bis Juli des Folgejahres absolvieren 20 bis 50 Teilnehmer 500 Ausbildungsstunden. Jeden Donnerstagabend ab 18 Uhr und in acht Wochenendseminaren (darunter ein Workshop beim internationalen Festival Theatertage am See) erleben sie eine sehr an Schulpraxis und Persönlichkeitsentwicklung orientierte Ausbildung, die mit einem großen Inszenierungsprojekt abgeschlossen wird. Die Ausbildung ist vom Kultusministerium Baden-Württemberg anerkannt und zertifiziert mit „Theaterpädagogischer Spielleiter im pädagogischen Bereich". Wesentlicher Teil der Ausbildung in dieser ersten Stufe sind die Wochenendworkshops mit hervorragenden professionellen Referenten und Referentinnen.

- Theaterausbildung Stufe II
Aufbauend auf Stufe I folgen weitere 500 Stunden Spielleiterausbildung als berufliche Zusatzqualifikation, die vom Bundesverband Theaterpädagogik (BuT) als „Theaterpädagoge Grundbildung (BuT)" anerkannt ist. In dieser Stufe werden die Inhalte der ersten Stufe vertieft. Ziel ist die Erweiterung der Spielleiterkompetenzen, verbunden mit der beruflichen Zusatzqualifikation. Die Ausbildung ist in Modulen strukturiert und wird von externen Referenten geleitet. Sie findet in der Ferienzeit Baden-Württembergs und an Wochen-

enden statt. Möglicher Start ist jeweils zu den Herbstferien, also zu Modul A oder B.

Das TOB (Theater Oberschwaben-Bodensee)

Aus dem Kreis der Absolventen vergangener Ausbildungsstufen entstand unter dem Dach des Fördervereins Theatertage am See das Amateurtheater TOB (Theater Oberschwaben- Bodensee), dessen Heimspielstätte der Kulturschuppen am Gleis 1 in Meckenbeuren geworden ist und das ebenfalls im Förderverein THEATERTAGE AM SEE Friedrichshafen e.V. organisatorisch beheimatet ist. Das Ensemble ist eng mit dem Verein und der Theaterausbildung am Seminar Meckenbeuren vernetzt. Die Idee heißt, ausgebildete Theaterpädagogen spielen und inszenieren in enger Kooperation mit Theaterprofis. Dahinter steckt der Wunsch, ästhetisch anspruchsvolle Inszenierungen auf die Bühne zu bringen, sich weiter fortzubilden und für den personellen Fortbestand der theaterpädagogischen Ausbildung und des Fördervereins Theatertage am See Vorsorge zu treffen. Das TOB hat bereits 2009 mit seiner ersten Inszenierung „Nur ein Spiel" weit über Oberschwaben hinaus Aufsehen erregt. 2011 folgte „Vive la Comédie – das Leben des Herrn Molière" und 2012 dann die Eigenproduktion „Hommage an LORIOT". Für diese Produktion wurde die Gruppe im Frühjahr 2012 als einer von fünf Preisträgern des Deutschen Amateurtheaterpreises amarena ausgewählt. Das TOB erhält den Preis der Sparte Komödie.

Die große kulturelle Ausstrahlung der Abschlussprojekte der Ausbildung und des TOB sind eng verbunden mit einer ausgezeichneten Unterstützung und Kooperation von Seiten der Gemeinde Meckenbeuren, die mit der Spielstätte „Kulturschuppen am Gleis 1" am Bahnhof den Theaterprojekten einen ganz besonderen Heimspielort geschaffen hat.

Die Bodensee Players e.V.
Eine Englischsprachige Laientheatergruppe

SHARON HAINER UND BEATE MOHR

Stellen Sie sich vor, sie müssen in ein fremdes Land umziehen, und Sie begegnen dann einer fest vernetzten Gruppe englischsprechender Leute aus mindestens acht verschiedenen Nationen. Sie treffen diese Leute monatlich an einem Stammtisch und eines Tages diskutieren Sie über Ihre soeben abgehaltene Englischstunde mit dem Thema „Was möchtest Du in Deinem Leben ändern?" Dabei finden Sie plötzlich gleichgesinnte Theaterenthusiasten. Stellen Sie sich dann diesen großen Schritt vor: Sie gründen einen eingetragenen Verein, welcher in der Bodenseeregion Theaterstücke in englischer Sprache aufführt. Diese Geschichte teilen sich viele der früheren und jetzigen Mitglieder der Bodensee Players e.V.

Zur Gartenparty, die an zwei Abenden im Juli 1997 stattfinden sollte, wurden ein mit Leckerbissen gefüllter Picknickkorb, eine Decke und viel Begeisterung für Amateurtheater mitgebracht. Aber dann kamen die Wolken und der Regen.

Sonntag abends traf man sich bei Freunden in einem hübschen sonnigen Garten nahe Heiligenberg, um für die erste Komödie *An Italian Straw Hat* in unterschiedlichen englischen Akzenten zu proben. Da das Stück über 25 Darsteller benötigte, traten viele in mehreren Rollen auf. Die Kostüme verlieh ein Secondhand Laden in Markdorf. Freunde liehen Requisiten, druckten und verkauften Karten und spielten Musik. Zwei open-air Gartenaufführungen waren geplant – nach beliebter englischer Tradition- aber unerwartet schlechtes Wetter zwang die Gruppe, die Aufführung ins nahe Gemeindehaus Wintersulgen zu verlegen. Getragen vom herzlichen Beifall der Zuschauer plante die Theatergruppe für März 1998 ein weiteres Stück. Diesmal wurde auf der großen Bühne des Kulturhauses Kaserne in Friedrichshafen geprobt und aufgeführt. *The Bride and the Bachelor* wurde so gut angenommen, dass zwei zusätzliche Vorstellungen durchgeführt wurden!

Die Gründungsmitglieder Meredith Harral, David und Inge Brown, Adrian und Alice Martienssen und Mary Dudbridge sind alle weggezogen, aber ihr Vermächtnis lebt durch Mundpropaganda und im Internet (www.bodensee-players.de) weiter und unterhält auch nach 15 Jahren unsere Zuschauer. Mit einem demokratisch gewählten Vorstand und einer Kerngruppe von Regisseuren, Produzenten, Schauspielern und Freiwilligen fördert die Gruppe die Entwicklung von Fähigkeiten

▲ The Last Panto in Little Grimley – 1999.

in allen Aspekten des Theaters. Gleichzeitig bildet sie einen Treffpunkt für Englischsprechende aller Nationalitäten, die sich für Laientheater interessieren.

Die Bodensee Players zeigen zwei Aufführungen pro Jahr – einen musikalischen Abend, eine Drama-Lesung oder eine Schlossführung, aber doch hauptsächlich die immer beliebten Komödien.

Im Verlauf der Jahre haben Schulklassen der Oberstufe sowie Kursteilnehmer der Erwachsenenbildung den Weg zu den Bodensee Players im Atriumtheater gefunden. Sitz der Bodensee Players sind seit ihrer Gründung die Räume des Kulturverein Kaserne e.V. Zur Vorbereitung jeder Aufführung werden vier Monate lang Texte gelernt, Bühnenbilder geplant, Kostüme und Beleuchtung organisiert sowie einmal wöchentlich geprobt.

Alle zwei Jahre beeindrucken die Players das Publikum mit einer aufwändig kostümierten Produktion, z.B. mit farbenprächtigen Kostümen der viktorianischen

Zeit oder Kostümen für klassische Bühnenstücke. In den letzten Jahren wurden *The Importance of Being Earnest, Lord Arthur Savile's Crime, Shirley Valentine* und *Educating Rita* vor fast ausverkauftem Haus aufgeführt.

Das Interesse an den Bodensee Players nimmt stetig zu und erfordert eine ständig aktualisierte Ticket-Hotline und eine anerkannte Sitzordnung.

Eine komplette Küche (einschließlich Spülbecken, Herd und Kühlschrank) wurde mindestens drei Mal auf der Bühne gebaut. Für andere Stücke erbaute man einen Dachboden, einen Kamin mit Kaminsims, Veranda-Türen, eine komplette Bücherwand sowie verschiedene Hotelzimmer mit riesigen Schränken. Außerdem wurden anspruchsvolle Effekte wie Explosionen, Gewitter und Pistolenschüsse produziert. Ab und zu muss sich der Zuschauer selber einen Riesenhund, ein Schwimmbad oder einen großzügigen Sommergarten außerhalb der Bühne vorstellen. Manchmal werden aus dankbaren und interessierten Fans, die nach der Vorstellung dableiben, zukünftige Mitglieder. Denn im Anschluss an die Aufführung finden oft entspannte Gespräche mit Besetzung und Produktionsmannschaft statt.

Veränderungen im Arbeitsmarkt des Bodenseekreises und persönliche Verantwortung spiegeln sich in der Dynamik der Bodensee Players wieder, welche momentan 30 eingetragene Mitglieder zählen. Durch monatliche Treffen sind Freundschaften entstanden, die sich wieder auflösen, wenn Mitglieder in ihr Heimatland zurückkehren, Kinder das Elternhaus verlassen oder aus anderen Gründen.

Familienangehörige der Mitglieder nehmen ebenso Teil am Geschehen, etwa an Weinabenden, Konzerten und natürlich den Vorstellungen. Sie machen mit bei Fackelläufen, mittelalterlichen Ritteressen oder beim winterlichen Schlitteln in Österreich.

Monatliche Treffen sowie alle Proben werden in englischer Sprache abgehalten. Einmal pro Jahr findet die Hauptversammlung in einem nahen Lokal statt, wo man Pläne für das kommende Jahr bespricht. Hier wird auch das Mitglied des Jahres gewählt und mit einer feinen Porzellantrophäe geehrt. Der Preis ist eine Schen-

▼ *Funny Money – 2011.*

kung zweier Gründer-Mitglieder, die auf die Isle of Wight zurückgekehrt sind, aber immer noch Kontakt zur Gruppe pflegen. Jedes Mitglied der Besetzung, der Bühnenmannschaft und des Vorstands sind abends und am Wochenende ehrenamtlich tätig, oft nach einem vollen Arbeitstag. Es ist kaum vorstellbar, wie viel Hingabe und Mühe in die Vorbereitungen jeder Aufführung fließen.

Die Bodensee Players sind Schauspieler durch und durch – sie können meist tägliche Anstrengungen und Stress ablegen, bevor sie durch die Tür ins Atrium gehen. Das Licht geht aus, die Bühne wird still – bereit für den ersten leisen Schritt zum Auftakt einer neuen Aufführung.

Der Internationale Bodensee Musikwettbewerb der Stadt Überlingen

30 junge Bratschisten aus aller Welt spielten in Überlingen auf Top Niveau

LUDMILLA REZNIKOVA

Zum 2. Mal fand von 15. bis 20. Juni 2011 in Überlingen am Bodensee der Internationale Bodensee Musikwettbewerb der Stadt Überlingen in Zusammenarbeit mit dem Rotary Club Überlingen statt. Der 2009 gegründete Wettbewerb richtet sich an junge Musiker, die an einer internationalen Musikhochschule studieren oder studiert haben mit dem Ziel, diese mit Geldpreisen und Einladungen zu Konzerten auf ihrem künstlerischen Werdegang zu fördern. Für seine Idee gelang es dem Dirigenten Georg Mais, der als künstlerischer Leiter des Internationalen Konzertrings Überlingen, der Stockacher Meisterkonzerte, des Mozart Sommers Schloss Salem und der Hagnauer Klassik mit einem beachtlichen Netzwerk ausgestattet ist, seine Kollegen der Überlinger Rotarier, bei denen er selbst Mitglied ist, zu begeistern.

Zusammen mit seinen Freunden Jürgen Wilde und Peter Reerink, dem ehemaligen Vorstandsvorsitzenden der Bodenseewerke und sein treuer Weggefährte bei der Südwestdeutschen Mozart Gesellschaft sowie Jörg Auriga, der die Kulturstiftung des Rotary Clubs verwaltet, erarbeitete man ein Konzept, das sich von Anfang an als eine große Sache für junge, hochtalentierte Instrumentalisten herausstellte. Bei der Stadt Überlingen war man dann auch gleich begeistert von diesem Kulturprojekt und stand den Rotariern als Partner zur Verfügung. Es wurde verabredet, den Wettbewerb alle zwei Jahre immer im Wechsel zum Bodensee Literaturpreis als feste Einrichtung in den Pfingstferien in Überlingen stattfinden zu lassen.

Viele Sponsoren, nicht zuletzt aus den Reihen der Überlinger Rotarier konnten gewonnen werden, um ein beachtliches fünfstelliges Haushaltsvolumen zu stemmen. Es mussten Preise finanziert, eine groß angelegte Werbung gestartet und eine namhafte Jury engagiert werden. Darüber hinaus brauchte man Klavierkorrepetitoren und ein Abschlusskonzert sollte auf hohem Niveau gesichert und organisiert werden. Außerdem sollten alle Teilnehmer kostenlos privat bei den Rotariern unterkommen, um dem Projekt eine persönliche Note zu geben. Dies unterscheidet den Wettbewerb deutlich von anderen Wettbewerben. All dies gelang den Rotariern mit viel persönlichem Engagement aller Mitglieder, so dass man 2009 mit dem Fach Violincello an den Start gehen konnte. Wie fruchtbar der Boden war, den Georg Mais mit seiner Idee bereitete, zeigt, dass beim vergangenen Wettbewerb, der im Juni 2011 mit dem Fach Viola stattfand, mehr als 30 junge Künstler aus

▲ Die vier Preisträgerinnen im
Fach Viola im Juni 2011.

vielen Ländern der Einladung an den Bodensee folgten. In einem Pre-Opening, vier Wochen vor dem Start in der Sparkasse Bodensee, stellten Georg Mais und Hans Peter Reerink in Anwesenheit von Frau Oberbürgermeisterin Sabine Becker den aktuellen Wettbewerb mit seinen Teilnehmern und Jurymitgliedern vor. In stilvoller Runde stimmte man sich auf die große Aufgabe ein.

Am 15. Juni ging es mit einer Begrüßung der Teilnehmer im Historischen Rathaussaal auf Einladung der Stadt Überlingen los, ehe dann am nächsten Tag in den Räumen der Städtischen Musikschule Überlingen geübt und dann im Museumssaal in Begleitung der hervorragenden Pianistin Kanade Joho vor der Jury gespielt wurde. Selbstverständlich waren alle Vorspiele der Öffentlichkeit zugänglich.

Die zahlreichen Helfer aus den Reihen des Rotary Clubs sorgten für beste Bedingungen für die jungen Musiker und für einen reibungslosen Ablauf bei den Vorspielen bei der Vielzahl der Teilnehmer. Dabei holte sich Georg Mais seine „gute Seele" und „rechte Hand" von der Südwestdeutschen Mozart Gesellschaft e.V., Ursula Röhl, an seine Seite, die zusammen mit ihrem ehemaligen Chef aus Bodenseewerkszeiten, Hans Peter Reerink, den Ablauf koordinierte.

Auch beim 2ten Mal gelang es dem Rotary Club Überlingen wieder eine hochkarätige Jury aus international angesehenen Professoren und Solisten einzuladen, um die jungen Künstler zu hören und die ausgeschriebenen Preise zu vergeben. Nils Mönkemeyer, heute Professor an der Hochschule für Musik in München, Professor Jone Kaliunaite von der Musikhochschule Saarbrücken, Matthias Buchholz, Professor an der Kölner Musikhochschule und Professor Thomas Riebl von der Universität Mozarteum in Salzburg entschieden sich zusammen mit Georg Mais für vier junge Damen, die mit insgesamt 5 Preisen nach Hause gingen. Diese Preisträgerinnen stellten sich dann auch als Solisten des renommierten Südwestdeutschen Kammerorchesters Pforzheim dem Publikum im ausverkauften Überlinger Kursaal im Preisträgerkonzert, das im Rahmen des Internationalen Konzertrings der Stadt Überlingen unter der Organisation des Südwestdeutschen Mozart Gesellschaft e.V. stattfand. Aus der Hand der Oberbürgermeisterin und des Rotary Club Präsidenten Axel von Detten empfingen die jungen Damen ihre Preise.

Dabei wurde sogar ein Publikumspreis nach dem Votum der Zuhörer vergeben, der vom Chef der Buchinger Klinik in Überlingen, Raimund Wilhelmi, auch Rotary Mitglied, gestiftet wurde. Erstmals gab es bei diesem Wettbewerb auch einen Preis für die beste Interpretation des zeitgenössischen Werkes und einen Förderpreis des Rotary Clubs. Beide Preise wurden von dem Überlinger Musikfreund und Rotary Mitglied Jürgen Wilde gestiftet. „Frauenpower" nannte Georg Mais den Gewinn der vier Damen, da alle Preise an weibliche Teilnehmerinnen gingen. *„Sie waren eben in den Augen der Jury einen kleinen Wimpernschlag vor ihren männlichen Kollegen. Ein Anreiz für uns Männer, noch mehr zu tun, um mitzuhalten"*.

Folgekonzerte hat Georg Mais für die Preisträgerinnen zusammen mit seinen rotarischen Freunden auch organisiert. Dabei gab es für alle vier junge Damen Konzerteinladungen als Solistinnen namhafter Orchester in der gesamten Bundesrepublik. Keine Überraschung war es, dass das Hauptkonzert am Samstag, den 02. Juni 2012 in Hagnau stattfand, sind doch Hagnaus sehr engagierter Bürgermeister Simon Blümcke, ebenfalls Mitglied der Überlinger Rotarier und Georg Mais auch bei der vom 01.-04. November 2012 stattfindenden renommierten „Hagnauer Klassik" ein großartiges Team.

Auf Einladung der Kulturstiftung der Rotary Clubs spielte die Königsberger Philharmonie in der Kirche St. Johann Baptist ein tolles Sinfoniekonzert mit der ersten Preisträgerin Bénédicte Royer aus Paris. Dieses Konzert war ein würdiger Abschluss des vergangenen Internationalen Bodensee Musikwettbewerbes und die Musikfreunde aus nah und fern dürfen sich schon auf das nächste Mal freuen, wenn der Rotary Club und die Stadt Überlingen vom 28. Mai bis 03. Juni 2013 zum nächsten Wettbewerb einladen, der dann für das Fach Violine ausgeschrieben sein wird.

„Tastenspiele"

heißt das Thema des kommenden Bodenseefestivals.
Als Artist in Residence wird der große Pianist Rudolf Buchbinder
am See zu erleben sein

MARKUS SCHWEIZER

Tasten, Saiten und Pfeifen

54 Tasten und 108 Saiten hat das Cembalo der Kammerphilharmonie Bodensee-Oberschwaben. Auf 88 Tasten und 225 Saiten bringt es der Steinway-Flügel im Tettnanger Rittersaal. Mit 223 Tasten und 6.890 Pfeifen wird die Gabler-Orgel in der Basilika Weingarten zum Klingen gebracht. Viele Tasten, viele Saiten und viele Pfeifen. „Tastenspiele" heißt das Festivalthema im Jahr 2013 und die Programmkommission des Bodenseefestival ist inzwischen in der Feinplanung, denn zum Jahreswechsel soll alles unter Dach und Fach sein. Man darf gespannt sein, was auf den Klavieren, auf den Orgeln und auf den Cembali rund um den See im kommenden Frühjahr alles zu hören sein wird. Gespannt sein darf man auch, ob dann auch auf Tasten anderer Instrumente konzertiert werden wird, auf Akkordeon, Bandoneon, Harmonium zum Beispiel, und ob vielleicht auch Musik erklingt die auf der Tastatur von Computern entstanden ist.

Tasten und Räume

Für das Thema „Tastenspiele" findet ein Festival, das die ganze Bodensee-Region bespielt, ganz hervorragende räumliche und instrumentale Voraussetzungen. In den Städten und Gemeinden rund um den See gibt es Konzertsäle unterschiedlichster Größe, die alle mit hervorragenden Flügeln ausgestattet sind. Für die unterschiedlichsten Arten von Klaviermusik lässt sich damit immer der passende Ort für die Darbietung finden. Das Graf-Zeppelin-Haus in Friedrichshafen, das Konzil in Konstanz und das Kultur- und Kongresszentrum in Weingarten sind der ideale Rahmen für die Aufführung von „Klavierkonzerten", Kompositionen, bei denen das Klavier von einem Orchester begleitet wird. Historische Räume in Klöstern oder Schlössern bieten das intime Ambiente für kleinbesetzte Klaviermusik, Musik für Klavier und wenige andere Streich- oder Blasinstrumente. Hier wären besonders der Rittersaal in Schloss Achberg, der Konzertsaal im Schloss Langenargen, der Bibliothekssaal im Kloster Salem, der Rittersaal im Tettnanger Schloss und der Festsaal im Kloster Weissenau zu nennen. Auch Konzerte für Klavier solo passen ideal in diese meist prächtig ausgestatteten Räumlichkeiten. Ideale Veranstaltungsorte für Klaviermusik sind aber auch die kleineren Konzertsäle in Kressbronn oder in Meersburg.

Verschiedene der genannten Räumlichkeiten bieten außerdem das architektonische Ambiente des 18. Jahrhunderts. Sie befinden sich in Gebäuden aus der Barockzeit und sind in barockem Stil ausgestaltet. Damit steigern sie noch das emotionale und intellektuelle Empfinden für die Musik aus dieser Epoche und den vorangehenden Jahrhunderten. Die Tasteninstrumente Cembalo oder das Orgelpositiv wurden damals als Soloinstrument oder als Begleitinstrument eingesetzt.

Tastenkünstler – der Artist in Residence

Seit nunmehr 8 Jahren wird jedes Jahr ein Artist in Residence zum Bodenseefestival geladen. Namen wie Ton Koopmann. Juliane Banse, Heinrich Schiff Sharon Kam oder Tabea Zimmermann haben dem Festival in den vergangenen Jahren eine besondere Note gegeben, und es ist sicher ein Glücksfall, dass 2013 der Pianist Rudolf Buchbinder in dieser Funktion an den Bodensee kommt und im Festivalprogramm ganz besondere künstlerische Akzente setzen wird. Schon als Kleinkind faszinierten Buchbinder, der 1946 in Böhmen geboren wurde, aber seit 1947 in Wien lebte, die Klaviertasten und mit fünf Jahren wurde er als jüngster Student aller Zeiten an der Hochschule für Musik in Wien aufgenommen. Mit 10 Jahren gab er sein erstes öffentliches Konzert im Wiener Musikverein, mit 15 erhielt er mit dem Weiner Trio den ersten Preis beim ARD-Wettbewerb in der Sparte Klaviertrio. Heute gehört Buchbinder zur Weltliga der Pianisten. Den Werken der großen klassischen Komponisten, den Klavierwerken von Haydn, Mozart und Beethoven gilt seine besondere Vorliebe und Beethoven ist das absolute Zentrum seines Musikerlebens. Dessen Musik studiert Buchbinder immer, akribisch, fast pedantisch. Er besitzt 35 Werkausgaben der Sonaten, um alle Unterschiede der verschiedenen Editionen zu kennen. 2003 nahm er alle fünf Klavierkonzerte von Beethoven – als Solist und Dirigent – mit den Wiener Symphonikern während der Wiener Festwochen auf. Eine Einspielung, die Maßstäbe gesetzt hat. In der aktuellen Konzertsaison konzertierte Buchbinder in Moskau, Warschau, Valoncia, Wien, Hamburg, Mailand und in München und füllte dort die großen Säle. Wo der Pianist auftritt, bekommt er überschwängliche Kritiken. Rudolf Buchbinder als Artist in Residence in den Konzertsälen des Bodenseefestivals ist insofern ein besonderes Geschenk, als man bei Auftritten des Musikers in den Metropolen dem Pianisten selten so nahe kommt wie in den Konzertsälen der Bodenseeregion.

◀ *Der Rittersaal in Tettnang.*

Neben Rudolf Buchbinder werden viele weitere Pianistinnen und Pianisten im Festival zu hören sein. Wie in jedem Jahr wird es einen Konzertzyklus geben, der junge Nachwuchskünstler präsentiert, Künstler, die am Anfang ihrer Karrieren stehen und in der Regel schon bei internationalen Wettbewerben erfolgreich abgeschnitten haben.

Tastenspiele – seit der griechischen Antike

„Tastenspiele" gab es schon im antiken Griechenland. Heron von Alexandria beschreibt eine Wasserorgel (organon hydraulikon) die von Ktesibios um 250 v. Chr. konstruiert wurde. Der Druck des Wassers sorgte für den nötigen Luftdruck, um Pfeifen des Instrumentes erklingen zu lassen. Schon damals funktionierte die Tonerzeugung nach dem gleichen Prinzip wie es auch heute noch angewendet wird, und damit dürfte die Orgel wohl das Instrument sein, dessen Töne die längste Zeit durchgehend nach dem gleichen Prinzip erzeugt wurden. Im 12. Jahrhundert

◀ *Rudolf Buchbinder.*

▼ *Die Barockzeit war die Blütezeit des Orgelbaus: Die Gabler-Orgel in Weingarten.*

wurde für ein Instrument, das man Monochord nannte, eine Tastatur eingesetzt. Das Monochord war ein Resonanzkasten mit einer oder mehreren Saiten, bei dem die Tonhöhenveränderung durch Verschieben eines Steges erreicht wurde. Die Modernisierung brachte Tasten, die das Anschlagen und gleichzeitige Ablängen der schwingenden Saiten übernahmen und damit die Tonhöhe bestimmten. Das Clavichord war geboren ein neues Tasteninstrument, benannt nach dem lateinischen Wort „clavis", das „Taste" bedeutet. Im Hochmittelalter wurde die Orgel zum heutigen Erscheinungsbild hin entwickelt. Die Tasten der Orgel wurden im folgenden Jahrhundert immer ausgereifter, sie wurden chromatisch belegt, auf drei Ebenen angeordnet (drei Manuale) und es wurden Tasten für die Füße angebracht, die Pedale. Die Idee des Tastenspielens übernahm man im 14. Jahrhundert für eine andere Art der Klangerzeugung: Zupfinstrumente wurden mit Tasten ausgestattet und so entstand im 14. Jahrhundert das Clavicimbel, das Clavecin, heute Cembalo genannt, und später das Spinett. Nicht mehr mit den Fingern werden die

Saiten jetzt gezupft, sondern mit Hilfe eines Federkiels, der durch eine Tastatur zum Anreißen der Saite gebracht wird.

In der Barockzeit waren diese Instrumente äußerst beliebt, gleichzeitig wurde die Orgel im Bau immer größer und ausgereifter und es entstanden Instrumente, die als vollendet gelten. Die Barockzeit war die Blütezeit des Orgelbaus und es ist ein Glücksfall, dass im Bereich des Bodenseefestivals zwei Orgeln erhalten sind, die von den bedeutendsten Orgelbaumeistern in Süddeutschland gebaut wurden. Im Weingartener Münster kann man heute noch die barocken Klängen der Orgel hören, die von Joseph Gabler im Jahre 1750 vollendet wurde, und nur wenige Kilometer weiter südlich, in der Klosterkirche Weissenau ist eine Orgel erhalten, die 37 Jahre später von Johann Nepomuk Holzhey gebaut wurde.

Und noch einmal wurden Tasten für einen Instrumententyp übernommen, bei dem bis dahin Töne anders erzeugt wurden. Das Hackbrett hat viele Saiten mit fester Saitenlänge und wird traditionell mit Hämmern von Hand geschlagen. Verbände man das Prinzip der Tastenmechanik, bei der über das Hebelprinzip Hämmer gegen gestimmte Saiten schlagen, hätte man ein neues Tasteninstrument. Das Hammerklavier war geboren. Wir sind damit am Anfang des 18. Jahrhunderts und im Laufe dieses Centenniums wurde das neue Instrument verfeinert und weiterentwickelt. Es wurde viel mit der Anschlags- und Dämpfmechanik experimentiert und die klanglichen Möglichkeiten der neuen Instrumente faszinierten die Musiker des 18. Jahrhunderts ungemein. Das Klavier wurde zum Lieblingstasteninstrument der Musikwelt. Es war nicht wie die Orgel an Kirchen gebunden und es konnte anders als das Cembalo laut und leise gespielt werden (Pianoforte). Es hatte dynamische Möglichkeiten, die der neu aufkommenden Musik der Klassik entgegenkamen, einer Musik, die als wesentliches Element das Prinzip des Kontrastes nutzte und mit diesem Kontrast spielte. Und so wird die Epoche der Klassik die erste große Epoche der Klaviermusik. Klaviersonaten, Sonaten für Klavier und ein zweites Instrument, Musik für Klavier und mehrere Instrumente (Klaviertrio, Klavierquartett, Klavierquintett), Konzerte für Klavier mit Orchesterbogleitung entstehen als neue Gattungsformen. Haydn, Mozart, Beethoven schaffen ein grandioses Werk für Klavier und es ist genau dieses Zeitalter, auf das sich der Artist in Residence Rudolf Buchbinder beim Bodenseefestival 2013 besonders konzentriert.

▼ Aus dem Hackbrett wird, durch einen Mechanismus mit Tasten, am Anfang des 18. Jahrhunderts das Hammerklavier.

Tasten und mehr

Mit dem Artist in Residence, mit den Flügeln in den Konzertsälen und mit den Orgeln der Region (von denen andere als die genannten für die Musik der Romantik ausgelegt sind) ist das Programm des Musikfestivals am See aber sicher noch nicht erschöpft. Man darf gespannt sein auf andere Tasteninstrumente, gab es doch auch nach der Perfektionierung des Klavieres und während der Neuausrichtung des Orgelklanges verschiedene Neu- und Weiterentwicklungen bei dieser Instrumentengruppe. Deren oft ungewöhnliche Klangwirkungen nahmen um den Beginn des 20. Jahrhunderts teils berühmte Komponisten auf der Suche nach neuen Klangfarben auf und setzten sie in ihren Kompositionen ein. So finden sich in der Liedvertonung Herzgewächse von Arnold Schönberg ein Harmonium und eine Celesta. Die Celesta, bei der mittels Tasten Metallklangstäbe angeschlagen werden, wird mit ihrem sphärischen Klang in Kompositionen von Anton Webern verwendet und bei Bela Bartok sogar als Soloinstrument eingesetzt. Auch Franz Listz und Richard Strauß setzten das Harmonium in Chor- und Opernwerken ein.

Komponisten, die auf der Suche nach neuen Klängen waren, wurden mit dem Beginn der elektronischen Klangerzeugung Möglichkeiten gegeben, die nahezu unerschöpflich sind. Diese Möglichkeiten wurden und werden musikartübergreifend ausgiebig genutzt. Vor allem die zweite Hälfte des 20. Jahrhunderts war geprägt von vielerlei Klangexperimenten in E- und U-Musik und mit dem Aufkommen des Computers hat man in jedem Arbeitszimmer die Möglichkeit, ganz individuelle Klänge zu erzeugen. Es ist also durchaus möglich, dass im Bodenseefestival 2012 Musik präsentiert wird, die am Abend mit nur einer Taste zum Klingen gebracht wird.

Neben den beiden Hauptlinien, den „Tastenspielen" und dem Artist in Residence, wird im Festival, wie jedes Jahr, Platz sein für Exkursionen, für ein Seminar, für Ballett, für Jazz und Literatur.

Atakan will aufsteigen

Auf der Bühne ist er ein Gesamtkunstwerk, ansonsten ein fast normaler junger Mann: Wie Atakan Akbulut aus Friedrichhafen sich das Glück vorstellt.

JENS POGGENPOHL

---

15 Sekunden vielleicht, höchstens eine halbe Minute – länger hat es nicht gedauert. Bis eben verlief dieser Abend im Jugendzentrum Molke in Friedrichshafen so, wie man das aus Jugendzentren kennt. Die Jungs waren um coole Posen bemüht, die Mädchen standen in Gruppen herum, während die Nachwuchskünstler versuchten, Party-Stimmung zu erzeugen. Alle zwei Monate findet in der Molke die „Open Mic Night" statt, wo jeder auf die Bühne darf, der mag. Aber jetzt ist da ein Lächeln auf den Gesichtern, sind die Arme in die Höhe gestreckt und alle ein Stück näher zur Bühne gerückt. Dort macht Atakan Akbulut Musik – mit seinem Mund. Genauer gesagt, ist er seine eigene Band.

Er imitiert Schlagzeugrhythmen und Synthesizer, er intoniert die Töne des Computerspiels „Tetris" und schießt zur Filmmusik von „Mission Impossible" einen imaginären Hubschrauber ab. Beatboxing nennt man diese Form der Stimmakrobatik, aber das ist nur ein Teil von Atakans Show. Einen passablen Moonwalk à la Michael Jackson bekommt er auch hin, eine Break Dance-Einlage ebenfalls – und um einen Spruch ist er sowieso nicht verlegen. Als er auf die Bühne kam, bat er den Moderator, in der Nähe zu bleiben, falls es zu gefährlich würde, denn: „Wir legen hier jetzt 'nen Flächenbrand." Und diese hoffnungslos großmäulige Ankündigung war es, die das Lächeln in die Gesichter des Publikums zauberte, wo es bis zum Ende der 30-minütigen Auftritts nicht mehr verschwinden wird. Ein Stimmakrobat? Sicher. Ein Entertainer? Bestimmt. Aber eigentlich ist Atakan Akbulut ein 1,69 Meter großes Gesamtkunstwerk, und die eigentliche Frage lautet nicht, woher er all die Töne nimmt, sondern, wieso einer wie er so große Töne spuckt.

Zwei Tage später sitzt Atakan Akbulut in einem Straßencafé am Moleturm, er hat einen Schoko-Milchshake bestellt, und nur der schräg sitzende Hut verrät, dass er einen Schuss extrovertierter ist als die anderen Jugendlichen, die hier den ersten warmen Tag des Jahres genießen. Zum Beatboxing, erzählt der 21-Jährige, sei er über ein Referat in der Realschule gekommen – und über Justin Timberlake. Dass die Geschichte des Beatboxing bis in die 1940er Jahre zurückgeht, ehe sie von der ersten Generation der amerikanischen Hip-Hopper zur eigenständigen Kunstform erhoben wurde, hat er sich dafür angelesen, zum Fan wurde er, weil er in einem Video des Popstars Timberlake eine kurze Beatbox-Einlage sah, und

▼ „Beatbox" nennt sich die Stimmakrobatik, die der 21-Jährige in seiner Freizeit ausübt.

weil der Lehrerin das Praxiselement seines Referats so gut gefiel, fiel die Note um 0,3 Punkte besser aus.

Verfeinert hat Atakan seine Kunst im Internet. Mit einem Headset saß er zuhause vorm Computer und lernte in Workshops Beatboxing so, wie man Klavier spielen lernt – nur dass es hier um Buchstaben, nicht um Noten geht. Der klassische Schlagzeugrhythmus zum Beispiel ist eine Abfolge der Buchstaben b,t,s, jeweils mit angespannten Lippen und stimmlos intoniert. Inzwischen müsse er nicht mehr viel üben. „Ich schaue mir ein Video an und mache das einfach nach."

Am meisten gelernt hat er von einem Hamburger Kollegen, der es bis in die RTL-Fernsehshow „Das Supertalent" gebracht hat, jetzt tritt er überall auf, wo man ihn auf die Bühne lässt: In der Molke zum Beispiel oder beim Internationalen Stadtfest in Friedrichshafen. Meistens improvisiert er dann, und am liebsten ist er nicht allein auf der Bühne. „Man muss mit den Leuten spielen", findet Atakan Akbulut, und die Betonung liegt dabei auf dem „mit".

So war das beim Auftritt in der Molke: Atakan hatte einen Kumpel mit auf die Bühne gebracht, später kam Lena hinzu, die ein paar Jahre älter ist als er, aber noch nie auf einer Bühne stand, was man ihr ansah. Atakan half ihr gegen die Nervosität, begleitete ihren Hip Hop-Gesang als menschlicher Drumcomputer, sehr höflich und ganz zurückgenommen. „Ich will zeigen, dass ich ganz normal bin und mit jedem schwätzen kann, obwohl ich auf der Bühne stehe", erklärt Atakan seine Kooperationsbereitschaft, was nach dem Star klingen würde, der er nicht ist und etwas albern, gäbe es danach nicht diese kleine Pause, in der das Lachen in seinem Gesicht immer breiter wird. „Aber ich stehe schon gern im Mittelpunkt!"

An Lampenfieber würde Atakan Akbuluts Musikkarriere vermutlich nicht scheitern. Feuchte Hände kennt er nur noch aus der Erinnerung. Vor ein paar Jahren war das, Atakan sollte zum ersten Mal das Freitagsgebet in der Moschee sprechen, vor 200 Leuten. „Da hab ich am ganzen Körper gezittert." Zum Freitagsgebet versucht er immer noch zu gehen. Aber das ist gar nicht so einfach. Denn Atakan hat so wenig Zeit, dass er schon seit drei Jahren einen Terminkalender führt, weil er manchmal nicht mehr wusste, was er am Tag zuvor gemacht hatte. Und dabei geht es längst nicht immer um Musik.

Klar, würde ihm jemand einen Plattenvertrag oder wenigstens einen Auftritt in einer Castingshow anbieten, er würde Ja sagen. Doch Musik ist für ihn nur ein Vehikel, ein möglicher Weg zu seinem Ziel: „Ich versuche, mein Glück zu finden." Ich versuche, mein Glück zu finden. Noch so ein Satz, der eigentlich zu groß ist für einen Mann von 21 Jahren. Aber Atakan Akbulut hat eine Ahnung davon, wie sich dieses Glück anfühlen würde. „Spaß machen" soll das Leben, was bedeutet, nicht langweilig zu sein, und vor allem möchte er finanziell unabhängig sein. „Ich will aufsteigen!"

Zurzeit lebt Atakan noch daheim, in einem Reihenhaus in der Kitzenwiese, zusammen mit seinen vier Geschwistern, dem Vater, der aus der Nähe von Ankara stammt, und der Stiefmutter. Seine leibliche Mutter verließ die Familie, kurz nachdem Atakan in Tettnang geboren worden war, ihr Gesicht kennt er nur von Fotos und ihre Stimme nur vom Telefon, und wenn sie miteinander sprechen, „ist da keine Wärme". Als seine ältere Schwester sechs oder sieben Jahre alt war, hat sie Tomatensuppe gekocht und den Haushalt geführt, während Atakans Vater, genau wie der Großvater und der Onkel, bei ZF arbeiten ging. Doch weil Atakan „immer etwas anders machen musste", hat er andere Wege gesucht, um Geld zu

◄ *Atakan Akbulut bei einem Auftritt im Friedrichshafener Jugendzentrum „Molke".*

verdienen: Er hat Solaranlagen und Pflegeprodukte verkauft, hat in einer Fastfood-Kette und beim Bootsverleih an der Uferpromenade gejobbt.

Und irgendwann erwähnt Atakan auch noch die eigentliche Hauptbeschäftigung seines beruflichen Lebens. Er besucht nämlich die Elektronikschule in Tettnang, seine Ausbildung als Elektroniker bei ifm wird er in ein paar Monaten abschließen. Dass er ein Händchen für diesen Beruf hat, glaubt man spätestens, wenn man den Kofferraum des 15 Jahre alten Renault Clio gesehen hat, den er sich mit seiner Schwester teilt: Eine einzige Musikanlage, mit einer Maximalleistung von 2 000 Watt. Dass er der größte Entertainer seines Ausbildungsjahrgangs ist, würde man auch glauben, wenn man nicht wüsste, dass seine Beatboxing-Einlagen auch schon bei Firmenveranstaltungen für Stimmung gesorgt haben. Ebenso wenig Phantasie gehört freilich dazu, sich vorzustellen, dass der Mann mit den tausend Flausen im Kopf auch ein ziemlich anstrengender Azubi sein kann. Ein paar ernste Gespräche zum Thema Prioriätensetzung hat es schon gegeben, berichtet Atakan freimütig – allerdings dürfte es auch seinen Ausbildern schwer fallen, ihm seine Flausen ernsthaft übel zu nehmen, wenn er sie mit dem strahlendsten Lächeln entschuldigt.

Wenn alles gut geht, will Atakan Akbulut nach seiner Ausbildung als Elektroniker arbeiten, erst einmal zumindest, denn „das ist ein super Beruf – auch, was die Verdienstmöglichkeiten angeht". Aber jetzt muss er weiter. Er hat noch einen anderen Termin heute Abend, um neun Uhr. Beruflich, versteht sich. Könnte eine große Sache werden.

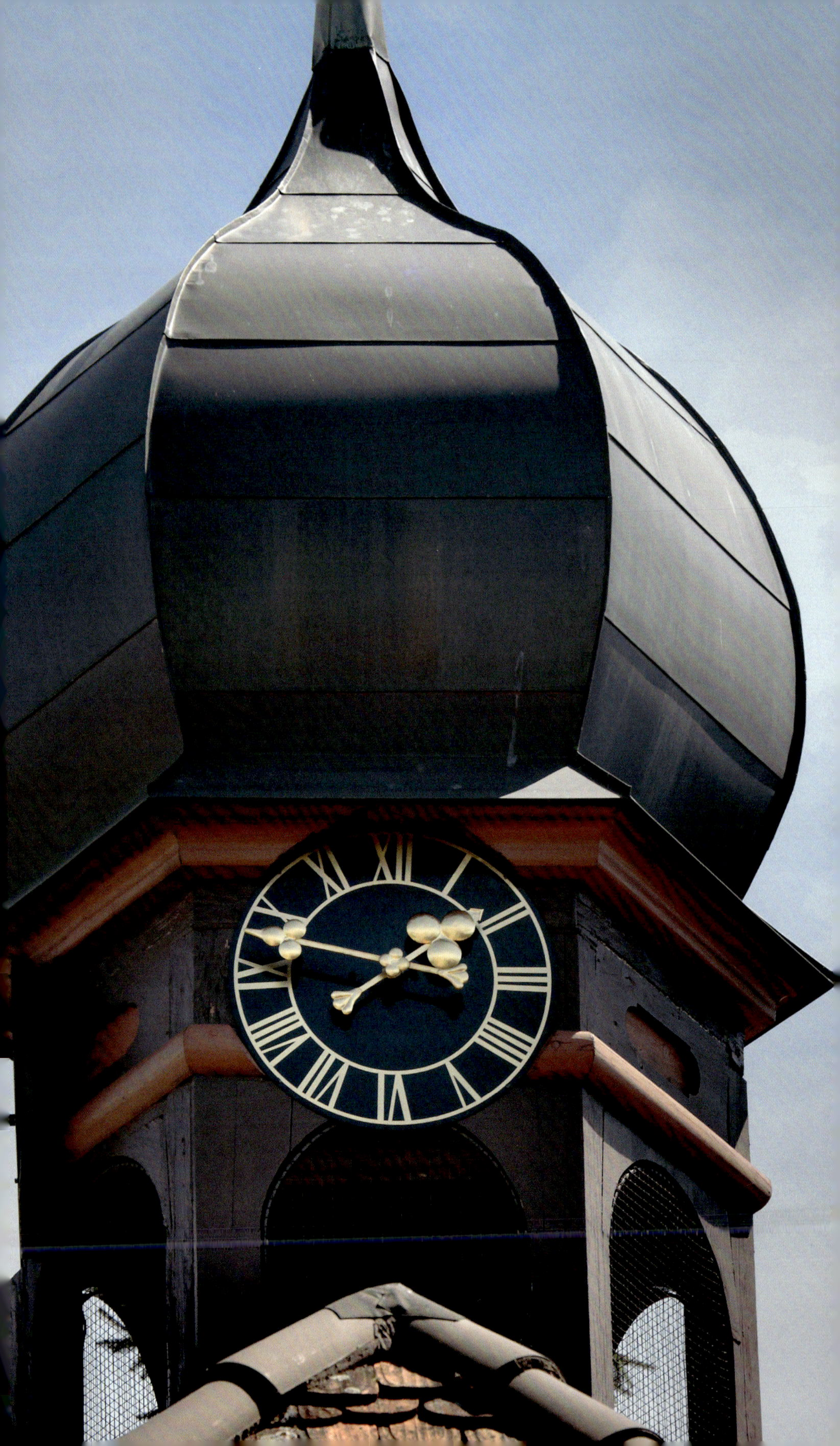

Mannschaftsportart für Ausdauernde

100 Jahre Ruderverein Friedrichshafen
wird am 17. November 2012 gefeiert

SUSANN GANZERT

1912 in Stockholm werden am 5. Mai die „V. Olympischen Spiele" durch den Präsidenten des Internationalen Olympischen Komitees (IOC) und Begründer der Olympischen Spiele der Neuzeit, Baron Pierre de Coubertin, eröffnet. 2500 Sportler sind gemeldet, darunter 53 Frauen, die nun nicht mehr nur im Tennis (seit 1900), sondern auch im Schwimmen an den Start gehen dürfen. Auch Rudern ist bereits olympisch – Athleten im Einer, Vierer mit Steuermann, Innendolle und Achter treten an und die Medaillen gehen an Ruderer aus verschiedenen Nationen. Auch die Deutschen holen Gold im Vierer mit Steuermann und der Achter holt Bronze...

Am Bodensee steckt der Rudersport im Olympischen Sommer 1912 noch in den Kinderschuhen: In Konstanz (1885), Bregenz (1900), Lindau (1908) und Aarbon (1910) gibt es jeweils einen Ruderverein. Aber am 12. November 1912 kommt ein fünfter Verein mit dem Namen „Württembergischer Ruderverein Bodensee" dazu.

Warum gibt es in Friedrichshafen keinen „Männerverein mit hohem gesellschaftlichen Rang, Vaterlandstreue, Manneszucht und elitärem Wettkampfsport"? – Weil es in der damaligen kleinen Provinzstadt Friedrichshafen einfach nicht genug Männer gibt, die diesem Anspruch genügen. So sind bei der Vereinsgründung im Hotel Sonne nur 18 Interessierte aus Friedrichshafen, Tettnang, Ravensburg und Weingarten anwesend. Zum ersten Vorsitzenden wird Fregattenkapitän a.D. Wilhelm Rollmann gewählt. Der Ruderverein ist, der damaligen Zeit entsprechend, ein reiner Männerverein und keines seiner Mitglieder verdient seinen Lebensunterhalt mit den Händen.

Wenige Monate nach der Vereinsgründung gibt es am 2. März 1913 die erste Ausfahrt mit den gebraucht gekauften Vierern „Buchhorn" und „Bodensee" und schon fünf Monate später wird das erste und überwiegend in Eigenleistung erstellte Bootshaus an der Eckenerstraße eingeweiht. Der Ausbruch des Ersten Weltkrieges schränkt den Ruderbetrieb in der Zeppelinstadt auf minimale Aktivitäten ein und bringt ihn am Ende ganz zum Erliegen. 1919 nehmen die Ruderer den Trainingsbetrieb wieder auf und fahren zu Regatten in Konstanz und Bregenz, wo sie erfolgreich sind.

1920 – Deutschland darf an den Olympischen Spielen in Antwerpen, wo erstmals die olympische Flagge mit den fünf ineinander verschlungenen Ringen als Symbol für die Vereinigung der fünf Kontinente flattert, als Kriegstreiber nicht teilnehmen – wird der Ruderbetrieb in Friedrichshafen um Schüler- und Wanderrudern erweitert. Bis zur Gründung einer Damenabteilung dauert es aber noch bis 1931. Da hat der inzwischen in „Ruderverein Friedrichshafen e.V." umbenannte Verein bereits sein zweites Bootshaus (von insgesamt vier verschiedenen Bootshäusern im Laufe der Jahre) gebaut und in Betrieb genommen.

Die starken 30er Jahre

Die Zahl der Mitglieder wächst, Mitte der 1930er Jahre machen die starken Vierer- und Achtermannschaften den „RVF" zu einem der erfolgreichsten württembergischen Rudervereine. Im 25ten Jahr seines Bestehens sind die Ruderer erfolgreich wie nie zuvor. Zwei Jahre später herrscht zu Beginn der Rudersaison noch reger Betrieb auf dem Wasser, doch mit Kriegsausbruch am 1. September 1939 gilt ein totales Sportverbot auf dem Bodensee. 1940 darf zwischen Friedrichshafen-Seemoos und Langenargen wieder gerudert werden – und trotz Zweitem Weltkrieg finden Regatten und Meisterschaften statt, bei denen vor allem die Ruderinnen aus Friedrichshafen erfolgreich sind.

Beim verheerenden Luftangriff auf Friedrichshafen am 28. April 1944 wird auch das Bootshaus mit sämtlichem Inventar und allen Booten vernichtet. Der Ruderbetrieb erlischt. 1945 errichtet die Stadt auf dem Vereinsgelände die Trümmeraufbereitungsanlage, die hier bis 1947 steht. 1948 erlaubt die französische Besatzungsmacht den Wassersport wieder und mit einem von Lindauer Ruderern geschenkten Vierer können die Häfler wieder aufs Wasser gehen. Gelagert wird das Boot auf dem Bahngelände und wenn es aufs Wasser geht, tragen es die Sportler bis zur Freitreppe. 1949 stellt die Stadt dem RVF die so genannte „Wendelgardbaracke" samt Grundstück in der Nähe des damaligen Kurgartenhotels zur Verfügung. Die Ruderer bauen wieder und funktionieren die Baracke zum neuen, dritten Bootshaus um.

1950 kommt das Leben in Friedrichshafen wieder in Schwung, auch im Sport bewegt sich etwas und dank zusätzlicher Boote kommen immer mehr Menschen,

◄ Abrudern am 7. September 1927: Die Frauen dürfen nur aufs Bild und (noch) nicht ins Ruderboot. Richard Igel hält die Fahne.

darunter viele Jugendliche aus den Industriebetrieben der Stadt, ins Bootshaus. Der Rudersport in Friedrichshafen erlebt einen großen Aufschwung, bald werden 120 Mitglieder verzeichnet. Die Trümmeraufbereitungsanlage wird demontiert und nach einigen Verhandlungen wird eine Rückgabe beziehungsweise Übernahme des „alten" Vereinsgeländes an der Östlichen Uferstraße vereinbart. Wieder engagieren sich die Mitglieder und bauen ein neues Bootshaus, das am 8. Mai 1955 eingeweiht wird.

Auch sportlich stellen sich wieder Erfolge ein, vor allem in den Großbooten können die RVFler an die guten Ergebnisse vor dem Krieg anknüpfen. Zum

▼ In den Großbooten sind die Ruderer aus Friedrichshafen nicht nur in Baden-Württemberg Spitze. Und bei der Internationalen Regatta in Zürich machen sie nicht nur eine gute Figur.

50. Geburtstag 1962, den der Verein im Hafenbahnhof feiert, wird ein neuer Achter auf den Namen der Stadt getauft.

Meist sind es die Erfolge der Rennruderer, die in Statistiken auftauchen. Doch der RVF wäre nur ein „halber Verein" ohne seine Wanderruderer, die in den 1970er Jahren mit ihren vielen Fahrten auf dem Bodensee und anderen Gewässern für Gesprächsstoff im Bootshaus sorgen. Seit 1967 trifft man dort auch immer mehr Kinder an, denn mit der Einführung des Kinderruderns hat sich der Verein die Förderung und Ausbildung des sportlichen Nachwuchses auf die Fahne geschrieben.

Internationale Erfolge

Im Jahr der Olympischen Spiele von München holen erstmals zwei Ruderer aus Friedrichshafen Edelmetall bei einer Juniorenweltmeisterschaft: Martin Knapp und Christoph Moll werden 1972 in Mailand Vizeweltmeister. Rudern gewinnt in Friedrichshafen an Popularität – 1973 hat der RVF bereits 300 Mitglieder. Der Verein wächst, das Bootshaus wird zu klein und so kann 1980 Dank der fleißigen Mitglieder die neue Bootshalle eingeweiht werden. Rennruderer und Wanderruderer pflegen ein sportliches Miteinander, die „klassischen" Termine wie An- und Abrudern werden gemeinsam gefeiert und sind oft mit Bootstaufen verbunden. Sportliche Erfolge feiern die RVFler immer häufiger in Kleinbooten – also Einern und Zweiern – oder aber in Renngemeinschaften mit Ruderern anderer Vereine.

Ende der 1980er Jahre steigt der bisher erfolgreichste Ruderer des RVF erstmals in eins der schmalen Boote.

Manuel Strauch steigert sich von Jahr zu Jahr und wird 1992 erstmals Deutscher Juniorenmeister im Einer. Viele hart erarbeitete Erfolge stellen sich im Laufe der nächsten Jahre ein. 1995 wird er U23-Vizemeister im Doppelzweier und 1997 im Doppelvierer.

Bald danach wird aus dem Skuller ein Riemenruderer. Nach einem langen, trainingsintensiven Winter in Radolfzell wird der Bundestrainer auf die Renngemeinschaft aus dem Süden aufmerksam, lädt sie zum Training ein und Manuel Strauch schafft den Sprung in den Achter. 1998 werden die acht Leichtgewichtsruderer zuerst Deutscher Meister und später Weltmeister. Bei den Olympischen Spielen

▼ *Manuel Strauch, 1996 beim traditionellen Anrudern im Bootshaus.*

im Jahr 2000 ist Manuel Strauch als Ersatzmann dabei, kommt aber nicht zum Einsatz – trotzdem hat er eines der größten Ziele von Leistungssportlern erreicht: „Dabei sein ist alles", heißt das Motto von Baron Pierre de Coubertin.

1999 ist aus zweierlei Hinsicht ein ereignisreiches Jahr für den Ruderverein Friedrichshafen: Bei den baden-württembergischen Landesmeisterschaften legen die Häfler sechs Mal als erste am Siegersteg an und holen den Titel. Beim Jahrhunderthochwasser im Frühsommer fehlen ganze 20 Zentimeter, bis der Bodensee mit seinem maximalen Pegelstand von 5,67 Metern das Bootshaus erreicht.

Ein Jahr später beginnt die Uferrenaturierung und damit verschwindet die alte Ufermauer unter Kies und Erde. Die Techniker und Tüftler des RVF sind gefragt, denn auch der bewährte Schwimmsteg muss weichen. Ein Rollsteg, der auf einer schiefen Ebene läuft und so dem wechselnden Wasserstand angepasst werden kann, wird im Mai 2000 eingeweiht. Mit der Renaturierung verschwinden die lästigen Kreuzwellen in der Bucht, das freut vor allem die Rennruderer in den schmalen Booten.

Betreuten bisher hauptsächlich ambitionierte Übungsleiter den sportlichen Rudernachwuchs, setzt der RVF 2002 erstmals auf einen hauptamtlichen Trainer, der halbtags beschäftigt und angestellt wird. Die Sportstadt Friedrichshafen offeriert die Teilfinanzierung solcher Trainerstellen in Vereinen, wenn diese Erfolge nachweisen und die Mitfinanzierung der Trainerstelle sicherstellen können. Der Trainingsbetrieb wird intensiviert, die Erfolge stellen sich aber nicht so bald ein. Dafür finden aber immer mehr junge Menschen den Weg ins Bootshaus und entscheiden sich für das Leistungsrudern. Die Häfler Ruderer, die schon länger dabei sind und inzwischen studieren, holen 2003 bei den Deutschen Hochschulmeisterschaften Gold, Silber und Bronze.

2005 geht der RVF wieder einmal neue Wege, um den Sport in den Stadt bekannter zu machen und talentierte junge Menschen fürs Rudern zu begeistern: Alle Schüler der siebten Klassen der Friedrichshafener Schulen sind aufgerufen, sich für das Seehasen-Rudern und das dafür nötige Vorbereitungstraining zu melden. Das Kinder- und Heimatfest der Stadt Friedrichshafen – das Seehasenfest – spielt für alle Schulkinder, die meisten Jugendlichen und viele Erwachsenen eine besondere Rolle im Sommer jedes Jahres: Mit Rummelplatz, Umzug mit Kostümen, verschiedenen Theateraufführungen oder Bierzelten. Große Attraktion in jedem Jahr sind auch die Tretbootrennen und die anderen kleinen Wettkämpfe auf dem See vor der Uferpromenade. Und genau dort, mittendrin im Trubel, sollte ohne Regattastrecke und mit blutjungen Anfängern ein Wettkampf gerudert werden. 17 Jungen und zehn Mädchen melden sich im Frühjahr 2006, lernen und trainieren und stellen sich am 24. Juli der gleichaltrigen Konkurrenz… So mancher fand länger Gefallen an dem Sport und Elisa Vetter wurde ein erfolgreiches Eigengewächs des RVF.

▼ Betül Cifci lernt beim Seehasenrudern eine neue
Sportart kennen und ist wenige Trainingsmonate später
schon eine erfolgreiche Leistungsruderin.

2006 ist die Bucht vor dem Bootshaus nahezu ohne Wasser, vom Steg aus kann man trockenen Fußes bis zur Schussenmündung laufen. Der Wasserstand fällt auf 2,27 Meter – das krasse Gegenstück zum Jahrhunderthochwasser sieben Jahre zuvor. Erst im März reicht das Wasser wieder bis zum Steg.

An der so genannten „Schiffsbrücke" 2007 zur Erinnerung an die Schweizer Gastfamilien, die 60 Jahre zuvor Häfler Kinder aufnahmen, beteiligen sich auch Boote des Rudervereins. Und auch eine andere Tradition, die der Städtepartnerschaft zwischen Friedrichshafen und der weißrussischen Partnerstadt Polozk, wird im RVF aufgegriffen: Vier junge Rennruderer besuchen den Ruderverein in Polozk, ein Jahr später erfolgt der Gegenbesuch.

2009 beginnt im Rennrudern ein neues „Zeitalter": In einer Renngemeinschaft mit Bad Waldsee starten die Häfler Rudermänner in der neu geschaffenen Ruderbundesliga – kurze Sprintrennen im Achter sorgen für Furore. Die Erfolge des Achters und aller anderen Rennruderer lassen sich beziffern: 29 erste Plätze in einer Saison sind eine stolze Bilanz.

Äquatorpreis für mehr als 40 000 geruderte Kilometer für Renate Schlag

Wanderruderin Renate Schlag schafft als erstes Mitglied des RVF überhaupt den Äquatorpreis. Den verleiht der Deutsche Ruderverband an Ruderer, die rechnerisch mehr als einmal die Erde umrundet, also mehr als 40 000 Kilometer gerudert haben.

Zwei Jahre vor dem 100. Geburtstag knackt der RVF eine weitere eigene Rekordmarke: 36 Rennruderer starten in die Saison und mit Betül Cifci wird nach Elisa Vetter eine zweite Seehasenruderin Landesmeisterin. Am Ende der Saison hängen 37 Siegwimpel am Flaggenmast auf dem Bootsplatz.

Rudern in Friedrichshafen – seit 100 Jahren schreiben die „Rückwärtsfahrer" auf dem Wasser Geschichte und Geschichten, sind junge und alte Menschen von diesem Sport fasziniert, rudern Schüler, Studenten und Senioren bei Wettkämpfen oder auf Gewässern in aller Welt. Vier Bootshäuser, viele Boote und Siege, Niederlagen und Arbeitsstunden schlagen zu Buche und der Ruderverein Friedrichshafen schlägt im November 2012 die erste Seite im Buch seines zweiten Jahrhunderts auf, das sicher wieder ereignis- und erfolgreich wird.

60 Medaillen in sechs Jahrzehnten
Die Erfolge der VfB-Leichtathleten bei Deutschen Meisterschaften

GÜNTER KRAM

Die Leichtathletik gilt immer noch als die olympische Kernsportart schlechthin, das wird auch 2012 in London nicht anders sein. Durch ihre ausgeprägten Regeln und das exakte Messen der Leistungen schafft sie eine Transparenz, wie sie nur wenige andere Sportarten bieten können.

Exakt gemessen werden Zeiten, Weiten und Höhen, gezählt werden Titel, Medaillen und Rekorde. Der erfolgreichste Verein im Bodenseekreis ist mit Abstand der VfB LC Friedrichshafen. Er zeigte die größte Präsenz bei Deutschen Meisterschaften der Aktiven und in den Nachwuchsklassen und ihm gilt dieser Beitrag. Es gibt im Bodenseekreis weitere Vereine und Leichtathletik Gemeinschaften, die ebenfalls wertvolle Arbeit leisten, die aber ihren Schwerpunkt bewusst auf den Breitensport oder Starts bei regionalen Meisterschaften legen.

Die Vorgeschichte

Die Leichtathletik in Friedrichshafen ist mit einem Ereignis untrennbar verbunden: Armin Harry's Beinahe-Weltrekord über 100 Meter am 6. September 1958 im VfB-Stadion, dem jetzigen Zeppelin-Stadion.

Natürlich beginnt die lokale Geschichte dieser Sportart nicht mit Harry's 10,0-Lauf. Er war nur der frühe Höhepunkt einer Erfolgsstory, die nach Kriegsende bescheiden begonnen hatte. Um einen Star seiner Zeit – der Armin Harry als frischgebackener Doppel-Europameister bereits war – in die Provinz zu locken, musste man schon etwas vorweisen können. Das „Zugpferd" des VfB Friedrichshafen hieß Jane Voss, war Sprinterin und gewann in den Jahren 1957 und 1958 dreimal Silber und einmal Bronze bei Deutschen Meisterschaften. Ein Haar in der Weltrekord-Suppe fand sich schnell: Das Bahngefälle war einen Zentimeter zu stark – doch es gibt zumindest Indizien für weitere Gründe: Blitzstarter Armin Harry hatte nicht nur schnelle Beine, sondern auch einen flotte Zunge – sehr zum Missfallen der damaligen Funktionärsgilde – und so richtig gönnen wollte man dem Provinzstädtchen Friedrichshafen den Weltrekord in der Königsdisziplin der Leichtathletik auch nicht.

Harry hat sich zwei Jahre später revanchiert. In Zürich stellte er die 10,0 Sekunden erneut unter Beweis. Kurze Zeit später wurde er in Rom Olympiasieger über 100 Meter und in der 4x100 Meter-Staffel. Als einziger deutscher Weltrekordler und Olympiasieger über 100 Meter ist er eine Legende geworden, die Namen der

Altvorderen des Deutschen Leichtathletikverbandes findet man allenfalls in verstaubten Annalen. Der damalige Abteilungsleiter Hansjörg Dach hat die Ereignisse um den 6. September sehr anschaulich dokumentiert.

Noch etwa zehn Jahre führte der VfB Friedrichshafen seine gut besuchten Abendsportfeste durch, dann schlief die Veranstaltung ein. Tartanbahnen waren gefragt und die kam in Friedrichshafen erst Jahre später.

Dornröschenschlaf

Der Sportbetrieb ging weiter und ab und zu blitzten die „Blau-Weißen" aus Friedrichshafen in den Siegerlisten auf. Auf Jane Voss folgten die jugendliche Athleten: Christel Sauter (Hürden), Peter Höllwarth (Speer), Gertrud Matt (Sprint) und Christof Deppner (Hürden). Besonders groß war die Ausbeute allerdings nicht: Genau neun Medaillen in 20 Jahren.

Auch der eigentliche Betrachtungszeitraum – die vergangenen 30 Jahre – begannen verhalten. Langstreckler Martin Stähle, gefördert vom verstorbenen Rudi Dannecker, gewann Gold und Silber bei den Deutschen Juniorenmeisterschaften über 10 000 Meter. Die Mädchen wurden 1984 Deutscher Vizemeister über 4x100 Meter und Ilse Dopfer schaffte 1986 den 2. Platz über 400 Meter Hürden.

Tiefpunkt

Die folgende medaillenlose Dekade kann als Tiefpunkt bezeichnet werden. Mitverursacht wurde das durch die Abspaltung von Athleten und Trainern, die fortan unter dem Namen LAC Zeppelin firmierten, auch einige Erfolge verzeichneten und zum großen Teil 1995 zur Mutter zurückfanden. Übergangsweise starteten die Athleten unter LG VfB/LAC Friedrichshafen, seit 1997 heißt die „wiedervereinigte" VfB-Abteilung VfB LC Friedrichshafen. Bis 1994 waren die VfB-Leichtathleten Mitglied der LG Bodensee gewesen.

Neuaufbau mit hauptamtlichen Trainern

Dank einer glücklichen Fügung fiel in diese Zeit die Bestellung des ersten hauptamtlichen Trainers. Tamas Kiss, der bereits in seiner ungarischen Heimat Spitzenathleten betreut hatte, übernahm beim VfB Friedrichshafen die sportliche Leitung.

Eine „guter alter Bekannter" trat ebenfalls wieder an. Hansjörg Dach, schon von 1958 – 1972 Abteilungsleiter und Sportwart, übernahm erneut die Verantwortung für die rund 500 Mitglieder starke Abteilung. Der mittlerweile pensionierte ZF-Vorstand schaffte erst die Strukturen, die mittelfristig einen hauptamtlichen Trainer und Leistungssport auf hohem Niveau möglich machten.

Bereits nach kurzer Anlaufzeit stellten sich die Erfolge ein: Dreispringer David May gewann DM-Bronze in der Jugendklasse und bei den Junioren, Michael Pfaff zweimal Silber im Hürdensprint. Ab 2001 gab es kein medaillenloses Jahr mehr und die zählbaren Erfolge explodierten: 2008 schickte der VfB LC Friedrichshafen neun Teilnehmer zu Deutschen Jugendmeisterschaften, 2009 zwei zu den U18-Weltmeisterschaften und 2010, dem bislang ertragreichsten Jahr, sammelten VfB LC-Athleten neun Meisterschaftsmedaillen (siehe Tabelle).

Erfolge des VfB Friedrichshafen bei Deutschen Meisterschaften (1957 – 2011)

Jahr	Name	Platzierung
1957	Jane Voss	2. Platz 100 und 200 Meter der Frauen
1958	Jane Voss	2. Platz 200 Meter, 3. Platz 100 Meter
1961	VfB	3. Platz 4x100 Meter der weibliche Jugend
1962	Christel Sauter	3. Platz über 100 Meter der weiblichen Jugend
1963	Peter Höllwarth	2. Platz im Speerwerfen der männliche Jugend
	Christel Sauter	3. Platz über 80 Meter Hürden der weibliche Jugend
1964	Christel Sauter	2. Platz über 80 Meter Hürden der weibliche Jugend
1965	VfB	3. Platz Olympische Staffel
1972	Gertrud Matt	2. Platz über 100 Meter der weibliche Jugend
1973	Gertrud Matt	2. Platz über 200 Meter der weibliche Jugend
1979	Christof Deppner	3. Platz über 110 Meter Hürden der männliche Jugend
1982	Martin Stähle	2. Platz über 10 000 Meter der Junioren
1983	Martin Stähle	1. Platz über 10 000 Meter der Junioren
1984	VfB	2. Platz 4x100 Meter der weibliche Jugend
1986	Ilse Dopfer	2. Platz 400 Meter Hürden der weibliche Jugend
1996	David May	3. Platz im Dreisprung der männliche Jugend
	Susanne Kummer	2. Platz 1500 Meter weibliche Jugend
1998	Michael Pfaff	2. Platz 110 Meter Hürden der männliche Jugend

Jahr	Name	Platzierung
1999	David May	3. Platz im Dreisprung der Junioren
2001	Michael Pfaff	2. Platz 60 Meter Hürden der männliche Jugend (Halle)
	VfB LC	4. Platz 4x100 Meter Männer (40,66)
2002	VfB LC	3. Platz über 4x200 Meter der Männer (Halle)
2003	Susanne Reder	2. Platz 1500 Meter Hindernis weibliche Jugend
2004	Hannes Scharpf	3. Platz 400 Meter Hürden der männliche Jugend
	Michael Debreli	2. Platz Dreisprung männliche Jugend
2005	Hannes Scharpf	3. Platz 400 Meter Hürden der männliche Jugend
2006	Michael Debreli	1. Platz Dreisprung männliche Jugend (Halle)
	Richard Ringer	1. Platz 3000 Meter der männliche Jugend
	Hannes Scharpf	3. Platz 400 Meter Hürden der männliche Jugend
	Michael Debreli	3. Platz Dreisprung männliche Jugend
2007	Michael Höllwarth	3. Platz Dreisprung Männer
	Richard Ringer	3. Platz 3000 Meter männliche Jugend (Halle)
	Gregor Traber	1. Platz Blockmehrkampf Schüler
2008	Richard Ringer	1. Platz 3000 Meter männliche Jugend
	Gregor Traber	2. Platz 110 Meter Hürden männliche Jugend
	Gregor Traber	1. Platz Dreisprung männliche Jugend
	Florian Janischek	2. Platz Speerwerfen männliche Jugend
2009	Gregor Traber	3. Platz 60 Meter Hürden männliche Jugend (Halle)
	Gregor Traber	2. Platz Dreisprung männliche Jugend (Halle)
	Gregor Traber	2. Platz 110 Meter Hürden männliche Jugend
	Florian Janischek	2. Platz Speerwerfen männliche Jugend
	Regina Neumeyer	2. Platz 1500 Meter Hindernis weibliche Jugend
2010	VfB LC	3. Platz 3x1000 Meter (Halle)
	VfB LC	3. Platz 3x800 Meter weibliche Jugend
	Florian Janischek	2. Platz Speerwerfen männliche Jugend
	Richard Ringer	1. Platz Cross Junioren
	VfB LC	3. Platz Cross Mannschaft Junioren
	Richard Ringer	2. Platz 10000 Meter Junioren
	VfB LC	3. Platz 3x800 Meter weibliche Jugend
	Martin Sperlich	3. Platz 5000 Meter männliche Jugend

▼ Stefan Lahr, Matthias Rotzler, Alfredo Prota und Michael Pfaff sprinteten 2001 bei den Deutschen Meisterschaften von Suttgart in 40,66 Sekunden auf Platz vier.

	Richard Ringer	1. Platz 5000 Meter Junioren
2011	Richard Ringer	3. Platz 3000 Meter Männer (Halle)
	Richard Ringer	2. Platz 1500 Meter Junioren
	Regina Neumeyer	3. Platz 3000 Meter Hindernis Juniorinnen
	Richard Ringer	2. Platz 5000 Meter Männer
	Regina Neumeyer	2. Platz 1500 Meter weibliche Jugend
	Regina Neumeyer	1. Platz 2000 Meter Hindernis weibliche Jugend

Eine Leistung, die noch nicht einmal mit einer Medaille belohnt wurde, ragt heraus und blieb deshalb nicht folgenlos. Bei den Deutschen Meisterschaften in Stuttgart (2001) schrammte das 4x100 Meter-Quartett mit Michael Pfaff, Alfredo Prota, Matthias Rotzler und Stefan Lahr nur um Haaresbreite an Bronze vorbei. Die Superzeit von 40,66 Sekunden trug die Handschrift von Tamas Kiss und machten ihn mit einem Schlag bekannt. Wenig später erhielt er ein Angebot als Cheftrainer bei der damals renommierten LG Salamander Kornwestheim. Er konnte es nicht ausschlagen.

Sein Nachfolger Gyula Kovacs (2001-2006) kam ebenfalls aus Ungarn und setzte auf einem guten Fundament die Arbeit fort. Er schaffte 2002 was seinem Vorgänger versagt geblieben war: Die erste DM-Medaille bei den Aktiven seit 1958. Über 4x200 Meter (Halle) erkämpfte der VfB LC Friedrichshafen den dritten Platz. Für weitere Erfolge während seiner Trainerzeit sorgten Hannes Scharpf (400 Meter Hürden) und vor allem Michael Debreli (Dreisprung). Letzterer holte nach 23 Jahren wieder den ersten Meistertitel an den See. Es sollte im gleichen Jahr ein weiterer dazukommen. Richard Ringer durfte bei den Deutschen Jugendmeisterschaften über 3000 Meter seine erste Goldmedaille in Empfang nehmen.

Hansjörg Dach übergab die Leitung 2001 an Manfred Krom, der dieses Amt noch heute ausübt, gleichzeitig ist er seit 2011 Präsident des VfB Friedrichshafen. Wesentlich größer war da die Fluktuation bei den Cheftrainern.

Auf Kovacs folgte Dorinel Andrescu. Der Biomechaniker an der Uni Konstanz gab nur ein recht kurzes Gastspiel. Bereits 2009 wechselte er zum LAV Tübingen. Dort ist er Cheftrainer und gleichzeitig Landestrainer der Mehrkämpfer. Es war ein herber Verlust für die Leichtathletik vor Ort, vor allem auch deshalb, weil das wohl hoffnungsvollste Talent der letzten Jahrzehnte dem Trainer nach Tübingen folgte: Gregor Traber, von ihm wird noch die Rede sein.

Michael Höllwart, ein VfB-Eigengewächs trat 2010 Andrescus Nachfolge an. Der Master der Sportwissenschaften war selbst erfolgreicher Dreispringer (15,70) und wurde sogar 2007 Dritter der Deutschen Meisterschaften.

Das „Team Monte Gero"

Birgit und Eckhardt Sperlich – früher selbst Leichtathleten der nationalen Spitzenklasse – waren im Rahmen der „Wiedervereinigung" zum VfB Friedrichshafen gestoßen. Sie sammelten junge Talente um sich, die sich auf den Mittel-, Lang- und Hindernisstrecken tummelten. Susanne Kummer war dabei und glänzte mit einer Silbermedaille über 1500 Meter der B-Jugend. Nicht alle Athleten dieser Gruppe, die sich oft am Gehrenberg trafen und deshalb „Team Monte Gero" nannten, gehörten dem VfB LC Friedrichshafen an. Ausgerechnet der Erfolgreichste war nie im Häfler Verein. Ruben Schwarz aus Tettnang kam von der LG östlicher Bodenseekreis und wechselte im Jahr 2000 zur LSG Aalen. Auf der Alb versprach

▼ Richard Ringer (42) hat 2011 bereits international überzeugt.

man sich mit seiner Hilfe eine schlagkräftige 3x1000 Meter-Staffel. Der VfB LC Friedrichshafen konnte diese Perspektive damals nicht bieten. 2003 erfüllte sich für den 19-jährigen Abiturienten und seine Trainer ein Traum. Im finnischen Tampere wurde er U20-Europameister über 3000 Meter Hindernis. Leider sollte das auch der größte Coup des Ruben Schwarz bleiben. Pfeiffersches Drüsenfieber und eine gerissene Achillessehne beendeten seine Karriere abrupt.

„Monte Gero" wurde 2003 vollständig im VfB LC Friedrichshafen eingegliedert. Eifrigster Titel- und Medaillensammler war in den Folgejahren Richard Ringer

◀ Ein Riesenschritt von Regina Neumeyer – vom Bodensee nach New York.

mit vier Deutschen Meistertiteln und acht weiteren Medaillen, darunter vier in der Männerklasse. Auch international hat er 2011 überzeugt. Bei der U23-EM in Ostrava belegte er Rang sieben über 5 000 Meter und bei der Cross-EM in Velenje wurde er zeitgleich mit dem Bronzemedaillengewinner Vierter.

Größeres Medaillenglück hatten 2010 Regina Neumeyer und 2011 Anne Reischmann. Sie errangen jeweils mit der deutschen U20-Mannschaft Silber und Bronze bei Cross-Europameisterschaften.

Den zweiten Platz auf der Skala der Erfolge nimmt Regina Neumeyer ein. Sie ließ es 2011 so richtig krachen und holte einen kompletten Medaillensatz, darunter der erste Jugendtitel über 2 000 Meter Hindernis. Mit eiserner Energie löste die 19-jährige Abiturientin die Fahrkarte zur U20-EM von Tallinn und wurde dort Sechste über 1 500 Meter.

Mittlerweile hat sie ihren Wohnort von Immenstaad nach New York verlegt und das Studium der Finanzmathematik am IONA College aufgenommen. Im Herbst 2011 gewann sie mit ihrem College-Team die Ostküsten-Meisterschaft im Crosslauf, meldete bereits drei neue Bestzeiten und hat sich für die Regionals in Florida qualifiziert. Sogar die Qualifikation für die US-Meisterschaften sind möglich, dann müsste sie sich aber beeilen, um noch rechtzeitig zu den Deutschen Meisterschaften einzutreffen, die sie weiterhin für ihren Heimatverein bestreiten wird. Zuzutrauen ist dem kessen Mädchen fast alles.

Position drei im Medaillenspiegel besetzt Martin Sperlich, der älteste Sohn des Trainerpaares. Seine wichtigste bisher: Bronze bei den Deutschen Hallenmeisterschaften über 1 500 Meter der Männer.

Mit ihm und Richard Ringer kann der VfB LC derzeit eine konkurrenzfähige 3x1 000 Meter-Staffel stellen, denn mit Maximilian Dersch, Jens Ziganke und dem noch jugendlichen Alexander Volz stehen gleich mehrere Kandidaten für den dritten Staffelplatz bereit. Bestes Staffelergebnis bisher: Der Dritte Platz bei den Deutschen Hallenmeisterschaften (2010).

Perspektive für 2012 und später: Der erste DM-Titel und die erste EM-Teilnahme in den aktiven Klassen. Aussichtsreichster Kandidat: Richard Ringer.

▼ Ein unzertrennliches Team – Gregor Traber und sein Coach Dorinel Andrescu. Beide werden die verpasste Olympia-Chance schnell abhaken und sich auf neue Ziele konzentrieren.

Gregor Traber

Eine atemberaubendes Karriere hat Gregor Traber mit Hilfe von Trainer Dorinel Andrescu hingelegt und fast im Jahresrhythmus ein neues Glanzlicht gezündet. Traber kommt aus Meckenbeuren und ist 2006 von der LG östlicher Bodenseekreis zum VfB LC Friedrichshafen gewechselt. Auf Anhieb wurde er 2007 Deutscher Schülermeister im Blockmehrkampf und stellte dabei einen Deutschen Rekord auf. Es ging munter weiter: Ein Jahr später schnappte er sich den ersten Jugendtitel im Dreisprung und Silber im Hürdensprint. Die Qualifikation für die U18-Weltmeisterschaft in Brixen (2009) war nur Formsache und die Platzierung dort ausgezeichnet: Platz fünf über 110 Meter Hürden und Platz sieben im Dreisprung. Die weiteren Highlights schmücken jetzt die LAV Tübingen: Deutscher Jugendrekord über 110 Meter Hürden (2011/13,31) und bereits zwei DM-Titel über 60 Meter Hürden in der Halle, den ersten hat er noch als Jugendlicher in der Männerklasse geholt. 2012 hat er an seinen ersten Europameisterschaften in der aktiven Klasse teilgenommen und ist nur haarscharf an der Nominierung für die Olympischen Spiele von London gescheitert. Doch der erst 19-jährige Senkrechtstarter, der in Tübingen bei Olympiasieger Dieter Baumann Unterkunft gefunden

◀ *Kümmern sich nicht nur um den sportlichen Part – Trainerpaar Birgit und Eckhardt Sperlich.*

hat, wird seinen weiteren Weg machen. Weitere große Herausforderungen winken – darunter die nächsten Olympischen Spiele 2016 in Rio de Janeiro.

Florian Janischek

Ein weiterer Hoffnungsträger hat 2011 Friedrichshafen den Rücken gekehrt. Speerwerfer Florian Janischek übertraf als zweiter VfB-Mann und als Zweiter in Oberschwaben mit 71,32 Metern die 70 Meter. Seine größten Erfolge: Dreimal Silber bei Deutschen Jugendmeisterschaften und Platz fünf bei der U18-WM von Brixen.

Bessere Rahmenbedingungen für Leistungssportler

Schon vor Gregor Traber und Florian Janischek haben hoffnungsvolle Talente die Region verlassen. Die Gründe dafür waren neben qualifizierteren Trainern und besseren Trainings- und Wettkampfbedingungen meist Studium und Beruf.

„Wir können nicht gänzlich verhindern, dass ein junger Sportler sich anders orientiert und den Verein verlässt. Wir können aber eine Menge tun, damit er seine weitere Zukunft hier am Bodensee sieht", bekennt Eckhardt Sperlich.

Was den Bereich des Sports betrifft hat Sperlich seinen Teil dazu beigetragen. Er selbst besitzt den A-Schein, die höchste Trainerlizenz des Deutschen Leichtathletikverbandes. Gleichzeitig wurde er als Bundestrainer für den Hindernisnachwuchs bestellt. Meist finden sich auch im Training entsprechende Sparringspartner und Trainingslager wie zum Jahreswechsel in Portugal oder Ostern auf Usedom sorgen für zusätzliche Reize.

„Ebenso wichtig ist aber, dass wir unseren Leuten eine berufliche Perspektive bieten können", betont Eckhardt Sperlich, „sie investieren viel, 10-12 Trainingseinheiten in der Woche und ein Laufpensum von 130 Kilometern und mehr, das neben Studium oder Beruf zu stemmen erfordert eiserne Disziplin. Wir versuchen die Hochschulen vor Ort und Großbetriebe wie der ZF und Tognum dafür zu sensibilisieren, unseren Athleten die Chance zu geben, Hochleistungssport, Studium und Beruf auf einen Nenner zu bringen. Erste Erfolge haben wir erzielt, von den fast schon paradiesischen Zuständen, wie sie Regina Neumeyer am IONA College vorfindet, sind wir in Deutschland aber noch meilenweit entfernt."

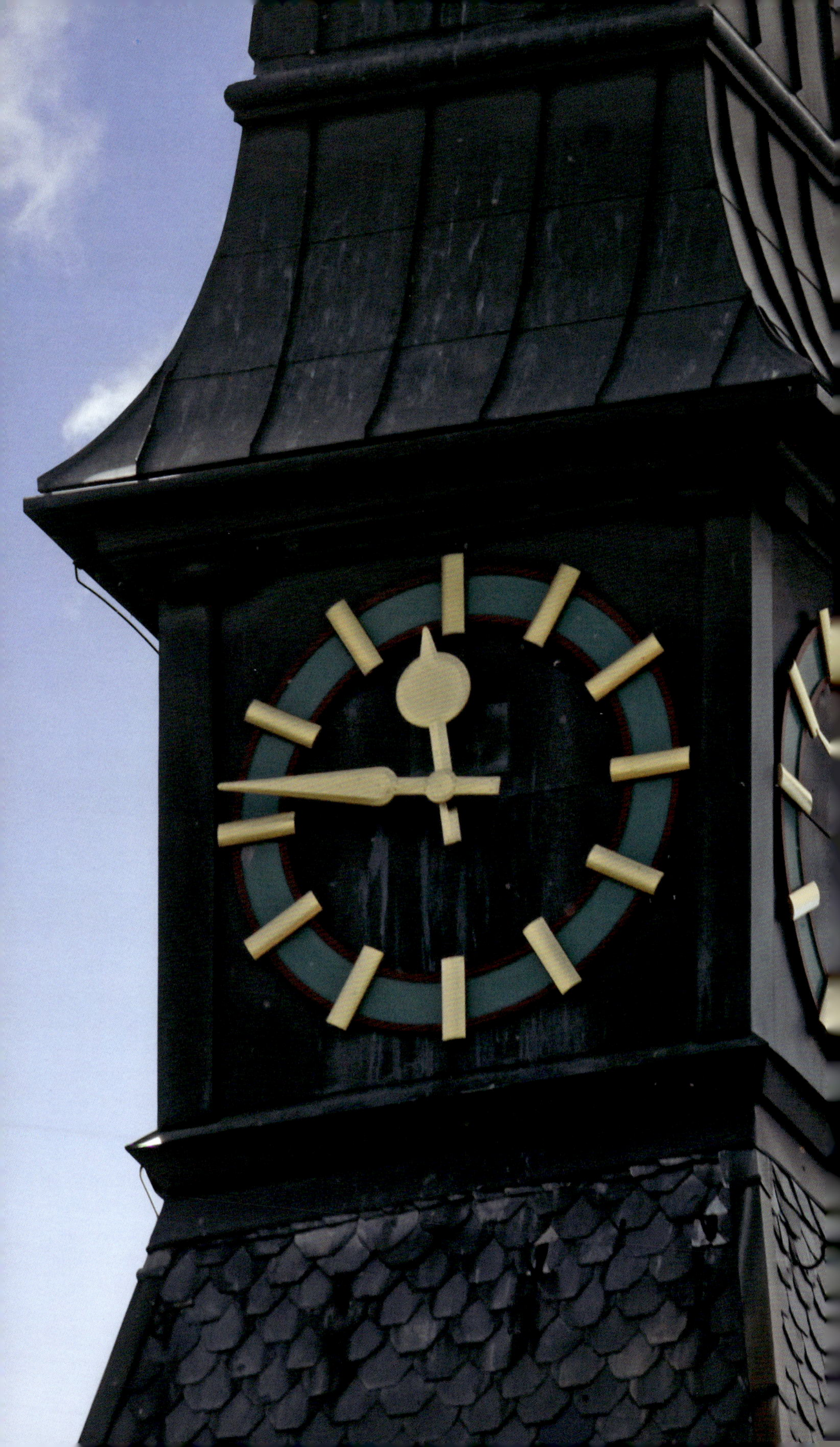

Der MTU-Hallencup in Friedrichshafen

Die Fußball-Elite von morgen kickt in der Bodenseesporthalle

JAN GEORG PLAVEC

Die Besten der Besten, zu Gast am See – dieses Märchen wird Jahr für Jahr aufs Neue wahr, im Spätherbst, beim MTU-Hallencup. Das Hallenturnier für die Unter-15-Jährigen versammelt klingende Namen in der Bodenseesporthalle: Neben Bundesligisten wie dem VfB Stuttgart, Borussia Dortmund, Schalke 04 und Bayern München zählen Dinamo Zagreb, der FC Basel oder der FC Everton zu den Stammgästen. 2011 war gar der „beste Verein der Welt" zu Gast, der FC Barcelona – und das gleich mit zwei Mannschaften. Kein Wunder, dass in neun Jahren eine stattliche Liste an Nationalspielern zusammengekommen ist: Mario Götze, Holger Badstuber und Thomas Müller – alle beim FC Bayern unter Vertrag, Xherdan Shaqiri und Alex Frei vom FC Basel, Julian Draxler von Schalke 04 und Marc-André Ter Stegen von Borussia Mönchengladbach. Dejan Radonic (einst Bayern München II) und Harris Mesic (VfB Stuttgart II), die ebenfalls schon am See zu Besuch waren, sind da fast schon zweite Liga. Obwohl das Häfler Hallenturnier erst neun Jahre alt ist, umfasst die Liste der in Friedrichshafen gastierenden Nachwuchsfußballer klingende Namen. Klaus Segelbacher vom ausrichtenden VfB Friedrichshafen führt diese Liste akkurat. Sie zeugt am allerbesten davon, dass das Hallenturnier inzwischen „das Beste in ganz Europa ist. Da kommt die Crème de la Crème, von Bayern bis Barcelona".

So sagt es Segelbacher ganz selbstbewusst. Der MTU-Hallencup ist sein Baby, hier steckt er seit der ersten Auflage des Turniers im Jahr 2003 Jahr für Jahr viel Energie hinein. Das Turnier gibt ihm aber auch viel zurück: Mehr als fünfhundert begeisterte Fans an beiden Turniertagen, Top-Jugendfußball in der Bodenseesporthalle, ein Name in ganz Europa. Segelbacher zählt Trainer, Jugendmanager und Talentscouts zu seinen Freunden. Das zeigt: Auch der Jugendfußball professionalisiert sich.

Klaus Segelbacher konnte sich ein Bild davon machen, als er zur Vorbereitung des Hallencups in der Fußballschule des FC Barcelona zu Gast war. Rund hundert Jugendliche erhalten dort die womöglich beste Ausbildung, die auf der Welt derzeit zu kriegen ist. „Und auf dem Gelände hätte Lionel Messi uns fast umgefahren, als er auf dem Weg zum Training war", berichtet der VfB-Manager. Solche Anekdoten bringt man vom großen Fußball eben mit.

▼ Der Torschütze auf dem Bild ist Julian Draxler,
das heute 18-jährige Talent von Schalke 04.

Und doch geht es beim Hallencup angenehm unprätentiös zu. Die 14-Jährigen, die auf dem Feld stehen, wissen, dass ihnen möglicherweise eine große Fußballerkarriere bevorsteht. Die Herzen der Mädchen fliegen ihnen zu. Sie streifen dieselben Trikots über wie die Weltstars, die man im Fernsehen sieht. Sie spielen besser Fußball als die meisten anderen Jungs in ihrem Alter. Und doch tragen sie die Nase nicht weiter oben als die Kicker aus Ailingen, Fischbach oder Tannau, die ebenfalls am Turnier teilnehmen dürfen. Dafür müssen sie als kleine Gegenleistung Gästespieler für die Turnierdauer bei sich zu Hause aufnehmen. Das allerdings ist den Allermeisten eine große Ehre. Wer kann schon von sich behaupten, dass Thomas Müller mal bei ihm im Kinderzimmer übernachtet hat? Allein, den nächsten Lionel Messi durfte kein Kicker vom See beherbergen: Der FC Barelona, der bislang prominenteste aller Gäste am See, bezog 2011 sein Quartier im Hotel. Überhaupt, Barcelona. Organisator Klaus Segelbacher kommt ins Schwärmen, wenn er an seinen Coup denkt: *„Da kommt der Nachwuchs des Champions-League-Siegers nach Friedrichshafen, boah!"* Er ruft es aus, als könne er immer noch nicht glauben, dass dieser Verein bei seinem Turnier zu Gast war.

▼ *Sieger des MTU-Hallencups 2006 war die Mannschaft von Borussia Dortmund. 4. v. r. ist der spätere Nationalspieler Mario Götze.*

Noch wäre es zu früh, zu sagen, dass in der Bodenseesporthalle der künftige Weltfußballer des Jahres gekickt hat – nur weil die Shortlist im Jahr 2011 aus drei Barcelona-Spielern bestand, die allesamt von den Katalanen selbst ausgebildet wurden. Möglich ist es trotzdem.

Im Dezember verpassten die Ehrengäste bei ihrem ersten Auftritt in Friedrichshafen den Finaleinzug doch recht deutlich. Ihre technische Überlegenheit war zu erkennen, nur: Mit dem Hallenfußball haben sie es nicht in Barcelona. Es war für die Jungs das erste Hallenturnier überhaupt, vielleicht daher die schlechte Platzierung. Man könnte aber auch sagen, die Halle sei dem FC Barcelona zu eng; er brauche für seine fußballerische Klasse mehr Platz. Die Rundumbande schnürt Leute ein, die morgens Lionel Messi in der Kabine treffen. Einfache Umkleiden übrigens, wie Klaus Segelbacher von seinem Besuch in Barcelona erzählt. „*Das sind keine Luxuskabinen mit Goldkante.*" Bescheidenheit ist auch im großen Fußball eine Zier, deshalb macht der VfB Friedrichshafen die Umkleiden in der Bodenseesporthalle nicht hübscher, als sie sind. Und zum Mittagessen schlingen die künftigen Nationalspieler, die in den allermeisten Fällen schon jetzt in den U15-Auswahlteams ihrer jeweiligen Länder kicken, Spaghetti Bolognese herunter.

Wie aber schafft es ein am See wichtiger, im bundesdeutschen Maßstab aber eher kleiner Verein wie der VfB Friedrichshafen, die Großen im Geschäft für sich zu gewinnen? Indem er sich nicht kleiner macht als er ist. Im Gegenteil. Er sei *„dabei, ein größeres Turnier aufzubauen"*, erzählte Klaus Segelbacher im ersten Hallencup-Jahr 2003 den Vereinen – obwohl er noch keine einzige Zusage hatte. Dann aber überzeugte der VfB-Manager ein, zwei Bundesligisten – und flugs war die erste Auflage des damals noch eintägigen Turniers auch für andere Topvereine interessant. Dortmund, Bayern und der VfB Stuttgart kamen damals schon, gewonnen hat aber der FC Winterthur. Im Jahr darauf kam das namensgebende MTU-Leistungszentrum auf Platz vier.

Auch in der Folge waren es nicht immer die ganz Großen, die am See den Wanderpokal geholt haben. 2011 siegte Dinamo Zagreb vor Basel, 2010 Basel vor Frankfurt, 2005 Austria Wien vor dem VfB Stuttgart. Zwar werden beim Häfler Hallenturnier immer der beste Spieler, der beste Torwart und der beste Torschütze gesondert geehrt. Manche von ihnen schaffen es in die Bundesliga-Startelf, so wie Mönchengladbachs Keeper Marc-André Ter Stegen, der 2006 als bester Keeper ausgezeichnet wurde. Manche hoffen in der Regionalliga-Mannschaft von Bundesligisten auf eine echte Chance in der Spitzenklasse, so wie Dennis Dowidat (Mönchengladbach II, bester Torschütze 2004). Wieder andere, etwa der Top-Torschütze des Jahres 2003, Raphael Lorenz, kicken heute in der Landesliga. Den Cup auf seine Topspieler zu reduzieren, wäre dennoch ein Fehler – es geht auch um die beste Teamleistung, und die ist eben manchmal wichtiger für die Platzierung. Mit einiger Verzögerung zahlt sich eine insgesamt exzellente Jugendarbeit auch im Profibereich aus. Der VfB Stuttgart, deutscher Meister 2007, hat es vorgemacht. Und sollte der FC Basel, der in den vergangenen Jahren in Friedrichshafen starke Leistungen gezeigt hat, dereinst auf europäischem Parkett eine noch wichtigere Rolle spielen als bisher, kann in Friedrichshafen manch einer sagen: Ich habe es als Erster gewusst.

Die Hagnauerin Leoni Stiem ist „Puma-Lilly"

30 Jahre und wild auf Rallyesport

UWE PETERSEN

„Ich habe Benzin im Blut!" Strahlend steht die charmante Hagnauer Gastronomin Leoni Stiem da, ein Energiebündel von nur 45 Kilo, der man diesen Männerspruch zunächst gar nicht zutraut. Sie aber meint das Ernst; schließlich ist sie seit Jahren eine der erfolgreichsten Rallye-Fahrerinnen Deutschlands. Leoni – „aber bitte ohne „e" am Schluss" – könnte noch erfolgreicher sein. „Aber bei uns ist alles nur für den Spaß; das ganze Geld, das irgendwie reinkommt, geht wieder ins Auto." Rallyefahren ist für sie also Hobby. „Ich kann aus beruflichen Gründen nie alle Rennen einer Serie fahren. Das ist ein großes Handicap." Deshalb hat sie bei den Serienwertungen wenig Chancen auf den Sieg. In den Einzelrennen aber landet sie regelmäßig auf vorderen Plätzen in ihrer Klassenwertung und sammelt Damenpokale. Schon in ihrem ersten Fahrerjahr 2008 war sie im Baden-Württemberg-Franken-Pokal immerhin 29. von 275 Teams. Und sie war die beste Fahrerin. Die Jahre 2009 und 2011 verliefen ähnlich erfolgreich, „nur 2010 war ein Seuchenjahr."

Leoni Stiem wurde 1982 in Stockach geboren und zog mit einem Jahr nach Hagnau, wo ihr Vater ein Hotel übernahm. Dort wuchs sie auf und ist seitdem dem See verbunden. Aus beruflichen und privaten Gründen verließ sie den Bodensee zwar für einige Jahre. Zunächst absolvierte sie eine Ausbildung zur Hotelfachfrau in Oberstdorf, dann arbeitete sie von 2000 bis 2005 in Franken an der Rezeption eines Hotels und war dort auch drei Jahre verheiratet. Nach dem Scheitern ihrer Ehe aber kam sie zurück nach Hagnau, wo sie ein Jahr als Angestellte ihres Vaters arbeitete, ehe sie 2006 die Hälfte des Hotels und Restaurants „Fischerstüble" von ihrem Vater kaufte und es seitdem zusammen mit ihrer Mutter betreibt. Nicht von ungefähr: „Egal, wo ich gerade war, der See hat mir immer gefehlt. Das ist meine Heimat, hier bin ich aufgewachsen. Deshalb habe ich mich auch für den Kauf des „Fischerstüble" entschieden, weil ich langfristig in Hagnau bleiben will."

Puma-Lilly, wie sie von ihren Motorsport Freunden wegen ihres Gefährtes, eines Ford Puma, genannt wird, hat ein Faible für Geschwindigkeit. „Ich habe schon immer alles geliebt, was schnell war, etwa Skifahren, Motorräder und eben auch das Autofahren. Schon mit 18 Jahren, während meiner Lehrzeit in Oberstdorf, habe ich im Winter auf Schnee gut Autofahren gelernt." So ist sie dann fast folgerichtig

▲ Das Auto, ein Ford Puma, ist ihr ans Herz gewachsen.

auch zu ihrem Hobby gekommen. „2004 war im ADAC-Heft ein Fahrerlehrgang für Rallyefahren ausgeschrieben, an dem ich mit meinem eigenen Auto – auch damals schon ein Ford Puma – teilgenommen habe. Die ersten fünfzehn qualifizierten sich für eine weitere Fortbildung und die besten fünf von denen durften an einem Toplehrgang teilnehmen, bei dem man die nationale A-Lizenz erwerben konnte, die für die Starts an allen nationalen Wettbewerben berechtigt. Ich war jeweils bei den besten; und so hatte ich meine Lizenz."

Der Puma ist ihr ans Herz gewachsen, nicht nur weil es ihr erstes und bisher einziges Rennauto war. So fährt sie auch privat dieses Modell, das schon seit Jahren nicht mehr hergestellt wird, „allerdings etwas zahmer als die Rallyeausführung". Die holt nämlich 170 PS aus 1600 Kubikzentimetern heraus und setzt das vor allem in Beschleunigung um, weniger in Höchstgeschwindigkeit. „Das ist ein ganz anderes fahren als auf einem Rundkurs."

Aber soweit war es noch nicht. Die Lizenz zu besitzen ist das eine, Rallye zu fahren das andere. Das musste auch Leoni Stiem erfahren. „Ich hatte zwar die Lizenz, aber kein Geld, kein konkurrenzfähiges Auto und keine Ahnung. Das sind denkbar schlechte Startbedingungen. Deshalb tat sich zwei Jahre erst einmal gar nichts.", erinnert sie sich. „2006 bekam ich dann eine Anfrage, als Beifahrerin bei dem erfahrenen Harry Stocker einzusteigen. Ich fahre überhaupt nicht gerne als Beifahrer, aber die Chance wollte ich nutzen, mich in der Szene bekannt zu machen. Und so war ich zwei Jahre auf dem ungeliebten Platz neben dem Fahrer. Inzwischen weiß ich, dass der Beifahrer genau so wichtig ist wie der Fahrer; denn als Fahrer muss man sich total auf dessen Anweisungen verlassen können." Als Stocker 2008 aus Altersgründen aufhörte, sprang sie ein. „Als ich 2008 endlich einen Platz hinter dem Steuer bekam, war das für mich wie ein Sechser im Lotto."

2008 war für sie zunächst ein Lehrjahr. „Es ist schon ganz anders, wenn man selbst lenken darf. Aber 2009 war für mich sehr erfolgreich, mit vielen guten

Platzierungen in der Klasse und vielen ersten Plätzen in der Damenwertung." Doch mit einem Manko hatte sie die ganze Zeit zu kämpfen. „In den wenigen Jahren hatte ich insgesamt acht Beifahrerinnen; alleine 2011 waren es fünf. Die meisten kamen von weit weg; das geht auf Dauer nicht, denn man muss sich auch zwischen den Rennen absprechen und gemeinsam trainieren. Die Wechsel wiederum bringen viel Unruhe: Nie ist man aufeinander eingespielt. Andererseits habe ich von denen auch viel gelernt, da jede wieder andere Ideen hatte. So konnte ich die Aufschriebe nach und nach optimieren. Jetzt habe ich zum ersten Mal eine Beifahrerin aus der Nähe: Anne Kutins, die zwar aus Berlin stammt, aber seit drei Jahren in Hagnau wohnt. Sie hat in den letzten Monaten Beifahrerlehrgänge absolviert. Ich hoffe, dass sie lange Zeit dabei bleibt." Dabei ist es kein Zufall, dass neben „Puma-Lilly" immer Frauen als Beifahrer sitzen. „Das ist keine Vorschrift; man darf auch gemischt fahren. Aber für mich ist das nichts. Echte Damenteams sind absolut selten im Rallyesport, also etwas Besonderes. Deshalb möchte ich nur mit Frauen fahren."

Ein weiteres Problem ist die Finanzierung. Motorsport ist ja nicht ganz billig und zudem ziemlich zeitaufwendig neben dem Beruf. „Zeitlich muss ich das mit meiner Mutter absprechen, mit der ich das „Fischerstüble" als eine „Weiberwirtschaft" betreibe, und schauen, wann es der Betrieb erlaubt.", nennt sie die Vorteile eines „Chef-Duos". „Ansonsten bin ich als Selbstständige ja relativ unabhängig. Finanziell ist das schon problematischer. Wir schaffen es aber, fast kostenneutral zu arbeiten. Die Anreise und Unterkunft zahlen wir selber. Für die Reifen, das Material und viele andere Kosten haben wir einige Sponsoren, die uns direkt mit Material oder mit Geldmitteln unterstützen." Früher war auch die Gemeinde Hagnau Sponsor. „Die sind leider nicht mehr dabei", bedauert sie den Absprung. „Für meine Heimatgemeinde zu fahren, war etwas Besonderes. Allerdings unterstützt uns jetzt die Firma Kontech aus Immenstaad."

Daran, eine Familie zu gründen, denkt die charmante Hagnauerin noch nicht. „Ich bin zwar jetzt 30 Jahre alt, aber dafür bin ich noch nicht bereit. Dann wäre es sicher mit dem Rallyesport vorbei, denn das ist nicht miteinander vereinbar. Ich will aber noch einige Jahre fahren." Private Überschneidungen gibt es für sie nicht.

◀ *Puma-Lilly in ihrem Auto mit Co-Pilotin Anne Kutins.*

„Ich hatte fünf Jahre eine feste Beziehung. Da hat das sehr gut funktioniert. Nur so kann ich mir eine Beziehung in den nächsten Jahren auch vorstellen."

Wenn Leoni Stiem gerade nicht arbeitet oder Rallye fährt, ist sie gerne in anderen Sportarten unterwegs, auch wegen der Fitness. „*Im Sommer haben wir manchmal 60 Grad Hitze im Auto, in voller Montur, mit feuerfester Unterwäsche und Helm. Da braucht man Kondition. Deshalb pflege ich sportliche Hobbies: Ich fahre gerne schnell Ski oder im Sommer Wasserski und Motorrad, mache Yoga für die innere Ruhe und natürlich viel Ausdauersport. Krafttraining brauche ich nicht: Das habe ich schon beruflich genug*", lacht sie und deutet auf die Gläser, die über dem Tresen hängen.

Trotz ihrer schnellen Hobbies – auch auf der Straße – hat sie keine Probleme mit den Ordnungshütern. „*Ich habe keinen einzigen Punkt in Flensburg, obwohl ich auch im Straßenverkehr eher sportlich fahre. Aber ich fahre sehr vorausschauend. Vor allem auf dem Motorrad ist das eine Lebensversicherung, weil man leicht übersehen wird. Aber vielleicht habe ich bisher auch bloß Glück gehabt.*", sinniert sie.

Ihre Zukunftspläne drehen sich zunächst ebenfalls ums Autofahren. „*Für 2012 hatte ich die internationale C-Lizenz beantragt, um auch bei international besetzten Rennen mitfahren zu können. Am liebsten wäre ich ja bei der Dieselmeisterschaft mitgefahren, die von der Serie her sehr attraktiv ist. Aber da hätte ich mindestens 50 000 Euro für ein neues Auto aufbringen müssen, die ich momentan nicht beschaffen kann. Das muss ich also verschieben. Jetzt fahre ich erst einmal wieder mehr kleine Rallyes und zwei oder drei ausgewählte National-A-Veranstaltungen pro Jahr. Langfristig möchte ich Rallyes fahren, solange es Spaß macht, also solange wie möglich.*"

So wird ihre schon jetzt beachtliche Sammlung sicher noch um einige weitere Pokale vergrößert. „*Bald muss ich anbauen.*" Zwinkernd zeigt sie auf das Regal über der Theke. „*Dort standen früher die Pokale von meinem Vater; der hat sie allerdings beim Skirennen gewonnen. Die Renn-Gene habe ich von meinem Papa, der auch mit über 60 Jahren noch Rennen fährt; von meiner Mutter habe ich die

▼ *Puma-Lilly mit einigen ihrer Pokale.*

Ruhe." Eine ideale Kombination für die Rennen und für ihr Engagement in Hagnau: Im Rahmen der Hagnauer Ferienspiele bietet sie hin und wieder ein „Rallye Taxi" für 14-18 Jährige an, das den Jugendlichen ein Gefühl für etwas vermittelt, das sie sonst nur aus der Sportschau kennen.

Einige Wochen im Jahr aber muss sie total abschalten, lässt sie Wirtschaft und Autofahren hinter sich und sucht die Abwechslung. Dann ist sie ganz Leoni. *„Ich liebe es zu reisen, mir andere Länder anzusehen, andere Leute und fremde Kulturen kennen zu lernen."* Bis das Renn-Gen wieder zuschlägt und sie sich auf die neue Saison vorbereitet. Und sich wieder verwandelt in „Puma-Lilly".

Von der Freiheit, etwas zu tun
Die Bürgerstiftung „Menschen für Tettnang"
startet nach langer Vorbereitungszeit in ihr erstes Jahr

ANGELA SCHNEIDER

„Für mich ist heute Schluss." Es fällt Günther Maurer nicht leicht, das zu sagen, das spürt man. Für ihn ist an diesem Abend also Schluss, nach der langen Zeit, in der er sich so intensiv um die neue Stiftung gekümmert hat. Immer wieder werden andere an diesem Abend sagen, dass es ohne ihn nichts geworden wäre. Ohne sein Herzblut, seine Ungeduld, seine viele Zeit, die er investiert hat. Ein Stück Lebenszeit, kann man fast sagen. An einem Abend Mitte Mai 2012, als die Bürgerstiftung Tettnang in einem feierlichen Akt offiziell gegründet wird, steht Günther Maurer schon vor seinem 80. Geburtstag. Er ist nicht mehr ganz gesund. Deshalb rücken jetzt andere nach und übernehmen Verantwortung. Die Entstehungsgeschichte von „Menschen für Tettnang" aber, das Werben für eine gute Sache, ist untrennbar mit Günther Maurer verbunden.

Als Idee geisterte die Bürgerstiftung schon seit 2005 durch die Köpfe mehrerer Bürger und Unternehmer. Sie trafen sich auf Einladung der Stiftung Liebenau, um über den Nutzen und die Möglichkeiten einer Stiftung von und für Tettnanger Bürger nachzudenken. Lange blieb es beim Nachdenken, Für und Wider wurden intensiv diskutiert, mit langen Abständen zwischen den Treffen. Konkrete Aufgaben wollte niemand übernehmen. Bis der Schulamtsdirektor a.D. Günther Maurer, der sich selbst als ungeduldigen Menschen bezeichnet, genug hatte. „Ich wollte so nicht mehr weitermachen", erzählte er. Im November 2010 erfolgte eine Schlussbesprechung, bei der Maurer zusagte, unterstützt von Alois Gohm von der Stiftung Liebenau, bis Januar 2011 ein Konzept für eine Bürgerstiftung zu verfassen. Das brachte die Wende. Eine „Arbeitsgruppe zur Gründung einer Bürgerstiftung in Tettnang" wurde ins Leben gerufen, kompetente und fleißige Leute wurden gesucht: Juristen, Finanzfachleute, Öffentlichkeitsarbeiter, Menschen, die man in Tettnang kennt und die überzeugend für die Sache eintreten können. Fündig wurde man in Tanja Buchholz, Brigitte Butscher, Alois Gohm, Josef Günthör, Udo Lax, Günther Maurer, Thomas Stauber und Siegfried Strobel. Jetzt nahm die Sache Fahrt auf. Im Februar 2011 begann die Arbeitsgruppe mit dem Einwerben des Stiftungskapitals, im Juli war die Satzung fertig. Acht Gründungsstifter waren gefunden worden, die versprachen, die ersten 100000 Euro zur Verfügung zu stellen. Es waren die Stadt Tettnang, die Stiftung Liebenau, die Sparkasse Bodensee und die Volksbank Tettnang sowie die beiden Firmen Wenglor Sensoric

▼ *Sie haben als Arbeitsgruppe die Dinge entscheidend vorangebracht und das Stiftungskapital eingetrieben (von links): Alois Gohm, Günther Maurer, Siegfried Strobel, Brigitte Butscher, Udo Lax, Josef Günthör, Tanja Buchholz, Thomas Stauber.*

und Zwisler – und zwei Privatpersonen, nämlich der Apotheker Martin Stadler und der Allgemeinmediziner Eberhard Bauer. Mit Infoheften, einem Internetauftritt, der Einladung zu Infoveranstaltungen in Tettnang und den Ortschaften und mehrmaliger Präsenz bei eisigen Temperaturen auf dem Städtlesmarkt ging die Arbeitsgruppe an die Öffentlichkeit. Eine knifflige Aufgabe kam auf die Acht zu: Um sinnvolle Erträge aus dem Stiftungskapital zu erwirtschaften, waren mindestens weitere 100 000 Euro an Zustiftungen nötig, und die sollten von den Bürgern und Unternehmen der Stadt Tettnang und ihrer Ortschaften kommen. Es folgten viele, viele Einzelgespräche und eine intensive Öffentlichkeitsarbeit. Anfangs ging das Einwerben der Zustiftungen „ganz zäh", wie Vorstand Josef Günthör erzählte, denn: „Die Summe besteht eben auch aus vielen Kleinbeträgen." Doch ganz allmählich wurde den Tettnangern bewusst, was die Bürgerstiftung will, wofür sie steht. „Die Wende brachte der Neujahrsempfang 2012, mit dem Vortrag von Bürgerstiftungsfachmann Stefan Nährlich", berichtete Tanja Buchholz, jetzt eine der vier Vorstände. Im Februar 2012 schließlich wurde die 200 000 Euro-Marke mit 144 Zustiftern geknackt.

Guter Geist, treibende Kraft: ▶
Günther Maurer engagierte sich von Anfang an für eine Tettnanger Bürgerstiftung.

Aber was will die Bürgerstiftung denn nun? Wird ein solches Engagement in einer Stadt, die seit langem über gut gewachsene, erfolgreiche und aktive ehrenamtliche und wohltätige Einrichtungen unterschiedlichster Ausrichtung verfügt, überhaupt benötigt? Der Stiftungszweck von „Menschen für Tettnang" ist äußerst vielseitig, elf Punkte umfasst die Zweckliste. Für Sebastian Bühner von der Initiative Bürgerstiftungen beim Bundesverband Deutscher Stiftungen e.V. liegen die Vorteile, die eine Bürgerstiftung mit sich bringt, auf der Hand. *„Bürgerstiftungen arbeiten besonders niedrigschwellig, und schon mit relativ kleinem Kapitalaufwand lässt sich etwas erreichen"*, sagt der Fachmann. Vor allem die Wirksamkeit, weil die Projekte ja in einem eng umrissenen geografischen Umfeld erfolgten, würde direkt sichtbar. Und was der Stiftungsprofi „Ergebnisberichterstattung" nennt, heißt schlicht, dass die Lokalzeitung zeitnah berichtet. Vor allem die Beteiligung der Bürger an ihrer Stiftung, die Tatsache, dass sie sich mit Ideen, Zeit und Engagement unmittelbar einbringen können, und die Möglichkeit, sich mit bestehenden Angeboten relativ leicht vernetzen zu können, machten die Bürgerstiftung zu einer unschlagbar effektiven Organisation. *„Durch den breit angelegten Zweck, und weil sie Plattform für die unterschiedlichsten Leute ist, kann die Bürgerstiftung schnell reagieren. Sie hat so eine Art Feuerwehrfunktion"*, sagt Sebastian Bühner.

Es gibt auch kritische Stimmen

Nicht alle Bürger Tettnangs sehen die Gründung der Stiftung uneingeschränkt positiv, öffentlich äußern wollte sich aber niemand dazu. Verständlich, wenn es um etwas geht, bei dem Wohltätigkeit und Ehrenamt im Vordergrund stehen. Verschiedene Punkte wurden geäußert: Die Bürgerstiftung trete in Konkurrenz zu bestehenden Einrichtungen und grabe ihnen Gelder ab. Sebastian Bührer sieht das nur bedingt so. *„Es gibt einen gewissen Wettbewerb, das stimmt. Tatsächlich ergibt sich aber viel eher die Chance der Zusammenarbeit, der Vernetzung der lokalen Akteure"*, berichtet Bühner aus seiner Erfahrung. Vielleicht wiegt sogar der Vorwurf, die Gremien der Stiftung seien dadurch, dass die Gründungsstifter die Zusammensetzung von Vorstand und Stiftungsrat bestimmen, nicht demokratisch legitimiert, noch schwerer. Carsten Dehner, Pressesprecher des Regierungspräsidiums, bescheinigt den Tettnangern hingegen eine ungewöhnliche Offenheit: *„Hier ist in der Satzung sogar eine Amtszeitbeschränkung des Stiftungsrates fest-*

gelegt," sagt er. Generell seien Stiftungen so angelegt, dass der Wille des Stifters zum Zuge kommt, und als gründlicher Informant fügt er noch hinzu, weder BGB noch Stiftungsgesetz würden Stiftungen zu demokratischen Strukturen verpflichten. Regierungspräsident Hermann Strampfer, der bei der Gründungszeremonie die Stiftungsurkunde verlieh und damit die Rechtsfähigkeit von „Menschen für Tettnang" anerkennt, ist jedenfalls großer Bürgerstiftungsfan. In seiner Ansprache lobte er Bürgerstiftungen als *„Ausdruck organisierter Bürgergesellschaft"*, in der Bürger sich für ihre eigenen Belange nicht nur interessieren, sondern sie vor allem in ihrem Sinne gestalten. Er beglückwünschte Tettnang als vierte Gemeinde im Bodenseekreis mit einer Bürgerstiftung zu einer *„großartigen Leistung"*.

Für die Stiftungsgremien fängt die eigentliche Arbeit jetzt an. Weil die Bürgerstiftung in der Gründungsphase keine Liste mit möglichen Projekten veröffentlichen wollte und sich nur äußerst zurückhaltend dazu äußerte, was mit dem Kapitalertrag passieren könnte, hatten viele Bürger zunächst Schwierigkeiten, die rechte Vorstellung davon zu entwickeln, was mit ihrem Geld passieren sollte. Im Herbst sollen nun ein bis zwei Projekte starten, und die müssen wahre Tausendsassas sein, weil sie verschiedene Eigenschaften mitbringen sollen: *„Aus einem der Projekte sollten weitere Einnahmen kommen"*, umreißt Josef Günthör. *„Es soll neutral sein und nicht in Konkurrenz zu einem bestehenden Angebot treten, und es soll keine kommunalen Aufgaben übernehmen"*, so Günthör weiter. Und natürlich brauche das Projekt Strahlkraft. Keine leichte Aufgabe also.

Die Stiftungsarbeiter zählen aber auf die Ressourcen der Zustifter, auf gute Ideen aus der Bevölkerung, und darauf, dass sich genug Menschen finden, die mitarbeiten und gestalten wollen. *„Wir sind zuversichtlich, dass wir auf eine Projektausschreibung auch Rückmeldungen für Mitarbeiter bekommen"*, sagt Tanja Buchholz. Das sei schließlich die Stärke einer Bürgerstiftung. Im Herbst soll in der Stadt eine Anlaufstelle entstehen, mit regelmäßigen Sprechzeiten.

Für Günther Maurer endet die Arbeit jetzt, im Mai. Er sagt noch etwas zu seiner Motivation. *Meine einzige Antriebsfeder ist das: Ich kann etwas tun, also tue ich etwas, mit anderen zusammen. Ich sehe das auch politisch. Als Kind habe ich Unfreiheit erlebt. Und ich weiß: Etwas zu tun, das ist Freiheit."*

◀ *Darauf sind sie stolz bei der Bürgerstiftung: Die Stiftungsurkunde überreichte Regierungspräsident Hermann Strampfer an den Vorstand mit Josef Günthör, Dieter Baur, Tanja Buchholz, Andrea Gutbrod (von rechts).*

Warum sie bei der Stiftung mitmachen

Elisabeth Aich, 47 Jahre alt, Geschäftsinhaberin und Mutter von zwei Kindern, Gründungszustifterin *„Ich bin hier aufgewachsen. Mehr als zehn Jahre habe ich in verschiedenen Städten in ganz Deutschland gelebt, und der Blick von außen auf meine Heimat war wichtig und nützlich. Auch wenn mir nicht alles in Tettnang gefällt, merke ich doch, dass mir meine Stadt immer wichtiger wird. Tettnang hat, vor allem auch für Familien, eine hohe Lebensqualität. Es hat eine intakte Infrastruktur und konnte sich seine Identität bewahren.*

Ich bin bei der Kolpingfamilie Tettnang Mitglied und organisiere die Nikolausbesuche und den Kartenvorverkauf fürs Theater mit. Als Ehefrau, Mutter und Geschäftsfrau ist einfach nicht mehr drin. Aber auch das Zeigen von Empathie, und mit Kleinigkeiten Menschen helfen, ist eine Art Ehrenamt, ganz ohne Orden, Auszeichnung oder Zeitungsartikel. Das hat es in Tettnang immer gegeben, und vor allem viele Frauen, die für ein offizielles Amt einfach die Zeit nicht hatten, haben ohne Institution oder Funktion geholfen. Heute haben wir viele sektorale Hilfsangebote in Tettnang. Was bisher fehlte, war der regionale Ansatz. Diese Lücke wurde nun geschlossen, denn die Bürgerstiftung ist ja eine lokale Ergänzung. Und Sinn des Ganzen ist auch, außer dem Notwendigen das Wünschenswerte in verschiedenen Bereichen zu fördern. Mein Traumprojekt wäre, wenn durch eine entsprechende Idee insgesamt der Gemeinsinn gefördert wird. Tettnang hatte in den letzten Jahrzehnten in hohem Maße Zuzug, und es wäre schön, wenn die emotionale Bindung an Tettnang und die zwischen Neu- und Altbürgern gestärkt werden würde.

Der jungen Stiftung wünsche ich nur das Beste! Mit den Jahren soll sie im gesellschaftlichen Leben der Stadt ein nicht mehr wegzudenkender Bestandteil werden und ein Dach sein, unter dem in der Stadt gute und wohltätige Aktionen stattfinden können."

Martin Stadler, 65 Jahre alt, Apotheker, Vater von vier Kindern, Gründungsstifter *„Wir sind seit 1981 in Tettnang und haben hier vier Kinder groß gezogen. Wir sind von Anfang an gut aufgenommen worden und hatten gleich viele Kontakte,*

◀ Möchte den Gemeinsinn fördern: Elisabeth Aich.

natürlich durch das Geschäft, aber auch durch die Musikschule, den Sport, unsere Nachbarn. Wir fühlen uns hier sehr wohl.

Tettnang ist eine aufstrebende Stadt mit hohem Freizeitwert. Die Menschen sind aufgeschlossen und freundlich. Im Gegensatz zu Neu-Ulm, wo ich aufgewachsen bin, kann ich hier gleich raus in die Natur, entweder mit dem Fahrrad oder in die Berge zum Wandern – der hohe Freizeitwert und die Natur sind für mich sehr wichtig.

Ich habe vor vielen Jahren eine notarielle Betreuung für eine mittlerweile über 90-jährige Dame übernommen. Dort bin ich zwei Mal wöchentlich. Und auch hier in der Apotheke berate und helfe ich täglich Patienten und Kunden, nicht nur unter pharmazeutischen Gesichtspunkten. Auch andere Probleme werden besprochen. Es gibt ältere Leute, die kommen eigentlich wegen nichts! Dann setze ich mich mit ihnen ein paar Minuten auf die Bank, einfach so für ein Gespräch. Das entspricht meiner inneren Einstellung. So kurz vor dem Helfersyndrom (lacht). Aber manche Sachen muss ich natürlich delegieren, denn für einen selber muss ja auch noch Luft bleiben. Für die Größe der Stadt finde ich, dass das allgemeine ehrenamtliche Engagement gut ausgeprägt ist. Ein Traumprojekt? Da müsste ich lange überlegen. Vielleicht fehlt in Tettnang noch, dass man Kindern wissenschaftliches Arbeiten und Forschen näher bringt, außerhalb der Schule, damit ihr immenser Wissensdrang befriedigt wird.

Eigentlich war mein Engagement als Gründungsstifter eine spontane Sache. Die Idee sagte mir gleich zu. Was da im Endeffekt gemacht wird, spielt gar nicht so die Rolle. Wichtig ist, dass etwas gemacht wird, und zwar für die Tettnanger. Vor allem auch die Vielseitigkeit des Stiftungszweckes hat mich stark angesprochen.

Ich wünsche der Stiftung, dass es ein breites, bürgerliches Engagement gibt, dass also nicht nur Geld gestiftet wird, und damit eine Ausweitung der ehrenamtlichen Tätigkeiten."

*Wissenschaftliches Arbeiten ▶
und Forschen mit Kindern?
Das fände Martin Stadler
eine gute Idee.*

Info

Bürgerstiftungen sind in Deutschland ein noch relativ junger Bestandteil des Stiftungswesens. Die ersten beiden Bürgerstiftungen wurden 1996 in Gütersloh und Hannover gegründet. Heute gibt es in Deutschland rund 320 davon. Weil der Begriff „Bürgerstiftung" nicht geschützt ist, hat der Bundesverband Deutscher Stiftungen e.V. an diejenigen 225 Bürgerstiftungen, die einen formalisierten Anerkennungsprozess durchlaufen haben, ein Zertifikat verliehen. Im Regierungsbezirk Tübingen gibt es derzeit 25 Bürgerstiftungen.

Die Bürgerstiftung „Menschen für Tettnang" ist eine von Politik, Unternehmen und Institutionen unabhängige und neutrale Einrichtung. Sie ist eine rechtsfähige Stiftung bürgerlichen Rechts, es gelten die Vorschriften des bürgerlichen Gesetzbuches. Sie verfügt zum Zeitpunkt der Drucklegung über einen Kapitalgrundstock von rund 212 000 Euro und erhofft sich im ersten Jahr inklusive von Spenden einen Ertrag von rund 5 000 Euro. Alle Unternehmungen werden aus den Zinsen dieses Grundstocks finanziert. Alle Mitarbeit in der Stiftung erfolgt ehrenamtlich, es entstehen keine Verwaltungskosten. Die Gremien der Bürgerstiftung sind aktuell folgendermaßen besetzt:

Stiftungsvorstand (von den Gründungsstiftern benannt): Dieter Baur, Tanja Buchholz, Josef Günthör, Andrea Gutbrod. Geschäftsführung (von Vorstand und Stiftungsrat benannt): Thomas Stauber. Stiftungsrat (für den ersten Stiftungsrat von den Gründungsstiftern bestellt): Dr. Eberhard Baur, Birgit Forster, Stefanie Locher, Jürgen Sachsenmaier, Thomas Straub, Sarah Zwisler.

Stiftungsversammlung: Mitglied wird, wer als natürliche Person mindestens 1 000 Euro oder als juristische Person mindestens 5 000 Euro zugewendet hat, oder wer vom Stiftungsrat ernannt wird.

Weitere Informationen unter www.buergerstiftung-tettnang.de

Menschen mit Behinderung machen das Stadtbild bunter

Ambulant Betreutes Wohnen der St. Gallus-Hilfe in Tettnang

CLAUDIA WÖRNER

Im Februar 1991 fing alles an: Vier Frauen mit leichter geistiger Behinderung zo-gen in eine gemeinsame Wohnung in die Schillerstraße und gründeten die erste Wohngemeinschaft des Ambulant Betreuten Wohnens (ABW) in Tettnang. Aus vier Frauen in einer Wohngemeinschaft sind nach über 20 Jahren 36 Männer und Frauen in zwölf Einzelwohnungen, zehn Paarwohnungen und einer Vierer-WG geworden. Christine Gäng und Jutta Frieße gehören zu den Bewohnern der ersten Stunde. Auch Heribert Danner lebt bereits seit 15 Jahren im ABW in Tettnang.

Vieles habe sich in den mehr als 20 Jahren seit der Gründung des ABW in Tettnang verändert, stellt Dieter Schulz, ABW-Mitarbeiter seit der Anfangszeit, fest. *„In den ersten Jahren waren wir die Pioniere, und heute gehören unsere Klienten zum Stadtbild."* Die 36 Männer und Frauen erledigen in der Stadt ihre täglichen Besorgungen, besuchen Volkshochschulkurse und die Bibliothek oder engagieren sich in Vereinen. Das ABW eröffnet die Möglichkeit, in einer selbst angemieteten Wohnung in der Gemeinde zu leben und die eigenen Lebensvorstellungen zu verwirklichen. *„Im Gegensatz zu früher ist es heute ganz normal, wenn ein Mensch mit Handicap in der Bäckerei neben einem steht"*, so Schulz' Eindruck.

Aber auch sonst hat sich einiges verändert. Kamen etwa zwei Drittel der ABW-Klienten in der Anfangszeit aus den Heimbereichen der St. Gallus-Hilfe, einer Tochtergesellschaft der Stiftung Liebenau, wagt heute die Mehrheit den Schritt in die Selbstständigkeit direkt vom Elternhaus aus. *„Einige werden über den Sozialdienst am Arbeitsplatz auf diese Wohnform aufmerksam gemacht, andere erfahren im Rahmen von Freizeitangeboten der Offenen Hilfen vom ABW"*, erklärt Dieter Schulz. Sehr gute Werbeträger des ABW seien die Klienten selbst, die sich häufig keine andere Wohnform für sich vorstellen können. Das Alter der Klienten bewegt sich zwischen Anfang 20 und Mitte 70. Das Durchschnittsalter der Tettnanger Klienten liegt bei Mitte 40. Voraussetzungen für einen Umzug ins Ambulant Betreute Wohnen sind eine gesicherte Lebensgrundlage und ein gewisser Grad an Selbstständigkeit, die sich in einer festen Tagesstruktur wieder findet.

▼ Jutta Frieße lebt seit mehr als 20 Jahren in einer Wohnung des Ambulant Betreuten Wohnens (ABW) in Tettnang und arbeitet im Textilservice der Liebenau Service GmbH.

Wir machen unseren Haushalt ganz allein

„*Schlafzimmer, Wohnzimmer, Hobbyraum, Arbeitszimmer, Küche und Bad.*" Stolz zählt Jutta Frieße die Räume ihrer Tettnanger Wohnung auf. Mit ihrem Verlobten lebt die Frau mit Behinderung seit zehn Jahren zusammen und wird vom ABW der St. Gallus-Hilfe im Alltag begleitet. Aber bereits 1991 wagte sie als eine der ersten den Schritt in die Selbstständigkeit und zog gemeinsam mit drei weiteren Frauen aus dem Heimbereich der St. Gallus-Hilfe in eine Wohnung des ABW. „*Wir machen unseren Haushalt allein, ganz allein*", erzählt Jutta Frieße, der die Freude darüber anzumerken ist. Täglich fährt die 53-Jährige mit öffentlichen Verkehrsmitteln von Tettnang zur Arbeit nach Liebenau, wo sie in der Werkstatt für Menschen mit Behinderung (WfbM) des Textilservice der Liebenau Service GmbH tätig ist. Mit dem Umzug nach Tettnang hat sie zunächst das selbstständige Busfahren zusammen mit ihrem damaligen Betreuer Dieter Schulz geübt. „*Das ist jetzt gar kein Problem mehr. Der Bus fährt morgens um 7.30 Uhr und abends um 17 Uhr zurück nach Tettnang*", berichtet sie.

Unternehmungslustig fährt Jutta Frieße zusammen mit ihrem Verlobten in ein verlängertes Wochenende oder in den Kurzurlaub, zum Beispiel zum Almabtrieb ins Allgäu. Auch den nächsten Konzerttermin der Kastelruther Spatzen in Ravensburg hat sie schon fest im Blick. Ob zum Einkaufen oder zum Kässpätzleessen in den „Torstuben" – in Tettnang ist Jutta Frieße häufig unterwegs. „Manchmal schauen die Leute komisch wegen meiner Spastik, aber das ist mir egal", erzählt sie. „In den Geschäften kennt man mich, und die Verkäuferinnen sind freundlich. Das ist wichtig." Regelmäßig trifft sich Jutta Frieße mit ihrer Assistentin Brigitte Sauter-Notheis vom ABW. Sie hilft ihr zum Beispiel beim Ausfüllen von Überweisungen oder bei behördlichen Angelegenheiten. Auch auf verschiedene Freizeitangebote der Offenen Hilfen hat sie Jutta Frieße bereits aufmerksam gemacht. „Ich habe schon einen Malkurs und einen Kochkurs besucht." Wobei, daheim in der Wilhelmstraße koche meistens ihr Verlobter. „Aber die Kuchen backe ich", fügt sie hinzu und lächelt zufrieden.

Selbstständiges Wohnen ist ideal

Beim Spaziergang durchs Städtle wird schnell deutlich, dass auch Christine Gäng in Tettnang daheim ist. Auf dem Weg von ihrer Wohnung zur Eisdiele trifft sie alte Bekannte. Zeit für ein kurzes Schwätzchen ist immer. Auch mit der Frau, die gerade dabei ist, die Fenster ihrer Wohnung zu putzen. „Mir geht es gut, ich hab' gerade Urlaub", ruft ihr Christine Gäng zu, die in einer Werkstatt für behinderte Menschen (WfbM) in Friedrichshafen arbeitet. Endlich habe sie mal wieder richtig Zeit, sich um ihren Haushalt zu kümmern. Heute habe sie schon die Möbel abgestaubt, die Böden gewischt und die Bettwäsche gewechselt. Schön sei auch, dass sie mal wieder ausgiebig puzzeln könne. „Am liebsten Puzzle mit mehr als 1 000 Teilen." Die zentrale Lage ihrer Wohnung, die sie mit einer Mitbewohnerin teilt, ist für Christine Gäng ideal. „Die Apotheke ist gleich um die Ecke, zum Hausarzt am Bärenplatz ist es nicht weit, und beim Einkaufen bin ich auch schnell." Toll sei auch, dass das Gemeindeblättchen umsonst in den Briefkasten komme. Nur die Verkehrsanbindung von Tettnang sei nicht so ideal. „Zwischendurch habe ich mal in Kressbronn gewohnt, da fuhren auch Züge", zieht sie den Vergleich. Trotzdem kommt sie auch von ihrem Wohnort aus gut mit dem öffentlichen Linienbus an den Arbeitsplatz und wieder zurück. „In die ‚Krone' gehen wir ab und zu auch gern zum Essen", wechselt die 49-Jährige das Thema. Stammgast sei sie auch in der Eisdiele. Heute lässt sie das Mittagessen ausfallen und genießt dafür einen großen Eisbecher mit Sahne.

◄ In der Eisdiele in der Tettnanger Montfortstraße ist Christine Gäng Stammgast. Sie gehört zu den ABW-Klienten der ersten Stunde.

Der Kontakt mit den Nachbarn sei gut, erzählt Christine Gäng. Man grüße sich und leihe sich auch mal gegenseitig etwas, das im Haushalt ausgegangen sei. *„Besonders gefreut habe ich mich, als die Frau, die einen Stock unter uns wohnt, einfach etwas von ihrem Essen zum Probieren vorbeigebracht hat."* Jeden Samstag kehrt Christine Gäng den Hof und da ergibt sich auch immer wieder die Gelegenheit zu einem kurzen Gespräch mit den Nachbarn. Ideal sei für sie das Wohnen zu zweit. *„Ich kann es mir nicht vorstellen, ganz allein zu leben. Aber eine WG möchte ich auch nicht mehr."* Ein Leben im Heim ist für Christine Gäng – sie kam im Alter von sieben Jahren nach Liebenau – heute gar nicht mehr vorstellbar. Unterstützung im Alltag erhält sie ebenso wie Jutta Frieße durch ihre Assistentin Brigitte Sauter-Notheis vom ABW. *„Sie besucht mich regelmäßig und wir reden darüber, was gerade so ansteht."* Außerdem sei die Assistentin für sie da, wenn sie sich gesundheitlich nicht gut fühle oder wenn es auf der Bank oder bei Ämtern Dinge zu erledigen gebe.

„Ich habe den Umzug nie bereut"

Wenn sich die meisten Leute im Bett nochmals umdrehen, hat Heribert Danners Tag bereits begonnen. Seit 4 Uhr arbeitet er in der Backstube des „Reck Beck" in Tettnang. Keine Frage, dass sich der 53-Jährige selbst den Wecker gestellt und das Frühstück gemacht hat. In seiner Wohngemeinschaft mit drei Mitbewohnern hat jeder seinen eigenen Tagesablauf und Rhythmus. *„Ich habe es nie bereut, dass ich nach Tettnang gezogen bin"*, sagt der Mann, der bis zu seinem 38. Lebensjahr in seinem Elternhaus in einem Dorf bei Schwendi in Landkreis Biberach gewohnt hat.

Heribert Danner studierte Chemie, als ihn eine psychische Erkrankung aus der Bahn geworfen hat. Über den Integrationsfachdienst Biberach kam er zum Tettnanger ABW. Mit seiner Arbeit und dem Zimmer in der Wohngemeinschaft ist der sehr selbstständige Mann zufrieden. Natürlich musste er sich erst mit den ganzen Arbeiten vertraut machen, die ein eigener Haushalt mit sich bringt: Kochen, Wäsche waschen, putzen, einkaufen und vieles mehr. Regelmäßig trifft er sich mit seiner ABW-Assistenz Nils Pasternak. Er habe ihn zum Beispiel beim

▼ Heribert Danners großes Hobby ist das Radeln.
Der unabhängige Tettnanger kann sich keine bessere
Wohnform als das Ambulant Betreute Wohnen der
St. Gallus-Hilfe vorstellen.

Wechsel der Krankenkasse unterstützt und erklärt, was zu tun sei, falls er seine Bankkarte verliere.

700 Kilometer mit dem Fahrrad

Apropos Bankkarte. Die braucht Heribert Danner, wenn er sich in seinem Urlaub allein mit seinem Fahrrad auf die mehr als 700 Kilometer lange Tour in den französischen Wallfahrtsort La Salette macht. Bereits mehr als zehn Mal bewältigte er innerhalb von vier bis sechs Wochen diese Strecke. Dabei übernachtet er im Freien und kauft sich unterwegs, was er zum Leben braucht. *„Nein, ein Handy habe ich nicht dabei. Falls was passiert werde ich schon jemanden finden, der mir weiterhilft"*, sagt der Mann mit Gottvertrauen. Viele tausend Kilometer hatte er schon unter den Reifen seines Fahrrads, und so ist das Radeln nicht nur im Urlaub, sondern auch nach Feierabend seine große Leidenschaft. In wenigen Minuten ist Heribert Danner bei der Arbeit, beim Einkaufen, in der Apotheke oder in der Kirche. *„Ich verpasse am Sonntag nie den Gottesdienst, und dienstags besuche ich den Gebetskreis"*, erzählt er. Ab und zu trifft Danner seinen so genannten Fahrradfreund. Einmal habe er drei Stunden lang mit ihm das Rad auseinander genommen, geputzt und wieder zusammengesetzt. *„So viel Zeit hat er mir geschenkt"*, sagt er mit einer Mischung zwischen Stolz und Verwunderung. Gern ist Danner auch mit seinen Tettnanger Nichten und Neffen zusammen. *„Mit den*

Jüngeren lerne ich Mathe, vor allem das Einmaleins"*, erzählt Danner, der jedes wichtige Datum seines Lebens im Kopf präsent hat. In seiner WG ist er eher für sich. *„Aber wir respektieren und akzeptieren uns gegenseitig."* Natürlich beteiligt er sich an allgemeinen Pflichten wie der Kehrwoche. Und am Sonntag frühstücken alle vier gemeinsam.

ABW-Büro mitten in Tettnang

Beim ABW in Tettnang arbeiten vier Sozialpädagogen, die sich zweieinhalb Stellen teilen. Hinzu kommen zwei Alltagsbegleiter und ehrenamtliche Kräfte, die die Menschen mit Handicap zum Beispiel bei Freizeitveranstaltungen begleiten. Seit drei Jahren hat das ABW sein Büro in der Tettnanger Karlstraße, davor war es in der Bahnhofstraße angesiedelt. *„Ganz am Anfang hatte ich mein Büro in einem Nachtwachenzimmer in Liebenau"*, erinnert sich Dieter Schulz. Der Standort sei kein Problem gewesen, arbeiteten die ersten WG-Bewohnerinnen doch alle in der Werkstatt in Liebenau. Heute sei es wichtig, für die Klienten vor Ort da zu sein. In der Regel treffen sich die Klienten ein bis zwei Mal pro Woche mit ihrem jeweiligen Betreuer. Art und Umfang der Unterstützung richten sich nach dem individuellen Hilfebedarf.

„Hilfe bei der Suche und Auswahl einer geeigneten Wohnung sowie Unterstützung bei der Organisation des Umzugs machen einen wichtigen Teil unserer Arbeit aus", berichtet Dieter Schulz. Der überwiegende Teil der Vermieter sei mit den ABW-Klienten hoch zufrieden. *„Sie sind finanziell abgesichert, und bei Bedarf stehen wir als Ansprechpartner zur Verfügung."* Begleitet werden die Menschen mit Handicap auch bei der Organisation ihres Haushalts, bei der Verwirklichung eigener Lebensvorstellungen, bei der Gestaltung sozialer Beziehungen und bei der Suche nach einem angemessenen Arbeitsplatz. *„Wir haben feste Besuchstermine, telefonieren aber auch zwischendurch oder die Klienten schauen bei uns im Büro vorbei, wenn ihnen etwas unter den Nägeln brennt."* So seien die Assistenten auch wichtige Ansprechpartner wenn es zum Beispiel einen Konflikt innerhalb der WG oder in der Nachbarschaft gibt.

Trend zum Einzel- und Paarwohnen

Klar zu erkennen sei schon seit einiger Zeit der Trend weg von der Wohngemeinschaft hin zum Einzel- oder Paarwohnen. Auch das Diagnosespektrum habe sich erweitert. Hatten die ABW-Klienten in der Anfangszeit überwiegend ein geistiges Handicap, werden heute auch Menschen mit psychischen oder körperlichen Einschränkungen begleitet. *„Dementsprechend gestaltet sich auch unsere Suche nach Wohnungen"*, erläutert Dieter Schulz. Neben einer zentrumsnahen Lage seien bezahlbare, barrierefreie Ein- bis Zwei-Zimmer-Wohnungen besonders gefragt. Insgesamt sei das Leben im Tettnanger ABW in den 20 Jahren seines Bestehens viel bunter geworden. *„Wir sind in der Gemeinde angekommen."*

Dies kann Jörg Munk, Geschäftsführer der St. Gallus-Hilfe, bestätigen. Er stellt fest, dass sich die ambulanten Wohnformen für Menschen mit Behinderung inzwischen sehr gut neben den stationären etabliert haben. Gab man früher Menschen mit Behinderung eher in die Obhut einer Einrichtung, geht es heute stärker um die Dimension der Teilhabe und Inklusion. *„In den Hilfeplankonferenzen mit Kostenträger, Betroffenem und Leistungserbringer wie der St. Gallus-Hilfe werden Vereinbarungen geschlossen, um diesem Anspruch gerecht zu werden"*, erläutert Munk. Im Zuge der UN-Behindertenrechtskonvention soll die Rechtsstellung von Menschen mit Behinderung im Sinne von Partizipation und gesellschaftlicher Teilhabe noch weiter gestärkt werden. *„Die Person mit ihren Bedürfnissen soll mehr im Mittelpunkt stehen."*

Kleinteilige Wohnformen in den Gemeinden

Das heißt aber nicht, dass die ambulanten die stationären Wohnformen komplett ablösen werden. *„Die Frage ambulant oder stationär richtet sich vielmehr nach der Intensität der Betreuung, die ein Mensch benötigt. Menschen mit schwersten oder mehrfachen Behinderungen benötigen oftmals eine 24stündige Betreuung"*, erklärt Jörg Munk. Die Entwicklung gehe jedoch weg von den „Heimen auf der grünen Wiese" hin zu kleinteiligen Wohnformen und teilhabenden Unterstützungsarrangements in den Gemeinden. Im Bodenseekreis hat die St. Gallus-Hilfe dies bereits unter anderem in Markdorf verwirklicht. *„Der große Vorteil ist, dass* die Menschen in ihren regionalen Bezügen bleiben und Begegnungen im Alltag möglich sind."

Ideal sei es, wenn von der Gemeinde Unterstützung und Willkommen signalisiert werden. Als Beispiel nennt Jörg Munk eine positive Grundhaltung gegenüber Menschen mit Behinderung und eine möglichst barrierearme Gestaltung der Infrastruktur. Dies sei nicht nur in baulicher Hinsicht zu verstehen, sondern auch in Fragen der Orientierung und der Verständigung. Piktogramme oder Hinweisschilder in leichter Sprache seien hilfreich. *„Idealerweise wird dieser Personenkreis bei der kommunalen Entwicklungsplanung bewusst mit in den Blick genommen"*, wünscht sich Jörg Munk. Der nächste Schritt können Partnerschaften mit Bildungseinrichtungen, Kirchengemeinden, Handwerk und Gewerbe, Vereinen und anderen Institutionen sein. *„Wir merken, dass die Akzeptanz von Menschen mit Behinderung bereits deutlich gewachsen ist."* Hilfreich sei mit Sicherheit, dass der Inklusionsgedanke heute bereits in vielen Kindergärten und Schulen umgesetzt und im Alltag gelebt werde. *„Nach wie vor wichtig sind Begegnungsmöglichkeiten zwischen Menschen mit und ohne Behinderung."*

Alles total normal

Behindert oder nicht behindert? Das spielt im CAP-Rotach keine Rolle – weder bei Angestellten noch bei Gästen

BRIGITTE GEISELHART

Diese Frau hat Power und ist eigentlich immer gut drauf. Dass sie schon 60 Jahre alt ist, sieht man ihr beim besten Willen nicht an. Rente? *„Das hat noch lange Zeit"*, sagt Agnes Gack ohne lange nachdenken zu müssen. Kein Wunder, die Arbeit macht ihr einfach viel zu viel Spaß, um sich jetzt schon um den Ruhestand zu kümmern. Morgens um 9 Uhr geht's meistens los. Erst umziehen. Stempeln nicht vergessen. Zimmer reinigen, Betten machen, nach den sanitären Anlagen schauen. Müssen die Fenster geputzt werden? Auch an die Glastüren und Simse muss sie ran, weil die nämlich *„fast immer vertapst sind"*. Dann ist da noch das Treppenhaus. Manchmal wird allein gewerkelt, dann wieder zu zweit oder in der Gruppe. Campingplatz, ganzjähriges Restaurant und öffentliche Gaststätte mit 40 Innen- und 80 Terrassenplätzen, Pension mit 14 – davon neun barrierefreie – Zimmern und 29 Betten, da geht die Arbeit nicht aus. Zwischendurch mal ein Päuschen machen und eine Tasse Kaffee trinken – das darf und muss trotzdem mal sein. Und die Sache mit der Wäsche? *„Zusammenlegen und alles ordnen, das ist mein Liebstes. Ich mag es gar nicht, wenn das jemand anders macht"*, erzählt Agnes Gack munter drauf los und ist in ihrem Wortschwall kaum zu bremsen.

Keine Frage: Agnes Gack fühlt sich so richtig wohl an ihrer Arbeitsstelle. Mit Recht, schließlich wird sie hier dringend gebraucht, und das nicht nur im Sommer während der Hochsaison. Klar, am Anfang war's gar nicht so einfach. Aber jetzt hat sie sich längst eingelebt. Ihre geistige Behinderung stört hier niemand. Warum auch. Im CAP-Rotach geht alles Hand in Hand. Menschen mit und ohne Behinderung arbeiten ganz selbstverständlich zusammen. Das sind während der Saison bis zu 25 Mitarbeiterinnen und Mitarbeiter und während des Ganzjahresbetriebs immerhin 16 festangestellte Arbeitskräfte. Gemeinsam kümmert man sich um das Wohl der Gäste – ebenfalls Menschen mit und ohne Behinderung. Kurzum: Auf dem idyllischen Gelände bei der Rotachmündung in Friedrichshafen ist *„ein ganz normales Zusammenleben und Zusammenarbeiten"* an der Tagesordnung, wie das Betriebsleiterehepaar Markus und Petra Fricker betont. Derzeit haben hier alle – auch die elf Mitarbeiter mit Handicaps – jede Menge zu tun, um dem saisonalen Ansturm gerecht zu werden. *„Unsere Leute identifizieren sich mit ihrer Arbeit und sind sehr motiviert"*, sagt Markus Fricker. *„Das geht so weit, dass wir abends manchmal zum Aufbruch rufen müssen, wenn manches auch noch am nächsten*

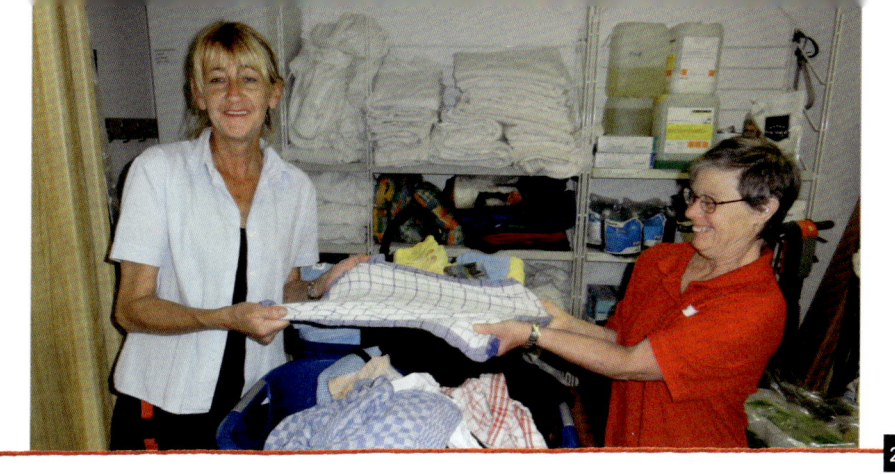

▲ Alles ganz normal: Eva Pawlowksi und
Agnes Gack beim Zusammenlegen der Wäsche.

Tag erledigt werden kann." „Behindert oder nicht behindert, das spielt hier keine Rolle. Kollegiale Arbeitsatmosphäre, Motivation und Teamleistung – es hat von Anfang an alles gut gepasst", bestätigt auch Eva Pawlowksi, die 20 Jahre Erfahrung im Hotelfach hat und als Saisonarbeitskraft gerne im CAP-Rotach aushilft.

Gelebte Integration

„Mir gefällt, dass nicht nur die Räumlichkeiten behindertengerecht sind, sondern vor allem auch der integrative Aspekt, der hier gelebt wird", betont die 32-jährige Ulrike Ziegler aus Waldorf bei Heidelberg, die zusammen mit der drei Jahr jüngeren, schwer mehrfach-behinderten Stefanie „Schwesternurlaub" im CAP-Rotach macht. „Wir sind schon eine Woche hier. Hier hat man immer jemanden, mit dem man zusammen sitzen und reden kann. Die Einrichtung ist einfach genial", sagt Ulrike Ziegler, die zuvor im Internet recherchiert hat und in der angegliederten, mit dem Auto gut erreichbaren Pension genau das richtige für sich und ihre Schwester gefunden hat, und das in unmittelbaren Nähe zum Bodensee. Zusammen mit ihren insgesamt fünf Kindern lassen es Gisa Szangolies, Ehemann Martin Knaus und Annemarie Fröger auf dem Campingplatz gut gehen. „Die Mitarbeiter mit Behinderung sind immer präsent, zurückhaltend und freundlich", erzählen die Blaubeurener. „Behinderte Menschen gehören zu unserer Gesellschaft. Vor allem die Unauffälligkeit und die Normalität der Situation sind einfach toll und nicht zuletzt auch eine wichtige Erfahrung für unsere Kinder."

Die CAP-Integrations-GmbH wurde 2003 als gemeinnütziges Integrationsunternehmen gegründet. Gesellschafter sind die Körperbehindertenförderung Neckar-Alb e.V. (KBF) und der Verein für sozialpädagogisches Segeln e.V. (VSS) Der Name steht für das Unternehmensziel: Chance – Arbeit- Perspektive. „Alle Einrichtungen der Ferienanlage sind konsequent barrierefrei gestaltet. Menschen mit Behinderung sollen genauso frei, ungehindert und selbstständig ihren Urlaub verbringen können, wie Nichtbehinderte" – dieser Leitgedanke wird hier eins zu

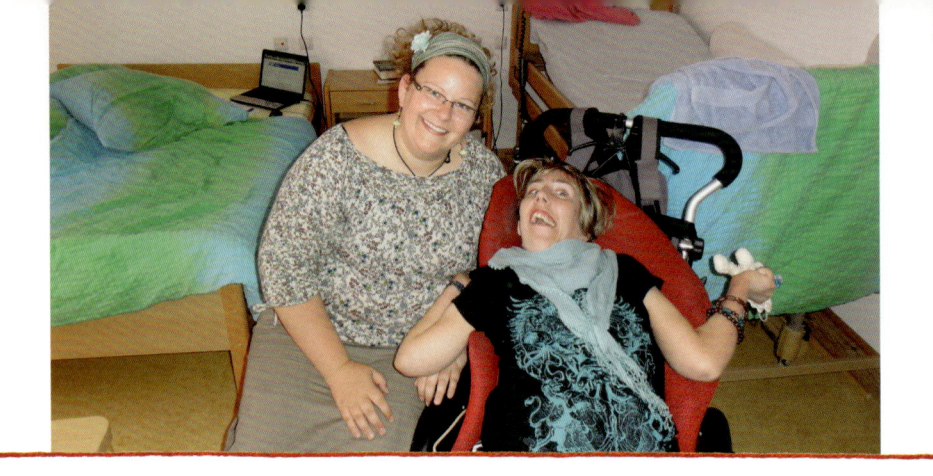

▲ Ulrike und Stefanie Ziegler verbringen in der Pension des CAP-Rotach einen wunderbaren „Schwesternurlaub".

eins umgesetzt. Auftrag der Firma ist es, reguläre Arbeitsplätze für Menschen mit Behinderung neu zu schaffen und zu sichern. Etwa die Hälfte der Mitarbeiter ist schwerbehindert. Vielen gelang der Wechsel aus der Langzeitarbeitslosigkeit in den Arbeitsmarkt. Es werden aber auch Praktika zur beruflichen Qualifizierung in den Bereichen Gastronomie, Hauswirtschaft, Gartenpflege und Verwaltung angeboten. Bei der Stellenbesetzung arbeitet das CAP-Rotach eng mit der Bundesagentur für Arbeit und Integrationsfachdiensten zusammen. 2010 wurde das CAP-Rotach mit dem „Innovationspreis Integration" des Landes Baden-Württemberg ausgezeichnet. Startförderung erhielt das Projekt vom Integrationsamt des Kommunalverbandes für Jugend und Soziales Baden-Württemberg, der Aktion Mensch, sowie von privaten Spendern und Sponsoren. Löhne und Betriebskosten müssen durch den Geschäftsbetrieb selbst erwirtschaftet werden. Das Qualifizierungsprojekt wurde gefördert vom Landratsamt Bodenseekreis und aus Mitteln des Europäischen Sozialfonds. Das CAP-Rotach ist auch als Träger für ein Freiwilliges Soziales Jahr anerkannt.

„Natürlich geht es darum, Leute für den ersten Arbeitsmarkt fit zu machen und ihnen den Übergang zu erleichtern. Aber auch andere sind bei uns gut aufgehoben", betonten Markus Fricker und seine Ehefrau Petra. Dass das für Agnes Gack zutrifft, und das schon seit acht Jahren, das weiß sie selbst natürlich am besten. Früher, als sie noch in der Behindertenwerkstatt gearbeitet hat, da hat es ihr gar nicht so gut gefallen. Um 15 Uhr ist für sie der Arbeitstag zu Ende. Normalerweise jedenfalls. „Wenn ich Spezialaufgaben habe, bleibe ich aber auch länger", sagt sie und strahlt. Na dann schönen Feierabend und bis morgen.

Von der Vormundschaft zur Betreuung

20 Jahre Rechtliche Betreuung – aus der Arbeit des Betreuungsvereins Bodenseekreis

OTTO SAUR

Der soziale Rechtsstaat bewährt sich vor allem im Umgang mit den Menschen, die auf die Hilfe anderer angewiesen sind. Dazu gehören diejenigen Erwachsenen, die aufgrund einer psychischen Krankheit oder einer körperlichen, geistigen oder seelischen Behinderung ihre Angelegenheiten ganz oder teilweise nicht mehr selber regeln können. Hiervon betroffen sind insbesondere auch viele ältere, oft hochbetagte Mitbürgerinnen und Mitbürger. Das bisherige Recht der Vormundschaft und Pflegschaft war geprägt von einer Entrechtung der Betroffenen. Im Vordergrund stand die Vermögensverwaltung: Wichtige personenbezogene Entscheidungen, etwa im medizinischen Bereich wurden vernachlässigt. Deshalb wollte der Gesetzgeber den Betroffenen – bei einem größtmöglichen Maß an Selbstbestimmung – Schutz und Fürsorge gewährleisten, wobei ihr persönliches Wohlergehen im Vordergrund zu stehen hat.

Klar war auch, dass die Ziele der Reform nur dann erreicht werden können, wenn möglichst viele Menschen bereit sind, eine Betreuung zu übernehmen und darin nicht nur eine formelle, sondern auch eine soziale/humane Aufgabe sehen und wahrnehmen.

Das neue Betreuungsrecht, mit welchem eine Vielzahl gesetzlicher Bestimmungen, vor allem des Bürgerlichen Gesetzbuches, geändert und insbesondere die bisherigen Vormundschaften und Gebrechlichkeitspflegschaften für Volljährige abgeschafft wurden, trat zum 01. Januar 1992 in Kraft. In den zurückliegenden zwei Jahrzehnten hat das Gesetz bereits drei Änderungen erfahren und auch heute diskutiert der Gesetzgeber schon über weitere Ergänzungen. Nachstehend wird ausgeführt wie im Bodenseekreis das neue Betreuungsgesetz umgesetzt wurde und heute praktiziert wird.

Schon vor der Verabschiedung des Landesausführungsgesetzes für Baden-Württemberg hatte der damalige Sozialdezernent Egon Stoll für den 14. Oktober 1991 zu einer Informations- und Gesprächsrunde in den Sitzungssaal des Landratsamtes eingeladen. Adressaten waren die beiden Amtsgerichte im Bodenseekreis, die Notariate, die Stiftung Liebenau, das Heim Pfingstweid, die Sonderschule Föhrenbühl, die Lebenshilfe, Caritasverband und Diakonie, LIGA der freien

▼ *Mitgliederversammlung und Vorstand am 23. Mai 2012.*

Wohlfahrtspflege, Sozialdienst Katholischer Männer, und alle Alten- und Pflegeheime im Landkreis. Das Protokoll über diese Besprechung notiert 37 Teilnehmer, aus deren Kreis die Arbeitsgemeinschaft zur Ausführung des Betreuungsgesetzes auf Kreisebene hervorgegangen ist. Beim Landratsamt Bodenseekreis wurden damals 221 Pflegschaften und Vormundschaften für Volljährige geführt. Sozialdezernent Stoll betonte, dass es gemäß der Intention des Betreuungsrechts und des Grundsatzes der Subsidiarität die Idealvorstellung des Landkreises sei, künftig keine Betreuungen mehr wahrnehmen zu müssen. Schon an dieser Stelle kann gesagt werden, dass aus dieser Idealvorstellung Realität geworden ist.

Der Betreuungsverein für den Bodenseekreis entsteht

Im Februar 1992 wurde in der Arbeitsgemeinschaft Betreuungsangelegenheiten das Engagement von Freundeskreisen, Angehörigen und vielen Einzelpersonen gewünscht und eingefordert. Auch an einen Betreuungsverein wurde gedacht, doch fehlte für eine entsprechende Vereinsarbeit noch die finanzielle Grundlage. Dies hat sich bis zur Jahresmitte in einem positiven Sinne entwickelt und so konnte zunächst aus dem Sozialdienst Katholischer Männer (SKM) in Überlingen ein Betreuungsverein für den westlichen Bodenseekreis geschaffen werden. Der SKM in Überlingen konnte schon auf ein jahrzehntelanges soziales Engagement zurückblicken. Er wurde 1958 gegründet und unter seinem Vorsitzenden Gebhard

Kaier hat sich dieser Verein immer für schwache und bedürftige Menschen eingesetzt und auch viele Vormundschaften und Pflegschaften übernommen.

Der neu entstandene Betreuungsverein nahm seine Arbeit zum 01. April 1993 auf, wurde in das Vereinsregister eingetragen und als gemeinnützig anerkannt. In Markdorf entstand die Vereinsgeschäftsstelle, die sich heute in Salem, Kirchgasse 1 befindet. Gebhard Kaier blieb Vorsitzender des neuen Vereins bis 1996; Rechtsanwalt Josef Dichgans trat seine Nachfolge an. Emil Schumacher konnte als Geschäftsführer gewonnen werden, der diese Aufgabe bis zum heutigen Tag engagiert wahrnimmt. Zur Jahresmitte 1993 stand schon ein weiterer Mitarbeiter im Dienste des Vereins. Inzwischen ist das Mitarbeiterteam entsprechend der Aufgabenfülle gewachsen. Von Anfang an bestand auch die Bereitschaft, die Tätigkeit auf den ganzen Bodenseekreis auszudehnen, was auch der Wunschvorstellung von Sozialdezernent Egon Stoll entsprochen hat.

Die Aufgaben und Tätigkeitsfelder des Vereins sind unter anderem:
- Gewinnung, Unterstützung, Beratung und Schulung
  der ehrenamtlichen Betreuerinnen und Betreuer,
  ständige Begleitung von ehrenamtlichen Engagement.
- Die Führung von beruflichen Betreuungen
- Die Interessenvertretung von Betreuten und ehrenamtlichen
  Betreuerinnen und Betreuern
- Die Zusammenarbeit mit allen an der Betreuung beteiligten
  Ämtern, Gerichten und Einrichtungen,
- Die Öffentlichkeitsarbeit

Auch eine Namensänderung (Firmierung), des Vereins war angedacht, der Verein wollte und will offen sein für die Mitarbeit ohne Rücksicht auf das religiöse Bekenntnis und auch Frauen zur Mitarbeit einladen. Daraus ergab sich der „SKM Bodenseekreis e.V. – Betreuungsverein". Die Vereinsaufgaben wurden bzw. werden finanziert durch Zuschüsse des Landkreises, des Landes, des SKM Diözesanvereins und schließlich durch Abrechnung mit der Staatskasse für den Bereich der beruflichen Vereinsbetreuungen, welche der Vereinsgeschäftsführer und sein Mitarbeiterteam wahrnehmen.

Schon im Jahre 1994 haben 8 ehrenamtliche Betreuer-Innen 30 Betreuungen wahrgenommen, der Verein selbst hat 56 Betreuungen durchgeführt. Die Zahl der ehrenamtlichen Betreuer-Innen stieg bis zum Jahr 2011 auf 212 an, die sich um 284 Betreuungen kümmerten. Die Vereinsbetreuungen stiegen im Jahr 2011 auf 80 an. Es ist mehr als erfreulich, wie das ehrenamtliche Engagement seit der Vereinsgründung zugenommen hat. Dem Verein und der Betreuungsbehörde im Landratsamt ist es durch gezielte Öffentlichkeitsarbeit gemeinsam gelungen, so viele Menschen für dieses Ehrenamt zu gewinnen. Die ehrenamtlichen Betreuer-Innen werden vom Vereinsgeschäftsführer zu regelmäßigen Gruppentreffen in der Region Überlingen, Friedrichshafen, Salem und Markdorf zusammengerufen. Dabei geht es um den Erfahrungsaustausch, um Fragen aus der Praxis und auch um Aktuelles aus dem Sozialrecht. Dazu kommen überregionale Fortbildungsangebote und auf Kreisebene Betreuertage mit Schwerpunktthemen aus dem Betreuungsrecht. Die Leiterin der Betreuungsbehörde Constanze Maag und der Geschäftsführer des Betreuungsvereins Emil Schuhmacher gestalten diese Treffen, wozu auch Experten aus der Medizin, dem Sozialrecht und weiteren Rechtsbereichen eingeladen sind. Ehrenamtliche finden sich auch zusammen zum Tag des Ehrenamts mit einer besinnlichen und geselligen Adventsfeier und ebenso zu einem sommerlichen Grillabend.

Aufgabenfelder der ehrenamtlichen Betreuer-Innen

Eine formelle und eine menschlich-humane Aufgabe – Das Wesen der Betreuung besteht darin, dass für eine volljährige Person ein Betreuer bestellt wird, der in einem genau festgelegten Umfang für sie handelt. Voraussetzung ist eine entsprechende Hilfsbedürftigkeit des Betroffenen bei psychischen Krankheiten, geistigen, seelischen und körperlichen Behinderungen. Daraus resultiert die Personensorge, also die Sorge für die Gesundheit, den Aufenthalt und die Lebensgestaltung des Betreuten und die Vermögenssorge, das heißt das Vermögen ordnungsgemäß zu verwalten und bei der Verwendung auch die Wünsche des Betreuten zu berücksichtigen.

◀ *Ehrenamtliche bei der Adventsfeier.*

Die Betreueraufgabe stellt das Wohl des Betreuten in den Mittelpunkt, daraus folgt das persönliche Gespräch bzw. der Kontakt zwischen Betreutem und Betreuer. Dies bedeutet in der Praxis, dass die ehrenamtlichen Betreuer ihre Betreuten in ihren Wohnungen, in Krankenhäusern, in Alten- und Pflegeeinrichtungen und in Behinderteneinrichtungen laufend besuchen und sich nach ihren Wünschen und ihrem Wohlergehen erkundigen. Daraus resultieren Gespräche mit den Leitungen dieser Einrichtungen, mit Banken und Versicherungen, mit dem Sozialhilfeträger und weiteren Ämtern und ebenso mit Ärzten und weiteren Gesundheitsberufen. Aus diesem Aufgabenfeld haben sich oftmals menschliche/freundschaftliche Beziehungen aufgebaut und entwickelt.

Die Betreuer-Innen sind verpflichtet, jährlich dem Betreuungsgericht über die persönlichen Verhältnisse des Betreuten zu berichten und eine Vermögensübersicht vorzulegen bzw. eine Vermögensabrechnung zu erstellen. Dazu wird auch die Hilfe der Vereinsgeschäftsstelle angeboten und gerne angenommen.

Nachwort von Sozialdezernent Andreas Köster

Mit der im Jahr 1992 in Kraft getretenen Reform des Vormundschaftsrechts für Erwachsene schuf der Bundesgesetzgeber eine völlig neue Rechtsordnung für Bürgerinnen und Bürger, die aufgrund einer Behinderung oder Erkrankung ihre Rechte nicht selbstständig wahrnehmen können.

Zielsetzung des neuen Betreuungsgesetzes wurde eine persönlich durchgeführte rechtliche Vertretung, die sich ausschließlich am Wohl des betreuten Menschen sowie dessen Wünschen und Lebensentwurf orientiert. Jedem Betreuten wurde mit Beginn der Reform ein eigener aktiver Interessenvertreter zugeordnet.

Sofern keine Angehörigen für eine Betreuung zur Verfügung stehen, wurde festgelegt, dass vorrangig freiwillig sozial Engagierte die rechtliche Vertretung von Erwachsenen wahrnehmen. Damit gelang ein wichtiger Fortschritt im Interesse der Betroffenen, gleichzeitig aber auch eine Rückbesinnung auf das klassische bürgerliche Ehrenamt. Ein solches Modell von gesellschaftlicher Hilfestellung erfordert Unterstützung und Begleitung für Ehrenamtswillige. Deshalb hat der

Gesetzgeber bei der Neugestaltung des Betreuungsrechts die Institution des Betreuungsvereins definiert und deren Bedeutung noch unterstrichen, indem er allgemein verbindliche Anerkennungsvoraussetzungen für Betreuungsvereine in das Bürgerliche Gesetzbuch aufnahm.

Betreuungsvereine sind ein wesentliches Element des örtlichen Betreuungswesens. Bereits im Jahre 1993 wurde der Betreuungsverein SKM im Bodenseekreis gegründet. Dieser hat sich zur Aufgabe gemacht, ehrenamtliche Betreuer zu gewinnen und fortzubilden. Zudem soll die Qualität der Betreuungsarbeit im Zusammenwirken aller beteiligten Akteure gefestigt werden, um damit dem Reformziel der persönlichen Betreuung einen Schritt näher zu kommen. Durch die elementare Arbeit des Betreuungsvereins SKM und zusätzlich durch die Bestellung von einzelnen sehr engagierten Berufsbetreuern konnten die im Bodenseekreis geführten Behördenbetreuungen abgelöst werden.

Bedingt durch Gesetzesänderung, Rechtsprechungen und auch den demographischen Wandel, muss sich das Betreuungsrecht stetig weiterentwickeln um den Anforderungen gerecht zu werden. Deshalb ist uns die weitere Förderung des Betreuungsvereins SKM mit seinen Aufgaben sowie der stetige Austausch der Beteiligten sehr bedeutsam.

Wir wünschen dem Betreuungsverein SKM für die Zukunft alles Gute und weiterhin eine engagierte und kreative Zusammenarbeit. Den ehrenamtlichen Betreuerinnen und Betreuer viel Freude bei ihrer wertvollen Tätigkeit.

Info
Wer hat Interesse eine solche Aufgabe zu übernehmen? Wenden Sie sich an SKM Betreuungsverein. Kirchgasse 1, 88682 Salem (Telefon 0 75 53 / 9 12 01, Herr Schuhmacher) oder an die Betreuungsbehörde im Landratsamt Bodenseekreis Albrechtstr. 75, 88041 Friedrichshafen (Telefon 0 75 41 / 2 04 52 87, Frau Maag).

Kleine Dinge für den Frieden

Jugendliche aus Überlingen pflegen seit 1993 Kriegsgräber

HANSJÖRG STRAUB

In Sandanski, im südlichen Bulgarien am Fuß des Pirin-Gebirges, wenige Kilometer von der griechischen Grenze entfernt, liegt am Rand der kleinen Stadt der Friedhof. Er ist wie viele in Bulgarien mit hohen Bäumen bepflanzt, mit eng nebeneinander angelegten Gräbern, ihren vielfältig gestalteten Grabmalen und einer für Fremde im ersten Moment undurchschaubaren Ordnung. Darin findet sich ein ummauerter Bereich mit ein paar akkurat angelegten Gräbern und Grabtafeln für 35 gefallene deutsche Soldaten der beiden Weltkriege. Wo auch immer sie gestorben sind, auf diesem Friedhof sollen sie ihre ewige Ruhe finden, denn so war es in den Genfer Abkommen vereinbart und seit dem Jahr 1919 verpflichtet sich der Volksbund Deutsche Kriegsgräberfürsorge e.V. die Gräber der Opfer von Krieg und Gewaltherrschaft zu erhalten und zu pflegen. Für die Bevölkerung Sandanskis war dieser Platz auf ihrem Friedhof über Jahrzehnte hinweg ein Ort, den sie ebenso pflegten wie die Ruhestätten ihrer Angehörigen.

Die Zahl der Opfer des Zweiten Weltkrieges lässt sich nur schwer schätzen. Als relativ gesichert können die am Krieg beteiligten Soldaten erfasst werden, aber die Zahl der durch Kriegshandlungen und den Massenverbrechen getöteten Menschen wird immer ungenau bleiben. Vermutlich sind zwischen 50 und 80 Millionen Menschen im Krieg gestorben.

Als sich nach dem Ende des Zweiten Weltkriegs die Dimensionen dieser Aufgabe zeigten, die der Volksbund zu leisten hatte, entschied der Deutsche Bundestag im Jahr 1952, dass alle inländischen Kriegsgräberstätten in die Obhut der Gemeinden zu stellen sind und der Volksbund sich ausschließlich den deutschen Kriegstoten im Ausland widmen soll. Es wurden bis jetzt mindestens zwei Millionen Gräber in 45 Staaten errichtet, instand gesetzt und gepflegt. Fast 70 Jahre nach dem Ende des Weltkrieges werden noch immer Kriegstote geborgen, müssen identifiziert und umgebettet werden. Der Volksbund finanziert diese Arbeit überwiegend aus Sammlungen, Spenden und den Beiträgen seiner Mitglieder, aber auch durch Mittel des Bundes und der Länder. Zur Pflege der Friedhöfe beauftragt er Firmen in den jeweiligen Ländern und entsendet jährlich Angehörige der Bundeswehr, Seniorenkreise und Jugendliche unter dem Motto „Versöhnung über den Gräbern – Arbeit für den Frieden". In den vergangenen Jahrzehnten ver-

▼ *Deutsche und baschkirische Schüler auf dem Kriegsgefangenenfriedhof Lopatino in Ufa/Baschkortostan im Jahre 2005.*

änderte sich das Gedenken an Krieg und Verehrung von Helden. Angehörige der Friedensbewegung nahmen nicht teil an den Veranstaltungen zum Volkstrauertag. Der Gedanke an Versöhnung über den Gräbern widersprach der Intention des Pazifismus, der Kriege verhindern will. Es ist heute schwer, Jugendliche zu motivieren, sich mit den Folgen von Kriegen auseinander zu setzen, die Jahrzehnte vor ihrer Geburt stattfanden. Das Leid, das gewalttätige, kriegerische Auseinandersetzungen auslösen, wird in den Medien oft ausgeblendet, die schrecklichen Ereignisse finden meist auf anderen Kontinenten statt.

An Ostern 1993 fuhr Karl Barth, Lehrer an der Jörg-Zürn-Gewerbeschule Überlingen, in die Slowakei, um den Ort Zborov aufzusuchen, wo im Jahr zuvor ein Soldatenfriedhof angelegt worden war. Dazu angeregt wurde er vom Landesgeschäftsführer des Volksbundes Deutsche Kriegsgräberfürsorge e.V., Max Mangol, der ihn auf dieser Reise auch begleitete. Sie bereiteten eine Begegnung mit Jugendlichen vor, die im Sommer dieses Jahres stattfinden sollte. Karl Barth wollte seine Schüler mit Jugendlichen aus den Ländern zusammen bringen, deren Grenzen erst wenige Jahre zuvor schrittweise geöffnet worden waren.

Eine Gruppe von zwanzig Schülerinnen und Schülern der Jörg-Zürn-Gewerbeschule und zwei Schülern des Gymnasiums Überlingen sowie den begleitenden Lehrkräften fuhren am Ende des Schuljahres mit der Bahn über München und Prag in die Ost-Slowakei, wo sie in Kysack nach einer über zwanzigstündigen Fahrt von einem Bus erwartet wurden, der sie nach Regetovka fuhr. Dort trafen sie vier Deutsch sprechende slowakische Jugendliche, die mit ihnen zusammen die nächsten zehn Tage verbringen sollten. Für die meisten Jugendlichen aus Überlingen war es der erste Besuch in einem osteuropäischen Land. Deshalb waren die Begegnungen mit ortsansässigen Jugendlichen auch wichtig und beschränkten sich nicht nur auf gelegentliche gemeinsame Treffen. Alle Teilnehmer wohnten gemeinsam in der Berghütte in Regetovka, gestalteten abends Workshops, in denen sie ihre Sprache, ihr Land und ihre Eigenheiten den anderen vorstellten, spielten Fußball und feierten in langen Nächten. Tagsüber arbeiteten sie gemeinsam auf dem deutschen Soldatenfriedhof in Zborov. Der war nach bald fünfzig Jahren angelegt worden, um die Gebeine von gefallenen Soldaten aus dem Zweiten Weltkrieg würdevoll zu begraben. Die Jugendlichen legten Rasen an, umzäunten und pflegten die Anlage. Ein paar Tage später wechselte die Gruppe nach Liptovsky Mikulas, einer Stadt, die am Ende des Zweiten Weltkriegs in die Schusslinie deutscher und russischer Truppen geriet. In den Gefechten starben nicht nur die Soldaten der sich bekämpfenden Armeen, sondern auch viele Einheimische, unter denen die Waffen-SS ein Gemetzel anrichtete. Fast 1 400 Opfer beklagte die einheimische Bevölkerung. Dass diese Taten nicht in Vergessenheit geraten, erfuhren die Schüler vom Bodensee in den Gesprächen mit überlebenden Zeitzeugen. Die Erfahrung, dass Menschen, die das Schrecklichste erleben mussten, auf ihre jungen Gäste zugehen, sie herzlich begrüßen und lange Gespräche mit ihnen führen, gehörte zu den beeindruckendsten Erlebnissen auf dieser Reise.

Bei der die Reise abschließenden Feier auf dem Soldatenfriedhof in Lipovsky Mikulas bekannten die deutschen Schülerinnen und Schüler mit welch gemischten Gefühlen sie in dieses Land gereist waren. Sie wussten aus dem Geschichtsunterricht um die Hintergründe der Kriege, aber sie gestanden sich auch ein, dass ihnen die individuellen Schicksale ihrer Vorfahren bis zu dem Zeitpunkt fremd geblieben waren, an dem sie zum ersten Mal Namen und Lebensdaten auf den

Grabtafeln betrachteten, von Menschen, die vielleicht genauso alt waren wie sie selbst. Manche berichteten von der Sprachlosigkeit, der Erschütterung und der Beklommenheit, die sie überkam. Vielleicht sei ihre Reise ein kleiner Beitrag zur Wiedergutmachung, ein Schritt zur Aussöhnung.

Für Karl Barth und die ihn begleitenden Kollegen Gudrun Schneider und Paul Baur wurde deutlich, dass diese Reise ein gelungener Aufbruch war, der sie ermutigte weiterzumachen. In den kommenden Jahren fuhren Schülerinnen und Schüler der Jörg-Zürn-Gewerbeschule, aber auch vom benachbarten Gymnasium und der Realschule der Stadt Überlingen nach Polen und Slowenien, wo sie Anton Jež trafen, der als 19-Jähriger vom Oktober 1944 bis zum Mai 1945 in der Überlinger Stollenanlage arbeiten musste. Andere Ziele waren Rumänien, Baschkortostan und immer wieder Bulgarien. Karl Barth und als sein Nachfolger seit 2005 Hubert Gobs bereiteten zusammen mit der Jugendreferentin des Volksbunds Deutsche Kriegsgräberfürsorge e.V. Jahr für Jahr eine Reise vor. Sie warben um Teilnahme, suchten im jeweiligen Land die Unterkünfte, mögliche Partnerschulen, organisierten Anreise und Transportmöglichkeiten vor Ort und fanden auch immer Ausflugsziele, vor allem auch interessante Begegnungen mit Menschen, die den Horizont aller Teilnehmer erweiterten.

Eines der ungewöhnlichsten Ziele war im Jahr 2005 Baschkortostan. Nach Ufa, der Hauptstadt des Landes, rund 6000 Kilometer und vier Zeitzonen entfernt an der geographischen Ostgrenze Europas gelegen, flogen 21 Schülerinnen und Schüler in Begleitung von Hubert Gobs, Karl Barth, Markus Bittmann, und Nadja Wintermeyer als Dolmetscherin. Mit Ufa und dem Land Baschkortostan in der Russischen Föderation ist Überlingen seit dem tragischen Flugzeugunglück am 1. Juli 2002 verbunden. 71 Menschen, davon 49 Kinder, starben bei der Kollision zweier Flugzeuge über der Stadt am Bodensee. Die Mehrzahl der Opfer stammte aus Ufa, wo sie auch begraben wurden. Über die Trauer hinaus entstanden Freundschaften zwischen Menschen am Bodensee, die das Unglück mit eigenen Augen gesehen hatten, und den Angehörigen der verstorbenen Kinder und Erwachsenen aus Baschkortostan. „Brücke nach Ufa" nennt sich der Freundeskreis aus dem Bodenseeraum, der sich nach dem Unglück bildete und eine Jugendbegegnung

◄ Der Soldatenfriedhof Zborov in der
Nordostslowakei im Jahre 1994.

anregte. Die Stadt Überlingen, deren damaliger Bürgermeister Ulrich Lutz zu dieser Reise anregte, beteiligte sich ebenso wie der Volksbund an den Kosten für die Teilnehmer.

In Ufa und der unmittelbaren Umgebung gibt es keine Friedhöfe für im 2. Weltkrieg gefallene Soldaten, aber den Friedhof Lopatino, eine Begräbnisstätte für Kriegsgefangene und zivile Deportierte, darunter viele Frauen und Jugendliche, die auf dem Weg in die vielen Arbeits- und Straflager der Sowjetunion verstorben waren. Der Friedhof Lopatino war einige Jahre zuvor angelegt worden, aber es bedurfte einiger Arbeit, die die Jugendlichen an insgesamt acht Tagen leisteten. An einem der freien Sonntage besuchte die Gruppe ein Kinderheim in Perwomaisk

◄ Anton Jež beim Abschlussabend in Ljubljana/Slowenien im Jahre 1995.

und brachte den Kindern die in Überlingen gesammelten Geschenke mit, reiste von dort in das Dorf Aleksajew, in dem viele Bewohner leben, deren Vorfahren aus Deutschland ausgewandert waren. Für die letzten Tage waren Wanderungen und Paddeltouren organisiert, zu denen die Gruppe in Kleinbussen transportiert wurden, die ihnen immer mal wieder Überraschungen bereiteten. Dabei konnten die teilnehmenden Auszubildenden der Kfz-Werkstätten ihre Fertigkeiten beweisen.

Wichtig wie bei allen Reisen war den Jugendlichen die Begegnung mit den Menschen, die mit der Absicht aufeinander zugehen, Vorurteile abzubauen und Verständnis füreinander zu entwickeln. Deshalb lautete das Motto des Besuchs in Baschkortostan auch: „Wenn viele kleine Leute, ungeachtet ihrer Nationalität, an vielen Orten, viele kleine Dinge für den Frieden tun, können wir die Welt verändern."

Im Jahr 2010 reiste eine Gruppe von 21 Jugendlichen mit ihren Begleitern wieder nach Sandanski in Bulgarien. Es war die zehnte Schülerbegegnung seit 1998, die von Überlingen aus organisiert wurde. Zu den ersten Organisatoren gehörten der aus Bulgarien stammende und inzwischen verstorbene Chemielehrer der Jörg-Zürn-Gewerbeschule Überlingen Dr. Ognian Serafimov sowie sein Kollege Dr. Bernhard Schnetter. Sie begleiteten in diesen Jahren 223 Schülerinnen und Schüler der Jörg-Zürn-Gewerbeschule sowie 146 bulgarische Jugendliche aus den Orten Varna, Pleven, Dobritsch, Sandanski, Goze Deltschev, Lomci, Rohsen, Marino Pole und Petritsch, um auf Soldatenfriedhöfen Gräber zu pflegen, einige Tage gemeinsam zu verbringen und Ausflüge zu Sehenswürdigkeiten zu unternehmen. Große Unterstützung erhielten sie durch Ljudmilla Karaiwanova und Stanislava Ivanova. Ljudmilla Karaiwanova aus Sandanski handelte Verträge für die Unterkunft und die Fahrten mit dem Reisebus aus, löste Probleme im Vorübergehen mit ihrem Handy und war immer da, wenn sie gebraucht wurde. Auch die Deutschlehrerin Stanislava Ivanova aus Varna begleitete nicht nur ihre Schülerinnen und Schüler, sondern beantwortete geduldig all die Fragen der deutschen Gäste und war als Übersetzerin vom frühen Morgen bis spät abends im Einsatz.

◀ Paddeltour auf dem „Weißen Fluss" in Baschkortostan
im Süd-Ural im Jahr 2005.

Wichtige Stationen auf den Reisen ins südliche Bulgarien waren immer die Ausflüge ins benachbarte Griechenland, um Gedenkstätten aufzusuchen und mit noch lebenden Zeitzeugen ins Gespräch zu kommen. Ein Ziel war die Fahrt ins griechische Kerdylia, ein kleines Dorf unweit der ägäischen Küste, das am frühen Morgen des 17. Oktober 1941 ein schweres Schicksal erlitt. Der Ort war unter Partisanenverdacht geraten. Die deutsche Wehrmacht zwang an diesem Morgen die Einwohner ihre Häuser zu verlassen und versammelte sie auf einer Anhöhe. Alle männlichen Bewohner des Ortes, die zwischen 14 und 60 Jahre alt waren, wurden mit Maschinengewehren erschossen. Einen einzigen Jungen, der bereits vierzehn war, schickte der kommandierende deutsche Offizier, der die griechische Sprache gelernt hatte, wieder zurück zu seiner Mutter. Es war Tsiangas Panagiotis. Dem 74-jährigen Mann begegneten die Jugendlichen aus Überlingen an dem Ort, an dem ihn vor 60 Jahren ein deutscher Soldat überleben ließ. Das sind die beeindruckenden Erlebnisse, von denen die Teilnehmerinnen und Teilnehmer sprechen, wenn sie zurückkehren. Ergriffen berichten sie dann auch von der Herzlichkeit, mit der sie empfangen wurden und von der Freude der Menschen darüber, dass die Opfer des Krieges nicht vergessen wurden.

Das 20. Jahrhundert erlebte eine Vielzahl grausamer Kriege und zu den letzten gehörten die gewalttätigen Auseinandersetzungen auf dem Balkan. Auf einer Vorbereitungsfahrt im Frühjahr 1999, wenige Tage nachdem eine amerikanische Rakete sich bis in die Nähe der Hauptstadt Bulgariens Sofia „verirrte", entstand die Idee, neben den Arbeiten auf den Friedhöfen ein deutlich sichtbares Zeichen zu setzen: Einen Friedenspfad.

Durch das Pirin-Gebirge, ein alpine Region im Südwesten Bulgariens mit mehreren über 2 500 Meter hohen Gipfeln, führt ein Wanderweg, der sog. Europa-Weitwanderweg E4. Während der Jugendbegegnungen, die im Südwesten des Landes stattfanden, gehörte eine mehrtägige Wanderung fest zum Programm. Allerdings war es den Jugendlichen immer freigestellt, ob sie daran teilnehmen wollen. Denn eine Wanderung im Pirin-Gebirge erfordert Ausdauer und gilt in manchen Teilabschnitten als „sehr schwierig", weil es dort Geröllfelder, steile An- und Abstiege gibt, die ungeübten Wanderern viel abverlangen. In dieser

Region liegen auch die Soldatenfriedhöfe Sandanski, Goze Deltschev, Roshen und Marino Pole. Der Friedenspfad verbindet die einzelnen Orte mit dem Europa-Weitwanderweg und soll bis nach Griechenland führen. In den Tagen vor der Wanderung werden bereits in Überlingen vorbereitete und mit den Volksbund-Kreuzen eingefräste Holzbretter bulgarisch, englisch und deutsch beschriftet. Diese Friedenspfad-Wegweiser führen die Wanderer mit sich und bringen sie gut sichtbar auf dem Weg an.

Die Wegweiser sind mehr als nur eine Markierung für Wanderer. Sie symbolisieren zugleich den Willen der inzwischen weit über 450 Überlinger Schülerinnen und Schüler und der sie begleitenden Lehrerinnen und Lehrer der Jörg-Zürn-Gewerbeschule, die Jahr für Jahr in ein osteuropäisches Land reisen, um Vergangenes nicht zu vergessen, und zu zeigen, dass Frieden durch die Begegnung von Menschen möglich ist.

◀ *Jonas Marichal-Schäfer bei der Beschriftung eines Friedenspfad-Schildes in Sandanski/Bulgarien 2009.*

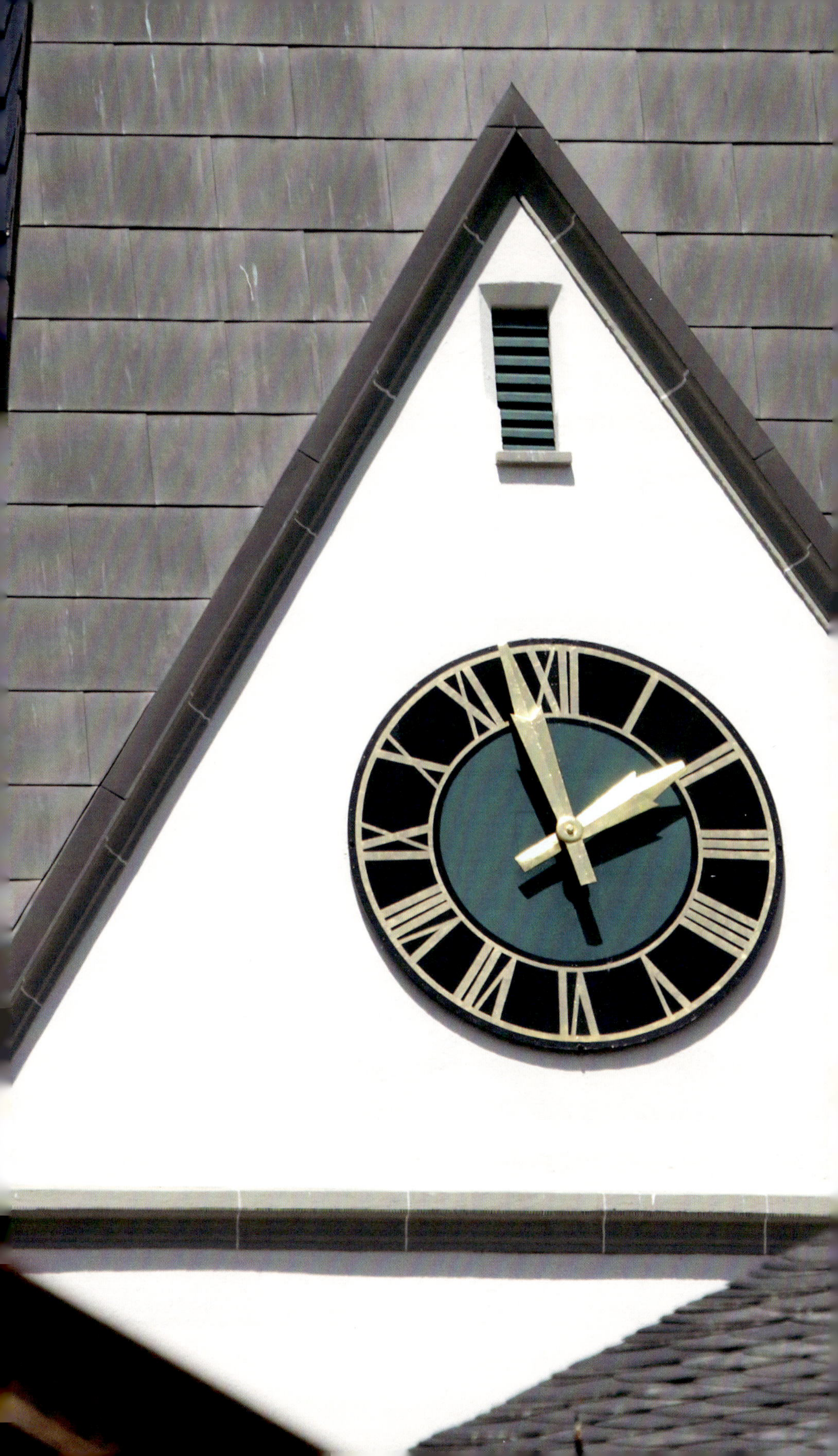

Frauen am See
„30"

SUSANN GANZERT

„30 Jahre Leben am See" haben die Redaktion von Frauen am See vor eine neue Herausforderung gestellt: Nur Rotraut Binder lebt schon so lange am Bodensee, die anderen vier bringen es auf gerade zwei Jahrzehnte, und so ließen wir unserer Fantasie freien Lauf. 30er-Zone, Seezeichen 30, Jeansgröße 30/30, 30 Kühe im Stall, 30 Schulstunden pro Woche oder Schüler in der Klasse, 30 Paar Schuhe, drei Jahrzehnte dem eigenen Mann den Rücken freigehalten, drei mal zehn Brillen oder Handtaschen… Entschieden haben wir uns für andere Themen, die alle etwas mit der Zahl 30 und damit dem vorliegenden „Leben am See"-Band zu tun haben: Eine weibliche Sicht auf 30 Jahre Kommunalpolitik, eine Frau am Ruder eines 30er-Schärenkreuzers, drei Jahrzehnte im gleichen Betrieb beschäftigt, eine „to-do-List-for-life" mit genau sechs mal fünf Punkten, ein Blick in das eigene Bücherregal mit genau 30 Büchern über besondere Frauen. Lassen Sie sich überraschen und seien Sie sich sicher: Wenn der Bodenseekreis 2013 Jubiläum feiert, fallen Rotraut Binder, Karlotta Fesca, Sarah Fesca, Katy Cuko, und Susann Ganzert wieder neue Frauen auf, die am See leben.

In eine solch alte Dame steckt frau gerne viel Liebe und Arbeit

Regine Frey aus Langenargen steuert ihren 30er Schärenkreuzer seit mehr als 30 Jahren

SUSANN GANZERT

„Am Sonntag will mein Süßer mit mir Segeln gehen..." ist seit 1961 ein Ohrwurm, nicht nur für Wassersportler. 1961, da war Regine Frey noch ein Kindergartenmädchen und kam aus Esslingen, wo sie mit ihren Eltern wohnte, immer wieder an den See. Zum Opa und zum Segelschiff ihrer Eltern, deren „Korsar" im Häfelchen einer befreundeten Fischerin lag. Und wenn es auf den Bodensee hinausging, machten die Eltern die kleine Regine mit einem „Geschirr" am Mast fest. So war gesichert, dass sie nicht ins Wasser fällt. Das entspricht nicht mehr ganz den heutigen Erziehungsgrundsätzen. Damals war es aber durchaus üblich in segelnden Familien und für manches „Bootskind" wegweisend: *„Segeln ist meine ganz große Leidenschaft, die schon immer da war"*, sagt Regine Frey heute.

Um Segeln zu gehen, musste die 54-jährige Langenargenerin jedoch nie auf ihren „Süßen" warten, denn schon als kleines Mädchen war sie von den vom Wind angetriebenen Booten angetan. Dass sie ihren Mann dann bei einer Regatta kennenlernte, ist nicht ungewöhnlich und wäre in diesem Buch auch keine Zeile wert, wenn sich die Beiden nicht auf einer 30er-Regatta im schweizerischen Altnau begegnet wären. Genauer gesagt bei einer Regatta der 30er-Schärenkreuzer. Die 1908 erstmals in Schweden gebauten Schiffe heißen in der Landessprache „skärgårdskryssare" und werden in Deutschland „Dreißiger" genannt, denn *„das Vorsegeldreieck und das Großsegel müssen vermessungstechnisch 30 Quadratmeter ergeben"*, erklärt Regine Frey. Wer einen 30er Schärenkreuzer segelt, liebt das „Außergewöhnliche", sind sich die Fans dieses Bootstyps einig: Schnittig, elegant ästhetisch, sportlich, dynamisch und auch bei viel Wind sicher... Viele Attribute gibt es für dieses schlanke Schiff. Die sind zwischen 11,10 und 13,40 Meter lang, 1,89 bis 2,18 Meter breit und darf eben mit maximal 30 Quadratmetern Segelfläche am Wind segeln. Jeder 30er hat so etwas wie eine eigene Persönlichkeit, zwischen ihm und seinem Eigner besteht eine liebevolle Bindung... Und so hat es dieser „Windhund des Wassers" oder auch „schwimmende Zahnstocher" seit mehreren Jahrzehnten Regine und Reinhard angetan. 32 Jahre sind beide miteinander und mit ihrem 30er verheiratet, haben zwei Töchter, Madlen und Caren-Ann, die natürlich auch begeisterte und erfolgreiche Seglerinnen sind.

Studiert hat Regine Frey Geologie, stieg aber nie in den Beruf ein. Familie und Haushalt gingen vor. Im „Haus am See" der Familie in Langenargen, das einst die

Eltern unweit des Malerecks bauten, leben heute drei Generationen unter einem Dach: Regine Freys 90-jährige Mutter, die 20-jährige Caren-Ann und natürlich Regine und Reinhard Frey. Ihr Blick auf den schimmernden Bodensee ist frei, die Boote zum Greifen nah und die Berge an diesem föhnigen Tag auch. Winter und Frühjahr sind sich bei unserem Gespräch noch nicht ganz einig, wer jetzt dran ist, und bei Freys werden die Skier verstaut, denn bald startet die Segelsaison. Überall im Haus stoßen Bewohner und Besucher auf das große Frey-Hobby Segeln, und Bilder der „Marama", so heißt ihr 30er mit der Segelnummer „G 1", schmücken die Wohnung.

Im Yachtclub Langenargen segelte Regine Koniakowski schon in der Jugendgruppe, lernte in Jollen und auf einem Hobby-Cat das Segel-ABC, bevor sie in den 470er und andere Bootsklassen stieg. Ihre Mutter vermietete ab und an Zimmer, auch an Segler, und *„eines Tages fehlte auf einem 30er der Übernachtungsgäste ein Crewmitglied"*, erinnert sich Regine Frey. Klar habe sie Lust, auf diesem Schiff zu segeln, und so kam sie auch zur Regatta nach Altnau, wo sie den Eigner der „Marama" aus Übersee – also aus Konstanz – kennenlernte.

„Mein Mann hat die ‚Marama' mit in die Ehe gebracht"... Reinhard Frey war Mitte 20, als er bei einer Eignergemeinschaft mit anderen Konstanzern einstieg. In Schweden 1926 gebaut, wurde die Yacht auf den Namen der indonesischen Prinzessin Marama getauft. 1935 wurde sie von der Deutschen Kriegsmarine als Schulschiff in Dienst gestellt, und seit den späten 50er Jahren segelte die alterslose Schönheit auf dem Bodensee. Die Miteigentümer stiegen nach und nach aus. Reinhard Frey kaufte die Anteile auf und war mit 27 Jahren stolzer Besitzer einer wunderschönen Yacht, in die er, in die die Familie viel Liebe, Arbeit und Geld steckte. Für Regine Frey ist das okay, sie weiß, *„da muss man dran bleiben"*, und gemeinsam haben sich die Freys der Aufgabe gestellt. Im Laufe der Jahre haben sie wohl jede Schraube, jede Planke mindestens einmal in der Hand gehabt. Kaum sind die Skier nach dem Winter verstaut, wird im Frühjahr am Schiff gearbeitet, um es zu erhalten. *„Vieles habe ich dabei gelernt"*, sagt sie lachend, und erzählt von einer kreativen und unkonventionellen Aktion: *„Zum Beispiel, wie man Omas alten Sicomatik-Schnellkochtopf zweckentfremden kann, um neue Spanten zu biegen, wie wir das in den 80er-Jahren bei einer Überholung getan haben. Diese Arbeiten sind überhaupt das Schönste"*, strahlt Regine Frey. Die „alte Dame" braucht viel

◄ *Segeln ist eine Leidenschaft der Langenargenerin Regine Frey, die auch souverän den 30er-Schärenkreuzer Marama bei Regatten steuert.*

Pflege, und diese können ihr die Eigner selber geben. So wie an der „Marama" und all ihren Schwesterschiffen muss immer gearbeitet, muss auf- und nachgerüstet werden. Technisches Knowhow findet sich auf alten Schiffen ebenso wie auf neuen. Denn Segeln ist nun mal eine materialintensive Sportart. Wer bei Regatten vorne segeln will, muss Schritt halten und in moderne Technik investieren.

Doch auch die moderne Seefahrt setzt auf Tradition. „Marama" heißt seit 1926 und bis heute so, denn Schiffe benennt man nicht um. *„Das bringt Unglück"*, sagt Regine Frey. Und wie ist das beispielsweise mit dem Aberglauben *„Frauen bringen Unglück an Bord"*? *„Da ist nichts dran, das haben die Männer in alter Zeit erfunden und weitergegeben"*, sagt sie lachend. Wahrscheinlich meinten die Männer, dass Frauen nicht segeln können, und *„Frauen lassen sich zu gern den Schneid abkaufen"*, interpretiert Regine Frey. Die 30er-Schärenkreuzer-Szene ist Männer dominiert. Nur wenige Frauen segeln aktiv bei Regatten, die wenigsten davon gar sind selbst am Steuer. Die drei Frey-Frauen bilden da eine rühmliche Ausnahme. Und das ist für alle eine Selbstverständlichkeit… Frauen segeln mit viel mehr Gefühl, Seglerinnen können stürmisches Wetter und hohe Wellen ebenso gut „abarbeiten" wie männliche Segler, ist sich Regine Frey nach fast fünf Jahrzehnten in den verschiedenen Bootsklassen sicher. Manchmal fehle den Seglerinnen zwar die Kraft, *„aber so etwas kann man durch Technik wettmachen"*. Regine Frey sieht, was Frauen an Bord betrifft, Licht in der 30er-Szene: Bei der jüngeren Generation sind mehr Frauen und Mädchen an Bord und zum Teil auch am Ruder, so wie ihre eigenen Töchter. *„Unsere Mädchen sind auf den Schiffen groß geworden"*, sagt die Mama und weiß, dass sie ihre Segelleidenschaft weitergegeben hat. Die 31-jährige Madlen studierte in Konstanz Sport und Englisch, unterrichtet inzwischen im Internat Schloss Gaienhofen (Rudern und Segeln), gibt an der Uni Konstanz Match-Race-Training und segelt natürlich auch selbst. Beim Ladies Match Race erreichte sie 2008 Platz 76 der Weltrangliste. Schwester Caren-Ann, auch Speedy Gonzales genannt (wegen ihrer Wendigkeit und Schnelligkeit besonders auf dem Vorschiff), kann vom Segeln ebenso wenig lassen wie die Mama.

Als Reinhard Frey vor vier Jahren als Vorsitzender der 30er-Klassenvereinigung kandidierte, standen seine Frauen geschlossen hinter ihm. Auch, weil sie sich in

Die Marama, schnittig, elegant, ästhetisch, ▶
sportlich und dynamisch vor Friedrichshafen.

---

dieser Gruppe Gleichgesinnter wohl und ihr stark verbunden fühlen. Der 30er ist nicht nur ein schönes sportliches Schiff, man kann auch darauf schlafen. Es ist aber kein „Häusleboot", wie man sie so oft auf dem See sieht. Dafür ist es ein Schiff, dem Familien über Generationen hinweg treu bleiben. Kaum eines der alten Schiffe ist gebraucht am Markt zu kaufen, und so ist es kein Wunder, dass die Klassenvereinigung nahezu familiäre Züge trägt. Klar gibt es, so wie in allen Familien, nicht nur eitel Sonnenschein, aber Segler sind ja Sturmerprobt...

Wenn Regine Frey mit rein weiblichen Crews segeln wollte, sagte ihr Mann: *„Nimm das Schiff und geht auf Regatten"*. Ihr Kapitän sei in diesem Punkt eine *„ganz tolle Ausnahme, denn er gibt das Steuer auch dann aus der Hand, wenn er selbst mit an Bord ist"*. Er weiß, was seine Frauen können und dass sie das Schiff genauso gut beherrschen wie er selbst. Das gilt nicht nur für den 13,20 Meter langen Schärenkreuzer, sondern auch für das zweite Schiff der Familie, ein 15 Meter langer und vier Meter breiter Schoner „Marke Eigenbau". Drei Jahre haben die Freys mit Unterstützung vieler Verwandter und Freunde daran gebaut, in einer Panzerhalle in der Konstanzer Cherisy-Kaserne. Als alles fertig war, wollten sie 14 Tage auf dem Bodensee Probesegeln, doch leider erwischten sie eine lange Flautenphase. So hatten sie also keine Ahnung, wie sich ihr Schiff auf dem Mittelmeer, für das es gebaut wurde, bewegen, beherrschen lassen würde. Auf dem Landweg transportierten sie den Schoner nach Breisach, von dort ging es über den Rhein und den Rhein-Rhone-Kanal per Motor nach Port St. Louis bei Marseille. Angekommen am Meer, lebte die junge Familie dann drei Monate an Bord, segelte die Cote d'Azur entlang, machte Inselhopping bis in den tiefsten Süden Italiens, einen Abstecher nach Sizilien. Die Adriaüberquerung bei acht bis neun Beaufort (60 bis 100 Kilometer pro Stunde Windgeschwindigkeit) in der Nacht blieb ebenso in Erinnerung wie die Häfen und Küstenabschnitte des damaligen Jugoslawiens. Bis nach Aquileia reisten sie, wo das Schiff viele Jahre stationiert war. Erst einen Tag vor dem ersten Schultag Madlens kamen sie wieder in Deutschland an. Die „gute Omi" hatte alles Notwendige für die kleine ABC-Schützin besorgt, und so ging ein braungebranntes, weißblondes Kind zum ersten Mal in die Wollmatinger Schule – während ihre Eltern wehmütig an die freien Monate auf dem Mittelmeer dachten.

Wer so lange wie Regine Frey auf dem Wasser unterwegs ist, kennt jeden Hafen, jeden Liegeplatz am Bodensee, hat viel erlebt und kann viel erzählen. Als Freys noch in Konstanz lebten, setzten sie am Wochenende die Segel, um Oma und Opa in Langenargen zu besuchen. Madlen war noch klein und bekam mitten auf dem See Hunger. Mama hatte alles dabei – außer einem Feuerzeug, um den kleinen Kocher anwerfen zu können, mit dem Brei warmgemacht werden sollte. Und das mitten auf dem See! Also steuerte Papa Reinhard schnurstracks einen anderen Segler an und fragte nach Feuer. Der traute seinen Ohren nicht! Was für süchtige Raucher sind das denn?, dachte er sich wohl. Doch im Gespräch klärte sich alles auf, und er verschenkte sein Feuerzeug, damit das Baby nicht verhungern musste. Bald konnte der Kocher angeschmissen und der Hunger gestillt werden, bevor die Familie bei den Großeltern anlegte.

Segelnde Männer sind oft ehrgeiziger als Frauen, hat Regine Frey in den vielen Jahren beobachten können. Da spielen sich dann Szenen ab, die es auf Schiffen mit ausschließlich Frauen an Bord – entgegen aller Annahmen – nicht gibt. In den Damencrews, mit denen Regine Frey anfangs auf dem Bodensee und später dann auch in Kroatien und Italien regelmäßig unterwegs war, gab es niemals Zoff oder Zickenkrieg. Unstimmigkeiten kamen eher selten vor – meist nur wegen der Getränkefolge beim Käpt'n-Dinner. *„Unsere Segeltörns nennen wir immer Wellness- oder Müttergenesungsurlaub"*, schmunzelt Regine Frey. Die vier Seglerinnen auf dem Renn-30er und die sieben Freundinnen an Bord des großen Schiffes – darunter zwei echte Seglerinnen und fünf „Motorbootbräute" und „Seglersgattin" – hatten gemeinsam immer viel Spaß und Erfolg, bei Regatten und auf hoher See ohne Wettkampf-Feeling. Es ist das Durchhaltevermögen, das Frauencrews gewinnen lässt, ist sich Regine Frey ganz sicher, und freut sich schon auf den nächsten Segel-Sonntag

„Du kannst es niemals Allen recht machen"

30 Jahre Kommunalpolitik: Was die einstige SPD-Frontfrau im Bodenseekreis Rotraut Binder zu erzählen weiß

KATY CUKO

Ihr Vater war Kommunalpolitiker durch und durch. 24 Jahre lang war er Kreisrat, 16 Jahre Stadtrat. *„Für meine Begriffe war damit das Kontingent an Kommunalpolitikern in der Familie völlig erfüllt"*, sagt Rotraut Binder, die in steter „Familientradition" schon 1965 in die SPD eingetreten, aber an Politik nicht sonderlich interessiert war. Man glaubt es kaum, aber letztlich ist diese Frau, die in Friedrichshafen und weit darüber hinaus als engagierte Politikerin einen Namen hat, in dieses Metier „hineingerutscht".

Und das kam so: Als die junge Familie Binder Mitte der Siebziger ihr Reihenhäuschen in der nagelneuen Siedlung in Friedrichshafen-Jettenhausen bezogen hatte, musste sie feststellen, dass es weit und breit keinen Spielplatz gab. Die Nachbarn beauftragten die Frau mit den jüngsten Kindern in der Reihenhauszeile, im Rathaus nachzufragen, ob da nicht ein Spielplatz geplant sei. Rotraut Binder rannte also mit Kind auf dem Arm von Pontius zu Pilatus, denn *„damals hat man ja nicht mal einen Kinderwagen mit hochnehmen können, weil der nicht in den Aufzug gepasst hat"*. Letztlich landete sie bei einem Mitarbeiter, der ihr zeigte, dass im Flächennutzungsplan ein Spielplatz in der Siedlung eingezeichnet war. *„Und der sagte zu mir: Wenn ich mich rühre, dann hätten wir eine Chance. Ich solle doch Unterschriften sammeln."*

„Nur eben nicht vor der eigenen Haustür"

Rotraut Binder ging also in der Siedlung Klinken putzen und drückte die Unterschriftenliste nach ein paar Wochen dem damaligen Baubürgermeister Heiner Moser in die Hand. Dann tat sich lange nichts. *„Also habe ich angefangen, böse Briefe zu schreiben"*, erinnert sich Rotraut Binder. Heiner Moser sagte ihr später einmal, er habe immer gedacht, das müsse aber ein bitterböses Weib sein. Doch ihre Beharrlichkeit zahlte sich aus. Der Spielplatz wurde gebaut. *„Da standen bei der Eröffnungsfeier allerdings auch die Leute, die sich zuvor bitter beim OB beklagt hatten, dass genau vor ihrer Tür der Spielplatz gebaut werden sollte. Freilich hatten die auch bei mir unterschrieben, dass ein Spielplatz für die Kinder gebraucht wird. Nur eben nicht vor der eigenen Haustür. Meine erste ‚politische' Lektion: Du kannst es niemals Allen recht machen."* Wegen dieser Spielplatz-Sache sei Mancher in der Siedlung übrigens bis heute sauer. Sie hält es aus: *„Mittlerweile spielen da sogar gelegentlich meine Enkelkinder."*

▼ Kaum zu glauben, wieviel Papier sich in drei Jahrzehnten kommunalpolitischer Aktivität anhäuft. Jetzt war die Zeit reif für Rotraut Binder, in ihrem heimischen Büro „Tabula Rasa" zu machen.

Vor dem Hintergrund auch dieser Erfahrung gründete Rotraut Binder 1978 mit weiteren Müttern den Kinderschutzbund Friedrichshafen und übernahm den Vorsitz. Sie mischte auch gleich beim OB-Wahlkampf von Martin Herzog gegen Wolfgang Stuckenbrock mit, sodass der Name Rotraut Binder zunehmend bekannter wurde. Im Jahr darauf standen die Kommunalwahlen an, und die Genossen drängten die umtriebige Mutter, die die SPD-Stadträte „immer wieder genervt" hatte und in Bezug auf Familienfreundlichkeit alles besser zu wissen schien, zu einer Kandidatur. Mit zwei kleinen Kindern? *„Ich dachte, das geht gar nicht. Aber mein Mann hat mich bestärkt und gesagt: ‚Komm, das machst du'."* Eigentlich wollte sich Rotraut Binder bloß für den Stadtrat zur Verfügung stellen, doch die Listen wurden parallel auch für den Kreistag aufgestellt. So wurde die 33-Jährige auf Anhieb gewählt – mit einem Überhangmandat in den Kreistag. Da wollte sie zwar nicht hin, aber *„ich habe ganz schnell gemerkt, dass das eigentlich ganz wichtig*

ist." Im Jugendhilfe- und Sozialausschuss wurde die neue Kreisrätin zunächst zehn Jahre lang eine feste Größe.

„Wir waren für die Männer nicht bedrohlich"

1980 wurde sie auch in den Stadtrat gewählt – im ersten Anlauf mit der dritthöchsten Anzahl der Stimmen für die SPD. In allen Fraktionen damals saß dann jeweils eine Frau – nicht mehr und nicht weniger. *„Wir waren für die Männer nicht bedrohlich. Sie waren nett zu uns, zumal wir ihnen ihre Domänen nicht streitig machten"*, erzählt Rotraut Binder mit einem verschmitzten Lächeln. *„Wir haben uns brav im Sozialausschuss getummelt."* Angeeckt ist sie trotzdem immer mal wieder.

Für die junge Mutter war es nicht leicht, politische Ambitionen und Familie unter einen Hut zu bringen. Ehemann Jürgen habe hin und wieder auch mal gestöhnt, ihr aber oft den Rücken gestärkt. Dafür reagierte das Umfeld „teils unverschämt". An eine Begebenheit vor Beginn ihrer Stadtratstätigkeit kann sie sich gut erinnern. Nach einem Frühschoppen in der Kirche St. Maria holte sie ihr Gatte mit den beiden Kindern ab. „Da sagte doch ein Mann zu unserem dreijährigen Gregor: ‚Büble, schau dir deine Mutter genau an, die wirst du jetzt nicht mehr so oft sehen'. Das ist mir so nahe gegangen, dass ich damals gedacht habe, das wird nie so sein." Den Druck machte sie sich fortan selbst.

Was wohl kaum einer für möglich hält: *„Ich bin eigentlich ein schüchterner Mensch"*, sagt Rotraut Binder. Aber wenn ihr etwas gegen den Strich geht oder sie etwas als ungerecht empfindet, dann müsse das eben raus. Still bleiben war ihr Ding nie, und anhören musste sich Rotraut Binder deshalb ein Menge. So kam sie gerade in den 1980er-Jahren in der örtlichen Tageszeitung selten gut weg, weil für den SZ-Lokalchef Fritz Maier die „rote Rotraut" schlicht ein rotes Tuch war. Aber: „Er hat mich bekannt gemacht, das muss ich ganz klar sagen." Ein dickes Fell bekam sie trotzdem nicht, ganz im Gegenteil. *„Ich wusste immer ganz genau: Wenn ich jetzt Tacheles rede und einen Bolzen reinhaue, dann geht es mir danach ganz schlecht, weil ich die Reaktionen erst einmal aushalten muss."*

"Ich hab' mich getraut Dinge zu sagen, die nicht populär waren"
Den „Mund verbrannt" hat sich Rotraut Binder in ihrer politischen Karriere sehr oft. *„Ich habe mich halt getraut, auch Dinge zu sagen, die überhaupt nicht populär waren."* Neben dem Respekt aus der Bevölkerung gab es deshalb auch mal wüste Beschimpfungen bis hin zu Drohungen. So wie 1991, als sie zu einer Änderung der polizeilichen Umweltschutzverordnung aufforderte, nach der wegen der mittäglichen Ruhezeiten die Häfler Kinderspielplätze nicht benutzt werden durften. Mancher fühlte sich da wohl in seinen Grundrechten eingeschränkt. Was damals ein „Aufreger" war, ist heute eine Selbstverständlichkeit – wie vieles Andere auch, wofür Rotraut Binder im Lauf der Jahre eingetreten ist.

Eines ihrer ganz großen Themen war die Einrichtung eines Frauenhauses im Bodenseekreis. *„Das hat mich fast von der ersten Kreistagssitzung an beschäftigt"*, erzählt sie. *„Ich weiß noch, wie ich damals heulend dasaß, als der Antrag bei der Abstimmung erstmals durchfiel. Und ich habe wieder heulend dagesessen bei meiner letzten Kreistagssitzung. Da haben wir es nämlich einstimmig beschlossen – nach fast 30 Jahren"*. Denn trotz vieler Anläufe und Initiativen bekam sie selbst bei ihren Kolleginnen im Kreistag vor allem in den anderen Fraktionen all die Jahre kaum Unterstützung für das Frauenhaus. Andere „dicke Bretter" waren die Einrichtung einer Stelle als Frauenbeauftragte im Häfler Rathaus oder die Einrichtung flexibler Öffnungszeiten in den Kindergärten. *„Das kann man sich heute nicht mehr vorstellen, wie heiß das noch vor zehn Jahren diskutiert wurde."*

Nun könnte man meinen, dass Rotraut Binder den erfolglosen Versuch, Oberbürgermeisterin von Friedrichshafen und damit die erste „Rote" auf diesem Amtsstuhl zu werden, für ihre größte politische Niederlage hält. Aber dem ist nicht so, auch wenn ein Negativerlebnis im Anschluss – „eine der übelsten Erfahrungen"–, mit der OB-Wahl 1993 zu tun hatte. Im gleichen Jahr wurde auch der Kreistag neu gewählt, dem sie längst nicht mehr angehörte, wohl aber dem Jugendhilfeausschuss, in dem sie als Vertreterin des Kinderschutzbundes sogar als stellvertretende Vorsitzende weiterhin saß und sehr engagiert wirkte. Aus dem wurde sie abgewählt! *„Das war die Quittung dafür, dass ich mich ‚getraut' hatte, für die OB-Wahl zu kandidieren"*, sagt sie. Dass Leute in einem politischen Gremium so kleinkariert handeln können, hängt ihr heute noch ein wenig nach.

◀ Das damalige Plakat für ihre OB-Kandidatur hat Rotraut Binder noch, fast versteckt ist es im Waschkeller aufgehängt.

Dass sie sich damals überhaupt für die Wahl zum Stadtoberhaupt als Kandidatin zur Verfügung stellte, war quasi eine Notlösung. Die SPD wollte dem Amtsinhaber Bernd Wiedmann nicht ohne Kampfansage den OB-Sessel überlassen. Aber es fand sich kein Gegenkandidat. Erst an dem Tag, als die Bewerbungsfrist ablief, reichte Rotraut Binder, die nicht nur von den Genossen „bearbeitet" worden war, quasi in letzter Minute die Unterlagen ein. Damals gab es nur eine einzige Frau auf dem OB-Sessel im Land, Beate Weber in Heidelberg. Bürgermeister-Kandidatin? Das gab's nicht. Und dann ausgerechnet eine „rote" Religionslehrerin im kirchlichen Dienst, die dem CDU-Mann den Kampf ansagte! Nach anfänglicher Stille – „ein tiefes, fast ungläubiges Schweigen" – kam aus dem gegnerischen Lager die volle Breitseite. Und doch war dieser Wahlkampf „eine tolle Erfahrung für mich". Wie das?

„Ich bin von so vielen Leuten getragen worden, das hätte ich nie gedacht." Vielleicht, resümiert Rotraut Binder, weil sie eben bekannt gewesen sei als Frau, die sich für die Belange der kleinen Leute einsetzt, die keine große Lobby in der Politik haben. Sie erinnert sich gern an viele nette Gesten. So wie die der Freundin, die ihr eine große Schüssel frischer Spätzle brachte, weil sie doch derzeit keine Zeit für so etwas hätte. Mit fast 30 Prozent der Stimmen aus dem Stand und bei insgesamt fünf OB-Kandidaten fuhr Rotraut Binder letztlich ein achtbares Ergebnis ein. Und bekam bei der nachfolgenden Gemeinderatswahl und auch noch bei der danach als Stimmenkönigin erneut ein riesiges positives Feedback der Häfler. *„Vielleicht"*, sagt sie lächelnd, *„war ich mit meiner Kandidatur 1993 ja die Wegbereiterin für die Wahl von Josef Büchelmeier acht Jahre später. Man hat sich mal vorstellen können, dass man jemand Anderen wählt."*

„Es ist nicht mehr mein Job"

2004 kandidierte Rotraut Binder nicht mehr für den Gemeinderat. *„Es war gut"*, sagt sie schlicht. Für den Kreistag trat sie nochmals an, absolvierte die komplette Legislaturperiode und schied hier 2009 nach erneut zehn Jahren als Kreisrätin aus dem politischen Geschäft aus. *„Ich habe gegen Ende wirklich gemerkt, dass es Zeit ist, dass ich gehe."* Mit ihrem Nachfolger sowohl im Stadtrat als auch im Kreistag ist sie zufrieden, auch wenn es ein Mann ist – Dieter Stauber.

Heute genießt Rotraut Binder, dass das Telefon meistens Ruhe gibt. Und sie kann auch an die zuständigen Politiker verweisen, wenn ihr Häfler auf dem Wochenmarkt ihr Leid klagen und sie um Hilfe bitten. *„Es ist nicht mehr mein Job"*, sagt sie. Ein Job übrigens, der ihr neben dem Mutter-Sein nach all den Jahren Politik und Ehrenamts-Engagement vom Kinderschutzbund bis zum Paritätischen Wohlfahrtsverband und dem Freundeskreis Polozk eine Rente unterhalb des Hartz-IV-Niveaus beschert hat. *„Es war wunderschön und ich bereue auch nichts. Aber ich würde es Niemandem empfehlen – schon gar keiner Frau –, es genauso zu machen."*

„Das kann ich auch!"

Petra Mayer arbeitet seit 30 Jahren in einem Männerberuf

ROTRAUT BINDER

„Ich habe immer gerne gezählt und mit dem Vater gerechnet, als der für seine Meisterprüfung gelernt hat." Der Vater war Kfz-Mechaniker bei der Post in Friedrichshafen. Gerade so viel sagt Petra Mayer zu ihrer Motivation, einen technischen Beruf zu ergreifen, wie sie ihn nun schon seit 30 Jahren ausübt.

So glatt jedoch, wie sich das anhört, verlief die Berufswahl der gebürtigen Häflerin Petra geb. Müller, Jahrgang 1963, aber dann doch nicht. Die Schule und speziell Deutsch waren nicht so ihr Ding. Ohne Hauptschulabschluss ging sie für zwei Jahre an die Hauswirtschaftliche Berufsschule, um dann im Haushalt und als ungelernte Arbeiterin am Fließband bei „Bodensee-Plastik" noch eine Weile zu jobben – bis sie eine Werkzeugmacherin kennenlernte und sich sagte: „Das kann ich auch!" Nach dem Weg zum Arbeitsamt war klar, dass sie erst einmal ihren Hauptschulabschluss nachholen musste. Zielstrebig investierte sie die 160 DM, die der entsprechende Kurs an der Volkshochschule kostete, lernte im Pavillon der Schreienesch-Schule, was zu lernen war – und bewarb sich dann zusammen mit wohl rund hundert Berufsanfängern im September 1981 bei der ZF Friedrichshafen um eine Lehrstelle. Außer ihr gab es in dem Ausbildungsjahrgang nur noch zwei weitere Mädchen.

Eine Frau im technischen Beruf?

Den Eignungstest absolvierte sie trotz fehlender Vorkenntnisse mit Erfolg. „Ich habe mir zwischendurch bei den Buben abgeguckt, wie die mit dem Werkzeug umgehen." Und bald stellte sich heraus: Es machte viel Spaß, Fräserin zu werden! Petra Mayer blieb dabei und brachte ihre Ausbildung erfolgreich zu Ende. Sie wehrte sich aber energisch, wenn sie während der Lehre zum Putzen von Waschbecken und Kühlschränken abkommandiert werden sollte. Schließlich mache sie ja keine Ausbildung zur Putzfrau, sondern zur Fräserin. Nach der Lehre wurde sie von der Firma übernommen und arbeitete über zwei Jahrzehnte in Halle 5 des ZF-Werks I. Sie war nacheinander beschäftigt beim Kabelbau, Bohr- und Gewindeschneiden und an der von ihr geliebten Waschmaschine, in der die Montageteile gewaschen werden. Als diese Maschine 2004 nach Eger in Ungarn verlagert wurde, bedeutete das auch für sie eine größere Veränderung: Ihr Arbeitsplatz fand sich zunächst in Halle 7 bei Lagerarbeiten. Heute montiert sie Getriebe.

▼ Petra Mayer und ihre Teddybären am Werkseingang der ZF Friedrichshafen, wo sie seit 30 Jahren arbeitet – eine zarte Frau mit weiblichen Hobbies und einem Männerberuf.

Petra Müller heiratete 1989 Roland Mayer, einen Kachelofen- und Luftheizungsbauer, mit dem sie in den folgenden Jahren drei Kinder bekommen sollte. Nach der Geburt des ersten Kindes pausierte sie ein Jahr und arbeitete die nächsten 18 Jahre halbtags. Wer den Anfahrtsweg von Salem, wo die Familie mittlerweile ein Haus besitzt, nach Friedrichshafen bedenkt und dass die jüngste Tochter Christina entwicklungsverzögert ist, bekommt ein Gefühl dafür, dass das Zeitmanagement alleine schon eine besondere Leistung für die Mutter ist. Seit nun auch noch die Tagesmutter für die Jüngste ausgefallen ist, ruft Petra Mayer das Mädchen allmorgendlich an, wenn es Zeit ist für den Bus zur Sonderschule. Zur Familie gehören im Übrigen auch noch ein Schäferhundmischling und bis zu zehn Katzen.

Technische Berufe haben auch in der dritten Generation ihrer Familie den höchsten Rang. Die älteste Tochter Marion lernt im zweiten Lehrjahr bei einem Autohaus in Salem als Kfz-Mechatronikerin. Der Sohn Daniel ist seit drei Jahren gelernter Maurer.

Ein wenig burschikos wirkt Petra Mayer schon, aber sie ist so zierlich, dass die Frage auf der Hand liegt, ob ihr Beruf sie nicht körperlich sehr anstrengt. Sie wehrt ab: Das sei kein Problem. Es gäbe ja einen Kran, um die Getriebe auf den Prüfstand zu heben. Aber: *„Ein 1200er-Getriebe kann ich schon auch selber lupfen."* Das wiegt immerhin komplett 25 Kilogramm. Unwillkürlich fällt bei dieser Schilderung der Blick auf die Hände der Arbeiterin und – man fasst es nicht – auf überlange Nägel mit Glitter, Farbe und „Nailart", wie Kenner das nennen. Damit kann man Getriebe montieren? Ja, es geht. Die künstlichen Nägel hat sie erst seit kurzem. Die Kinder hatten ihr einen Gutschein fürs Nagelstudio geschenkt, und da sie Spaß daran hat, zieht sie es nun weiter durch. Sie erledigt ihre Arbeit ja auch mit Handschuhen und hat ganz offensichtlich damit kein Problem.

Gleichberechtigung am Arbeitsplatz?

Ist es nicht schwer, als Frau mit vielen Männern zu arbeiten? *„Dumme Sprüche gibt es immer"*, antwortet Petra Mayer spontan, um nachzusetzen: *„Ich arbeite aber lieber mit 100 Männern als mit zwei Frauen zusammen."* Mit Frauen sei es nicht so einfach auszukommen. Wobei sie schon auch deutlich einräumt, dass mancher Meister es mit der Frauenförderung nicht so ernst meint und durch willkürliche Zuteilung von Arbeiten auch einiges dafür tut, dass dann doch immer wieder gerade Frauen ein geringeres Einkommen haben. Auch wenn natürlich die Gleichberechtigung und Gleichbehandlung in der Firma offiziell nicht mehr in Frage gestellt wird, kann beides doch auf vielfältige Weise im menschlichen Bereich unterlaufen werden, so ist Petra Mayers langjährige Erfahrung. Es gibt nach ihrer Einschätzung auch durchaus Abteilungen, in denen Frauen nicht erwünscht sind.

Ganz offensichtlich denkt sie viel über die bestehenden Ungerechtigkeiten nach. Hat sie denn nie daran gedacht, einmal selbst für den Betriebsrat zu kandidieren? *„Nein, das kann ich nicht. Da habe ich zu nahe am Wasser gebaut."*, antwortet sie, und prompt glitzern Tränen in ihren Augen. In der Vergangenheit hat sie sich schon auch an andere gewandt, die ein Anliegen mit ihr zusammen an der entsprechenden Stelle vortrugen – was nicht immer positiv für sie ausfiel. Dass sie von ihrer Arbeit viel versteht, ist jedoch unübersehbar. Die Fachbegriffe rattern nur so daher, und es ist für Petra Mayer kein Problem, auch für den Laienverstand ein „Planetengetriebe" greifbar zu machen.

Und sonst?

Was macht die Frau mit der tiefen, festen Stimme denn in ihrer Freizeit? Hobbygärtnerin ist sie mit Freude und einer erstaunlichen Vorliebe für ungewöhnliche Pflanzen, die sie sich meist übers Internet bestellt. Sie nennt mal nur so zum Beispiel „Buddhas Hand", einen Zitronenbaum mit kurios geformten Früchten, den sie ihr Eigen nennt. Diese Leidenschaft hat sie vom Vater übernommen.

Sportlich, wie sie wirkt, kann man sie sich natürlich auch hervorragend beim Line Dance und Eisstockschießen vorstellen; beides betreibt sie regelmäßig und schätzt dabei die Gemeinschaft in der Gruppe. Und noch etwas schiebt sie als (ehemalige) Hobbies nach: Kunststricken und das Nähen von Teddybären, die erstaunlich professionell ausgearbeitet sind. Zu jedem von ihnen hat sie ganz offensichtlich einen eigenen Bezug.

Von sich aus erzählt Petra Mayer eher sehr wenig und nur zögerlich. Ob man in ihrer Firma weiß, was für eine vielseitig interessierte Frau da seit Jahren am Montagestand arbeitet? Auf alle Fälle sollte man sich dort über ihre klare Aussage nach 30-jähriger Betriebszugehörigkeit freuen: *„Ich würde in jedem Fall noch einmal bei ZF anfangen!"*

So sind Frauen …

20 Jahre am See Leben,
wiedergefunden in 30 Büchern über Frauen

SARAH FESCA

Ich wurde dreißig, in dem Jahr, in dem ich an den Bodensee zog. Mit Mann und kleinem Kind an der Hand, schwanger und neugierig auf das Leben am See, das aus der Ferne ein Postkartensommer zu sein schien. Heute, zwanzig Jahre später, ziehen meine großen Kinder aus, und ich resümiere die Jahre hier am See. Dabei stehe ich vor meinem Bücherregal und streiche mit dem Finger Staubflusen von den Bänden, die ich teilweise lange nicht in der Hand hatte. Mit einem sanften Pusten vertreibe ich die Flocken und nehme Bände in die Hand, die mir wichtig waren und die ich auch heute noch nicht weggeben würde. Eigentlich suche ich nach einem Thema für den „Leben am See"- Band 2013, dessen großes Thema die 30ste Auflage ist. Schon hebt die Lehrerin in mir den Finger und mahnt: Der Artikel soll aber zur Zahl 30 passen, denn 30 Jahre gibt es das „Leben am See" jetzt schon. Was will ich da mit meinen Büchern?... und beginne zu zählen. 30! Genau 30 Bücher – dabei habe ich alle Bände von „Frauen am See" nur als einen gezählt und alle Druckwerke, die polemisch den Unterschied zwischen Frau und Mann auf die Schippe nehmen, ebenfalls.

Angefangen hat diese Frauenbuchsammelei mit meiner Aufnahme in die „Arbeitsgemeinschaft Frauen im Bodenseekreis", fast sofort nach dem Umzug hierher. Ganz bewusst Frau sein und als solche auch gesellschaftlich zu handeln, gleichgültig ob mit Kind auf dem Arm, Rollator an der Hand oder dem Handheld in der Tasche. Engagiert und interessiert, ganz egal ob kirchlich, politisch, beruflich oder gesellschaftlich – das hat mir imponiert. Also las ich über Frauen, die man für Wert befunden hatte, über sie zu schreiben. Diese Sammlung hat nichts Wertvolles an sich, nichts Ausgewähltes und erhebt keinen Anspruch. Die Bücher wurden gekauft, geschenkt, ausgeliehen, wiedergegeben und liegen gelassen. Sie wurden nach einmaligem Lesen weggelegt oder sie lagen jahrelang auf dem Nachttisch herum. Sie sind so unterschiedlich wie wir Frauen und ebenso wertvoll und manchmal eben schwierig.

Lesen für Herz und Hirn

Am meisten ans Herz gewachsen ist mir „Freundinnen" von Ute Karen Seggelke, das ich schon lange besitze und immer wieder aufschlage. Die Porträts sind nicht so ausführlich in der biografischen Tiefe, dafür aber aussagekräftig in Bezug auf Frauenfreundschaft. Jede erzählt aus ihrer Sicht, berühmte und „normale"

▲ Bücher die mich intensiv beschäftigen, liegen oft lange
herum und stapeln sich, bis ich sie wieder wegräume.

Frauen, junge und alte weibliche Wesen, jede in ihrer Art „besonders", weil es ihr gelingt, so etwas Außergewöhnliches, wie die beste Freundin nun einmal ist, zu beschreiben. Jedes Mal, wenn ich es aufschlage, beginne ich irgendwo und finde mich später gedankenverloren auf meinem Sofa wieder, längst schon versunken in eigene Erinnerungen. Mit das Beste, finde ich, was man über ein Buch sagen kann.

Ebenso interessant, aber ganz anders, ist „Frauen, die die Welt bewegten" von Martha Schad. Es gehört in die gleiche Kategorie wie „Berühmte Frauen", 300 Porträts, herausgegeben von Luise F. Pusch und Susanne Gretter, „Führende Frauen Europas", das Standardwerk von Elga Kern von 1928/1930 und „Frauen 50 Klassiker" von Barbara Sichtermann dargestellt. Sie beschreiben herausragende Frauen ihrer jeweiligen Zeit und wie sie sich für die Nachwelt unvergesslich gemacht haben. Ich nehme sie zur Hand, wenn ich Vorbilder brauche, oder „Gender-Frust" abbauen muss, wenn ich in der Tageszeitung etwas lese und nicht glauben kann oder wenn mir ein Fernsehbericht zu flach war. Mit diesen Büchern bereichere ich mein Wissen und lerne dazu, manchmal staune ich auch und ziehe den Hut, aber nur selten begegne ich dem Frausein in mir, hier emotional und persönlich. Erstaunlicherweise trägt das Lesen dieser Bücher immer wieder dazu bei, mich friedlicher zu stimmen und hinzunehmen, was eben der Lauf der Dinge zu sein scheint: Frauen müssen ihren eigenen Weg gehen, Außergewöhnliches leisten und eine Lücke füllen, dann werden sie auch wahrgenommen und ihr Schaffen ebenso. Manchmal eben viele Jahre später. Und ob es daran liegt, dass sie Frauen waren, oder daran, eine besondere Lücke gefüllt zu haben, wird daraus nicht ersichtlich. Möglicherweise ist die Darstellung in „Damenwahl – Politikerinnen in Deutschland" von Cathrin Kahlweit aber aussagekräftiger dazu, denn es gibt in zwei Dutzend Interviews wieder, wie diese Frauen ihren Weg an die Spitze der Politik geschafft haben, was sie dafür überwinden mussten und wie sie dabei gelitten haben. Es kommt dabei heraus, dass das ganz häufig durch die jeweiligen Männer bestimmt wurde, nicht die Ehemänner und auch nicht die

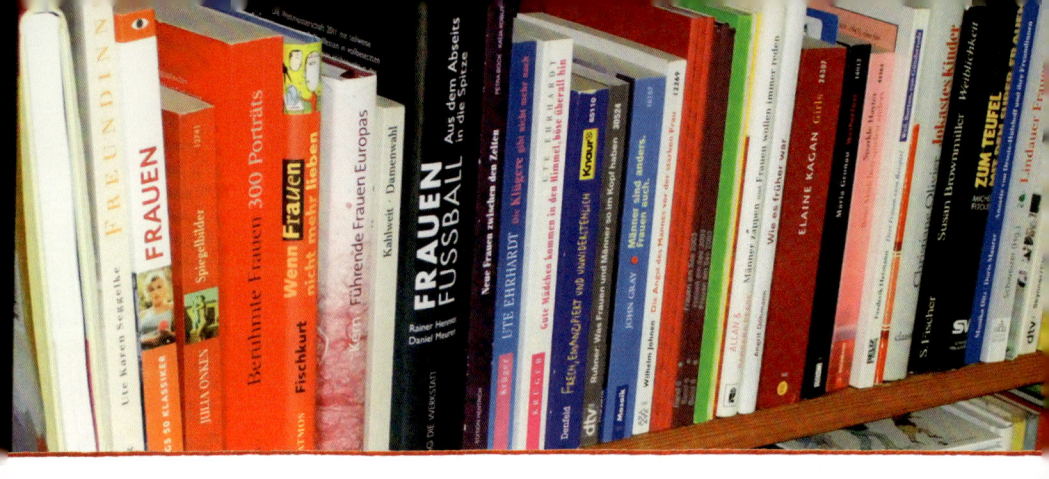

Väter, sondern die Parteivorsitzenden und ihre Mitarbeiter. Ein anderer Blick auf Frauen und ihren Erfolg.

Männer und Frauen...

Überhaupt scheint der Unterschied zwischen Frau und Mann in den „Frauenbüchern" nicht selten zum Thema zu werden. Auf eine ganz besondere Art und Weise wird das in „Was Frauen und Männer im Kopf haben", von Jeanne Ruber getan. Hier begegnen sich Miss Marple und Sherlock Holmes zur wohlfeilen Diskussion um die Denkfähigkeit des jeweiligen Geschlechtes. Diese wirklich extrem spannende Entdeckungsreise durch das Gehirn und seine Fähigkeiten, interessiert vielleicht wirklich nur Menschen, die tagtäglich mit den Auswirkungen dieser „Wahrheiten" beruflich zu tun haben. Trotzdem ist diese Darstellung ungewöhnlich leicht zu lesen – für ein Fachbuch über Gehirne – und macht auf durchaus spaßige Weise deutlich, wie wenig vorbestimmte Unterschiede es gibt, die sich nicht durch das Leben und Arbeiten revidieren lassen. „Nicht gleich, aber gleichwertig!" heißt das Resümee dieses Buches, das möglicherweise inzwischen durch neuere Forschungsergebnisse ersetzt werden könnte. Immerhin wurde die Auflage von 1999 nicht durch eine neuere, überarbeitete ergänzt.

Neugierig machend, frech, laut und immer wieder auch flach sind meiner Meinung nach, die Nachrichten aus den Büchern, die sich dem Anderssein der Frau an sich widmen. Ute Ehrhardt schreibt dazu „Die Klügere gibt nicht mehr nach", und behauptet, Frauen seien einfach besser. Sie plädiert dafür, dass Frauen ihr Licht nicht unter den Scheffel stellen sollen und bläst hier in das gleiche Horn wie in ihrem ebenfalls erfolgreichen Bestseller: „Gute Mädchen kommen in den Himmel, böse überall hin". In die gleiche Richtung geht die Aussage von René Denfeld in „Frech, emanzipiert und unwiderstehlich", welche die Töchter des Feminismus beschreibt. Ihre Streitschrift, die die „festgefahrene Situation zwischen Mann und Frau aufbrechen" soll, ist von 1996 und damit wohl auch ein Zeichen ihrer Zeit. Damals konnte ich diese Art von Statement noch gut ertragen, inzwischen ist sie mir zu pauschal, zu streitlustig und zu populistisch. Selbst an Stammtischen werden diese Theorien inzwischen vertreten, was in meinen Augen nicht dafür spricht, sie wirklich ernst zu nehmen.

◀ *Ein Bücherregal mit 30 Frauenbüchern, gesammelt in den 20 Jahren, die ich jetzt am See lebe. So unterschiedlich wie Frauen sind, so verschieden sind auch die Bücher über sie und ihre Themen.*

Viel eher ernst nehmen und damit auch in mein Leben integrieren kann ich die Schriften zweier Paartherapeuten, die sich in den 90ern mit der Beziehungen beschäftigten und bis heute nicht an Aktualität verloren haben. John Gray mit seinem weltberühmten Bestseller „Männer sind anders. Frauen auch.", der die Welt aus der Sicht von Mars und Venus beschreibt, und Michael Lukas Moeller mit „Die Wahrheit beginnt zu zweit", das eine Anleitung zu besseren Zwiegesprächen gibt. Beginnt man, das Anderssein zu akzeptieren und positiv zu nutzen, ist für beide Seiten mehr Genuss und mehr Spielraum im Leben möglich, so die Nachricht dieser Bände, in die ich mehr als einmal reinlas. Nicht so oft gelesen, aber trotzdem verinnerlicht habe ich die Quintessenz der folgenden beiden Bücher, die sich jeweils mit der Leidenschaft der Frauen beschäftigen, ihre Männer verändern zu wollen. Eva Julia Fischkurt in „Wenn Frauen nicht mehr lieben" und Julia Onken in „Spiegelbilder" verteidigen den armen Mann, der sich hilflos in einem Umfeld bewegt, das ihn nicht versteht und deshalb zu ändern versucht. Vielleicht nicht ganz wertfrei beschrieben von mir, aber in der Gesamtsicht kein unwichtiger Beitrag zur Beschäftigung der Frau mit sich selbst.

In manchen Phasen dieser zwanzig Jahre Sammelei waren mir Bücher über den seelischen Hintergrund des Frau-Seins wichtig. Christiane Olivier beschreibt in „Jokastes Kinder" die Frau im Schatten ihrer Mutter, Susan Brownmiller in „Weiblichkeit" den Rückfall der emanzipierten Frau in vorfeministische Verhaltensweisen und Michèle Fitoussi in „Zum Teufel mit den Superfrauen" die Sucht der Frauen nach der Perfektion. Möglicherweise wichtige Hintergründe, bei denen ich aber das Gefühl nicht los werde, sie sind nur in bestimmten Zeiteinheiten des Lebens von Interesse und verlieren dann ihre Faszination genauso schnell wieder. Jedenfalls traf und trifft das auf mich zu.

Ohne zu überprüfen, wie viele Bände meiner 30 Frauenbücher ich jetzt aufgezählt habe, entsteht bei mir der Eindruck es reicht jetzt. Genug ist genug, mehr kann man auch nicht wissen wollen. Und doch sind da natürlich noch ein paar Lieblingsstücke, die ich ähnlich einer Frau, die in der Türe stehend noch dringende Nachrichten loswerden muss, obwohl sie mit ihrer Freundin heute schon zwei

Tassen Kaffee getrunken und nur etwa eine Stunde telefoniert hat, unbedingt vorstellen möchte.

Auf keinen Fall vergessen werden dürfen die „Lindauer Frauengeschichten", herausgegeben von Karl Schweizer, die es in einer überarbeiteten Ausgabe von 2010 gibt. Er hat, zusammen mit anderen Autoren und Autorinnen aufgezeigt, welchen Beitrag Frauen in Lindau über Jahrhunderte hinweg geleistet haben. Dies aus einer politischen Sichtweise heraus, die viele Autorinnen von „Frauenbüchern" einem männlichen Wesen gar nicht zutrauen würden. Sehr lobenswert und wichtig in unserer Zeit, finde ich.

Und vielleicht amüsant für viele Leserinnen und Leser, aber für mich auch ein wichtiger Bestandteil meines Lebens: „Frauenfußball – Aus dem Abseits in die Spitze" von Rainer Hennies und Daniel Meuren. Dieses Buch über die Geschichte des Frauenfußballs kam zur Weltmeisterschaft 2011 heraus und ist in meiner Sammlung das neueste. Gerade erst zu Ende gelesen, ist es noch sehr präsent und zeigt auf, welche Veränderungen sich nicht nur in mir, sondern auch in meinem Leseverhalten entdecken lassen.

Die meisten der beschriebenen Bücher und auch die nicht aufgezählten, sind in den ersten Jahren hier am See bei mir gelandet. Seit die Arbeitsgemeinschaft Frauen im Bodenseekreis 2003 aufgelöst wurde, ist mein Interesse an politischen Frauenthemen etwas in den Hintergrund gerückt. Mir fehlen die monatliche Begegnung mit den Frauen aus anderen Lebenswelten und ihre Sichtweisen auf den Mikrokosmos ihres Arbeitens und Lebens. Ich vermisse die gemeinsamen Veranstaltungen, das Zusammenraufen und Zusammenrücken, das Streiten und das Achtung haben vor anderen Lebensentwürfen. Und ich weiß nicht mehr genug von dem, was im Bodenseekreis läuft und nicht in der Tageszeitung steht. Denn daran hat sich in all den Jahren nicht viel geändert: In der täglichen Presse findet Mann und Frau vor allem das, was offenbar so unendliche Wichtigkeit besitzt. Und das handelt nur selten von den Frauen, die zum Beispiel in der Lindauer Sammlung beschrieben werden. Oder in „Frauen am See", das jetzt in „Leben am See" stattfindet und damit auch das am See leben etwas bewusster sein lässt.

To-do-list for Life
Oder: 30 Dinge, die erledigt werden sollten, bevor's rum ist

KARLOTTA FESCA

Ich denke mal, es ist allgemein bekannt, was eine To-do-list ist. Falls nicht: Ich spreche von einer Liste, auf die man Dinge schreibt, die erledigt werden sollten. Man schreibt sie auf, damit man sie nicht vergisst – und damit man sich tierisch freuen kann, wenn man etwas erledigt hat und einen fetten Haken hinter den betreffenden Punkt machen darf.

Warum ich das Teil „To-do-list" nenne und nicht einfach Merkzettel? Weil ich achtzehn bin, deshalb aus Ihrer Sicht wahrscheinlich per se etwas neben der Spur, und außerdem derzeit die Hälfte meiner Zeit damit verbringe, mich auf englischsprachigen Internetseiten herumzutreiben. Irgendwann fängt man dann automatisch an, alles auf Englisch zu sagen. Oder zu denken. Oder zu träumen – was, ehrlich gesagt, ein bisschen beängstigend ist. Und außerdem klingt „Merkzettel" einfach nicht so cool.

Also, zurück zum Thema. Meine „To-do-list for life" ist, wie der Name schon sagt, eine Liste, auf der ich alle Dinge aufgeschrieben habe, die ich in meinem Leben erledigt haben will. Derzeit hat diese Liste genau dreißig Punkte, von denen ich hier ein paar vorstelle (ein paar auch nicht, die gehören mir ganz allein). Die einzelnen Punkte sind nicht nach Wichtigkeit geordnet, sondern nur nach der Reihenfolge, in der sie mir eingefallen sind, und wahrscheinlich werden im Laufe der Zeit noch eine Menge weitere Punkte hinzu kommen, aber das ist der Stand der Dinge. Manche sind etwas ungewöhnlich, das gebe ich zu, andere stehen wahrscheinlich auf vielen ähnlichen, tatsächlich aufgeschriebenen oder nur im Geiste vorhandenen Listen.

Punkt 4: Japan besuchen

Ich finde Japan faszinierend. Schon immer. Seit ich als kleines Mädchen, völlig untypisch, befand, dass Messer toll wären. Und dann herausfand, dass Schwerter sogar noch toller sind. Und dann herausfand, dass japanische Schwerter noch viel, viel toller sind als europäische Ritterschwerter, die auf mich immer etwas klobig wirkten. Japanische Schwerter dagegen bergen in der harmonischen Krümmung ihrer Klinge gleichzeitig Eleganz und tödliche Präzision und – ich beende das an dieser Stelle lieber, sonst schweife ich noch völlig ab. Jedenfalls brachten mich die Schwerter zu den Samurai und die Samurai zu allem anderen, zugegebener Maßen auch zu Mangas und Animes (den japanischen Varianten von Comics und mir sagt, dass das ein Bild ist, das man nicht mehr vergisst, wie falsch kann es dann sein?

Punkt 23: Abi schaffen

Ist in Arbeit und hat, bis Sie das hier lesen, (hoffentlich) einen Haken. Aber es ist ein ziemlich wichtiger Punkt und zur Abwechslung sogar mal ein nachvollziehbarer.

Punkt 24: Niemals auch nur eine Zigarette rauchen

Die Dinger stinken, kosten Unmengen an Geld und ruinieren die Gesundheit. Da ich das alles weiß, sollte man eigentlich meinen, dass Zigaretten gar nicht erst eine Versuchung wären, aber das stimmt nicht. Ich denke mir: Fast alle Menschen, die rauchen, erkennen zumindest die beiden letzteren Gründe an, und trotzdem tun sie es. Also muss da noch etwas anderes sein. Aber selbst wenn ich dieses „andere" irgendwann einmal finde, die To-do-List ist ein weiterer Grund, es nicht zu tun. Dummerweise sorgt das „niemals" in der Aufgabe dafür, dass ich diesen Haken wahrscheinlich auch mein Lebtag lang nicht werde machen können, aber sei's drum. Man kann nicht alles haben.

Punkt 27: Etwas wirklich Dummes tun und es heil überstehen

Erledigt. Ehrlich. Und nein, ich werde das nicht erklären.

Punkt 29: Das Wacken-Open-Air besuchen

Das WOA ist mit mehr als 80 000 Besuchern das größte Metal-Festival der Welt, und ich liebe Metal. Eigentlich wollte ich dieses Jahr schon hin, aber es gab keine Karten mehr. Außerdem muss ich zur Erfüllung von Punkt 4 sparen, also kein Wacken im Moment. Aber der Tag wird kommen, da werde ich mit zehntausenden von anderen Metalheads vor einer der beiden Hauptbühnen von Wacken stehen und den Auftritt meiner Lieblingsband feiern.

Punkt 30: Glücklich sein

Der ist selbsterklärend, denke ich. Außerdem bildet dieser Punkt eine Ausnahme auf der Liste, denn er hat nicht nur ein Kästchen zum Abhaken, sondern gleich Dutzende davon. Damit ich jedes mal einen Haken machen kann, wenn ich glücklich bin (und die Liste zur Hand habe).

Das hat den einmaligen Vorteil, dass ich immer, wenn das Leben grade fies zu mir ist, meine Liste anschauen kann und mir denken: *„Schau dir nur an, wie viele Häkchen da sind – es ist gar nicht alles so doof wie du grade findest. Wirklich nicht. Also hör schon auf zu schmollen und zeig den Deppen, wer der Chef ist!"* Meistens funktioniert es.

Das ist das wirklich Schöne an einer To-do-list for Life: Nicht nur, dass man trotz tausend Dingen, an die man denken muss (einen Job finden/einen Job haben und deshalb zur Arbeit müssen/Hausaufgaben machen, einkaufen gehen, das Zimmer/die Wohnung aufräumen, Rasen mähen, die Nippes-Sammlung auf dem Fensterbrett abstauben, endlich den Brief an Oma schreiben,…) seine Ziele und Träume nicht aus den Augen verliert, sondern auch, dass sie einen daran erinnert, was man schon alles geschafft hat.

Zugegeben, ich stehe noch ganz am Anfang. Von den dreißig Punkten auf der Liste sind erst fünf abgehakt. Aber mehrere andere sind in Arbeit oder werden demnächst in Angriff genommen. Und obwohl ich genau weiß, dass noch viele Punkte dazu kommen werden, bevor alles zu Ende ist, bin ich doch zuversichtlich, dass ich alle abgehakt bekomme. Und falls mir diese Zuversicht mal eines Tages verloren gehen sollte, hätte ich nur einen weiteren Punkt für meine Liste. Er würde lauten: „Punkt X: Optimismus wiederfinden. Und zwar ein bisschen plötzlich!"

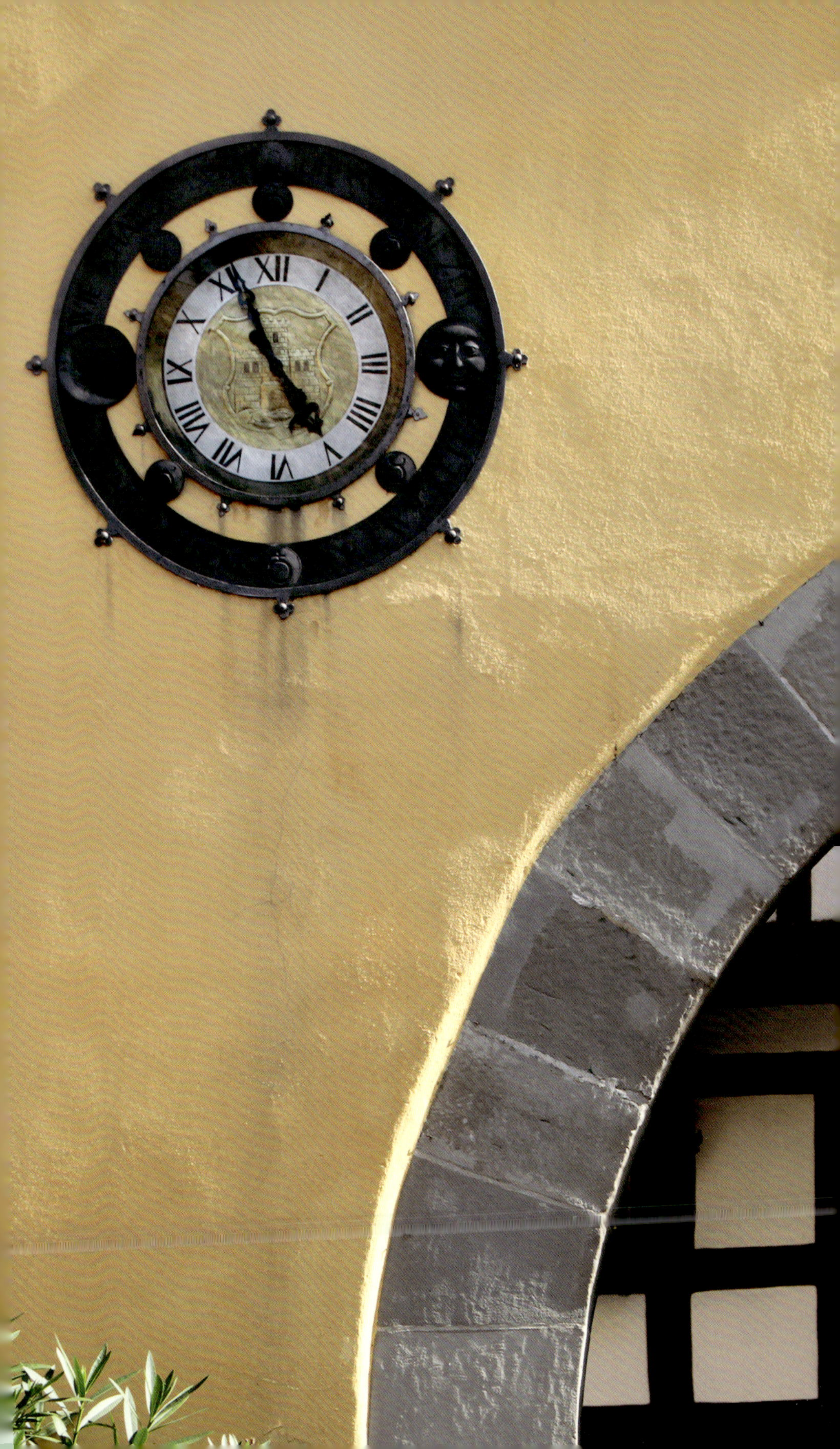

Die Rückkehr des Bibers

Ein alter Bekannter kehrt zurück in den Bodenseekreis

FRANZ SPANNENKREBS

Weit über ein Jahrhundert kannten wir ihn nur noch aus Geschichten, Büchern und Dokumentationen über die Tierwelt Nordamerikas oder Russlands. Wer heute aufmerksam durch die heimische Natur wandert, kann zunehmend wieder Spuren entdecken, die seit vielen Generationen nicht mehr bei uns zu beobachten waren. Nagespuren an Bäumen und Sträuchern, charakteristische Ausstiege aus dem Gewässer und auch Dämme, die man zunehmend findet, zeigen uns, dass sich ein alter Bekannter wieder bei uns wohl fühlt. Der Biber, seit einigen Jahren zurück in Oberschwaben ist jetzt auch im Bodenseekreis angekommen.

Wie prägend der Biber und die von ihm gestalteten Lebensräume für das Landschaftsbild unserer Heimat war, lässt sich erahnen, wenn man sich ansieht, wie viele Flurnamen, Gewässer und Ortschaften nach ihm benannt sind. Alle Länder Mitteleuropas und Nordeuropas mit Ausnahme von Irland und Islands und große Teile Asiens waren vom eurasischen Biber (Castor fiber) besiedelt, der neben dem nordamerikanischen Biber (Castor canadensis) die einzige Art der Gattung Castor ist. Bis zur Mitte des 19. Jahrhunderts war er ein vertrauter Bestandteil der heimischen Fauna. Und doch schaffte es der Mensch dieses häufige Tier innerhalb eines kurzen Zeitraumes in den meisten Ländern Mitteleuropas vollständig auszurotten.

Die hemmungslose Bejagung hatte mehrere Ursachen. Die Tatsache, dass der Biber sich auch gerne bei Feldfrüchten und in gewässernahen Anpflanzungen bedient, machte ihn als Nahrungskonkurrenten des Menschen unbeliebt. Fälschlicherweise wurde dem absoluten Vegetarier auch angedichtet, dass er Fischbestände dezimiert und so Fischzuchten und Fischern Konkurrenz macht, eine Mär die sich teilweise bis in unsere Tage hält.

Ein zweiter Punkt war, dass der Biber ein Fell von außerordentlicher Qualität lieferte. Vor allem Mäntel, Hüte und Schuhe wurden aus dem besonders dichten Fell hergestellt. Kleidungsstücke aus dem Fell des Nagers hatten zudem den Ruf heilende Wirkung zu besitzen.

Besondere medizinische Kraft sprach man dem so genannten Bibergeil zu, einem salbenartigen Sekret, das der Biber in speziellen Drüsen produziert und zum

▲ Ein Biber bei der Nahrungsaufnahme.

Markieren des Reviers verwendet. Als Grundlage für alternative Medizin und für Parfüms findet das Bibergeil auch heute noch in manchen Ländern Verwendung.

Ein weiterer Grund den Biber zu erlegen war die Tatsache, dass er im Gegensatz zu allen anderen Säugern als Fastenspeise zugelassen war. Dazu wurde extra ein Gutachten erstellt, das den Biber mit seinem schuppigen Schwanz zum Fisch erklärte. Biber wurden in großer Zahl während der christlichen Fastenzeit gejagt, die mit der Tragzeit der Weibchen zusammenfällt. Dadurch hatte die Bejagung besonders schlimme Auswirkungen auf die Populationen.

Wann genau der letzte Biber in Süddeutschland erlegt wurde, lässt sich im Quellenstudium nicht eindeutig klären, jedenfalls war Castor fiber gegen Mitte des 19. Jahrhunderts völlig verschwunden. Nur einzelne kleine Populationen konnten sich in Norddeutschland halten.

Seine Rückkehr in neuester Zeit verdankt der Biber aktivem Naturschutz. Gleich wie zuvor in vielen anderen europäischen Ländern wurde in Deutschland 1966 ein Wiederansiedlungsprojekt durchgeführt. Der Bund Naturschutz in Bayern unter Hubert Weinzierl setzte bei Neustadt an der Donau mehrere Tiere aus, die man aus dem russischen Woroneshgebiet und aus Frankreich geholt hatte. Im Gegensatz zu ähnlichen Versuchen gegen Ende der 80er Jahre in Oberschwaben war die bayrische Wiederansiedlung von Anfang an erfolgreich. Gut begleitet vom Naturschutz vermehrten sich die Tiere gut und eroberten rasch neue Lebensräume. Tiere, die wir heute wieder zunehmend vor unsrer Haustür beobachten können, haben ihre Vorfahren also vor allem in Russland und kommen letztendlich aus diesem Projekt in Bayern.

Gegen Ende der 80er Jahre überschritten die ersten Tiere die Landesgrenze an der Donau bei Ulm. Zunehmend wurden alle südlichen und auch nördlichen Zuflüsse der Donau und auch deren Einzugsgebiete besiedelt. Selbst weitere Strecken

▼ Im Winterhalbjahr nutzt der Biber Baumrinde als
Nahrung. Typische Nagespuren an Gehölzen.

über Land können die Tiere bei ihrem Bestreben neue Gebiete zu besetzen nicht schrecken. Noch 2010 war der Bodenseekreis der letzte Kreis im Regierungsbezirk ohne Biberevier. Nun ist er wohl auch hier angekommen. Schon längere Zeit wurden vereinzelt Spuren wie Nagestellen an Gehölzen oder auch Trittsiegel gefunden. Meist stammten diese Spuren aber von durchziehenden Jungbibern auf der Suche nach einem geeigneten Revier. Mittlerweile scheint es, als hätten die Tiere feste Reviere gegründet. An mehreren Stellen im Kreis haben sich die Neubürger vermutlich angesiedelt. Manches deutet darauf hin, dass dauerhafte Familienreviere gegründet worden sind. Gut möglich, dass dieses Frühjahr schon die ersten Jungbiber seit Mitte des 19. Jahrhunderts hier das Licht der Welt erblickten.

Mit dem europäischen Biber ist das größte Nagetier Europas wieder an seinen angestammten Lebensraum zurückgekehrt. Die berühmten Nagezähne, die auch durchaus schon für Zahnpastawerbung herhalten mussten, wachsen ein Leben lang und haben keinerlei Wurzeln. Die besondere Härte verdanken sie der Einlagerung von Eisenverbindungen, die ihnen auch die orangerote Farbe verleihen.

Der Biber, nächster Verwandter des Eichhörnchens, ist bemerkenswert an das Leben im Wasser angepasst. Sein Fell beispielsweise wird in der Dichte nur noch von dem des Fischotters übertroffen. Augen und Ohren liegen so hoch, dass sie auch beim Schwimmen stets oberhalb des Wassers liegen. Die größte Bedeutung kommt bei den Sinnen aber dem Geruchssinn zu. Er spielt bei territorialen Tieren, die ihr Revier markieren und Familienmitglieder einzig am Geruch erkennen, typischerweise eine besondere Rolle.

Der Biber kann für ein Säugetier, das ja auf Lungenatmung angewiesen ist sehr lange unter Wasser bleiben. Mindestens 15-20 Minuten sind belegt und erlauben es ihm, Störungen und potentiellen Gefahren zu entkommen. Auch die Schwimmhäute der Hinterextremitäten, sowie Ventilhäute an Nase und Ohren und die unter Wasser verschließbare Kehle sind Anpassungen an das Leben im Wasser. Eines der bekanntesten Merkmale der Tiere ist sicherlich der flache Ruderschwanz, die Kelle, die im Wasser als Höhenruder verwendet wird sowie im Moment der Gefahr zur Warnung aufs Wasser geschlagen wird. Im Winter dient er als Fettspeicherorgan.

Bei ersten Begegnungen mit einem Biber sind Beobachter meist sehr beeindruckt von der Größe der Tiere. Castor fiber erreicht immerhin eine Rumpflänge von einem Meter. Die Kelle wird circa 40 cm lang. Er kann ein Alter von über 20 Jahren erreichen und wächst ein Leben lang. Mit 35 kg wird er schwerer als ein Reh.

Kaum ein anderes Tier bildet derart stabile Familienverbände wie der Biber. Die Tiere sind absolut monogam und die Partner ein Leben lang zusammen. Die Geschlechter sind nicht zu unterscheiden, da die Geschlechtsorgane in Taschen verborgen sind. Die Weibchen sind normalerweise mit 2 1/2 Jahren geschlechtsreif und bekommen einmal pro Jahr nach einer Tragzeit von etwa 105 Tagen 2-4 Junge. Der Nachwuchs kommt von April bis Juni behaart und sehend zur Welt. Oft kann man in dieser Zeit das Fiepen der Jungen im Biberbau hören. Die frischgeborenen Jungbiber wiegen 500-700 Gramm und sind bereits 30-35 cm lang. Sie werden circa 2 Monate gesäugt und werden dann von den Eltern mit

◄ *Der Biber kann sehr lange unter Wasser bleiben. Aber auch über Wasser bewegt er sich schnell fort.*

Pflanzen versorgt, müssen also dann auf feste Nahrung umgestellt werden. Die Familien bestehen aus den Elterntieren, den diesjährig geborenen und den Jungen des letzten Jahres. Die zweijährigen Tiere müssen die Familienverbände verlassen und werden auch mit Gewalt aus dem Territorium vertrieben. Sie suchen neue geeignete Lebensräume auf und gründen neue Familien.

Biber leben sowohl in stehenden als auch in Fließgewässern. Die Territoriengröße einer Familie hängt sehr stark von der vorhandenen Nahrung vor Ort ab und kann eine Gewässerstrecke von 600 Metern oder auch 6 Kilometern ausmachen. Beide Geschlechter markieren die Reviergrenzen während der Nacht und jeder Durchzügler tut gut daran, sich an diese Reviergrenzen zu halten. Ansonsten können die sehr friedlichen Tiere gegenüber Artgenossen auch recht aggressiv werden.

Lange stellte man sich den Lebensraum des Bibers immer als sehr natürliches, strukturreiches Gewässer weit abseits der Aktivitäten des Menschen vor. Diese Vorstellungen von den Lebensraumansprüchen der Tiere stammt aber offensichtlich aus einer Zeit, als die Gewässer bei uns alle noch sehr viel natürlicher und strukturreicher waren und der Mensch noch viel weniger Fläche nutzbar gemacht hatte. Die Neuankömmlinge scheren sich wenig um unsere Vorstellungen zu ihrem Lebensraum. Neben ökologisch sehr hochwertigen Gewässern nehmen sie durchaus auch ökologisch eintönige Gewässer an. Besonders hier sind ihre ‚Umbaumaßnahmen' ein Segen für die Natur.

Biber graben sich einen Bau in die Gewässerböschung, dessen Eingang immer unter Wasser liegt. Dies garantiert den Tieren Schutz vor vielen Störungen und Gefahren durch Räuber. Oft lässt sich die Lage des Biberbaus durch nichts erahnen. Die Biberfamilie sitzt dann irgendwo in der Gewässerböschung. Wenn aber das Dach des Baus zu dünn wird und einzubrechen droht, bauen viele Biber ein Dach aus Zweigen und Ästen auf, wodurch es zur klassischen Biberburg kommen kann. Hier lebt die Familie in einer oder mehreren Wohnkesseln zusammen und verbringt den Tag dicht beieinander um sich gegenseitig zu wärmen. Zusätzlich bauen viele Biber kleinere Fluchtgänge oder Fluchtkessel in ihrem Territorium.

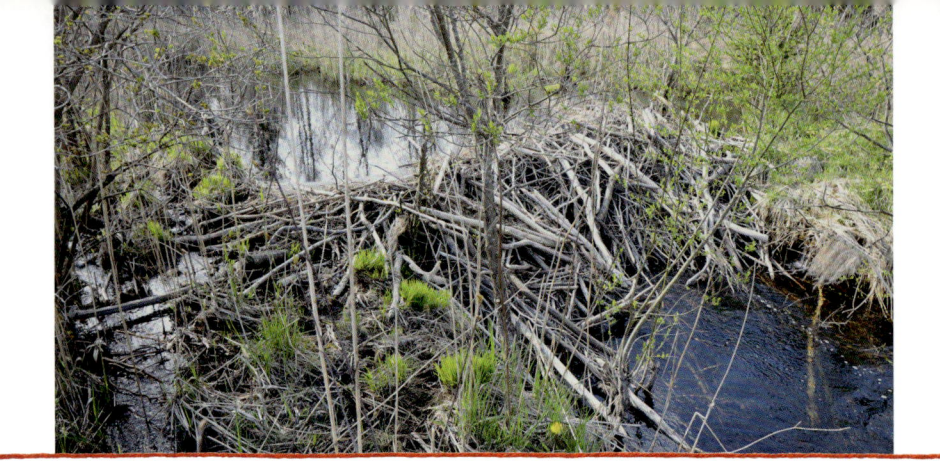

Biber ernähren sich absolut vegetarisch und haben dafür eine sehr spezielle Darmflora ausgebildet. Als Nahrungsgeneralisten sind sie nicht sehr wählerisch, was ihre Nahrung angeht. Im Sommerhalbjahr finden sie einen reichgedeckten Tisch vor. Sowohl allerlei Früchte, als auch Knospen, Wasserpflanzen samt ihrer Rhizome, Laub und Blüten gehören zu ihrem Nahrungsspektrum. Ganz offensichtlich haben Biber aber durchaus individuelle Vorlieben was ihre Nahrung angeht.

Im Winterhalbjahr ist der Biber auf Rinde angewiesen. Um an die frische Rinde der Äste zu gelangen, fällt er dann Bäume längs der Reviergewässer. Bei der Winternahrung zeigt der Biber deutliche Vorlieben. Bevorzugte Arten sind Weiden, Aspen und Pappeln. Aber auch Harthölzer, wie Buche, Eiche und Ulme werden nicht verschmäht. Sogar stark harzende Nadelhölzer werden in Gewässernähe gefällt. Die Wahl der Nahrung trifft der Biber mit seinem sehr gut ausgebildeten Geruchssinn. Die starke Regenerationsfähigkeit von standortgerechten Gehölzen am Gewässer sorgt dafür, dass dem Biber dauerhaft Gehölze als Nahrungsgrundlage für den Winter zur Verfügung stehen. Ein Beispiel hierfür sind die Stockausschläge der Weidenarten, die an die natürliche Dynamik am Gewässer angepasst sind.

Kein Tier unserer Heimat verändert seinen Lebensraum wie der Biber. Bekanntestes Beispiel für diese Aktivitäten sind die Biberdämme, die aus verschiedenen Gründen errichtet werden können. Zum einen wird der Biber reagieren, wenn der Wasserstand des Gewässers soweit absinkt, dass der Eingang des Baus oberhalb des Wasserspiegels zu liegen kommt. Durch den Damm den der Biber sehr effizient und kunstvoll aus Zweigen, Blättern und Wurzeln baut, wird der Wasserstand angehoben. Außerdem vergrößert sich die Wasserfläche. Das ermöglicht dem Biber sich schwimmend weite Flächen zu erschließen, leichter im Wasser Zweige zu transportieren und schnell bei Gefahr ab zu tauchen.

Durch Systeme von Dämmen, deren Lage ganz offensichtlich nicht zufällig ist, schafft es der Biber selbst aus einem begradigten kleinen Bach innerhalb von kurzer Zeit ein hochdynamisches und mit dem Umfeld stark verzahntes System zu schaffen, das hohe Strukturvielfalt und Biodiversität aufweist. Gefällte Bäume im Gewässer, die die Strömung beeinflussen, tragen ebenfalls dazu bei. Nicht nur die Artenvielfalt nimmt dabei zu, sondern auch die Selbstreinigungskraft des

◀ Der Biberdamm zur Regulierung des Wasserstands.

Gewässers wird erheblich gesteigert. Außerdem entstehen so Retentionsflächen, die geeignet sind, Hochwässer zu entschärfen. Was als offizielle Renaturierungsmaßnahme teuer und aufwendig wäre, schafft der Biber so zum Nulltarif – wenn der Mensch ihn denn lässt.

Wenn man bedenkt, wie sich unsere Heimat verändert hat seit der Biber Mitte des 19. Jahrhunderts ausgerottet wurde, erstaunt es nicht, dass es an manchen Stellen zu Konflikten eines derart aktiven Tieres mit den Landnutzern kommen kann. Der Biber kennt keinen Unterschied zwischen Freilandfrüchten, die wild wachsen und solchen die die Landwirtschaft oder der Kleingärtner anbaut. Dass Energiemais bei uns immer größere Anteile der landwirtschaftlichen Flächen bedeckt, kommt dem Biber sehr entgegen. Aber auch Futterrüben, Raps, Getreide, Äpfel, Beeren und Gemüse stehen durchaus auf seinem Speiseplan. Wenn die

▼ Die Biberburg, als Zentrum des Biberreviers.

lockende Nahrung sehr nahe am Gewässer steht, wird der Biber sich bedienen wollen.

Auch durch das Fällen von Bäumen kann es zu Konflikten kommen. Zum einen kann es natürlich problematisch sein, wenn wertvolle Bäume dem Biber zum Opfer fallen. Zum anderen kann aber auch von stürzenden Bäumen eine Gefahr für Wege und Straßen ausgehen. Wenn Wege und Straßen sehr nahe am Gewässer verlaufen, besteht die Möglichkeit, dass schwere Fahrzeuge in Wohnkessel und Gänge einbrechen und sowohl Fahrzeuge, als auch Menschen Schaden nehmen. Ein genügender Abstand zum Gewässer ist auch hier der beste Schutz.

Die meisten Konflikte ergeben sich durch den Anstau von Fließgewässern. Überschwemmungen des Umlands kann die reguläre Landwirtschaft erschweren oder sogar unmöglich machen. Felder können unter Wasser stehen oder Entwässerungsdrainagen nicht mehr fließen, wenn sich der Wasserstand erhöht. Regelmäßige Ausstiege der Tiere aus dem Gewässer, die die Dammkronen beschädigen, können dem Wasser zusätzlich den Weg bahnen.

Bei allen möglichen Problemen führt doch nur maximal jedes fünfte Biberrevier auch zu wirklichen Konflikten. Auch im Bodenseekreis wird dies nicht ganz ausbleiben.

Um diesen Konflikten frühzeitig zu begegnen, wurde vor Jahren vom Regierungspräsidium ein Konfliktmanagement eingeführt, das alle Beteiligten zusammen bringt, um Kompromisse zu finden, die allen gerecht werden.

Vorrangiges Ziel ist es, zum einen über den „Neubürger" zu informieren und zu zeigen, welcher Gewinn der Biber für Natur und Landschaft aber auch für uns darstellt. Aber es sollen natürlich auch potentielle Konflikte durch vorbeugende Maßnahmen vermieden werden. Betroffene sollen sich deshalb frühzeitig an das Bibermanagement wenden. Dies geschieht am besten über die Untere Naturschutzbehörde am Landratsamt. Dort werden schnell Kontakte zu den ehrenamtlichen Biberberatern im Kreis vermittelt, die als Ansprechpartner vor Ort auf Fragen und Probleme rund um den Biber schnell und flexibel reagieren können. Die Arbeit der Biberberater wird von den Biberbeauftragten des Regierungspräsidiums koordiniert und unterstützt.

◀ *Die Rinde der Bäume sind für Biber ein Leckerbissen im Winter.*

Die Interessen der Gewässeranrainer und der Landnutzung werden hier berücksichtigt und der streng geschützte Biber, der damit die höchste Schutzkategorie genießt, die Europa und Deutschland haben, soll geschützt werden und bleiben.

Mit etwas gutem Willen und Kompromissbereitschaft sind praktisch immer Wege für eine Koexistenz zu finden.

Auch im Bodenseekreis werden sich viele Menschen über die Rückkehr des Bibers freuen. Wenn man die Möglichkeit hat ein Biberrevier über längere Zeit zu beobachten, wird man erstaunt sein, welche Vielfalt sich einstellt. Die Liste der gefährdeten Tier- und Pflanzenarten, die durch die Strukturen im Biberrevier wieder eine Lebensgrundlage finden, ist lang. Laubfrosch, Eisvogel, Kammmolch, sowie die Würfelnatter sind nur einige dieser Arten.

Jeder der diese Vielfalt unseres natürlichen Erbes wertschätzt und der die Möglichkeit hatte den Biber und seine Lebensweise zu beobachten, wird sich immer für seinen Schutz als Teil unserer Heimat einsetzen.

Auf der Obstwiese

Ansichten eines Kleinbrenners

HARALD LENSKI

Samstagmorgen, Ende September. Leider hat der Wetterbericht Recht behalten. Ein Tief über Schottland schiebt die versprochene Kaltfront über den Südwesten hinweg. Gelegentlich treiben Windböen aus Nordwest Herden von Regentropfen vor sich her, vermischt mit dem ersten Herbstlaub. Aber wie man als Segler so sagt: Es gibt kein schlechtes Wetter, nur die falsche Kleidung. Ein dicker Pullover ist angesagt, rein ins Ölzeug. Eine Stunde später stehe ich auf unserer Hochstamm-Obstwiese, einen Eimer in der Hand, und halte Ausschau nach Zwetschgen, die der Wind von den Ästen geworfen hat. Aufs Boot kann man schließlich morgen immer noch; aber die Zwetschgen beginnen zu schimmeln, wenn man sie zu lange liegen lässt. Außerdem soll das Wetter am Sonntag besser werden.

Zwetschgen aus dem nassen Gras auflesen hat etwas Meditatives. Irgendwann spürt man die klammen Finger kaum noch, hat sich der Arbeitsablauf im Kleinhirn fest verdrahtet. Dann können sich die grauen Zellen treiben lassen und die Großhirnrinde beginnt, sich mit den wirklich wichtigen Fragen des Lebens zu beschäftigen. Heute sind da an der Reihe: *„Werden die Zwetschgen dieses Jahr wieder einen akzeptablen Schnaps geben?"*, *„Lohnt es sich, noch weitere Bäume zu pflanzen?"* und irgendwann auch *„Warum mache ich das hier eigentlich?"*

Vor einigen Jahren – der Zahn der Zeit hatte die eine oder andere Lücke in den altehrwürdigen Bestand gerissen – haben wir einige Apfelbäume nach gepflanzt. Unser Jüngster „durfte" helfen, die Pflanzlöcher in den bretthärten Boden zu graben. Zugegeben, eine ziemliche Schufterei. Aber statt das geduldig zu ertragen wie zig Generationen vor ihm, bemerkte er nur: „Papa, wie kann man nur so blöd sein und sich so viel Arbeit machen, um nachher nur noch mehr Arbeit zu haben."

Man hätte das als Ausdruck pubertären Trotzes abtun können, wenn er nicht den Nagel auf den Kopf getroffen hätte – und die betriebswirtschaftlichen Aspekte waren dabei noch gänzlich außen vor geblieben. Da kann man sagen, was man will, Hochstämme sind schlichtweg keine zeitgemäße Investitionsform. Dreißig Jahre kann sich so ein Baum schon mal Zeit lassen, bis er einen zufrieden stellenden Ertrag abwirft – und das meist auch nur abwechselnd jedes zweite Jahr.

Nun gut, man könnte die Umweltaspekte ins Feld führen, Landschaftspflege, nachhaltiges Wirtschaften et cetera. Ist zwar politisch korrekt, wird aber in einer Gesellschaft, die sich ihre ökologischen Ablassbriefe mit einer Spende für die Regenwälder kauft, eher mit einem mitleidigen Kopfnicken bedacht.

So bleibt dann nur noch ein letzter Ausweg der Rechtfertigung vor sich selbst und dem Turbokapitalismus: Eine Hochstamm-Obstwiese muss man sich einfach als Freizeitbeschäftigung schönreden. In diesem Bereich werden die Gesetze der freien Marktwirtschaft nicht nur außer Kraft gesetzt, im Gegenteil, ein Hobby muss geradezu ökonomisch unsinnig sein. Etwas, das man tut, weil man es sich einfach leisten kann; es darf Geld und Zeit kosten und braucht sich für nichts zu rechtfertigen. So habe ich mich dann irgendwann entschieden, die Herstellung von Obstbränden als Hobby zu deklarieren und zur Liste meiner Freizeitaktivitäten hinzuzufügen.

Das Brennrecht haben wir mit dem Hof geerbt. Für meinen Schwiegervater bot es die Möglichkeit, unverkäufliches Obst in Alkohol umzusetzen, den die staatliche Monopolverwaltung für Branntwein (zu subventionierten Preisen) aufkaufte. Und obwohl der Überbrand im Kreise der Freunde und Bekannten ausgeschenkt beziehungsweise verkauft wurde, stand der Gedanke an Qualität nicht unbedingt im Vordergrund. Bei einem Hobby ist das anders. Da geht es vielmehr darum, sich selbst und der Mitwelt (überwiegend aber doch sich selbst) zu beweisen, dass man mit Herzblut dabei ist und noch einigermaßen vorne mitmischen kann.

Dazu gehört dann auch, so wie heute früh, jede Frucht aus dem nassen Gras zu befreien, sie umzudrehen, und – je nach Ergebnis der Qualitätsprüfung – entweder in einen der bereitstehenden Eimer oder im hohen Bogen auf einen anderen Teil der Wiese zu werfen; möglichst dorthin, wo man sie nicht versehentlich ein zweites Mal aufhebt. Für einen guten Obstbrand sollte nichts ins Fass, was man nicht auch essen würde, also keine Erde, kein Gras, keine Blätter, keine angefaulten oder verschimmelten Früchte. Dem Alkoholgehalt ist das zwar nicht sonderlich abträglich, dem Geschmack aber durchaus.

Nach einer halben Stunde meditativen Sammelns ist die Wiese um den ersten Baum hinreichend abgesucht worden. Jetzt kann der zweite, etwas effizientere

▼ ...einen ausreichend leidensfähigen Rücken, aber vor allen Dingen möglichst viele Freunde und Bekannte, die bereit sind, ihr Bauch-Beine-Po Fitness-Programm auf einer Streuobstwiese zu absolvieren.

Schritt der Ernte beginnen. Unter der Baumkrone werden großflächig Folien ausgelegt (nicht immer ganz einfach an windigen Tagen). Die Früchte, die schon reif sind, sich aber von den nächtlichen Windböen nicht haben beeindrucken lassen, müssen mit dem „Birrehoke" (einer gut 5 Meter langen Holzstange mit einem Eisenhaken an der Spitze) von Hand herunter geschüttelt werden; Ast für Ast. Und wie es die Natur so will, hängen die süßesten Früchte nicht in unmittelbarer Reichweite, sondern dort, wo die Sonne ungestört die Photosynthese ankurbelt, nämlich ganz oben. Auf der Folie lassen sich die Früchte dann deutlich schneller auflesen; nach Qualität sortiert werden müssen sie aber immer noch.

Gut die Hälfte der Zwetschgen hängt, von dieser Prozedur unbeeindruckt, nach wie vor am Baum; die hoffen in den kommenden zwei bis drei Wochen noch auf ein paar sonnige Tage. Der nächste Ernteeinsatz ist somit gesichert.

In Jahren mit gutem Ertrag ernten wir von unseren rund einhundert Bäumen über 15 Tonnen Obst, davon wandern etwa 5000 Liter Kernobst und 1000 Liter Steinobst in der Brennerei. Das sind 30000 bis 35000 Äpfel bzw. Birnen und genau so viele Zwetschgen, Mirabellen und Zibarten. Einzeln vom Boden aufgesammelt, sortiert, gewaschen und zerkleinert, bevor die Hefe ans Werk gehen darf und den Fruchtzucker in Alkohol umsetzt. Die Arbeitszeit nur fürs Schütteln und

Auflesen beträgt bei dieser Menge etwa 200 h, immerhin verteilt über drei Monate. Gegen Mitte August geht es los, in manchen Jahren auch zwei Wochen früher, je nachdem, wann das Frühjahrswetter die Bäume zur Blüte überreden konnte.

Um so etwas nebenher zu bewältigen, braucht man drei Dinge: Einen gewissen Hang zum Masochismus, einen ausreichend leidensfähigen Rücken, aber vor allen Dingen möglichst viele Freunde und Bekannte, die bereit sind, ihr „Bauch-Beine-Po-Fitness-Programm" auf einer Streuobstwiese zu absolvieren.

Zum Ausgleich für die unentgeltliche Arbeitsleistung gibt es für alle freiwilligen Helfer selbstgebackenen Apfelkuchen und das gute Gefühl, etwas für den Erhalt einer alten Kulturlandschaft getan zu haben.

Freunde unserer Kinder lassen sich auch gelegentlich zum Helfen überreden. Der jungen Generation wird Obsternte als eine Art Selbsterfahrungs – Workshop verkauft, der dem Menschen eine Begegnung mit seiner ursprünglichen Natur als Jäger und Sammler bietet und in der Erkenntnis gipfelt, dass der Muskelkater im Gesäß und benachbarten Körperregionen (selbst bei Sportlern) tatsächlich so heftig ausfällt, wie vorab angekündigt.

Die beiden ersten Bäume sind für heute abgeerntet, die ersten vier Eimer gefüllt, die können jetzt in eines der Gärfässer um geleert werden. Vorher noch das Regenwasser aus den Eimern abgießen, das müsste sonst mit versteuert werden.

Mein Schwiegervater hat schon gewusst, weshalb er bei so einem Wetter nie Obst auflas. „Wasser gibt keinen Schnaps", pflegte er zu sagen. Eine wundervolle Ausrede! Hilft mir aber heute nicht weiter, denn dann würden die Schimmelpilze das Wochenende ausnutzen, um über die Zwetschgen her zu fallen.

Beim Einmaischen der Früchte kommt die alte Bohrmaschine mit dem selbst geschweißten Rührer wieder zum Einsatz. Steinobst muss vorsichtig zerkleinert werden; zerschlägt man die Steine, wird die darin (in Spuren) enthaltene Blausäure freigesetzt. Der so genannten Muser, in dem Kernobst mit einem rotierenden Messer zu einem groben Brei zerschlagen wird, wäre zwar deutlich schneller als meine historische Zweigang-AEG, würde aber den größten Teil der Steine ebenfalls in kleine Stücke häckseln.

Die alkoholische Gärung ist ein natürlicher Vorgang, bei dem Hefepilze Zucker und Wasser in Alkohol und Kohlendioxid umsetzen. (Genau das passiert in einem Hefeteig auch.) Die Hefe arbeitet so lange, bis der Fruchtzucker verfrühstückt wurde oder bis sie sich mit dem von ihr hergestellten Alkohol selbst vergiftet. Das dauert bei einer Temperatur von 15 – 20°C etwa 4 Wochen. Klingt nach einem einfachen Prozess, ist aber einer der entscheidenden Verarbeitungsschritte auf dem Weg zu einem guten Destillat. In jeder Obstmaische finden sich neben Hefepilzen auch andere Kleinstlebewesen wie Fäulnisbakterien oder Schimmelpilze, die ebenfalls bestrebt sind, ihrem natürlichen Drang nach Vermehrung nachzugehen. Sollen sie aber nicht, denn deren Stoffwechselprodukte sind weder aromatisch noch gesund. Durch sogenannte Fehlgärungen kann die spätere Qualität der Brände erheblich leiden, bis hin zur völligen Ungenießbarkeit.

Aber die besten Mittel gegen die Natur liefert immer noch die Natur selber. Alkohol und Kohlendioxid hemmen das Wachstum anderer Mikroorganismen. Zugabe von Reinzuchthefe beim Einmaischen gewährleistet ein schnelles „Angären" und verhindert dadurch weitgehend die unerwünschte Konkurrenz im Fass.

Die Maischebehälter werden luftdicht verschlossen. Den durch das Kohlendioxid entstehenden Überdruck lässt man über einen mit Wasser gefüllten Gärspund entweichen. Solange es dort blubbert, kann man sicher davon ausgehen, dass die Hefe ihr Werk noch nicht vollendet hat.

Die Mirabellen scheinen demnach vergoren zu sein, die sollte ich dann möglichst noch in diesem Monat brennen, damit die Fässer für die restlichen Zwetschgen frei werden. Die restlichen Zwetschgen? Ach ja, die warten draußen. Wenigstens hat der Regen etwas nachgelassen; nicht einmal der taugt jetzt noch als Ausrede.

Die Destillation von Alkohol besitzt eine Tradition von mehreren tausend Jahren. So gesehen ist unser Brennkessel mit seinen 35 Jahren hochmodern, verglichen mit dem derzeitigen (rechnergesteuerten) Stand der Technik aber bereits ein Oldie, der mit Holz befeuert wird und die uneingeschränkte Aufmerksamkeit des Brenners einfordert. Etwa 140 Liter fasst der Kupferkessel, in dem die Maische über ein Wasserbad erhitzt wird, bis der Inhalt zu sieden beginnt. Der aufsteigende Dampf enthält wegen der unterschiedlichen Siedepunkte von Ethanol und Wasser

▼ ... gelegentliche geschmackliche Kontrolle des Destillats während des Brennvorgangs.

deutlich mehr Alkohol als das Ausgangsprodukt. Zur besseren Abtrennung des Alkohols wird der Dampf durch eine auf den Kessel aufgesetzte Kolonne (auch als Verstärker bezeichnet) geleitet, dort teilweise kondensiert und wieder zum Sieden gebracht, bevor man ihn in einem Edelstahlkühler verflüssigt.

Der erste Teil des Destillats wird als „Vorlauf" abgetrennt (macht blind), der letzte Teil als „Nachlauf" ebenso (macht Kopfweh). Die mittlere Fraktion, die als Obstbrand in Verkehr gebracht werden kann, läuft mit einem Alkoholanteil von rund 80 – 50 Prozent aus der Destille, und muss später auf die gewünschte Trinkstärke verdünnt werden.

Nach knapp zwei Stunden ist ein Brand abgeschlossen und die Brennblase kann geleert und neu befüllt werden. Aus dem Inhalt meiner vier Eimer sind dann rund zwei Liter Zwetschgenbrand geworden. Eine Frage wird immer wieder gestellt: Woran man eigentlich merkt, wann der Vorlauf zu Ende ist und zu welchem Zeitpunkt der Nachlauf beginnt? In Ermanglung entsprechender Analysegeräte bleiben da nur Erfahrung, eine gewisse Großzügigkeit bei der Abtrennung von Vor- und Nachlauf sowie die gelegentliche geschmackliche Kontrolle des Destillats während des Brennvorgangs. Wobei ein Teil der Erfahrung auf die Zeit zurückgeht, in der wir als Studenten im Chemischen Institut schwarz gebrannt haben (darf man ja jetzt sagen, nachdem es verjährt ist). Dort konnte man das Destillat sofort gaschromatografisch auf Methanol und andere unerwünschte Nebenprodukte untersuchen.

Die Endkontrolle überlassen wir dem Verband der Badischen Klein- und Obstbrenner, der alle zwei Jahre eine fachkundige Prüfung und Prämierung von Obstbränden durchführt. Da zeigt sich dann, ob sich der Aufwand gelohnt hat und ob man die Brände mit gutem Gewissen verkaufen kann. Abnehmer finden sich überwiegend im Freundes- und Bekanntenkreis, da ist ein gutes Gewissen beim Verkauf schon wichtig. Ein paar Zwetschgen haben es in flüssiger Form immerhin vom Bodensee bis nach Alabama und Mexico City geschafft. Hoffen wir mal, dass sie zum positiven Image unserer Region beitragen.

Nach dem dritten Baum gönnt sich der Regen eine Pause. Es wird Zeit, es ihm gleich zu tun, eine warme Suppe essen, Finger aufwärmen, kurz entspannen. In der Küche läuft das Radio. Für morgen meldet der Südwestfunk Sonne und steigende Temperaturen bei mäßigem bis frischem Wind. Ideales Segelwetter. Draußen warten noch neun weitere Zwetschgenbäume. Ein Hobby ist etwas, das man mögen muss.

Info

Das Brennrecht ist an das Vorhandensein eigener Obstbäume gekoppelt und beträgt für einen so genannten Kleinbrenner maximal 300 Liter Reinalkohol im Jahr. Diese Angabe bezieht sich allerdings nicht auf den tatsächlich gewonnenen Alkohol, sondern ergibt sich aus der Menge der zum Brennen eingesetzten Maische und einem festgelegten Ausbeutesatz für die jeweilige Obstsorte. Für Kernobst beispielsweise beträgt der Ausbeutesatz 3,6 Prozent; ein Brennrecht von 300 Liter Alkohol berechtigt somit dazu, 8 330 Liter Maische im Jahr zu verarbeiten.

In der Regel wird aus Obstmaischen mehr Alkohol gewonnen, als nach dem nominellen Ausbeutesatz zu erwarten wäre. Dieser so genannte Überbrand steht dem Brenner steuerfrei zur Vermarktung zur Verfügung.

Alle Brände sind mit Angabe der Menge, Obstsorte und des Zeitraumes, an dem die Destille in Betrieb ist, beim Zoll anzumelden. Die aus der Menge der Maische ermittelte Alkoholmenge kann dann entweder versteuert oder an die staatliche Monopolverwaltung abgeliefert werden. Die Alkoholsteuer beträgt derzeit 10,22 Euro je Liter, während der Übernahmepreis bei 3,65 Euro liegt. Die Abgabe an die Monopolverwaltung bietet die Möglichkeit, auch qualitativ minderwertige Brände zu verwerten; die staatlich aufgekauften Destillate werden zu Industriealkohol weiterverarbeitet. Da dieser nur zu rund 50 Cent/Liter in den Handel kommt, werden die Kleinbrenner durch diese Regelung in erheblichem Maße staatlich subventioniert. Diese finanzielle Unterstützung läuft allerdings im Jahr 2017 auf Betreiben der EU aus.

Lagerung von Obstbränden ist über viele Jahre ohne Qualitätsverlust möglich. Im Gegenteil: In den ersten 2-3 Jahren verbessert sich das Aroma merklich, da sich der Alkohol mit Fruchtsäuren zu „fruchtig" schmeckenden Estern verbindet. Im Gegensatz zu Wein sollen Flaschen mit hochprozentigen Getränken immer stehend gelagert werden. Der Zutritt von Luftsauerstoff durch trockene Korken schadet den Destillaten nicht, aber der Alkohol extrahiert aus dem Kork unerwünschte Geschmackstoffe.

Spaß an Garten und Gemeinschaft

Die Schrebergartenanlage in Friedrichshafen-Manzell ist seit mehr als drei Jahrzehnten Refugium und Schmuckstück

BRIGITTE GEISELHART

Die Lage ist klasse, der optische Eindruck auch. Im Sandkasten, auf Rutsche und Spielturm dürfen sich die Kleinen so richtig austoben, die Großen können ihre Qualitäten als Grillmeister unter Beweis stellen, im Vereinsheim gemütlich zusammensitzen, sich ein Schläfchen im Schatten großer Bäume gönnen oder sich mit den Kids beim Tischtennis messen. Und einen schöneren Platz für ein sommerliches Gartenfest kann man sich ohnehin kaum vorstellen. Logisch, dass auf diesem mehr als 10 000 Quadratmeter großen Grundstück zwischen Bahnlinie und Bundesstraße B31, das nicht weit entfernt vom Bodenseeufer im Friedrichshafener Vorort Manzell liegt, statt einer gepflegten Schrebergartensiedlung auch eine Gewerbe- oder Wohnbebauung gut vorstellbar wäre, die sicher einen guten Preis erzielen würde. Stattdessen blickt man hier auf eine ökologische Oase, ein Refugium und darf sich an einer grünen Lunge erfreuen, die schon vor mehr als 20 Jahren mit dem zweiten Platz beim landesweiten Wettbewerb „Die umweltfreundliche Kleingartenanlage" ausgezeichnet wurde.

Am Anfang stand eine Idee – und jede Menge Manneskraft. Ein leer stehendes und von Unkraut bewuchertes Gelände mit Unterstützung der Stadt Friedrichshafen in 33 Gartenparzellen zu verwandeln, das war ein echter „Sieg für die Kleingärtner", wie die Schwäbische Zeitung im Januar 1980 vermeldete. Dass daraus in kürzester Zeit ein Freizeitparadies und ein gärtnerisches Schmuckstück entstanden ist, das in bemerkenswerter Eigenleistung aufgebaut wurde und auf dem sich Jung und Alt gleichermaßen wohlfühlen können, das ist den „Gartenfreunden Seeblick-Manzell e.V." zu verdanken. Wenn sich auch in den zurückliegenden mehr als drei Jahrzehnten vieles geändert hat, so ist die grundlegende Philosophie doch die gleiche geblieben. *„Wir praktizieren gelebte Gartengemeinschaft"*, sagt der Vereinsvorsitzende Herbert Lutz.

Nur Party machen ist nicht – auch Pflichtstunden müssen sein

Individualität darf und soll sein – aber ohne eine gewisse Ordnung geht gar nichts. Ein Schrebergartenprinzip, das auch im 21. Jahrhundert und auch in Manzell gilt. Wohl wichtigster Regelungsbereich in der Gartenordnung ist die *Einhaltung der Kleingärtnerischen Nutzung*, die durch eine Reihe von Rahmenbedingungen des Landesverbandes der Gartenfreunde Baden-Württemberg festgeschrieben

▼ Einfach traumhaft: Davon kann man sich
auch vom Zeppelin aus überzeugen.

▲ Ein Idyll: Der Garten von Herbert und Gudrun Lutz.

ist. Wer sich also um eine der etwa 310 bis 340 Quadratmeter großen Parzellen bemüht, der sollte auf jeden Fall Spaß an der gärtnerischen Betätigung, aber auch den erforderlichen Gemeinsinn mitbringen. Anders gesagt: *„Wer den ganzen Sommer nur Party machen und sich sonst um nichts kümmern will, ist bei uns nicht an der richtigen Adresse"*, wie Herbert Lutz und seine Frau Gudrun betonen. Rundum die soliden und sich in gutem Schuss befindlichen Gartenhäuser soll der gärtnerische Gedanke hoch gehalten werden – auch in einer Zeit, in man vielleicht nicht mehr so auf die eigenen Tomaten oder Salatköpfe angewiesen ist, wie es früher durchaus der Fall war. Anders gesagt: Ein ausgeglichener Mix an bewirtschafteten Gemüsebeeten, Blumen und Obstgehölzen, aber auch Rasen ist nach wie vor erwünscht. Dass für kreativen Freiraum dennoch genügend Platz ist, das steht für die Manzeller Schrebergärtner außer Frage.

Ein Blick in die Parzelle von Herbert und Gudrun Lutz: Kartoffeln, Kohlrabi, Erbsen und Bohnen, natürlich Zwiebeln und Karotten machen schon im Frühjahr und Sommer Lust auf die herbstliche Ernte. Die süßen Erdbeeren und Kirschen sind um diese Jahreszeit natürlich schon längst verputzt. Ob aus den leckeren Himbeeren, Johannis- und Stachelbeeren Marmelade gemacht wird und der Zwetschgenkuchen deswegen so gut schmeckt, weil er mit eigenen Früchten gebacken wird, darüber muss nicht lange spekuliert werden. *„Bei den Blumen habe ich keine besondere Vorliebe"*, lässt Gudrun Lutz wissen. *„Hauptsache es blüht den ganzen Sommer über."* Auf Zäune zwischen den einzelnen Grundstücken wurde bewusst verzichtet, nicht aber auf zehn „Pflichtstunden", die von jedem Mitglied im Laufe eines Jahres erwartet werden. Der Grund ist naheliegend: Die große, insgesamt 300 Meter lange Tannenhecke, die das ganze Areal umschließt, muss geschnitten, die Gemeinschaftsfläche sauber gehalten werden. Auch der Toilettendienst und die Pflege des Vereinsheims erledigen sich nicht von selbst.

Ein Lob also auf Daniel Gottlieb Moritz Schreber und seine gemeinschaftsfördernde Vision? Nur bedingt. Dass der aus Leipzig stammende Arzt von 1808 bis

▼ *Morgenstimmung in der Schrebergartenanlage Friedrichshafen-Manzell.*

1861 lebte und sogar der Leibarzt eines russischen Fürsten war, das stimmt. Der Hochschullehrer und Orthopäde war auch Mitbegründer des ersten Leipziger Turnvereins, weil er in einer Zeit der Industriealisierung Grünflächen fördern wollte, die den Kindern als Spielplatz und damit auch der Gesundheit dienen sollten. Schreber war aber nicht – was landläufig noch oft behauptet wird – der Erfinder der Schrebergartenbewegung, sondern nur der Namensgeber. Der erste „Schreberverein" wurde erst 1864 von seinem Schwiegersohn und damaligen Leipziger Schuldirektor Ernst Innozenz Hauschild gegründet und zu Ehren Schrebers auch so benannt. Wie auch immer: Bis heute wird mit dem Namen Schreber der idyllische Kleingarten am Rande der Stadt in Verbindung gebracht.

„*Die Gemeinschaft und der Zusammenhalt in einer Schrebergartenanlage ist das, was wirklich zählt*", erzählt das Ehepaar Lutz aus jahrzehntelanger Erfahrung – auch mit etwas Wehmut in der Stimme. Dass von den vor Jahren noch üblichen langen Wartelisten keine Rede mehr sein kann, dass manche Kleingärtner lieber 20 Euro Strafgebühr bezahlen, als eine Pflichtstunde abzuleisten, und dass der dringend benötigte Nachwuchs unter den Kleingärtnern fehlt, das ist offenbar gesellschaftliche Realität – leider auch bei den Gartenfreunden Seeblick-Manzell.

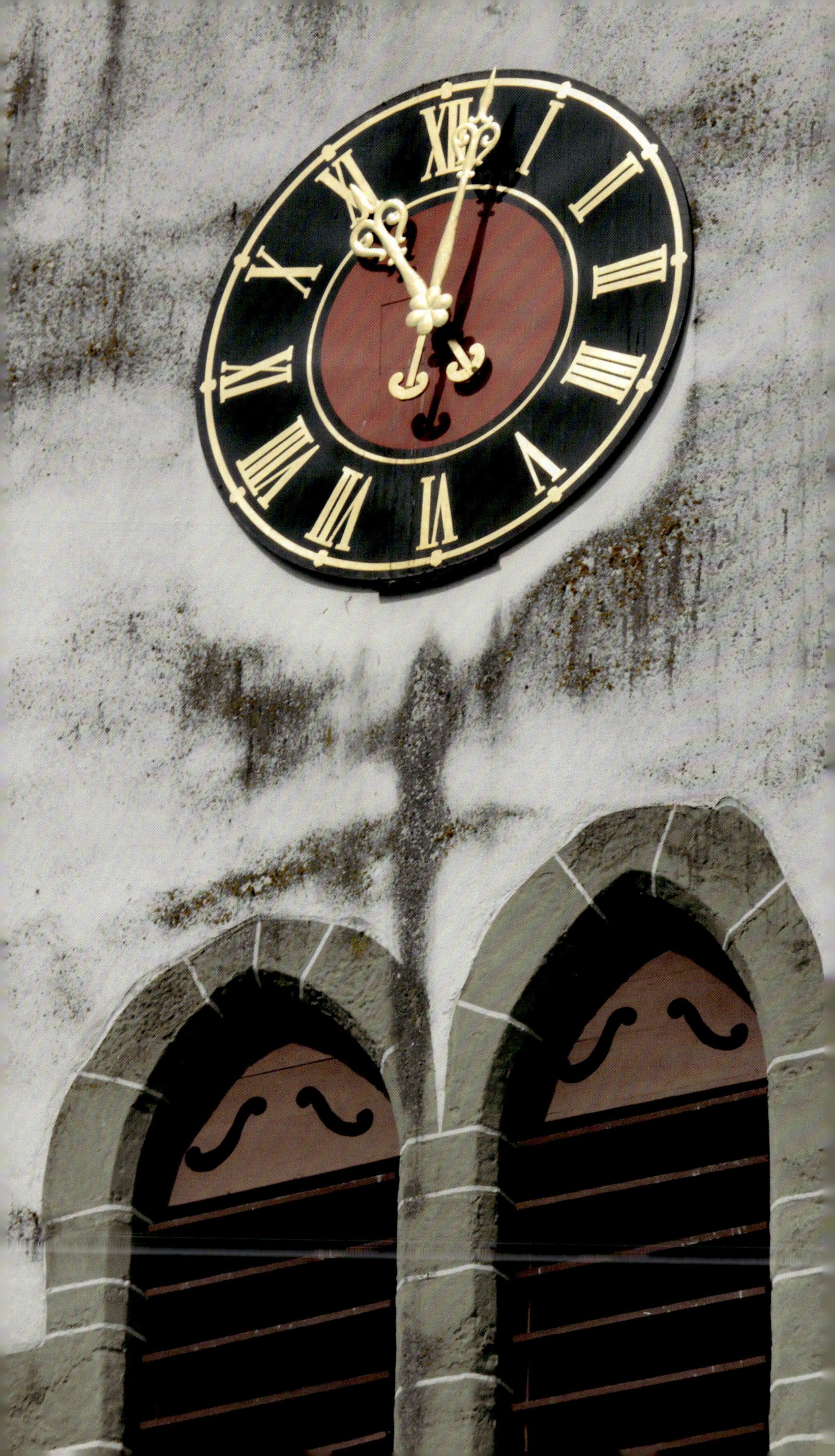

125 Jahre Feuerwehr Meckenbeuren

Mit 109 Löschkübeln, doch ohne Anstellleiter
startet 1887 die Pflichtfeuerwehr

ROLAND WEISS

Nicht wenige Feuerwehren feiern im Zeitkorridor 2010 bis 2013 das 125-jährige Bestehen. So geht es auch den Meckenbeurer Floriansjüngern, die anno 2012 zu einem vielfältigen Jubiläumsprogramm ansetzten. Der tiefere Grund dieser Zeitschiene: Im Jahr 1885 haben die Gemeinden im damaligen Königreich Württemberg einen Impuls bekommen, dem sie sich nicht widersetzen konnten – auch wenn es manche versuchten. Das Gesetz zur Landesfeuer-Löschordnung vom 7. Juni 1885 (erlassen durch König Karl) verpflichtete die Kommunen zur Einrichtung von Feuerwehren – ohne Wenn und Aber.

Dem leistete auch Meckenbeuren Folge – mit dem Gründungsdatum 1. Oktober 1887. Was schon darauf hinweist, dass sich die Begeisterung bei der Gemeinde in Grenzen hielt. Schließlich ging sie damit Verpflichtungen ein, die damals wie heute beträchtlich sind.

Nur: Was hatte eigentlich davor gegolten? Als persönliche Verpflichtung, bei Schadensfeuern Hilfe zu leisten, lässt sich solches umschreiben. In Ansätzen geschah dies organisiert: Seit 1851 hatte Untermeckenbeuren (Meckenbeuren gibt es – nach einer Umbenennung – erst seit 1897) eine eigene Fuhrfeuerspritze, die von zwei Pferden gezogen wurde. In den 21 Jahren zuvor war eine solche gemeinsam mit der Stadt Tettnang genutzt worden. 1851 kommt zur eigenen Spritze ein „Spritzenlokal" hinzu – in der Scheune bei Michael Seiler, der zugleich erster Gerätewart ist.

Ansätze sind also da, doch damit hat es sich. Konkrete Anläufe für eine Wehrgründung mehren sich in Meckenbeuren seit 1875, vor allem das Oberamt (dem heutigen Kreis vergleichbar) unternimmt sie. Die Gemeinde freilich ist unverändert zögerlich, zumal sie ihr Gebiet in 19 Parzellen „auseinandergerissen" sieht und mit der Fuhrfeuerspritze *„alles, was den Verhältnissen angemessen und möglich ist, schon besteht"*. Vor allem aber: Die Kosten schrecken.

Nach der Gesetzes-Vorlage von 1885 erhöht der Bezirksfeuerlöschinspektor den Druck. Da aber offensichtlich kein Geld im Gemeindesäckel übrig ist, leistet die Verwaltung vor Ort hinhaltenden Widerstand, unter anderem heißt es da: *„In* allen Parzellen sind Gräben, Bäume und Bäche vorhanden, welche beinahe zu jederzeit das nötige Wasser liefern und enthalten."

Der Durchbruch kommt 1886, als der oberste Feuerwehrmann im Bezirk persönlich nach dem Rechten schaut. Was Feuerlöschinspektor Magg aus Tettnang den Meckenbeurern an neuen Gerätschaften ins Stammbuch schreibt, davon wollen sie „die kleineren Requisiten" 1886 anschaffen, die Saugfeuerspritze aber erst, wenn ein Spritzenhaus gebaut ist (was sich bis 1904 ziehen sollte). Erneut ist es eine Frage des Geldes, richtet man sich doch auf Auslagen für den Schussendurchstich ein.

Dann also das Jahr 1887, als der Gemeinderat des damals 1577 Einwohner fassenden Ortes Untermeckenbeuren (wohlgemerkt: Auf Antrag des Bezirksfeuerlöschinspektors) beschließt, eine Pflichtfeuerwehr zu gründen. Aufgelistet findet sich, dass in den 19 Parzellen 109 Löschkübel und neun Handfeuerspritzen vorhanden sind, aber keine einzige Anstellleiter. Zur Ausrüstung der Feuerwehr gehört 1887 eine zweistrahlige Kastenspritze, die 115 Liter pro Minute leistet und eine Reichweite von 25 Metern hat. Zudem verfügt die Feuerwehr über 82 Meter Druckschläuche. In vier Zügen sind insgesamt 101 Mann eingeteilt, erster Kommandant ist Ökonom Josef Deutelmoser, der bis 1894 amtiert. Doch ist aller Anfang schwer. Die Gemeinde bleibt abwartend, etwa als sie zur Anschaffungsverordnung des Oberamts ihre eigene Meinung entwickelt: So wird 1889 vom Ankauf von Blecheimern abgesehen, da „es in der Gemeinde noch eine Unmasse Wassereimer aus Leder gibt".

Das Jahr 1904 markiert dann einen Einschnitt – offenbar auch, was die Haltung gegenüber der Feuerwehr betrifft. Nicht nur, dass an das neue (heute „alte") Rathaus gleich noch eine Spritzenremise mit Ortsarrestlokal angebaut wird. Zudem genehmigt der Gemeinderat die Anschaffung der Saugspritze. Zu pass kommt, dass seit Mitte der 1890er Jahre Wasserhochdruckleitungen die Situation auch in Meckenbeuren verbessern.

◀ *Unter den mehr als 250 Gästen in der Humpishalle sind beim Festakt aktive Feuerwehrkameraden ebenso vertreten wie Jugend- und Alterswehr.*

Wobei man es dann auch nicht übertreiben wollte: Als das Oberamt vorschlägt, in der Spritzenremise elektrisches Licht einzubauen, lehnt dies die Gemeinde ab. Und auch die „Leitermisere" beschäftigt in den 1920er Jahren die Gemüter, wobei die Gemeinde hart bleibt und keine neuen anschafft – zumal im Bedarfsfall die fahrbare Leiter der Werksfeuerwehr Holzindustrie genutzt werden kann.

1928 endet dann die Ära der Pflichtfeuerwehr. In der Festschrift aus dem Jahr 1987 nennt sie Karl Breyer *„geprägt von allerlei Unzulänglichkeiten, seien sie finanzieller oder ideeller Art"*.

An ihre Stelle tritt die Freiwillige Feuerwehr Meckenbeuren, die sich am 29. März 1928 gründet. Ihr steht seit 1919 Zimmerermeister Josef Müller vor – und wird dies noch bis 1937 tun. Stolze 201 Feuerwehrmänner gehören zu den Freiwilligen: Alle anderen müssen eine Feuerwehrabgabe berappen, außer sie weisen körperliche Gebrechen oder Kriegsverwundungen auf.

In den Kinderschuhen steckt noch die moderne Kommunikation – was angesichts eines Berichts von 1929 deutlich wird: *„Beim Brand bei Burkhart in Siebratshaus ist es vorgekommen, dass der Kommandant nicht benachrichtigt wurde. Es wird den Weckern anempfohlen, sich auch der Benachrichtigung des Kommandanten anzunehmen."*

Gemeindereformen bringen 1937 und 1972 auch für das Feuerwehrwesen bedeutsamen Wandel mit sich. Bei der ersteren gilt es, drei zuvor eigenständige Feuerwehren unter einen Hut zu bringen – jene aus Meckenbeuren, Liebenau und Brochenzell (letztere löst sich samt Hinterland und Sammletshofen von Ettenkirch). Maurermeister Wilhelm Bauer aus Langentrog löst Müller als Kommandant ab.

Der nächste Einschnitt kam mit dem Zweiten Weltkrieg und der französischen Besatzung. Die im Dezember 1945 gezählten 109 Feuerwehrmänner sollten aufs Jahr 1947 hin auf 14 reduziert werden – die legendäre 14-Mann-Wehr (Eugen Rick, Sylvester Röck, Josef Weishaupt, Karl Lehle, Karl Hotz, Alfons Knörle, Hermann Geiger, Josef Schäfer, Josef Weishaupt, Otto Hartmann, Emil Gerstenegger,

▼ Ehrungen zuhauf haben zum Festakt der Feuerwehr dazu gehört, ausgesprochen durch Kreisbrandmeister Henning Nöh (rechts) an Franz Burkhart, Manfred Barth, Josef Sauter, Karl Heinz Brugger, Rudolf Lanz, Hardy Muck, Jürgen Sprenger (von links).

Erwin Böhler, Roland Berger, Hans Ebert) bestand bis Mai 1950, bis die Vernunft obsiegte und der Mannschaftsstand stillschweigend auf 56 erhöht werden durfte.

Jahre der Modernisierung folgten – erprobt bei Großeinsätzen wie dem Pfingsthochwasser 1957 oder den Bränden in der Holzindustrie (der gravierendste 1968). Da gibt es schon keinen Löschzug Brochenzell mehr – hat der Gemeinderat doch gegen die Anschaffung eines eigenen Tragkraftspritzenfahrzeugs für Brochenzell gestimmt, der kurzen Wege der Meckenbeurer Wehr wegen.

War 1969 das neue Feuerwehrgerätehaus übergeben worden, so bringt das Jahr 1972 mit der Gemeindefusion von Meckenbeuren und Kehlen die nächste Herausforderung mit sich. Seither bestehen zwei Abteilungen, jene aus Meckenbeuren und jene aus Kehlen. Hinzu kommt noch die Löschgruppe in Liebenau.

In dieser Konstellation werden 1987 das 100-Jahr-Jubiläum und 2012 das 125-Jährige gefeiert. Ersteres geht mit Fahnenweihe, Kreisfeuerwehrtag und Indienststellung eines Rüstwagens einher. Diesen drei Festtagen am Stück stehen 2012 aufs ganze Jahr verteilte Feierlichkeiten gegenüber. Den Anfang bildet im Januar ein Gottesdienst, den der Florianschor aus dem Kreis Ravensburg mitgestaltet. Im Bodenseekreis gibt es kein Gegenstück dazu, so dass auch drei Meckenbeurer Kameraden hier mitsingen. Mit geladenen Gästen wird am Freitag, 2. März, der Festakt zu 125 Jahren Freiwillige Feuerwehr Meckenbeuren gefeiert. In der Humpishalle Brochenzell geben sich 300 Gäste ein Stelldichein und verfolgen einen Reigen an Ehrungen. Nach Fußballturnier, Hauptversammlung und Schussenfest richtet sich das Augenmerk auf den Tag der Feuerwehr am 7. Juli. Ein Feuerwehrsymposium tagt, doch wird auch die Jugendflamme der Jugendwehr abgenommen. Seinen Ausklang nimmt der „Tag der Feuerwehr" mit der Jubiläumsparty.

Bei all dem gesellig-kulturellen Anteil, den die Feuerwehr gerade in Meckenbeuren zum abwechslungsreichen Jahreslauf beisteuert, zeichnet sich das Jubiläumsjahr durch eine Professionalität aus, die dem Selbstverständnis der Wehr entspricht. Und dies stets mit Blick auf den Wandel der Zeit: Die Aufgabe, derentwegen die Meckenbeurer Feuerwehr 1887 ins Leben gerufen wurde, belegt in der Einsatzstatistik 2011 nurmehr Platz 3. Unter den 90 Ursachen, warum die Wehr ausrücken musste, steht die Insektenbekämpfung mit 33 Einsätzen ganz oben, gefolgt von 25 technischen Hilfeleistungen und 13 Bränden. Gleichgeblieben ist freilich die Motivation in diesen 125 Jahren: „Gott zur Ehr, dem Nächsten zur Wehr."

DAV Sektion Friedrichshafen
100 Jahre, 1911-2011

EUGEN BENNINGER UND GERALD KRATZERT

Mit einem abwechslungsreichen Jubiläumsprogramm über das ganze Jahr 2011, in dem die Vielfalt des Vereins in eindrucksvoller Weise dargestellt wurde und einem glanzvollen Festabend am 26. November 2011 als Höhepunkt, wurde das Jubiläum mit den Vereinsmitgliedern gefeiert.

100 Jahre – eine beachtliche Zahl, Zeit und Anlass innezuhalten, zurückzublicken, sich zu besinnen, aber auch vorauszudenken. Schaut man auf die Anfänge unserer Sektion zurück, so waren es damals 61 bergbegeisterte Individualisten aus Friedrichshafen, die unsere Sektion zum Leben erweckten. Bürger die eine Vision hatten, die auch in Beruf und Gesellschaft eine herausragende Stellung innehatten und die eines verband: Die Liebe zu den Bergen.

Leider war es vor 100 Jahren nicht jedem vergönnt, diese Liebe zu leben. Wer konnte es sich damals auch schon leisten, in die Berge zu fahren und nur so zum Vergnügen auf Gipfel zu steigen. Heute ist das anders – zum Glück. Der DAV Friedrichshafen hat sich gewandelt zu einem Verein der Breite, in dem jeder sein Betätigungsfeld finden kann. Jeder ist willkommen, das Alter spielt genauso wenig eine Rolle wie die Herkunft. Wir haben Bergsteiger, die bereits im Kinderwagen unterwegs sind, bis hin zu hochbetagten Senioren, die nicht weit vom Alter unserer Sektion entfernt immer noch die Natur und ihre Berge genießen. Getragen von einem überaus großen ehrenamtlichen Engagement treffen sich hier Bergbegeisterte jeder Couleur, um ihrer Leidenschaft nachzugehen.

Die Sektion Friedrichshafen, gegründet am 24. November 1911, hat sich im Lauf der Jahre zum größten Verein in Friedrichshafen und im Bodenseekreis entwickelt. Mit 4903 Mitgliedern ein stolzer Verein.

Eine eigene Hütte zu besitzen war für die Vereinsmitglieder der größte Wunsch. Mit dem Erwerb der Kathrein-Hütte auf der Südseite des Verwall in 2138m Höhe wurde 1922 diesem Anliegen Rechnung getragen. 1963 und 1964 erfolgte der Neubau des Schlafhauses mit 12 Matratzenlagern einem Raum für Selbstversorger und einer Wohnung für den Pächter. Die Erweiterung und Generalsanierung der Friedrichshafener Hütte wurde in den Jahren 1987 und 1988 durchgeführt. Die Geschichte der Friedrichshafener Hütte ist eng mit der Geschichte der Sektion Friedrichshafen verbunden.

Jeder Vorstand hat ein Stück Hüttengeschichte mitgeschrieben:

Graf Ferdinand von Zeppelin und Ludwig Gastpar: Mit der Vision eine eigene Hütte zu besitzen.

Dr. Ludwig Dürr: Durch den Erwerb der Kathrein Hütte und dem Ausbau zu einem Bergsteiger-Refugium. Mit dem Anlegen eines Weges zur Darmstädter Hütte.

Emil Münch: Quellfassung und Wasserversorgung, sowie die Stromversorgung durch den Bau eines Elektrizitätswerkes fallen in seine Vorstandzeit.

▼ *Gipfelglück.*

Ottmar Schneider: Der Neubau des Schlafhauses mit Winterraum und einer Wohnung für den Pächter, die 1. Abwasser-Reinigungs-Anlage, die Fahrstraße vom Tal zur Hütte, sowie der Anbau von WC und Waschräumen an die alte Hütte wurden in seiner Ära verwirklicht.

Georg Prasser: Erweiterung, Um- und Ausbau beider Gebäude. Die neue Quellfassung, die 2. Abwasserreinigungsanlage, und der Rundwanderweg West und Ost sind auf seine Initiative hin entstanden.

Hans Schmidhuber: Nach der Lawinenkatastrophe im Jahr 1999 mussten das zerstörte Kraftwerk ersetzt und das durch den Luftdruck der Lawine beschädigte Hüttendach erneuert werden. 2002 erhält die Hütte das Umwelt-Gütesiegel. Die Qualifikation zu „So schmecken die Berge" wird unter seiner Vorstandschaft durchgeführt. In die Wege geleitet wird auch die Aktion „Mit Kindern auf Hütten".

Gerald Kratzert: Die Teilnahme an der Aktion „Mit Kindern auf Hütten" ist eine Bestätigung des familienfreundlichen Qualitätsstandards unserer Hütte. Ebenso war der Bau der neuen Abwasserreinigungsanlage mit bepflanztem Bodenfilter im Jahr 2011 eine der Aufgaben, die unser jetziger Vorstand bereits bewältigen musste.

Weitere Marksteine waren der Erwerb der Lankhütte am Bödele 1944, die Errichtung des DAV-Hauses im Jahr 1994 und die Ausrichtung der DAV-Bundes-Hauptversammlungen in den Jahren 1938 und 2002 in Friedrichshafen. In dem von der Sektion angelegten und betreuten Wegenetz sind der Ludwig-Dürr-Weg und der Georg-Prasser-Weg hervorragende Beispiele einer umweltfreundlichen Erschließung.

Mit dem Bau unseres Kletterzentrums in den Jahren 1996 bis 1998 und den folgenden Bauabschnitten haben wir in unsere Zukunft investiert. Das Kletterzentrum ist der wichtigste Anlaufpunkt für unsere Jugend. Die Kinderklettergruppen sind voll mit begeisterten Kindern. Die „Kooperation Schule Klettersport" besteht seit vielen Jahren. Wegen des enormen Zuspruchs von über 15 000 Nutzern pro Jahr stößt die Hallenkapazität heute schon an ihre Grenzen. Dies zu lösen ist für die kommenden Jahre eine Herausforderung, der wir uns stellen müssen.

Oberbürgermeister Andreas Brand schreibt in seinem Grußwort treffend: „Seit 100 Jahren ist der DAV Friedrichshafen aktiver und attraktiver Bestandteil des

◄ *Ein Grillabend im DAV Vereinshaus in Friedrichshafen.*

Vereinslebens in Friedrichshafen. Was im Jahr 1911 begann, ist heute ein erfolgreicher Verein, der das gesellschaftliche und sportliche Leben in Friedrichshafen und der ganzen Region in großem Maße mitprägt. Die DAV-Sektion Friedrichshafen hat eine erfolgreiche Vergangenheit hinter sich und steht vor einer erfolgreichen Zukunft".

Wie ist es möglich einen Verein mit fast 5 000 Mitgliedern ehrenamtlich zu führen? Sind in unserer Konsumgesellschaft noch genügend Idealisten für ein Ehrenamt zu gewinnen? 100 Jahre war es in der Sektion Friedrichshafen ein ungeschriebenes Gesetz ehrenamtlich den Verein zu führen. So soll es auch in den nächsten Jahren bleiben.

▼ *Friedrichshafener Hütte, auf 2 138 Meter Höhe ist eine Sonnenterrasse über dem Paznauntal.*

▲ Im Kletterzentrum Friedrichshafen ziehen alle an einem Strang. Die Kletterwand wurde vom Künstler Diether F. Domes gestaltet.

Zu lösen ist diese Aufgabe nur, wenn die Arbeit auf viele Schultern verteilt wird und eine satzungskonforme Organisation dem Vereinszweck Rechnung trägt. Die gewählte Lösung sieht bei unserer Sektion heute so aus:

7 Vorstandsmitglieder bestimmen die Richtung und tragen die Verantwortung. 32 Ressortleiter bilden das Rückgrat des Vereins. Sie aktivieren freiwillige Helfer für die vielfältigen Aufgaben, die in unserer Sektion und darüber hinaus anfallen. Im Einsatz sind Touren und Kursleiter, über 100 Fachübungsleiter und Trainer, Aufsichten im Kletterzentrum, Helfer bei Arbeitseinsätzen und handwerklichen Eigenleistungen. Das Kletterzentrum wird komplett ehrenamtlich betrieben. Insgesamt waren es im letzten Jahr über 30 000 ehrenamtliche Stunden.

Für jedes Mitglied gibt es die für Ihn passende Gruppe: Familiengruppe, Jugendgruppe, Jungmannschaft, Kletter-Hochtourengruppe, Mountainbike-Gruppe, Ortsgruppe Immenstaad, der Rucksack, Seniorengruppe, Mittwochssenioren, Klettergruppen, Fitnessgymnastik. Der Wintersport ist ebenfalls mit seiner gesamten Vielfalt im Programm. Es bestehen Partnerschaften mit dem CAF Hautes-Vosges und dem SAC Hoher Rohn. Eine besondere Stelle nimmt der Naturschutz ein. Unsere Hütte besitzt das Umweltgütesiegel seit 2002. In Kursen wird eine fundierte Ausbildung angeboten und die Vereinsbibliothek kann mit umfangreichem Führer und Kartenmaterial dienen. Die Geschäftsstelle pflegt den direkten Kontakt zu den Mitgliedern und zum Hauptverein in München.

Das zweite Jahrhundert hat für die Sektion begonnen, die Zeit steht nicht still. Neue Herausforderungen warten auf die Verantwortlichen.

Chronik des Landkreises für 2011

ROBERT SCHWARZ

Politik & Verwaltung

Ab diesem Jahr verzichtet der Landkreis darauf, zum Neujahrsempfang im Rahmen einer feierlichen ersten Kreistagssitzung zu laden. Künftig soll der Tag der Deutschen Einheit am 3. Oktober diese Funktion übernehmen. *„Wir wollen natürlich auch weiterhin gemeinsam mit dem Kreistag sowie Persönlichkeiten und herausragenden Bürgern des Landkreises solch einen Höhepunkt in Form eines Empfangs begehen"*, erklärt Landrat Lothar Wölfle. Nicht allein Spargründe haben zu dieser Entscheidung geführt: Im Januar haben Empfänge naturgemäß Hochsaison und und es kommt regelmäßig zu Terminüberschneidungen. Wenn der Landkreis seinen jährlichen Empfang nun auf den 3. Oktober konzentriert, ist das angemessen für diesen Nationalfeiertag und es ermöglicht auch jenen Persönlichkeiten aus dem Landkreis die Teilnahme, die zu Jahresbeginn bereits andere terminliche Verpflichtungen haben.

Einblicke in die tägliche Arbeit des Deutschen Bundestages gibt eine Wanderausstellung, die im März im Landratsamt gastiert. Interessierte Bürger haben hier die Möglichkeit, die Tätigkeit der Abgeordneten besser kennen und verstehen zu lernen. So wird auf Schautafeln und Computerterminals ein lebendiger Eindruck vom parlamentarischen Betrieb vermittelt. Kompetente Ansprechpartner sowie Materialien zum Mitnehmen sind ebenfalls vorhanden. Die Ausstellung ist auf Initiative von Lothar Riebsamen, Mitglied des Bundestages für den Wahlkreis Bodensee, in den Landkreis gekommen.

Am 27. März wählt Baden-Württemberg einen neuen Landtag und entscheidet damit auch über die politische Ausrichtung der Landesregierung. So soll fortan eine Koalition aus GRÜNEN und SPD die Geschicke des Landes führen. Abgeordneter für den größten Teil des Bodenseekreises bleibt Ulrich Müller (CDU, 38,1 Prozent der Stimmen). Neu für den Wahlkreis zieht Martin Hahn (GRÜNE, 26,3 Prozent) in den Landtag ein. Norbert Zeller (SPD, 20,4 Prozent) und Dr. Hans Peter Wetzel (FDP, 7,0 Prozent) sind nicht mehr im Landesparlament vertreten. 67,6 Prozent der 126 991 Stimmberechtigten des Wahlkreises haben ihr Votum abgegeben – bei der Landtagswahl 2006 waren es 54,7 Prozent.

▼ Landrat Lothar Wölfle testet das neue
Dienst-E-Bike des Landratsamts.

Der Wahlkreis 67 Bodensee umfasst 20 Städte und Gemeinden des Bodenseekreises. Tettnang, Meckenbeuren und Neukirch sind dem Wahlkreis 69 Ravensburg zugeordnet.

Am „Kommunalen Tag der Elektromobilität" am 6. April gehen im Landratsamt zwei nagelneue E-Bikes an den Start. Die Bikes in der Größe leichter Motorräder werden elektrisch angetrieben und sind somit künftig emissions- und nahezu geräuschlos für die Kreisbehörde unterwegs. Die Vehikel des Stuttgarter Herstellers Elmoto fahren bis zu 45 Stundenkilometer schnell und haben eine Reichweite von etwa 65 Kilometern. Die Mitarbeiter der Kreisbehörde können die E-Bikes künftig über die hausinterne EDV kurzfristig reservieren, um sie für Fahrten zu Außenterminen zu nutzen. Die E-Bikes wurden vom baden-württembergischen Energieversorger EnBW gestiftet, bei dem der Landkreis über die Oberschwäbischen Elektrizitätswerke (OEW) Anteilseigner ist.

„Sag's doch" ist seit September ein neuer „heißer" Internetdraht zum Landratsamt sowie der Friedrichshafener Stadtverwaltung. Mit wenigen Klicks kann man hier Ideen, Vorschläge und Kritik loswerden. Der Clou: Im Internet kann man den Bearbeitungsstatus der eingegangenen Anliegen jederzeit nachverfolgen und man erhält garantiert innerhalb von zehn Tagen eine Antwort. Die eingehenden Anliegen sind vielfältig. Sie reichen von Meldungen über defekte Straßenlaternen oder fehlende Mülleimer bis hin zu Anzeigen über Vandalismus. Auch sind die Verkehrssicherheit oder Fragen zu Zuständigkeiten häufige Themen. Die Anliegen können unabhängig davon eingestellt werden, ob sie an das Landratsamt oder das Häfler Rathaus gerichtet sind. Denn sie werden im gemeinsamen 115-Servicecenter gesichtet und der richtigen Stelle direkt zugewiesen. Mit „Sag's doch" kann man Anliegen und Ideen rund um die Uhr von nahezu jedem Ort auf den Weg bringen und nachverfolgen: Der Service ist direkt über die Internetadresse www.sags-doch.de, die Webseiten von Landkreis und Stadt sowie als App für Android-Smartphones nutzbar.

Im Verwaltungsgebäude in der Friedrichshafener Albrechtstraße 75 finden bis in den Oktober umfangreiche Sanierungsarbeiten statt. Abschnittweise wird hier für rund 3,3 Millionen Euro die Verkabelung erneuert und der bauliche Brandschutz auf aktuellen Stand gebracht. Außerdem machen freundliche Anstriche und neue Fußbodenbeläge das Gebäude für Mitarbeiter und Besucher attraktiver. Die Bautrupps gehen etagenweise vor, so dass die betroffenen Ämter in Etappen zeitweise in andere Räume umziehen, vor allem im Gebäude Glärnischstraße 1-3. Bis auf kleinere Unterbrechungen für die Umzüge sind während dieser Zeit die Dienststellen aber erreichbar und arbeitsfähig.

Landkreis & Tourismus

Ein ungewöhnliches aber treffendes Bild vom Bodenseekreis vermittelt ein neues Landkreisportrait mit dem Titel „Wasser gibt Kraft", das der Landrat im Mai der Öffentlichkeit vorstellt. Das 24-seitige Druckwerk macht mit interessanten Bildern und pointierten Texten auf Dinge aufmerksam, die den Bodenseekreis besonders machen. So ist der Landkreis eines der fünf Luft- und Raumfahrtzentren in Deutschland und die sozialen Netzwerke sind hier beispielhaft. Auch die vielseitige Bildungslandschaft des Bodenseekreises sowie das unternehmerische und serviceorientierte Engagement der Kreisverwaltung werden beleuchtet. Sowohl für Gäste des Bodenseekreises als auch seine Bürger bietet die neue Broschüre etwas zum Schauen, Schmökern und auch Entdecken, was man vorher vielleicht so noch nicht wahrgenommen hat.

Soziales & Gesundheit

„Hilfen für junge Menschen mit komplexem psychosozialem Hilfebedarf im Verbund" – dieser etwas kompliziert anmutende Name eines neuen Experten-Netzwerks im Bodenseekreis ist durchaus bezeichnend für das Problem, um das es dabei geht: Wenn Jugendliche auf eine schiefe Bahn oder ins gesellschaftliche Abseits zu geraten drohen, gibt es dafür meist nicht nur einen Grund. Psychologische Probleme treten oft in eine Wechselwirkung mit sozialen Schwierigkeiten, so dass die Kinder, Jugendlichen oder jungen Erwachsenen nicht mehr die innere Festigkeit und den Rückhalt haben, ihr Leben zu meistern. Wenn diese Jugendlichen nicht rechtzeitig Hilfe bekommen, würde sich diese Spirale immer weiter drehen. Schulabbrüche, Arbeitslosigkeit, Vereinsamung und Schlimmeres sind dann häufig die Folge. In dem neuen Netzwerk, das auch mit den Buchstaben „JPV" abgekürzt wird, wollen Psychologen, Mediziner, Sozialpädagogen, Lehrer und weitere Fachleute eng zusammenarbeiten und sich im Bodenseekreis um Jugendliche mit solchen Problemen kümmern. Damit ist der Bodenseekreis bundesweit Vorreiter in diesem Bereich.

Die auf Initiative von Landesgesundheitsministerin Dr. Monika Stolz gegründete Stiftung für gesundheitliche Prävention Baden-Württemberg hat einen „Großen Präventionspreis 2011" ausgelobt. Im Februar wurden die aus über 100 eingegangenen Bewerbungen ausgewählten Siegerprojekte von der Gesundheitsministerin ausgezeichnet. Im Bereich Kindertagesstätten und Schulen erhielt das Landratsamt Bodenseekreis den mit 10 000 Euro dotierten ersten Preis für das Projekt Siegel „Gesunde Schule". Im Jahr 2010 hatten erstmals elf Schulen des Bodenseekreises die Auszeichnung Siegel „Gesunde Schule" erreicht. Diese haben dafür nachweisen müssen, dass Gesundheitsförderung und Prävention im Schulkonzept verankert sind.

▼ *Sponsoren und Mitarbeiter des Sozialdezernats stoßen mit alkoholfreien Cocktails auf die neue mobile Saftbar an.*

Ende März tritt bundesweit das so genannte Regelbedarfsermittlungsgesetz in Kraft, allgemein bekannt als Bildungs- und Teilhabepaket für Kinder und Jugendliche. Im Landratsamt Bodenseekreis arbeiten die Mitarbeiter des Jobcenters nun mit Hochdruck daran, die rückwirkend ab Januar geltende neue Regelung umzusetzen und den betreffenden Kindern und Jugendlichen die Leistungen zukommen zu lassen. Das Bildungspaket beinhaltet neben dem Zuschuss für das Mittagessen in Kita, Schule oder Hort auch die individuelle Lernförderung. Kultur- und Sportangebote in Schulen oder Vereinen werden ebenso gefördert wie die Ausstattung der Kinder und Jugendlichen mit den nötigen Lernmaterialien und die Unterstützung bei Ausflügen. Kinder und Jugendliche, deren Eltern Arbeitslosengeld II oder Sozialgeld, Sozialhilfe, den Kinderzuschlag oder Wohngeld beziehen, sollen von den neuen Fördermöglichkeiten profitieren.

Coole alkoholfreie Drinks zu jugendgerechten Preisen auf Festen und Veranstaltungen – mit dieser Mission rollt die mobile Saftbar ALOA (für „alles ohne Alkohol") seit September durch den Bodenseekreis. Wie ein Snack-Verkaufswagen hat der Anhänger große Verkaufsluken und im Inneren alles, was eine gute Bar braucht: Kühlschränke, Arbeitsplatten, Mixer etc. Von außen zieht der Wagen im Retro-Design mit witzigen Graffitimotiven die Blicke auf sich. Im August wurde die mobile Saftbar vom Sozialdezernenten des Landratsamts, Andreas Köster, im

Beisein vieler Sponsoren und Projektpartner offiziell in Dienst gestellt. Vereine und Organisationen können die mobile Saftbar reservieren und ausleihen, um damit bei Veranstaltungen alkoholfreie Cocktails und Getränke anzubieten.

Die Städte und Gemeinden des Bodenseekreises wollen gemeinsam mit dem Landratsamt die Kleinkinderbetreuung weiter verbessern und ausbauen. Das ist das Ziel einer Kooperationsvereinbarung zur Finanzierung der Tagespflege, die im Oktober vorgestellt wird. Kern der freiwilligen Vereinbarungen ist, dass alle 23 Kommunen des Kreises den vom Landesjugendamt mit den kommunalen Spitzenverbänden vereinbarten und vom Landkreis gezahlten Stundenlohn für Tagespflegepersonen von 3,90 Euro je betreutem Kind um 1,60 Euro aufstocken. Mit diesem Betreuungssatz erhalten die Tageseltern der öffentlich geförderten Tagespflege im Bodenseekreis den offiziell vom Dachverband der Tagesmütter geforderten Stundensatz. Diese weitergehende Geldleistung gibt es flächendeckend bisher in keinem anderen Landkreis in Baden-Württemberg.

„Engagiert für Kultur in der Gemeinde" ist der Titel des Ehrenamts-Förderpreises, den der Kreistag des Bodenseekreises in diesem Jahr bereits zum fünften mal ausgelobt hat. Der mit insgesamt 3 000 Euro dotierte Preis wird Anfang Dezember bei einer Festveranstaltung im Landratsamt zu gleichen Teilen an insgesamt drei ehrenamtliche Initiativen verliehen: Dem „Miteinander im Mesnerhaus" e.V. Bermatingen, dem Förderverein „Theatertage am See Friedrichshafen e.V." sowie dem „Verein zur Pflege der Nikolauskapelle Owingen e.V." Die Preisträger wurden aus insgesamt 53 Vorschlägen und Bewerbungen ausgewählt. Sie stünden stellvertretend für den enormen Einsatz aller ehrenamtlich Tätigen im Bodenseekreis, erklärte der Landrat.

Bildung & Kultur

„Im Land der Mulde" ist der Titel einer Fotoausstellung, die das Kulturamt im Mai und Juni im Neuen Museum in Salem zeigt. Die Arbeiten des ostdeutschen Fotografen Gerhard Weber geben einen schonungslosen Einblick in die Arbeits- und Lebenswelten der DDR-Provinz. Auch die bewegende Zeit des demokratischen Aufbruchs und der Wende zeichnet er nach und schuf damit eine einzigartige Dokumentation dieses tiefgreifenden Wandels in der Region um Leipzig. Diese ist heute Partnerlandkreis des Bodenseekreises.

Der Kulturpreis der Kunst- und Kulturstiftung des Bodenseekreises geht in diesem Jahr an den Autor und Kulturinitiator Oswald Burger aus Überlingen. Burger wird damit unter anderem für sein jahrzehntelanges ehrenamtliches Wirken im Rahmen des Vereins „Dokumentationsstätte Goldbacher Stollen", dessen Initiator er ist, sowie für sein Engagement als Leiter des Literarischen Forums Oberschwaben gewürdigt. Darüber hinaus prägte er viele weitere kulturelle Initiativen maßgeblich mit, nicht nur in Überlingen. Beispiele hierfür sind das „WortMenue" und „Sommertheater" in Überlingen sowie die Singener „Erzählzeit". Oswald Burger ist Autor zahlreicher literarischer und historischer Publikationen. Sein kulturelles Wirken prägte maßgeblich die Kulturszene am nördlichen Bodensee im Bereich Literatur und in der Auseinandersetzung mit dem historischen Erbe, insbesondere der NS-Vergangenheit.

Umwelt & Landnutzung

Flora und Fauna des Bodensees haben seit März eine neue Bühne, auf der sie bestaunt werden können: Die völlig neu gestaltete Dauerausstellung im Naturschutzzentrum Eriskirch (NAZ). Die Besucher erwartet eine imaginäre Expedition mit einem Forschungs-U-Boot, ein dreidimensionales Modell des gesamten Bodensees und viel Wissenswertes über das Eriskircher Ried. Auch gibt es Filmsequenzen und authentisches Anschauungsmaterial zu einzelnen Themen. Ein heller und freundlicher Anbau für das ehemalige Bahnhofsgebäude bietet künftig auch mehr Platz für Veranstaltungen und Wechselausstellungen. Die insgesamt 293 000 Euro für die Neugestaltung des Naturschutzzentrums stammen vom Land, dem Bodenseekreis, der Gemeinde Eriskirch sowie aus dem Bundes-Konjunkturprogramm.

Der Bodenseekreis soll Energie-Musterländle werden und bewirbt sich dazu um den European Energy Award (eea). Die EU-Auszeichnung prüft und würdigt die Anstrengungen von Kommunen in den Bereichen Energieeffizienz, Ausbau erneuerbarer Energiequellen, Mobilität und Klimaschutz. Um den Award zu erhalten, muss der Landkreis genaue Antworten auf die Frage geben, welche Ziele in diesen Bereichen verfolgt werden und welche konkreten Schritte dahin getan werden. Mit der Beitrittsunterzeichnung im Juli ist der Bodenseekreis einer der ersten fünf Landkreise in ganz Deutschland, die sich um das Zertifikat bemühen. Um den eea zu erhalten, durchläuft der Bodenseekreis ein festgelegtes Programm, das mit einer Ist-Analyse im ersten Jahr beginnt. Im zweiten Jahr soll dann ein Maßnahmen- und Zeitplan erarbeitet werden. Wenn alles wie geplant läuft, könnte im dritten Jahr die Zertifizierung durch die EU-Experten erfolgen.

Verkehr & Wirtschaft

Am 27. November votiert Baden-Württemberg in einer Volksabstimmung gegen das Kündigungsgesetz zum Bahnprojekt „Stuttgart 21". Auch im Bodenseekreis stimmten die Bürger mehrheitlich mit „Nein". Mitte November hatte sich bereits der Kreistag in einer Resolution mit großer Mehrheit für das Projekt ausgesprochen und auf dessen Bedeutung für die Anbindung der Region an die Zentren des Bundeslandes hingewiesen.

Ordnung & Sicherheit

Anfang Mai beginnt die Volkszählung „Zensus 2011" des statistischen Bundesamtes. Auch im Bodenseekreis sind vom Landratsamt geschulte Interviewer unterwegs und befragen die Bewohner zufällig aus den Einwohnermelderegistern ausgewählter Haushalte. Etwa jeder zehnte Bewohner des Landkreises wird auf diese Weise befragt. Erhoben werden statistische Daten wie beispielsweise Alter, Geschlecht, Familienstand, Staatsangehörigkeit, Bildungs- und Ausbildungsabschluss sowie Berufstätigkeit.

Rettungskräfte, Hilfsorganisationen und mehrere Verwaltungen des Bodenseekreises trainieren am 8. Oktober 2011 den Katastrophenfall. Die Großübung mit rund 1 200 Beteiligten und 180 Fahrzeugen findet unter der Regie des Katastrophenstabes des Landratsamts statt. Neben schweren Unglücken wird auch der Umgang mit einem großflächigen Stromausfall geübt. In monatelanger Vorbereitung sind gemeinsam mit Führungskräften der Hilfsorganisationen im Bodenseekreis – Feuerwehren, Deutsches Rotes Kreuz, Johanniter Unfallhilfe, Technisches

◄ *Bei der Katastrophenschutzübung sind an drei Schauplätzen insgesamt 1200 Retter und Helfer im Einsatz.*

Hilfswerk sowie Polizei und Bundeswehr – mehrere Einsatzszenarien entwickelt worden. Die Einsatzkräfte und die Katastrophenmanager im Landratsamt wissen jedoch nicht, was an diesem Tag auf sie zukommt. So erreicht die Einsatzzentrale im Landratsamt am Morgen die Meldung, dass ein Schiff auf dem Bodensee in Brand geraten ist. Passagiere springen in Panik in das kalte Wasser. Die größte Herausforderung ist die Rettung der Menschen auf offenem Gewässer. Um Vermisste zu suchen, wird eine internationale Wasserrettungsaktion der Seeanrainerstaaten mit einer großflächigen Suchkette gestartet. Fast zeitgleich fährt ein Personenzug bei Immenstaad auf einen abgestellten Kesselwagen. Ein mit Reisenden voll besetzter Wagon entgleist, giftige Substanzen laufen aus. Die Retter und Helfer müssen die Verletzten aus dem Chaos bergen und gleichzeitig die Gefahrenstoffe unter Kontrolle bringen. Schließlich verschüttet ein Erdrutsch bei Tettnang Fahrzeuge und Menschen. Unter schwierigen Bedingungen müssen Verletzte befreit und Opfer gefunden werden. Der Katastrophenstab des Landratsamts nimmt seine Arbeit auf, wenn vom Landrat der Katastrophenfall ausgerufen worden ist. Dies geschieht bei großen Unglücken, die sich nicht mehr auf einen überschaubaren Raum beschränken, beziehungsweise dort in ihrem Ausmaß nicht mehr mit eigenen Einsatzkräften und Mitteln beherrschbar sind. Es ist gesetzlich vorgeschrieben, dass die Katastrophenschutzbehörden regelmäßig für den Ernstfall üben. Die letzte großflächige Übung fand im Jahr 2005 statt.

Jahreschronik 2011
Ereignisse aus den Städten und Gemeinden des Bodenseekreises

EVELINE DARGEL

Bermatingen

3. Feb.: Gemeindebesuch des Bundestagsabgeordneten Lothar Riebsamen. Beim Rundgang ist er besonders vom neuen Kinderhaus in den Pfarrwiesen angetan. März: Der Musikverein erhält mit seinem Projekt „BläserKlasse" den 2. Preis beim TWF-Verantwortungspreis. 27. März: Ostermarkt. 2. April: Dorfputzete. 8. April: Neubürgerempfang. 19. April: Im Gemeinderat beginnt mit dem Aufstellungsbeschluss zum Vorhabens- und Erschließungsplan „Ansiedlung nah & gut" der Wunsch nach einem Einkaufsmarkt Wirklichkeit zu werden. Mit EDEKA Südwest als Investor und der Familie Sulger als zukünftigem Betreiber wurde die beste Lösung für Bermatingen gefunden. 20. April: Spatenstich zum Anbau der Gymnastikhalle Bermatingen. 15. Mai: Einweihung des Kinderhauses St. Georg. 29. Mai: 25. Ahauser Frühlingsfest des NV Moschtobst Ahausen. 16. Juni: UV-Anlage im Tiefbrunnen wird in Betrieb genommen. 2. – 4. Juli: Musikverein Ahausen veranstaltet sein 31. Mostfest. 16. Juli: 10. Bermatinger Open-Air Nacht. 21. Juli: Einweihung des großen Piratenschiffs beim Kinderhaus St. Georg. 6. – 8. Aug.: Musik- und Förderverein Bermatingen e.V. veranstaltet das 20. Torkelfest bei der Besenwirtschaft Dilger. 9. – 11. Aug.: 17. Ferienspielstadt „Bärenhausen". Aug.: Der touristische Arbeitskreis veranstaltet mit Unterstützung von „Literatur im Mesnerhaus" Autorenlesungen im Mesnerhaus mit Annette Kast-Riedlinger und Bruno Steidle. Der Gemeindeverwaltung steht eine neue Imagebroschüre zur Verfügung. 2. – 4. Sept.: 40. Bermatinger Weinfest mit Festbankett und Weinbauausstellung. 11. Sept.: Der „Tag des offenen Denkmals" steht unter dem Leitthema „Romantik, Realismus, Revolution – Das 19. Jahrhundert". Hermann und Helga Zitzlsperger hatten einmal mehr einen interessanten Rundgang ausgearbeitet, der von rund 50 Personen begeistert aufgenommen wurde. Musikverein Ahausen lädt zum 1. Ahauser Oktoberfestfrühschoppen in den Bürgersaal ein. 7. Nov.: Herr Karl-Heinz Wegis wurde nach 22-jähriger Tätigkeit im Ortschaftsrat von Bürgermeister Rupp und Ortsvorsteher Sträßle aus diesem Gremium verabschiedet. 24. Nov.: Der Premiumwanderweg „Bermatinger Waldwiesen" wird zertifiziert und offiziell anerkannt. 1. – 24. Dez.: Adventskalender, erstmals mit Vereinen. 4. Dez.: 23. Kunsthandwerkermarkt. „Engagiert für Kultur in der Gemeinde" ist der Titel des Ehrenamts-Förderpreises, den der Kreistag des Bodenseekreises in diesem Jahr auslobte. Der Verein „Miteinander im Mesnerhaus e.V." Bermatingen erlangte

▼ *Das neue Kinderhaus St. Georg in Bermatingen.*

den 1. Platz. 10. Dez.: Musikverein veranstaltet Weihnachtskonzert; anlässlich seines 190-jährigen Bestehens werden besondere musikalische Leckerbissen aus den letzten 190 Jahren zu Gehör gebracht.

Daisendorf

16. Jan.: In der Seelsorgeeinheit Meersburg, zu der auch Daisendorf gehört, wird Stadtpfarrer Matthias Schneider in sein Amt eingeführt. Die Homepage der Gemeinde wird um ein interaktives Fotoalbum ergänzt. 28. Feb.: Der Bundestagsabgeordnete für den Bodenseekreis, MdB Lothar Riebsamen, stattet der Gemeinde einen Besuch ab. 22. März: Satzungsbeschluss zur 4. Änderung und Erweiterung des Bebauungsplans GEe Brühl. 13. April: Ausschmückung zweier Osterbrunnen durch Bürger/innen unter Federführung von Frau Erika Ludwig. 19. April: Gemeinderat beschließt zusätzliche Einrichtung einer Kleingruppe (bis 8 Kinder) für das Sonnenkinderhaus. Verabschiedung einer neuen Feuerwehrsatzung und Entschädigungssatzung für die Feuerwehr; Wahl von Mathias Bernhard zum 2. Stellvertretenden Feuerwehrkommandanten. 10. Mai: Jugendforum im Rahmen eines Jugendbeteiligungsprozesses der Gemeinde, gemeinsam mit der Stadt Meersburg sowie den Gemeinden Hagnau und Stetten, in welcher die Jugendlichen ihre aus einer Jugendbefragung erarbeiteten Vorschläge für die Weiterentwicklung der Jugendarbeit und des Freizeitangebotes für Jugendliche

unterbreiten. 14. Mai: Frühjahrskonzert des Musikvereins Daisendorf/Stetten e.V. 17. Mai: Gemeinderat stimmt dem Abschluss eines Kooperationsvertrages zwischen Gemeinden und Landkreis zum bedarfsorientierten Ausbau der Kindertagespflege im Bodenseekreis zu. Die seit 5 Jahren bestehende Mitgliedschaft beim Bodensee-Linzgau Tourismus e.V. (BLT) wird unbefristet fortgesetzt. 20. Mai: Der langjährige Gemeinderat und stellvertretende Bürgermeister sowie Ehrenbriefträger der Gemeinde, Gerhard Brunner, feiert 70. Geburtstag. 24. Mai: Gemeindebesuch von Landrat Lothar Wölfle. 27. Mai: Bürgerversammlung mit Präsentation der Image-DVD „Traumhafte Perspektiven Daisendorf" mit Luftbildaufnahmen des Fotografen Achim Mende sowie Ehrung und Verabschiedung des langjährigen Mesners der St. Martin-Kapelle Karl Schell. Ehrung der Mitglieder der Amphibienschutzgruppe für ihre wertvolle Arbeit am Neuweiher. 28. Mai: Zwei Gruppen der Freiwilligen Feuerwehr Daisendorf erringen beim Leistungswettkampf anlässlich des 150-jährigen Bestehens der Freiwilligen Feuerwehr Markdorf das Leistungsabzeichen „Doppelgold". 24. Juni: Straßenfest. 25. Juni: Das nach einem Entwurf der Daisendorfer Künstlerin Isolde Nickel gefertigte und vor der St. Martin-Kapelle aufgestellte Dreifaltigkeitskreuz wird geweiht. 1. Juli – 14. Aug.: Bioenergieausstellung der Bodensee-Stiftung im Rathaus. 9. Juli: Dorffest mit Public Viewing Fußball-WM der Frauen. 3. Aug.: Brunnenfest der Zimmermannsgilde. 18. – 30. Aug.: Ausstellung im Rathausfoyer „Pastellkreiden des Südens" der Daisendorfer Künstlerin Sigrid Beier. 19./20. Aug.: Weinfest. 2. Sept.: Unterhaltungsabend mit dem Musikverein Daisendorf/Stetten e.V. und Ehrung verdienter Sportschützen, u.a. Tanja Heber für den Gewinn der Goldmedaille bei der Europameisterschaft sowie Ehrung ehrenamtlicher Pfleger von Wegekreuzen, öffentlichen Verkehrsflächen und Blumenbeeten. 20. Sept.: Beschluss zur Fortführung des Anruf-Sammeltaxiverkehrs um ein weiteres Jahr. 24. Sept.: Lehrgang der Jugendfeuerwehrleiter des Bodenseekreises im Feuerwehrhaus Daisendorf. 11. Okt.: Vergabebeschluss zur Erweiterung des Retentionsbeckens im Baugebiet GEe Brühl. Anbringung eines Logos am Sonnenkinderhaus. 21. – 23. Okt.: Laienspielgruppe „Bänklehocker" führt das Lustspiel „Die Männerwallfahrt" begleitet vom Musikverein Daisendorf/Stetten e.V. auf. 5. Nov.: Begegnungskonzert der Jugendkapelle des Musikvereins Daisendorf/Stetten e.V. mit der Jugendkapelle aus Salem-Neufrach. 8. Nov.: Ausschreibung (Verfahrensbrief) zur Suche eines Ener-

◄ *Jugendfeuerwehrtag in Daisendorf.*

gieversorgungsunternehmens zur Gründung einer Netzeigentumsgesellschaft Westlicher Bodensee (NeWeBo) für den möglichen Rückkauf des Strom- und Gasnetzes gemeinsam mit der Stadt Meersburg sowie den Gemeinden Hagnau und Stetten (Gemeindeverwaltungsverband). Verabschiedung von Gemeinderat Heinrich Straub nach 22-jähriger Gemeinderatstätigkeit und Verpflichtung des Nachfolgers Markus Schramm. 13. Nov.: Ausstellungseröffnung im Rathausfoyer „Ein schöpferischer Augenblick" des Künstlers Bernhard Schmitt. 25. Nov.: 23. Kammermusikabend, Organisation: Gerhard Breinlinger. 29. Nov.: Der Gemeinderat beauftragt die Bürger/innen, ein Energiekonzept für die Gemeinde zu erstellen, Leitung Dr. Hartmut Siemann unter Beteiligung des Vereins Fowik, Meersburg (Forum für Wissenschaft und Kultur). 13. Dez.: Gemeinderatsbeschluss zur Erstellung eines Leitbildes für das Sonnenkinderhaus; Erlass der Änderungssatzung Abwassergebühren mit Einführung der gesplitteten Abwassergebühr.

Deggenhausertal

11. März: In der Alfons-Schmidmeister-Halle findet ein Boxkampf zwischen Deutschland und Südafrika statt. Juni: Deggenhausertal erhält das Prädikat „Luftkurort". 03. – 05.Juni: Bezirksmusikfest und 125-jähriges Jubiläum des MV Deggenhausen-Lellwangen. 01. – 10. Juli: Kunstausstellung Intermezzo: 15 Künstler der Künstlergruppe Deggenhausertal präsentieren ihre Werke. 15. Juli: Einweihung des Dorfplatzes in Limpach. Schule erhält höchste Auszeichnung „Hervorragend". 10. Sept.: In Urnau wird nach langer Zeit wieder Theater gespielt. „Der fahrende Schüler im Paradies" und „das Kälberbrüten" stehen auf dem Programm. Der Erlös kommt dem Urnauer Brunnen zu Gute. 25 Jahre Arzt und Geschäftshaus in Wittenhofen. Nov.: Bürgerversammlung „Lebensräume für Jung und Alt" zum geplanten Pflegeheim in Wittenhofen. 26./27. Nov.: Nikolausmarkt. Dez.: Die Kneissler Brüniertechnik holt den Europäischen Umweltpreis in die Gemeinde. Der Internationale Preis wird jährlich von der Europäischen Kommission an Organisationen vergeben, die in vorbildlicher Weise Ihr Umweltmanagement und Umweltbetriebsprüfsystem in ihrem Betrieb umgesetzt haben.

Eriskirch

Das Naturschutz-Zentrum Eriskirch eröffnet Anfang des Jahres einen neuen Anbau und gleichzeitig eine neue Dauerausstellung. Der Gemeinderat beschließt die Sanierung des Fußgängersteges bei der Historischen Schussenbrücke in Eriskirch. Der CDU-Ortsverband organisiert zusammen mit dem CDU-Kreisverband wieder einen politischen Aschermittwoch, dessen Hauptrednerin diesmal die Präsidentin des bayrischen Landtages, Frau Barbara Stamm, ist. Der Angelsportverein Eriskirch feiert sein 50-jähriges Bestehen mit einem großen Festakt. Das Breitengrad-Team im Strandbad-Restaurant gestaltet eine tolle Kuba-Nacht. Im Spätsommer konnten alle Grundstücke im neuen Gewerbegebiet Tannesch verkauft werden. Okt.: Das neue Altenpflegeheim St. Iris, das 30 Personen aufnehmen kann, wird offiziell eingeweiht. Bei der evangelischen Kirchengemeinde wird das Ehepaar Waltraud und Helmut Traub für vielfältige, ehrenamtliche Dienste in der Kirche vom Landesbischof Otfried July mit der Johannes-Brenz-Medaille ausgezeichnet. Die Kulturfreunde feiern im Herbst das 10-jährige Jubiläum der äußeren Gestaltung des Wasserturmes bei Schlatt durch den ortsansässigen Künstler Dieter F. Domes mit einem musikalischen Frühschoppen und Turmführungen. 9. Nov.: Tod des Ehrenbürgers Ernst Zodel. Dank seines unermüdlichen Einsatzes blieb der Gemeinde bei der letzten Kommunalreform die Selbständigkeit erhalten. Zahlreiche Auszeichnungen, unter anderem das Bundesverdienstkreuz, würdigen sein vielfältiges Engagement in Gemeinde, Kreis und bei vielen Vereinen unserer Gemeinde. Dez.: Die Bürgerstiftung Eriskirch verleiht den Sozialen Ehrenpreis an Frau Carmen Eisele-Frei für ihre hervorragende, ehrenamtliche Tätigkeit im Rahmen der Sterbebegleitung.

Frickingen

1. Jan.: Gründung der Gemeindewerke Frickingen als Eigenbetrieb der Gemeinde. 22. Feb.: Einführung der gesplitteten Abwassergebühr. 6. März: Paul Borath, Träger der gemeindlichen Ehrennadel in Gold, verstirbt. 1. Mai: Saisoneröffnung der drei Museen. 16. Mai: Im Rahmen seines Wahlkreisbesuchs ist der Bundestagsabgeordnete Lothar Riebsamen in der Gemeinde zu Gast. 2. – 5. Juni: Freundschaftstreffen der Gemeinden Frickingen und Dürrröhrsdorf-Dittersbach (Sachsen). Juli: Im Rahmen des Sommerfestes des Musikvereins Altheim wird

◀ *Das neue Altenpflegeheim St. Iris in Eriskirch.*

der Anbau an das Musikhaus Altheim als Ergänzung zum Benvenut-Stengele-Haus eingeweiht. Baumaßnahmen am ehemaligen Gasthof Hirschen in Altheim. Juli: Rechtskräftig werden die Bebauungspläne Öschle II, 1. Erweiterung (4 Wohnbauplätze) und Gewerbegebiet Böttlin II, 3. Erweiterung (4 Gewerbebauplätze). 28. Juli: Einweihung Apfelrundweg und Weiherlandschaft am Aubach. 11. Aug.: Gemeindebesuch des ehemaligen Ministerpräsidenten Erwin Teufel. Aug.: Familientreff bezieht neue Räumlichkeiten im Petershauser Hof. Sept.: Gemeinde Frickingen übernimmt Trägerschaft des Kinderhauses Altheim. In der Grundschule Frickingen geht der bisherige Rektor Otto Peschel in den Ruhestand; zu Beginn des Schuljahres 2011/2012 nimmt Karl Niedermann aus Überlingen seinen Dienst als neuer Rektor auf. 11. Sept.: Herbstmarkt und Herbstnacht. Okt./Nov.: Baumaßnahmen Benvenut-Stengele-Haus: Energetische Sanierung, Ausbau Kleinkindbetreuung, Neubau einer Fernwärmeversorgung und einer Photovoltaikanlage. In Leustetten wird im Kreuzungsbereich von Kreis- und Landesstraße eine Fußgänger-Querungshilfe erstellt. Anton Carli, Inhaber der Ehrenmedaille des Gemeindetages Baden-Württemberg und langjähriger Gemeinderat, verstirbt im 89. Lebensjahr. 6. Dez.: Bürgerversammlung und Beschlussfassung des Gemeinderates zur Umsetzung der Baumaßnahmen entlang der Ortsdurchfahrt Altheim 2012. Dez.: Gründung der Genossenschaft „Seniorenzentrum Frickingen".

Friedrichshafen

15. Jan.: Bewegender Auftakt ins Jubiläumsjahr „200 Jahre Friedrichshafen". 29. Jan.: Württembergischer Yachtclub wird 100 Jahre alt. 16. April: Einweihung des Feuerwehrhauses Kluftern. 30. April: 40. Internationale Flottensternfahrt. 14. Mai: Enthüllung von Gedenktafeln zum Thema Schwabenkinder. 28. Mai: Deutscher Alpenverein, Sektion Friedrichshafen, feiert 100. Geburtstag. 8. Juni: Eröffnung des Klufterner Figurenfestivals. 22. Juni: Eröffnung des sanierten historischen Schlosssteges. 24. Juni: Jubiläum mit Partnerstädten: Freunde und Partner gratulieren international. 25./26. Juni: Internationales Stadtfest: Friedrichshafen zeigt sich in bunter Feststimmung. 14. – 18. Juli: Seehasenfest: das Geburtstagsständchen erklingt zum großen Heimatfest. 4. Sept.: Apfelwandertag in Ettenkirch. 9. – 11. Sept.: Der Herzog lädt ein zum bunten Fest im Schloss. Tausende Besucher erlebten einen einmaligen Blick hinter die Schlossmauern.

24. Sept.: Stadtspiel: Friedrich, Ferdinand und Olga lassen bitten. 28. Okt.: Musikschule Friedrichshafen wird in Bernd-Wiedmann-Haus umbenannt. 12. Nov.: Klinikum Friedrichshafen: Eröffnung des neuen Ärztehauses. 3. Dez.: Letzte „Wetten dass…?"-Sendung mit Thomas Gottschalk in der Messe Friedrichshafen. 30. Dez.: Finale Furioso – Gedenkkonzert „200 Jahre Franz Liszt 1811".

Hagnau

13. Jan.: Traditioneller Winzertrunk des Winzervereins Hagnau – eine vom Gründer und Pfarrer Dr. Hansjakob gestiftete Veranstaltung – mit viel regionaler und lokaler Prominenz. 29. März: Bodenseeweintag zum ersten Mal in Hagnau mit der neuen Weinprinzessin Christiane Schellinger aus Hilzingen. 27. März: Neuer Vorsitzender des Musikvereins wird Philipp Gotterbarm. 26. März: Internationales Bodenseetanzfestival im Gwandhaus. 11. April: Generalversammlung Hagnauer Volksbank – das kleine unabhängige Institut präsentiert hervorragende Zahlen. 25. April: Osterkonzert Musikfrühling am Bodensee, Eröffnung eines Beethoven-Jahres mit Klavier und Lesung. 7. Mai: SWR 1 Disco im Gwandhaus. 22. Mai: Obst- und Weinwanderwegsfest auf der Wilhelmshöhe und den Weinbergen. 23. – 25. Mai: Hagnauer Wandertage „Auf Hansjakob Spuren am See". 1. Juni: Eröffnung der neuen Seelinie Hagnau – Altnau – Immenstaad. 4./5. Juni: Musical: „Esau und Jakob – Brüder auf Umwegen" im Gwandhaus. 19. Juni: Tag der offenen Tür des neu renovierten „Bürger- und Gästehauses", der neuen Tourist-Info und des energetisch sanierten Gwandhauses. 3. Juli: Bürgermeisterwahl: der amtierende Bürgermeister und einzige Kandidat Simon Blümcke erhält 95,7 Prozent der Stimmen. 21. Juli: Konzert der Musikkapelle erstmals auf dem Löwenplatz. Juni/Juli: Ausstellung „Leinen los" des Fotojournalisten Sebastian Cunitz im Bürger- und Gästehaus. 6./7. Aug.: Weinfest um Torkel und Uferpark. 8. Okt.: Fanfarenzug veranstaltet erstmals eine Cuba Libre Night im Gwandhaus. 1. – 4. Nov.: 5. Hagnauer Klassik „Beethoven – Mozarts Geist aus Haydns Händen" – ein eigens für die Kammermusiktage komponiertes Werk des sorbischen Komponisten Detlef Kobelja wird beim Abschlusskonzert uraufgeführt. 27. Nov.: Adventsmarkt. 31. Dez.: Silvesterkonzert! die Junge Philharmonie Weißrussland beendet das Beethovenjahr mit einer Aufführung von Beethovens 7. Sinfonie im Gwandhaus Hagnau.

◀ *Umbenennung der Musikschule Friedrichshafen in Bernd-Wiedmann-Haus.*

Heiligenberg

Febr.: Verabschiedung des Kommandanten der Freiwilligen Feuerwehr Heiligenberg, Rolf Herbst, Wahl des neuen Kommandanten Werner Waibel und des stellvertretenden Kommandanten Markus Straßburger. Projektentwicklung „Hotel Post-Areal" – Vorstellung der Machbarkeitsstudie. April: Neugestaltung Zugangsbereich „Schulstraße", Fertigstellung Rundbank mit Pflanzung Blutbuche. Mai: Deutsch-französische Konsultationen der Parlamentspräsidien – Diner auf Schloss Heiligenberg. Juli: Einweihung des erweiterten und umfassend sanierten Gemeindehauses in Wintersulgen. Fortschreibung Teilregionalplan Windenergie, Gemeinderat nimmt im Rahmen der öffentlichen Anhörung zu potentiellen Windkraftstandorten in der Gemeinde Stellung. Aug.: Abschluss der Sanierungsmaßnahmen an der Außenfassade der Friedhofskapelle Heiligenberg. Die „Tour de Ländle" besucht Heiligenberg – Verpflegungshalt mit 1.800 Radlern im Schloss-Vorhof. Sept.: DSL-Start in den Teilorten Hattenweiler, Moos, Heiligenholz, Hermannsberg, Katzensteig und Neuhaus. Das SWR Landesschau-Mobil dreht in Heiligenberg. Gemeinderat beschließt Geschwindigkeitsbeschränkung auf Tempo 30 in der Ortsdurchfahrt Heiligenberg. Okt.: Das Bürgerhaus Sennhof erhält einen Konzertflügel. Nov.: Ausbau L 207 Ellenfurt – Echbeck: der Gemeinderat gibt im Rahmen des Planfeststellungsverfahrens eine Stellungnahme ab.

Immenstaad

14. Jan.: 40-jähriges Bestehen der Katzenzunft Kippenhausen. 16. Jan.: Neujahrsempfang. 21. Jan.: Eröffnung der Café-Bar „FRIEDA". 28. Feb.: Verabschiedung des Gemeindekämmerers Richard Hengstler nach fast 41 Jahren Dienst. 10. März: Einweihung des Avionic Center der Firma EADS. Vortrag MdB Winfried Hermann über Stuttgart 21 und die Auswirkungen auf die Region. 14. März: Gemeinderatssitzung mit Vorführung des neuen Feuerwehrfahrzeuges LF 16. 16. März: Ortschaftsratssitzung im Rathaus Kippenhausen. April: Aquastaad eröffnet wieder nach 6-monatiger Schließung mit neuer Wassertechnik, zu diesem Anlass findet ein Aktionswochenende statt. Zwei Immenstaader Mitbürger sterben bei einem Lawinenunglück im Wallis. Der Seniorchef des Hotel Adler, Alexander Kobl, verstirbt mit 87 Jahren. 25-jähriges Jubiläum Optik Schadow und „A Beatles-Night" im Winzerkeller. Dorfputzete. Nordseite des neuen Dornierknotens wird

Kressbronner Kriminächte. ▶

freigegeben. 6. Mai: Gemeindebesuch von MdB Lothar Riebsamen. 8. Mai: Einweihung des Apfel- und Weinwanderweges zwischen Kippenhausen und Frenkenbach. 14. Mai: Einweihung des neuen Kinderhauses. 17. Mai: Informationsabend zur gesplitteten Abwassergebühr. 20. Mai: Einweihung des neuen Kinderspielplatzes „Brühl" in Kippenhausen. 20. Mai: Fertigstellung Hauptstraße und Schwörerplatz. 25. Mai: Fertigstellung Umbau Dornierknoten mit Lückenampel. 29. Mai: Die Firma Cassidian wird als familienfreundliches Unternehmen ausgezeichnet. 17. Juni: 50 Jahre Hennenbrunnen. 25. Juni: Verleihung der 9. Blauen Flagge an das Aquastaad. 29. Juni: Verabschiedung der Gemeinwesenarbeiterin und Seniorenberaterin Frau Sonja Gröner in der Wohnanlage für Jung & Alt der Stiftung Liebenau. 2. Juli: Immenstaader Hungermarsch. 3. Juli: Einweihung des neuen Krabbelgruppenraumes des Familientreffs in der Stephan-Brodmann-Schule. 9./10. Juli: 125 Jahre Freiwillige Feuerwehr Immenstaad. Töpfermarkt. 15. Juli: Sommerfest des Hauses St. Vinzenz Pallotti. 17. Juli: Immenstaad zu Gast beim Hafenkonzert des SWR. Juli: Gartenfest des Musikvereins Immenstaad. 23. Juli: Schuhhaus Schilt feiert das 100-jährige Bestehen. 24. Juli: Gemeindefest der evangelischen Kirchengemeinde. 5. Aug: Regina Neumeyer wird Deutsche Jugendmeisterin und erreicht den 6. Platz bei den Junioren-Europameisterschaften über 1.500 Meter. 20./21. Aug.: Dorffest Kippenhausen. 27. Aug.: Samantha Kretschmer aus Immenstaad wird Vizeweltmeisterin im Karate. 27./28. Aug.: 35. Weinfest. 8. Aug.: Auftrag der ESA für ASTRIUM zur Lieferung von Satellitenbildern zur Umweltüberwachung. 14. Sept.: Vortrag von Dr. Rolf Zimmermann „Aufsteigen mit dem Zeppelin NT". 22. Sept.: Die Junior- und Ausbildungsfirma Young Concepts GmbH der EADS feiert ihr 10-jähriges Bestehen. 29. Sept.: 25-jähriges Jubiläum von Sport Sittel. 30. Sept.: Treffen der Alt-Gemeinderäte im Gasthaus Adler. 9. Okt.: Apfelhock mit den Fidelen Brummbären. 16. Okt.: Großer Spielenachmittag des Familientreffs „Große Kleine Leut' e.V.". 28. Okt.: Bürgerhock „Aktuelles und Zukunftsperspektiven unserer Gemeinde", Wohnanlage für Jung & Alt. 3. Nov.: Vernissage Herbert Vogt im Rathaus Immenstaad. 6. Nov.: Übergabe des neuen Kunstrasenplatzes an den TuS. 26. Nov.: 100 Jahre Deutscher Alpenverein Sektion Friedrichshafen-Immenstaad. 7. Dez.: Weihnachtsmusical „Schnuppes Weihnachtslied" der Klasse 4a der Stephan-Brodmann-Schule. 12. Dez.: Verabschiedung von Gemeinderätin Irene Belzig (SPD) und Verpflichtung von Irene Demuth. 25. – 30. Dez.: Frenkenbacher Weihnacht in der Frenkenbacher Kapelle.

Kressbronn a. B.
Jan.: Erstes Jugendforum im Rathaus; Narrenverein Haidachgeister feiert 50-jähriges Jubiläum; Afghanistan-Wochen mit Ausstellung in der Lände; Feb.: In einer Bürgerversammlung informiert die Gemeindeverwaltung über ihre Pläne zur Gestaltung des Bodanwerftgeländes; Christina Döneke nimmt ihre Arbeit als neue Kulturamtsleiterin in der Nachfolge von Dr. Lorenz L. Göser auf; der langjährige Schulleiter der Nonnenbachschule, Arno Mehlmann, tritt in den Ruhestand und wird mit der goldenen Ehrennadel der Gemeinde ausgezeichnet; Brigitte Schobinger erhält beim Frühjahrs-Regional-Filmwettbewerb in der „Linse" Weingarten den zweiten Preis; März: Der Gemeinderat lehnt den Auslegungsbeschluss zum Bebauungsplan „Bodan-Ost" ab; die Bürgerarbeitsgruppe Bodanwerftgelände nimmt mit einer öffentlichen Sitzung im Kapellenhof ihre Arbeit auf; mit einer Lesung von Monica Cantieni beginnt die Lesereihe „Parallelwelten"; April: Der Gemeinderat beschließt für das städtebauliche Konzept „Betriebsgelände Bodanwerft" eine Mehrfachbeauftragung; Im Bürgerforum wird der Arbeitskreis „Gentechnikfreie Region Kressbronn, Langenargen und Tettnang" vorgestellt; Akkordeonclub „Junge Oldies" feiert 25-jähriges Jubiläum; Mai: Im Café Fugunt findet der erste Kressbronner Poetry Slam statt; Karlheinz Vetter übergibt die Leitung der Jugendkapelle Kressbronn an Thomas Ruffing; Juni: Informationsabend über die Ergebnisse der Mehrfachbeauftragung für den Planentwurf zum Bodan-Areal; Erster Kressbronner Kunstmarkt; im Rahmen des Bodenseefestivals 2011 gibt Star-Pianistin Aleksandra Mikulska ein Konzert im Rathaussaal; Juli: Kressbronn ist Austragungsort des 75. Oberschwäbischen Gauturnfestes und feiert 175-jähriges Marktjubiläum; Sternwallfahrt der Seegemeinden nach Gattnau; Aug.: Der Beginn der Abbrucharbeiten an der alten Festhalle markiert den Startschuss für das Neubauprojekt „Mehrzweckhalle"; Sept.: Gemeindebücherei feiert 10-jähriges Jubiläum; Kressbronner Kriminächte mit einer Lesung von Ulrich Ritzel und der Buchausstellung „Ein Ort – Ein Mord"; Tennisclub Kressbronn feiert 40-jähriges Bestehen – Vorstandsmitglied Karl Hagel wird mit der goldenen Ehrennadel der Gemeinde für Verdienste im Ehrenamt ausgezeichnet; die Kressbronner

◀ *Sanierung der Turmfassade von Schloss Montfort.*

Historikerin Petra Sachs-Gleich erhält die Heimatmedaille Baden-Württemberg für ihr Engagement um die Hofanlage Milz; der Jugendraum im Schlössle-Keller wird durch Jugendliche in ehrenamtlicher Arbeit renoviert; Anna Franziska Schwarzbach aus Berlin erhält den Hilde-Broer-Preis 2011; Okt.: Grundsteinlegung für die neue Mehrzweckhalle; die Bodenseegemeinden Kressbronn, Eriskirch, Langenargen und Tettnang beschließen die Kooperation „Schwäbischer Bodensee"; der Kressbronner Freundeskreis Maiche besucht die französische Partnergemeinde Maiche; Nov.: Eröffnung der Ausstellung „Verwaltung ohne Rathaus – Schultheißen und Schultheißenhäuser in Hemigkofen und Nonnenbach" und Vorstellung des Kressbronner Jahrbuchs und Kalenders; Dez.: Der Gemeinderat beschließt die Aufstellung eines vorhabenbezogenen Bebauungsplans zum Bodanwerftgelände; die Gemeinden Kressbronn und Langenargen sowie die Stadt Tettnang unterzeichnen mit dem Telekommunikationsprovider TeleData einen Vertrag zur Versorgung der Gemeinden mit Breitband-Internetanschlüssen; die Bürgermeister der Gemeinden Eriskirch, Langenargen, Kressbronn und Tettnang unterzeichnen den Vertrag zur Kooperation Schwäbischer Bodensee.

Langenargen

10. Jan.: Beim Jahresempfang werden die Mitglieder der Hospizgruppe Langenargen mit einem Preis für herausragendes ehrenamtliches Engagement ausgezeichnet. Gemeinderat Franz Josef Dillmann und Martin Rentschler erhalten die silberne Ehrenmedaille der Gemeinde. 10. Jan.: Erich Zell, Ehrenvorsitzender der SBS, verstirbt im Alter von 88 Jahren. 28./29. Jan.: Jugendmusikschule erfolgreich beim Regionalwettbewerb „Jugend musiziert" in Friedrichshafen. 26. Feb.: Beim Regionalwettbewerb „Jugend forscht" in Friedrichshafen holen sich junge Forscher der FAMS in der Sparte Biologie den 1. Preis und die Qualifikation für den Landeswettbewerb. 20. März: 20-jähriges Bestehen von Rumpelstilzchen e.V. 28. März: Die Deutsche Stiftung Denkmalschutz unterstützt die Natursteinarbeiten an der Turmfassade von Schloss Montfort. 30. März: Gemeindebesuch von MdB Lothar Riebsamen. Das Land baut an der Malerecke eine neue Wasserleitung in den See. 1. April: Das Hotel Schiff feiert 100-jähriges Jubiläum. 1./2. April: Sportfreunde Oberdorf feiern 25-jähriges Vereinsjubiläum. 1. April: Die Gemeinde stellt Mittel für die Turmsanierung von Schloss Montfort bereit. 8. April: Bürgermeister

Rolf Müller gratuliert Harald Nerat, Gründer der Langenargener Sommerkonzerte vor 40 Jahren, zur Verleihung der Staufermedaille. 13. April: Bürgermeister Rolf Müller gratuliert Professor Dr.-Ing. Hubertus Christ zur Verleihung des Bundesverdienstkreuzes am Bande. 21. Mai: Die Uferpromenade ist Filmkulisse für die ARD-Komödie „Katastrophe ins Glück". 25. Mai: Neue Geschichtstafel anlässlich des 100. Jahrestages des Erscheinens der Langenargener Ortschronik von Johann Baptist Kirchler. 9. – 15. Juni: Das Jugendblasorchester auf Konzertreise nach Dunabogdany/Ungarn. 17. – 19. Juni: Harald Nerat verabschiedet sich beim Festwochenende „40 Jahre Sommerkonzerte". 20. Juni: Premiere für die gelb-blaue Eisenbahn, die Langenargen und Kressbronn a. B. verbindet. 2. Juli: Radio 7 Sun & Fun-Tour, Uferpromenade. 27. Juli: Verabschiedung von Konrektorin Margret Vogtherr. 7. Aug.: Diamantenes Priesterjubiläum von Monsignore Erwin Knam. 1. Sept.: Uta Spaeth übergibt Bürgermeister Rolf Müller rund 3.500 Bilder aus der Sammlung ihres verstorbenen Mannes. 11. Sept.: Am „Tag des offenen Denkmals" referiert der Historiker Dr. Gert Zang im Schloss Montfort über „Gewonnene und zerronnene Hoffnungen der Revolution 1848/49". 16. Sept.: Langenargen kann im Internet in 3D-Panoramen virtuell bewundert werden. 30. Sept.: Gemeinsam mit der Jugendbeauftragten Gisela Sterk verschönern Jugendliche mit fantasievoller Graffiti-Kunst die Bahnunterführung. 7. Okt.: Inbetriebnahme einer bislang am Bodensee einmaligen innovativen Adsorptionsstufe zur Spurenstoffentnahme. 13. Okt.: Der neue Intendant der Langenargener Sommerkonzerte, Peter Vogel, und Bürgermeister Rolf Müller unterzeichnen den Vertrag. 23. Okt.: Akkordeon-Club „Junge Oldies" feiert 25-jähriges Bestehen. 28. Okt.: Bürgermeister Rolf Müller, Kreisvorsitzender der Europa-Union Bodenseekreis, lädt zur Verleihung des Förderpreises 2011 ins Schloss Montfort ein. 100. Geburtstag der Buch- und Schreibwarenhandlung Ruckeisen. 4. – 6. Nov.: 20 Jahre Partnerschaft Langenargen – Bois-le-Roi im Münzhof. Vorsitzende Rosi Christ erhält die Ehrennadel des Landes Baden-Württemberg. 8. Nov.: Das Gebäude Obere Seestraße 23 erhält den „Bundespreis für Handwerk in der Denkmalpflege". 11. Nov.: Verleihung der Förderpreise der Franz-Josef-Krayer-Stiftung. Karl Kraus erhält die Ehrennadel des Landes Baden-Württemberg. 15. Nov.: Das Bleylesche Anwesen, Marktplatz 4, feiert 100-jähriges Jubiläum. 30. Nov.: Langenargen erhält schnelle Internetverbindung. 1. Dez.: Christoph Metzler folgt Gottfried Eipper, dem Bausachverständigen und langjährigen Leiter des Baurechtsamtes im Gemeindeverwaltungsverband Eriskirch-Kressbronn-Langenargen. 3. Dez.: Fernseh-Schneider eröffnet neues Geschäft. 14. Dez.: Die Bürgermeister Bruno Walter (Tettnang), Erwin Weiß (Kressbronn), Rolf Müller (Langenargen) und Markus Spieth (Eriskirch) unterzeichnen den Kooperationsvertrag „Schwäbischer Bodensee".

Markdorf

Jan.: Narrenverein Hugeloh Leimbach feiert 33-jähriges Bestehen; 16. Jan.: Otto Gäng ist neuer Vizepräsident der Vereinigung Schwäbisch-Alemannischer Narrenzünfte; 22. Jan.: Else Tafelmair, älteste Mitbürgerin Markdorfs, verstirbt im Alter von 102 Jahren; 26. Feb.: Posaunenquartett erhält ersten Preis beim Regionalentscheid „Jugend musiziert". 15. März: Der Verantwortungspreis der TWF für vorbildliche Jugendarbeit in Vereinen geht an den Sportverein, die Musikschule und den Turnverein. 22. März: Benjamin Kreidler, Dirigent der Jugendkapelle, gibt sein Amt an Mathias Preising ab. 25. März: Baugebiet „Markdorf Süd" erweitert. 26. März: Die Geschäftsführerin des Vereines Markdorf Marketing, Birgit Bentele, beendet ihre Tätigkeit im August 2011; März: Erste Frau bei der Riedheimer Wehr ist Stephanie Heiß. 30. März: Aktion Mensch sponsert Kleinbus für St.-Gallus-Hilfe. Neubau statt Sanierung im Kindergarten Leimbach wird beschlossen. 2. April: Der Fußballverein Türkgücü Markdorf feiert sein 30-jähriges Bestehen. 4. April: Gusti Reichle, Zunftmeister der Hugeloh Leimbach, übergibt sein Amt an Thomas Wagner. 5. April: Modellflieger feiern 60-jähriges Jubiläum. 6. April: Die Stadt hat 13000 Einwohner. 12. April: Neuer Vorsitzender beim Narren- und Brauchtumsverein Hepbach ist Michael Schattel-Steinert. 15. April: Hotel Bischofsschloss ist Mitglied der „Exzellenten Tagungshotels". 23. April: Markdorfer Schüler sind Vizeweltmeister im Roboter-Fußball. 29. April: Camping Wirthshof eröffnet erste Radtankstelle. 6. Mai: Zum fünften Mal wurde das Markdorfer Unternehmen B+K Küchen als „1a-Fachhändler" ausgezeichnet. 17. Mai: Taekwondo-Sportler Piet Latussek und Martin Neldner bei Badischer Meisterschaft erfolgreich; 18. Mai: Benite Di Meco scheidet aus dem Gemeinderat aus. Ihm folgt Frau Sandra Stettelin nach. 26. Mai: Der 19-jährige Johannes Oswalt geht für ein Jahr nach Jerusalem, um dort seinen Freiwilligendienst zu absolvieren. 30. Mai: 150-jähriges Jubiläum der Feuerwehr Markdorf mit Ehrungen verdienter Feuerwehrleute und Kreisfeu-

◄ *Hotel Bischofsschloss ist Mitglied der „Exzellenten Tagungshotels".*

erwehrtag. 31. Mai: Bischofschloss beim 16. Grand Prix der Deutschen Tagungshotellerie ausgezeichnet. 9. Juni: Markdorfer Gutschein wird Verkaufsschlager. 10. Juni: Otto Gäng übergibt sein Amt als Zunftmeister der Narrenzunft Markdorf an Markus Brutsch. 17./18. Juni/2. Juli: Jürgen Tittel übergibt sein Optikgeschäft an „OptikHaus Hammer", Neueröffnung im Proma. 6. Juli: Martina Herder übernimmt die Geschäftsführung des Vereins Markdorf Marketing e.V. 14. Juli u. 20. Sept.: Einweihung und Wiedereröffnung Altes Kloster: Rund zwei Jahre lang wurde in aufwendigen Arbeiten der Gebäudekomplex grundlegend saniert und bietet heute der Sozialstation mit der Tagesbetreuung und einer Demenz-Wohngruppe eine neue Heimat. 14. Juli: Jürgen Tittel legte sein Amt als Vorsitzender der Aktionsgemeinschaft nieder. Kerstin Bradler wird das Amt kommissarisch führen. 15. Juli: Die Technischen Werke Friedrichshafen stellen der Stadt ein E-Bike zur Verfügung. 22. Juli: Markdorfer Tafel feiert 10-jähriges Bestehen. 24. Juli: Pfarrerin Iris Roland wird verabschiedet. 30. Juli: Vikar Steffen Jelic wird verabschiedet. Aug.: Markdorf ist eine Woche lang im SWR-Fernsehen. Küchen Krall zählt zu den 225 besten Küchenstudios. 27. Aug.: Rudi Öxle, Koch und Wirt des Schwanenstüble, feiert 60-jähriges Berufsjubiläum. 31. Aug.: Elfriede Maise ist seit 25 Jahren im Kirchendienst der Pfarrei St. Martin Ittendorf. 9. Sept.: Autohaus Sehner feiert Zehnjähriges. 15. Sept.: Bürgermeister Bernd Gerber seit zwei Jahrzehnten im Amt, Stellvertreter Thomas Braun überreicht ihm die Urkunden und Ehrennadeln in Silber des Städtetages und des Gemeindetages Baden-Württemberg. 20. Sept.: Musikverein Ittendorf wird 90 Jahre alt. 22. Sept.: Segelflieger feiern 60. Geburtstag. 27. Sept.: 20 Jahre „Haus im Weinberg". 8. Nov.: 25 Jahre Gemischter Chor Ittendorf. 5. Nov.: Licos Trucktec erhält den Dr. Rudolf-Eberle-Preis des Landes. 25. Nov.: Kino im Theaterstadel wird ausgezeichnet.

Meckenbeuren

Der Neubau der Realschule nimmt konkrete Gestalt an. Seit dem Schuljahr 2011/2012 werden 133 Schülerinnen und Schüler unterrichtet. Mit der Verabschiedung des langjährigen Rektors Max Jung sowie des Konrektors Karl Gälle geht für die Werkrealschule Buch eine Ära zu Ende. Ernennung von Ulrike Klampferer zur Leiterin des Schulverbundes Werkrealschule und Realschule sowie Ernennung von Alexander Walker zum Konrektor der Werkrealschule. Der

20 Jahre Städtepartnerschaft ▶
Meersburg-Hohnstei-Louveciennes: Alt- und
Neubürgermeister der Partnerstädte beim
Festakt in der Sommertalhalle.

Zweckverband Wasserversorgung Unteres Schussental verabschiedet seinen langjährigen Geschäftsführer Willi Mühlebach, Nachfolger wird Simon Vallaster. Die DB ProjektBau GmbH ist mit der Planung „Elektrifizierung Südbahn Strecke Ulm-Friedrichshafen-Lindau-Aeschach" und der Erarbeitung der entsprechenden Planfeststellungsunterlagen von der DB Netz AG beauftragt. Fertigstellung der Verbindungsstraße von Kratzerach bis zur Daimlerstraße. Beteiligung der Gemeinde am Qualitätsmanagement- und Auditierungsverfahren European Energy Award. Errichtung des Bike-Towers am Bahnhof und Aktionstag E-Mobilität im Rahmen des Energietags Baden-Württemberg. Für die vielfältigen Aktionen und aufgrund des großen Engagements verschiedener Gruppierungen wird Meckenbeuren als Fairtrade-Gemeinde ausgezeichnet. Die Gemeinde lässt ein integriertes und umsetzungsorientiertes Ortsmittenentwicklungskonzept erarbeiten. Mit der in Abstimmung mit den Kirchengemeinden neu erstellten Urnenwand auf dem Friedhof Meckenbeuren ermöglicht die Gemeinde eine weitere Form der Bestattung sowie eine Stätte des Trauerns und Abschiednehmens. Die Gemeinde wird Mitglied im Verein CarSharing am Bodensee e. V. Dem Unternehmer Jürgen Winterhalter wird der Bundesverdienstorden am Bande der Bundesrepublik Deutschland verliehen für sein langjähriges Wirken als IHK-Ehrenpräsident und für seinen Einsatz für den Wirtschaftsstandort und die Region Bodensee-Oberschwaben. Gregor Traber wird für seine sportlichen Erfolge vom Gemeinderat geehrt. Lisa Kaser belegt bei der Karate-Weltmeisterschaft in Karlsruhe den zweiten Platz und wird Vize-Weltmeisterin in ihrer Alters- und Gewichtsklasse; sie holt auch bei den Deutschen Meisterschaften in Berlin die Meistertitel und damit die Nominierung für die WM 2012 in Orlando/Florida. Der Meckenbeurer Pater Berno Rupp erhält den Menschenrechtspreis der Stadt Graz. Er gründete und betreibt im rumänischen Temesvar ein Nacht-Asyl, ein Frauenhaus, eine Jugendfarm und eine Armenspeisung.

Meersburg

Jan.: Baubeginn für das neue Augustinum-Wohnstift. 25. – 27. Feb.: Die Internationale Winterrallye im Oldtimerland Bodensee zum „Seegfrorne Cup" macht Station in der Meersburger Unterstadt. 9. April: Vernissage zur Sonderausstellung „Von Gutenberg bis Luther: Die Faszination früher Bibeldrucke", Bibelgalerie.

16. April: Der örtliche Handels- und Gewerbeverein „Aktiv für Meersburg" lädt ein zur Frühstückstour unter der Überschrift „Meersburg blüht auf". 7. Mai: Kabarett mit Ottfried Fischer in der Sommertal-Festhalle. 27. Mai: Vernissage zur Wanderausstellung „Ich habe den Krieg verhindern wollen – Georg Elser und das Attentat vom 8. November 1939", Stadtmuseum. 5. Juni: Ausstellungseröffnung „Lebensbilder 1911 – 1994" zum 100. Geburtstag von Edith Müller-Ortloff, Museum für Bildteppichkunst. 16. Juni: Eröffnung des neuen Wohnmobilstellplatzes „Ergeten" auf dem ehemaligen Bauhof-Gelände. 24. – 26. Juni: 20 Jahre Städtepartnerschaften Meersburg – Hohnstein – Louveciennes mit Festakt in der Sommertal-Festhalle und Markt der Partnerstädte Hohnstein (Sachsen), Louveciennes (Frankreich) und San Gimignano (Italien) auf dem Marktplatz. 27. Juni: Beginn der fünfwöchigen Verkehrs-Umleitung über die B 31 durch Meersburg wegen der Brückensanierung an der B 33 Richtung Überlingen. 1. Juli: Bürgermeister Dr. Martin Brütsch übergibt die Schlüssel des ehemaligen Dr. Zimmermann Stifts in der Vorburggasse an den Bauprojektleiter der neuen Jugendherberge in Meersburg. 22. Juli: Kirchenkonzert der Knabenmusik Meersburg und des St. Peter's School Chapel Choir and Brass Ensemble aus England. 11. Sept.: Im Rahmen des „Tags des offenen Denkmals" finden Spaziergänge durch die Unterstadt anhand der Ortsbereisungsprotokolle 1851 – 1913 statt. 17. Sept.: Der Landesverband Baden-Württemberg in der Paneuropa-Union Deutschland e.V. lädt zum Europäischen Kulturtag ins Wein- und Kulturzentrum ein. 29. – 31. Okt.: Internationaler Kongress „Hypnose: Traum-Trance-Therapie", Droste-Hülshoff-Gymnasium. 20. Nov.: Der Kirchenchor Meersburg begeht seinen 430. Geburtstag mit Festgottesdienst und Konzerttag unter Mitwirkung verschiedener Ensembles und Chöre aus Meersburg und Umgebung. Nov.: Vorstellung des Tagungsbandes „Fritz Mauthner und Harriet Straub in Meersburg", Rathaussaal – eine Kooperation des Kulturamts Meersburg, des Museumsvereins Meersburg und des Kreisarchivs Bodenseekreis.

Neukirch

Jan.: Josef Ibele gibt nach 20 Jahren sein Amt als Abteilungsleiter im Tischtennisverein an Günther Waschilewski ab. Feb.: 1. Gaudi-Biathlon mit Nordic Walking. März: Jürgen Wenzler erhält für die Unterhaltung seines rund 200-jährigen Bauernhofes eine Auszeichnung von der Fördergemeinschaft Bauernhaus-Museum

Der Nachbarschaftshilfeverein Owingen e.V. ▶ „GEMEINSAM statt EINSAM", gegründet am 20. Mai 2011. V.l.n.r.: Johanna Siber, Beisitzerin, Marlies Schechter, 2. Vorsitzende, Elisabeth Matzner (mit Blumenstrauß) 1. Vorsitzende, Angelika Haller, Schriftführerin, Herbert Junghans, Kassier. In der hinteren Reihe: Bürgermeister Henrik Wengert und Jürgen Sartorius, Beisitzer.

Wolfegg e.V. Josef Nuber wird neuer Feuerwehrkommandant, Thomas Egelhofer neuer Vorstandssprecher des TSV Neukirch, Andreas König 1. Vorstand des Musikvereins Neukirch. TonArt feiert das 20-jährige Jubiläum und gründet mit rund 30 Kindern den Kinderchor TonSmArt unter Leitung von Uta Bahr. Dorfputzete. April: Die Gemeindeverwaltung stellt eine neue Willkommensbroschüre für Gäste und Bürger vor. Juni: Am Kreuzweiher in Wildpoltsweiler findet der „Geotag der Artenvielfalt" statt; Dorfhockete beim Feuerwehrhaus, ein Fest von Vereinen für (Neu-)Bürger. Aug.: Die Apotheke in Neukirch wird wegen schlechter wirtschaftlicher Lage geschlossen. Okt.: Einweihung eines von den örtlichen Bauhofmitarbeitern erstellten Wegkreuzes in Oberrussenried beim Café Nuber. 11. Nov.: Bürgermeister Reinhold Schnell traut um 11:11 Uhr Nicole Hettel, Präsidentin des Narrenvereins HO-LA-GI Neukirch e.V., und Andreas Hofer, Chef des Chaosorchesters Neukirch.

Owingen

10. Jan.: Anton Rothmund wird zum neuen Abteilungskommandanten der Freiwilligen Feuerwehr Billafingen gewählt. 23. Jan.: Im Rahmen des Neujahrsempfangs wird Johannes Winkelmann die Ehrennadel der Gemeinde in Gold verliehen. 27. Jan.: Fahrt nach Berlin zur „Grünen Woche" mit Abholung der Silbermedaille des Bundeswettbewerbs „Unser Dorf hat Zukunft". 28. Jan.: 1. Sportgala der Auentalschule. 5. Feb.: 1. Treffen der Arbeitsgruppen im Rahmen der Gemeindeentwicklungsplanung „Owingen 2025". 17. Feb./März: Informationsveranstaltung der NeckarCom zur Breitbandversorgung mit DSL in der Gesamtgemeinde und Beginn der Bauarbeiten. 22. März: Sabine Lindenau wird neue Leiterin des Kinderhauses St. Nikolaus. 1. April: Wolfgang Maier wird neuer Mitarbeiter beim Bauhof. 4. April: 1. Altenhilfekurs geht zu Ende. 15. April: Manfred Vöhringer ist neuer Vorsitzender des Schützenvereins Hohenbodman. 30. April: 30 Jahre Katholische Frauengemeinschaft Owingen. 1. Mai: Dienstleistungsvertrag zwischen den Stadtwerken Überlingen und der Gemeinde zur Unterstützung der Betriebsführung für die Anlagen tritt in Kraft. 7. Mai: Mittelalterfest in der Auentalschule. 18. Mai: Gemeindebesuch des Bundestagsabgeordneten Lothar Riebsamen. 20. Mai: Gründungsversammlung des Nachbarschaftshilfevereins „GEMEINSAM statt EINSAM". 22. Mai: Familientreff Owingen feiert 15-jähriges Bestehen. 26. Mai: Richtfest beim Dorfgemeinschafts- und Feuerwehrhaus Hohenbodman.

27. Mai: Elisabeth Siber nach rund 40-jähriger Tätigkeit bei der Gemeinde in den Ruhestand verabschiedet. 23. – 26. Juni: Fahrt in die Partnergemeinde Coudoux zur Feier der 20-jährigen Jumelage. 12. Juli: Spatenstich für den Um- und Erweiterungsbau des Kinderhauses St. Nikolaus. 16./17. Juli: Die evangelische Kirche feiert zwei Jubiläen: 40 Jahre Johanneskirche und 25 Jahre selbständige Kirchengemeinde Owingen. 24. Juli: Eröffnung der Jubiläumsausstellung anlässlich der 20-jährigen Jumelage mit Coudoux unter dem Titel „Partnerkunst im Owinger Rathaus" mit Exponaten von Künstlern beider Gemeinden. 5. Aug.: Barbara Schmidt-Boch, langjährige Erzieherin im Kinderhaus St. Nikolaus, in den Ruhestand verabschiedet. 2. – 4. Sept.: Festwochenende in Owingen anlässlich der 20-jährigen Gemeindepartnerschaft mit Coudoux. 24./25. Sept.: 4. Owinger Gewerbe- und Erlebnistage. 8. Okt.: Bebauungsplan „Henkerberg VI" tritt in Kraft. 9. Okt.: Preisverleihung Blumenschmuckwettbewerb. 14. Okt.: 1. Lauf für Afrika der Auentalschule. 16. Okt.: Herbstversammlung des Bezirks Bodensee-Hegau des Bundes „Heimat und Volksleben". 16. Nov.: Richtfest beim Um- und Erweiterungsbau, Kinderhaus St. Nikolaus. 5. Dez.: Förderverein zur Erhaltung der Nikolauskapelle erhält Ehrenamtspreis des Bodenseekreises.

Oberteuringen

Feb.: 33 Jahre Narrenzunft Hefigkofen e.V. 9. Mai: Sanierung der Rotachbrücke an der Eugen-Bolz-Straße. 26. Juni: Herz-Jesu-Fest der katholischen Seelsorgeeinheit Ailingen-Ettenkirch-Oberteuringen. 2./3. Juli: Zum 31. Mal findet das Dorffest „Teuringer Sonntag" auf dem St.-Martin-Platz statt. 24. Juli: Sommerfest im Rotachkindergarten. 25. Juli: Anna Pfeffer feiert 100. Geburtstag. 31. Aug.: Bau einer Rollstuhlrampe an der Teuringer-Tal-Schule. 29. Sept.: Belagsarbeiten an den Gemeindeverbindungsstraßen zwischen Bitzenhofen und Russenreute sowie zwischen Ferienzentrum und Hochbehälter Remette. 4. Okt.: Belagsarbeiten an der Kornstraße in Hefigkofen (L 329). 22. Nov.: Neugestaltung des Platzes vor dem St. Martinus Haus. 25. Nov.: 14. Adventsmarkt.

Salem

27. Jan.: Besuch von Wirtschaftsminister Ernst Pfister. 6. Feb.: Jubiläumsumzug anlässlich des 100-jährigen Bestehens des Narrenvereins Salem. 14. Feb.:

Einweihung des Naturerlebnisparkes Schlosssee Salem ▶
(v. l. Gemeinderat Klaus Hoher, Landrat Lothar Wölfle, Landtagsabgeordneter Martin Hahn und Bürgermeister Manfred Härle).

Übergabe Ausbau Bildgartenstraße. 18. Feb.: Werkrealschule Salem wird beim Landeswettbewerb „Starke Schule" ausgezeichnet. 27. Feb.: Typisierungsaktion für Lucas Tylla. 17. März.: Wiederverleihung des Qualitätsgütesiegels an die Wohnresidenz am Schlosssee. 25. März: Amtseinsetzung von Schulleiter Stefan Neher. 31. März: Gemeindebesuch des Bundestagsabgeordneten Lothar Riebsamen. April: Dorfgemeinschaftshaus Beuren – Kindergarten mit Außenanlage nach Sanierung neu eingeweiht. 20. April: Freigabe des Radwegs Altenbeuren – Stefansfeld. 29. April: Einweihung des Wasserspielplatzes am Schlosssee. 4. Mai: Rot-Weiß Salem gewinnt den Bezirkspokal. 6./7. Mai: Eröffnung des neuen Clubheims des FC Beuren-Weildorf. 15. Mai: Einweihung Dorfbrunnen Altenbeuren. 3. Juni: Einweihung des Dorfplatzes und der historischen Kegelbahn in Weildorf. 12. Juni: Festakt zum 125. Geburtstag von Kurt Hahn in der Schule Schloss Salem mit Ministerin Annette Schavan. 13. Juni: Open-Air-Abschlusskonzert des Bodenseefestivals mit Ivo Pogorelich. Juni: Open-Air-Konzerte in Schloss Salem mit David Garrett, Hubert von Goisern, James Blunt und Sting sowie „Rock meets Classic". 9. Juli: Bezirks-Tauffest des Evangelischen Kirchenbezirks Überlingen-Stockach in Schloss Salem. 10. Juli: Einweihung der sanierten Förderschule Salem. 30. Juli: Einweihung Natur- und Erlebnispark Schlosssee mit Fischerstechen. 3. Aug.: Tour de Ländle. 17. Sept.: Einweihung des neuen Betriebsgebäudes der Firma Meschenmoser, Beuren. 18. Sept.: Gesundheitstag des CDU-Ortsverbandes im Prinz-Max-Saal. 23. Sept.: 25-jähriges Jubiläum Förderverein Stefansfelder Brunnen und Einweihung des renovierten Friedhofseingangs. 4. Okt.: Dekanin Susanne Erlecke wird feierlich verabschiedet. 22. Okt.: Benefizveranstaltung der Werkrealschule. 5. Nov.: 50 Jahre Kleintierzuchtverein Salem. 26./27. Nov.: Weihnachtsmarkt Schloss Salem. 31. Dez.: Silvesterlauf.

Sipplingen

22. Jan.: Fasnetsküchlefahrt der Narrenvereinigung Hegau-Bodensee mit dem närrischen Abschluss in der Turn- und Festhalle Sipplingen. 2. März: Aufnahme in das Landessanierungsprogramm für den Ortsbereich. 5. März: 40-jähriges Jubiläum der „Kriese-Wieber" der Fastnachtsgesellschaft Sipplingen. 17. Juni: Einweihung der Wassertreppe der Bodensee-Wasserversorgung am Landungsplatz als Teil der Uferkonzeption. 29. Juni: Verleihung der Urkunde im Rahmen des

UNESCO-Weltkulturerbes für die prähistorische Pfahlbausiedlung beim Osthafen. 7. Juli: Abschiedsappell unserer Patenkompanie, des 5. Jägerbataillons 292 aus Stetten a. k. M., vor dem Einsatz in Afghanistan.

Stetten

21. Febr.: Gemeinderatssondersitzung zum Neubau Feuerwehrhaus, Vergabe der Bauleistungen. 1. März: Startveranstaltung „Zukunftskonferenz-Jugendbeteiligung". 15. März: Runder Tisch Recyclinghof. 16. März: Spatenstich Feuerwehrhaus. 8. April: Seeputzete mit Kindern der Grundschule Stetten. 16. April: Schul-/Backofen-Renovierung. 17. April: 1. Bouleturnier des Deutsch-Französischen Partnerschaftskreises. 26. April: Abnahme Baugebiet „Untere Braite", Verbindungsspange Mareau-Straße. 6. Mai: Pressetermin Nachtschwärmer-Linie. 3. Juni: Besuch aus Mareau aux Prés. 4. Juni: Verkehrsübergabe der Erschließungsanlagen „Untere Braite" und „Braite West". 26. Juni: Patrozinium und Dorffest. 16. Juli: Sommerfest des Deutsch-Französischen Partnerschaftskreises mit Besuch der Partnergemeinde. 19./20. Aug.: 30. Weinfest auf dem Goisbichel. 9. Sept.: Austausch der Glasfassade an der Grundschule. 12. Sept.: Rohbauabnahme Feuerwehrhaus. 17./18. Sept.: Stettener Herbst mit Gewerbeschau. 22. Sept.: Start der Kernzeitbetreuung an der Stettener Grundschule. 23. Sept.: Bürgerversammlung Gesplittete Abwassergebühr. 18. Nov.: NG-Bauerntheater-Benefizveranstaltung. 18. – 20. und 24. – 26. Nov.: Bauerntheater. 2. – 5. Dez.: Fahrt einer Abordnung in die Partnergemeinde Mareau aux Prés, Weihnachtsmarkt und St. Barbe-Zeremonie.

Tettnang

4. – 6. Feb.: 20 Jahre Feuerhexen. Feb.: Josef Günthör geht nach 38 Jahren bei der Stadt in den Ruhestand. Frühjahr: Hopfenhalle muss für den Bau der innerörtlichen Entlastungsstraße weichen. 24. März: 80. Geburtstag Pfarrer i.R. Kurt Hamaleser. April: 60 Jahre DRK-Zug Langnau. Avira GmbH bezieht ein neues Firmendomizil. 7. April: Tod von Siegfried Locher, Obermeister im Maler- und Lackierer-Handwerk. 15. April: Argentalhalle Laimnau strahlt in neuem Outfit. 16. April: Neues Führungsteam bei der Freiwilligen Feuerwehr Tettnang: Nach 20-jähriger ehrenamtlicher Tätigkeit als Feuerwehrkommandant gibt Klaus

▼ *29. Mai 2011: Fairtrade-Stadt Tettnang.*

Dannecker die Führung ab. Neuer Gesamtkommandant ist Konrad Wolf. 3. Mai: Tod von Schwester Archangela im Alter von fast 91 Jahren im Mutterhaus der Franziskanerinnen in Reute. 21. Mai: 85. Geburtstag Pfarrer i.R. Erhard Winter. 21. Mai: Ritter-Arnold-Schule Hiltensweiler feiert 50-jähriges Jubiläum. 29. Mai: Tettnang wird erste „Fairtrade-Town" Oberschwabens. 21. Juni: Tod von Josef Weiß, langjähriger Ortschaftsrat in Langnau. 26. Juni: 20 Jahre Familientreff „Spatzen in Bewegung". Juni: 20 Jahre Städtepartnerschaft Tettnang – St. Aignan. 8. Juli: Klaus Dannecker, Tettnangs Feuerwehrkommandant, wird nach 20 Jahren mit der Goldenen Stadtmedaille verabschiedet. 10. Juli: 25 Jahre Reservistenkameradschaft Tettnang. 15./16. Juli: 25 Jahre „Rock im Vogelwald". 24. Juli: SG Argental feiert 30-jähriges Vereinsjubiläum. 2. Aug.: Tod von Josef Mästle, langjähriger Hauptamtsleiter, Kämmerer und Spitalverwalter in Tettnang. Aug.: Tour de Ländle. 5. Aug.: Tod von Sofie Marschall, Kapellen-Mutter von St. Josef im Kau. 17. Aug.: Tod von Franz Josef Lay – Abschied von einem Kulturmenschen. 28. Aug.: Sabina Avdic wird Deutsche Karate-Meisterin. Sept.: Abriss des Rosengartens, lange fester Bestandteil des Tettnanger Stadtlebens. Sept.: Abriss des Kieninger-Hauses, Karlstraße 22. Hier entsteht ein modernes Wohn- und Geschäftshaus der teba. 28. Sept.: Antje von Dewitz, VAUDE-Chefin, mit dem Wirtschaftspreis des Landes ausgezeichnet. 3. Okt.: Tod von Erdmann Bürgel, der 21 Jahre die rasante Entwicklung der Elektronikschule prägte. 8. Okt.: VAUDE-Kinderhaus feiert 10-jähriges. 24. Okt.: Tod von Anton Schmidberger, langjähriger Leiter des Landwirtschaftsamts Tettnang. 5. Nov.: Anja Bentele wird neue Hopfenkönigin. Nov.: Die St. Gallus-Gemeinde begrüßt ihren neuen Pfarrer Rudolf Hagmann. 10. Nov.: 90. Geburtstag Hugo Schlichte, langjähriger Gemeinde- und Ortschaftsrat aus Oberlangnau. 25. Nov.: 85. Geburtstag Willi Rumsauer, „Vater" der Tettnanger SPD. 25. Nov.: 75. Geburtstag Liselotte Reutter, ehem. CDU-Gemeinderätin und Organistin der St. Gallus-Kirche. Dez.: Stadtkämmerer Hans-Georg Wunder in den Ruhestand verabschiedet. Dez.: Feuerwehrhaus Kau fertiggestellt. Die innerörtliche Entlastungsstraße – Tettnangs größtes Straßenbauprojekt – macht Fortschritte: fertiggestellt sind Kreisverkehr Bechlingen, „Bahntrasse" bis zum Kreisverkehr Kaltenberger Straße, Max-Planck-Weg, Wangener Straße, Lindauer Straße, Martin-Luther-Straße, Loretostraße, Storchenstraße und Hochstraße.

Überlingen

1. Jan.: Zimmerbrand in Mehrfamilienhaus in Goldbach. 12. Jan.: Stadt kauft Postareal an der Rauensteinstraße. 21. Jan.: Stadt und Bodensee-Therme Überlingen erhalten bei Touristikmesse in Stuttgart Auszeichnung für ihre Familienfreundlichkeit. 24. Jan.: Gründung einer Ortsgruppe von Bündnis 90/Die Grünen in Überlingen. 25. Jan.: Dr. med. Ernst Unger, Arzt und Kommunalpolitiker, verstirbt 95-jährig. 27. Jan.: Touristik-Geschäftsführer Thomas Götz und Stadtverwaltung Überlingen trennen sich einvernehmlich zum 30.9.2011. 29. Jan.: Eröffnung des neuen Facharztzentrums am Helios-Spital. 27. März: Martin Hahn wird Landtagsabgeordneter für die Grünen. Hans-Peter Wetzel verliert sein Mandat für die FDP. 1. April – 30. Okt.: Ausstellung „Von Asterix bis Zeppelin" von Hubert Siegmund im Städtischen Museum. 12. Mai: Helmut Poensgen, langjähriger Geschäftsführer der Schule Schloss Salem und Ehrenvorsitzender des Reitvereins Überlingen, verstirbt 84-jährig. 31. Mai: Bürgermeister Ralf Brettin löst Thomas Vogler als Vorsitzenden des Verschönerungsvereins ab. 2. – 5. Juni: 250-Jahr-Feier der Marionorgel im St. Nikolaus-Münster. 8. Juni: Großbrand in der Franziskanerstraße fordert ein Todesopfer. 10. – 13. Juni: Musikverein „Harmonie" Lippertsreute feiert 150-jähriges Bestehen mit Verbandsmusikfest. 23. – 26. Juni: Internationale Kneipptage erstmals in Überlingen. 25. Juni: 25. Jubiläumstagung der Ärzte-Gesellschaft Heilfasten und Ernährung (ÄGHE) im Kursaal und erstmalige Verleihung

▼ Skulptur Knabe mit Lilie und Huhn – Symbol der 20-jährigen Partnerschaft Überlingen – Bad Schandau.

des „Maria Buchinger Foundation-Preises". 26. Juni: Weltrekord im Kneipptreten mit 1.332 Teilnehmern im Westbad. 30. Juni: Die Firmen Allweier Präzisionsteile und Winkler Technik erhalten Gütesiegel „Top 100" für ihren Erfindergeist. 4. Juli: Überlingen zählt 22 000 Einwohner. 9. Juli: Renovierung der Kirche St. Verena in Andelshofen ist abgeschlossen. 13. Juli: Softwarefirma Enovation Business IT erhält von Microsoft das Prädikat „Member of the President's Club". 15. Juli – 9. Okt.: Ausstellung „Europäische Mosaikkunst vom Mittelalter bis 1900. Meisterwerke aus dem Vatikan und aus europäischen Museen" in der Städtischen Galerie. 15. Juli – 7. Aug.: Lehr- und Wanderbühne feiert 25-jähriges Bestehen. 16. Juli: Jugendkapelle feiert 50-jähriges Bestehen. 23. Juli: Oswald Burger erhält Kreis-Kulturpreis 2011. 27. Juli: Offizielle Eröffnung der neu gestalteten Spitalgasse. 1. Sept.: Umzug in das neue Montessori-Kinderhaus am Schättlisberg. 24. Sept.: Gründungsversammlung des neuen Service-Clubs Kiwanis. 25. Sept.: Einweihung der neuen Liebeslauben im Stadtgarten. 27. Okt.: Oberbürgermeisterin Sabine Becker und der Bad Schandauer Bürgermeister Andreas Eggert enthüllen die Skulptur „Knabe mit Lilie und Huhn" als Symbol der 20-jährigen Partnerschaft zwischen Überlingen und Bad Schandau. 29. Okt.: Männerchor feiert 150-jähriges Bestehen mit Konzert in der Waldorfschule. 9. Nov.: Gemeinderat beschließt Sanierung des Westbaus am Alten- und Pflegeheim St. Ulrich. 10. Nov.: Neue Bahnunterführung am östlichen Schilfweg eröffnet. 16. Nov.: Kreistag beschließt Schließung der Zweigstelle des Kreismedienzentrums in Überlingen zum nächsten Schuljahr. 20. Nov.: Eröffnung des neuen Kinderhauses Storchennest im ehemaligen Schulhaus Deisendorf. 23. Nov.: Gemeinderat wählt den Landschaftsarchitekten Roland Leitner zum neuen Leiter des Grünflächenamts. 4. Dez.: Münstergemeinde verabschiedet Vikar Dr. Thomas Stolle. 31. Dez.: Haus des Gastes wird aus Kostengründen geschlossen.

Uhldingen-Mühlhofen

16. Jan.: Neujahrsempfang. 25. Jan.: 1. Jugendforum Zukunftskonferenz. 2. April: Gemeindeputzete. 6. April: Besuch des Landrats Lothar Wölfle. 10. April: Kunstcontaktmarkt, Tag der offenen Tür, Alter Bahnhof Unteruhldingen. 15. April: Sonderausstellung Pfahlbauten „Steinzeit Mobil". 21. Mai: 5. Genießer- und Töpfermarkt im Hafen. 28. Mai: Uhldinger Pfahlbau-Marathon. 2. Juni:

Mittelaltermarkt mit dem Seehaufen e.V., Unteruhldingen. 5. Juni: 10. Tag der offenen Gärten. 10. Juni: 10 Jahre ErlebnisBus. 17. Juni: Country- und Westerntage. 27. Juni: Pfahlbauten sind UNESCO-Weltkulturerbe. 28. Juni: Bürgerversammlung im Neuen Feuerwehrhaus. 9. Juli: 34. Dorffest Oberuhldingen. Juli: Leserallye Gemeindebücherei. 23. Juli: 31. Uhldinger Hafenfest. 30. Sept.: 41. Birnauer Weinfest. 8. Nov.: Bürgerversammlung zum Weltkulturerbe Pfahlbauten. 9. Dez.: Neuer Bebauungsplan „Unterösch".

Zusammengestellt nach den Angaben der Haupt- und Kulturämter der Städte und Gemeinden.

Neue Veröffentlichungen über den Bodenseekreis

INGRID HANISCH

---

1. Allgemeines
1.1 Natur und Landschaft

Barth, Rainer: Seeberge – das Alpenpanorama am Bodensee. Stuttgart: Theiss, 2011. 191 S.; zahlr. Ill.

Schöbel, Sören [Hrsg.]: Bodenseelandschaft: Landschaften über dem Bodensee. Analysen, Experimente und Entwürfe. Berlin: Wissenschaftlicher Verlag, 2008. 427 S.; Ill.

1.2 Vor- und Frühgeschichte

Regierungspräsidium Stuttgart, Landesamt für Denkmalpflege [Hrsg.]: Prähistorische Pfahlbauten um die Alpen in Baden-Württemberg. UNESCO-Welterbe. Stuttgart: Landesamt für Denkmalpflege im Regierungspräsidium Stuttgart. 2011, 60 S.; Ill.

1.5 19./20. Jahrhundert

Bodensee Segler Verband [Hrsg.]: 100 Jahre Bodensee Segler Verband. Eine seglerische Erfolgsgeschichte der Vereine aus drei Ländern. Hechingen: Glückler, 2011. 82 S.; Ill.

Selb, Michael: Die goldene Bodensee-Radhaube. Hohenems: Bucher GmbH & Co. Druck Verlag Netzwerk, 2011. 160 S.

1.6 Gegenwart

Landratsamt Bodenseekreis [Hrsg.]: Wasser gibt Kraft. Das Portrait eines besonderen Landkreises. Friedrichshafen: Landratsamt Bodenseekreis, 22 S.; Ill.

1.7 Literatur

Ebert, Ines: Sommergarben. Historischer Roman aus dem Allgäu. Tübingen: Silberburg-Verlag, 2011. 366 S.

Epple, Bruno: Erntedankfest. Ein Lesebuch. Mit einem Vorwort von Martin Walser. Tübingen: Klöpfer & Meyer, 2011. 254 S.; 1 CD.

Erwin Birgit/Buchhorn, Ulrich: Die Reliquie von Buchhorn. Historischer Roman. Meßkirch: Gmeiner, 2011. 366 S.

Habasch, Hippe u.a. [Hrsg.]: Aber es gab noch einen anderen Fisch. Poesie und Prosa der Meersburger Autorenrunde. Meersburg: Turm Verlag, 251 S.

Häfner, Michael: Erlebnis Bodensee. Mit dem Zeppelin NT. Texte von Hildegard Nagler. Konstanz: Stadler, 2011. 128 S.

Hamann, Christof: Bodensee. Hamburg: Hoffmann und Campe, 2011. 127 S.

Koch, Ingrid: U'gschminkt… Tettnang: Senn, 2011. 111 S.; 1 CD.

Mauthner, Fritz [Hrsg.]: Der letzte Tag des Gautama Buddha. Mit einem Nachwort von Ludger Lütkehaus. Konstanz: Libelle Verlag, 2010. 125 S.

Obermaier, Ernst: Wer mordet schon in Überlingen. 11 Krimis. 125 Freizeittipps vom Bodensee, Hegau und Linzgau. Hilzingen: Greuter, 2011. 240 S.

Rieger-Benkel, Brigitte/Frey, Heinrich/Dargel, Eveline [Hrsg.]: Gedankenaustausch zu Fritz Mauthner und Harriet Straub – einem außergewöhnlichen Paar im Glaserhäusle. [Der Band erscheint zur Tagung ‚Fritz Mauthner und Harriet Straub in Meersburg – ein ungewöhnliches Paar im Glaserhäusle'. Meersburg, Klosterkeller, Stadtbücherei 29. – 30. Oktober 2010]. Tettnang: Bodensee Medienzentrum, 2011. 96 S., zahlr. Ill.

Signatur e.V. [Hrsg.]: Im Schatten. Texte treten ans Licht. Tettnang: Bodensee Medienzentrum. 2011, 103 S.

Stuckmann, Sylvia: Pestmarie. Frankfurt a. M.: Fischer, 2011. 286 S.

Taubitz, Monika: Winteralbum. Roman. Dresden: Neisse Verlag, 2012. 271 S.

Walser, Martin: Muttersohn. Reinbek bei Hamburg: Rowohlt, 2011. 505 S.

Wartmann, Dodo [Hrsg.]: Felicitas Andresen. Lene im Schilf. Salem-Novela. Berlin: epubli GmbH, 2011. 172 S.

1.8 Kunst und Architektur

Dargel, Eveline/Feucht, Stefan/Frommer, Heike: Bruno Epple. Ins Bild gedichtet. Friedrichshafen: Kulturamt Bodenseekreis, 2011. 96 S.; überw. Ill.

Brunner, Michael/Voccoli, Ottobrina [Hrsg.]: Europäische Mosaikkunst vom Mittelalter bis 1900. Meisterwerke aus dem Vatikan und aus europäischen Museen. Begleitheft zur Sonderausstellung „Europäische Mosaikkunst vom Mittelalter bis 1900", Städtische Galerie Überlingen, 16. Juli-9. Okt. 2011. Überlingen: Städtische Galerie, 2011, 30 S.; Ill.

Feucht, Stefan [Hrsg.]: Tore. 12 Skulpturen am Ortsrundweg Kluftern. Friedrichshafen: Gessler, 2011. 79 S./zahlr. Ill. (Kunst am See ; 35)

Feucht, Stefan: Der Weg zwischen den Toren. Überlegungen zur aktuellen Kunstkonzeption des Bodenseekreises. In: Stefan Feucht [Hrsg.]: Tore. 12 Skulpturen am Ortsrundweg Kluftern. Friedrichshafen: Gessler, 2011. S. 8 – 10.

Feucht, Stefan [Hrsg.]: Marcus Schwier Intérieurs. Bielefeld: Kerber Verlag, 2011. 112 S. Ill.

Frommer, Heike u.a.: Bring A Friend. Susi Juvan Germany, Wonder South Afrika, Malerei [...Galerie Bodenseekreis am Schlossplatz in Meersburg, 2011, Frommer...] Freiburg i.Br.: modo Verlag, 2011. 63 S.; überw. Ill.

Lohner, Erika u.a. [Bearb.]: Wie Friedrichshafener Künstler ihre Stadt sehen. Dokumentation zur Ausstellung in der Plattform 3/3 21.01. bis 06.02.2011. Anlässlich des 200-jährigen Jubiläums der Stadt Friedrichshafen; 200 Jahre Friedrichshafen 1811-2011. [eine Ausstellung der Galerie Plattform 3/3, Friedrichshafen. Hrsg.: Kulturamt Bodenseekreis, Stefan Feucht. Projektleitung: Erika Lohner] Salem: Kulturamt Bodenseekreis, 2011. 52 S.; zahlr. Ill.

Moser, Eva [Hrsg.]: Otl Aicher Gestalter. Biographie. Ostfildern: Hatje Cantz, 2012, 453 S.

Südkurier GmbH Medienhaus [Hrsg.]: Bodensee Who is Who 2010/11. 620 wichtige Persönlichkeiten darunter 120 neue Portraits, Wissenswertes sowie nützliche Adressen von Institutionen der Euregio Bodensee. Konstanz: Südkurier Medienhaus, 2010/11. 795 S.

4. Deggenhausertal

Musikverein Deggenhausen – Lellwangen: 125 Jahre Musikverein Deggenhausen – Lellwangen e.V. Deggenhausen: Musikverein, 2011. 1 DVD.

7. Friedrichshafen
7.1 Geschichte

Deutscher Alpenverein (DAV) Friedrichshafen e. V. [Hrsg.]: 100 Jahre Deutscher Alpenverein Sektion Friedrichshafen. Von den Anfängen bis heute. Friedrichshafen: Sekt. Friedrichshafen d. Dt. Alpenverein, 2011. 191 S. über. Ill.

Gröbner, Volker: 100 Jahre Württembergischer Yacht-Club. Friedrichshafen: Württembergischer Yacht-Club, 2011. 208 S. Ill.

Hennings, Martin: 200 Jahre Friedrichshafen 1811 – 2011. Jubiläumsmagazin der Schwäbischen Zeitung. Friedrichshafen: Schwäbische Zeitung, 2011. 27 S, ; zahlr. Ill.

Neher, Maria: Mein Zuhause Friedrichshafen. Erinnerungen von Maria Neher. Aufgezeichnet zum 200jährigen Stadt-Jubiläum von Friedrichshafen. Friedrichshafen: 2011. 52 S.

Turnerschaft Friedrichshafen 1862 e.V. [Hrsg.]: 150 Jahre Turnerschaft Friedrichshafen. Festschrift 1862-2012. Friedrichshafen: 111 S.

7.2 Industrie

Zahnradfabrik Friedrichshafen AG [Hrsg.]: ZF Konzern. Auf einen Blick. Friedrichshafen: Zahnradfabrik, 2011. 27 S.

7.3 Gegenwart

Poggenpohl, Jens, Müller, Markus, Köhler, Stefan [Hrsg.]: Die bewegliche Stadt. Auf der Suche nach Friedrichshafens Gesicht. Friedrichshafen: Gessler Verlag, 2012. 167 S.

Stubanus, Petra/Sorg-Stubanus, Andy: Häfler AnSichten. Gesichter und Sichten, die unsere Stadt bewegen. Friedrichshafen: Gessler, 2011. 144 S. zahlr. Ill.

7.5 Kultur

Bleibler, Jürgen [Hrsg.]: Wasser Strasse Schiene Luft. Mobilität am Bodensee. Friedrichshafen Friedrichshafen: Gessler Verlag, 2011. 150 S.; zahlr. Ill.

Jahn, Andrea/Moll, Frank-Thorsten: Michael Sailstorfer – CRASH. Hrsg.: Kunstverein Friedrichshafen. Friedrichshafen: Gessler Verlag. 2011, 32 S. zahlr. Ill.

Jäger-Waldau, Melanie u. a.: 250 Jahre Marienorgel von Johann Philipp Seuffert. Festschrift und Programm. Überlingen: Überlinger Münsterkonzerte, 2011. 51 S.; zahlr. Ill.

Kunststiftung der ZF Friedrichshafen AG [Hrsg.]: Georg Keller. Unternehmungen. Friedrichshafen: Gessler, 2011. 39 S.; überw. Ill.

Lenz, Matthias/Michel, Regina/Kunststiftung der ZF Friedrichshafen AG [Hrsg.]: Border Sampling – Nevin Alada. (N 47° 37' 26'' E 9° 22' 31''). Friedrichshafen: Gessler Verlag, [20] Bl./überw. Ill.

Moll, Frank-Thorsten [Hrsg.]: Luftkunst. Friedrichshafen: Zeppelin Museum, 2011 45 S.; zahlr. Ill.

Zeller, Ursula/Moll, Frank-Thorsten/Waike, Maren [Hrsg.]: „Neue Heimat – Zwischen den Welten". Friedrichshafen: Zeppelin-Museum – Technik und Kunst, 2010. 56 S.

7.6 Teilorte

Narrengruppe Bächlesfischer Friedrichshafen e.V. [Hrsg.]: 50 Jahre Bächlesfischer 1962-2012. Fischbach: o.Vlg. 2012. zahl. Ill.

10. Immenstaad

Budde, Heide: Geschichte(n) von Immenstaad. Was einst geschehen ist. Und warum manches so geworden ist. Immenstaad: o. Vlg., 2011. 58 S.

12. Langenargen

Gemeinde Langenargen [Hrsg.]: Jahresbericht 2011. Gemeinde Langenargen Bodenseekreis. Langenargen: Gemeinde Langenargen, 2011. 19 S.; Ill.

Golenser, Edouard [Red.]: Militärschule der Franzosen 1945 – 1950. Hrsg. Gemeinde Langenargen. Langenargen: Gemeinde Langenargen, 2011. 104 S.; Ill.

14. Meckenbeuren

TSV Meckenbeuren 1912 e.V. [Hrsg.]: 100 Jahre TSV Meckenbeuren. Festschrift zum 100-jährigen Vereinsjubiläum. Meckenbeuren: Druckerei Gresser, 2012. 67 S.; Ill.

Feuerwehr Meckenbeuren [Hrsg.]: 1887-2012. 125 Jahre Freiwillige Feuerwehr Meckenbeuren. Meckenbeuren: o.Vlg. 2012. unpag.

15. Meersburg

Frey, Heinrich: Meersburg unterm Hakenkreuz 1933 – 1945. Friedrichshafen: Verlag Robert Gessler, 2011. 448 S.

Stadt Meersburg [Hrsg.]: Festschrift & Chronik. 20 Jahre Städtepartnerschaft Louveciennes – Meersburg – Hohnstein. Meersburg: 2011. unpag.

17. Oberteuringen

Friedel, Reinhard/Friedel, Philipp: Fünfzig Jahre Narrenzunft Bitzenhofen Oberteuringen e.V. Oberteuringen: Narrenzunft Bitzenhofen-Oberteuringen, 2010. [10] Bl.

18. Owingen

Gemeinde Owingen [Hrsg.]: Gemeinde Owingen. Behördenwegweiser. Mering: Weka, 2010. 20 S. zahl. Ill.

19. Salem

Feucht, Stefan [Hrsg.]: Salem2Salem. Salem/Bodensee, Salem NY/USA vom 3. August bis 24. August 2010. Salem: Kulturamt Bodenseekreis, 2010. 46 S. zahl. Ill.

Hahn, Andrea: Poesie im Kreuzgang. Literarische Spaziergänge durch Klöster in Baden-Württemberg (Salem). Tübingen: Silberburg, 2011. 231 S./zahlr. Ill.

Schlechter, Armin: Neue Beiträge zur südwestdeutschen Buch- und Bibliotheksgeschichte um 1500. In: Zeitschrift für Württembergische Landesgeschichte 69, 2010, S. 195 – 221.

22. Tettnang

Heidtmann, Peter: Das ehemalige Kreiskrankenhaus in Tettnang. Ein Baudenkmal der Extraklasse. Vor 125 Jahren eingeweiht. In: Förderkreis Heimatkunde Tettnang. 2011, Nr. 56, S. 1 – 3.

Hoffmann, Gisbert/Barth, Angelika: Historischer Luftbildatlas. Tettnang: Förderkreis Heimatkunde, 2011. 216 S.; Ill

Hoffmann, Gisbert: Franziska von Montfort, Fürstäbtissin zu Buchau. In: Förderkreis Heimatkunde Tettnang 2011, Nr. 56, S. 4 – 6.

Schupp, Barbara: Tettnang in Straßennamen verewigt. Wo es überall eine „Tettnanger Straße gibt". In: Förderkreis Heimatkunde Tettnang 2011, Nr. 56, S. 6 – 7.

Stadt Tettnang [Hrsg.]: Jahresbericht 2011. Stadt Tettnang mit Ortschaften. Tettnang: Stadt Tettnang, 2011. 27 S.; Ill.

23. Überlingen

Bast, Eva-Maria/Thissen, Heike: Geheimnisse der Heimat. 50 spannende Geschichten aus Überlingen. Konstanz: Edition Südkurier, 2011. 182 S.; Ill.

Bosch, Manfred: „Wir können hier eine Heimat finden..." Die sieben Jahre des Philosophen Leopold Ziegler in Doberatsweiler. In: Jahrbuch des Landkreises Lindau. 25, 2010, S. 36 – 46.

Burger, Oswald: Der Stollen/Oswald Burger. [Hrsg. vom Verein Dokumentationsstätte Goldbacher Stollen und KZ Aufkirch in Überlingen e.V.]. 9. Aufl. Eggingen: Ed. Isele, 2011. – 97 S.; Ill.

Dechow, Irmgard/Vogler, Helena/Katholische Landfrauengruppe Hödingen: Ein Gnadenort über dem See. Ein Beitrag zur Kirchen- und Wallfahrtsgeschichte St. Bartholomäus zu Hödingen. Überlingen: werk zwei Print + Medien Konstanz GmbH, 2011. 63 S.; Ill.

Hofmann, Franz: Bodensee-Touristen der etwas anderen Art. Die „Blütenfahrt des Stabes des Stellvertreters der Führers" im Mai 1935. (Überlingen Nationalsozialismus). In: Hegau 68, 2011, S. 211 – 226.

Hofmann, Franz: Geheimnisvolle Heidenhöhlen. Begleitbuch der Ausstellung „Das Geheimnis der Heidenhöhlen". Überlingen: Städtisches Museum. 2012. 48 S.; Ill.

Keller, Ralf: Heidenhöhlen. Künstliche Höhlen am westlichen Bodensee. In: Schriften des Vereins für die Geschichte des Bodensees und seiner Umgebung 129, 2011, S. 77 – 132.

Kinzelbach, Annemarie: Armut und Kranksein in der frühneuzeitlichen Stadt. Oberdeutsche Reichsstädte im Vergleich. In: Konrad Krimm [Hg.]: Armut und Fürsorge in der Frühen Neuzeit, Ostfildern: Thorbecke, 2011. S. 141 – 176.

Losse, Michael: Burgen, Schlösser, Adelssitze und Befestigungen am nördlichen Bodensee. Westlicher Teil rund um Sipplingen, Überlingen, Heiligenberg und Salem. Petersberg: Michael Imhof Verlag. 2012. 192 S.; überw. Ill.

Losse, Michael: Überlingen am Bodensee. Kulturgeschichte und Architektur. Petersberg: Imhof, 2011. 79 S.; überw. Ill.

Mariniwitz, Cornelia/Janusch, Constanze [Hrsg.]: Edle Stuben schwarz gestrichen – Geschmacksverirrung modisches Highlight oder einfach nur praktisch? Schwarz als Farbe zur Wohnraumgestaltung zwischen Spätmittelalter und Barock. (Überlingen Franziskanerstraße). In: Denkmalpflege in Baden-Württemberg 41, 2012, 1, S. 22 – 27.

Männerchor Überlingen [Hrsg.]: 150 Jahre Männerchor Überlingen 1861 – 2011. Konzertgala 29.10.2011. Festschrift & Programm. Überlingen: 2011.

Narrenzunft Überlingen e.V. [Hrsg.]: Überlinger Fasnetsheftle. Überlingen: Narrenzunft, 2011. 16 S.; Ill.

Stadtkapelle Überlingen e.V.: 50 Jahre Jugendkapelle Überlingen. Überlingen: 2011.

Stadtwerke Überlingen GmbH [Hrsg.]: Jubiläums-Broschüre 25 Jahre – Stadtwerke Überlingen GmbH. Überlingen: 2011. 57 S.; Ill.

24. Uhldingen-Mühlhofen

Schöbel, Gunter u.a.: liveArch Workshop Report. Culture Programme with the support of the Culture 2000 Programm of the European Union. Uhldingen: Pfahlbaumuseum, 2010. 123 S. Ill.

Nachbemerkungen
Es kann hier nur eine Auswahl der Neuerscheinungen geboten werden. Texte dieses Jahrbuches werden in der Bibliographie nicht nochmals eigens aufgeführt. Alle hier genannten Schriften können im Kulturamt Bodenseekreis Salem eingesehen werden. Autoren, Herausgeber, Gemeinden, Verlage und Leser werden um Mitteilung einschlägiger Veröffentlichungen an die Redaktion gebeten.

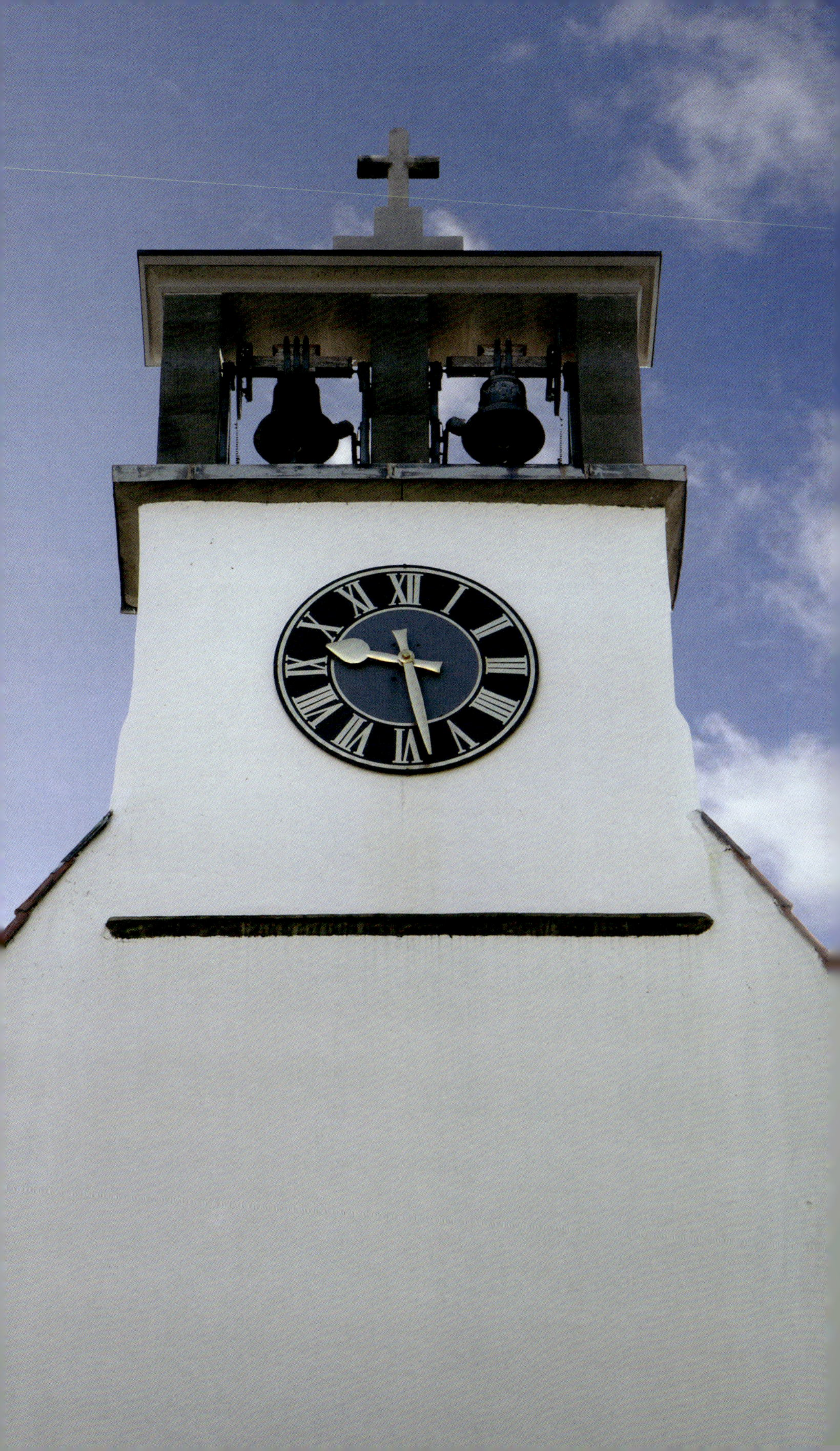

Bildnachweis

Archiv Lauterwasser, Überlingen: S. 117, 121
Astrium GmbH, Friedrichshafen: S. 125, 126, 129, 131, 133
Banzhaf, Angelika, Tettnang: S. 156
Baur, Martin, Überlingen: S. 94, 100, 102
Binder, Rotraut, Friedrichshafen: S. 315
Bodensee-Medienzentrum, Tettnang: S. 28, 29, 30, 38, 40
Buchbinder, Rudolf, S. 231
Burger, Oswald, Überlingen: S. 118
Case, Brian, Friedrichshafen: S. 225
Cuko, Katy, Oberteuringen: S. 309, 312
Deutscher Alpenverein Friedrichshafen, S. 357, 358, 359, 360
Energieagentur Ravensburg: S. 81
Fesca, Karlotta, Friedrichshafen: S. 324
Fesca, Sarah, Friedrichshafen: S. 319, 320
Floetemeyer, Sylvia, Uhldingen-Mühlhofen, S. 104
Frasch, Tobias, Tettnang: S. 154
Ganzert, Susann, Immenstaad: S. 302, 304, 307
Geiselhart, Brigitte, Friedrichshafen: S. 285, 286, 347, 348, 349
Gemeinde Bermatingen, S. 371
Gemeinde Daisendorf, S. 372
Gemeinde Eriskirch, S. 374
Gemeinde Kressbronn, S. 379
Gemeinde Langenargen, S. 380
Gemeinde Owingen, S. 387
Gemeinde Salem, S. 389
Göppel, Brigitte, Bad Schussenried, S. 78
Gürtner, Katrin und Martin, S. 181, 182, 183, 184
Internet, S. 232, 234
Jörg-Zürn-Gewerbeschule, Überlingen: S. 294, 296, 297, 298, 300
Kästle, Felix, Ravensburg: S. 33, 352, 354
Kettel, Michael, Biberach: S. 215, 216
Klinikum Friedrichshafen, Friedrichshafen: S. 88
Knolle, Jens, Überlingen: S. 227
Kram, Günter, Friedrichshafen: S. 253, 255, 256, 257, 258, 261, 262

Kulturamt Bodenseekreis, Salem: S. 171, 172, 174, 176, 178
Kulturbüro Friedrichshafen: S. 209, 211, 213
Landesamt für Denkmalpflege, Stuttgart: S. 192, 193, 194
Landesmedienzentrum, Arnim Weischer, S. 198, 200, 201
Landratsamt, Friedrichshafen: S. 362, 365, 368
Lenski, Harald, Überlingen: S. 340, 343
Maurer, Sigi, S. 114
Mende, Achim, S. 199
Palafittes (S. Fasel, F.Kilchör), S. 190
Petersen, Uwe, Meersburg: S. 265, 266, 268
Pohl, Manfred, S. 223
Privatbesitz, Friedrichshafen: S. 136, 139, 140
Rentschler, Caroline, Betreuungsverein Friedrichshafen: S. 288, 290
Ritter-Kuhn, Brigitta, Überlingen, S. 25, 26
Ruderverein Friedrichshafen, Friedrichshafen: S. 242, 243, 245, 247
Sattelberger, Harry, Friedrichshafen: S. 237, 238
Schäfer, Ralf, Friedrichshafen: S. 48, 50, 52, 54
Schmidberger, Wolfgang, Bermatingen: S. 57, 59, 60, 64, 67
Schneider, Angela, Tettnang: S. 270, 271, 272, 274, 275
Schöpf, Hans, Tettnang: S. 230
Schutzbach, Engelbert, Baindt: S. 37, 42, 44
Silberberg, Paul, Oberteuringen: S. 219
Spannenkrebs, Franz, Schwendi: S. 330, 331, 332, 334, 335, 336
Stadtarchiv Meersburg, Meersburg: S. 109, 110, 203
Stadt Friedrichshafen, S. 376
Stadt Markdorf, S. 382
Stadt Meersburg, S. 385
Stadt Tettnang, S. 390
Stadt Überlingen, S. 392
Trippel, Michael, Obereisenbach: S. 159, 160, 163, 164, 167, 168
TWF Friedrichshafen: S. 82
Vogel, Michaela, Markdorf: S. 186
Walter, Hanspeter, Überlingen: S. 69, 70, 72, 74, 106, 145, 146, 150, 152
Wörner, Claudia, Tettnang: S. 277, 278, 280

Autorenverzeichnis

Angelika Banzhaf
Journalistin
Tettnang

Martin Baur
Journalist
Überlingen

Eugen Benninger
Freier Architekt
Friedrichshafen

Rotraut Binder
Lehrerin i. R.
Friedrichshafen

Oswald Burger
Lehrer
Überlingen

Katy Cuko
Freie Journalistin
Oberteuringen

Eveline Dargel
Archivarin Bodenseekreis
Salem

Maike Daub
Schülerin
Langenargen

Dr. Hans Dreher
Chemiker,
Gewerbedirektor a.D.
Friedrichshafen

Reinhard Ebersbach
Oberbürgermeister a.D.
Überlingen

Claudia Engemann
Mitarbeiterin Kulturbüro
Friedrichshafen

Karlotta Fesca
Abiturientin
Friedrichshafen

Autorenverzeichnis

Sarah Fesca
Lehrerin
Friedrichshafen

Stefan Feucht
Kulturamtsleiter
Bodenseekreis

Heike Frommer
Kunsthistorikerin/Leiterin
Galerie Bodenseekreis
Salem

Susann Ganzert
Freie Journalistin
Immenstaad

Brigitte Geiselhart
Freie Journalistin
Friedrichshafen

Brigitte Göppel
Journalistin
Bad Schussenried

Sabine Hagmann
wissenschaftl. Mitarbeiterin
Landesamt für Denkmalpflege
Hemmenhofen

Sharon Hainer
Theaterfanatikerin
Friedrichshafen

Franz Hoben
Stellvertretender
Leiter Kulturbüro
Friedrichshafen

Dusan Jež
Fotograf
Slowenien

Ilse Klauke
Übersetzerin
Eriskirch

Eija Klein
Ärztin
Eriskirch

Günter Kram
Journalist
Friedrichshafen

Gerald Kratzert
Diplom Finanzwirt
Tettnang

Harald Lenski
Chemiker
Überlingen

Jürgen Mack
Seminarschulrat
Meckenbeuren

Beate Mohr
Sprachlehrerin
Eriskirch

Arnulf Moser
Historiker
Konstanz

Carla Mueller
Konservatorin staatl.
Schlösser und Gärten
Baden-Württemberg

Hildegard Nagler
Journalistin
Wasserburg

Peter Neisecke
Dipl. Ing. Gewerbedirektor
Friedrichshafen

Dr. Ulrike Niederhofer
Kunsthistorikerin und
Journalistin
Überlingen

Nicole Pengler
Lehrerin, Theater-
pädagogin
Wangen im Allgäu

Uwe Petersen
Gymnasiallehrer und
freier Journalist
Überlingen

Jan Georg Plavec
Sportjournalist
Stuttgart

Jens Poggenpohl
Journalist und
Kommunikationsberater
Friedrichshafen

Ludmilla Reznikova
Lehrerin
Dresden

Brigitte Rieger-Benkel
Kunsthistorikerin
Eriskirch

Dr. Brigitta Ritter-Kuhn
Freiberuflerin, Text-
Redaktion-Gestaltung
Überlingen

Otto Saur
AOK-Direktor a.D.
Friedrichshafen

Ralf Schäfer
Journalist
Friedrichshafen

Wolfgang Schmidberger
Kreisamtmann, Maler
Bermatingen

Angela Schneider
Freie Journalistin
Tettnang

Helmut Schnell
bis 2008 Hauptge-
schäftsführer der IHK
Bodensee-Oberschwaben
Weingarten

Robert Schwarz
Pressereferent
Landratsamt
Friedrichshafen

Markus Schweizer
Lehrer
Tettnang

Joachim Senn
Verleger
Tettnang

Franz Spannenkrebs
Gewässerökologe
Schwendi

Monika Spiller
Kunsthistorikerin
Überlingen

Hansjörg Straub
Berufsschulleiter
Überlingen

Siegfried Tann
Landrat a.D.
Bodenseekreis
Friedrichshafen

Christel Voith
Lehrerin i.R., Journalistin
Friedrichshafen

Helmut Voith
Lehrer i.R., Journalist
Friedrichshafen

Hanspeter Walter
Journalist
Überlingen

Roland Weiß
Journalist
Tettnang

Claudia Wörner
Journalistin
Tettnang

Die Redaktion dankt allen Autoren, die an der textlichen und fotografischen Gestaltung von „Leben am See", Band 30 mitgewirkt haben.

Sponsoren

Cassidian EADS Deutschland GmbH, Immenstaad

LBS-Baden-Württemberg

Puren GmbH, Überlingen

Sparkasse Bodensee

Sparkasse Salem-Heiligenberg

Diehl BGT, Überlingen

ZF Kunststiftung, ZF Friedrichshafen AG

Zwisler GmbH & Co. KG, Tettnang

Bergpracht Milchwerk

Aufgeführt sind Sponsoren, deren Zusagen bis zum 3. August 2012 eingegangen sind.

Impressum

Herausgeber:	Lothar Wölfle, Landrat Bodenseekreis
	Sabine Becker, Oberbürgermeisterin Überlingen
	Andreas Brand, Oberbürgermeister Friedrichshafen
Redaktion:	Ulrike Niederhofer
Verlag:	Lorenz Senn
	GmbH & Co. KG, Tettnang
Layout/Druck:	Bodensee Medienzentrum
	GmbH & Co. KG, Tettnang
Umschlaggestaltung:	www.wasabi-markenkommunikation.de
Buchbinderei:	Walter Industriebuchbinderei
	GmbH, Heitersheim
ISBN:	978-3-88812-537-9

FSC — MIX — Papier aus verantwortungsvollen Quellen — FSC® C017195 — www.fsc.org